Clive Cussler
& Robin Burcell

DAS ORAKEL DES KÖNIGS

AF204784

Autoren

Seit er 1973 seinen ersten Helden Dirk Pitt erfand, ist jeder Roman von **Clive Cussler** ein *New York Times*-Bestseller. Auch auf der deutschen *SPIEGEL*-Bestsellerliste ist jeder seiner Romane vertreten. 1979 gründete er die reale NUMA, um das maritime Erbe durch die Entdeckung, Erforschung und Konservierung von Schiffswracks zu bewahren. Er lebt in der Wüste von Arizona und in den Bergen Colorados.

Robin Burcell befand sich beinahe drei Jahrzehnte im Polizeidienst von Kalifornien – zunächst als Police Officer, später im Rang eines Detective. Sie hat mit Geiselnehmern verhandelt und wurde vom FBI in Forensik ausgebildet. Sie lebt heute in Nordkalifornien.

*Die **Fargo**-Romane bei Blanvalet*

Das Gold von Sparta
Das Erbe der Azteken
Das Geheimnis von Shangri La
Das fünfte Grab des Königs
Das Vermächtnis der Maya
Der Schwur der Wikinger
Die verlorene Stadt
Der Schatz des Piraten
Jäger des gestohlenen Goldes
Das graue Phantom
Das Orakel des Königs

Besuchen Sie uns auch auf www.facebook.com/blanvalet
und www.twitter.com/BlanvaletVerlag

Clive Cussler
& Robin Burcell

DAS ORAKEL
DES KÖNIGS

Ein Fargo-Roman

Deutsch von Michael Kubiak

blanvalet

Die Originalausgabe erschien 2019 unter dem Titel »The Oracle«
bei Michael Joseph, New York.

MIX
Papier aus verantwor-
tungsvollen Quellen
FSC® C014496

Penguin Random House Verlagsgruppe FSC® N001967

1. Auflage 2021
Copyright der Originalausgabe © 2019 by Sandecker, RLLLP
By arrangement with Peter Lampack Agency, Inc.,
551 Fifth Avenue, Suite 1613, New York, NY 10176-0187 USA
Copyright © der deutschsprachigen Ausgabe 2020
by Blanvalet Verlag, in der Penguin Random House
Verlagsgruppe GmbH, Neumarkter Str. 28, 81673 München
Redaktion: Jörn Rauser
Umschlaggestaltung und -motiv: © Johannes Wiebel | punchdesign,
unter Verwendung von Motiven von Shutterstock.com
(everst; Dmitry Molchanov; Anely Ruzhe; VLADJ55;
volkova natalia; Stefan Sorean; Sascha Burkard)
HK · Herstellung: sam
Satz: Uhl + Massopust, Aalen
Druck und Einband: GGP Media GmbH, Pößneck
Printed in Germany
ISBN 978-3-7341-0829-7

www.blanvalet.de

HANDELNDE PERSONEN

KÖNIGREICH DER VANDALEN,
NORDAFRIKA, 533 n. Chr.
Gelimer – der letzte König der Vandalen, der Usurpator

Zazo – Gelimers Bruder

Euric – Gelimers höchster Heerführer

Belisar – General der byzantinischen Armee

GELIMERS VORFAHREN
Hilderich – vorletzter König der Vandalen, von Gelimer
ermordet

Geiserich – König der Vandalen, der Nordafrika unterwarf
und Hippo Regius belagerte

GEGENWART
IN LA JOLLA
Sam Fargo

Remi (Longstreet) Fargo

Selma Wondrash – Leitende Rechercheurin der Fargos

Professor Lazlo Kemp – Rechercheur und Kryptologe der Fargos

Rubin Haywood – Führungsoffizier bei der CIA

Zoltán – Deutscher Schäferhund der Fargos

IN BULLA REGIA,
TUNESIEN
Dr. Renee LaBelle – Archäologin

Hank – Ausgrabungsleiter

Amal – tunesische Studentin und Doktorandin

José – spanischer Student

Osmond – ägyptischer Student

Yesmine – Amals Mutter

Warren – ehemaliger Ausgrabungsleiter

TUNESISCHE GANGSTERBANDE
Tarek

Hamida

Ben Ayed

Monsieur Karim – tunesischer Antiquitätenhändler

Leila – Karims Assistentin

IN NIGERIA
GASHAKA GUMTI, FARGO'S SCHOOL FOR GIRLS
Pete Jeffcoat – Selmas Assistent, Wendy Cordens Freund

Wendy Corden – Selmas Assistentin, Jeffcoats Freundin

Yaro – Schulhausmeister, Monifas Ehemann

Monifa – Schulhausmeisterin, Yaros Ehefrau

Okoro Eze – Teefarmer, Zaras Vater

Zara – Schülerin, Okoros Tochter

Jol – Schüler

Tambara – Schülerin

Maryam – Schülerin

Jonathon Atiku – Nashas Onkel

IN JALINGO, NIGERIA
STRASSENDIEBE
Nasha Atiku

Chuk

Len

KALU-BROTHERS
Bako Kalu

Kambili Kalu

KRIMINELLE JUGENDBANDE
Makao Oni (alias Scarface) – Kopf der Bande

Jimi

Pili

Dayo

Den

Deric

Urhie

Joe

Was der Mensch sät,
das wird er ernten.

GALATER 6, 7

PROLOG

TEIL I

Die Asche fliegt dem ins Gesicht, der sie wirft.

– AFRIKANISCHES SPRICHWORT –

12. DEZEMBER 533 n. Chr.

Bulla Regia,

Königreich der Vandalen, Nordafrika

Der Wintermond lag hell auf den Pflasterblöcken, als Gelimer, König der Vandalen, und sein Bruder Zazo auf ihren Pferden durch den alten Triumphbogen galoppierten und danach das Theater, das Forum und die ehrwürdigen eleganten Stadtvillen passierten, die noch in tiefem Schlaf lagen. Als sie das Zentrum der Stadt erreichten, schwenkten sie nach links in Richtung der alten, mit heidnischen Grabmälern gesäumten Landstraße, die aus Bulla Regia heraus- und in die Berge hinaufführte. Sobald die stummen Häuser der Toten hinter ihnen lagen, bogen die Reiter auf eine lange Allee ab, die mit den verzerrten Schatten uralter Olivenbäume gefüllt war. Ihre Pferde scheuten, als sich die Umrisse des teilweise verfallenen Tempels – er war Saturn, dem römischen Gott der Aussaat und des Ackerbaus, geweiht – wie eine drohend aufragende Bastion vor ihnen aus dem Dunkel schälten. Es schien, als hielte ein dichtes Geflecht von Schlingpflanzen seine brüchigen, im Mondlicht silbern schimmernden Mauerreste zusammen, in deren Schatten sich der Eingang zum Tempel des Orakels in dem Hügel hinter den Ruinen befand.

Die beiden Männer zügelten ihre Pferde, stiegen ab und banden sie an einem der Bäume fest.

»Hier entlang«, sagte Gelimer zu Zazo, ging voraus zum Tempel und stieg die Treppe zum Portal hinauf. Dort wurden sie von einem maurischen Mädchen erwartet, das wie aus dem Nichts in dem Durchgang aufgetaucht war.

Das Mädchen geleitete sie über die Terrasse des Tempels und durch den mit geborstenen Säulen gesäumten Innenhof und verschwand in einer Höhle im Innern des Hügels hinter der Kultstätte. Öllampen hingen an der Decke des Felsenkorridors und warfen ihr flackerndes Licht auf Inschriften auf den Tunnelwänden. Als sie die Mitte der Höhle erreicht hatten, blieb das Mädchen vor einer dunklen Kammer stehen. Die beiden Männer blickten sich suchend um. »Wo ist das Orakel?«, fragte Zazo.

Das Kind hob eine mit Henna verzierte Hand und machte eine Geste, die Schweigen gebot. »Seht dort«, sagte das Mädchen, »das Zeichen des Saturns.«

Als sich ihre Augen an den Halbdämmer gewöhnt hatten, wurden sie eines Dreibeinständers mit einer eisernen Feuerschale gewahr, in der glühende Kohlen lagen. Darüber – mitten in der Luft unter der Höhlendecke – erschien ein magisch leuchtendes Quadrat. Körperlos und durchscheinend. Aber deutlich erkennbar.

S	A	T	O	R
A	R	E	P	O
T	E	N	E	T
O	P	E	R	A
R	O	T	A	S

Für einen kurzen Augenblick flimmerten die Buchstaben, dann verschwanden sie, als Flammenzungen von der Kohlenglut hochloderten. In dem tanzenden Licht war ein Mädchen zu erkennen, nicht viel älter als das Mädchen, das sie hergeführt hatte. Es saß auf einem hohen Hocker und trug einen Turban auf dem Kopf. Bekleidet war es mit einem langen Gewand, das aussah, als sei es mit blutigen Smaragden besetzt, die im Schein der Flammen in der Eisenwanne auf dem Dreibein funkelten. Als das Mädchen die dunklen Augen öffnete, war es, als blickte sie Gelimer direkt an, aber zugleich auch durch ihn hindurch.

Die Priesterin atmete die Dämpfe ein, die von der dreibeinigen Eisenpfanne aufstiegen. Mit einer Stimme, die so dünn und sanft wie der Wind war, der flüsternd durch die Olivenbäume strich, verkündete sie ihre Prophezeiung. »Saturn hält die Räder fest. Er wahrt das Gleichgewicht zwischen Rhea, Wohlstand und Überfluss, und Lua, Vernichtung und Verfall ... Aber höre, o König der Vandalen, die Räder sind aus der Spur. Lua regiert.«

Eine eisige Hand legte sich um Gelimers Herz. »Sage mir, Seherin, was bedeuten deine Worte?«

»Es ist, wie es geweissagt wurde. So wie Gamma auf Beta folgte, folgt jetzt Beta auf Gamma.«

»Vollkommener Unsinn«, sagte Zazo. »Reinstes Kindergeschwätz.«

Die Priesterin atmete tief ein. »Zwei gingen bereits verloren – am zehnten Meilenstein.«

Es war am zehnten Meilenstein, wo ihr Bruder und ihr Neffe bei dem Versuch, das byzantinische Heer vor den Toren Karthagos abzufangen und zu schlagen, den Tod gefunden hatten. Zazo war keineswegs beeindruckt. »Sie könnte die Nachricht auf dem Marktplatz aufgeschnappt haben. Oder einer von Belisars Spionen hat es ihr erzählt. Sprich von *meinem* Tod, Seherin, damit ich ihn verhindern kann.«

Die Priesterin wandte den Kopf in seine Richtung, ihre Augen waren so schwarz wie Kohle, die darauf wartete, angezündet zu werden. »Hüte dich vor dem dritten Angriff.«

»Die Hexe ist verrückt«, murmelte Zazo. »Was meint sie damit? Was soll es bedeuten?«

Der leere Blick der Seherin kehrte zu Gelimer zurück. »Wisse, o König, die Saturnalien kündigen sich an. Um den Fluch zu brechen, muss die Schriftrolle von jemandem zurückgebracht werden, der von königlichem Blut ist. Ist er es nicht, erwartet ihn der Tod.«

»Wie?«, fragte Gelimer. »Wie und wo finde ich diese Schriftrolle?«

»Der vorletzte König sieht sie aus der Unterwelt. Der Usurpator ist geblendet. Er wird verlieren, was er für wert und teuer hält, bis es von tiefen Schatten verdunkelt wird und nichts als Eitelkeit übrig bleibt.« Dann aber, als hätten ihre Weissagungen sämtliche Kraft in ihrer zierlichen Gestalt aufgezehrt, sank die Priesterin in ihrem Sessel in sich zusammen, sodass es schien, als würde sie verschwinden.

Gelimer und Zazo waren mit ihrer jungen Führerin in der Dunkelheit allein.

»Sie ist eine Maurin«, sagte Zazo zu Gelimer, nachdem das Mädchen sie hinausgeführt hatte. Die beiden Männer ließen die Tempelruinen hinter sich und gingen zu ihren Pferden. »Sie verehrt die alten Götter. Wie kannst du dich derart täuschen lassen, indem du auch nur ein einziges Wort ernst nimmst, das aus ihrem Mund kommt?«

»Ich lasse mich täuschen? Du wirst der Nächste sein, der stirbt, wenn ich diese Schriftrolle nicht finde und zurückbringe.«

»Was für ein Fluch ist das überhaupt, von dem du da ständig redest?«

»Er ist als Rache von der Priesterin ausgesprochen worden, die Geiserich half, seinen Eroberungsfeldzug erfolgreich zu beenden«, sagte Gelimer. »Geiserich stahl die Schriftrolle, versteckte sie und befahl, die Priesterin zu töten. Und dann hat er geschworen, die Schriftrolle zu zerstören, falls jemand die Waffen gegen die Vandalen erheben würde.«

Zazo blieb abrupt stehen. »Glaubst du ernsthaft, dass Dinge, die vor über hundert Jahren geschahen, hier und heute von Bedeutung sein können? Du solltest nicht vergessen, lieber Bruder, dass diese so genannten Orakel es meisterhaft verstehen, sich vage und in Rätseln auszudrücken. Man hört, was man hören will.«

»Dieses Orakel sagte Hilderichs Tod voraus, sofern es ihm nicht gelänge, die Schriftrolle noch vor den Saturnalien zu finden und nach Hippo Regius zurückzubringen.«

»Der einzige Grund, weshalb er sterben musste, ist der, dass Kaiser Justinian ihn wieder auf den Thron setzen wollte. Sein Tod hat überhaupt nichts mit Prophezeiungen zu tun, es ging einzig und allein darum, dein Reich zu schützen.«

»Und was ist mit dem Geständnis, das der vorletzte König auf seinem Totenbett machte? Wie konnte sie wissen, dass Hilderichs letzte Worte der Landkarte galten?«

»Sie hörte, wie Diener sich darüber unterhielten.«

»Dort war aber niemand außer Ammatas, der ihm das Messer auf mein Geheiß hin in den Leib gestoßen hat. Und außer mir erzählte er niemandem davon. Wenn ich diese Schriftrolle finde und den Fluch brechen kann, ehe wir in die Schlacht ziehen, dann rette ich dir vielleicht sogar das Leben.«

Zazo band sein Pferd los, ordnete die Zügel und schwang sich in den Sattel. »Na schön. Dann zeige mir diese Karte.«

Die beiden Männer ritten nach Bulla Regia zurück und dort zu dem königlichen Haus, in das Gelimer eingezogen war, nachdem er seinen Cousin Hilderich vom Thron gestoßen hatte. Vor ihm hatte auch Geiserich in dem Haus residiert, nachdem er die Schriftrolle gestohlen hatte.

Und nun, ein Jahrhundert später, musste Gelimer dafür sorgen, dass die Schriftrolle wieder an ihren angestammten Ort zurückkehrte.

Als sie das königliche Bauwerk erreichten, erhob sich ein Diener, der auf den Eingangsstufen gesessen und ein Schläfchen gehalten hatte, und ergriff die Zügel ihrer Pferde, während sie abstiegen. Die beiden Männer eilten die Treppe hinauf, schritten durch den breiten und hohen Eingang und gelangten ins Atrium, wo Gelimer eine lodernde Fackel aus ihrer eisernen Wandhalterung nahm. Das flackernde Licht entlockte den Mosaiken auf dem Boden ein Funkeln, als ob sich Diamanten unter den Füßen der Brüder befänden, während sie durch die große Halle auf eine Marmortreppe zugingen. Sie führte in einen langen, labyrinthartigen Korridor hinab, der sich in einem unterirdischen Geschoss befand, in dem die Vandalenherrscher vor der sommerlichen Hitze geschützt waren.

Schließlich gelangten die Brüder in den Raum, der früher einmal Geiserichs und, Jahre später, Hilderichs inneres Heiligtum gewesen war. In dem flackernden Licht waren ein Tisch und ein Sessel aus Elfenbein und Ebenholz zu erkennen. Der Boden darunter bestand aus einem Mosaik, das eine Szene aus der alten heidnischen Mythologie zeigte – Echo, die sich hinter einem der beiden Olivenbäume versteckte, die den Tempel flankierten, und den jungen, gutaussehenden Narcissus beobachtete, der am Fuß der Treppe auf dem Bauch lag, nach unten blickte und dem blau-weißen Muster des Wasserbeckens vor dem Tempel eine Hand entgegenstreckte.

»Ich habe diesen Raum und dieses Haus mindestens eintausend Mal durchsucht«, sagte Gelimer. »Hier gibt es keine Karte.«

»Vielleicht war dies Hilderichs letzte Rache. Dich etwas suchen zu lassen, das gar nicht existiert. Was genau hat er zu Ammatas gesagt?«

»Dass ich, wenn ich meine Eitelkeit nicht erkenne, das nicht sehen könne, was sich genau vor meinen Augen befindet.«

Zazo nahm ihm die Fackel aus der Hand und richtete sie auf den Boden. »Narcissus bewundert sein Spiegelbild. Dort hast du die Lösung deines Rätsels.«

Gelimer betrachtete die Schatten, die von der tanzenden Flamme auf das Mosaik geworfen wurden. Echo blickte zu Narcissus hinüber, der offenbar nicht wusste, dass sie in der Nähe war. Hinter ihm befand sich ein Gebäude, das wie der Tempel des Saturn aussah. »Sein Spiegelbild«, sagte Gelimer, während er die Worte der Seherin in Gedanken wiederholte. *Er wird verlieren, was er für wert und teuer hält, bis es von tiefen Schatten verdunkelt wird und nichts als Eitelkeit übrig bleibt.* Er sah zu seinem Bruder hinauf. »Eitelkeit. Das ist die Karte. Narcissus deutet darauf.«

»Eine Karte von was?«, fragte Zazo und fixierte stirnrunzelnd das Muster des blau-weißen Mosaiks unter Narcissus.

PROLOG

TEIL II

Der Krieg hat keine Augen.

– SWAHILISCHES SPRICHWORT –

15. DEZEMBER 533 n. Chr.

Tricamarum (50 Kilometer westlich von Karthago), Königreich der Vandalen, Nordafrika

Mit einer Handbewegung gebot Gelimer seiner Armee anzuhalten, ehe er und sein Bruder Zazo allein zur Kuppe des Hügels hinaufritten, um einen Blick auf das römische Heerlager in der Ferne zu werfen. Ein Gefühl des Ausgeliefertseins und der Endgültigkeit überwältigte Gelimer, als sein Blick über die Reihen seiner Feinde, fünfzehntausend an der Zahl, wanderte. Die Schuppenpanzer der römischen Kavallerie und Infanterie funkelten in der Sonne, während sich die Männer um die Feuer vor ihren Zelten drängten und ihre Mahlzeit zubereiteten. »Es ist fruchtlos«, sagte er zu Zazo.

»Denk nicht mehr an die Worte dieser Hexe im Tempel.«

Doch genau diese Prophezeiung wollte Gelimer nicht aus dem Kopf gehen. Obwohl er Männer ausgesandt hatte, um zu durchsuchen, was von dem nunmehr trockenen widerspiegelnden Wasserbecken im Tempel des Saturn noch übrig war, waren sie mit leeren Händen zurückgekommen. Ein Mann stürzte von seinem Pferd und starb, die anderen weigerten sich aus Angst vor dem Fluch, noch einmal dorthin zurückzukehren. Gelimer hatte sie sogar ein weiteres Mal aufgesucht, aber als sie den Raum hinter dem Tempel betraten, war er verlassen. »Ich darf dich nicht verlieren, Zazo ...«

Verärgert musterte ihn sein Bruder. »Wie ist es möglich, dass du heidnischen Prophezeiungen Glauben schenkst?«

»Ich bitte dich, geh nicht in diese Schlacht. Kehre in die Garnison zurück und beschütze deine Frauen und Kinder. Ihnen solltest du mit deinem Mut zur Seite stehen.«

»Und vor meiner Kavallerie das Bild eines Feiglings abgeben? Außerdem ist es mein Tod, der vorausgesagt wurde. Dann überlass doch auch mir die Entscheidung, ob ich mich ihm stelle oder nicht.« Er zückte sein Schwert, stieß es über dem Kopf in die Luft und drehte das Pferd zu seiner Truppe um. Dabei rief er: »Vorwärts!«

Als Antwort ertönte ein vielstimmiger Kampfruf, während die Reiter der Kavallerie ihre Schwerter zogen und Zazo in die Schlacht folgten, ehe Gelimer noch Gelegenheit hatte, den Befehl zu widerrufen. Sie überquerten den Fluss und richteten ihren Vorstoß gegen das Zentrum von Belisars Streitmacht. Gelimers Truppen an der rechten Flanke hielten sich zurück.

Euric, sein Stellvertreter und Heerführer, lenkte sein Pferd neben ihn. »Mein König«, sagte er. »Eure Männer warten auf Eure Befehle.«

Gelimer ritt zu den wartenden Soldaten hinüber, und hier hob er sein Schwert und wiederholte Zazos Schlachtruf. »Vorwärts!«

Euric reckte seine Klinge in die Höhe. »Heil dem König!« Sie ritten los und brachten die rechte Flanke nach vorn, während Zazo das Zentrum in Marsch setzte. Ein Regen aus Pfeilen flog ihnen von den Römern entgegen, aber die Vandalen hoben ihre Schilde und fingen die meisten Geschosse auf. Nur wenige fanden ihr Ziel, und die getroffenen Krieger stürzten zu Boden. Aber die Lücken wurden schnell wieder aufgefüllt, während die Vandalen ihren Schlachtruf erneut anstimmten und sich den römischen Reitern entgegenwarfen.

Schwerter prallten aufeinander, ihr stählernes Klirren hallte überlaut in Gelimers Ohren wider. Ein römischer Reiter griff an. Seine Lanze war auf Gelimers Brust gerichtet. Gelimer parierte den Lanzenstoß mit seinem Schild, zwang sein Pferd mit einem kraftvollen Schenkeldruck zu einer Drehung, brachte sein Schwert nach unten und schlug dem Römer die Lanze aus der Hand. Der Römer versuchte, sein eigenes Schwert zu ziehen, aber Gelimer holte bereits zum tödlichen Streich aus, bohrte ihm die scharfe Spitze seiner Waffe in die Achselhöhle und fegte ihn aus dem Sattel. Dann machte der König sofort kehrt und nahm den zweiten Reiter ins Visier.

Noch mehr römische Pfeile prasselten in die Reihen der Vandalen. Gelimer wirbelte mit seinem Pferd herum, entdeckte die berittenen Bogenschützen hinter der römischen Kavallerie und war schon im Begriff, die Flanke auf seiner Seite in den Kampf zu schicken, als Belisar plötzlich den Befehl zum Rückzug der römischen Armee gab.

Die Vandalen brachen in lauten Jubel aus, und Zazo lachte triumphierend, während er zu Gelimer hinübergaloppierte. »Das sind Feiglinge«, sagte er. »Wie du siehst, haben wir nichts zu befürchten.«

»Lass dich nicht zu einem vorschnellen Urteil verleiten«, warnte Gelimer und ließ den Blick über das Schlachtfeld schweifen.

»Sie haben doppelt so viele Tote wie wir zu verzeichnen.« Zazo wendete sein Pferd, ritt zu seinen Männern und bedeutete ihnen mit einem Wink, erneut anzugreifen.

Gelimer, der seine durch das Orakel geweckten düsteren Vorahnungen nicht verdrängen konnte, beobachtete, wie Zazo und seine Kavallerie die fliehenden Feinde verfolgten, die nicht nur einmal, sondern zweimal versuchten, sich neu zu formieren und ihren Verfolgern standzuhalten. Bei ihrem dritten Versuch ignorierten die römischen Reiter die rechte und die linke Flanke und richteten ihren Angriff ganz auf das Zentrum des Geschehens, wo Zazo und seine Männer kämpften.

Hüte dich vor dem dritten Angriff…

»Alle zu meinem Bruder!«, feuerte Gelimer seine Männer an. »Beschützt meinen Bruder um jeden Preis!«

Seine Kavallerie galoppierte in geschlossener Phalanx vorwärts und zerstreute römische Soldaten in alle Richtungen. Die vandalischen Krieger – bei weitem die besseren Reiter und seit jeher brillante Schwertkämpfer – trieben den Feind zurück, während sich Zazo mit einem Riesen von einem Mann einen mörderischen Zweikampf lieferte.

Wuchtig schlugen sie aufeinander ein, das Klirren ihrer Schwerter hallte über das Schlachtfeld. Der Riese führte einen geraden Stoß aus, verfehlte Zazo jedoch. Er versuchte, den Angriff zu wiederholen, aber Zazo bohrte sein Schwert in die Schulter seines Feindes und hebelte ihn damit aus dem Sattel. Als der Mann in den Staub stürzte, rutschte das Schwert aus seiner Hand. Zum ersten Mal hatte Gelimer das Gefühl, als sei seine Vandalenarmee im Begriff, die Oberhand zu gewinnen.

Sogar Zazo konnte sich dieses Eindrucks nicht erwehren. Während er das Schlachtfeld überschaute, entdeckte er Gelimer. Als sich ihre Blicke trafen, hob Zazo sein Schwert, winkte ihm und rief: »Heil dem König!«

Hinter ihm raffte sich der Riese auf und griff nach seinem Schwert.

»Zazo!«, stieß Gelimer als Warnruf aus.

Zazo zog sein Pferd herum. Doch es war zu spät. Das Schwert des Riesen beschrieb einen Bogen, und seine Spitze fand die schmale Lücke zwischen den Platten der Rüstung. Zazo schwankte. Seine Augen weiteten sich voller Überraschung, als der Riese abermals zustieß und dann die Klinge aus Zazos Brustkorb wieder herauszog. Zazo konnte sein Schwert nicht mehr festhalten. Es entglitt seinem Griff. Er presste die freie Hand kraftlos auf die Brustwunde und starrte ungläubig auf das Blut, das zwischen seinen Fingern hervorquoll. Sein Pferd nahm den geschwächten Zustand seines Reiters wahr, bäumte sich auf und warf ihn aus dem Sattel.

»Zazo!«, rief Gelimer, während sich sein Bruder auf die Füße kämpfte. Ein Schub frischer Kraft trieb Gelimer vorwärts. Mit wirbelnder Klinge wühlte er sich durch die Reihen des Feindes und hinterließ eine blutige Schneise gefallener Römer. Der Riese grinste triumphierend, als er Gelimer auf sich zukommen sah. Mit beiden Händen packte er sein Schwert und holte zu einem wuchtigen Hieb auf den Hals Zazos aus.

Gelimers Herz krampfte sich in seiner Brust zusammen. Das Blut rauschte in seinen Ohren. Er trieb sein Pferd zu höchster Eile, versenkte das Schwert in der Brust des Riesen, der zurückgeworfen wurde und bereits tot war, ehe er krachend auf dem Boden aufschlug.

Gelimer stieg vom Pferd und starrte wie gelähmt auf den blutüberströmten Leichnam seines Bruders. Um ihn herum tobte die Schlacht weiter, aber der Lärm drang nur noch gedämpft an seine Ohren. Die Welt ringsum verdunkelte sich.

»Herr«, rief Euric. »Was sollen wir tun?«

Gelimer hörte ihn nicht.

»Mein König!« Euric packte ihn bei den Schultern. »Ihre Männer warten auf Befehle!«

»Alles was bleibt, ist Schatten…« Er sank auf die Knie. Das Schlachtfeld war mit toten Vandalen übersät. Seinen Männern. Zazos Männern. »Nichts bleibt zurück als Eitelkeit…« Er hatte Mühe zu atmen. »Zazo…«

»Er ist tot«, sagte Euric. »Und Euch droht das gleiche Schicksal, wenn wir uns nicht schnellstens zurückziehen.« Euric half ihm auf die Füße.

Später konnte sich Gelimer nicht mehr daran erinnern, was weiter geschehen war. Irgendwie gelangte er wieder auf den Rücken seines Pferdes und folgte Euric blindlings, während sich die Reste seiner Armee in alle vier Windrichtungen zerstreuten.

KAPITEL EINS

Eine Reise von tausend Meilen
beginnt mit einem einzigen Schritt.

– CHINESISCHES SPRICHWORT –

GEGENWART

La Jolla, Kalifornien

Sam Fargo kontrollierte die Zahlen ein zweites Mal. Es stand außer Zweifel. Die Abrechnung der Gelder, die von der Fargo Foundation für ein archäologisches Ausgrabungsprojekt in Tunesien bestimmt waren, wies zahlreiche Unstimmigkeiten auf. »Das sieht nicht gut aus.«

Seine Frau Remi beugte sich zum Bildschirm vor. Als sie die Zahlenkolonnen überflog, lag ein besorgter Ausdruck in ihren grünen Augen. Sie klemmte sich eine Locke ihres kastanienbraunen Haars hinter das rechte Ohr, erhob sich abrupt von ihrem Stuhl und ging hinter Sam im Büro auf und ab. »Wie konnte das passieren? Renee LaBelle ist eine meiner besten und ältesten Freundinnen. Da kann ich doch nicht einfach zum Telefonhörer greifen, sie anrufen und mit Fragen überschütten. Es würde ja klingen, als wollte ich sie beschuldigen.«

Sam drehte sich mit seinem Sessel zu ihr um. Remi und Dr. Renee LaBelle hatten sich damals im Boston College ein Zimmer geteilt und waren seitdem eng befreundet. »Wenn ich bedenke, wie lange ihr euch schon kennt, bezweifle ich eher, dass sie es dir übelnehmen würde. Aber wenn wir unsere Zahlen nicht mit ihren in Einklang bringen, werden wir mit dem Finanzamt Ärger bekommen.«

Remi blieb stehen und blickte auf den Monitor. »Immerhin kann sie sämtliche Geldbewegungen belegen. Ich kann mich erinnern, dass sie davon gesprochen hat, sie hätten einige Probleme mit ihrem neuen Buchhaltungsprogramm. In dieser Phase kam es zu den Fehlbuchungen. Vielleicht hat es auch an einem Programmfehler gelegen. Oder irgendetwas wurde falsch eingegeben.«

Wenn es ein Programmfehler war, dann ein kapitaler. Und noch einiges mehr musste schiefgelaufen sein, dachte Sam. Ein Jahr zuvor, als Remi den Vorschlag gemacht hatte, dass die Fargo Foundation Renee LaBelles archäologisches Ausgrabungsprojekt in Bulla Regia unterstützen solle, hatte er sich von Anfang an dagegen ausgesprochen. Zwar hatten er und Remi diese Stiftung ins Leben gerufen, um damit wissenschaftliche Unternehmungen wie diese zu unterstützen, aber er wusste aus teilweise leidvoller Erfahrung, dass selbst gute Freundschaften durch das schlampige Finanzmanagement eines der Partner ziemlich schnell in die Brüche gehen konnten. Seinerzeit hatte er diese Bedenken zwar geäußert, aber Remi hatte es sich in den Kopf gesetzt, ihrer Freundin zu helfen, und ihm versichert, dass Renee LaBelles frühere Ausgrabungen regelmäßig bedeutende Funde zutage gefördert hätten.

Leider ließ der Erfolg diesmal auf sich warten. »Wir wissen nichts Genaues, ehe wir uns nicht zusammengesetzt haben, um die Zahlen mit ihr durchzugehen«, sagte er. »Mach Renee klar, dass die kritischen Fragen von unserer Buchhaltung gestellt werden. Es gebe einige steuerliche Probleme. Was ja auch tatsächlich der Fall ist.« Sam warf einen Blick auf seine Armbanduhr. Es war kurz nach zehn Uhr am Vormittag. »Wie spät ist es bei ihnen? Sie sind uns um acht Stunden voraus, nicht wahr?« Er angelte Remis Smartphone vom Schreibtisch und reichte es ihr.

Sie zog sich einen Sessel neben Sam heraus. »Telefon oder Video? Video«, entschied sie, bevor er antworten konnte. »Das ist ein bisschen persönlicher. Komm aber nicht zu nah. Wenn sie dich sieht, könnte sie meinen, wir wollten sie einschüchtern.«

Sam lehnte sich zurück, während sie die Telefonnummer wählte. Das Gesicht ihrer Freundin zeigte einen Ausdruck leichter Überraschung, als es den Bildschirm füllte. »Remi! Warte einen Moment. Ich geh schnell nach draußen, wo es ruhiger ist. Wir sitzen nämlich gerade beim Abendessen.«

»Bleib sitzen und iss zu Ende. Ich kann warten. Ich habe nur einige Fragen zur Buchhaltung. Wir bereiten die Steuererklärung gerade vor.«

»Nein. Nein. Ich wollte dich sowieso anrufen ...«

»Wer ist es, LaBelle?«, erklang eine männliche Stimme im Hintergrund.

»Remi Fargo«, antwortete die Archäologin. »Es geht um die Buchhaltung.«

Das Gesicht eines Mannes erschien neben Renee auf dem Bildschirm. »Ich habe LaBelle schon öfter daran erinnert, einen Termin mit Ihnen zu vereinbaren.«

Ihre Freundin nickte bestätigend. »Das hat er wirklich«,

sagte sie, dann fiel ihr offenbar ein, dass Remi keine Ahnung hatte, wer der Mann neben ihr war. »Entschuldige. Das ist Hank, unser neuer Betriebsleiter. Hank, Remi Fargo. Sie und ihr Mann leiten die Fargo Foundation. Ich nehme an, Sam ist sicherlich nicht weit entfernt.«

»Er sitzt neben mir«, sagte Remi und drehte den Bildschirm mit der Kamera, sodass Sam ins Bild kam. Er nickte grüßend.

Hank lächelte. »Was meinen Sie? Ich denke an eine Videokonferenz in ein oder zwei Tagen. Wir haben uns schon gedacht, dass Sie einige Fragen haben werden.«

Wenn es sich um geringfügige Unregelmäßigkeiten gehandelt hätte, wäre Sam einverstanden gewesen. Es ging jedoch um zu hohe Geldbeträge, deren Verbleib seiner Meinung nach unzureichend belegt war, um die strittigen Punkte lediglich während einer Videokonferenz zu bereinigen. »Zufälligerweise«, sagte Sam, »kommen wir am nächsten Montag nach Nigeria. Es würde uns nichts ausmachen, ein oder zwei Tage früher zu fliegen und in Tunis einen Zwischenstopp einzulegen. Es würde alles vereinfachen, wenn wir die Gelegenheit nutzten und uns zusammensetzten.«

Renee LaBelle schüttelte den Kopf. »Da gibt es nur ein kleines logistisches Problem. Wir sind in Kenia. Dort findet eine archäologische Konferenz statt. Für wie lange kommt ihr denn nach Nigeria? Vielleicht könnt ihr nachher hierherfahren.«

»Schwer zu sagen«, erwiderte Sam. »Eine Woche, vielleicht länger.« Er und Remi wollten einen Abstecher zur südlichen Grenze des Gashaka-Gumti-Nationalparks machen, wo zwei ihrer Angestellten – Wendy Corden und Pete Jeffcoat – während der letzten Monate ihr Lager aufgeschlagen hatten und den Bau und die Einrichtung einer Mädchenschule beaufsichtigten, die sich auf lange Sicht selbst versorgen sollte. Auch wenn die Arbeiten nahezu abgeschlossen waren, hinkten sie terminmäßig ein wenig hinterher und mussten sich beeilen, alles unter Dach und Fach zu bekommen, bevor die Regenzeit einsetzte. »Wir wollen uns über den Stand eines der Stiftungsprojekte informieren.«

Renees Miene hellte sich auf. »Meinst du diese Schule da draußen im Busch? Habt ihr schon Schülerinnen für diese Einrichtung?«

»Haben wir«, sagte Remi.

»Ich habe eine Idee«, sagte Renee. »Wir könnten die Konferenz einen Tag früher verlassen und euch in Jalingo treffen, anstatt den weiten Weg nach Tunis zurückzufliegen. Wir gehen die Bücher durch, fahren zur Schule raus …« Sie lächelte entwaffnend. »Das ist typisch für mich, dass ich mich selbst einlade. Ich glaube, das Letzte, was ihr brauchen könnt, sind neugierige Besucher, die euch im Weg herumstehen, während ihr arbeitet.«

Das war es, was auch Sam in diesem Moment dachte. Um zu vermeiden, dass das Ganze den Charakter eines touristischen Freundschaftsbesuchs annahm, nickte er bekräftigend. »Wir werden ganz bestimmt sehr beschäftigt sein.«

Offensichtlich war Hank der gleichen Meinung und sagte: »Es wäre ein bisschen viel verlangt, wenn Sie noch so viel Arbeit vor sich haben. Vergessen Sie nicht, dass wir auch noch unser gesamtes Team im Schlepptau haben.« Er deutete mit einem Kopfnicken hinter sich.

Renee drehte ihr Telefon um, sodass die Kamera eine Personengruppe einfing, die an einem Tisch saß. »Warren

kennst du ja schon.« Der grauhaarige Ausgrabungsleiter hob und senkte den Kopf kaum merklich, griff nach
seinem Bierglas und trank einen Schluck. »Und dies ist
eine meiner Studentinnen. Amal, sagen Sie Hallo zu den
Fargos.« Eine junge Frau Anfang zwanzig mit langem
dunklem Haar, das sie zu einem Pferdeschwanz zusammengerafft hatte, hob eine Hand und winkte.

»Tatsächlich«, sagte Remi, »ist es sogar noch besser.
Nicht wahr, Sam?«

Offenbar war ihm die Kontrolle über das Gespräch völlig entglitten – falls er sie überhaupt jemals innegehabt
haben sollte. »Warum? Was meinst du?«

»Dass nicht nur eine, sondern zwei Frauen mitkommen,
die mit den Mädchen sprechen können. Eine Professorin
und eine ihrer Studentinnen. Das ist doch eine brillante
Gelegenheit.«

Sam hatte nicht den leisesten Schimmer, wie seine Frau
auf eine solche Idee hatte kommen können. »Hast du den
Schlafsaal vergessen, den wir eigentlich bauen wollten?«

Es überraschte ihn nicht im Mindesten, dass Dr. LaBelles Verstand genauso funktionierte wie der seiner Frau. Sie
drehte sich halb zu ihren Kollegen um und meinte: »Wir
können doch Hank mitbringen. Er ist als Baustellenleiter
die Idealbesetzung.«

»Und was ist mit Warren?«, fragte Hank.

»Was soll denn mit mir sein?« Warren war offenbar
überrascht, dass sein Name überhaupt genannt wurde.
»Ich bin ein bisschen zu alt für schwere körperliche Arbeit.
Außerdem muss hier jemand die Stellung halten.«

»Moment«, sagte Renee. »So funktioniert das gar nicht.
Die gesamte Buchhaltung liegt in Tunesien.«

»Kein Problem«, erwiderte Remi. »Wir holen euch in Tunesien ab und fliegen zusammen zur Schule.«

»Eine großartige Idee. Meinen Sie nicht auch, Hank?«

»Was? Ja. Aber auch wir haben einen engen Zeitplan. Ich wüsste nicht, wie wir…«

»Glücklicherweise«, schnitt Renee ihm das Wort ab, »bin *ich* hier der Boss.« Sie blickte direkt in die Kamera und grinste. »Ruf mich an und nenn mir die Details. Wir halten uns dann bereit.«

Remi beendete das Gespräch, legte das Telefon auf den Schreibtisch und lehnte sich mit hochzufriedener Miene zurück. »Das lief doch bestens.«

»Ist mir etwas entgangen? Wollten wir nicht über die fehlenden Geldbeträge sprechen?«

»Wir sehen uns die Bücher in Tunesien an, bevor wir dann zur Schule hinausfliegen. Ich bin sicher, dass es für alles eine einleuchtende Erklärung gibt.«

Er hoffte, dass sie recht hatte, denn seiner Frau nachher zu sagen, »ich habe dich rechtzeitig gewarnt« kam meistens nicht so gut an.

KAPITEL ZWEI

Gehe zu den alten Wasserstellen für mehr
als Wasser zurück;
Freunde und Träume sind da, um dich zu treffen.

– AFRIKANISCHES SPRICHWORT –

Bulla Regia, Tunesien

Eine leichte Brise kam auf, während sich Sam und Remi an den gemieteten Audi RS lehnten, den sie am Rand der Ausgrabungsstätte geparkt hatten. Sam warf einen Blick auf seine Armbanduhr. Es war wenige Minuten nach elf. »Bist du sicher, dass Dr. LaBelle zehn Uhr dreißig sagte?«

»Absolut.« Remi holte ihr Smartphone hervor und wählte. »Anrufbeantworter. Was meinst du, sollen wir ein bisschen herumfahren und nach ihr Ausschau halten? Ich bin sicher, dass dies genau der Ort ist, wo sie uns treffen wollte.«

Sam legte einen Arm um ihre Schultern. »Wir können noch etwas warten. Wie oft bietet sich einem Mann die seltene Chance, mit einer bildschönen Frau an seiner Seite unter einem strahlend blauen Himmel zu stehen.«

»Das ist ein schlagendes Argument, Fargo«, sagte sie und schmiegte sich an ihn.

Etwa zehn Minuten später näherte sich ein mittelgroßes blaues SUV und hielt an.

Renee stieg aus und winkte ihnen. »Entschuldigt bitte. Normalerweise beaufsichtigt Warren unsere studentischen Hilfskräfte während des Vormittags, aber er ist einfach nicht zur Arbeit erschienen, und ich habe nicht auf die Uhr geschaut.« Sie überwand die Distanz mit schnellen Schritten und fiel Remi um den Hals. »Rem-rem. Wie schön, dich wiederzusehen. Ich schwöre, du siehst keinen Tag älter aus als damals an eurem Hochzeitstag.«

»Nee-nee«, sagte Remi lächelnd. »Wann haben wir zum letzten Mal diese Namen gehört?«

»Bei der College-Abschlussfeier«, sagten sie wie aus einem Mund und brachen in schallendes Gelächter aus.

Beide Frauen hatten Magisterdiplome in Anthropologie und Geschichte erworben, wobei sich Remi für Handelsrouten in der Antike interessiert und Renee sich der Archäologie zugewandt hatte. Abgesehen davon, dass sie beide schlank waren, ähnelten sie einander jedoch in keiner Weise. Remi mit ihren grünen Augen und dem kastanienbraunen Haar war einen halben Kopf größer als die zierliche blonde, blauäugige Renee. Mit ihren Vornamen hatten sie jedoch bei ihren unglücklichen Professoren – und den meisten ihrer Freunde – einige Verwirrung gestiftet, weil sie einfach unzertrennlich waren und beide Namen nahezu gleich klangen. Als jemand sie Rem-rem und Nee-nee taufte, um Verwechslungen zu vermeiden, waren die Spitznamen an ihnen hängen geblieben, bis Renee das Boston College verließ, um in Archäologie zu promovieren.

Remi hakte sich bei Renee unter. »Es ist schon viel zu

lange her«, sagte sie und fühlte sich wegen des eigentlichen Anlasses ihres Zusammentreffens noch immer ein wenig unbehaglich. »Hast du wirklich kein Problem, deine Arbeit für einige Zeit ruhen zu lassen? Und uns zur Schule zu begleiten?«

»Das Timing ist ideal. Niemand wird uns für ein paar Tage vermissen.« Renee lächelte Sam an. »Bist du sicher, dass es dir nichts ausmacht, wenn wir mitkommen, Sam?«

»Ich freu mich schon darauf.«

Renee lachte, als sie den Blick bemerkte, den er Remi zuwarf. »Aber bestimmt nicht genauso.«

Sam zwinkerte ihr zu. »Ist die Frau glücklich, freut sich ihr Gatte.«

»Du hast einen klugen Mann geheiratet, Remi.« Renee kicherte verhalten, dann deutete sie mit einem Kopfnicken auf die Hügellandschaft und den blauen Himmel in einiger Entfernung. »Dort liegt unser Ziel. Ich dachte, dass ihr euch vielleicht, bevor wir losfahren, noch einige der älteren Ausgrabungen ansehen möchtet. Ich hoffe, so viel Zeit habt ihr.«

»Wir haben nichts Besonderes geplant«, sagte Sam.

»Ausgezeichnet. Sie haben nämlich bei der Wiederherstellung der Mosaike seit unserer Studienzeit erstaunliche Fortschritte gemacht.« Sie holte ihre Schultertasche aus dem SUV und ging zum Eingang voraus.

Weil ein schweres Erdbeben den größten Teil der antiken Stadt zerstört hatte, war von den Gebäuden nur noch wenig übrig geblieben. Hier und da eine Säule, geborstenes Mauerwerk und ein Teil des Amphitheaters, in dem Bischof Augustinus früher einmal den Bürgern von Bulla Regia wegen ihres lasterhaften Lebens heftig die Leviten gelesen hatte. Die Ruinen der zweistöckigen römischen Luxusvillen boten einen wenig einladenden Anblick. Während des Winters wurde üblicherweise der oberirdische Teil des Hauses genutzt, sodass seine Bewohner in den Genuss der wärmenden Sonnenstrahlen kamen. Im Sommer zogen sie sich dann in die unterirdischen Räumlichkeiten zurück, wo sie vor der sengenden Hitze geschützt waren. Zahlreiche dieser Gewölbe hatten das Erdbeben ohne gravierende Schäden überstanden.

Renee führte sie über das antike Straßenpflaster, erläuterte die Geschichte und die Bedeutung der Ausgrabungsstätte und blieb gelegentlich stehen, um sie auf Details der Mosaike aufmerksam zu machen, über die sie gerade schritten. Renee geleitete sie an den antiken Kunstwerken vorbei, als Remi anhielt und auf eine Menschengruppe in einiger Entfernung deutete. »Sind das nicht Warren und Amal?«

Sam blickte in die angegebene Richtung, während die Frau und drei Männer hinter den Mauerresten eines Patrizierhauses verschwanden.

Renee überschattete die Augen und schaute ebenfalls in die Richtung. »Das müsste Amal gewesen sein. Sie veranstaltet manchmal Führungen, um sich ein bisschen Taschengeld für ihr weiteres Studium zu verdienen. Allerdings wüsste ich keinen Grund, weshalb auch Warren hier sein sollte. Zumal er ja wusste, dass ihr hierherkommt und ich ihn heute Vormittag bei der Ausgrabung brauchte.« Sie warf einen letzten Blick in Richtung der verschwundenen Gruppe, dann steuerte sie auf eine rechteckige schachtähnliche Vertiefung zu, die durch ein Geländer gesichert wurde. »Nehmt euch bloß in Acht«, warnte sie, während sie in ein mit sechs Granitsäulen umgebenes Peristyl in etwa sieben Meter Tiefe hinabblickte. Über den Säulen befanden sich große sechseckige Fensteröffnungen, durch die Licht in den unterirdischen Korridor drang. »Dies ist einer meiner liebsten Funde«, sagte sie, während sie auf einer Treppe ins Herz der Villa hinunterstiegen. Sie trat zur Seite, damit ihre Begleiter das Bodenmosaik in seiner ganzen farbenfrohen Pracht betrachten konnten.

Remi ließ sich auf ein Knie sinken, um die detailreich gestalteten Meereskreaturen und zwei Putten, die rittlings auf Delfinen saßen, genauer in Augenschein zu nehmen. Eine der Putten trug einen Korb voller Edelsteine auf den Armen, die andere hielt einen Spiegel in den Händen – Geschenke für eine Venus, die von zwei Zentauren auf Händen getragen wurde und deren Kopf von einem Heiligenschein umgeben war. »Erstaunlich.«

»Das denke ich auch, wenn ich hierherkomme, um zu arbeiten.« Renee seufzte, während sie sich umschaute, dann begann sie, die Treppe hinaufzusteigen. »Wer hätte vor all den Jahren wohl gedacht, dass unsere Träume in Erfüllung gehen würden?«

»Wir hatten es gedacht«, sagte Remi. Sam lachte. Ganz bestimmt gingen ihm in diesem Augenblick all die gefährlichen Situationen durch den Kopf, in die sie geraten waren und aus denen sie sich hatten befreien können. »Allerdings nicht ganz so, wie Sie es geplant hatten. Oder, Mrs. Fargo?«

Sie sah ihn an und ergriff seine Hand. »Aber auch nicht annähernd.«

Renee wartete am oberen Ende der Treppe auf sie. »Was für euch beide ein Spaß ist, finden wir normalen Menschen ein bisschen extrem.« Plötzlich fuhr sie herum, und ihre Augen weiteten sich, als jemand sie die Treppe hinunterstieß und ihr gleichzeitig die Schultertasche entriss.

KAPITEL DREI

Ein Baum bewegt sich nicht, es sei denn,
es weht ein Wind.

– NIGERIANISCHES SPRICHWORT –

Sam fing Renee auf, als sie ihm auf den Stufen entgegen-
stürzte. Sobald sie wieder sicheren Stand hatte, rannte
er die Treppe hinauf. Der Mann, der sich Renees Tasche
geschnappt hatte, wühlte sie gerade durch, als Sam auf
der Treppe auftauchte. Er schaute hoch, dann ergriff er
die Flucht. Sam verfolgte ihn über die schmalen Wege des
Archäologieparks bis hinaus zu dem Platz, auf dem ihre
Autos parkten, als ein dunkles SUV über die Schotterfläche
kurvte und eine dichte Wolke aus Staub und Sand in die
Luft wirbelte, während es eine Vollbremsung ausführte.
Sam holte zügig auf, während der Mann hinter dem Lenkrad sich zur Seite lehnte und die Beifahrertür aufstieß. Der
Dieb wandte den Kopf, entdeckte Sam und schleuderte
ihm die Tasche entgegen.

Sam wischte sie mit einer Handbewegung beiseite,
bekam dafür das Hemd des Mannes zu fassen, verlor es
jedoch gleich wieder aus dem Griff, als der Mann in das
SUV hechtete. Der Geländewagen startete sofort durch
und entfernte sich. In den wenigen Sekunden, die Sam
brauchte, um zu erkennen, dass das hintere Nummern-

schild des Wagens fehlte, kurbelte der Dieb das Seitenfenster herunter und warf Renees Brieftasche hinaus.

Sam erreichte sie, hob sie auf und ging zurück, um die Tasche aufzunehmen, während Remi und Renee eilig herbeigerannt kamen.

Er reichte Renee die beiden offenbar verschmähten Beutestücke. »Du bist doch nicht verletzt, hoffe ich? Oder doch?«

»Nein, nein. Mehr als alles andere bin ich verärgert«, sagte sie und klappte die Brieftasche auf, um nachzusehen, was fehlte. »Die Häufigkeit der Taschendiebstähle hat erheblich zugenommen, vor allem in der näheren Umgebung unseres Ausgrabungsfeldes. Wäre ich ein bisschen klüger gewesen, hätte ich die Tasche im Wagen gelassen.«

»Ist denn irgendetwas gestohlen worden?«, fragte Remi.

»Ein paar Dinar, aber das ist es auch schon. Wenn ihr mich fragt, dann haben sie mich für eine reiche Touristin gehalten und hatten keine Ahnung, dass ich hier bin, um zu arbeiten.« Sie ließ die Brieftasche in ihre Schultertasche fallen, dann tastete sie ihre Hosentasche ab. »Die Schlüssel sind dort, wo sie hingehören … Ich würde empfehlen, dass wir uns auf den Weg machen.«

»Willst du nicht die Polizei benachrichtigen?«, fragte Sam.

»Wenn sie etwas Wichtiges erbeutet hätten – wie meine Schlüssel oder meinen Pass –, dann würde ich das sicherlich tun. Aber wegen ein paar Geldscheinen? Das lohnt doch die Mühe nicht.«

Als sie zu ihren Wagen kamen, folgten sie Renee am Archäologiepark vorbei in Richtung der Berge und parkten hinter ihr, als sie schließlich anhielt und aus ihrem Wagen ausstieg.

»Dies ist unser Ausgrabungsfeld«, erklärte sie, während

sie, Remi und Sam sich einen Hügelabhang hinuntertasteten bis zu einer Stelle, wo Hank zwei jüngere Männer beobachtete, die in einem durch Schnüre markierten Bereich knieten und mit Pinseln Sand und Staub aus einem Abschnitt der Ausgrabungsstätte entfernten. »Von hier aus gibt es nicht viel zu sehen, aber wenn man nahe herangeht, ist es absolut außergewöhnlich.«

Hank bemerkte sie und kam zu ihnen herüber. »Ah, die Fargos. Freut mich, Sie endlich auch persönlich kennenzulernen.«

»Das Vergnügen ist ganz auf unserer Seite«, erwiderte Sam und schüttelte ihm die Hand.

»Ist Warren schon zurück?«, fragte Renee LaBelle.

»Nicht dass ich wüsste.« Hank runzelte die Stirn. »Sie sehen ein bisschen angegriffen aus, LaBelle. Ist alles okay?«

»Man hat mir die Handtasche klauen wollen. Es hat aber nicht geklappt, sollte ich hinzufügen. Sam ist hinter dem Kerl hergerannt und hat die Tasche zurückgeholt.«

Hank warf einen Blick auf die Tasche, die über ihrer Schulter hing. »Da es hier seit einiger Zeit wieder von Taschendieben wimmelt, sollten Sie besonders gut aufpassen.«

Sam nickte in Richtung der beiden jungen Männer auf dem Ausgrabungsfeld. »Was gibt es da draußen zu sehen?«

»Dies«, antwortete Renee, »ist die neue Fundstätte, die sich möglicherweise als eine weitere Villa entpuppt. Im vergangenen Jahr haben wir uns einen topografischen Überblick verschafft, einige Bohrungen durchgeführt und mehrere Probeschächte ausgehoben. Noch haben wir mit den eigentlichen Ausgrabungen gar nicht begonnen, aber auch in den oberen Schichten sind wir schon fündig geworden.«

Hank öffnete den Schraubverschluss seiner stählernen Wasserflasche. »Was wir gefunden haben, war nicht ganz so aufregend wie die unterirdischen Räume, die wir zurzeit freilegen. Sie sollten mit Ihren Besuchern runtersteigen, damit Sie alles zu sehen bekommen. Es ist einfach phantastisch. Und da wir dort mittlerweile über elektrischen Strom verfügen, können wir auch nachts arbeiten.«

»Das kann noch warten. Ich möchte die Fargos erst noch mit meinen Studenten bekannt machen«, sagte die Archäologin und deutete auf die beiden jungen Männer draußen auf dem Grabungsfeld. »José ist Spanier, und Osmond kommt aus Ägypten. Ich habe ihnen schon von euren… Eskapaden erzählt. Josés Hobby ist ebenfalls die Schatzsuche. Für ihn wird es sicher ein besonderes Erlebnis sein, euch kennenzulernen.«

»Sie sollten das Tageslicht nutzen«, sagte Hank. »Die beiden laufen ja nicht weg.«

»Das ist natürlich ein Argument.« Renee LaBelle lächelte Sam und Remi an. »Sollen wir?«

Sam schaute zu den Männern hinüber, die es offenbar kaum erwarten konnten, den Besuchern vorgestellt zu werden. »Ich mache mich mit ihnen bekannt und komme gleich nach.«

»Ich begleite Sam«, sagte Hank zu Renee. »Nehmen Sie einen Eimer Wasser mit, wenn Sie richtig Eindruck schinden wollen.«

»Das werden wir.« Renee sah Remi mit einem verheißungsvollen Lächeln an. »Das musst du dir unbedingt anschauen… Hatte ich schon erwähnt, dass der Ort mit einem Fluch belegt wurde?«

KAPITEL VIER

In der Eile ist kein Segen.

– SWAHILISCHES SPRICHWORT –

»Mit was für einem Fluch denn?«, wollte Remi wissen, während Renee zu der Villa vorausging.

»Nicht dass ich an diese Dinge glaube, aber es heißt, dass der Bruder des letzten Vandalenkönigs deswegen einen grausamen Tod gefunden habe.« Renee blieb ohne Vorwarnung wie angewurzelt stehen. Ein Grinsen lag auf ihrem Gesicht. »Angesichts der steigenden Diebstahlsrate in der Umgebung ist mir gerade eingefallen, dass ich Warnschilder aufstellen sollte. *Dieses Gelände ist mit einem Fluch belegt und für die allgemeine Öffentlichkeit gesperrt. Unbefugte müssen mit einem gewaltsamen Tod rechnen.*«

Sie lachten, und dann gingen sie einige Minuten lang weiter den Trampelpfad hinunter zu einem mit Maschendraht abgesperrten Areal. Ein Vorhängeschloss mitsamt Kette hing an dem offenen Tor, und gelbe Warnschilder, die rund um das Gelände platziert waren, verkündeten *Achtung! Ausgrabungsarbeiten.*

Renee deutete nach links. »Wir vermuten, dass irgendwo dort drüben die Treppe ist. Verschüttet unter Tonnen von Geröll und dem Staub von Jahrhunderten.«

»Ich dachte, man habe so gut wie alles ausgegraben,

was hier zu finden war, und dass die wesentliche Aufgabe jetzt das Konservieren der Fundstücke sein würde.«

»Genau das hatte ich auch erwartet, bis ich Amal kennenlernte.« Sie lächelte verschwörerisch. »Bei dieser Gelegenheit erfuhr ich auch von dem Fluch. Er war nämlich das Thema ihrer Doktorarbeit. Aber der Hinweis, dass die Stadt wesentlich größer und bedeutender gewesen sein muss, ergab sich aus umfangreichen mündlichen Überlieferungen über Bulla Regia, die durch die Frauen ihrer Familie von Generation zu Generation weitergetragen wurden. Seht ihr das Haus dort oben?«, fragte sie und deutete auf die andere Seite des Grabungsfeldes. »Da wohnt sie zusammen mit ihrer Mutter. Der Olivenhain, der den gesamten Berghang bedeckt, und das Land dahinter – all dies ist seit Generationen im Besitz ihrer Familie. Die Universität hat die Häuser am Fuß des Hügels gemietet. Dort sind unsere Leute untergebracht.«

Ein Windstoß fuhr durch die ehrwürdigen Bäume und schüttelte die knorrigen Äste. »Das ist eine Warnung – ganz sicher«, raunte Remi mit todernster Miene, als einige lose Laubblätter durch die Luft segelten und zu Boden sanken.

»Das will ich doch nicht hoffen«, erwiderte ihre Studienfreundin. »Das Letzte, was ich jetzt brauchen kann, ist, mich mit den Auswirkungen eines jahrhundertealten Fluchs herumzuschlagen. Weiß der Himmel, diese Geschichte hat während der vergangenen Monate schon genug Probleme verursacht.«

»Welche Probleme denn?«

»Bei unserer Suche nach Helfern. Irgendwie muss das Gerücht von dem Fluch die Runde gemacht haben, und schon mussten wir erleben, dass niemand mehr bereit war, auch nur einen Fuß auf unsere Ausgrabungsstätte zu setzen.« Sie entfernte die Sperrkette und drückte das Tor auf. »Aber zum Glück sind unsere Studenten nicht abergläubisch. Sie waren wirklich fleißig und haben die Zeit aufgeholt, die wir bei unserer vergeblichen Suche nach Arbeitskräften verloren hatten.«

»Mal abgesehen von dem Fluch, was in Amals Geschichte hat euch überhaupt auf die Idee gebracht hierherzukommen?«

»Ihr Foto von einem Kohlenbrenner – oder, genauer gesagt, von dem Deckel eines solchen Gefäßes, der auf dem Kaminsims im Haus ihrer Mutter lag. Laut Amals Schilderung fand ihre Großmutter ihn, als sie noch ein junges Mädchen war, gar nicht weit von der Stelle entfernt, an der wir zurzeit graben.« Sie reichte Remi einen Schutzhelm. »Die Grabungsstätte ist zwar mit Verstrebungen und Stützen gesichert, aber es besteht immer die Gefahr, dass Mauerwerk oder Gipsverzierungen von der Decke herabfallen.«

Remi verstaute ihre Sonnenbrille in der Brusttasche ihrer Leinenbluse, dann setzte sie den Schutzhelm auf. Sie folgte Renee auf eine aus Holzbohlen gezimmerte Plattform, die eine Öffnung einrahmte, von der eine Aluminiumleiter in die Tiefe führte. Neben der Leiter lag ein Seil, an dem ein Zinkeimer befestigt war. »Wie tief geht es hinunter?«, fragte Remi, während sie in den Schacht blickte.

»Sechs bis sieben Meter.« Renee betrat die Leiter als Erste und kletterte an einem Gewirr von Plattformen, Gerüsten und Flaschenzügen vorbei abwärts. »Du wirst staunen, wenn du das Bodenmosaik siehst.«

Die Temperatur sank spürbar, während sie abstiegen,

und es dauerte einige Zeit, bis sich Remis Augen auf die gedämpfte Beleuchtung in den unterirdischen Räumen eingestellt hatten. Schließlich konnte sie aber auch die staubigen Wände aus dünnen, breiten Ziegeln erkennen, die für Bauten des Römischen Reichs im zweiten Jahrhundert so typisch waren. An einem Ende der Kammer, die sich vor ihnen erstreckte, befand sich ein hoher gewölbter Durchgang, hinter dem sich geborstenes Mauerwerk auftürmte, wo stellenweise die Decke eingebrochen war. Am Geländer der ersten Plattform hatte man eine Arbeitslampe befestigt. Ihr dickes orangefarbenes Stromkabel schlängelte sich bis dicht über dem Schuttberg an der Schachtwand hinab.

»Das sind die Spuren des Erdbebens.« Renee schaltete den Scheinwerfer ein und richtete ihn auf einen Bereich, der mit gelb-schwarzem Plastikband abgetrennt war, das sich zwischen dem Stützgerüst und einem Sägebock spannte. »Wir können uns glücklich schätzen, dass noch so viel von der Bausubstanz erhalten ist.«

Dann schaltete sie die Lampe wieder aus, und die beiden Frauen gelangten an das Ende der Leiter. Dort schraubte Renee ihre Feldflasche auf und schüttete auf einen Teil des Mosaiks Wasser. Als die Flüssigkeit die Gesteinsreste auf dem Boden der Kammer wegspülte, schimmerte das Mosaik, das zum Teil aus Halbedelsteinen bestand, durch und gewann an erstaunlicher Tiefe. Es zeigte einen Tempel, auf dessen unterer Treppenstufe eine männliche Gestalt lag. »Ist das nicht phantastisch?«

»Wunderschön.«

»Der Mann, der auf der Tempeltreppe liegt und ins Wasser hinabblickt, müsste Narcissus sein. Echo ist hinter dem Baum auf der anderen Seite des Tempels zu sehen. Sie ist wunderbar getroffen.« Renee versuchte, den Rest Wasser ihrer Flasche auf dem Boden zu verteilen. Es trocknete sehr schnell. »Leider ist es nicht allzu deutlich zu erkennen. Man braucht eine ganze Menge Wasser, um sich einen vollständigen Eindruck zu verschaffen. Ich sollte den Eimer oben füllen und herunterholen.«

»Ich begleite dich«, sagte Remi.

»Bis zum Wassertank ist es nicht sehr weit. Lass dir Zeit und schau dich gründlich um. Aber bleib auf jeden Fall auf dieser Seite der Absperrung.«

Renee stieg die Leiter durch das Labyrinth von Gerüstbalken und Plattformen hinauf, dann erreichte sie die Erdoberfläche und verschwand durch die Schachtöffnung.

Remi suchte sich einen Weg zwischen den Verstrebungen des Gerüsts, das den größten Teil des Vorraums ausfüllte, betrachtete die kunstvollen Mosaikmuster und versuchte, sich vorzustellen, wie es gewesen sein muss, Jahrhunderte zuvor in dieser Region zu wohnen. Einige Teile des Mosaiks hatten sich entlang einer Spalte gelockert, die unter den Trümmern bis zum anderen Ende des Raums verlief. Sie bückte sich, um mehr Einzelheiten zu erkennen, als ein weiterer Windstoß in die Kammer drang und bewirkte, dass Gerüst und Plattformen erzitterten und knarrten, als wären es die Planken im Laderaum eines altertümlichen Segelschiffs. Der aufgewirbelte Staub zwang sie, die Augen zu schließen und abzuwarten, bis sich alles beruhigt hatte. Dann wandte sie ihre Aufmerksamkeit wieder dem Mosaik zu, bewunderte die Sorgfalt, mit der es geschaffen worden war, und fragte sich, wie lange es wohl gedauert hatte, jedes der winzigen farbigen Steinchen genau in seiner vorgesehenen Position zu platzieren.

»Bist du noch da unten?«

Remi schaute hoch und entdeckte die Silhouette ihrer Freundin am Rand der Öffnung der oberen Plattform. »Ich konnte mich nicht losreißen.«

»Du solltest lieber ein Stück zur Seite aus dem Schacht herausgehen, falls der Eimer schaukelt und Wasser herausschwappt und dich trifft. Die Anlage ist ziemlich primitiv, aber ich versuche, den Eimer so weit zu steuern, dass er nicht auf dem Mosaik landet, wenn er unten ankommt.« Sie hängte den Eimer an einen Haken, und das Seil lief knarrend durch die Rolle, als sie die Kurbel drehte. Der Eimer hatte nur wenige Meter zurückgelegt, als ein lautes Knacken ertönte und sie erschrocken innehalten ließ.

»Was war das?«, fragte Remi. Wassertropfen trafen sie, als der Eimer über ihrem Kopf hin- und herschwang.

Es dauerte einen Moment, ehe Renee antwortete. »Ich glaube, es war die Seilrolle.«

»Was immer es gewesen sein mag, gut war es sicher nicht. Vielleicht sollten wir auf das Wasser verzichten.«

Renee, die das Seil festhielt, an dem der Eimer hing, nickte. Aber als sie versuchte, es wieder auf die Rolle zu bugsieren, erklang ein weiteres Knacken, und der mit Wasser gefüllte Eimer rauschte abwärts. Um ihn aufzuhalten, stellte sie einen Fuß auf die Seilschlingen auf der Plattform. Eine Schlinge rutschte unter dem Fuß hervor, wickelte sich um ihr Bein und riss sie über den Rand der Plattform. Plötzlich war sie es, die in die Tiefe stürzte, während der Eimer mit dem gleichen Tempo in die Höhe schoss. Remi wappnete sich, den Sturz ihrer Freundin zu stoppen. Aber das Seil straffte sich, und die Archäologin kam mit einem heftigen Ruck zum Stillstand und schwang über Remis Kopf hin und her, zu weit entfernt, um sie mit den Händen zu erreichen.

»Bist du okay?«

»Heilige …«

Erst als sich Renee um die eigene Achse zu drehen begann, erkannte Remi, dass nur das Seil, das sich um ihr Bein geschlungen hatte, sie vor dem Absturz bewahrte.

»Halt dich am Gerüst fest!«, rief Remi.

Renee streckte eine Hand aus, bekam eine der röhrenförmigen Verstrebungen zu fassen und bremste ihre Pendelbewegung. Mehrere Sekunden verstrichen, ehe sie einen Laut von sich gab, der wie ein verhaltenes Kichern klang. »Erinnerst du dich noch an die Party in unserem ersten Studienjahr? Im Moment fühle ich mich genauso wie damals, als ich einen Mordskater hatte.«

»Du wirst dich noch viel schlimmer fühlen, wenn du von dort oben runterfällst.« Remi angelte ihr Smartphone aus der Tasche, um Sam anzurufen. Keine Verbindung.

»Was meinst du, ist diese Verlängerungsschnur stark genug?«

Remi betrachtete prüfend das orangefarbene Kabel, das von dem Gerüst herunterhing. »Ich weiß nicht, ob das eine gute Idee ist. Halt dich fest. Ich komme zu dir. Vielleicht kann ich dich auf die Plattform ziehen und das Seil kappen.« Aber als sie einen Fuß auf eine Leiterstufe setzte und ihr Gewicht darauf verlagerte, hörte sie ein Knirschen, während Sand und Geröll von oben auf sie herabprasselten.

Sie erstarrte zur Salzsäule. Nur ein weiterer Schritt, und sie brächte das gesamte Gerüst zum Einsturz.

KAPITEL FÜNF

Wenn das Glück nicht anklopft, dann bau ihm eine Tür.
– AFRIKANISCHES SPRICHWORT –

Als Sam das durchdringende Knirschen hörte, fuhr er herum. »Was war das?«

»Keine Ahnung«, sagte Hank.

Sam rannte den Berghang hinab, vorbei am Wassertank, von wo er bereits die Überreste einer Aussichtsplattform erkennen konnte, die über einer großen Schachtöffnung errichtet worden war. »Remi?«

»Hier unten«, rief sie. »Renee hat sich im Seil verheddert. Gleichzeitig hat die Plattform nachgegeben und hat Schlagseite bekommen.«

Er atmete erleichtert auf, als er die Stimme seiner Frau hörte. Als er die Plattform erreichte, prüfte er mit einem Fuß ihre Stabilität. Sie veränderte ihre Lage nicht, und er beugte sich vor, um einen Blick in den Schacht zu werfen. Mehrere Balken und Bretter in der Nähe des Eingangs waren geborsten. Ein zerbeulter Eimer hatte sich in einem Rollensystem verkeilt. Das dicke Seil verschwand in der Kammer am Fuß des Schachts. Was er nicht erwartet hatte, war der Anblick von Remis Freundin, die an diesem Seil hing, die Arme zwischen dem Seil und der Leiter ausgestreckt wie eine Trapezartistin.

»LaBelle!«, rief Hank und eilte zur Plattform.

Sam hielt ihn mit einer Handbewegung auf. »Stopp. Ich weiß nicht, welches Gewicht die Konstruktion trägt.«

Hank blieb am Rand stehen. »Ist sie okay?«

»Bis jetzt ja. Haben Sie vielleicht irgendein Seil?«

Hank nickte.

»Dann holen Sie es.«

Hank rannte zu seinem Wagen, öffnete eine Reisetasche im Kofferraum und kam mit einem aufgeschossenen Seil zurück. Er reichte es Sam und fragte: »Was kann ich tun?«

»Parken Sie Ihren Wagen so dicht wie möglich am Rand der Plattform«, antwortete Sam, während er das eine Ende des Seils zu einem Gurtgeschirr flocht.

Hank befolgte die Anweisung, dann kam er zu Sam zurück. »Können wir sie nicht einfach mit dem Seil auf der Rolle hochziehen?«

»So ist es sicherer«, sagte Sam und vergeudete keine Zeit, um zu erklären, welche Folgen sich aus Hanks Vorschlag ergeben konnten. Das Seil, das sich um ihr Bein gewickelt hatte, die Schäden am Gerüst, die nicht allzu viel Vertrauen erweckende Verankerung der Leiter – und ganz zu schweigen davon, was alles während des Rettungsversuchs den Halt verlieren und in die Tiefe stürzen konnte – all das würde Remi nur in Gefahr bringen.

Er befestigte das Seil an dem Abschlepphaken unter der vorderen Stoßstange des Wagens, schlüpfte ins Gurtgeschirr und tastete sich bis zur Schachtöffnung vor. Der Querbalken über der Plattform mit dem Flaschenzug war zusammengebrochen. Zum Glück waren ein Tragebalken der Plattform und die Aluminiumleiter noch intakt. Beide schienen ausreichend stabil, um den Absturz des Eimers zu verhindern, der zwischen den Rollen eingeklemmt war, und Renee LaBelle gleichzeitig in der Schwebe zu halten. »Remi, halt dich zurück. Ich komme runter.«

Er trat über den Rand der Schachtöffnung und hangelte sich vorsichtig abwärts, bis er sich auf Renees Höhe befand. Ein dünner Blutfaden sickerte aus ihrem Haar über ihre Stirn. »Bist du verletzt?«

»Nein, wenn man meinen lädierten Stolz nicht mitzählt.«

»Schaffst du es, dich an meinen Schultern festzuhalten und dich an mich zu klammern, während wir hochgezogen werden?«

»Keine Frage.«

Sam ergriff ihr Handgelenk, während sie einen Arm um seinen Oberkörper schlang, und hielt es fest, ehe er seinen Griff am Gerüst löste. Er sah Remi unter sich, die sich an die Wand des Schachtes drückte und seine Rettungsaktion verfolgte.

Sie entspannte sich, sobald er und Renee die Schachtöffnung erreichten, und rief zu ihm hinauf: »Du denkst doch hoffentlich daran zurückzukommen, um mich hier rauszuholen.«

»Habe ich dich jemals im Stich gelassen?«

»Es gab mal eine Situation vor …«

Sam wartete, bis Hank seiner Chefin geholfen hatte, sich auf der Plattform in Sicherheit zu bringen, ehe er wieder zu seiner Frau hinuntersah. »Ich habe dich niemals ohne triftigen Grund zurückgelassen.«

»Ich bin sicher, dass du damals eine einleuchtende Erklärung hattest.«

Sam befreite sich aus dem Gurtgeschirr und ließ es zu seiner Frau hinab. Sie schlüpfte hinein, und er hievte sie hoch. »Kannst du mir verraten, welchen Grund ich damals genannt habe?«, fragte er, sobald sie wohlbehalten neben ihm stand.

»Meine Erinnerung ist ein wenig verschwommen.«

»Passenderweise, würde ich meinen.«

Sie gab ihm einen Kuss. »Warum sollen wir alte Geschichten aufwärmen?«

Arm in Arm gingen sie zum Wagen. Renee LaBelle saß auf dem Beifahrersitz und untersuchte ihr linkes Bein, das angeschwollen war. Ein Bluterguss zeichnete sich als dunkler Fleck auf der Haut ab. Sie lächelte Remi an. »Zwei Mal an einem Tag. Ich glaube, an dieser Geschichte mit dem Fluch ist doch was dran.«

Hank beugte sich besorgt zu ihr hinunter. »Sind Sie ganz sicher, dass wir Sie nicht ins Krankenhaus bringen sollen?«

»Mir geht es gut. Ich habe mir nur den Kopf an der Leiter gestoßen. Es blutet schon gar nicht mehr. Remi, sag ihm, dass ich okay bin.«

Remi nahm den Kopf ihrer Freundin näher in Augenschein. »Ich glaube, die Wunde sollte genäht werden. Wann bist du zum letzten Mal gegen Tetanus geimpft worden.«

»Ich habe keinen Schimmer. Und was ist mit dem Mittagessen? Wir wollten doch die Gelegenheit nutzen und die Buchhaltung durchgehen.«

»Die Bücher können warten«, sagte Remi.

»Das denke ich auch, Mrs. Fargo.« Hank sah Renee besorgt an. »Sie gehören ins Krankenhaus, LaBelle. Erst wenn man Sie dort sachgerecht versorgt hat, können wir zur Tagesordnung übergehen und uns darüber unterhalten, was hier wirklich passiert ist.«

Hank fuhr mit Renee voraus, während Sam und Remi in ihrem Mietwagen folgten. Etwa eine Viertelstunde nachdem sie das Krankenhaus betreten hatten, kam eine junge dunkelhaarige Frau in die Lobby gestürmt, schaute sich suchend um und kam auf Renee zu. »Dr. LaBelle!«

Renee lächelte sie beruhigend an. »Amal, Sie hätten sich den weiten Weg sparen können.«

»Ich musste mich vergewissern, dass Ihnen nichts Ernstes zugestoßen ist«, erwiderte die Frau atemlos.

»Mir geht es gut. Wahrscheinlich hab ich mir nur den Knöchel verstaucht.«

»Oder angebrochen«, meinte Hank. »Aber das wissen wir erst, nachdem das Bein geröntgt wurde.«

Amal ergriff Renees Hand und ließ sie gleich wieder los, als sie Sam und Remi bemerkte. »Mr. und Mrs. Fargo. Entschuldigen Sie, dass ich Sie nicht gleich erkannt habe. Ich bin Amal.«

»Ich freue mich, Sie endlich persönlich kennenzulernen«, sagte Remi. »Wir glaubten, Sie vorhin mit einigen Leuten bei einer Führung gesehen zu haben.«

Amal war sichtlich irritiert. »Nein. Das bin ich nicht gewesen.«

»Dann war es ein Irrtum«, sagte Remi. »Wie dem auch sei, wir sind jedenfalls froh, dass Sie sich bereit erklärt haben, uns in die Schule zu begleiten.«

»Das ist alles nicht nur aufregend, sondern geradezu überwältigend.« Sie wandte sich zu Sam um und lächelte ihn an, während sie ihm eine Hand entgegenstreckte. In dem Moment, als ihre Finger einander berührten, zuckte sie zurück, dann fasste sie sich plötzlich an den Hals und rang nach Luft, als könnte sie nicht mehr atmen.

KAPITEL SECHS

Ein Freund ist jemand, der alles von dir weiß
und trotzdem dein Freund bleibt.

– AFRIKANISCHES SPRICHWORT –

»Sollen wir einen Arzt rufen?«, fragte Remi, während Hank einen Arm um Amals Schultern legte und sie zu dem Stuhl neben Renee führte, auf den sie sich sinken ließ.

»Es wird ihr gleich besser gehen«, sagte Hank und tätschelte ihre Hand.

Renee nickte. »Das arme Ding hat manchmal Panikattacken. Sie muss sich nur wieder beruhigen.«

Falls Amal hörte, was sie sprachen, verriet sie es durch keine Reaktion. Ihre dunklen Augen starrten blicklos in die Ferne, während sie halblaut etwas murmelte, das klang wie »Sat-er… Sat-er«.

Remi blickte zu Hank, dann zu Renee und stellte fest, dass beide einen vollkommen unbesorgten Eindruck machten. »Bist du sicher, dass alles mit ihr in Ordnung ist?«

»Ganz sicher«, bekräftigte Renee. »Man muss sie nur für eine Minute in Ruhe lassen. Sie driftet gelegentlich geistig ab und murmelt dann irgendwelche seltsamen Worte. Die französischen und englischen verstehe ich, da sie damit aufgewachsen ist. Überraschend sind aber die lateinischen und die griechischen.«

»Sie studiert doch Archäologie, nicht wahr?«, sagte Hank. »Dann ist es vielleicht gar nicht so überraschend.«

»Das ist ein Argument. Auf jeden Fall ist es nichts Schlimmes.«

Und tatsächlich, Renee hatte den Satz kaum beendet, als Amal ein-, zweimal blinzelte. »Ich hatte wieder einen dieser Anfälle, nicht wahr?«

Renee nickte.

»Ich weiß nicht, weshalb mir das immer wieder passiert. Vielleicht sollte ich nach Hause gehen. Wenn ich mich beeile, erwische ich vielleicht noch mein Taxi, ehe es wieder zurückfährt.«

»Reden Sie keinen Unsinn«, sagte Renee. »Hank kann Sie doch jederzeit fahren.«

»Nein.« Sie lächelte verlegen und stand auf. »Ich möchte nicht, dass Sie hier festhängen.«

»Das tun wir gar nicht«, widersprach Hank. »Die Fargos sind motorisiert. Ich glaube, sie werden Dr. LaBelle ebenfalls sicher zurückbringen.«

»Aber erst nach dem Essen«, sagte Renee. »Ich bin vollkommen ausgehungert.«

Hank lachte, dann begleitete er Amal hinaus.

Remi wartete, bis sich die Türen hinter ihnen geschlossen hatten, ehe sie sich bei Renee nach Amals Gesundheitszustand erkundigte.

»Ihr Arzt meint, diese leichten Anfälle würden durch zu viel Stress verursacht. Sie sind auch der Grund, weshalb sie sich nicht selbst hinters Lenkrad setzt.«

Sam fragte: »Ist es ihr dann zuzumuten, uns zur Schule zu begleiten?«

»Wenn wir mit ihr dorthin kommen, sicher. Offen gesagt, ich war überrascht, dass wir sie überhaupt überreden konnten, an dem Symposium teilzunehmen. Sich in einer fremden Umgebung aufzuhalten, scheint die Anfälle eher zu begünstigen, daher meidet sie eigentlich solche Gelegenheiten. Aber sie liebt Kinder, und ich nehme an, dass ihr dieser Ausflug guttun wird.«

»Renee LaBelle?«

Sie schauten hoch und sahen eine Krankenschwester, die einen Rollstuhl in die Lobby schob. Renee hob eine Hand, und die Schwester kam herüber und half ihr, sich in den Rollstuhl zu setzen. »Ich bringe Sie in die Röntgenabteilung.«

Eine gute Stunde später wurde Renee entlassen, einen Verband um die Stirn, auf ein Paar Krücken gestützt, um ihren Knöchel zu entlasten. Sie beschwerte sich über die Tetanus-Spritze, die man ihr in den linken Arm verabreicht hatte. »Sie war schmerzhafter als die drei Stiche, mit denen die Kopfwunde genäht wurde.«

Remi lachte. »Du klagst schon jetzt über Schmerzen? Warte nur bis morgen.«

»Das sind ja schöne Aussichten«, meinte Renee, lehnte sich an den Türrahmen und wartete darauf, dass Sam mit dem Wagen vorfuhr.

»Bist du immer noch entschlossen, essen zu gehen?«

»Na klar. Fragt sich nur, wo. Ich schicke Hank eine SMS, damit er weiß, wo er mich aufgreifen kann.«

Sie entschieden sich für das Hotel, in dem die Fargos abgestiegen waren, da es nicht so weit vom Krankenhaus entfernt lag. Sam begleitete beide Frauen in den Speisesaal, setzte sich selbst jedoch nicht mit an den Tisch. »Ich muss noch ein paar Telefonate führen. Ich glaube, ich bestelle mir nachher etwas beim Zimmerservice und lasse euch beide in euren Erinnerungen schwelgen.« Er beugte sich zu Remi hinunter, gab ihr einen Kuss auf die Wange und verließ das Restaurant.

Da Renee im Krankenhaus eine Schmerztablette eingenommen hatte, bestellte sie sich einen Virgin Bloody Mary, während Remi sich für die klassische Variante entschied. Als die Cocktails serviert wurden, hob Renee ihr Glas. »Auf alle alten Freunde. Sie sind die besten.«

»Auf die besten Freunde. Bessere gibt es nicht.« Remi hob ihr Glas und stieß mit Renee an, ehe sie einen Schluck trank. »Zum Teufel! Das nenne ich wirklich scharf!«

»So mag ich es am liebsten.«

Wenig später brachte der Kellner ihr Mittagessen an den Tisch, und sie stocherten auf ihren Tellern herum und unterhielten sich über alles andere als den wahren Grund, weshalb die Fargos sich in Tunesien aufhielten. Remi wartete, bis ihre Freundin die Mahlzeit fast beendet hatte, bevor sie das Thema anschnitt. »Was unseren gegenwärtigen Besuch betrifft…«

Renee seufzte. »Ich weiß, dass ihr den Unstimmigkeiten in der Buchhaltung auf den Grund gehen müsst.«

»Ich kann dir gar nicht beschreiben, wie sehr ich das hasse.«

»Nicht so sehr wie ich. Hank meinte schon, ich müsse dich anrufen. Ich…« Sie stellte ihr Glas auf die kleine Serviette, die als Untersetzer diente, und blickte Remi in die Augen. »Ich weiß nicht, weshalb ich mich nicht schon früher gemeldet habe, aber Hank hat den Verdacht, dass Warren Geld aus dem Ausgrabungsetat abgezweigt hat. Ich war mir sicher, dass Hank sich täuscht, aber als er mir die entsprechenden Seiten in den Büchern zeigte, gab es keinen Zweifel. Warren stritt alles ab, als Hank und ich ihn zur Rede stellten. Er hat sogar angekündigt, sich mit dir und Sam heute Vormittag zusammenzusetzen. Er hat versprochen, alles aufzuklären, sobald ihr hier seid. Aber er hat sich nicht blicken lassen, und dann ist dieser Unfall passiert, und, na ja, jetzt weißt du Bescheid.«

Ihre Worte kamen wie ein Sturzbach über ihre Lippen, und Remi brauchte einen Moment, um sie zu ordnen und zu verarbeiten. »Warren?« Sie versuchte, den Mann, den sie kurz kennengelernt hatte, mit dem in Einklang zu bringen, was ihre Freundin ihr gerade erzählt hatte. »Das glaube ich nicht. Er kam mir so …«

»Bieder – bescheiden vor?«

»Na ja, aber ich dachte, es sei echt. Ich hätte niemals vermutet, dass er ein Schwindler ist.«

»Das ist jedenfalls die einzige logische Erklärung.« Renee hielt inne, als zwei Männer das Restaurant betraten, neben dem Eingang stehen blieben und ihre Blicke nur einen kurzen Moment länger an den beiden Frauen hängen blieben, als es Remi angenehm war. Die Männer wandten sich wieder ab, und Renee fuhr fort: »Als Hank die Buchhaltung übernahm und auf Unstimmigkeiten stieß, war ich geschockt.«

»Wie lange ist das her?«

Renee LaBelle zögerte. Ihr war deutlich anzusehen, wie unangenehm ihr Remis Frage war. Schließlich lächelte sie verlegen. »Zwei … drei Wochen, bevor du anriefst.«

Dafür würde Sam wenig Verständnis haben. »Du hättest dich sofort melden sollen.«

»Ich weiß. Aber Hank und ich haben noch gehofft,

dass wir uns irrten. Nur, als Warren ausgerechnet an dem Tag verschwunden ist, als du und Sam hier eingetroffen seid…? Ich kann noch immer nicht glauben, dass er mir dies angetan hat.« Sie seufzte. »Der wesentliche Grund für mein Schweigen war, dass ich mich zutiefst geschämt habe. All das Geld, das ihr uns zur Verfügung gestellt hattet. Einfach weg.«

Ehe Remi Gelegenheit hatte, auf diese Feststellung zu reagieren, setzten sich die beiden Fremden am Eingang in Bewegung und kamen auf sie zu. Auch wenn es sehr wahrscheinlich war, dass sie nur zwei Männer waren, die daran interessiert waren, die Bekanntschaft von zwei attraktiven Frauen zu machen, die allein an einem Restauranttisch saßen, signalisierte ihr Bauchgefühl ihr etwas ganz anderes. Mit einer Hand tastete sie unauffällig nach dem Essbesteck, ergriff das Messer und versuchte zu entscheiden, welchen der beiden sie zuerst außer Gefecht setzen sollte.

KAPITEL SIEBEN

Überquere den Fluss in der Gruppe,
und das Krokodil wird dich nicht fressen.

– MADAGASSISCHES SPRICHWORT –

»Es tut mir leid, dass Sie Ihren Besuch unsretwegen abbre-
chen, Mr. Fargo.«

»Ich bin nur froh, dass Sie beide wohlauf sind, Pete«,
sagte Sam mit dem Mobiltelefon am Ohr, während er die
Treppe ins Foyer hinunterging. »Wir machen einen kleinen
Abstecher, ehe wir hinausfahren. Ich weiß, dass Remi einverstanden sein wird. Diese Schule liegt ihr am Herzen.«

»Das Schlimmste ist, dass wir zeitlich ins Hintertreffen
geraten. Das Projekt…«

Wie dessen Stand war, wollte Sam unbedingt wissen.
Aber in diesem Augenblick entdeckte er seine Frau im Restaurant. »Sie können mir alles berichten, wenn wir dort
sind. Jetzt möchte ich Remi erst einmal die Nachricht über-
bringen.«

Er schob das Telefon in die Hosentasche und drängte
sich an zwei Männern vorbei, die gerade in die gleiche
Richtung gingen. Sie warfen einen Blick auf Sam und
machten abrupt kehrt. Sam bemerkte, wie Remi ihnen
nachschaute, während sie eilig den Speisesaal verließen.
»Hab ich irgendetwas versäumt?«

»Ich bin mir nicht sicher«, sagte Remi. »Dein vorzeitiges Erscheinen hat offenbar jemandem einen Dämpfer verpasst.«

Renee schaute den Männern nach, als sie das Hotel verließen und die Richtung zum Parkplatz einschlugen. »Ich hatte wirklich angenommen, dass sie uns anbaggern wollten.«

Remi legte unauffällig das Messer, das sie ergriffen hatte, auf den Tisch zurück, während ihre Miene Sam signalisierte, dass sie etwas anderes vermutet hatte. »Ist irgendwas passiert?«

Sam blickte aus dem Fenster, während eine dunkle Limousine den Hotelparkplatz verließ. Die getönten Scheiben des Wagens verhinderten, dass er in seinem Innern etwas erkennen konnte. Während sich das Hotel in einer bevorzugten Lage befand, hatten sie während ihrer Rückfahrt vom Krankenhaus einige zwielichtige Viertel durchquert. Es kam nicht allzu selten vor, dass Hotelgäste Opfer von Raubüberfällen wurden, vor allem wenn sie wie hilflose Frauen aussahen, die ein leichtes Ziel wären. »Es gibt eine Planänderung«, sagte er. »Wir brechen schon morgen auf.«

»Weshalb das denn?« Remi sah ihre Freundin an, dann richtete sie den Blick wieder auf Sam. »Ich dachte, wir würden noch mindestens einen Tag hierbleiben.«

»Es hat sich etwas Unerwartetes ergeben«, erklärte er. »Der Lastwagen mit den Versorgungsgütern für die Schule hat es nicht geschafft.«

»Was meinst du damit, dass er es nicht geschafft hat?«, fragte Remi.

»Er ist auf der Straße überfallen und ausgeraubt worden. Ich erzähl dir alles im Wagen, während wir Renee zurückbringen.«

* * *

Hank konnte seine Überraschung nicht verbergen, als Sam die Tür öffnete und für Renee aufhielt, die über die Schwelle in das Haus humpelte, das sie sich mit den anderen Archäologen als vorübergehende Wohnung teilte. »LaBelle«, sagte er und sprang aus dem Liegestuhl auf, um sie zu stützen. »Ich habe mich die ganze Zeit bereitgehalten, um Sie abzuholen. Warum haben Sie nicht angerufen?«

Sam wartete, bis Renee die Schwelle überquert hatte, und schloss die Tür hinter ihr. »Es hätte wenig Sinn gehabt, wenn auch Sie noch ins Krankenhaus gekommen wären, während wir schon längst dort waren.«

»Vielen Dank«, sagte Hank und half Renee, in einem der Sessel Platz zu nehmen. Neugierig betrachtete er den losen Verband um ihren Knöchel. »Wie ich sehe, ist nichts gebrochen.«

»Nein, es ist eine Prellung«, sagte Renee. »Sie wollen, dass ich mindestens fünf Tage Ruhe halte und mich nicht an der Ausgrabungsstätte blicken lasse.«

»Fünf Tage? Das ist nicht schlecht.« Er nahm ihr die Krücken ab und lehnte sie an die Wand. »Warum dann so ein ernstes Gesicht.«

»Ihre Freunde in der Schule sind beraubt worden«, sagte Renee. »Sie haben sogar ihren Lastwagen gestohlen.«

»Das ist ja schlimm.« Hank sah Sam fragend an. »Was ist denn geschehen?«

»Eine Bande Straßenräuber lauerte dem Lastwagen irgendwo zwischen Jalingo und Serti auf und setzte sich daneben. Sie drohten mit einer Schrotflinte und zwangen Pete, am Straßenrand anzuhalten. Yaro, einer der Hausmeister, begleitete ihn. Sie schnappten sich den Lastwagen, nahmen ihnen die Mobiltelefone ab und ließen sie mitten in der Einöde zurück.«

»Aber… es wurde doch hoffentlich niemand verletzt, oder?«

»Glücklicherweise nicht. Allerdings, was nicht so günstig ist, Remi und ich müssen morgen abreisen. Der Lastwagen der Schule ist zurzeit in Reparatur, sodass sie über keine geeignete Transportmöglichkeit verfügen, sollte irgendein Notfall eintreten. Selma hat sich um die Beschaffung eines Ersatzfahrzeugs gekümmert, und wir müssen die Lieferung der gestohlenen Vorräte und sonstigen Güter übernehmen.« Selma Wondrash, ihre aus Ungarn stammende Rechercheurin, nahm im Haushalt der Fargos auch noch eine Vielzahl anderer Aufgaben wahr, was den Fargos erlaubte, sich nahezu ausschließlich um die Durchführung ihrer wohltätigen Hilfsprojekte zu kümmern. »Wir würden gern wieder an Ort und Stelle sein, ehe Lazlo einfliegt.«

»Wer ist Lazlo?«, fragte Hank.

»Einer unserer Rechercheure«, sagte Remi. Obgleich die Kryptografie Professor Lazlo Kemps Spezialgebiet war, hatten sie ihn auf Ganztagsbasis engagiert, nachdem sich herausgestellt hatte, dass er für Selma eine unverzichtbare Hilfe bei der Ausübung ihrer Tätigkeit war. Remi grinste Renee verheißungsvoll an. »Ich freue mich schon jetzt auf deine Reaktion, wenn du ihn kennenlernst.«

»Zwei Akademiker in einem Raum?« Renee lächelte. »Ich kann es kaum erwarten.«

»Was höre ich da?«, meldete sich Hank zu Wort. »Sie denken doch wohl nicht daran mitzufahren, LaBelle. Sie sind verletzt.«

»Der Knöchel ist doch nur verstaucht. Außerdem halten wir uns in einer Schule auf und kämpfen uns nicht durch den Dschungel. Sie zu besuchen will ich mir auf keinen Fall entgehen lassen.« Sie sah Sam gespannt an. »Natürlich nur, falls du davon überzeugt bist, dass uns nichts zustoßen kann.«

Sam, der insgeheim gehofft hatte, dass sie einen Rückzieher machen würde, wusste, dass seine Frau es kaum erwarten konnte, ihren Schülerinnen die beiden Frauen als aktuelle Modellversionen für die neue Rolle der Frau in der modernen Welt vorstellen zu können. Und in diesem Fall musste er ihr auch beipflichten. Zu vielen Mädchen wurde eine solide umfangreiche Ausbildung vor allem dann versagt, wenn sie in kleinen Dörfern lebten. So gern er die Reise ohne zusätzliche weibliche Begleitung unternommen hätte, musste er doch eingestehen, dass die Möglichkeit, sich mit Dr. Renee LaBelle oder einer ihrer Doktorandinnen persönlich unterhalten zu können, auf die Mädchen eine nachhaltige Wirkung ausüben könnte. »Ich mache mir gar keine Sorgen. Zu mehreren sind wir sogar sicherer. Wir haben den Lastwagen und einen Mietwagen. Zwei Fahrzeuge und die zusätzlichen Personen sollten eigentlich signalisieren, dass wir keine leichte Beute sind.«

Renee nickte. »Das überzeugt mich. Wie ist es mit Ihnen, Hank?«

»Nun, prinzipiell habe ich überhaupt nichts dagegen,

Sie zu begleiten. Aber ich bin davon ausgegangen, dass wir nicht vor übermorgen starten würden.«

»Es ist doch nur ein Tag früher.«

»Trotzdem, ich muss noch ein paar wichtige Telefonate erledigen«, sagte er. »Und einige Verabredungen verschieben. Sie sollten lieber Amal darüber ins Bild setzen, was geschehen ist. Sie ist bei Osmond und José in der Küche.«

Amal schien Bedenken zu haben, an dem Ausflug teilzunehmen, sobald die Rede auf den Raubüberfall kam. Als José sich anbot, ihren Platz zu übernehmen, schüttelte Renee allerdings den Kopf. »Sie wünschen sich die Begleitung einer Frau, weil deren Anwesenheit die Mädchen nachhaltiger inspirieren würde. Und für Sie, Amal, wäre es eine interessante Erfahrung.«

»Aber nur«, warf Remi ein, »wenn Sie sich absolut wohlfühlen. Wir hätten Verständnis dafür, wenn Sie nicht mitfahren möchten.«

Die junge Frau studierte die Mienen der Umstehenden. Dann richtete sie den Blick auf Renee. »Was soll ich Ihrer Meinung nach tun, Dr. LaBelle? Ich meine, ein Raubüberfall …«

»Ich mache mir nicht die geringsten Sorgen.« Die Archäologin ergriff Amals Hand und lächelte. »Wenn jemand uns sicher und unbehelligt dorthin bringen kann, dann sind es die Fargos.«

KAPITEL ACHT

Wer gesund ist, hat Hoffnung, und wer Hoffnung hat,
hat alles.

– AFRIKANISCHES SPRICHWORT –

Bundesstaat Taraba, Nigeria

Die Hauptstadt des Bundesstaates Taraba, Jalingo, lag in
der hügeligen Savannenlandschaft zu Füßen des Chappal
Waddi, auch »Todesberg« genannt. Er war der höchste
Berg Westafrikas. Die Schule stand weiter im Nordwes-
ten zwischen dem Gashaka-Gumti-Nationalpark und dem
Dorf Gembu. Da Letzteres eine etwa sechsstündige Auto-
fahrt von Jalingo entfernt war, buchten die Fargos für
jeden Mitreisenden ein Hotelzimmer mit der Absicht, nach
einer geruhsamen Nacht am nächsten Morgen aufbrechen
zu können.

Als sie das Hotel erreichten, entschieden sie, das Dinner
im Hotelrestaurant einzunehmen. Sam und Remi verließen
den Fahrstuhl und trafen Renee und Amal, die in der kleinen Lobby auf sie warteten. »Wo ist Hank?«, fragte Sam.

»Er kommt in einer Minute herunter«, sagte Renee. »Er
muss noch ein Telefongespräch führen, um – wie er es
ausdrückte – ein kleines Feuer zu löschen.«

Es dauerte dann doch ein paar Minuten länger, bis er an ihren Tisch kam.

»Alles geregelt?«, erkundigte sich Sam, während ein Kellner Wassergläser verteilte.

»Ich denke schon«, sagte er und nahm auf einem freien Stuhl Platz. »Ich habe versucht, ein paar Leute zusammenzutrommeln, die die Plattformen und das Gerüst reparieren sollen. Wegen dieses verdammten Fluchs ist das nicht ganz einfach.«

»Es ist unglaublich«, sagte Renee verärgert. »Über fünfzehnhundert Jahre liegt diese Geschichte zurück. Man sollte doch annehmen, dass es heute niemanden mehr interessiert. Aber es ist noch immer so gut wie unmöglich, Einheimische zu bewegen, bei den Ausgrabungen zu helfen. Dabei zahlen wir nicht schlecht.«

»Stimmt. Aber im Augenblick brauchen wir uns zumindest keine Sorgen zu machen, was die Arbeitsplattformen betrifft. Sie haben sich bereit erklärt, die Reparaturen auszuführen.« Er hob sein Wasserglas. »Auf einen erfolgreichen Trip.«

»Hört! Hört!«, sagte Renee.

Hank trank einen Schluck, dann sah er zu Sam hinüber, und seine Miene wurde ernst. »Wir hätten die Kassenbücher mitnehmen sollen, um sie während der Fahrt zu kontrollieren. Ich nehme an, LaBelle hat Sie bereits darüber informiert, dass Warren sich von unserem Forschungsetat bedient hat.«

»Das würde die finanziellen Engpässe erklären«, sagte Sam. Dass offenbar Gelder der Stiftung unterschlagen worden waren, ärgerte ihn besonders. »Die Bücher laufen uns nicht weg, und wir können uns nach unserer Rückkehr immer noch ausführlich mit Warren unterhalten. Wichtiger ist im Augenblick, den Lastwagen und die dringend benötigten Vorräte zur Schule zu bringen.«

»Das ist richtig«, sagte Hank. »So weit im Süden können sie sich unmöglich darauf verlassen, von Jalingo aus beliefert zu werden, wenn sie etwas brauchen. Gibt es für einen solchen Fall keinen näher gelegenen Ort?«

»Ihre Grundversorgung kommt aus Gembu, einer Kleinstadt im Süden und ist in zwei Stunden mit dem Auto erreichbar. Aber die Straßen im Gashaka-Gumti-Gebiet sind nicht die besten. Aus diesem Grund hoffen wir, dass sich die Schule eines Tages selbst versorgen kann und von nichts und niemandem mehr abhängig ist. Leider hat uns der Diebstahl des Lastwagens bei diesen Bemühungen erheblich zurückgeworfen.«

»Das kann ich mir vorstellen«, sagte Hank. »Das war ziemlich dreist. Aber wie ich gehört habe, soll die Straßenräuberei draußen im Busch beinahe an der Tagesordnung sein.«

»Nicht nur im Busch«, meinte Renee. »Ich habe im Foyer einen Blick in die Zeitung geworfen. Fast jeder zweite Artikel beschäftigte sich mit dem zunehmenden Bandenunwesen in Jalingo.«

»Eine typische Großstadterscheinung«, sagte Sam. »Sie ergibt sich nahezu zwangsläufig, ganz gleich wohin in der Welt man schaut.«

»Damit muss man sich wohl abfinden«, erklärte Hank. »Das Leben auf dem Land kann hier unten ziemlich hart sein. Haben Sie keine Angst vor Boko Haram und deren Leuten?«

»Die sind natürlich eine ständige Gefahr«, sagte Sam.

Diese Terrormiliz-Organisation, die ihre Basis im Nordosten Nigerias hatte, war für Selbstmordattentate wie auch bewaffnete Überfälle auf Dörfer und die Entführung von Frauen und Kindern weltweit berüchtigt. Seit Jahren arbeitete sie daran, sich weiter im Süden eine Rebellenhochburg zu schaffen. Während die isolierte Lage der Schule diese zu einem einladenden Ziel machte, verfügte Jalingo, weniger als eine Tagesreise entfernt, als Großstadt über eine schlagkräftige Polizeitruppe und eine umfangreiche militärische Präsenz. »Aber sie sind an der nördlichen Grenze Nigerias um einiges aktiver.«

Hank wollte gerade einen Kommentar dazu abgeben, als sein Blick auf Renee fiel. »Ist alles okay, LaBelle? Sie sind ein bisschen blass um die Nase. Haben Sie Probleme mit Ihrem Fuß?«

»Nein.« Sie lächelte müde. »Morgen früh fühle ich mich bestimmt besser, aber nach der Konferenz und meinem Unfall bin ich wirklich geschafft.«

»Ich bringe Sie nach oben«, sagte Hank und hielt die Krücken für sie bereit.

Sie nickte. »Ich glaube, ich muss mich nur gründlich ausschlafen.« Sie legte Remi eine Hand auf die Schulter, während sie Sam ansah. »Um welche Zeit willst du morgen starten?«

»Ich dachte an neun Uhr.«

»Dann bis dahin gute Nacht.«

Am nächsten Morgen versammelten sich alle bis auf Renee im Foyer. Amal ging auf und ab und murmelte ständig: »Du schaffst das. Du schaffst das …«

Remi und Sam ließen sie in Ruhe und taten so, als ob sie es gar nicht bemerkten. Hank beobachtete Amal sekundenlang, dann kam er zu den Fargos herüber. »Ich hoffe, dass sie sich in den Griff bekommt. An diesem archäologischen Symposium teilzunehmen war ein Riesenschritt für sie. Der Stress verstärkt ihre Angstgefühle, durch die diese leichten Anfälle offenbar ausgelöst werden.«

»Nimmt sie irgendwelche Medikamente?«, wollte Remi von ihm wissen.

»Das weiß ich nicht«, sagte er, während die Fahrstuhltür aufglitt.

Renee kam mit bleichem Gesicht heraus, ihre Augen waren gerötet und tränten. »Ich hasse es, praktisch in der letzten Sekunde zu kapitulieren, aber ich habe so gut wie gar nicht geschlafen und musste mich die ganze Nacht über immer wieder übergeben. Ich habe mir bestimmt irgendeinen Bazillus eingefangen. Hinzu kommt noch, dass mein Knöchel stark angeschwollen ist.«

Amal machte einen unsicheren Schritt auf sie zu. »Ich bleibe bei Ihnen, Dr. LaBelle.«

»Ich glaube nicht, dass es etwas Ernstes ist, aber Sie sollten mir lieber nicht zu dicht auf die Pelle rücken. Ich komme schon zurecht. Ich muss nur meinen Fuß hochlegen und mich ausruhen, wie die Ärztin es empfohlen hat. Sie sollten mitfahren.«

»Ohne Sie? Und was ist, wenn irgendetwas Schlimmes passiert?«

»Wenn wir eine Kristallkugel hätten und immer wüssten, was an unangenehmen Dingen irgendwann auf uns zukommt, wären wir alle vollständig paralysiert. Wagen Sie sich hinaus und lernen Sie zu fliegen.«

»Aber ...«

»Haben Sie Vertrauen zu sich selbst, Amal. Sie werden

eine Überraschung erleben. Außerdem sind die Fargos bei Ihnen und achten darauf, dass Ihnen nichts zustößt.«

»Aber da sind auch noch die Mädchen«, sagte Hank. »Sie rechnen doch mit Ihrem Besuch, Prof. Sie können unmöglich allein hier zurückbleiben.«

»Ich bin okay. Ich habe auch schon mit der Hotelleitung gesprochen. Sie haben nichts dagegen, dass ich hierbleibe. Im Gegenteil sogar. Damit haben sie einen weiteren zahlenden Gast.« Renee seufzte bedauernd. »Es tut mir so leid, Remi. In ein oder zwei Tagen bin ich vielleicht wieder auf den Beinen ...«

Remi blickte Hilfe suchend Sam an, als hätte er die Macht, irgendetwas an der Situation zu ändern.

»Ihre Gesundheit ist wichtiger«, sagte Sam. »Falls sie sich bis dahin erholt hat, schauen wir bei ihr vorbei, nachdem wir Lazlo vom Flughafen abgeholt haben. Bis dahin müssen sich die Mädchen eben mit einem Baustellenleiter und einer Doktorandin zufriedengeben.«

KAPITEL NEUN

Eine beschwerliche Reise macht dich mutig und stärkt deinen Willen.

– AFRIKANISCHES SPRICHWORT –

Vornübergebeugt saß Makao in der Doppelkabine seines weißen Toyota-Tundra-Pick-ups, während dieser zwei Stunden außerhalb von Jalingo auf dem langen ausgewaschenen Straßenabschnitt von einem Schlagloch zum nächsten schaukelte. Jede freie Fläche in der Fahrerkabine war mit einer dünnen Schicht roten Staubs bedeckt, inklusive des schwarzen Armaturenbretts, auf dem sich die verschmierten Fingerabdrücke seines Beifahrers Jimi abzeichneten. Er stützte sich mit der linken Hand darauf ab, während er mit der rechten den Lauf seines Sturmgewehrs festhielt.

Makao blickte im Innenspiegel zur Rückbank, auf der zwei weitere Männer mit Sturmgewehren auf den Knien saßen. Alle drei Beifahrer waren *agberos*, hartgesottene Kriminelle, die er von Kindesbeinen an ausgebildet hatte, nachdem er sie vor über zehn Jahren in den Straßen von Lagos aufgelesen hatte.

Männer, die ihm treu ergeben waren und absolut jeden Befehl ausführten, ohne Fragen zu stellen.

Jeder von ihnen hatte seine Karriere als einer der Area Boys begonnen, wie die vorwiegend harmlosen jugendlichen Taschendiebe und Straßenräuber genannt wurden, die die Straßen der bevölkerungsreichen Stadt unsicher machten. Die meisten arbeiteten in lockeren Banden zusammen, die von Kleinkriminellen organisiert wurden. Für Makao war dies der Anfang gewesen, nachdem er sich nach oben gearbeitet hatte, bis er über ausreichend Kapital verfügte, um sich einen gewissen Anflug von Respektabilität zu kaufen, wozu sogar ein Posten in der örtlichen Verwaltung gehörte. Und dort war es dann, wo er die Erfahrung machte, dass die Strafverfolgungsbehörden gern wegsahen, es sei denn sie wurden auf Grund der Aktivitäten jener Straßenbanden zum Eingreifen gezwungen, die vor Gewalt nicht zurückschreckten.

Aus diesem Grund hatten er und seine Getreuen aus Lagos fliehen müssen, um nach einer Serie schiefgegangener Raubüberfälle zu vermeiden, wegen Mordes verhaftet zu werden. Ein hilfreicher Tipp von einem seiner korrupten Freunde bei der Polizei hatte ihm erlaubt, rechtzeitig das Weite zu suchen und in der Versenkung zu bleiben, bis alle Zeugen eliminiert waren.

Dankenswerterweise eilte ihm sein Ruf voraus, und es dauerte nicht lange, bis er die Kontrolle über die bedeutenderen kriminellen Unternehmen im Bundesstaat Taraba an sich gerissen hatte. Und auch wenn er bemüht war, sich regelmäßig bedeckt zu halten, konnte er, als Tarek ihn anrief und ihm diesen Job anbot, unmöglich ablehnen. Die Summe, die als potentieller Lohn winkte, war zu üppig, und sein Anteil war diesen frühmorgendlichen Ausflug in die Wildnis allemal wert.

»Dort.« Jimi deutete durch die staubige Windschutzscheibe auf eine Baumgruppe links von der Straße am Fuß der hügeligen Waldlandschaft des Gashaka-Gumti-Nationalparks.

Makao drosselte das Tempo des Pick-ups und ließ ihn ausrollen. »Hier müsste es klappen. Meilenweit nichts als ebenes Grasland. Wir sehen sofort, wenn sie die Flucht ergreifen – falls sie dazu überhaupt die Möglichkeit haben.«

Er zog die Feststellbremse, ließ jedoch den Motor laufen und wartete, bis sich der Staub ein wenig gelegt hatte, bevor er seine Tür öffnete. Im Norden, der Richtung, aus der sie kamen, lockerten einige vereinzelte Bäume die Eintönigkeit der Savanne auf, die sich unter einem blauen Himmel bis zum Horizont erstreckte. Sie fuhren nach Südosten, und er blickte in diese Richtung und fand den Punkt dicht vor der Kurve, wo die Asphaltdecke – oder das, was von ihr noch übrig war – wieder begann. Eine halbe Meile dahinter bot sich eine weitere Baumgruppe als natürliche Deckung an.

Er schlug mit der flachen Hand gegen die hintere Kabinentür des Kleinlasters. »Ihr beiden sammelt trockenes Laub und Gras. Jimi, hol die Tasche. Dies hier ist der geeignete Ort für unsere Operation.«

Die Männer ließen ihre Gewehre im Wagen und stiegen aus.

Jimi ging zum Wagenheck, klappte die Rückwand der Ladefläche nach unten und wuchtete eine schwarze Kunstledertasche herunter. Als sie von der Ladefläche rutschte, klirrte ihr Inhalt metallisch. »Wo soll ich sie verteilen?«

Makao deutete auf den schmalsten Abschnitt der Straße. »Genau dort.«

Jimi trottete zu der Stelle hinüber, drehte die Tasche um und schüttete ihren Inhalt – matt glänzende stählerne

Krähenfüße – auf den von Rissen durchzogenen Asphalt. Sobald er die Tasche geleert hatte, schob er mit einer Schuhspitze roten Sand und Staub über die Kreuznägel.

Makao lehnte an der Seitenwand des Pick-ups, zündete sich eine Zigarette an und verfolgte, wie die Männer Grasbüschel und Hände voll Laub verstreuten, um die Tarnung der Falle perfekt zu machen. »Aber nicht zu viel«, warnte er. »Sonst werden sie misstrauisch und weichen der Falle aus.«

Falls es dazu kommen sollte, würden seine Männer zum letzten Mittel greifen und auf die Reifen schießen. Aber seiner Erfahrung nach lief ein solcher Coup am besten ab, wenn kein Schuss fiel.

Ein paar Minuten später machte er einen letzten Zug an seiner Zigarette, blies den Rauch aus und begutachtete ihr Werk. Von den Krähenfüßen war so gut wie nichts mehr zu sehen. Er ließ den Zigarettenrest in den Staub fallen und zerdrückte ihn mit dem Stiefelabsatz. »Los – verschwinden wir von hier.«

Die Männer schwangen sich wieder in den Toyota, Makao lenkte den Wagen in einem weiten Bogen um die Krähenfüße herum und folgte dem Verlauf der Straße durch die Kurve und bis hinter die Baumgruppe. Dort hielt er Ausschau nach einem Platz, wo er den Pick-up parken konnte, ohne dass er von der Straße aus zu sehen war.

Nachdem der Wagen in seinem Versteck stand, suchten sie sich unter den Bäumen einen schattigen Platz und richteten sich auf eine längere Wartezeit ein. Makao rief Tareks Textnachricht auf seinem Smartphone auf, und sein Gesicht verzog sich zu einem siegessicheren Grinsen, als er die Bilder von den Fargos und ihrem Land Rover betrachtete.

Kein Zweifel, dieses Honorar wäre leicht verdient.

KAPITEL ZEHN

Wenn du schnell gehen willst, geh alleine; wenn du weit gehen willst, geh gemeinsam.

– AFRIKANISCHES SPRICHWORT –

Nach dem Frühstück machten Sam, Remi, Amal und Hank einen Abstecher in die Stadt, um den neuen Lastwagen mit seiner Schutzplane über der Ladefläche zu übernehmen, den Selma per Internet für die Schule gekauft hatte. Der Anblick des Mercedes Zetros 4x4, mit allen Extras ausgestattet, die nötig waren, um die stellenweise nahezu unpassierbaren Bergstraßen zu bewältigen, löste bei Amal offenbar eine unerklärliche Unruhe aus. Vielleicht, so dachte Remi, machte ihr sein martialisches Aussehen in diesem Augenblick bewusst, dass sie meilenweit von jeder menschlichen Behausung entfernt wären, falls sie wieder einen ihrer Anfälle haben sollte. Als Sam die Schlüssel ausgehändigt wurden, sah Amal voller Sorge Remi an. »Ich hoffe, Sie sind nicht verärgert, aber ich bin mir nicht mehr sicher, ob ich mitfahren soll. Ich kann bei Dr. LaBelle bleiben, bis es ihr besser geht.«

»Ich bin auf keinen Fall verärgert«, sagte Remi. »Enttäuscht, das bin ich allerdings, weil ich weiß, dass sich die Mädchen auf Ihren Besuch freuen und Sie lieben werden. Aber Sie müssen tun, was Sie für richtig halten.«

Sam kam zu ihnen herüber. »Wir können jederzeit aufbrechen.«

»Amal hat es sich anders überlegt. Wir müssen sie zum Hotel zurückbringen.«

»Aber ich bitte Sie«, wehrte Amal ab. »Ich kann doch ein Taxi nehmen.«

Hank, der den Dialog mitgehört hatte, schaute von seinem Telefon hoch. »Erinnern Sie sich noch, wie besorgt Sie wegen der Konferenz waren? Und die ist doch ausgezeichnet für Sie gelaufen. Und in zwei Tagen kommt Dr. LaBelle nach.«

Remi lächelte sie aufmunternd an. »Er hat recht. Das Ganze wird ein Riesenspaß. Und wenn Sie aus irgendeinem Grund das Gefühl haben, dass Sie zurückkehren müssen, bringen wir Sie nach Hause.«

Sobald sie zustimmend nickte, holte Sam die Schlüssel des Land Rover aus der Tasche und hielt sie Hank einladend hin. »Darf ich Ihnen zumuten, den Wagen zum Armeeladen zurückzubringen? Dann kann ich Remi mit dem Lastwagen vertraut machen und ihr seine Bedienung erklären. Nur für alle Fälle.«

»Absolut«, erwiderte Hank.

Remi kletterte in den Lastwagen, dann wandte sie sich mit einem hinterhältigen Grinsen zu ihrem Mann um. »Du bist mir nicht besonders enttäuscht vorgekommen, als du gehört hast, dass Amal uns nicht begleiten wird.«

»Sagen wir einfach, ich war pragmatisch. Wenn sie nicht mitfährt, wird Hank ebenfalls darauf verzichten. Wir werden wahrscheinlich erheblich mehr schaffen, wenn wir keine Projektfremden bei guter Laune halten müssen.«

»Spielverderber. Für uns wäre es eine kleine Unannehmlichkeit, aber die Mühe auf jeden Fall wert. Was meinst du, welcher Gewinn es für die Mädchen wäre, sich mit einer jungen Universitätsstudentin wie Amal unterhalten zu können.« Sie gab einen Laut des Unmuts von sich, während sie den Sicherheitsgurt anlegte. »Nicht dass ich die Absicht habe, dieses Ungetüm jemals zu lenken, es sei denn, ich habe keine andere Wahl. Darum tu, was du nicht lassen kannst, und zeige mir, was ich wissen muss.«

Nach einer kurzen Lektion schlug Sam die Richtung zum Stadtzentrum ein und gelangte in eine von Menschen wimmelnde Straße, in der sich Marktstand an Marktstand reihte und Händler in sämtlichen Hautschattierungen – von Milchkaffeebraun bis Ebenholzschwarz – unter großen Schirmen, deren Farben im grellen Schein der Tropensonne fast bis zur Unsichtbarkeit verblichen waren, lautstark ihre Waren anpriesen.

Fußgänger und Motorräder schlängelten sich durch den träge dahinfließenden Verkehr. Autohupen blökten, Musik schmetterte, und das Stimmengewirr von miteinander feilschenden Händlern und Kaufinteressierten drang durch Sams Seitenfenster, während er den Wagen im Schneckentempo die Straße entlanglenkte.

»Dort ist es«, sagte Remi und deutete auf eine Ladenfront kurz vor dem Ende des Blocks.

Sam blieb vor dem Gebäude stehen, um Remi aussteigen zu lassen, und gab Hank ein Zeichen, auf gleiche Höhe zu kommen. »Suchen Sie sich einen Parkplatz und kommen Sie hierher zurück.«

Hank nickte, ließ seinen Wagen ein Stück weiterrollen und hielt dann an, um Amal aussteigen zu lassen, ehe er die Fahrt fortsetzte.

»Achte auf Taschendiebe!«, rief Sam. Remi winkte ihm, während er zur Rückseite des Ladens fuhr und den Lastwagen vor die Laderampe rangierte. Als er zum Ladeneingang zurückkehrte, erschien Hank im Laufschritt aus einer Seitenstraße.

»Offensichtlich«, sagte Hank leicht außer Atem, »sind Parkplätze hier ziemlich gefragt. Ich musste den Wagen um die Ecke abstellen.« Er betrachtete die heruntergekommene Vorderfront des Geschäfts. »Wäre ein Supermarkt nicht um einiges billiger? Auf jeden Fall böte er eine nettere Umgebung.«

»Sicher«, räumte Sam ein. »Aber Pete und Wendy versuchen auf diese Weise, den örtlichen Einzelhandel zu unterstützen. Das Geld soll dort bleiben, wo es verdient und gebraucht wird.«

Hank wischte sich den Schweiß von der Stirn, dann entdeckte er auf der anderen Straßenseite ein Restaurant. »Sie werden doch sicherlich eine Weile beschäftigt sein, nicht wahr? Ich bin kurz vor dem Verhungern und sterbe vor Durst. Ich glaube, ich hätte lieber ausgiebig frühstücken sollen.« Er sah Sam fragend an. »Oder bin ich allzu unverschämt? Vielleicht hätte ich zuerst fragen sollen, ob wir so viel Zeit haben.«

»Nein«, sagte Sam. »Sind Sie gar nicht. Remi und ich wollten unserer ursprünglichen Ersatzbestellung noch einiges hinzufügen. Außerdem muss die Ware auch noch eingeladen werden. Sagen wir eine Stunde?«

»Das reicht vollkommen«, sagte Hank. »Amal? Sie dürfen mich gern begleiten.«

»Vielen Dank, aber ich warte hier draußen im Schatten und strecke ein wenig die Beine aus.«

Er überquerte die Straße und blieb überrascht stehen, als ihm eine Kinderschar entgegenkam und ihn umringte. Einige Hände streckten sich bettelnd nach ihm aus und zerrten sogar an seinem Hemd. Zuerst schüttelte er ablehnend den Kopf, doch dann griff er in seine Hosentasche, holte ein paar Münzen hervor und warf sie in die Luft. Überzeugt, sich seine Freiheit erkauft zu haben, machte er Anstalten, seinen Weg fortzusetzen, aber dann tauchten noch mehr Kinder auf und kamen von allen Seiten auf ihn zu. Für einen kurzen Moment sah es so aus, als ob er ausgeraubt werden sollte, aber ein Streifenwagen rollte in diesem Augenblick vorbei, und die Kinder zerstreuten sich.

»Hoffen wir, dass er klug genug war, seine Brieftasche festzuhalten«, sagte Sam. »Können wir?«

»Wir treffen uns drinnen.« Sie schaute zu Amal hinüber und fragte sich, ob es vernünftig wäre, sie hier draußen allein zurückzulassen. »Sind Sie sicher, dass Sie nicht mit uns hereinkommen wollen?«

Amal betrachtete ihr Mobiltelefon, ließ es fallen und verfolgte mit ungläubiger Miene, wie es auf dem Boden aufschlug.

Besorgt hob Remi das Telefon auf und wollte es der jungen Frau reichen, aber ihre Miene blieb ausdruckslos, und ihre Augen starrten ins Leere, als ob Remi überhaupt nicht vorhanden sei. »Amal…? Sind Sie okay?«

KAPITEL ELF

Ganz gleich wie gut du zu einer Ziege bist, sie wird immer noch deine Yams fressen.

– NIGERIANISCHES SPRICHWORT –

Einige Sekunden verstrichen, ehe Amal reagierte und sich bewegte. Sie fuhr mit den Händen durch die Luft, als wollte sie Spinnweben vor ihrem Gesicht beiseitewischen. »Öffnet … eure Schleier …« sagte sie auf Französisch. Und so schnell es über sie gekommen war, erschien sie auch wieder normal. »Ich … ich glaube, ich hatte einen meiner Anfälle.«

»So sah es tatsächlich aus.« Remi wollte sie nicht allein auf der Straße sich selbst überlassen und ging mit ihr in den Laden. »Ich glaube, Sie sollten hier warten, bis wir unsere Einkäufe erledigt haben.«

»Gute Idee.«

Der weißhaarige Angestellte, der erkannte, dass es offenbar ein Problem gab, holte einen Kunststoffsessel und stellte ihn neben die Theke. »Ich passe auf sie auf.«

»Das ist nett von Ihnen«, bedankte sich Remi. Sie blieb noch kurz neben der jungen Frau stehen.

»Es geht mir gut«, sagte Amal. »Wirklich.«

»Wir brauchen nur ein paar Minuten.«

»Gehen Sie ruhig. Ich bleibe hier sitzen, bis Sie zurückkommen – versprochen.«

Sam nickte Remi zu. »Je schneller wir hier fertig sind, desto eher können wir losfahren.«

* * *

»Es war so seltsam«, sagte Remi, sobald sie sich außer Hörweite befanden. »Fast so, als blickte sie einfach durch mich hindurch.« Sie folgte ihrem Mann durch den Regalgang und rief auf ihrem Smartphone die Textnachricht auf, in der Wendy die zusätzlichen Artikel aufgeführt hatte, die sie für die Schule brauchten. »Zehn Eimer.«

Sam hatte in diesem Moment einen Jungen im Auge, etwa zwölf Jahre alt, der in der Nähe des Gondelkopfs stand und sie durch die Regale flüssiger Putzmittel beobachtete. Er gehörte zu den Kindern, die sich um Hank gedrängt hatten, kurz bevor er das Restaurant betreten hatte. »Eimer von was?«

»Von was?« Remi blickte hoch. Sie klang ungehalten. »Ernsthaft, Sam. Langsam fange ich an, mir Sorgen zu machen – deinetwegen. Eimer für die Schule.«

»Tut mir leid.« Er warf einen Blick auf die Liste auf dem Bildschirm ihres Smartphones. Zum Glück war alles vorbestellt und wartete nur noch darauf, in den Lastwagen auf der Rückseite des kleinen Kaufhauses eingeladen zu werden. »Zehn Eimer«, sagte er.

Remi musterte ihn prüfend, dann wanderte ihr Blick zu dem Jungen am Ende des Regalgangs. »Du nimmst doch nicht ernsthaft an, dass er ein Problem ist. Der erste stärkere Windstoß würde ihn wegwehen.«

Sam sah seine Frau leicht überrascht an. Gewöhnlich waren sie beide auf der gleichen Wellenlänge, was das Registrieren und Einschätzen von potentiellen Gefahren betraf. »Nicht er ist es, weswegen ich mir Sorgen mache. Es ist seine Bande von Taschendieben, die draußen auf uns wartet. Ich habe sie gesehen, als sie Hank bedrängt haben.«

»Machst du dir Sorgen um Hank? Da er schon länger in Tunesien lebt, müsste er wissen, wie er sich am besten vor Dieben schützt.«

»Nicht um ihn mache ich mir Sorgen. Sondern um uns. Wir sind eindeutig als Ziel ausgeguckt worden.«

»Zur Kenntnis genommen«, sagte sie und studierte wieder die Liste. »Außer dass wohl eher du als Ziel betrachtet wirst. Ich bezweifle, dass ich irgendetwas bei mir habe, woran sie interessiert sein könnten.«

In dieser Hinsicht hatte Remi recht. Anlässlich dieses Ausflugs in den Busch hatte sie sich für ein geeignetes Outfit aus langer Khakihose und olivgrünem Hemd mit Button-down-Kragen entschieden. Sie beide wussten, dass in der Umgebung Jalingos zahlreiche Banden ihr Unwesen trieben, weshalb Remi keine Schultertasche trug und auch auf jeden Schmuck verzichtet hatte. Wie Sam sehen konnte, hatte Amal die gleichen Vorsichtsmaßnahmen getroffen. Ebenso wie Sam trug Remi eine versteckte Waffe bei sich, sie hatte sie in einem schlanken Holster unter ihrem Buschhemd, er in einer Geheimtasche seiner Safariweste. Das Einzige, was einem Taschendieb in die Hände hätte fallen können, war seine Brieftasche, und um diese machte er sich wenig Sorgen. Das Bündel Geldscheine hatte er in der obersten Reißverschlusstasche seiner Weste verstaut, bevor er aus dem Lastwagen ausgestiegen war.

Nachdem der letzte Posten auf der Einkaufsliste abgehakt war, kehrten sie in den vorderen Teil des Ladens zurück, wo Amal noch immer wartete. Sam bezahlte die Ware und verabredete mit dem Verkäufer, dass alles in Kartons verpackt und auf eine Palette gestapelt wurde, um es einzuladen. »Fargo…«, las der Mann vom Lieferschein ab. »Der Name kommt mir bekannt vor. Anfang der Woche haben wir doch schon eine Warenpalette für ihn zusammengestellt. Für die Mädchenschule in der Nähe des Gashaka-Gumti-Nationalparks.«

»Die Ware ist aber nicht angekommen«, sagte Sam.

»Diesmal liefern wir sie persönlich aus.«

Der Mann richtete einen skeptischen Blick auf Remi und Amal, dann sah er Sam an. »Auf den Straßen kann es heutzutage ziemlich gefährlich sein. Vielleicht wäre es besser, wenn Sie jemanden fänden, der Ihnen die Arbeit abnimmt.«

»Vielen Dank für Ihre Sorge, aber wir schaffen es schon. Wann ist alles transportbereit?«

Der Mann überflog die Lieferscheine, griff zum Telefonhörer und unterhielt sich mit jemandem in einer Sprache, die Sam nicht identifizieren konnte. »Sie haben gerade damit angefangen, den Laster zu beladen. In etwa einer Stunde sollte er bereitstehen.«

»Dann bis später.«

Der Angestellte nickte und entdeckte den Jungen, der so tat, als ob er versuchte, die Beschriftung eines Waschmittelkartons neben dem Eingang zu entziffern. »Verschwinde, Junge!« Der Junge verließ eilig den Laden, und der Verkäufer drehte sich zu Sam um und reichte ihm Kopien des Lieferscheins, der Rechnung und der Quittung. »Schlimme Sache, was hier los ist. Früher beschränkte es sich nur auf die großen Städte wie Lagos. Aber inzwischen trifft man diese Plage überall an. Wie ich gehört habe, werden die Jungen zum Stehlen gezwungen.«

»Wer zwingt sie dazu?«, fragte Remi. Sie hatte ein besonders großes Herz für Kinder und unterstützte jede Bemühung, ihnen zu helfen.

»Straßenbanden. Und jetzt macht Boko Haram sich hier breit.«

Sam hob interessiert den Kopf. »Meinen Sie, dass diese Leute unseren Lastwagen gekapert haben?«

»Boko Haram? Nein. In unserer Gegend haben die Kalu-Brüder das Sagen. Diese Jungen arbeiten für sie. Gehen Sie ihnen lieber aus dem Weg.«

»Das werden wir«, versprach Sam, faltete die Papiere zusammen und steckte sie in die Tasche. »Vielen Dank.«

Er, Remi und Amal verließen das kleine Kaufhaus. Amal deutete mit einem Kopfnicken auf die andere Straßenseite. »Hank ist noch im Restaurant.«

Sam schaute hinüber. Mehrere Kinder, unter ihnen auch der Junge, der ihm im Laden aufgefallen war, drückten sich in der Nähe des Eingangs zum Restaurant herum. »Dann sollten wir ihn da mal herausholen«, erwiderte Sam. Hank trat fast im gleichen Moment durch die Tür nach draußen, in dem Sam vom Bürgersteig auf die Fahrbahn trat. Eines der Kinder stieß einen lauten Ruf aus, und Sam hörte eine Antwort ein Stück weiter die Straße hinunter. »Das hat nichts Gutes zu bedeuten«, sagte er zu Remi.

Eine Gruppe Kinder rannte auf sie zu – offensichtlich um sie abzulenken –, während sie die Straße überquerten und Hank entgegengingen. Remi stieß Sam den Ellbogen in die Rippen. »Pass auf, dass sie nicht die Wagenschlüssel klauen. Wenn auch dieser Wagen verschwindet …«

»…dann reißt Selma uns garantiert die Ohren ab und noch andere Extremitäten«, beendete Sam den Satz. Er holte die Schlüssel aus der Hosentasche und hielt sie fest, während mehrere Jungen direkt auf ihn zusteuerten, die Hände ausgestreckt und in lückenhaftem Englisch um Geld und Süßigkeiten bettelnd.

Kaum waren die drei vollkommen umzingelt, entdeckte Sam den Land Rover, der an ihnen vorüberrollte, hinter dem Lenkrad saß ein Junge, der kaum groß genug war, um durch die Windschutzscheibe zu blicken.

Remi blieb abrupt stehen. »Das ist unser Wagen!«

»Ruf die Polizei«, erwiderte Sam und startete durch, während das Fahrzeug sich nicht besonders schnell die Straße hinunter entfernte, weil Fußgänger und dichter Verkehr ihm immer wieder den Weg versperrten.

Das Ablenkungsmanöver hatte nicht stattgefunden, um sie einfacher bestehlen zu können. Sondern die Diebe wollten nur Zeit gewinnen, um den Wagen zu finden, nachdem sie Hank die Schlüssel aus der Tasche geangelt hatten.

Die Jungen stoben wie ein Rudel aufgescheuchter Ratten auseinander, während Sam zu dem Land Rover aufholte. Der Junge hinter dem Lenkrad geriet in Panik, als er sah, dass Sam ihm auf den Fersen war. Er trat auf die Bremse, stieß die Tür auf der Fahrerseite auf und machte Anstalten hinauszuspringen. Als Sam sich näherte, wandte er sich zur Beifahrertür. Nunmehr führerlos, rollte der Wagen die Straße hinunter und schwenkte nach rechts – in Richtung eines dünnen Maschendrahtzauns, hinter dem ein Flüssiggastank aufragte. Ein rot gerändertes Warnschild verkündete *Danger. Explosives.*

KAPITEL ZWÖLF

Tu eine gute Tat und wirf sie ins Meer.

– ÄGYPTISCHES SPRICHWORT –

Sam legte einen Schritt zu, griff durch die offene Tür in den Wagen, erreichte das Lenkrad und drehte es scharf nach links, weg von dem Gastank. Dann schwang er sich ins Wageninnere und brachte den Wagen nur wenige Zentimeter vor dem Zaun zum Stehen. Der Junge, die Augen weit aufgerissen, warf sich gegen die Beifahrertür und zerrte hektisch an dem Türgriff.

»Ich werde dir nicht wehtun«, sagte Sam und schaltete die Zündung aus.

Offenbar glaubte ihm der Junge nicht. Er rammte die Schulter gegen die Tür. Sie schlug rasselnd gegen den Zaun, als er versuchte, sie aufzudrücken.

Remi erschien leicht außer Atem. »Gut gemacht, Fargo.« Sie verfolgte durch die offene Fahrertür den Fluchtversuch des Jungen, der durch den Zaun wirkungsvoll vereitelt wurde. »Ich hoffe, du hast dich nicht verletzt.«

»Nicht dass ich wüsste« erwiderte Sam, während ein Polizeiwagen hinter ihnen stoppte.

Ein Beamter in Uniform kam auf den Rover zu, blieb neben Remi stehen und fixierte den Jungen. Dann sagte er etwas in einem drohenden Tonfall.

Die Augen des Jungen weiteten sich, sodass das Weiße einen scharfen Kontrast zu seiner dunklen Haut bildete, und er schüttelte den Kopf und drückte sich ängstlich in den Türwinkel.

Sam, der das Englisch wegen des starken Akzents kaum verstand, war überrascht, als Remi den Polizisten freundlich anlächelte und sagte: »Sie irren sich, Sir.« Ihr Blick blieb für einen Moment an Sam hängen, während sie fortfuhr: »Dieser Junge ist gar kein Dieb. Er hatte bloß im Wagen auf uns gewartet, als dieser plötzlich losrollte. Es war unser Fehler, dass wir den Zündschlüssel stecken ließen. Nicht wahr, Sam?«

Es war nebensächlich, dass Sam nicht wusste, von was seine Frau redete, oder dass er den Jungen auf frischer Tat ertappt hatte. Er erkannte den Ausdruck in den Augen seiner Frau sofort. »Genau. Offenbar hab ich vergessen, die Wegfahrsperre zu ziehen.«

Der Beamte war jedoch keineswegs überzeugt und ließ den Jungen nicht aus den Augen. »Du hast nicht versucht, den Wagen zu stehlen?«

Noch einmal schüttelte der Junge heftig den Kopf.

»Ist gar nichts passiert«, sagte Sam.

Schließlich nickte der Polizist knapp. »Warten Sie hier. Ich hole etwas zu schreiben, um den Vorfall aufzunehmen.«

Sam, der in der offenen Fahrertür stand, wo er den Fluchtweg des Jungen blockierte, wartete, bis der Beamte außer Hörweite war. »Was läuft hier?«, wollte er von Remi wissen. »Er hätte beinahe mit dem Wagen und unserem gesamten Gepäck entkommen können. Wir können ihn doch nicht so einfach laufen lassen.«

»Nicht ihn. Sie.«

Überrascht betrachtete Sam ihren Gefangenen ein wenig genauer. Eine dünne Staubschicht bedeckte die dunkle Haut und das kurz geschnittene krause Haar des Mädchens. Es war nicht nur einen halben Kopf kleiner als die Jungen, sondern auch schlanker und wirkte viel zerbrechlicher. Die dunklen Augen waren vor Schreck, dass jemand ihr Geheimnis entdeckt hatte, groß wie Untertassen. »Egal. Das Mädchen ist eine Autodiebin.« Er fixierte das Kind, und in seinen Augen loderte der Zorn. »Weshalb hast du unseren Wagen gestohlen?«

Das Mädchen zögerte für den Bruchteil einer Sekunde und schaute prüfend von Remi zu Sam. Vermutlich wurde ihm in diesem Moment klar, dass seine Antwort darüber entscheiden würde, ob es zu einer Verhaftung käme oder ob man sie freiließe. »Ich hab' ihn gefunden.«

»Du hast ihn gefunden?«

Ehe er die nächste Frage stellen konnte, sah das Mädchen Remi flehend an. »Wenn sie erfahren, dass ich ein … Sie werden doch nicht zulassen, dass sie mich mitnehmen, oder?«

»Natürlich lassen wir das nicht zu«, sagte Remi. »Wie lautet dein richtiger Name?«

»Nash … Nasha.« Als das Mädchen sah, dass der Polizeibeamte mit einem Schreibbrett zurückkam, schlug es die Hände vors Gesicht und stieß ein lautes Schluchzen aus.

»Tu etwas«, flüsterte Remi. »Wir dürfen nicht zulassen, dass sie verhaftet wird.«

Es spielte keine Rolle, dass Sam überzeugt war, das Mädchen wolle mit seinen Tränen nur Mitleid erregen.

Wichtig war in diesem Moment, dass Remi ihren Entschluss gefasst hatte. In der Hoffnung, dass er diese Entscheidung später nicht bereuen müsste, ging er dem Beamten entgegen und fing ihn ein paar Schritte vor ihrem Wagen ab. »Sehen Sie«, sagte Sam. »Unser Wagen ist doch nicht beschädigt worden. Wie ich sehe, hat auch der Zaun nichts abbekommen. Könnten wir das Ganze nicht mit einem kurzen Bericht abschließen, damit wir endlich losfahren können? Wir haben einen Lastwagen voller Vorräte für eine Mädchenschule, die in der Nähe des Gashaka-Gumti-Nationalparks gebaut wird. Es wäre schön, wenn wir noch vor Anbruch der Dunkelheit dort einträfen.«

Remi, der es gelang, das Mädchen nahezu vollständig vor dem Blick des Polizisten abzuschirmen, lächelte den Beamten an, während er sich diese Worte durch den Kopf gehen ließ. Er zog einen Schreibstift aus der Brusttasche seines Oberhemdes und hielt ihn schreibbereit über das Klemmbrett, dann sah er Sam auffordernd an. »Name?«

»Sam Fargo. Meine Frau – Remi Fargo.«

»Wie heißt der Junge?«

»Nash«, sagte Remi.

»Nash…?«

Sam sah zu Remi, die sich halb zu Nasha umdrehte. Das Mädchen wischte die Tränen ab. »Atiku.«

»Alter?«

»Elf Jahre.«

Der Polizeibeamte wandte sich wieder an Sam. »Sie wissen, dass es ein Vergehen ist, den Zündschlüssel stecken zu lassen?«

In diesem Land war es üblich, die Geldstrafe sofort in bar zu bezahlen. »Natürlich«, sagte Sam, während er mit einem fast unmerklichen Kopfnicken nach links deutete. Sam lenkte den Blick unauffällig in die Richtung und entdeckte Hank, der seine Taschen abtastete und die Miene ungläubig verzog, als er feststellte, dass ihm die Wagenschlüssel gestohlen worden waren. Sam reichte Remi seine Brieftasche, dann entfernte er sich, um Hank abzulenken, ehe der Polizist auf ihn aufmerksam wurde. »Warum warten Sie nicht mit Amal im Schatten. Es hat wenig Sinn, wenn wir alle hier herumstehen. Remi kann die Angelegenheit alleine regeln.«

Hank begann zu begreifen, als der Polizist sich wieder in seinen Wagen setzte und den Ort des Geschehens verließ, ohne den Dieb in Gewahrsam zu nehmen. »Dieser kleine Gauner hat mir die Wagenschlüssel geklaut. Er gehört ins Gefängnis.«

»Ganz ruhig«, sagte Sam, als Hank sich an ihm vorbeidrängen wollte. Sam konnte den Alkohol in seinem Atem riechen, aber der Mann war bestimmt nicht betrunken. »Wenn wir es auf sich beruhen lassen, brauchen wir nicht vor Gericht zu erscheinen.«

»Vor Gericht?«

»Genau. Dafür haben Remi und ich jetzt keine Zeit. Sie etwa?«

Hank schüttelte den Kopf. »Nein«, sagte er und lehnte sich zur Seite, um an Sam vorbeizuschauen und zu verfolgen, was Remi gerade machte. »Gibt Ihre Frau diesem Bengel tatsächlich Geld?«

»Natürlich nicht«, sagte Sam, obgleich er wusste, dass Remi wahrscheinlich genau dies soeben tat. Er dirigierte Hank zurück auf die andre Straßenseite. »Meinen Sie nicht, dass es für einen Drink noch ein wenig zu früh am Tag ist?«

»Offensichtlich nicht«, sagte Hank und klopfte seine Taschen abermals ab. »Was ist, wenn sie sich auch meine Geldbörse geschnappt haben?«

KAPITEL DREIZEHN

Man kann ein Kind nicht schlagen, um ihm die Tränen zu nehmen.

– AFRIKANISCHES SPRICHWORT –

Nasha stopfte die Banknoten in die Hosentasche, ohne sich damit aufzuhalten, sie zu zählen, und halb war sie entschlossen, nicht zu erwähnen, woher sie kamen. Etwas sagte ihr, dass wenn einer der Kalu-Brüder von der Großzügigkeit der Fargos Wind bekäme, sie dann versuchen würden, sie auszunutzen, und dann sie, Nasha, dafür zu bestrafen, weil sie sich hatte erwischen lassen, als sie den Wagen zu stehlen versuchte. Noch schlimmer wäre es jedoch, wenn einer von ihnen dahinterkäme, wie sie es geschafft hatte, nicht der Polizei übergeben zu werden. Sie hatte auf der Straße nur deshalb so lange unbeschadet überleben können, weil niemand das Geheimnis kannte, das vor allem vor den Kalu-Brüdern zu bewahren sie keine Mühe gescheut hatte.

Ein Mädchen zu sein, war schon schlimm genug. Aber dazu auch noch eine Waise zu sein, war noch viel schlimmer. Die weiblichen Waisen waren es nämlich, die spurlos verschwanden und nie wieder gesehen wurden.

Sie rannte über die Straße und wich einem Wagen aus, der plötzlich am Bordstein startete und in die Straßenmitte zog. Sie wagte es nicht, langsamer zu werden oder gar stehen zu bleiben, bis sie die Gasse erreichte, wo sie weder von der Polizei noch den Fargos noch von jedem, der sich für sie interessierte, zu sehen war. Allein und sich vorübergehend in Sicherheit fühlend, griff sie in die Hosentasche, zählte den Stapel Banknoten durch und brach beinahe in Tränen aus, als ihr klar wurde, wie viel diese Fargo-Frau ihr zugesteckt hatte.

Chuk, einer der Jungen aus dem Dorf ihres Onkels, bog hinter ihr im Laufschritt in die Gasse ein. »Hast du irgendwas gekriegt?«

Sie nickte. Klein von Wuchs wie Nasha, machte er große Augen, als er den Stapel Geldscheine sah, den sie aus der Tasche zog. »Wie viel?«, fragte er.

»Keine Ahnung.« Sie reichte ihm ein paar Scheine, dann atmete sie zischend ein, als sie seine geschwollene Wange erblickte. »Wer hat das getan?«

»Niemand«, sagte er und schloss die Faust um das Geld. »Ich bin hingefallen.«

Sie glaubte ihm zwar nicht, aber sie war viel zu aufgeregt über das Geschenk der Fargos. »Steck das Geld weg, ehe es jemand sieht oder sie es dir wegnehmen.«

Er ließ die zerknüllten Scheine in seiner Hosentasche verschwinden und ging neben ihr her. »Du lässt mich hier nicht zurück, oder?«

Nasha wunderte sich über den Klang seiner Stimme – zutiefst verletzt und voller Furcht. »Wie kommst du darauf, dass ich so etwas tun könnte?«

»Weil du jetzt genug Geld hast, um nach Hause zurückzukehren.«

Doch sie hatte nicht genug, um ihn mitzunehmen. »Ich

habe dir versprochen, dass wir zusammenbleiben. Das hatte ich ernst gemeint.« Sie kamen zur Eingangstür der baufälligen Möbelschreinerei und -reparaturwerkstatt, in der sie und die anderen Jungen wohnten. Kaum waren sie eingetreten, rannte er durch den langen Flur. Nasha blieb im vorderen Raum, der mit defekten Stühlen vollgestopft war. Sie zählte die Hälfte des Geldes ab, das für ihre Busfahrkarte bestimmt war, schob es wieder in die Tasche zurück, behielt den Rest in der Hand, um es abzugeben, und klopfte an die Tür von Bako Kalus Büro.

Bako ließ die Bierdose sinken, aus der er eben getrunken hatte, und verengte die Augen zu Schlitzen, als sie hereinkam. »Was hast du um diese Zeit hier zu suchen? Warum bist du nicht bei den anderen?«

Sie hielt ihm die Geldscheine einladend vor die Nase.

Er riss sie ihr aus der Hand und warf sie neben einen kleinen Haufen Münzen und zerknüllten Banknoten auf den Tisch. Der Anblick dieser Geldmenge überraschte sie. Und machte ihr Angst. Als sie ihn ansah, beugte er sich vor und deutete mit der Bierdose auf sie. »Du hältst mich nicht hin, oder?«

Mit heftig klopfendem Herzen schüttelte sie den Kopf und beteuerte, dass sie nicht daran denke.

Er nickte mit dem Kopf in Richtung Tür. »Verschwinde.«

Sie tastete sich rückwärts zur Tür, dann eilte sie durch den Flur zu dem kleinen Zimmer, das sie sich mit Chuk und einigen der anderen Jungen teilte. Sich vergewissernd, dass niemand sonst sich dort aufhielt, räumte sie die Lumpen beiseite, die ihr als Bett dienten, holte den Rest des Geldes aus der Tasche und hob das Bodenbrett hoch.

Ihr Atem stockte.

Leer. Alles war weg.

»Dann stimmt es also.«

Nasha fuhr herum und sah Bako, der in der offenen Tür stand und sie wütend anstarrte. Und hinter ihm Chuk und Len, einen der älteren Jungen. Chuk wagte nicht, sie anzusehen.

Bako durchquerte den Raum, packte ihren Arm und wand ihr das Geld aus der Hand. »Du bestiehlst mich? Nach allem, was ich für dich getan habe?« Er verstärkte seinen Griff, und sein Gesicht nahm einen empörten Ausdruck an, während er ihr fordernd eine Hand entgegenstreckte.

»Das ist alles, was ich hatte. Ich schwöre.«

Er beäugte erst die Geldscheine, dann sie. »Wenn du nicht so klein und schwächlich wärest, würde ich dich dorthin zurückschicken, wo ich dich aufgelesen habe.« Er stieß sie zurück gegen die Wand. Ein brennender Schmerz schoss durch ihre Schulter. Sie biss die Zähne zusammen, um nicht laut aufzuschreien. Trotzdem drang ein Stöhnen über ihre Lippen.

»Hör auf zu jammern«, sagte der Mann, ehe er sich zu Len umwandte. »Hol meine Brüder. Wir schnappen uns diesen Laster und ihren anderen Wagen.«

»Wie?«, fragte Len. Er war der Spion in dem Kaufhaus gewesen. Seine Aufgabe war es, ihre potentiellen Opfer abzulenken und aufzuhalten, damit seine Leute Zeit bekamen, den Land Rover zu stehlen.

»Genauso, wie wir uns den letzten geholt haben.«

Der Junge scharrte mit den Füßen.

»Ich glaube, das sollten Sie nicht tun. Dieser Mann, er ist nicht wie die anderen. Er hat uns beobachtet. Er wusste Bescheid. Ich glaube, er ist…«

»Er ist was?«

»Gefährlich.«

Bakos dunkle Augen verengten sich, während er einen Hemdzipfel hochhob und der Griff einer Pistole zum Vorschein kam. »Das bin ich auch. Wenn er es auf einen Kampf ankommen lässt, töten wir sie alle. So einfach ist das. Und jetzt kannst du gehen.«

Der Junge huschte durch die Tür hinaus, und Bako richtete den Blick wieder auf Nash.

Ihr Puls dröhnte ihr in den Ohren, während sie sich in die Zimmerecke drückte. Bako ergriff den Hammer, der auf dem Tisch lag. Sein Blick schien sie zu durchbohren. »Du erinnerst dich sicher, was mit dem letzten Jungen geschehen ist, der mich bestohlen hat.«

Sie nickte und versteckte beide Hände in den Achselhöhlen. Chuk stand in der Tür. Seine dunkle Haut zeigte ein ungesundes Grau. Ihm war furchtbar schlecht. Aber nicht so schlecht wie ihr. Er war der Einzige, der wusste, wo sie ihr Geld versteckte.

Polternde Schritte draußen im Hausflur lenkten Bako ab. Er wandte sich um und sah, wie seine beiden Brüder und Len sich an Chuk vorbeidrängten und den Raum betraten.

Der älteste, Kambili, lehnte sich an den Türpfosten. »Was ist denn so wichtig, dass wir so schnell hierherkommen sollten?«

»Erinnert ihr euch an den Lastwagen, den wir vor ein paar Tagen einkassiert haben?«, sagte Bako. »Von dieser Mädchenschule? Sie sind wieder hier.«

»Nein. Wir überfallen dieselben Leute kein zweites Mal. Das ist viel zu gefährlich. Sie rechnen damit und sind vorbereitet.«

»Ja. Aber diesmal könnte es einfacher und noch einträglicher sein. Len hat mir erzählt, sie hätten viele Freunde.«

»Wie viele?«

»Vier. Drei sind Amerikaner. Und sie haben Bargeld bei sich.«

»Bist du sicher?«

Er nickte und wog den Hammer in der Hand, als ob er testen wollte, wie er ihn am besten benutzte.

Kambili betrachtete das Werkzeug. »Was hast du damit vor?«

»Nash hatte ihren Wagen gestohlen, wurde jedoch erwischt. Ein Schlag dafür. Der andere, weil er sich an unserem Geld vergriffen hat.«

»Dieser Junge ist einer unserer besten Taschendiebe. Das wird er nicht mehr sein, wenn du seine Finger zerschmetterst.«

Bako schlug mit der flachen Seite des Hammerkopfs in seine offene Hand, wobei er Nash in seiner Zimmerecke nicht aus den Augen ließ. »Er ist auch einer unserer besten Bettler. Was meinst du, was er nach Hause bringt, wenn er verkrüppelt ist. Die Leute werden ihm aus Mitleid die Taschen füllen.«

Bako machte einen Schritt in Nashas Richtung und hob den Hammer.

»Aber nicht jetzt«, stoppte Kambili ihn. »Wenn es dir ernst damit ist, diesen Lastwagen zu stehlen, dann musst du jetzt aufbrechen.«

Bako starrte Nash an, dann grinste er plötzlich, und seine fleckigen gelben Zähne sahen wie Reißzähne aus. »Später ist besser. Ich habe keine Eile. Ich nehme mir immer nur einen Finger vor.« Er legte den Hammer auf den Waschtisch, schob Chuk aus dem Zimmer, folgte seinen beiden Brüdern hinaus in den Hausflur und schlug die Tür hinter sich zu.

Nasha hörte, wie der Schlüssel im Schloss gedreht wurde und ihre Schritte sich entfernten. Mit einigen schnellen Schritten war sie an der Tür, versuchte, sie zu öffnen und sank zu Boden, als ihre Knie nachgaben.

Bako hatte mal einen anderen Jungen dabei ertappt, wie er stahl, und jeden Finger seiner rechten Hand zerquetscht. Zwei Finger hatten sich entzündet und mussten amputiert werden. Der Junge hatte zwar versucht, seine Opfer mit der linken Hand zu erleichtern, aber wenig Erfolg dabei gehabt. Jetzt musste er betteln, um sich seinen Lebensunterhalt zu verdienen.

Nasha konnte ebenso wie ihre Mutter beide Hände gleich gut benutzen. Trotzdem wollte sie nicht in diesem Haus bleiben und riskieren, einen ihrer Finger zu verlieren. Sie hatte schon vor längerer Zeit jede Hoffnung aufgegeben, dass ihr Onkel zurückkam, um sie und Chuk zu sich zu holen.

Die Busfahrkarten waren ihre einzige Hoffnung gewesen.

Und nun, da die Kalus wussten, dass sie ihr nicht trauen konnten, würden sie sie auf Schritt und Tritt überwachen. Je länger sie bei ihnen blieb, desto gefährlicher würde es für sie werden.

Mädchen wie sie hatten nicht die geringste Chance. Sie verschwanden genauso spurlos wie ihre Tante.

Die Türklinke bewegte sich. »Nash? Bist du mir jetzt böse?«

»Du hättest nichts sagen sollen.«

»Ich wollte nur wissen, wie viel wir hatten. Bako hat mich dabei erwischt.«

Sie betrachtete den Hammer und konnte nicht erkennen, ob die dunklen Flecken an seinem Kopf Rost oder Reste von Blut waren. Und auch wenn sich ihr Magen bei dem Anblick fast umdrehte, nahm sie ihn vom Waschtisch und schlug die Glasscheibe aus dem Fensterrahmen.

Die Türklinke bewegte sich heftiger. »Nash. Es tut mir leid. Du kannst mein Geld haben.«

Sie kletterte auf die Fensterbank.

»Verlass mich nicht! … Nash … du hast es versprochen!«

Sie konnte seine verzweifelten Rufe noch lange hören, während sie durch die Gasse rannte.

KAPITEL VIERZEHN

Ein Kind ist ein Kind von allen.

– SUDANESISCHES SPRICHWORT –

Nach einem hastig eingenommenen Mittagessen im selben Restaurant, das Hank kurz vorher aufgesucht hatte, waren die Fargos bereit, zu ihrem Ausflug in den Busch aufzubrechen. Sam machte sich auf den Weg, um den Laster zu holen, während Remi, Hank und Amal in der Nähe des geretteten Land Rover warteten. Remi hielt die Schlüssel fest in der Hand, um kein Risiko einzugehen, falls Taschendiebe ihr Glück bei ihr versuchen wollten. Seltsamerweise hatten sie sich alle verflüchtigt, und von der Kinderschar waren nur noch zwei Jungen übrig geblieben, die sich für die Reisegruppe interessierten und sie von weitem beobachteten.

Als Sam mit dem Truck vorfuhr, schloss Remi die Fahrertür des Land Rover auf. »Dann nichts wie los.«

»Sind Sie sicher, dass nicht lieber ich fahren soll?«, fragte Hank. »Ich weiß, ich habe etwas getrunken, aber ich bin absolut fit. Ich dachte an die Buchhaltung, an Warren und an die Unterschlagung… Ich hatte nur einen einzigen Drink. Mehr nicht.«

Er kam Remi zwar vollkommen nüchtern vor, aber sie befanden sich in einem fremden Land und waren mit einem

Mietwagen unterwegs. »Warum leisten Sie nicht Sam im Truck Gesellschaft«, sagte sie. »Dann haben Amal und ich ausgiebig Gelegenheit, uns von Frau zu Frau zu unterhalten. Und Sie beide brauchen sich beim Abendessen nicht zu langweilen. Das wäre doch für alle eine Win-win-Situation, oder?«

Hank nickte und schlenderte zum Lastwagen hinüber.

Remi sah Amal fragend an. »Ist es bei ihm üblich, dass er schon so früh am Tag Alkohol trinkt?«

»Das ist mir bisher nie aufgefallen«, sagte Amal. »Andererseits war diese Konferenz der erste längere Zeitraum, den ich in seiner Gesellschaft verbracht habe – außerhalb der Grabungsstätte.«

Sie folgte Remi zum Wagen, und die beiden begannen die Fahrt in einvernehmlicher Schweigsamkeit. Erst als sie die Stadt hinter sich zurückgelassen hatten und sich auf freier Strecke befanden, kam ihre Unterhaltung wieder in Gang. Remi sah Amal von der Seite an. »Ich hoffe, es macht Ihnen nichts aus, dass ich frage – nur für den Fall, dass es während der Fahrt abermals geschieht –, aber was Ihre …« – *Panikattacken* schien nicht die richtige Bezeichnung zu sein – »… also, was genau geschieht da eigentlich mit Ihnen?«

»Ich glaube, die beste Beschreibung ist, dass ich mich in mich selbst zurückziehe.«

»Gibt es dafür irgendeine medizinische Erklärung?«

»Kommt darauf an, welchen Arzt man fragt, aber man ist sich wohl darin einig, dass es eine Art leichter Anfall ist. Es fühlt sich an, als erklinge in meinem Gehirn ein Summen. Als würde ich schlagartig einschlafen, einen blitzartigen Traum haben und sofort wieder aufwachen.«

»Erinnern Sie sich daran?«

»An die Träume? Manchmal. Vor allem dann, wenn jemand mir schildert, was ich getan oder gesagt habe. Offenbar rede ich sehr viel.«

»Nun, in diesem Fall haben Sie sogar um sich geschlagen und verlangt, dass irgendwelche Schleier abgelegt werden sollten.«

Amal lachte. »Ich bin mir vorgekommen, als befände ich mich in einer Wolke und niemand wäre mehr in meiner Nähe. Ich glaube, ich habe versucht, die Wolke zu verscheuchen. Wie dem auch sei, um Ihre Frage zu beantworten, ich glaube jedenfalls nicht, dass es etwas Gefährliches ist. In den meisten Fällen achtet meine Familie lediglich darauf, dass ich nicht zu Fall komme.«

»Das können Sam und ich ja vorläufig übernehmen. Versprochen.«

»Aber jetzt genug über mich – wo haben Sie und Dr. LaBelle sich kennengelernt?«

»Im College«, sagte Remi, und sie verbrachten das nächste Teilstück der Reise damit, sich über das Universitätsleben zu unterhalten. Lange nachdem Jalingo hinter ihnen verschwunden war, verwandelte sich die asphaltierte Straße in eine pockennarbige rote Staubpiste, die darauf schließen ließ, dass vorangegangene Wolkenbrüche und Überschwemmungen den Asphalt weggewaschen hatten. Innerhalb weniger Minuten bedeckte eine dünne rote Staubschicht die Windschutzscheibe und erschwerte Remi die Sicht. Sie schaltete die Scheibenwischer ein, dann rief sie Sam über ihr Smartphone an. »Was dagegen, wenn wir die Positionen wechseln? Ich taste mich hier hinten so gut wie blind durch die Weltgeschichte.«

»Daran haben wir gar nicht gedacht, als wir mit zwei Fahrzeugen gestartet sind. Übernimm du die Führung, und ich lasse mich weit genug zurückfallen, um von dem Staub so wenig wie möglich behelligt zu werden.«

»Danke, Fargo. Du bist ein wahrer Gentleman.«

Er verringerte das Tempo und gestattete ihr zu überholen. Sie holte zu ihm auf, setzte sich neben ihn und schaute gleich ein zweites Mal genauer hin, als sie glaubte, gesehen zu haben, wie jemand unter der Abdeckplane auf der Ladefläche hervorlugte. »Sam, jemand hat sich hinten auf der Pritsche des Trucks versteckt.«

Sam lenkte den Laster an den Straßenrand und hielt an.

Remi parkte neben ihm. »Bleiben Sie hier«, sagte sie zu Amal, zog die Handbremse, ehe sie zu Sam hinüberging, der schon neben dem Truck stand. Sie deutete auf die Abdeckplane nah bei der Heckklappe. Als er nach seiner Pistole greifen wollte, winkte Remi ab. »Ich glaube, es ist unsere Taschendiebin.«

Sam hob einen Zipfel der Plane an.

Nasha schaute zu ihnen heraus, ihre Augen waren groß wie Untertassen und hatten einen Ausdruck nackter Panik im Gesicht. »Sie dürfen nicht anhalten«, sagte sie. »Was haben Sie vor?«

»Was wir vorhaben?« Sam warf Remi einen kurzen Blick zu, dann konzentrierte er sich wieder auf das Mädchen. »Das Gleiche frage ich dich.«

Hank sprang aus dem Führerhaus und kam zu ihnen. »Was zur Hölle …?«

Sam brachte ihn mit einer Geste zum Schweigen und drehte sich wieder zu Nasha um. »Warum hast du dich auf unserem Lastwagen versteckt?«

»Ich möchte mit Ihnen fahren. Bitte…«

»Das geht aber nicht«, sagte Sam. »Du musst nach Hause zurückkehren und bei deinen Eltern bleiben. Wo sind sie?«

»Weg. Verschwunden. Beide. Mein Onkel sollte eigentlich zurückkommen und mich holen.« Sie wandte sich an Remi und faltete die Hände. »Ich weiß, ich bin nur ein Mädchen, aber ich möchte zur Schule gehen.«

Ihre schlichte, aber klare Bitte überrumpelte Remi regelrecht. »Sam…«

Er sah erst das Mädchen, dann Remi an. »Sollten wir nicht lieber zuerst die Ladung sichern?«

Die Ladung war sicher, aber sie nickte und meinte: »Gute Idee.« Sie lächelte das Mädchen an und deutete auf einen schattigen Platz neben dem Führerhaus des Lastwagens. »Am besten wartest du dort, wo es ein wenig kühler ist, während ich meinem Mann helfe.«

Nasha nickte gehorsam und entfernte sich.

»Nun?«, fragte Remi, während Sam die Plane wieder an Ort und Stelle zog.

Hank musterte die beiden ungläubig. »Woher wissen Sie, dass dies nicht nur wieder so ein Täuschungsmanöver ist? Wollen Sie die Göre nicht der Polizei übergeben?«

»Das wissen wir nicht«, sagte Sam, während Amal ebenfalls ausstieg und sich zu ihnen gesellte.

»Was ist denn los?«, erkundigte sie sich.

»Sie können doch nicht ernsthaft in Erwägung ziehen, sie mitzunehmen«, sagte Hank. »Es gibt sicher auch irgendein Gesetz, das so etwas verbietet.«

»Sam…« Remi beugte sich vor und senkte die Stimme. »Sie ist nur ein Kind.«

Alle vier schauten zu dem vorderen Ende des Lastwagens, wo das Kind nervös auf und ab ging und ständig in die Richtung blickte, aus der sie gekommen waren. Remi fragte sich, wonach sie Ausschau hielt. Die Straße wand sich meilenweit durch nahezu tischebenes Grasland. Falls dort jemand unterwegs war, konnte Remi nichts von ihm erkennen.

»Hank hat recht«, sagte Sam. »Wir können doch keine Kinder, die von zu Hause ausgerissen sind, ohne Erlaubnis der Eltern oder Erzieher oder der zuständigen Behörden von der Straße auflesen. Sie werden sofort unsere Schule schließen, wenn das bekannt wird. Wir müssen sie zurückbringen. Und zwar sofort.«

»Aber wohin denn?«, fragte Remi. »Du hast doch gehört, dass sie keine Familie hat.«

»Dann zur Polizei. Du weißt, dass wir keine andere Wahl haben.«

Amal ergriff Remis Hand. »Ich möchte auch zurückfahren. Ich habe bei dieser Geschichte ein ungutes Gefühl.«

Das Letzte, was Remi erwartet hätte, war, dass Hank sie unterstützte. »Mrs. Fargo hat recht. Wenn wir jetzt zurückfahren«, sagte er, »verzögert sich die Lieferung der Vorräte um einen weiteren Tag.«

»Das lässt sich nicht ändern«, sagte Sam. »Wir fahren zurück.«

»Gott sei Dank«, seufzte Amal grenzenlos erleichtert.

Sam zog den Knoten der Planenbefestigung zu, dann schickte er Remi einen Blick, der verriet, dass er sich ihrer Bitte unmöglich verschließen konnte. »Wir suchen ihre nächsten Angehörigen und...«

»Schnell!« Nasha kam auf sie zugerannt und deutete hinter sich. »Sie müssen sofort weiterfahren!«

Remi überschattete die Augen und sah das Funkeln eines Sonnenstrahls, der von der Windschutzscheibe eines Autos in einiger Entfernung reflektiert wurde.

»Sofort!«, rief Nasha mit schriller Stimme. »Ehe es zu spät ist. Sie kommen!«

»Wer?«, fragte Hank sichtlich erschrocken.

»Die Kalu-Brüder«, sagte sie. »Wir müssen weiterfahren. Bitte!«

»Remi«, sagte Sam.

»Bin schon dabei«, erwiderte sie, öffnete die hintere Ladeklappe und holte ein Fernglas aus einem ihrer Rucksäcke. Sie reichte es Sam.

»Ein gelber Wagen?«, fragte Nasha.

Sam setzte das Fernglas an die Augen und richtete es auf das Fahrzeug, bis er seine Farbe erkennen konnte. »Eindeutig gelb. Hast du irgendetwas damit zu tun? Solltest du uns ablenken?«

Das Mädchen schüttelte den Kopf. »Sie haben Pistolen. Sie wollen Sie ausrauben. Ich ... ich dachte, Sie erreichen die Schule lange vor ihnen.«

Sam schickte Remi einen besorgten Blick. »Jetzt auf keinen Fall umkehren, das steht außer Frage. Vorläufig.«

»Was ist mit dem Lastwagen?«, sagte Remi. »So schwer, wie er beladen ist, werden wir sie kaum abhängen können.«

»Nein. Aber vielleicht finden wir eine Stelle, wo wir uns besser zur Wehr setzen können.«

»Sie denken an einen Kampf?«, fragte Hank. »Das kann nicht Ihr Ernst sein.«

Sam ignorierte ihn, hob das Fernglas und blickte in die andere Richtung. »Was zum ...«

»Sam?«

Er reichte Remi das Fernglas, dann deutete er voraus auf einen Punkt in der Nähe der Straßenbiegung. »Etwa auf halber Strecke zwischen hier und den Bäumen.«

Remi nahm den Straßenabschnitt in Augenschein und sah zuerst nichts Ungewöhnliches. »Leere Straße.«

»Schau genauer hin.«

Sie stellte die Optik scharf und erkannte, dass die trockenen Laubblätter und die Äste, die die Straße bedeckten, eine gerade Linie bildeten. Zu gerade, um natürlichen Ursprungs zu sein. Was bedeutete, dass sie irgendetwas zudeckten. »Ein Nagelband? Wollen sie uns in einen Hinterhalt treiben?«

»Wenn ich raten sollte, würde ich sagen, dass die Baumgruppe dicht hinter der Kurve der andere Teil des Hinterhalts ist.«

»Und wenn wir um dieses Nagelband herumfahren?«

»Dann kriegen wir es mit dem zu tun, der schon auf der anderen Seite auf uns wartet.«

Remi blickte zu dem gelben Wagen hin, der mit hohem Tempo aus der entgegengesetzten Richtung näher kam. Sie hielt Ausschau nach einer Deckung. Da sich auf beiden Seiten der Straße nichts als flaches Grasland erstreckte, gab es keinen Ort, der ihnen irgendwelche Vorteile bieten konnte.

Außerdem blieb ihnen nur noch verschwindend wenig Zeit, um einen Verteidigungsplan zu entwickeln.

KAPITEL FÜNFZEHN

Ein guter Plan heute ist besser als ein perfekter
Plan morgen.

– AFRIKANISCHES SPRICHWORT –

Sam warf einen letzten Blick durch das Fernglas, dann drückte er es Remi wieder in die Hand. »Erinnerst du dich noch an diese Geschichte in Mozambique?«, fragte er.

»Ja. Aber wir müssen zwei Fahrzeuge bewegen und werden aus zwei Richtungen bedroht. Wie...«

»Nimm bei dem Land Rover den Gang heraus.«

»Fargo, du bist ein Genie.« Remi ergriff Nashas Hand und zog das Mädchen von dem Lastwagen weg.

Sam schwang sich in den Fahrersitz und startete den Motor, während Hank sich auf den Beifahrersitz sinken ließ. »Was ist los?«, wollte er von Sam wissen.

»Wir inszenieren für die Frauen ein Ablenkungsmanöver.«

Hank wurde schlagartig blass. »Wir?«

»Sie sollten wahrscheinlich besser aussteigen und ihnen Gesellschaft leisten.«

»Nein. Ich bleibe lieber hier.«

Sam warf einen Blick durch das offene Seitenfenster zu Remi hinüber und wartete darauf, dass sie den Wagen in Bewegung setzte.

114

»Amal!«, rief sie. »Nehmen Sie Nasha mit und warten Sie mit ihr neben der Straße!« Remi bückte sich und blickte in Nashas dunkle Augen. »Bleib dicht neben meiner Freundin. Wartet auf mich.«

Das Mädchen nickte.

»Ich komme gleich wieder zurück. Versprochen.«

Das Mädchen nickte noch einmal vertrauensvoll und rannte dann zu Amal hinüber. Remi stieg in den Land Rover, startete ihn und lenkte ihn etwa sechs bis sieben Meter weit vor den Lastwagen. Dort ließ sie ihn mit laufendem Motor stehen, ehe sie dorthin zurückkehrte, wo Amal und Nasha warteten. Sobald sie sich in ausreichender Entfernung befand, gab Sam Gas, vollführte eine Dreipunktwende und ließ die Antriebsräder durchdrehen. Sie schleuderten so viel Staub in die Luft, dass die Frauen nicht zu sehen waren, während sie die Straße überquerten und auf ein Waldstück zusteuerten.

Hank schaute zwar in ihre Richtung, aber der Staub verbarg sie vor seinen Augen. »Wohin wollen sie?«

»Sie versuchen, kein Ziel abzugeben«, sagte Sam, nahm den Fuß von der Bremse und trat aufs Gaspedal. Der Truck machte einen schwankenden Satz vorwärts.

»Aber…« Hank klammerte sich an das Armaturenbrett, während die vordere Stoßstange des Trucks den Land Rover antippte und vorwärtsschob. »Sind Sie verrückt geworden?«

»Auf der Straße liegt ein Nagelband. Und wenn die aufwallende Staubwolke hinter der Kurve von dem erzeugt wird, der das Nagelband ausgelegt hat, dann werden wir es schon bald mit einigen ziemlich hässlichen Leuten zu tun bekommen.«

»Aber dieses Kind…«

»Meint, dass zwei Männer in diesem gelben Wagen sitzen, der uns von hinten rammen will. Mit anderen Worten, man wird uns gleich ans Leder wollen.«

Sam stoppte den Lastwagen und ließ den Mietwagen aus eigener Kraft vorwärtsrollen, und das hoffentlich so weit, dass ihre Angreifer nicht erkannten, dass die Frauen sich weiter hinten versteckt hatten. Mit einem Fuß auf dem Bremspedal gab er wieder Vollgas, die Reifen drehten sofort durch und wirbelten so viel Staub auf, dass er die berechtigte Hoffnung haben konnte, dass in beiden Richtungen niemand feststellen konnte, ob sich jemand in dem Truck befand oder ob er verlassen worden war. Genau das war der entscheidende Punkt.

Sam zückte seine Pistole, kontrollierte sein Telefon, ob es auf stumm geschaltet war, und sah dann Hank auffordernd an. »Folgen Sie mir.«

Bei dem Anblick von Sams Pistole weiteten sich Hanks Augen. »Ich… ich kann nicht.«

»Wenn sie kommen und um sich schießen…«

»Das Risiko gehe ich ein«, sagte Hank.

»Wie Sie wollen.« Mit einem Fuß auf dem Bremspedal gab Sam wieder Gas, wirbelte noch mehr Staub auf, ehe er den Motor des Trucks ausschaltete und die Fahrertür aufstieß. »An Ihrer Stelle würde ich mich auf den Boden legen. Wenn Sie Glück haben, bietet Ihnen der Motorblock ausreichend Deckung und fängt Querschläger und verirrte Kugeln ab.«

KAPITEL SECHZEHN

Geduld kann einen Stein weichkochen.

– AFRIKANISCHES SPRICHWORT –

»Kopf runter und unten bleiben«, sagte Remi. Amal machte Anstalten, mit einer Hand die langen Grashalme zu teilen, aber Remi hielt ihren Arm fest. »Nicht hier. Sie werden die geknickten Grashalme sofort sehen.« Sie deutete auf eine natürlich entstandene Lücke in der dichten Vegetation. »Dort hinein.«

Auf allen vieren kroch Amal bis zu der freien Stelle. Remi wandte sich um, wollte Nasha den Weg zeigen und erlebte eine Überraschung, als das Mädchen ein trockenes Grasbüschel aus der Erde riss und den Wurzelballen benutzte, um seine Spuren am Straßenrand zu verwischen. Sekunden später kroch Nasha hinter Amal her, klaubte eine Handvoll Sand und Erdreich auf und verteilte sie auf ihrem kurzen dunklen Kraushaar, um mit ihrer Umgebung optisch zu verschmelzen.

Remi, gleichermaßen fasziniert und entsetzt, dass ein so junges Kind offenbar mit professionellen Tarnungstechniken vertraut war, kroch auf dem Bauch hinter ihnen her. Sie zog ihre Pistole und vergewisserte sich noch einmal, dass ihr Mobiltelefon auch wirklich stumm geschaltet war. Gerade noch rechtzeitig, wie sie feststellen durfte. Denn als sie durch das hohe Gras nach links blickte, entdeckte sie das gelbe Fahrzeug, das seine Insassen heftig durchschüttelte, während es hüpfend und schlingernd die tiefen Fahrrinnen in der Piste überwand.

Der Wagen passierte ihre Position und kam etwa fünf Meter hinter dem Lastwagen der Fargos schwankend zum Stehen. Eine Staubwolke zerfaserte im Wind, während zwei Männer ausstiegen. Sie wandten den Frauen den Rücken zu, als sie sich hinter den offenen Türen aufbauten. Jeder war mit einer Pistole bewaffnet und zielte damit auf den Lastwagen.

»Das sind sie«, flüsterte Nasha. »Zwei von den Kalu-Brüdern. Bako ist der, der uns am nächsten ist.«

»Egal, was geschieht«, sagte Remi, »halte den Kopf unten und gib keinen Laut von dir.« Das Mädchen nickte.

Remi hatte den Mann, der keine zwanzig Meter entfernt hinter der vorderen Beifahrertür stand, genau im Visier und ein freies Schussfeld. Leider befand sich der Fahrer auf der anderen – abgewandten – Seite des Fahrzeugs. Wenn sie schoss, riskierte sie es, ihre Position zu verraten – was sie auf keinen Fall tun wollte, es sei denn, ihr blieb keine andere Wahl. Sie und Sam hatten diese Taktik, sich zu trennen und ihre Gegner aus unterschiedlichen Richtungen auszuschalten, in Mozambique schon einmal angewandt, allerdings mit dem grundlegenden Unterschied, dass sie damals im gleichen Moment nicht auch noch drei weitere Leben beschützen mussten.

Sie legte ihr Mobiltelefon vor sich ins Gras und wählte Sams Nummer. »Wir befinden uns in Position. Ich gehe davon aus, dass du und Hank euch ein sicheres Plätzchen gesucht habt.«

»Er wollte nicht mitkommen.«

Sie schaute zum Lastwagen. Mit dieser Komplikation hatten sie weder gerechnet noch war sie zu diesem Zeitpunkt willkommen. Ihr blieb wenig Zeit, sich darüber den Kopf zu zerbrechen. In der Ferne – und zwar in der entgegengesetzten Richtung – stieg eine weitere Staubwolke auf und wurde erschreckend schnell größer. Schon nach wenigen Sekunden kam das kantige vordere Ende eines weißen Pick-ups in Sicht, der sein Tempo kurz drosselte, als er um den verdächtigen Laubhaufen auf der Straße herumkurvte. Schließlich kam er vor dem nun leeren Land Rover und ihrem Lastwagen zum Stehen. Beide Türen des Pick-ups schwangen auf, aber niemand stieg aus. Und seine getönten Scheiben blockierten Remis Sicht auf die Fahrerkabine.

Ein Doppelknall ertönte.

Zwei Kugeln schlugen dicht vor dem weißen Pick-up in die Grasnarbe ein. Der Schütze – es war der Fahrer des gelben Wagens – legte lässig den Arm auf den Rahmen der offenen Tür und zielte mit seiner Waffe auf die unerwarteten Besucher. »Diese Ladung gehört uns. Verschwindet.«

»Das habe ich nicht kommen sehen«, flüsterte Remi. »Verschiedene Parteien?«

»Sieht so aus«, sagte Sam. Da ihre Ohren von den beiden Schüssen noch halb taub waren, konnte sie Sams leise Stimme in ihrem Telefon kaum verstehen. »Das wird kein gutes Ende nehmen.«

Auch wenn sie Sam nicht sehen konnte, wusste sie, dass er sich rechts von ihr auf der gleichen Straßenseite befand – was bedeutete, dass er eine weitaus bessere Sicht auf die Insassen des Pick-ups hatte. Der Fahrer streckte beide Hände durch die offene Tür, um anzuzeigen, dass er nicht bewaffnet war. »Nicht schießen«, rief er. Er war hochgewachsen und schlank. Eine Narbe zeichnete sich auf der linken Seite seines breitflächigen Gesichts ab. Er stand neben seinem Truck und beobachtete die Kalu-Brüder. »Ich denke, wir können uns friedlich einigen.«

»Scarface«, flüsterte Nasha.

»Makao?« Bako war offenbar geschockt, ihn an diesem Ort zu sehen. »Ich wusste nicht, dass du es bist.«

»Das sehe ich. Und jetzt kehrst du einfach um, und wir vergessen das Ganze.« Makao verzog das Gesicht, um ein Lächeln anzudeuten.

Bakos Bruder wedelte mit seiner Pistole. »Diese Ladung gehört uns.«

»Dann behaltet sie doch.« Makao massierte die Narbe auf seiner Wange, dann rutschte er hinter das Lenkrad. Er setzte mit dem Pick-up zurück, wendete, aber anstatt wegzufahren, stoppte er den Wagen. Zwei Männer mit Sturmgewehren im Anschlag sprangen von der Ladefläche des Pick-ups herab. Ein ohrenbetäubendes Rattern folgte, als sie die Kalu-Brüder durchlöcherten, deren Leiber, vom Kugelhagel getroffen, einen grotesken Tanz ausführten. Nasha gab ein ersticktes Schluchzen von sich, als sie zusammenbrachen. Obwohl Remi das Kind trösten wollte, wagte sie es nicht, die Augen von dem Geschehen abzuwenden. Dankenswerterweise streckte Amal eine Hand aus, legte sie dem Kind auf die Schulter und flüsterte ihm irgendetwas ins Ohr.

»Remi?« Sams leise Stimme, die aus ihrem Mobiltelefon drang, vermittelte ihr ein Gefühl der Sicherheit. Sie waren beide in diese Klemme geraten. Und sie würden sich auch gemeinsam daraus befreien.

»Hier ist alles okay«, sagte sie, während die beiden Schützen von der Ladefläche heruntersprangen und wachsam zum vorderen Ende des Land Rover der Fargos gingen. Einer der Männer warf einen Blick hinein, dann deutete er auf den Lastwagen. Sie gingen daran vorbei, wobei ihre Beine und Füße unter dem Chassis des Trucks zu sehen waren. Als sie sich in Höhe der Ladefläche befanden, blieben sie hinter dem Hinterrad auf ihrer Seite stehen. Der andere Mann ging weiter und warf einen kurzen Blick auf die Kalu-Brüder, die ausgestreckt auf beiden Seiten des gelben Wagens im Staub lagen. Da sie keine Bedrohung mehr darstellten, kam er zum Lastwagen zurück und hob die Abdeckplane hoch, um einen Blick darunter zu werfen. »Hier ist niemand«, rief er.

Makao, der an der Fahrertür des weißen Pick-ups gewartet hatte, sagte etwas zu seinem Beifahrer. Der Mann stieg aus und ging zum Lastwagen. Dabei hielt er seine Waffe auf die Tür gerichtet, hinter der Hank versteckt war.

Remi folgte ihm mit dem Lauf ihrer Pistole. »Sam …«

»Schieß nicht, Remi, sonst wissen sie, wo wir sind.«

Sie behielt den Finger am Abzug. »Aber wir können doch nicht …«

»Doch. Wir können. Auf der anderen Seite des Trucks befinden sich zwei weitere Schützen. Wenn wir es nicht schaffen, die auch auszuschalten, sitzen wir in der Falle.«

Er hatte recht. Beide Männer hatten sich Deckung gesucht, einer hinter dem Hinterrad, der andere hinter der Fahrerkabine. Zweifellos hatten beide die Tür des Lastwagens im Visier für den Fall, dass jemand auf dieser Seite um sich schießend herausstürmte. »In Mozambique ist das Ganze viel besser abgelaufen«, stellte Remi fest.

»Klar, damals hatten wir es auch mit fünf Schützen weniger zu tun.«

Nasha atmete zischend ein. »Sehen Sie, Mrs. Fargo. Bako bewegt sich.«

Remi folgte dem Blick des Mädchens und sah, wie Bako, der auf dem Boden lag, die Hand nach seiner Pistole ausstreckte. »Sam. Neben dem gelben Wagen. Er könnte die Ablenkung sein, die wir brauchen.«

»Sie töten ihn, ehe er einen zweiten Schuss abfeuern kann. Wir brauchen etwas anderes.«

Schon wieder hatte ihr Mann recht. Solange ihnen nichts einfiel, um die beiden anderen Männer auf die ihnen zugewandte Seite des Lastwagens zu locken, wären sie waffen- und zahlenmäßig hoffnungslos unterlegen. Ihr Blick fiel auf den Land Rover. »Amal, wo ist Ihr Telefon?«

»Im Wagen.«

»Halte dich bereit, Fargo.« Remi schob ihr Smartphone zu Amal hinüber und brachte ihre Pistole in Anschlag. »Es wird Zeit, für eine gewisse Chancengleichheit zu sorgen.«

Sams leises Lachen drang aus dem Lautsprecher des Telefons, ehe Amal die Nummer wählte. Einen kurzen Moment später erklang das leise, aber schrille Klingeln ihres Mobiltelefons in der Fahrerkabine des Wagens.

Scarface hob eine Hand. »Wartet«, sagte er, dann ging er zu dem Land Rover.

Remi lächelte, als sie beobachtete, wie einer der beiden Männer auf der anderen Seite des Lastwagens zum Motorblock ging, wobei sein Kopf und seine Schultern über die Motorhaube hinausragten. »Komm schon…«, murmelte sie in der Hoffnung, dass der Schütze vollends in Sicht kam.

Rechts von ihr griff Scarface ins Fenster, angelte Amals Schultertasche von dem Beifahrersitz und holte ihr Telefon heraus. Nun verstummte das Klingeln, Amal hatte das Gespräch beendet. Scarface runzelte die Stirn, warf Telefon und Tasche in den Wagen, blickte zu dem Mann, der neben dem Lastwagen stand, und nickte.

Der Schütze riss die Lastwagentür auf und zielte mit seinem Sturmgewehr in die Fahrerkabine.

Hank kauerte im Fußraum unter dem Armaturenbrett und bedeckte sein Gesicht mit den Armen. »Nicht schießen!«, flehte er. »Bitte, nicht schießen.«

KAPITEL SIEBZEHN

Wenn Grashüpfer miteinander kämpfen,
freut sich die Krähe.

– SPRICHWORT DER BASOTHO –

Sam, den Finger am Abzug seiner .38er Smith & Wesson, beobachtete aus sicherem Abstand, wie der Mann mit dem Sturmgewehr Hank aus der Fahrerkabine des Lastwagens herauszog. Ebenso wie Remi lag Sam auf dem Bauch im Gras, vor sich sein stumm geschaltetes Smartphone. Der Bildschirm leuchtete auf, als Remi ihn zurückrief. Er meldete sich, dann blickte er zu dem einzigen Überlebenden, der im Staub neben dem gelben Wagen lag. Der Mann hob langsam seine Pistole, um die vier Angreifer auszuschalten. Er verblutete, und Sam fragte sich, ob er überhaupt noch die Kraft hatte, einen einzigen Schuss abzufeuern.

»Warte …«, sagte Sam leise in sein Telefon. Remi, eine erfahrene Scharfschützin, könnte den Mann, der Hank in Schach hielt, mit einem einzigen Schuss niederstrecken, und war zweifellos um seine Sicherheit besorgt. In diesem Moment war es Sam eigentlich gleichgültig, ob Hank den Tod fand oder am Leben blieb. Er hatte jedenfalls nicht die Absicht, die Sicherheit seiner Frau oder Amals und Nashas aufs Spiel zu setzen, nur weil dieser Mann ganz einfach zu blöd war, Instruktionen zu befolgen.

Der Bewaffnete hatte sein Sturmgewehr auf die Brust des Archäologen gerichtet. »Wo sind die anderen?«

Hank wich zurück, stieß mit dem Rücken gegen den Lastwagen und schaute sich verzweifelt um – ob nach seinen Leidensgefährten oder einem Fluchtweg, konnte Sam in diesem Moment nicht erkennen.

»Sage… mir… wo… sie… sind…« Bei jedem Wort rammte der Bewaffnete die Gewehrmündung gegen Hanks Brustkorb.

»Sie sind geflüchtet.«

»In welche Richtung?«

»Ich… ich hab's nicht gesehen.« Hanks Blick irrte zum Straßenrand. »Zu viel Staub.«

Ein Schuss fiel.

Bakos Kugel ging ins Leere

Die beiden Schützen auf der anderen Seite des Trucks wirbelten herum und überschütteten den gelben Wagen mit einer ohrenbetäubenden Dauersalve. Der dritte Schütze packte Hank, benutzte ihn als Schutzschild und nahm Sam jede Chance, ihn auszuschalten. »Remi«, rief Sam ins Telefon.

Sie feuerte, ehe er ihren Namen vollständig ausgesprochen hatte.

Der Bewaffnete stürzte zu Boden und Hank mit ihm. Der Mann neben der Vorderachse des Lastwagens trat auf die Fahrbahn hinaus und begriff zu spät, dass der Schuss aus dem hohen Gras gekommen war. Er schwenkte sein Gewehr herum in Richtung Remi. Sam drückte zwei Mal ab. Der Mann wurde gegen den Truck geworfen.

Als Makao seinen Mann zusammenbrechen sah, duckte er sich hinter den Land Rover, dann sprintete er zum Pick-up und hechtete hinein. Der letzte noch lebende Schütze rannte hinter ihm her und hängte sich an die Heckladeklappe, während der Wagen sich mit rasantem Tempo entfernte.

Sam behielt den Pick-up im Auge und wartete, bis die Staubwolke sich verzogen hatte und er sicher sein konnte, dass der Pick-up keinen weiten Bogen beschrieb und zurückkam. Schließlich wandte er sich in Remis Richtung, konnte sie in dem hohen Gras jedoch nicht ausmachen.

Er griff nach seinem Telefon. »Remi …«

»Hier.«

»Die anderen sollen in Deckung bleiben. Wir müssen erst sichergehen, dass die Luft rein ist.«

Gleichzeitig richteten sie sich auf, die Pistolen schussbereit, und gingen zu den drei Fahrzeugen hinüber.

Das Einzige, was sich auf diesem Schlachtfeld bewegte, war Hank. Sein Atem ging flach, und sein Gesicht war bleich, während er sich mühsam auf die Füße kämpfte und versuchte, den Toten von sich herunterzuschieben.

»Bleiben Sie liegen«, befahl Sam und bewegte sich nach rechts, während Remi die linke Seite der Kampfzone sicherte und jeden der Erschossenen kurz untersuchte und jede Waffe mit einem Fußtritt außer Reichweite beförderte – für den Fall, dass einer der Männer den Schusswechsel überlebt hatte.

Doch sie waren alle tot.

»Alles klar!«, rief er schließlich.

»Hier ebenfalls«, antwortete Remi, während sie auf der anderen Seite des Lastwagens zusammentrafen. Sie kehrten zurück. »Alles okay!«, riefen sie. »Ihr könnt jetzt rauskommen!«

Amal und Nasha erhoben sich langsam. Das Mädchen griff nach Amals zitternder Hand, während sie durch das hohe Gras zur Straße kamen.

Sam registrierte den Staub auf ihren Gesichtern und ihrer Bekleidung. »Die Tarnung ist absolut perfekt.«

»Das Kind ist eine Naturbegabung«, sagte Remi und meinte dann mit gesenkter Stimme. »Ich glaube, ich möchte gar nicht wissen, wo sie das gelernt hat.«

Diese Art von Wissen erwarb man sicher nicht, wenn man in der Stadt lebte – oder in einem friedlichen Dorf. »Das gibt einem wirklich zu denken«, erwiderte Sam und bückte sich, um eins der fallen gelassenen Sturmgewehre aufzuheben. Er legte den Sicherungshebel um und hängte sich die automatische Waffe über die Schulter.

Hank kam auf die Füße, lehnte sich an den Truck, als Nasha in sein Blickfeld geriet. »Du hast meine Wagenschlüssel gestohlen. Diese Männer waren hinter dir her.«

Nasha versuchte, sich hinter Amal zu verstecken.

»Anschuldigungen bringen uns jetzt nicht weiter«, sagte Sam, der nicht länger als nötig aufgehalten werden wollte. Je länger sie dort ausharrten, desto eher war damit zu rechnen, dass diese Straßenräuber mit Verstärkung zurückkehrten. »Remi, sieh dich um, ob wir irgendwelche herrenlosen Waffen übersehen haben. Sie, Hank, sollten sich in den Wagen setzen und den Sprechfunk einschalten. Amal …« Er war im Begriff, Amal aufzufordern, sich in Hanks Obhut zu begeben. Als er ihre graue Gesichtsfarbe bemerkte, bemühte er sich um einen sanfteren Tonfall. »Sind Sie okay?«

Flüchtig lächelte sie. »Ich … ich glaube, ich brauche nur ein bisschen frische Luft.«

»Nasha«, sagte Sam. »Komm mit mir.« Er schlug die Richtung zu dem von Kugeln durchlöcherten Wagen der Kalu-Brüder ein, dann blieb er stehen, als er bemerkte, dass Nasha nicht von Amals Seite gewichen war. Stattdessen musterte sie ihn mit einer gesunden Mischung Misstrauen und Wachsamkeit. Remi räusperte sich, und er sah sie verständnislos an und hob fragend die Augenbrauen in der Hoffnung, dass sie ihm verriet, was sie in diesem Augenblick dachte.

»Nasha«, sagte Remi. »Ich glaube, mein Mann möchte dir unter vier Augen einige Fragen stellen. Du kannst ihm vertrauen und ganz offen antworten.«

Das Mädchen schüttelte den Kopf. »Ich traue keinem Mann.«

Daran hatte Sam nicht den geringsten Zweifel, vor allem wenn es von einem Mädchen mit ihrem Wissen und ihren Erfahrungen gesagt wurde. »Remi?«

Sie hielt dem Mädchen einladend die Hand hin. Nasha ergriff sie, und Remi führte sie zu Sam hinüber, der in der Nähe der toten Männer neben dem großen Lastwagen der Mädchenschule stand. Das Mädchen vermied es, einen Blick auf die Toten zu werfen.

Sosehr Sam der nächste Schritt widerstrebte, für ihn führte kein Weg daran vorbei. »Du musst sie ansehen und mir sagen, ob du sie kennst.«

Nasha zögerte, dann drehte sie sich langsam um. Ihr Blick glitt kurz über ihre Gesichter, ehe sie sich wieder abwandte und Schutz suchend an Remi drückte. »Nein« flüsterte sie.

Er führte sie am Lastwagen vorbei zu dem gelben Wagen. »Und was ist mit diesen? Kennst du sie?«

Sie warf einen kurzen Blick auf die Toten, dann wandte sie sich schnell wieder ab. »Ja.«

»Wer sind sie, und warum sind sie hier?«

»Hab ich doch schon gesagt. Die Kalu-Brüder. Sie wollten Sie ausrauben.«

»Weshalb?«

»Weil Sie ihren Wagen gestohlen haben.«

»Du meinst, weil du ihren Wagen gestohlen hast.«

»Ich habe ihn gefunden. Ich habe nur die Schlüssel gestohlen. Aber die Kalus sagten, es sei ihr Wagen. Und sie wollten Ihren Lastwagen. Sie hatten sich schon den letzten geholt.«

»Haben sie dich zu uns geschickt?«

Das Mädchen schüttelte den Kopf, wich jedoch Sams Blick aus.

»Nasha…« Er sah, wie ihre Schultern sich spannten, und ging vor ihr auf ein Knie hinunter, um mit ihr auf Augenhöhe zu sein. »Warum bist du mitgefahren?«

Sie streifte den Toten auf dem Beifahrersitz mit einem kurzen Blick und sah Sam an, Tränen in den dunklen Augen. »Bako wollte mir die Finger brechen, weil ich … weil ich das Geld verstecken wollte, das Mrs. Fargo mir gegeben hat.«

Wäre der Mann nicht bereits tot gewesen, hätte Sam ihn in diesem Moment getötet. Er richtete sich auf und versuchte in Gedanken das, was er bereits wusste, mit dem wenigen in Einklang zu bringen, was er von Nasha bislang erfahren hatte. »Könnte es sein, dass sie ein paar Freunde gerufen haben, die ihnen helfen sollten?«

»Nein«, flüsterte das Mädchen.

»Die Männer im weißen Pick-up. Bist du ganz sicher, dass du sie noch nie gesehen hast?«

Nasha schüttelte den Kopf. »Ich habe nur von Scarface gehört. Die Kalus arbeiten allein. Sie haben keine Freunde.«

Sam legte eine Hand auf ihre Schulter. »Keine weiteren Fragen. Warte im Wagen. Dort ist es kühler.«

Nasha schüttelte den Kopf. »Ich mag diesen Mann nicht.«

»Hank?«, fragte Remi. »Weshalb?«

»Weil er mich nicht mag.«

»Vergiss nicht, dass du ihm seine Schlüssel gestohlen hast.«

»Das war doch einfach.« Nasha schaute zu Amal. »Was ist mit Ihrer Freundin los?«

Remi gewahrte Amals leeren Blick. Entweder hatte sie gerade wieder einen ihrer Anfälle oder ein solcher stand kurz bevor. »Sie erholt sich. Du kannst ihr ja die Hand halten, wenn du dich zu ihr in den Wagen setzt.«

Nasha, offensichtlich froh, das Schlachtfeld verlassen zu dürfen, nickte schnell, dann rannte sie zu ihr.

Remi kam zum Wagen der Kalus. »Amal hatte wieder einen ihrer Anfälle«, sagte sie zu Sam.

»Unter den gegebenen Umständen ist das nicht verwunderlich. Wenn es ihr morgen nicht besser geht, bringen wir sie zurück.«

»Was ist mit Nasha?«

»Ich denke nicht einmal daran, sie nach Jalingo zu bringen. Du hast ja gehört, wie sie erzählt hat, was er mit ihr tun wollte.«

Remi betrachtete den Toten. »Ich denke, es wäre sinnlose Munitionsverschwendung, ihm noch eine weitere Kugel zu verpassen.«

»Absolut. Wichtiger ist, dass Nasha berichtet hat, die Kalu-Brüder würden allein arbeiten. Wer ist dann dieser Makao, den die Kalu-Brüder offenbar sehr gut kannten?«

»Zumindest eines musst du zugeben – dass die beiden Gruppen mitten in der Wildnis aufeinandergetroffen sind, ist eine interessante Fügung des Schicksals.«

Sam glaubte fest daran, dass Schicksalsfügungen höchst seltene Vorkommnisse waren. »Wer oder was auch immer diese andere Gruppe gewesen sein mag, mit der Diebesbande aus Jalingo hatte sie nichts zu tun.«

»Das glaube ich auch.« Remi deutete mit einer ausholenden Geste auf das Waffenarsenal, das sie auf der Ladefläche des Lastwagens deponiert hatte. »Wir verfügen jetzt über genügend Feuerkraft, also sollten wir uns auf die Suche nach diesen Typen machen.«

KAPITEL ACHTZEHN

Zwei Dinge sollten Kinder von ihren Eltern bekommen:
Wurzeln und Flügel.

– SUDANESISCHES SPRICHWORT –

»Immer sachte, Annie Oakley«, bremste Sam Fargo, als
er das Feuer in den grünen Augen seiner Frau sah. »Wir
lassen die Finger von jeder Selbstjustiz – besonders mit
einem Kind im Wagen.«

»Die Kleine kann mit Hank und Amal vorausfahren.
Dann können wir, du und ich…«

»Remi!«

»Na schön«, lenkte sie ein. »Wir rufen die Polizei. Aber
was geschieht mit Nasha? Sie und wir werden in langwierige Untersuchungen verwickelt. Stell dir vor, sie bringen
sie zurück? Du hast doch gehört, was sie erzählt hat. In
ihrem bisherigen Zuhause – falls man es überhaupt so nennen kann – wartet noch ein dritter Kalu-Bruder.«

»Wir erwähnen nichts davon, dass wir in irgendeiner
Weise beteiligt waren.«

»Bis sie dahinterkommen, dass die Kugeln in der einen
Hälfte der Toten nicht mit den Kugeln in der anderen
Hälfte übereinstimmen.«

Sam ließ den Blick in die Runde schweifen und versuchte, sich zu vergewissern, dass es nichts gab, was sie

mit dem Geschehen direkt in Verbindung bringen konnte. »Da wir alle Waffen eingesammelt haben und mitnehmen, dürfte dies kein Problem sein. Die Cops bei uns zu Hause nennen einen solchen Fall *no human involved.*«

»Und wenn sie eine Untersuchung starten?«

»Ich habe begründete Zweifel, dass uns die beiden, die entkommen konnten, der Polizei melden werden.«

»Das ist ein gutes Argument.« Sie gingen zu den Fahrzeugen zurück, und Remi deutete auf die Nagelsperre in einiger Entfernung auf der Straße. »Was machen wir damit?«

»Wir nehmen alles mit. Wäre doch ein Jammer, wenn sich ein Unbeteiligter darauf die Reifen kaputtfährt.«

* * *

Sie sammelten die Krähenfüße auf und setzten die Fahrt fort, sobald Sam die Polizei angerufen und gemeldet hatte, was für ihn wie das Ergebnis einer Schießerei zwischen rivalisierenden Verbrecherbanden aussah. Und auch diesmal nahm Hank auf sein Geheiß wieder den Platz des Beifahrers ein. Falls sie noch einmal angegriffen werden sollten, war Remi jedenfalls ausreichend bewaffnet und konnte die Frauen beschützen.

Hank sparte sich jegliche Kritik an Sams Entscheidung. Tatsächlich sprach er auch sonst nicht viel. Nachdem sie etwa zwanzig Minuten gefahren waren, blickte Sam zu ihm hinüber und registrierte die immer noch bleiche Farbe seines Gesichts. »Alles okay?«

»Ein bisschen durcheinander, mehr nicht«, sagte Hank. »Ich ... ich hatte keine Ahnung ...«

»Keine Ahnung, inwiefern?«, fragte Sam und konzentrierte sich wieder auf die Straße.

»Tragen Sie und Ihre Frau immer Waffen bei sich?« Er nickte in Richtung des Land Rover, der ihnen vorausfuhr.

»Kommt darauf an, wo wir uns befinden.«

»Was ist mit der Schule?«

»Was soll damit sein?«

»Pistolen. Kinder. Für mich ist das eine üble Kombination.«

»Das gilt auch für Terroristen. Weshalb einige unserer Leute ebenfalls bewaffnet sind. Es kommt niemals vor, dass die Mädchen ohne Schutz sind.«

»Haben die Kinder keine Angst?«

»Sie wissen es noch nicht einmal.«

»Ich glaube, das ist auch das Beste.« Hank schwieg einige Sekunden, dann musterte er Sam von der Seite. »Meinen Sie nicht, dass sie uns verfolgen? Ich denke an die Männer, die entkommen sind.«

»Warum sollten sie?«

»Aus Rache? Schließlich haben Sie ihre Freunde getötet.«

»Wenn sie es tun, sind wir bereit.«

* * *

Nach mehreren Stunden Fahrt passierten sie zuerst die Städte Bali und wenig später Serti, wo sich eine Garnison des nigerianischen Militärs befand. Schließlich schlängelte sich die kurvenreiche Straße durch die üppigen saftiggrünen Wälder und das dichte Unterholz des Gashaka-Gumti-Nationalparks. Die Sonne stand schon dicht über dem

Horizont, als Sam sich der Teeplantage von Okoro Eze näherte, dessen Grundbesitz direkt an den Park grenzte. Er erstreckte sich auf beiden Seiten der Straße. Eingeschlossen war das Nutzungsrecht für die Straße, die zu der auf einem Berghang gelegenen und von den Fargos für die Schule erworbenen Parzelle führte.

Sam folgte der einspurigen Straße entlang der Südostgrenze der Plantage. Am Ende einer langen Abzweigung nach rechts – nicht weit von einer Gruppe Eukalyptusbäume – standen Okoros kleines Wohnhaus und ein Wirtschaftsgebäude. Die Solarpaneele auf dem Dach des Wohnhauses wirkten seltsam fehl am Platze, da Elektrizität so tief im Busch eigentlich eine absolute Rarität war. Die Solarpaneele hatten den Weg auf das Mambilla-Plateau gefunden, weil Sam Fargo sie auf seine Kosten hatte installieren lassen, nachdem der Farmer, ein Witwer, sich geweigert hatte, einen Preis für die Nutzung seines Landes zu nennen. Er machte kein Hehl daraus, wie dankbar er war, dass sich seiner Tochter Zara so die überraschende Möglichkeit bot, eine in nächster Nähe residierende Schule zu besuchen und die Ausbildung zu erhalten, die sie, wie der Farmer zu verstehen gab, auch verdiente.

Okoros und Zaras Lebensumstände waren leider nichts Ungewöhnliches. Der Mangel an Verkehrsmitteln sowie die lange Wegstrecke durch eine stellenweise unwegsame Landschaft aus Steilhängen und tiefen Schluchten verbot es vielen Mädchen in den verstreut liegenden Dörfern so weit draußen auf dem Mambilla-Plateau, an den Besuch einer Schule auch nur zu denken. Die Idee dazu war Wendy und Pete gekommen, nachdem sie in einem ihrer Urlaube durch den riesigen Nationalpark gewandert waren. Mit dem Segen der Fargos und dem Geld der Stiftung waren die beiden nach Nigeria zurückgekehrt, um ihren Traum in die Realität umzusetzen.

Kurz hinter Okoros Wohnhaus bog Remi nach links auf eine Schotterpiste ab. Sam folgte ihr mit dem schwer beladenen Lastwagen mit deutlich geringerem Tempo. Sie hofften, dieser Straße irgendwann in naher Zukunft eine solide Asphaltdecke spendieren zu können, aber erst einmal mussten sie sich eine gute halbe Stunde auf der unbefestigten Bergstraße durch eine nicht enden wollende Serie von scharfen Kurven kämpfen, um zu »ihrer« Schule zu gelangen. Etwa auf halbem Weg dorthin passierten sie eine Holztafel mit der Aufschrift

LOWER GASHAKA TRAIL
WATCH OUT FOR PEDESTRIANS

Etwa eine Viertelmeile weiter bergauf, kurz vor der nächsten Haarnadelkurve, verkündete eine weitere Warntafel *Upper Trail*. Nun folgten noch einmal fünfzehn Minuten, bis das Gefälle der gewundenen Straße abnahm. Die letzte halbe Meile verlief nahezu gerade und eben bis zu der Schule selbst, die auf einem eigenen Plateau im Wald stand, wo sie durch die natürlichen Gegebenheiten des Geländes vor Überflutungen während der Regenzeit weitgehend geschützt war.

Pete Jeffcoat erwartete sie in der offenen Toreinfahrt, und Wendy Corden stand auf der Vorderveranda vor dem Büro. Beide waren Mitte zwanzig, groß, braungebrannt und blond. Pete trug sein Haar kurz geschoren, während Wendy ihre Mähne zu einem Pferdeschwanz zusammengerafft hatte. Pete winkte sie herein, dann schloss und verriegelte er das Tor hinter ihnen.

Hühner rannten aufgeregt gackernd hin und her, während Sam den Laster über die breite und mit grobem Kies bestreute Zufahrt lenkte. Er parkte vor einem lang gestreckten einstöckigen Bungalow, dessen weiß getünchten Wände im Licht der Spätnachmittagssonne in sattem Gelb erstrahlten. Es war eins von vier nahezu identischen Gebäuden – in einem befanden sich das Schulbüro und die Quartiere der Angestellten, in einem die Cafeteria und die Klassenräume und in zwei weiteren die Schlafräume, von denen einer noch nicht komplett fertig gestellt war. Alle waren um einen großen Innenhof herum angeordnet. Als Sam sich umschaute, entdeckte er zu seiner Rechten am Ende des Grundstücks etwa ein halbes Dutzend Mädchen, die auf der verkleinerten Version eines Fußballfelds einen Ball zwischen sich hin und her kickten.

Die Luft hier oben war deutlich kühler als in Jalingo, wie Sam sofort feststellte, als er aus dem Führerhaus des Lasters heraussprang. Er ging zu Pete zurück, der ihm vom Einfahrtstor aus entgegenkam. »Ein wenig später als geplant«, sagte Sam und schüttelte ihm die Hand. »Aber hier sind wir.«

Pete warf einen Blick zu Hank hinüber, während er den Frauen half, ihr Gepäck aus dem Land Rover auszuladen. »Ich dachte, Sie wollten drei Gäste mitbringen. Wer fehlt denn?«

Sam folgte seinem Blick, während Wendy sich zu ihnen gesellte. »Dr. LaBelle ist krank geworden. Sie hofft, dass sie im Laufe der Woche nachkommen kann.«

»Wahrscheinlich ist es so am besten«, sagte Wendy. »Das

Letzte, was wir momentan brauchen können, ist ein Schlafsaal voller kranker Kinder.«

»Wir haben allerdings eine Anhalterin aufgelesen.« Sam deutete mit dem Kopf auf Nasha, die gerade vom Rücksitz des Land Rover herunterrutschte.

Sobald sie sich miteinander bekannt gemacht hatten, umarmte Remi zuerst Wendy und danach Pete. »Wie schön, Sie wiederzusehen. Wir haben Sie im Haus schmerzlich vermisst, aber was ich hier sehe, ist einfach phantastisch. Vor sechs Monaten gab es hier nichts anderes als bloß eine leere Wiese.«

»So langsam nimmt es Gestalt an«, sagte Pete. »Wir hoffen, das Dach in *einem* Arbeitsgang vollständig decken zu können und …«

Wendy, der Amals angegriffener Zustand nicht entgangen war, sagte: »Darüber können wir uns später unterhalten. Wir sollten ihnen erst einmal Gelegenheit geben, ein wenig zur Ruhe zu kommen. So wie es aussieht, hatten sie heute schon genug Action.«

»Ich denke, nach dem, was wir auf der Fahrt erlebt haben, brauchen wir alle eine kurze Auszeit«, pflichtete Remi ihr bei.

Während sie ins Haus vorausging, blieben Sam und Pete zurück. »Wir kommen gleich nach«, rief Sam.

»Verstanden«, sagte Wendy, dann folgte sie ihrem Besuch.

Pete entdeckte die Einschusslöcher in der Seitenwand des Lastwagens und sah Sam fragend an.

»Wir hatten ein wenig Ärger während der Fahrt. Aber das ist eine lange Geschichte. Ich erzähle sie Ihnen später«, vertröstete Sam ihn und vergewisserte sich, dass sie allein und unbeobachtet waren. Er wartete, bis sich die Haustür hinter Hank und den Frauen geschlossen hatte. »Sie sind weg. Nun, wie steht es mit diesem anderen Projekt, an dem Sie und Yaro arbeiten... es weiß doch niemand davon, oder?«

»Niemand«, versicherte Pete. »Wendy hat uns perfekt gedeckt. So wie Sie es wünschten.«

»Gut. Dann sehen wir es uns mal an.«

KAPITEL NEUNZEHN

Das Kind einer Ratte ist eine Ratte.

– MADAGASSISCHES SPRICHWORT –

Pete führte Sam zum Innenhof und blieb stehen, als er sah, dass mehrere Mädchen von den Gruppensitzbänken auf sie zurannten. »Andererseits«, sagte Pete, »ist morgen vielleicht ein besserer Zeitpunkt, um über dieses Projekt zu sprechen. Dann haben sie alle Unterricht und sitzen in ihren Klassenzimmern.« Er betrachtete noch einmal die Einschusslöcher im Lastwagen. »Ich kann es wirklich kaum erwarten zu erfahren, wie die dorthin gekommen sind.«

»Auch das muss wahrscheinlich noch einige Zeit warten«, sagte Sam, während jetzt mehrere Mädchen aus einem der Gebäude kamen und auf sie zusteuerten.

Erst als sie während des Abendessens getrennt von den Schülerinnen an einem separaten Tisch saßen, kam Sam dazu, von dem versuchten Raubüberfall zu berichten.

Pete lehnte sich auf seinem Stuhl zurück und sah von Sam zu Remi. »Könnte es die gleiche Bande gewesen sein, die unsere letzte Wagenladung Vorräte gestohlen hat?«

»Tatsächlich folgte uns derselbe gelbe Wagen, nachdem wir die Stadt verlassen hatten. Das Mädchen, das wir mitgebracht haben, gehörte dazu. Sie war es auch, die versucht hatte, unseren Land Rover zu entwenden.«

»Dieses kleine Ding?« Wendy staunte und schaute zu Nasha hinüber, die gerade am Ende der Warteschlange vor der Essensausgabe stand. Eines der älteren Mädchen erklärte ihr, welche Teile des Essbestecks und des Geschirrs sie auf ihr Tablett legen müsse. »Sie ist ja noch nicht mal groß genug, um über das Lenkrad blicken zu können.«

»Das schafft sie so gerade. Sie gehörte zu einer viel umfangreicheren Gruppe von Jungen ihres Alters.«

»Und was haben sie gemacht?«

»Abgelenkt«, sagte Sam. »Diebstähle verübt. Und vor allem hielten sie Ausschau nach neuen Opfern. Wenn ihr mich fragt, werden die Kinder Pete und Yaro in dem Moment auf dem Kieker gehabt haben, als sie das Kaufhaus in Jalingo betreten hatten, um die bestellten Waren abzuholen. Die beiden hatten also keine Chance.«

Wendy, die noch immer zu Nasha hinüberblickte, wandte sich schließlich zu Sam um. »Halten Sie es denn für sinnvoll, sie hierher mitgenommen zu haben?«

»Ich denke schon«, sagte Remi und sah zu Amal. »Was denken Sie?«

»Ich?« Die Doktorandin war anscheinend völlig überrascht, dass jemand in der Runde sie nach ihrer Meinung fragte. »Ich … ich glaube, sie muss ziemlich verzweifelt gewesen sein, um sich auf dem Lastwagen zu verstecken. Vor allem weil sie doch wusste, dass die Kalus sie verfolgen würden.«

Hank beobachtete das Kind ebenfalls. Sein Blick war noch immer skeptisch. »Ich bin sicherlich voreingenommen, weil ich das unglückliche Opfer des Taschendiebstahls war. Aber ich habe Kinder wie sie oft in Tunesien gesehen. Sie wird es wieder tun, schon allein, weil sie daran gewöhnt ist. Ich denke, hier wird demnächst das ein oder andere spurlos verschwinden.«

»Schon möglich«, sagte Remi. »Aber ohne sie wären wir geradewegs in den Hinterhalt gefahren. Ihr ist es zu verdanken, dass wir weitgehend ungeschoren davongekommen sind.«

»Das, Mrs. Fargo«, sagte Hank, »war reines Glück. Woher wissen wir denn, ob ihre Bande überhaupt an dem Hinterhalt beteiligt war oder nicht?«

»Wir wissen es natürlich nicht«, gab Remi zu. »Aber sie hat gesagt, dass die Kalu-Brüder allein arbeiteten.«

»Das ist die Aussage einer Diebin«, erwiderte Hank, »also ist sie nichts wert.«

Amal, das Gesicht totenbleich, hatte ihr Essen nicht angerührt. Sie schob ihren Stuhl zurück. »Entschuldigen Sie bitte, aber ich glaube, ich sollte mich hinlegen.«

Hank machte Anstalten, sich zu erheben. »Sind Sie okay?«

»Doch, ja, es ist gut. Nach allem, was passiert ist, bin ich nur ziemlich müde.«

Sam, der nicht wollte, dass die Unterhaltung zu sehr ausuferte, blickte sich in dem Gebäude um. »Sie haben große Fortschritte gemacht, seit wir das letzte Mal hier waren. Wenn Sie in diesem Tempo weiterarbeiten, können Sie beide in null Komma nichts wieder in Kalifornien am Strand liegen.«

»Es geht voran«, sagte Pete. »Die Kantine wurde vor zwei Wochen eingeweiht.«

»Richtig froh sind wir, wenn erst einmal der zweite Schlafsaal fertig ist«, fügte Wendy hinzu.

»Was ist mit Ihrer Idee, einen einzigen großen Schlafsaal zu bauen?«, wollte Remi von ihr wissen.

»Nachdem wir uns das noch einmal gründlich durch die Köpfe gehen ließen, sind wir zu der jetzigen Lösung gekommen – ein Schlafsaal für die jüngeren Jahrgänge, ein zweiter für die älteren. Ich glaube, auf lange Sicht wird diese Aufteilung einfacher zu managen sein.«

Sam hob sein Glas. »Gut gemacht.«

»Das finde ich auch«, sagte Remi und nahm ihr eigenes Glas. »Auf Pete und Wendy ...«

Ein lautes Krachen unterbrach ihren Trinkspruch, und die vier Erwachsenen schauten zu Nasha hinüber und sahen sie mit entsetzter Miene stocksteif dastehen, vor sich auf dem Boden ihr Tablett und dahinter eine glänzende Pfütze verschütteter Suppe.

Remi wollte aufstehen, aber Wendy hielt sie mit einer Handbewegung auf. »Alles ist okay. Sehen Sie.« Innerhalb von Sekunden kamen drei ältere Mädchen auf Nasha zu. Das erste schob sie in die Warteschlange zurück, während die beiden anderen im Handumdrehen das zerbrochene Geschirr einsammelten und den Fußboden säuberten. »Dies sind Zara, Tambara und Jol«, fügte Wendy hinzu.

»Sie gehören zu den Vier Musketieren«, erklärte Pete. »Auf ewig unzertrennlich.«

»Und wer ist die Vierte im Bunde?«, fragte Remi.

»Maryam«, erwiderte Remi und zeigte mit einem Kopfnicken auf das Mädchen, das hinter der Theke stand und bei der Essensausgabe half. »Wir haben für diese Dienste ein Rotationssystem eingerichtet. Heute ist sie mit Küchendienst an der Reihe.«

»Es ist erfreulich, erleben zu dürfen, wie gut so viele Mädchen miteinander auskommen können«, sagte Remi und musste an die vielfältigen Eifersüchteleien denken, die ihre eigene Schulzeit nicht immer zu einem Vergnügen gemacht hatten.

Wendy lachte. »Verstehen Sie mich nicht falsch. Die Mädchen hier haben ganz bestimmt auch ihre Streitigkeiten. Aber sie haben gleichzeitig den Wunsch, hier zu sein, und müssen darum lernen, dass alles viel einfacher ist, wenn sie eine Gemeinschaft bilden und zusammenarbeiten.«

Sam war beeindruckt, und es dauerte nicht lange, bis Nasha ein neues Tablett hatte und mit den anderen Mädchen an einem Tisch saß. Sie verzehrte ihre Mahlzeit offenbar mit großem Appetit und beobachtete alles und jeden in ihrer Umgebung mit aufmerksamem Blick. Sam musste Hank im Prinzip recht geben. Sie kam ihm in diesem Augenblick vor wie jemand, der Informationen über die Lokalität sammelte, und machte an diesem Abend eine entsprechende Bemerkung zu Remi, ehe sie zu Bett gingen. »Ich wäre überrascht, wenn wir in den nächsten Tagen nicht den ein oder anderen Gegenstand vermissen würden.«

»Wegen ihr mache ich mir weniger Sorgen als wegen Amal. Ich glaube nicht, dass es ihr so gut geht, wie sie behauptet. Vielleicht sollten wir sie ins Hotel zurückbringen, wo Renee und sie sich Gesellschaft leisten können, was für beide und den jeweiligen Genesungsprozess sicher nicht das Schlechteste wäre.«

Sie hatten ihre Feldbetten zusammengeschoben und sich darauf ausgestreckt. »Nach dem, was sie heute erlebt hat, war das zu erwarten. Wenn sie morgen zurückfahren möchte, dann bringen wir sie.« Sam streckte einen Arm aus und zog Remi an sich. »Du hast übrigens meisterhaft geschossen.«

»Du auch, Fargo.« Sie kuschelte sich an ihn und war innerhalb von Sekunden eingeschlafen.

Während des Frühstücks am nächsten Morgen sah Amal erheblich besser aus und lehnte das Angebot, nach Jalingo zurückgebracht zu werden, dankend ab. Nach dem Essen unternahmen Pete und Wendy mit den Fargos, Hank und Amal eine Besichtigungstour über das gesamte Areal. Pete, der an Planung und Gestaltung des Komplexes maßgeblich beteiligt war, machte seine Besucher auf die Solarpaneele auf dem nach Süden ausgerichteten Dach des Gebäudes aufmerksam, in dem sich die Cafeteria und die Wohnungen des Personals befanden. »Wenn wir hier fertig sind, sollte die Schule sich komplett selbst versorgen können, wozu auch gehört, dass sie energietechnisch autonom ist. Außerdem haben wir unseren Brunnen mit einer Wasseraufbereitungsanlage ausgestattet.«

Die Anlage war mit einem hohen Maschendrahtzaun mit Lamellensichtschutz umgeben. Das Tor im Zaun war mit einem Vorhängeschloss gesichert worden. Die im Quadrat angeordneten Schulbauten schirmten den großen Garten mit seinen erhöhten Pflanzbeeten und einem Brunnen in der Mitte ab.

»Ziegen?«, wollte Hank von Pete wissen, als er das charakteristische Meckern hörte, das von der anderen Seite des Schlafsaals zu ihnen drang.

»Wir müssen sie hinter den Schlafsälen in einem Pferch halten, sonst fressen sie den Garten kahl. Die Hühner«, sagte er mit Blick auf die wenigen Exemplare, die in der Nähe vereinzelte Körner vom Boden aufpickten, »laufen aber frei herum.«

Amal beobachtete, wie einige der Mädchen mit Henkelkörben über das Gelände wanderten und nach frisch gelegten Eiern Ausschau hielten. »Kein Wunder, dass das Frühstück so gut geschmeckt hat.«

»Frischer bekommt man sie nirgendwo«, sagte Wendy. »Jetzt brauchen wir den Hennen nur noch beizubringen, die Eier immer an einem ganz bestimmten Punkt zu legen, dann haben wir gewonnen.«

»Was für ein Gebäude ist dies dort?«, fragte Hank und deutete auf ein rundes Bauwerk zwischen dem fertig gestellten und dem noch im Bau befindlichen Schlafsaal.

»Unser Vorratsschuppen«, sagte Pete. »Er sollte einen möglichst zentralen Standort haben.«

Die vier Bungalows hatten Holzwände. Dieser Bau hingegen hatte eine glatte Außenwand, die mit Gips verputzt und weiß getüncht war. Die Morgensonne wurde von etwas reflektiert, das runden glasierten Fliesen mit einem Stern in der Mitte ähnelte und stellenweise um wenige Millimeter aus dem Gipsverputz herausragte. Prüfend strich Remi mit einer Hand darüber. »Einwegmineralwasserflaschen?«

»Gefüllt mit Sand oder trockenem Erdreich«, sagte Pete. »Wenn man sie wie Ziegel mit dem Boden nach außen aufeinanderschichtet und mit Mörtel verputzt, verbessern sie die Wärmeisolation der Wand und steigern ihre Festigkeit.« Er schaute sich um, beugte sich vor und senkte die Stimme. »Außerdem sind die Häuser damit kugelsicher. Das ist gut für die Mädchen. Wir haben uns für diesen Bau als Testobjekt entschieden. Sollte sich die Bauweise bewähren, wenden wir sie auch bei weiteren Gebäuden an.«

Wendy nickte. »Eigentlich ist es eine Schande, über so etwas nachdenken zu müssen, aber angesichts vieler Terroristengruppen, die höhere Bildung für Frauen grundsätzlich ablehnen, sind solche Maßnahmen lebensnotwendig.«

»Mir gefällt das Ganze«, sagte Sam und warf einen anerkennenden Blick in die Runde. Vor allem erkannte er die Vorteile, die sich aus der Anordnung der Gebäude ergab. Sie erschienen wie eine Wagenburg und würden sich im Ernstfall wirkungsvoll verteidigen lassen. Dann wandte er sich an Pete. »Haben Sie die Inventarliste zur Hand?«

Pete hielt ein Klemmbrett hoch. »Ich dachte mir schon, dass Sie sich auch für unseren Lagerbestand interessieren.«

»Dann sollten wir anfangen.« Sam legte Remi eine Hand auf die Schulter. »Ich stoße in Kürze wieder zu euch. Es würde keinen Sinn ergeben, euch mit derartigem Papierkram zu langweilen.«

»Denk nur bitte daran, wieder auf der Matte zu stehen, wenn deine Arbeitskraft gebraucht wird.« Sie lächelte Wendy an. »Und wir sehen uns in der Zwischenzeit die Klassenräume an.«

»Hier entlang«, sagte Wendy und verließ den Innenhof mit Remi, Amal und Hank im Schlepptau.

Sam und Pete schlugen die entgegengesetzte Richtung ein. Dabei warf Sam einen Blick auf das Klemmbrett, auf dem sich nichts anderes befand als eine Kopie der Rechnung, die er im Kaufhaus in Jalingo erhalten hatte. Sie mimten so lange brennendes Interesse an dem Inhalt des Schriftstücks, bis die anderen im Schulgebäude verschwunden waren. Sobald die Tür hinter ihnen ins Schloss gefallen war, gab Sam Pete ein Zeichen. »Dann sehen wir uns mal an, wie weit das Projekt gediehen ist.«

KAPITEL ZWANZIG

Im Augenblick der Gefahr bauen die Weisen Brücken,
und die Dummen bauen Dämme.

– NIGERIANISCHES SPRICHWORT –

Pete führte Sam auf die Rückseite des runden Schuppens. Links von ihnen befand sich der Pferch mit den zwei Dutzend Ziegen. Die beiden Angestellten, die in der Anlage wohnten – Yaro und seine Frau Monifa –, fütterten die Tiere gerade. Als Yaro die beiden Männer an dem Erdhaufen entdeckte, der sich hinter dem Schuppen auftürmte, sagte er etwas zu seiner Frau und kam zu Sam und Pete herüber.

»Yaro«, begrüßte Sam ihn und schüttelte ihm die Hand.

»Schön, dass Sie es geschafft haben, zu uns herauszukommen, Mr. Fargo.«

Sam nickte in Richtung des Erdhaufens. »Wie ich sehe, haben Sie gute Fortschritte gemacht.«

»Es geht langsam, aber stetig voran«, sagte Yaro.

»Mal schauen, wie der Stand der Dinge ist.«

Yaro ging mit ihnen zum Gartenbereich im Innenhof und deutete auf eins der erhöhten Pflanzbeete. Mehrere akkurate Reihen frischer Setzlinge ragten aus dem Erdreich, den Blättern nach zu urteilen handelte es sich um verschiedene Sorten Speisekürbisse. »Auf diese Weise werden wir den Aushub los.«

»So weit, so gut«, sagte Pete. »Niemandem schien bisher aufzufallen, dass der Haufen, egal, wie viel wir davon in die Pflanzbeete kippen, anscheinend keinen Deut kleiner wird.«

»Wie weit sind Sie mit dieser Methode gekommen?«, wollte Sam wissen.

»Wir haben einen Raum, etwa so groß wie ein normaler Keller, in dem alle Platz haben sollten.«

»Proviant?«

»Die Grundnahrungsmittel. Die Luftschächte sind unter diesen Gebäuden versteckt.« Er deutete auf die erhöhten Unterbauten des Schlafsaals und des Schulgebäudes. In den Sockeln waren vergitterte Öffnungen zu erkennen, die jedoch aussahen, als gehörten sie zu dem Gebäude darüber. »Ich schätze, mit den Vorräten, die unten eingelagert sind, dürften die Insassen zehn Tage lang durchhalten.«

»Noch länger«, sagte Yaro, »wenn wir das Platzangebot verdoppeln und mehr Wasser bunkern.«

Sam studierte die Pflanzbeete und stellte fest, dass sie fast komplett waren. »Wir haben genug Holz auf dem Laster, um mindestens fünf weitere Beete zu zimmern, nachdem wir die Kellerwände abgestützt haben«, sagte Sam und sah sich auf dem Innenhof um. »Ich wüsste jedoch nicht, wo Sie weitere Räume schaffen wollen.«

»Hinter den Schlafsälen«, erwiderte Pete. »Wendy nennt das *funktionale Begrünung*. Es wäre auch eine gute Tarnung für den Ziegenpferch.«

Yaro warf einen Blick zu seiner Frau. »Monifa hat schon mal erwähnt, dass die Mädchen wegen des Erdhaufens misstrauisch geworden sind. Sie erklärte ihnen daraufhin, dass der kleine Hügel für ein geheimes Gartenprojekt vorgesehen sei. Bisher hat diese Auskunft sie davon abgehalten, unbequeme Fragen zu stellen.«

Sam nickte. »Sieht ganz so aus, als hätten Sie beide an alles gedacht. Jetzt würde ich mir gern noch den Keller ansehen.«

Er folgte Pete und Yaro zum Schuppen. Pete öffnete die Tür und trat einen Schritt zurück, damit Sam einen Blick hineinwerfen konnte. Gartengeräte und Bauwerkzeug lehnten an den Wänden und füllten die Regale. Die drei Männer traten ein. Pete schloss die Tür hinter ihnen. Als er einen Wandhaken im Uhrzeigersinn drehte, hörte Sam ein leises Klicken unter dem Holzfußboden neben einer Holzpalette, auf der leere Jutesäcke aufgestapelt waren. Pete trat auf eines der Bodenbretter. Ein weiteres Klicken ertönte, und die Falltür sprang an einer Seite einen Zentimeter hoch.

»Das Astloch ist der Griff«, sagte Pete und klappte die Tür vollständig auf. Ein dunkler Tunnel kam zum Vorschein. Eine Leiter führte senkrecht nach unten.

Sam beugte sich vor und blickte hinein. »Wie lange wird es dauern, bis alles fertig gestellt ist?«, fragte er, wobei seine Stimme in dem leeren Kellerraum leicht widerhallte.

»Bei dem Tempo, das wir vorlegen…« Pete überlegte einen Moment lang. »Vorausgesetzt, wir können die zusätzlichen Pflanzbeete bauen, rechne ich mit zwei Wochen. Es kommt einzig und allein darauf an, dass wir einen Platz finden, wo wir die ausgehobene Erde lagern können. Wie ich schon sagte, bisher hat sich offenbar niemand daran gestoßen, dass der Erdhaufen hinter dem Schuppen nicht kleiner wird.« Pete schloss die Bodenklappe über dem

Tunnel, und die drei Männer verließen den Schuppen. »Viel wichtiger ist zurzeit, dass wir diesen zweiten Schlafsaal abschließen und in Betrieb nehmen können. Aus den benachbarten Dörfern wird uns großes Interesse an der Schule gemeldet.«

Wenn er bedachte, dass das nächste Dorf zehn Kilometer entfernt war, konnte Sam nur beeindruckt sein. »Dann hat es sich also herumgesprochen.«

»Auf jeden Fall«, bekräftigte Yaro.

»Aber«, fügte Pete hinzu, »aber wenn wir kein neues Personal einstellen, die Pflanzbeete nicht fertig bekommen und das Dach des zweiten Schlafsaals nicht decken, dann können wir auch keine weiteren Mädchen aufnehmen. Wir müssen dafür sorgen, dass wir genug Betten haben. Und was noch wichtiger ist: auch dafür, dass wir jedem im Schutzkeller einen Platz bieten können.«

Sam gab ihm einen aufmunternden Klaps auf den Rücken. »Gut dass ich Hilfe mitgebracht habe. Wobei mir einfällt, dass wir schnellstens zu ihnen stoßen sollten.«

»Ich gehe davon aus, dass du Remis Freunden nicht von dem Tunnel erzählt hast, oder?«

»Nein. Und das habe ich auch nicht vor. Aus dem gleichen Grund möchte ich auch nicht, dass irgendwer mit den Schülerinnen darüber spricht. Es braucht nur die falsche Person eine Bemerkung aufzuschnappen, wenn sie meinen, dass niemand in ihrer Nähe ist, während sie darüber reden. Remis Freunde reisen in zwei Tagen ab. Darum geht sie diese Geschichte überhaupt nichts an.«

Pete schloss die Tür des Schuppens. Yaro kehrte in den Garten zurück, um seiner Frau zu helfen, und die beiden Männer überquerten den Innenhof auf dem Weg zu dem Schulhaus, wo sie Remi und die anderen trafen. Sie standen im Türdurchgang eines der Hauptklassenräume, in dem die Mädchen an ihren Tischen saßen und einer jungen Frau lauschten, die Französisch sprach und einen Satz, den sie an die Wandtafel geschrieben hatte, mit Kreidestrichen in seine Bestandteile zerlegte.

Hank stand außerhalb der Türöffnung und wandte sich halb zu Wendy um. »Warum lehrt sie denn Französisch? Ist nicht Englisch die offizielle Amtssprache in Nigeria?«

»So nahe an der Grenze Kameruns dachten wir, dass es eigentlich nicht schaden kann, wenn die Mädchen beide Sprachen beherrschen.«

»Für eine Lehrerin ist sie aber noch ziemlich jung, oder nicht?«

»Zara«, erklärte Wendy mit leiser Stimme, »ist erst sechzehn. Aber sie ist in den meisten Schulfächern sehr gut und hat sowohl eine große Begabung für Fremdsprachen als auch das ungewöhnliche Talent, sich fast alles merken zu können, was sie ein einziges Mal gelesen hat. So ähnlich wie Mrs. Fargo«, fügte sie hinzu und blickte zu Remi. »Unter normalen Umständen hätte Zara sicherlich die unteren Klassen zum Teil übersprungen und wäre schon längst auf der Universität. Ihr Vater hat sie hierhergebracht. Sie sind auf der Herfahrt an seiner Farm vorbeigekommen. Er sagte, ihr wäre niemals eine solche Erziehung ermöglicht worden, wenn sie dort geblieben wäre, wo sie aufgewachsen ist.«

»Sie wird ihren Weg machen«, prophezeite Remi. Sie winkte Sam zu sich. »Sieh mal«, sagte sie, als er neben sie trat, und deutete in den hinteren Teil des Klassenraums, wo Nasha saß, eine kleine Kreidetafel vor sich auf dem

Tisch und einen Rucksack auf den Schultern, und aufmerksam die Ausführungen der Lehrerin verfolgte.

Wendy lächelte. »Sie hat sicherlich schon mal eine Schule von innen gesehen, aber das ist zweifellos eine ganze Weile her. Sie liest und buchstabiert wie ein Kind im Kindergarten oder im ersten Schuljahr. Aber sie möchte unbedingt hier sein. Und das allein ist schon mal die halbe Miete.«

Remi hakte sich bei Sam unter, als sie hinausgingen und den anderen durch den Flur zum Büro folgten. »Hast du gesehen, wie glücklich sie war? Sie hat den Rucksack nicht abgenommen, seitdem er ihr gegeben wurde.«

Er hatte es gesehen – was es ihm um einiges schwerer machte, dem armen Mädchen zu erklären, dass es auf keinen Fall hierbleiben könne.

Remi, die mal wieder seine Gedanken las, drängte sich an ihn. Ihre Stimme war leise und unendlich traurig. »Du hast doch gesagt, wir würden sie nicht zurückbringen.«

»Du weißt genau, dass – wenn wir nicht herausbekommen, wer für sie verantwortlich ist – wir keine andere Möglichkeit haben.«

Sie verschränkte die Arme vor der Brust. Ihre Augen signalisierten unbeugsame Entschlossenheit. »Dann müssen wir diese Person eben finden. Irgendjemand in dieser Bande, zu der sie gehört hat, muss doch mehr über sie wissen.«

»Möglicherweise.«

»Gut. Ich bin dafür, dass du, wenn du unterwegs bist, um Lazlo abzuholen, bei dem letzten Kalu vorbeifährst und mit ihm sprichst. Ich versuche, seine Adresse und eine Wegbeschreibung zu beschaffen.«

»Ist dir klar, dass Jalingo anderthalb Stunden vom Flughafen entfernt liegt?«

»Das ist nahe genug, Fargo«, sagte sie, während Hank zu ihnen aufholte.

»Ich hoffe, ich unterbreche nichts Wichtiges.« Er lächelte die Gruppe an. »Ich dachte nur gerade an dieses Gebäude, bei dessen Aufbau wir helfen sollen.«

Es stellte sich heraus, dass Hank ausgesprochen geschickt im Umgang mit Hammer und Nägeln war, wie Dr. LaBelle bereits angedeutet hatte, und so machten sie am ersten und zweiten Tag gute Fortschritte bei der Montage der Dachkonstruktion. Während sie auf der Baustelle arbeiteten, hielt Amal sich bei den Kindern im Klassenraum auf und erzählte ihnen einiges über Archäologie.

Während der Mittagspause versammelten sie sich um einen großen Tisch in der Schulkantine. Remi verarztete eine dicke Blase an ihrer Hand, die sie sich bei der ungewohnten Arbeit mit einem Hammer zugezogen hatte. Sam half ihr, die Blase mit einem frischen Wundpflaster vor Verunreinigungen zu schützen. »Mit einem Paar Handschuhen hättest du diese Blessur vermeiden können.«

»O nein«, sagte Amal plötzlich und deutete auf die Warteschlange der Mädchen, in der sie Nasha schon entdeckt hatte. »Hank hatte offenbar recht. Es ist ihr in Fleisch und Blut übergegangen. Sie kann wirklich nicht anders.«

Und tatsächlich. Sam sah, wie Nasha sich umblickte, um sich zu vergewissern, dass sie nicht beobachtet wurde, und anschließend etwas in ihren Rucksack stopfte.

Wie es der Zufall wollte, betrat Wendy in diesem Moment die Cafeteria und ertappte das Kind bei seiner Tat. »Sieh mal an. Was tust du denn hier?«

Nasha fuhr herum und ließ vor Schreck beinahe noch einmal ihr Tablett fallen. »Nichts.«

»Hast du Hunger?«

Das Mädchen schüttelte den Kopf.

Wendy ging vor Nasha in die Hocke. »Es gibt hier genug zu essen. Du brauchst es dir nicht heimlich zu holen.«

Nasha versteckte ihren Rucksack hinter dem Rücken. »Ich könnte später hungrig sein.«

»Dann kannst du später wieder fragen. Die Speisen verschwinden nicht. Das kann ich dir versprechen.« Wendy hielt die Hand auf.

Das Mädchen zögerte, dann griff es widerstrebend in seinen Rucksack und zog mehrere Brötchen heraus.

Sam, der das Geschehen ungläubig verfolgte, spürte Remis Blick in seinem Nacken.

»Tu etwas«, sagte sie. »Nasha muss wissen, dass ihr nichts passieren kann ... dass sie hier in Sicherheit ist.«

»Ich? Was ist mit ...«

Ein schriller Klingelton ertönte.

»Die Alarmglocke!«, rief eins der Mädchen in der Warteschlange, und alle rannten in Panik zum Ausgang.

KAPITEL EINUNDZWANZIG

Die Straße zum Erfolg ist immer eine Baustelle.

– AFRIKANISCHES SPRICHWORT –

Sam ließ den Blick umherschweifen, aber ihm fiel nichts Ungewöhnliches auf, während das schrille Klingeln durch den Speisesaal hallte. »Das ist doch hoffentlich nur eine Brandschutzübung, oder?«

»Das ist es«, bestätigte Wendy und wurde mit einem erleichterten Blick Amals belohnt. Wendy entschuldigte sich, dass sie ihre Gäste nicht vorher gewarnt hatte, und rief: »Achtung! Alarm! Alle verlassen das Gebäude!« Sie geleitete Nasha durch die Tür hinter den Schülerinnen her und meinte im Vorbeigehen zu Sam: »Sie können Ihre Kaffeetasse aber noch in aller Ruhe leeren.«

Sam erhob ich. »Alarm ist Alarm, auch wenn es nur eine Übung ist. Ziehen Sie Ihr Programm bitte durch, Wendy, damit auch wir wissen, was in einer echten Notsituation zu tun ist.«

Remi, Hank und Amal folgten ihm aus der Kantine hinaus auf den Innenhof, wo die Schülerinnen sich beeilten, um sich hinter den vier ältesten Mädchen aufzureihen, die vor einem Grenzstein standen, der aus der Erde herausragte. Eine ausgelassene Stimmung herrschte, die Kinder lachten und schwatzten , während sie warteten.

Amal beobachtete amüsiert, wie die beiden jüngsten Mädchen offenbar bemerkten, dass sie in der falschen Schlange standen und dann losrannten, um die für sie vorgesehenen Plätze einzunehmen. »An einer solchen Übung habe ich seit der Grundschule nicht mehr teilgenommen«, sagte sie zu Remi. »Ich glaube, ich wüsste gar nicht, was ich tun muss.«

»Mir geht's genauso«, sagte Remi lachend. Sie sah Sam an. Ihre Erleichterung war offensichtlich. Sie hatten sich beide wegen Amals Anfall kurz nach der Straßenschlacht um ihre Gesundheit große Sorgen gemacht, aber sie hatte seitdem keinen weiteren Anfall gehabt und schien sich in der Gesellschaft der Schulmädchen ausgesprochen wohlzufühlen.

Etwa zwei Minuten später kam Pete in den Innenhof und nickte Sam, Yaro und den Frauen zu, als er an ihnen vorbeiging. Er nahm eine Position vor den Mädchen ein und hielt zwei Finger hoch. Sie brachen ihr Geplapper ab und richteten ihre Aufmerksamkeit auf ihn. »Das habt ihr gut gemacht«, lobte er sie.

Die Schülerinnen lächelten stolz und applaudierten.

Er wartete, bis wieder Stille einkehrte, und fuhr dann fort: »Und was tut ihr, wenn die Alarmglocke zwar nicht erklingt, ihr aber trotzdem wisst, dass ein Notfall eingetreten ist?«

Wie aus einem Mund riefen sie: »Wir rennen zum Schuppen!«

»Bei einem Feuer?«, fragte Pete.

»Wir rennen zum Schuppen.«

»Bei einem Erdbeben?«

»Wir rennen zum Schuppen.«

»Wenn geschossen wird?«

»Wir rennen zum Schuppen.«

Pete runzelte die Stirn.

Eins der älteren Mädchen rief plötzlich: »Wir suchen Deckung.«

»Richtig«, sagte Pete. »Und was ist eine Deckung?«

Wie aus einem Mund riefen sie: »Ein sicheres Versteck.«

Remi ergriff Sams Hand und sagte nichts. Er nickte nur, als Wendy zu ihnen herüberschaute und flüsterte: »Wie ich gesagt habe, eine traurige, aber notwendige Unterweisung, um schlimmeren Schaden abzuwenden.«

* * *

Nach der Übung beendeten die Mädchen ihre Mahlzeit und kehrten zusammen mit Amal wieder in ihren Klassenraum zurück. Die anderen Erwachsenen setzten die Arbeit am Rohbau des zweiten Schlafsaals fort – Sam und Pete auf dem Dach, Hank und Remi eine Etage tiefer.

»Pete«, rief Hank, »die Nägel werden knapp. Haben wir noch welche in Reserve?«

Pete, der neben Sam arbeitete und auf dem Dachfirst saß, blickte zu Hank hinunter. »Im Schuppen müssen noch einige sein. Warten Sie einen Moment. Ich hole sie.«

»Kein Problem«, sagte Hank. »Ich gehe schon.«

Pete schaute zu Sam, der ein Kopfnicken andeutete. Solange man nicht wusste, wo man nachschauen musste, bliebe das Geheimnis des Tunnels gewahrt. »Ja, okay«, sagte Pete. »Gleich hinter dem Regal auf der rechten Seite müsste noch ein Karton stehen.«

Hank entfernte sich zu dem Schuppen und kam zwei

Minuten später wieder zurück. »Sie sollten wissen, dass nur noch zwei Kartons übrig sind. Und die dürften bis heute Abend aufgebraucht sein.«

»Das verstehe ich nicht«, sagte Pete. »Ich dachte, wir hätten noch eine ganze Kiste.«

Sam begutachtete den Teil des Daches, den er und Pete mit Sperrholzlatten verschalt hatten. Unterhalb von ihnen waren Remi und Hank mit der Außenverkleidung ebenfalls weit vorangekommen. »Na ja, wir sind zu viert, da geht jeder Vorrat schnell zur Neige.«

»Ich hätte schwören können, dass wir noch einige mehr in Reserve haben«, sagte Pete. »Ich fahre morgen ins Dorf und bringe mit, was sie dort noch auf Lager haben, und gebe gleich eine neue Bestellung auf.«

»Das könnte Remi doch tun.«

»Was könnte ich tun?«, rief Remi. Sie trat einige Schritte von dem Rohbau zurück und blickte zu Sam hinauf.

»Morgen früh nach Gembu fahren. Du könntest Amal mitnehmen und ihr das Dorf zeigen.«

»Ich glaube, ein solcher Ausflug würde ihr gefallen.«

* * *

Gegen fünf Uhr am nächsten Morgen, ehe eins der Kinder aufgewacht war, füllten Sam und Pete ihre Kaffeetassen und nahmen sie mit nach draußen, um einen Rundgang über die Baustelle zu machen und zu entscheiden, was unbedingt noch erledigt werden müsste, bevor die Regenzeit einsetzte. Vor dem Schuppen blieben sie stehen, gingen jedoch nicht hinein. Der Untergrund dort und im Innenhof drum herum erschien weitgehend eben. »Wie groß ist denn die Gefahr einer Überschwemmung?«, fragte Sam. »Auch wenn wir uns auf einer Hochebene befinden, wie ich ja weiß, fände ich es schlimm, wenn die ganze Arbeit, die in diesem Projekt steckt, zunichtegemacht würde, sobald der erste schwerere Wolkenbruch den Schutzkeller überschwemmt.«

»Man kann es von hier aus nur schwer erkennen, aber die Gebäude und der Innenhof wurden auf einem kleinen Hügel errichtet beziehungsweise angelegt. Deshalb hatten wir dieses Gelände überhaupt ausgewählt. Der größte Teil des Wassers fließt nach außen zum Rand hin ab.«

»Nur für alle Fälle«, sagte Sam, »sollten wir mindestens zwei Pumpen bestellen.«

Draußen vor einem der Schulbauten gackerten die Hühner lauter, als es um diese frühe Uhrzeit üblich war. Sam blickte in die Richtung, konnte aber zwischen den beiden Bauten nichts erkennen, was die Unruhe ausgelöst hatte.

»Seltsam.« Pete schaute auf seine Armbanduhr. »Die Mädchen füttern die Hühner sonst erst um sechs.«

Das Geräusch eines Automotors, der angelassen wurde, ließ sie stutzen. »Wer sollte so früh am Tag Grund haben, ein Auto zu benutzen?«

Remi konnte es nicht sein, dachte Sam. Sie hatte die Absicht geäußert, erst nach dem Frühstück ins Dorf zu fahren. Es gab eigentlich nur eine Person, von der er wusste, dass sie dreist genug war, sich ohne Erlaubnis in einen Wagen zu setzen und damit wegzufahren. »Nasha!«

KAPITEL ZWEIUNDZWANZIG

Der Abwesende ist immer im Unrecht.

– KONGOLESISCHES SPRICHWORT –

Remi und Monifa schlugen in einer großen Edelstahl-schüssel Eier auf, als Remi vom Innenhof das Geräusch schwerer Schritte hörte, das durch die offene Küchentür hereindrang. »Was in aller Welt…«

Wendy, die näher an der Tür stand, legte ihr großes Küchenmesser neben eine zur Hälfte zerteilte Süßkartof-fel, um hinauszublicken. »Sam und Pete sind gerade nach vorn zur Ausfahrt gerannt.«

Die drei Frauen überquerten im Laufschritt den Innen-hof und folgten den Männern durch die Lücke zwischen den Häusern. Durch das offene Tor der Einfahrt sah Remi das Heck ihres Land Rover, der sich mit rasantem Tempo in einer Staubwolke entfernte, die verhinderte, dass sie er-kennen konnte, wer hinter dem Lenkrad saß.

»Was ist los?«, wollte sie von Sam wissen.

»Gute Frage«, sagte er. »Weißt du, wo Nasha ist?«

»Nasha? Warum sollte sie den Wagen nehmen?«

Er sah Pete an. »Holen Sie die Lastwagenschlüssel.«

Amal hatte offenbar den aufgeregten Wortwechsel mit-bekommen. Sie stieß beinahe mit Pete zusammen, als er zu seinem Büro eilte. »Ist irgendwas passiert?«

Sosehr Remi sich auch wünschte, dass es nicht zutraf, konnte sie sich jedoch nicht vorstellen, wer sonst auf eine solche Idee kommen sollte. »Sam meint, dass Nasha schon wieder unseren Wagen gestohlen hat.«

»Was?« Amal schaute zu dem Staubfleck am Horizont. »Das ist nicht möglich. Ich habe sie gesehen.«

Sam fuhr zu ihr herum. »Sind Sie sicher?«

»Ich zeige es Ihnen.« Sie durchquerte den Innenhof und deutete auf die Baumgruppe am Rand. Nasha, mit einem Korb am Arm, ging zwischen den Bäumen herum und sammelte frisch gelegte Eier ein.

»Aber wenn nicht sie«, sagte Remi, »wer war es dann?«

Wendy und Pete wechselten fragende Blicke, und Wendy sagte: »Niemals würde sich eins der Mädchen den Wagen nehmen – ich kann mir nicht vorstellen, dass eine von ihnen überhaupt weiß, wie man ihn lenkt.«

»Hank«, sagte Sam.

In diesem Moment wurde Remi klar, dass er Zugang zu den Schlüsseln hatte. »Warum sagt er denn nichts? ›He, ich nehme mir den Wagen für eine Spritztour‹ hätte doch gereicht.«

»Eine Spritztour?« Sam schaute Amal an, als hoffte er, dass sie eine Erklärung für sein Verhalten hatte.

»Ein früher Drink?«, sagte sie. »Vielleicht hat es ihn gestört, dass unsere Schule so trocken ist.«

Pete wandte den Blick von der Straße ab, während der Land Rover bergab rollte und hinter der Kurve verschwand. »Sollen wir ihm folgen?«

»Warten wir noch«, sagte Sam. »Ist er bis zum Mittagessen nicht zurück, machen Remi und ich uns auf die Suche. Bei der Gelegenheit beschaffen wir auch die Nägel.«

Pete nickte. »Ich schließe das Tor ab.«

Sam schaute ihm nach, dann wandte er sich zu Remi um, vor mühsam gebändigtem Zorn wirkte seine Miene geradezu düster.

Daran änderte sich auch nichts, als sie zum Frühstück zusammenkamen. »Wie konnte er nur das Tor offen lassen?«, sagte Pete. »Wenn wir alle geschlafen hätten? Jeder hätte hier eindringen können …«

Wendy schenkte sich eine frische Tasse Kaffee ein. »Wir sind alle heil und wohlauf«, sagte sie. »Ich finde, wir sollten warten, bis er zurückkehrt, und uns dann anhören, welche Erklärung er hat.«

Vier Stunden später sah Sam, der gerade damit beschäftigt war, Teerpappe aufs Dach zu nageln, den Land Rover auf der Straße näher kommen. »Er ist zurück.«

Remi war unten und kehrte den Bauschutt auf dem Unterboden zusammen. Pete füllte eine Schubkarre mit Erdreich von dem unerschöpflichen Aushubhaufen hinter dem Schuppen. Während Sam vom Dach herabkletterte, bugsierte Pete die Schubkarre zu einem der erst zur Hälfte gefüllten Pflanzbeete und fragte: »Was haben Sie jetzt vor?«

»Ich habe ihn schließlich hierher mitgebracht«, sagte Sam, »also rede ich auch mit ihm.«

»Viel Glück«, meinte Pete und kehrte zu seiner Arbeit zurück.

Remi folgte Sam aus dem Innenhof zur Vorderseite des Schulkomplexes, weil sie sich ein wenig Sorgen um Hank machte. Sie wusste, dass sich Sam für jedes einzelne dieser Mädchen verantwortlich fühlte. Als seinerzeit die Idee von der Gründung und Errichtung einer Mädchenschule Gestalt angenommen hatte, war die Frage der Sicherheit ihrer Benutzer sein Hauptanliegen gewesen. Er hatte zahllose Stunden mit Pete und Wendy bei der Planung des Grundrisses verbracht und darauf geachtet, dass nur die besten und zuverlässigsten Bauunternehmer zum Zuge kamen. Als diese Unternehmer dann aber plötzlich erklärten, sie seien außerstande, den zweiten Schlafsaal fertig zu stellen, hatten er und Remi sämtliche aktuellen Projekte auf Eis gelegt, damit sie Pete und Wendy sofort ihre Hilfe anbieten konnten. In weniger als zwei Tagen würde nun Professor Lazlo Kemp mit der gleichen Absicht zu ihnen stoßen.

Da die Regenzeit unmittelbar vor der Tür stand, wurde die Zeit knapp. Dass sie ihre Arbeiten nach dem Diebstahl des ersten Lastwagens mit den lebensnotwendigen Nachschubgütern eine Zeitlang ruhen lassen mussten, war traurig genug, und nun würden die fehlenden Nägel sie in ihrem Zeitplan noch weiter zurückwerfen. Genau dies spiegelte sich in Sams Miene wider. Er stand da, die Arme vor der Brust verschränkt, die Zähne zusammengebissen, die Wangenmuskeln zuckend, und wartete darauf, dass der Wagen die Einfahrt erreichte.

»Sam…«

Er schickte Remi einen kurzen Blick, enthielt sich jedoch eines Kommentars.

»Tu bitte nichts, was du vielleicht später bereuen könntest.«

»Wie zum Beispiel seine Nase Bekanntschaft mit meiner Faust machen zu lassen?«

Die Tür des Klassenraums sprang auf, und die Mädchen stürmten heraus und eilten zur Kantine. Einige wenige gingen jedoch zur Vorderseite des Gebäudes, Nasha unter ihnen, um zu erfahren, weshalb die Erwachsenen in der Schuleinfahrt standen. »Vergiss nicht, dass sich in nächster Nähe einige kleine Zaungäste mit besonders großen Ohren herumdrücken.«

»Und wenn ich verspreche, dass ich ihm ganz behutsam und freundlich ein volles Pfund verpasse?«

»Vielleicht sollte lieber ich mit ihm reden. Schließlich ist Renee eine Freundin, und er ist nur infolge unserer engen Bekanntschaft hier.«

Sam nickte. »Dann kümmere ich mich um das Tor.« Er ging zur Straßenmitte, öffnete es, und dann, nachdem Hank mit dem Land Rover hindurchgefahren war, schloss er es wieder.

Hank stieg aus dem Wagen und hielt einen Karton Zimmermannsnägel hoch, als könnte er damit seinen fünfstündigen Ausflug erklären. »Ich dachte mir, dass wir ohne sie nicht allzu weit kommen würden. Ich habe alle aufgekauft, die sie im Dorf noch auf Lager hatten. Insgesamt zehn Kartons.«

»Sehr nett von Ihnen«, sagte Remi. »Außer dass eigentlich Amal und ich ins Dorf fahren sollten.«

»Ich dachte, ich erspare Ihnen die Fahrt. Amal ist hier bei den Mädchen um vieles nützlicher als ich.« Er fasste in den Wagen und holte eine Kiste heraus, die offenbar die anderen Kartons mit Nägeln enthielt. Als er sich umdrehte, erblickte er Sam, der mit versteinerter Miene näher gekommen war. »Bevor Sie irgendetwas sagen, muss ich mich dafür entschuldigen, das Tor offen gelassen zu haben. Ich wollte die Schule so schnell wie möglich hinter mir lassen, bevor noch jemand aufwacht.«

»Das haben Sie«, stellte Sam lapidar fest.

»Ja, aber es war vielleicht auch sonst ganz gut – nicht das Tor, meine ich, sondern mein Ausflug ins Dorf.« Er klemmte sich die schwere Kiste Nägel unter den Arm und schloss mit einem Hüftschwung die Wagentür. »Während ich im Dorf war, habe ich nämlich einen Mann aus einem weißen Pick-up-Truck aussteigen sehen. Die helle Narbe auf seiner dunklen Wange war selbst auf diese Entfernung nicht zu übersehen.«

KAPITEL DREIUNDZWANZIG

Egal, wie hart der Regen auf das Fell des Leoparden peitscht, die Flecken verwaschen nicht.

– SPRICHWORT DER ASHANTI –

Remi drehte sich noch einmal um und sah Nasha neben Amal stehen. Besorgt, dass das Kind überempfindlich auf das reagieren könnte, was ihr Mann vielleicht sagen würde, blickte sie über den Innenhof und bemühte sich um ein unbeschwertes Lächeln. »Nasha, möchtest du den anderen Mädchen beim Mittagessen nicht Gesellschaft leisten? Ich kann dir versichern, sie beißen nicht.«

Nasha schüttelte den Kopf.

Amal holte ihr Telefon aus den unergründlichen Tiefen ihrer Hosentasche hervor und hielt es hoch. »Komm, wir machen ein paar Fotos. Das ist sicher lustig.«

Sie hielt inne, dann ergriff sie Amals Hand.

Hank sah ihnen nach, bis sie auf dem Hof außer Sicht gerieten. Amal erklärte Nasha gerade, wie man die Kamera des Telefons bediente. »Sie sollten die Kleine im Auge behalten. Ich habe sie heute Morgen gesehen, als ich losfuhr.«

»Amal?«, fragte Remi.

»Nein. Die Taschendiebin. Sie ist dort draußen herumgeschlichen«, sagte er und deutete auf den Teil des Innenhofs, wo Pete gerade in eins der Pflanzbeete Erde schaufelte.

»Als sie mich bemerkt hat, duckte sie sich gleich. Absolut verdächtig. Irgendwas führt sie bestimmt im Schilde.«

Das Mädchen erinnerte Remi an eine Katze. Wendig und leise. Erst am Vortag hatte Remi sie in einem der Bäume vor der Kantine entdeckt, wo sie die Mädchen belauschte, die unter ihr im Schatten saßen und nicht ahnten, wer sich über ihnen im Laub versteckte. »Sie hat Eier gesucht.«

»So hat es für mich aber nicht ausgesehen«, erwiderte Hank.

»Sie ist nur ein Kind«, wiegelte Sam ab. »Viel mehr interessiert mich, etwas über den Mann zu hören, den Sie gesehen haben.«

»Da gibt es nicht viel zu erzählen. Er stieg aus seinem Kleinlaster und kam in den Supermarkt, in dem ich gerade die Nägel in meinen Einkaufswagen lud. Ich glaube nicht, dass er mich bemerkt hat, da er beschäftigt war. Ich kann auch nicht mit letzter Sicherheit sagen, ob er zu den Männern gehört hat, die uns auf der Straße angegriffen haben. Das Ganze könnte auch bloß ein Zufall gewesen sein. Er fiel mir nur wegen des weißen Pick-ups auf – und natürlich wegen der Narbe in seinem Gesicht.«

»Also sind Sie nicht verfolgt worden?«, fragte Sam.

»Ich wüsste gar nicht, wie.« Hank schaute zu dem Mädchen und der Studentin hinüber, die eben durch den Innenhof schlenderten, und wandte sich dann zu Sam und Remi um. »Ich sehe ja ein, dass ich mich vollkommen falsch verhalten habe, als ich das Schulgelände verlassen habe, ohne irgendjemandem Bescheid zu sagen. Es tut mir leid. Wirklich.« Er wog die schwere Kiste in seinen Händen. »Ich bringe die Nägel schnell in den Schuppen.«

»Am Schlafsaal wären sie besser aufgehoben«, sagte Sam. »Dort arbeiten wir nach dem Mittagessen weiter.«

Remi schaute ihm nach, als er sich entfernte, und sah ihren Mann dann fragend an. »Müssen wir uns Sorgen machen?«

»Der Straßenabschnitt zwischen dem Punkt, an dem wir überfallen wurden, und dem Dorf ist ziemlich lang. Wie er ja schon angedeutet hat, könnte es auch ein Zufall gewesen sein. Aber nur für alle Fälle…«, sagte er und holte sein Telefon hervor, »rufe ich Selma an und bitte sie, für Lazlo eine frühere Maschine zu suchen. Es kann nicht schaden, einen zusätzlichen Mann in unseren Reihen zu haben. Vor allem weil wir ja doch von Zeit zu Zeit ins Dorf fahren müssen, um das eine oder andere zu besorgen.« Er wählte die Nummer, hielt das Telefon ans Ohr und meinte zu Remi: »Sag Pete Bescheid.«

»Das werde ich tun«, antwortete sie. Sam ging zum Büro, und Remi schlug die Richtung zum Innenhof ein, wo Pete eine weitere Schubkarre in eins der Pflanzbeete entleerte. Remi berichtete, was Hank ihnen über den Mann im Dorf erzählt hatte. »Sam ruft gerade Selma an, um Lazlo auf eine frühere Maschine umzubuchen«, sagte sie, während Hank erschien und eine angemessen bedauernde Miene zeigte.

Für einen Moment sah er Pete bei seiner Arbeit zu. »Das sieht wie höchst fruchtbare Erde aus.«

»Zum Glück befinden wir uns hier auf wirklich fruchtbarem Boden. Wir verteilen ihn, um ihn besser zu nutzen.« Pete wischte sich den Schweiß von der Stirn und stützte sich auf seine Schaufel. »Dies hier ist sicher nicht so spannend wie die Ausgrabungen in Tunesien, vermute ich, oder?«

»Nein«, sagte Hank, bückte sich und angelte etwas aus dem Gras neben dem Pflanzbeet. Er schloss die Hand um seinen Fund und richtete den Blick auf die beiden Bäume, in deren Schatten Amal und Nasha standen und den jungen Mädchen beim Seilspringen zusahen.

Pete folgte seinem Blick. »Na, was haben Sie dort eigentlich gesucht?«

»Was?« Hank, der sich auf Nasha und Amal konzentriert hatte, drehte sich jetzt zu Pete und Remi um. Die Frage traf ihn offenbar unerwartet, wie seine erschrockene Miene verriet.

»In Tunesien«, sagte Pete.

Hank lachte plötzlich. »Richtig. Ich hatte für einen Moment vergessen, worüber wir geredet hatten. Das Übliche. Alte römische Villen«, sagte er, während zweimal eine Glocke erklang.

»Mittagspause.« Pete lehnte die Schaufel an die Schubkarre. »Wir sollten lieber hineingehen und uns die Hände waschen.«

»Remi«, sagte Hank, als sie Anstalten machte, Pete zu folgen. Er öffnete die Hand und zeigte ihr einen grauen, etwa fünf Zentimeter langen Zimmermannsnagel. »Ich habe eine Ahnung, dass dies der Grund ist, weshalb sie so knapp geworden sind.«

Pete sah zu ihnen herüber, während er seine ledernen Arbeitshandschuhe abstreifte. »Worüber redet ihr?«

Hank zeigte Pete den Nagel. »Die Taschendiebin, die wir unfreiwillig mitgebracht haben – Nasha. Ich habe gesehen, wie sie alles Mögliche entwendet hat. Wenn Sie mich fragen, ist ihr zu verdanken, dass plötzlich Nägel fehlten.«

Pete betrachtete den Nagel und zuckte die Achseln.

»Vielleicht ist er ins Gras gefallen, als das Pflanzbeet gebaut wurde.«

»Das bezweifle ich. Schauen Sie doch selbst nach, wenn Sie mir nicht glauben.« Er trat zurück und deutete nach unten.

Remi und Pete kamen zu ihm. Wären ein oder zwei Nägel verloren gegangen, hätte man es als normalen Schwund betrachten können, als das Pflanzbeet angelegt wurde. Aber in dem schmalen Spalt zwischen dem Pflanzbeet und der Grasnarbe hatten sich mindestens hundert Nägel angesammelt, was Remi zu der Frage brachte, wo die restlichen Nägel geblieben sein mochten. Remi schaute zu den Picknicktischen hinüber, wo Amal und Nasha einen schattigen Platz gefunden hatten. Nasha blickte von Amals Smartphone hoch, als wüsste sie genau, dass sie selbst das Thema der Unterhaltung auf der Baustelle war. »Ich werde sie darauf ansprechen.«

Hank sah Remi vielsagend an. »Seien Sie aber nicht überrascht, wenn sie Ihnen auf die Frage, wo sie den Nagel gefunden hat, eine Lüge auftischt.«

»Seien Sie nicht so streng«, sagte Pete. »Das Kind hatte ein schweres Leben bisher.«

»Ich will ihr gar nichts Böses«, erwiderte Hank. »Diebstähle gehören wahrscheinlich so selbstverständlich zu ihrem täglichen Kampf ums Überleben, dass sie nicht mal mehr darüber nachdenkt. Aus einem Leoparden kann man keine Schoßkatze machen.«

Remi war froh, dass sich Nasha nicht in Hörweite befand. »Es tut mir leid«, sagte sie zu Pete, nachdem Hank sich entfernt hatte.

»Was?«

»Alles. Dass Hank das Tor offen gelassen und dass Nasha gestohlen hat.«

»Wenigstens weiß er mit einem Hammer umzugehen. Seit er hier ist, haben wir schon ein paar verlorene Arbeitstage aufgeholt. Das Mädchen…?« Sie blickten hinüber zu den Picknickplätzen.

Remis Telefon summte in ihrer Tasche, und sie zog es heraus und erblickte ein Telefonsymbol. Amal hatte ihr eine Textnachricht mit einem Foto geschickt, über ein Huhn, das auf einem der Picknicktische herumstolziert war. Markiert war der Text mit der Absenderangabe *Von Nasha*.

Remi schaute rechtzeitig hinüber, um mitverfolgen zu können, wie Nasha das Telefon über den Tisch zu Amal zurückschob. »Unsere neueste Schülerin lebt sich anscheinend ziemlich schnell ein«, sagte sie und zeigte Pete das Foto und den Text.

»Was meint Sam dazu, dass sie hierbleiben möchte? Vorausgesetzt, wir können ihre flinken Finger im Zaum halten.«

»Nicht ohne entsprechenden Bescheid von ihrem Vormund oder der Schulverwaltung. Ich mache mir bloß Sorgen, dass sie eine Waise sein könnte, denn dann erwartet sie ein nervtötender Papierkrieg, an dessen Ende sie vielleicht wieder auf der Straße landet.«

»Wahrscheinlich hast du recht.«

»Ich hatte gehofft, Selma würde irgendetwas herausbekommen. Bisher aber Fehlanzeige. Es gibt zu wenige Informationen über das Kind. Und wenn wir der Kleinen Fragen stellen, macht sie sofort zu.«

»Was ist mit Amal?«, fragte er. Sie und Nasha beugten

sich über das Telefon und erschienen in diesem Moment, als ob sie die besten Freundinnen seien. Aber als Nasha hochblickte und feststellte, dass sie noch immer beobachtet wurde, sprang sie auf und rannte davon. »Sie verstehen sich anscheinend sehr gut. Vielleicht gewinnt Amal das Vertrauen des Mädchens und kann weitere Einzelheiten über ihre Herkunft in Erfahrung bringen.«

Remi nickte. »Gute Idee.«

Nachdem sie sich ihr Mittagessen geholt hatte, trug Remi ihr Tablett nach draußen und setzte sich an Amals Tisch. »Offenbar geht es Ihnen besser.«

»Viel besser sogar. Gestern hatte ich nur noch den Wunsch, den Aufenthalt so schnell wie möglich abzubrechen und zurückgebracht zu werden. Aber dann habe ich Nasha gesehen und dachte mir, wenn ein so junges Mädchen so viel ertragen kann, dann sollte ich es ebenfalls schaffen.«

»Apropos, wohin ist sie gegangen?«

»Dort hinaus.« Amal nickte in Richtung mehrerer Mädchen, die zum Seilspringen ein Lied über einen Räuber sangen, der seine Opfer am liebsten nachts aufsucht. Nasha, ihren geliebten blauen Rucksack auf den Schultern, schaute den Mädchen von weitem zu. Ihr war anzusehen, dass sie nur zu gern mitgemacht hätte, aber als sie bemerkte, dass Remi und Amal sie weiter im Auge hatten, verließ sie beinahe fluchtartig den Innenhof. »Sie bedient das iPhone, als habe sie nie etwas anderes getan. Aber das kann man bei den meisten Kindern beobachten.«

»Ich mache mir ein bisschen Sorgen ihretwegen«, sagte Remi. »Hank hat heute Morgen beobachtet, kurz bevor er ins Dorf fuhr, wie sie heimlich etwas versteckte. Offenbar waren es einige der fehlenden Nägel. Ich hoffe nur, dass es kein Fehler war, sie hierher mitzunehmen, aber ich wollte sie nicht dem Sozialdienst übergeben. Wer weiß, wohin man sie gebracht hätte.«

»Ich hätte das Gleiche getan«, sagte Amal zu Remi. »Sie hierher mitgenommen, meine ich.«

»Denken Sie, dass Sie mit ihr reden können?«, fragte Remi. »Wir müssen wissen, woher sie kommt, wenn unser Antrag bei den örtlichen Behörden, sie hier in der Schule zu behalten, Aussicht auf Erfolg haben soll.«

»Ich?« Amal schaute skeptisch zu dem Mädchen hinüber. »Ich... ich kann es ja versuchen.«

Remi schmunzelte. Als sie das letzte Mal mit Renee telefoniert hatte, hatte ihre Freundin erwähnt, dass Amal eher schüchtern und zurückhaltend sei und sich Fremden gegenüber recht abweisend verhalte. Das war einer der Gründe, weshalb Renee darauf drängte, dass Amal auch ohne ihre Begleitung an dem Ausflug zu der Schule teilnehmen sollte. Und nun hatte trotz der traumatischen Erlebnisse auf der Straße von Jalingo hierher bei der jungen Frau anscheinend ein grundlegender Wandel stattgefunden. Für einen kurzen Moment schwiegen sie und sahen den jungen Mädchen beim Seilspringen zu. Schließlich wagte sich Nasha aus ihrer Deckung und riskierte einen heimlichen Blick um die Ecke.

Remi nickte ihr zu. »Ich würde wirklich gern wissen, was sie in diesem Rucksack, den sie niemals abnimmt, mit sich herumträgt. Oder was sie auf dem Baum versteckt, auf dem sie manchmal herumklettert.«

»Das kann ich Ihnen sagen. Essensvorräte. Und ungefähr alles, was nicht niet- und nagelfest ist, inklusive einiger der verschwundenen Nägel.« Sie lächelte, als sie sich vorstellte, wie sich ihre Antwort für Remi anhören musste. »Ich habe mich eingehend mit ihr unterhalten. Sie ist ein liebes, reizendes Mädchen, aber diese Gewohnheit wird sie erst ablegen, wenn sie sich ganz und gar sicher fühlt.«

»Woher wissen Sie so viel über diese Dinge?«

Amal beobachtete, wie die älteren Mädchen sich jetzt an dem Spiel beteiligten, und lächelte. »Ursprünglich habe ich Kinderpsychologie studiert und wäre sicherlich auch dabei geblieben, wenn ich nicht eines Tages einen dieser Anfälle gehabt hätte. Die Person, die mir damals geholfen hat, wollte mich in meine Vorlesung zurückbringen und verwechselte die Hörsäle. So bin ich bei Dr. LaBelle gelandet, die gerade über den Teil Tunesiens referiert hatte, in dem ich aufgewachsen war. Je länger ich ihr zuhörte, desto klarer wurde mir, dass ich dorthin zurückkehren müsste. Mir kam das alles so vertraut vor. Wie die Geschichten über die Menschen, die dort vor Jahrhunderten gelebt hatten, wie meine Großmutter mir während meiner Kindheit erzählt hatte, und die …«

Mitten im Satz brach sie ab, als eines der Mädchen über den Innenhof auf sie und Remi zugerannt kam und rief: »Mrs. Fargo! Miss Amal!« Atemlos blieb sie vor ihnen stehen und deutete zur Kantine. »Kommen Sie schnell! Ich glaube, Mr. Hank stirbt!«

KAPITEL VIERUNDZWANZIG

Wenn man seinem Magen schlechtes Essen gibt,
dann trommelt er, bis man tanzen muss.

– AFRIKANISCHES SPRICHWORT –

Sam lud sich gerade die letzte Rolle Teerpappe auf die Schulter und wollte die Leiter hinaufsteigen, als Remi und Amal an ihm vorbei zur Schulkantine rannten. »Warum denn die Eile?«

»Irgendetwas ist mit Hank«, rief Remi.

Das war eine Auskunft, der er nicht viel entnehmen konnte. Er stellte die schwere Rolle auf den Boden, lehnte sie an die Leiter und folgte den Frauen in die Cafeteria. Hank beugte sich über einen Abfalleimer und würgte krampfhaft. Ein halbes Dutzend Mädchen stand auf der anderen Seite des Raums, die Hände auf die Münder gepresst. Einige sahen aus, als müssten auch sie sich jeden Moment übergeben. Der säuerliche Geruch legte sich auf Sams Schleimhäute, kaum dass er über die Schwelle getreten war.

»Stirbt er?«, fragte eins der Mädchen.

»Das bezweifle ich«, antwortete Sam und riss ein Fenster auf.

Remi scheuchte die Kinder durch die Tür hinaus, schnappte sich eine Rolle Küchenkrepp und kam zu Sam zurück. »Vielleicht solltest du ihn mal untersuchen.«

»Ich?«, fragte Sam und betrachtete die feucht glänzende Pfütze auf dem Fußboden neben Hanks Füßen. Offenbar hatte er es nicht ganz bis zum Abfalleimer geschafft, als ihm schlecht geworden war. »Wie sagtest du so fürsorglich? Er ist der Freund deiner Freundin.«

»Da war er in Schwierigkeiten. Dies hier ist aber etwas anderes.«

»Inwiefern?«

»Er ist krank. Es könnte etwas Ansteckendes sein.«

»Ist es demnach okay, wenn ich auch krank werde?«, fragte Sam, während Pete hereinkam und registrierte, was gerade geschah. Sofort setzte er eine unbeteiligte Miene auf.

Remi lächelte Sam entwaffnend an. »Wenn es so weit kommt, dann verspreche ich, rund um die Uhr für dich zu sorgen.«

Sam nahm die Papierrolle, machte ein paar Schritte und bückte sich zu Hank hinunter. Dabei fiel ihm seine bleiche feuchtkalte Haut auf. »Geht es Ihnen besser?«

»Ich fühle mich wie...« Er drehte sich halb zu dem Abfalleimer um und wurde von einem trockenen Würgen geschüttelt. »Mir geht's gut.«

»So sehen Sie aber nicht aus.« Sam riss mehrere Tücher von der Rolle ab und reichte sie Hank.

Mit zitternden Händen wischte dieser sich den Mund ab und warf die benutzten Tücher in den Abfalleimer. »Hoffentlich war es nur irgendwas Verdorbenes, das ich heute Morgen auf dem Markt gegessen habe, und ist nichts Ansteckendes. Vielleicht habe ich mir das eingefangen, was LaBelle hatte, als ihr im Hotel schlecht wurde.«

Sam reichte Hank die Papierrolle. »Tun Sie mir den

Gefallen und wischen Sie alles so gründlich wie möglich auf. Falls das, was Sie haben, ansteckend ist, wollen wir nämlich lieber nicht, dass gleich die gesamte Mannschaft auf der Nase liegt.«

Hank riss mehrere Bögen Papier ab und wischte sich damit noch einmal über den Mund. »Bilde ich mir das nur ein? Irgendwie gewinne ich den Eindruck, dass Sie mich nicht mögen.«

»Das behalte ich lieber für mich.«

Hanks Blick wanderte zu Amal und Remi, die abwartend an der Tür standen, und dann weiter zu einer Gruppe Mädchen, die neugierig hereinschauten. »Ich glaube, ich sollte lieber nicht hier sein«, sagte er. »Ich möchte die Kinder nicht anstecken. Am besten fahre ich zurück nach Jalingo und nehme mir dort ein Hotelzimmer. Ein Besuch bei einem Arzt würde auch nicht schaden. Wahrscheinlich brauche ich sogar ein ärztliches Attest, um überhaupt ein Flugzeug betreten zu dürfen.«

Damit hatte er recht. Seit der Ebola-Epidemie galt bei den Fluggesellschaften die Vorschrift, Passagiere abzuweisen, bei denen während der Sicherheitskontrolle eine erhöhte Temperatur festgestellt wurde. »Wenn Sie krank sind, sollten Sie auf keinen Fall selbst fahren. Hoffen wir, dass es nur eine Lebensmittelvergiftung ist.«

Sam ging in Richtung Tür, um frische Luft in die Nase zu bekommen.

Remi verschränkte die Arme vor der Brust und musterte ihn mit strengem Blick. »Du verlangst tatsächlich von ihm, dass er alles sauber macht?«

»Er ist ja nicht so, dass er auf dem Totenbett liegt.«

Amal lachte. »Ich mag Ihren Mann.«

Remi bohrte ihm den Ellbogen in die Rippen. »Nur gut, dass auch ich ihn mag.« Sie sah Hank an, und ihr Lächeln verflog. »Hoffen wir, dass es ihm besser geht, wenn er sich ausgeschlafen hat.«

* * *

Aber als Sam und Remi am nächsten Morgen nach ihm schauten, fühlte sich Hank noch immer schlecht. Er war ein Bild des Jammers, das Gesicht totenbleich und eine Hand auf dem Rand des Eimers, den Wendy neben sein Feldbett gestellt hatte.

Hank lächelte matt, als er sie hereinkommen sah. »Entschuldigen Sie, dass ich eine solche Last bin. Etwas sagt mir, dass dies keine Lebensmittelvergiftung ist.«

Remi kam näher und legte eine Hand auf seine Stirn. »Es fühlt sich an, als hätten Sie erhöhte Temperatur.«

»Ich glaube, ich sollte einen Arzt aufsuchen. Ich werde es schon schaffen, selbst nach Jalingo zu fahren. Ich möchte nicht, dass Ihnen eine Arbeitskraft fehlt.«

»Ruhen Sie sich aus«, sagte Sam. »Wir kommen gleich wieder zurück.«

»Nun?«, fragte Wendy. Sie, Pete und Amal standen vor dem Büro.

»Er sieht ziemlich schlecht aus«, sagte Sam.

Remi nickte. »Er hat nicht darum gebeten, aber vielleicht sollten wir ihm anbieten, ihn nach Tunesien zurückzufliegen. Es ist ja nicht so, als hätten wir irgendwelche besonderen Pläne für die nächste Woche. Außerdem musst du ja sowieso Lazlo abholen.«

»Ohne ärztliches Attest kommt er niemals durch den

Zoll.« Sam schaute an Remi vorbei auf die geschlossene Tür. »Noch wichtiger ist, dass ich mich mit der Vorstellung, einen Kranken in unserer Truppe zu haben, nicht gerade anfreunden kann. Ich fahre ihn.«

»Ich begleite Sie«, sagte Pete.

»Nein. Wenn er diesen Makao wirklich im Dorf gesehen hat, dann ist es mir lieber, dass Sie bei Remi bleiben. Und wenn wir eine halbwegs reelle Chance haben wollen, unseren Terminplan doch noch einzuhalten, werden Sie hier dringender gebraucht. Außerdem habe ich eine Verabredung mit dem dritten Bruder der Kalus«, sagte er, während die Tür des Schlafsaals geöffnet wurde und mehrere Mädchen herauskamen und sich zur Kantine entfernten.

»Was für eine Verabredung?«, fragte Pete.

»Eine von der Art, die mehr Erfolg verspricht, wenn ich sie ganz allein wahrnehme.«

Pete nickte. »Ich gehe rein und bitte ihn, seine Sachen zusammenzupacken.« Wenig später kam er heraus, in der Hand die Reisetasche des Kranken, die er auf die Veranda stellte. »Er macht sich gerade frisch. Sie sollten sich wenigstens noch ein kurzes Frühstück gönnen.«

Wendy hatte einen Teller für Sam vorbereitet, als er und Remi die Kantine betraten. Remi holte sich eine Tasse Kaffee und setzte sich zu ihm an den Tisch, während er aß. »Ich kann dich jederzeit begleiten.«

Er schüttelte den Kopf. »Solange wir nicht wissen, ob sich Hank auf dem Markt nur getäuscht hat, brauchen dich Pete und Wendy hier dringender.«

Sie stimmte ihm zu. »Bleibt nur zu hoffen, dass deine Rückfahrt nach Jalingo nicht so abenteuerlich verläuft wie unsere Fahrt hierher.«

Eine halbe Stunde später waren sie startbereit. Hank, den obligatorischen Eimer in der Hand, kam aus dem Gebäude, das Haar noch feucht von der Dusche. Während Sam die Heckklappe des Land Rover öffnete, stellte Hank den Eimer neben der Reisetasche auf die Veranda. Dann kniete er sich hin und begann, in der Reisetasche herumzuwühlen. »Irgendjemand hat sich an meinem Rasierzeug vergriffen.« Er holte eine schwarze Kulturtasche hervor und durchsuchte sie, einen leicht verzweifelten Ausdruck im Gesicht.

Immer noch kniend schaute sich Hank um, bis sein Blick auf Nasha fiel, die mit ungewöhnlichem Interesse verfolgte, was er tat. Als er aufstand, verschwand sie um die Ecke.

»Vermissen Sie etwas?«, fragte Sam.

Es dauerte einen Moment, ehe er antwortete, während er den Reißverschluss des Kulturbeutels zuzog und ihn in der Reisetasche verstaute. »Nichts Wichtiges.«

»Gut. Dann schnappen Sie sich Ihren Eimer. Es ist eine lange Fahrt.«

KAPITEL FÜNFUNDZWANZIG

Viele bunte Blumen säumen den Pfad des Lebens,
aber die schönsten haben die spitzesten Dornen.

– AFRIKANISCHES SPRICHWORT –

»Der Wagen kam gerade den Berg herunter. Sie passieren jetzt die Farm.«

Makao gebot seinen Leuten mit einer Geste zu schweigen, damit er hören konnte, was sein Gesprächspartner am Mobiltelefon sagte. Insgesamt acht Männer drängten sich um die beiden Wagen, die nicht weit von der Straße außerhalb von Gembu parkten. »Bist du sicher, dass es derselbe Land Rover ist, den wir im Dorf gesehen haben?«

»Absolut sicher. Er ist es.«

»Wie viele Insassen?«

»Zwei Männer. Der Fahrer ist blond. Mehr konnte ich nicht erkennen.«

»Gut. In welche Richtung fahren sie?«

»Sieht so aus, als ob sie nach Jalingo wollen.«

»Ausgezeichnet.« Bis nach Jalingo dauerte die Fahrt sechs Stunden. Rechnete man die Rückfahrt hinzu, hätten er und seine Männer genug Zeit, seinen Plan auszuführen. »Ihr vier bleibt hier. Ruft sofort an, wenn sie zurückkommen.« Makao grinste zufrieden, während er sein Mobiltelefon in die Tasche steckte. »Sie sind losgefahren.«

Jimi sah ihn fragend an. »Meinen Sie, einer von denen ist Fargo?«

»So sieht es aus.« Die Namen – Sam und Remi Fargo – in Erfahrung zu bringen, hatte sich nicht als schwierig erwiesen. Alle Bewohner Gembus wussten von der Schule, die im Wald errichtet wurde. Sie zu finden, war ausgesprochen einfach gewesen. Nicht so einfach war es jedoch, sich der Schule zu nähern, ohne mit Sam Fargo persönlich zusammenzutreffen. Die Bestätigung zu erhalten, dass Fargo tatsächlich hinter dem Lenkrad des Wagens saß, der den Berg herunterkam und nach Jalingo fuhr, vereinfachte Makaos Vorhaben um einiges. Es bedeutete, dass die gefährlichere Hälfte des Paars aus dem Haus war. Und wenn ihn sein Gefühl nicht täuschte, dann unterschied sich Remi nicht sehr von den meisten reichen Frauen, die zwar mit einer Kreditkarte wedeln konnten, ansonsten aber keinerlei Bedrohung darstellten. Sie hatte bestimmt nur den Wunsch, die Kinder zu beschützen, was ihr großer Schwachpunkt sein würde.

Und diesen würde er zu seinem Vorteil nutzen.

Obgleich er den Plan schon einmal mit seinen Männern durchgehechelt hatte, wollte er sichergehen, dass auch gewiss kein Fehler gemacht wurde. Nach ihrem gescheiterten Raubüberfall draußen im Busch kam es ihm diesmal darauf an, nichts dem Zufall zu überlassen. Noch nie zuvor hatte er es mit jemandem wie Fargo, dem Mann, der den Truck gelenkt hatte, zu tun gehabt. Schon wie er die Staubwolke erzeugt hatte, die ihn unsichtbar machte …

Wenn es etwas gab, das Makao Bewunderung abnötigte, dann war es Brillanz. Hätte Fargo nicht auch noch zwei seiner besten Männer getötet, hätte er sich leichter damit abfinden können, seine Vorteile bei diesem gescheiterten Coup aus der Hand gegeben zu haben. Gewöhnlich ging er über Kollateralschäden mit einem Achselzucken hinweg, aber in diesem Fall nahm er seine Niederlage persönlich. Dabei hatte er vor seinen Männern wie ein Idiot ausgesehen, und es bedurfte seiner ganzen Willenskraft, diesen Rückschlag zu verdauen und ungebrochen weiterzumachen. Sosehr er sich auch wünschte, dem Mann, der dafür verantwortlich war, persönlich eine Kugel in den Kopf zu jagen, war er sich doch darüber im Klaren, dass er sich dieses Vergnügen vorläufig noch verkneifen musste.

Makao hatte ein weitaus einträglicheres Ziel. Und auch wenn er sicher war, dass sie schon vorrücken konnten, durften sie doch nichts überstürzen. Geduld war der Schlüssel zum Erfolg.

Die Schule stand hoch oben am Berghang auf freiem Gelände, das von Wald umgeben war. Eine einzelne gewundene Straße, die zu dem Komplex hinaufführte, machte es nahezu unmöglich, sich ihm ungesehen zu nähern. Die vergleichsweise isolierte Lage hatte allerdings zur Folge, dass sie nicht damit rechnen mussten, plötzlich unerwarteten Besuch zu bekommen. Außerdem rückte er mit einer ausreichenden Anzahl von Männern an, um sicherzugehen, dass – falls man sie frühzeitig sah – jeder Versuch, sie aufzuhalten, aussichtslos wäre. Sam Fargo mochte ihrem Hinterhalt im Busch entgangen sein und hatte sogar mit zweien ihrer automatischen Waffen flüchten können, aber da er jetzt nicht hier war, bezweifelte Makao, dass sich jemand in der Schule befand, der sich eins der Gewehre schnappen und damit um sich schießen könnte.

Genau genommen, baute er sogar darauf.

Nach allem, was seine Nachforschungen im Dorf ergeben hatten, war die Schule noch gar nicht offiziell in Betrieb genommen worden. Die zahlenmäßig noch sehr bescheidene Belegschaft stellte für acht mit Kalaschnikows bewaffnete Männer nicht das kleinste Hindernis dar.

»Wann gehen wir rein?«

Obwohl er am liebsten bis zum Einbruch der Dunkelheit gewartet hätte, brauchte er doch ausreichend Tageslicht für ihren ersten Auftritt. »Wir warten noch zwei Stunden, dann schlagen wir hart und schnell zu. Ich möchte auf jeden Fall verhindern, dass irgendwer genügend Zeit hat, Hilfe anzufordern.«

»Und wenn jemand flüchten kann?«

»Das bezweifle ich. Diese Straße ist die einzige Zufahrt«, sagte Makao und fuhr mit dem Finger über die Landkarte, die er auf der Motorhaube eines der beiden Wagen ausgebreitet hatte. »Falls jemand die Farm in einer der beiden Richtungen passiert, werden wir gewarnt.«

»Und wenn sie in die Berge fliehen?«

Diese Möglichkeit bestand natürlich, aber er bezweifelte, dass sich überhaupt jemand zu diesem Versuch hinreißen lassen würde. Dieser Weg wäre zu gefährlich, vor allem für Mädchen im Grundschulalter. »Nur ein Narr würde sich in diese Richtung wagen. Und diese Leute sind bestimmt nicht dumm.« Er warf einen letzten prüfenden Blick auf die Landkarte und gab seinen Männern ein Zeichen. »Steigt ein. Es wird Zeit, dass wir losfahren.«

KAPITEL SECHSUNDZWANZIG

Egal, wie schön und kunstvoll gearbeitet
ein Sarg auch aussehen mag, er wird niemanden
dazu bringen, sich den Tod zu wünschen.

– AFRIKANISCHES SPRICHWORT –

Das untrügliche Gefühl, beobachtet zu werden, stellte sich bei Remi ein, während sie allein am Personaltisch in der Cafeteria saß und die Aufstellung der Betriebsausgaben durchging, die Wendy ihr schon früher an diesem Vormittag gegeben hatte. Als sie von den Zahlen aufsah, entdeckte sie Tambara, Jol und Maryam, die sich schnell abwandten und dann nach und nach wieder schüchtern zu ihr hinsahen.

Tambara stieß Jol mit dem Ellbogen an und flüsterte etwas, dann gaben sich die drei einen Ruck und kamen herüber. »Mrs. Fargo«, ergriff Jol das Wort und sah ihre beiden Freundinnen Hilfe suchend an, die sie daraufhin mit einem Kopfnicken aufforderten fortzufahren. »Miss Wendy hat erzählt, dass Sie eine große Schatzsucherin sind.«

Maryam fügte hinzu: »Und dass Sie schon überall auf der Welt Gold gefunden haben.«

»Wir haben eine ganze Menge Dinge auf der Welt gefunden«, sagte Remi, während Amal und Nasha mit ihren Tabletts von der Essensausgabe an ihren Tisch kamen.

Jol sah Nasha mit dem Anflug eines amüsierten Lächelns an. »Du brauchst deinen Rucksack nicht die ganze Zeit zu tragen. Niemand will ihn dir stehlen.«

»Ich weiß«, erwiderte Nasha und stellte ihr Tablett neben Remis auf den Tisch. »Ich finde ihn aber so schön.«

Maryam und Tambara kicherten und nahmen jetzt Amal aufs Korn, die sich auf dem freien Platz neben Nasha niederließ. »Sind Sie verheiratet?«, fragte Maryam.

»Nein.«

»Warum nicht?«

Amal senkte den Blick mit trauriger Miene. »Es hat schon jemanden gegeben. Früher.«

Maryams Augen wurden in ihrem ebenholzschwarzen Gesicht so groß wie Untertassen. »Was ist passiert?«

Remi räusperte sich hörbar. »Kinder…«

»Ist schon okay«, sagte Amal. »Ich glaube, ich hatte ihn lieber als er mich. Das wird es wohl gewesen sein.« Sie lächelte und schaute sich um. »Fehlt bei euch nicht ein Musketier?«

»Zara schläft«, sagte Maryam. »Sie musste heute Morgen die Ziegen melken.« Tambara und Jol nickten.

Nasha blickte mit plötzlich erwachtem Interesse von ihrem Essteller hoch. »Was ist ein Musketier?«

»Eine Figur«, sagte Amal. »Aus einem Buch mit dem Titel *Die drei Musketiere*.«

»Ich möchte ein Musketier sein. Ich kann auch Ziegen melken.«

»Das geht nicht«, sagte Tambara. »Es gibt keine fünf Musketiere.«

»Es gibt auch keine vier«, sagte Nasha.

»D'Artagnan«, erwiderte Maryam.

Nasha sah Amal fragend an. »Wer ist das?«

»Eine Art Ehren-Musketier.«

»Siehst du?«, sagte Maryam. »Dann sind es vier.«

Nasha sprang von ihrem Platz auf und funkelte sie wütend an. »Ich hasse dich. Ich hasse euch alle«, rief sie, dann rannte sie aus dem Speisesaal hinaus.

Remi warf Amal einen Seitenblick zu. Die Studentin hob die Augenbrauen. Beide waren von Wendy ermahnt worden, die Mädchen ihre Probleme unter sich regeln zu lassen. Trotzdem wäre sie Nasha am liebsten nachgelaufen, um sie zu trösten, vor allem als Maryam die Augen verdrehte, einen dramatischen Seufzer von sich gab und sagte: »Sie ist so unreif.«

»Sie ist elf«, sagte Remi. »Können wir vielleicht ein bisschen freundlicher zu ihr sein?«

Maryam nickte und blickte schuldbewusst zu Boden. »Tut mir leid«, flüsterte sie.

Jol, die sich von ihrem ersten Gesprächsthema nicht abbringen ließ, sah Remi gespannt an. »Wir würden gern wissen, wie man es schaffen kann, all diese Dinge zu tun, wenn man nur ein Mädchen ist.«

»*Nur* ein Mädchen?«, fragte Remi. »Wie kommst du darauf, dass Mädchen solche Dinge nicht tun können?«

Die drei jungen Damen zuckten die Achseln. Tambara versetzte Jol noch einmal einen Rippenstoß. »Frag sie«, flüsterte sie.

»Was sollst du mich fragen?«, sagte Remi.

»Wie es gekommen ist, dass Sie und Mr. Fargo in Frankreich in einem Schiffscontainer eingesperrt waren.«

Sie mussten sich über ihre und Sams Suche nach dem gestohlenen Prototyp des ersten Rolls-Royce Silver Shadow unterhalten haben. »Wann und wie habt ihr denn davon gehört?«

»Miss Wendy hat es uns erzählt«, sagte sie. »Hatten Sie Angst?«

Nasha kam plötzlich im Laufschritt in die Cafeteria zurück, blieb in der Tür stehen und deutete nach draußen. »Mr. Fargo ist zurück.«

Remi lächelte die Mädchen an. »Wisst ihr was? Ich erzähle euch nach dem Mittagessen die ganze Geschichte von unserem Abenteuer.«

»Versprochen?«, fragte Maryam.

»Versprochen.«

Remi folgte Nasha auf den Innenhof hinaus und weiter zur Einfahrt aufs Schulgelände. »Bist du sicher?«

»Vollkommen.« Nasha führte sie zu dem verschlossenen Tor.

Irgendetwas Unvorhergesehenes musste geschehen sein, denn Sam sollte eigentlich erst am nächsten Tag zurückkehren. Remi lugte zwischen zwei Zaunpfählen hindurch und machte in der Ferne einen Staubwirbel wie von einem kleinen Tornado aus. Eine Windböe von Süden zerfaserte die Wolke aber so sehr, dass sie einen weißen Pick-up und ein SUV dahinter ausmachen konnte. Ein eisiger Schauer rieselte ihr über den Rücken. »Das ist nicht Sam«, stellte sie fest.

Nasha atmete zischend ein. »Scarface …«

»Geh zu Wendy und sag ihr, sie soll die Glocke läuten. Wenn du auf dem Weg andere Kinder oder jemand von unseren Leuten siehst, dann schick sie in den Schuppen. Beeil dich.«

Nasha rannte über die mit Schotter bestreute Auffahrt

und scheuchte die Hühner vor sich her, die aufgeregt gackernd in alle Richtungen davonstoben.

Remi zog probeweise an der Kette, mit der das Einfahrtstor gesichert war, während die Alarmglocke erklang, die an der Gebäudewand vor dem Büro installiert worden war.

Innerhalb von wenigen Sekunden stürmten die Mädchen hinaus in den Innenhof und stellten sich so in Reih und Glied auf, wie sie es gelernt und schon oft genug geübt hatten. Pete hatte sich vor den Mädchen aufgebaut, um für Ordnung zu sorgen, sein sonnengebräuntes Gesicht war voller Sorge und ein einziges Fragezeichen, als Remi mit schnellen Schritten auf ihn zukam.

»Bringen Sie die Mädchen in den Tunnel. Das ist der Mann im weißen Pick-up. Er hat Verstärkung mitgebracht.«

Pete nickte, verließ seinen Platz, eilte zum Schuppen und zog dessen Tür weit auf, während die Mädchen sich davor versammelten, aufgeregt und unsicher wegen dieser unerwarteten Brandschutzübung. Was ihnen allerdings nicht entging, war die mühsam unterdrücke Anspannung der Erwachsenen. Die Glocke erklang mehrmals, dann erschien Wendy im Innenhof, bepackt mit drei Rucksäcken – Remis, Petes und ihrem eigenen. Monifa und Yaro kamen aus der Schulkantine und warteten hinter den Mädchen, während Pete aus dem Schuppen trat und zwei Finger in die Höhe streckte. Die Mädchen unterbrachen ihre Gespräche und sahen ihn erwartungsvoll an.

»Hört gut zu«, begann Pete und deutete auf den Schuppen. »Ich möchte, dass ihr alle Miss Wendy so schnell und so leise ihr könnt die Leiter hinunter folgt.«

»Eine Leiter?«, fragte jemand. »Wozu?«

»Ist dies eine Übung?«, wollte ein Mädchen wissen.

»Nein. Das ist keine Übung.«

Panik schlich sich in ihre Gesichter, als sie sich umschauten und die Gefahr suchten, die ihnen offenbar drohte.

Wendy reichte Remi ihren Rucksack, ergriff die Hand des ersten Mädchens und zog es zum Tunnel. »Schnell«, sagte sie, wobei ihr Tonfall und ihre entspannte Körperhaltung vollkommene Ruhe ausströmten. »Und nicht sprechen.«

Remi öffnete den Klettbandverschluss des Geheimfachs in ihrem Rucksack und legte die Hand um den Griff ihrer Sig Sauer, zog die Waffe jedoch nicht heraus. Nachdem sie die Angst in den Gesichtern der Mädchen gesehen hatte, wusste sie, dass der Anblick einer Pistole sie vollständig ausflippen lassen würde. Gar nicht überraschend war in diesem Augenblick, dass die Mädchen nicht auf sie, sondern auf Pete achteten, der ihnen Beine machte, den Schuppen zu betreten. Nasha befand sich am Ende der Schlange und sah Remi Hilfe suchend an, während Pete sie zur Leiter schob.

»Und jetzt dort hinunter«, sagte er betont locker.

»Ich möchte nicht«, sagte Nasha.

»Es ist aber sicherer.«

»Aber ich weiß, wo …«

Remi hörte die Fahrzeuge vor dem Tor und begriff, dass ihnen nur noch Sekunden blieben. »Sie sind schon hier.« Offensichtlich reichte die Warnung aus, Nasha die Leiter hinunterklettern zu lassen. Remi sah Pete an. »Sie zuerst.«

»Sam bringt mich um, wenn Ihnen etwas zustößt.«

»Netter Versuch. Ich bin dicht hinter Ihnen«, sagte sie und erkannte plötzlich, dass Amal nicht da war. Sie zückte ihre Pistole, ging zur Schuppentür und öffnete sie weit genug, um hinausblicken zu können. Der Innenhof war leer. Eine gespenstische Ruhe herrschte. Wer immer ihnen einen Besuch abstatten wollte, hatte das Tor noch nicht aufgebrochen. Sie schloss die Tür und stieg in den Tunnel hinunter. Dabei hörte sie Wendys leise Stimme, mit der sie die Schülerinnen durchzählte.

Remi gab Pete ein Zeichen. »Ist Amal hier unten?«

Er schaute suchend in den Tunnel, als Wendys entsetzte Stimme meldete: »Vier Mädchen fehlen!«

Remi, die noch immer auf der Leiter stand, warf einen Blick nach unten. Sie konnte Wendys Gesicht in der herrschenden Dunkelheit als hellen Fleck vage erkennen. »Und wer fehlt?«

»Maryam, Tambara, Jol und Zara«, sagte Wendy.

Remi erinnerte sich, drei Mädchen weglaufen gesehen zu haben, als Nasha aufgetaucht war und von dem Wagen berichtet hatte. »Sind Sie sicher, dass sie nicht im Tunnel sind?«

Nasha drängte sich an Wendy vorbei und schaute zu Remi hoch. »Ich weiß, wo sie sind«, sagte sie und stieg die Leiter hoch, ehe Wendy sie zurückhalten konnte. »Ich habe sie gesehen, nachdem ich das Büro verlassen habe.«

»Und wo?«, fragte Remi.

»Im Schlafsaal. Miss Amal ging Zara suchen, und die Mädchen folgten ihr. Aber dann ist wieder etwas mit Miss Amal geschehen. Sie konnten sie nicht aufwecken.«

»Ein Anfall«, sagte Remi.

Pete schickte sich an, die Tür des Schuppens zu öffnen. »Ich gehe sie suchen, Mrs. Fargo.«

Ein lauter Knall zerriss die Stille.

Es war eindeutig ein Pistolenschuss, der durch den Innenhof hallte. Nasha ging hinter der offenen Bodenklappe in Deckung. Die Mädchen im Tunnel stießen Schreckensschreie aus.

»Still«, warnte Wendy vom oberen Ende der Leiter. »Gebt keinen Laut von euch.«

Remi kam zu Pete, schaute hinaus und war ein wenig beruhigt, dass noch niemand im Innenhof zu sehen war. Zweifellos hatte jemand das Schloss am Tor mit einem Schuss aufgebrochen. Sie legte Pete eine Hand auf die Schulter und sah ihm beschwörend in die Augen. »Egal, was Sie tun, kommen Sie auf keinen Fall heraus, bevor Sam zurückgekehrt ist. Er weiß, wo er Sie finden kann.«

»Wir können zusammenbleiben.«

»Nein.« Remi zweifelte nicht an Petes Entschlossenheit und Mut, aber sie wusste auch, dass Wendy, Yaro und Monifa bei der großen Zahl Mädchen, für deren Sicherheit sie sorgen mussten, jede Hilfe brauchten, bis Rettung einträfe. »Mir wird schon nichts passieren. Ich passe auf. Versprochen. Schließen Sie den Tunnel und beruhigen Sie die Kinder. Ihr Leben könnte davon abhängen.«

»Okay.«

Pete stieg hinter Wendy die Leiter hinab.

Remi schwang sich den Rucksack auf die Schultern, wobei ihr Smartphone aus ihrer Gesäßtasche rutschte und auf den Boden fiel. Ehe sie Gelegenheit hatte, es zu suchen und aufzuheben, hörte sie, wie Wagentüren zugeschlagen wurden, dann das Knirschen von Schotter, während sich Schritte näherten und jemand rief: »Durchsucht jedes Gebäude.«

KAPITEL SIEBENUNDZWANZIG

Lass dir nicht aus deinen Händen reißen,
was du tun kannst.

– SPRICHWORT DER ASHANTI –

Remi blickte hinter sich, konnte auf dem rauen Holzfußboden in den Schatten des nach Norden hinausgehenden
Fensters ihr Smartphone jedoch nicht entdecken. Wenige
Sekunden, bevor die Männer den Innenhof erreichten und
sie möglicherweise sehen konnten, schlüpfte sie hinaus.

»Wo sind sie alle?«, fragte ein Mann auf der Vorderseite
des Gebäudes.

»Macht die Augen auf. Irgendwo müssen sie sein.«

Die tiefe, rasselnde Stimme gehörte zweifellos dem nar-
bengesichtigen Anführer des Überfalls, Makao. Remi hatte
keine Ahnung, wie viele Männer er mitgebracht hatte, alle
wahrscheinlich mit der gleichen Art von Sturmgewehren
bewaffnet, die sie schon bei ihrem Überfall benutzt hatten.
Sosehr sie sich auch wünschte, so weitsichtig gewesen zu
sein, den Safe zu öffnen und die beiden Gewehre herauszuholen, die sie und Sam geborgen hatten, war ihr jedoch
vollkommen klar, dass sie damit wertvolle Zeit vergeudet
hätte. Ihr vordringliches Ziel war gewesen, die Mädchen
unbeobachtet in den Tunnel zu schaffen.

An diesem Ziel hatte sich nichts geändert.

Ihre Sig Sauer war allerdings vollkommen unzureichend, und solange sie es nicht schaffte, die vier Mädchen und Amal in den unterirdischen Tunnel zu bringen, würde sie keine Schießerei mit wer weiß wie vielen Männern riskieren.

Zu ihrer Erleichterung war der Schlafsaal nicht abgeschlossen. Ehe sie hineinschlich, warf sie einen letzten Blick auf den leeren Innenhof und hoffte, dass dieser Zustand mindestens so lange anhielt, wie sie brauchte, um alle Kinder aus dem Schlafsaal herauszuholen und in den Schuppen zu schmuggeln. Sie verriegelte die Tür hinter sich und hielt nach den vermissten Mädchen Ausschau, sah jedoch nichts anderes vor sich als Stockbetten, akkurat gemacht, und je einen Kleiderschrank an der Wand neben jedem zweiten Bett. Dann bemerkte sie, dass die Türen einiger weniger Schränke halb offen standen, und warf einen Blick in die, die ihr am nächsten waren, um festzustellen, ob sich jemand darin versteckte.

Sie entschied, dass nur ein Gummimensch fähig wäre, sich in einem solchen Schrank zu verkriechen, und ging zum anderen Ende des Schlafsaals durch die Waschraumtür und vorbei an zwei Großraum-Wäscheboxen, die mit schmutzigen Handtüchern randvoll gefüllt waren. Sowohl die Toilettenzellen auf der einen Seite als auch die mit Vorhängen versehenen Duschkabinen auf der anderen Seite schloss sie als Versteckmöglichkeiten auf Anhieb aus. Ihr Blick blieb an den Schmutzwäschebehältern hängen, aber ehe sie die Chance hatte, sie einer genaueren Prüfung zu unterziehen, hörte sie, wie jemand an der Türklinke der Außentür rüttelte, gefolgt von einem lauten Krachen, als die Tür mit einem Fußtritt zerschmettert wurde.

In die Enge getrieben, duckte sie sich zwischen den beiden Großraum-Wäschekörben und legte die Pistole schussbereit auf ihre Knie. Schwere Schritte stampften über den Boden. Der obere Teil des Wäschekorbs versperrte ihr die Sicht zur Tür, die sich links von ihr befand, aber sie hatte eine halbwegs freie Sicht auf den großen Spiegel über der Waschbeckenreihe rechts von ihr und konnte die beiden Männer dabei beobachten, wie sie sich im Schlafsaal umschauten. Beide hatten Pistolen in den Händen, einer trug eine Kalaschnikow an einem Gurt über der Schulter.

»Hier ist niemand«, sagte der erste.

Der zweite warf einen Blick zum Waschraum. Eine blasse gezackte Narbe, sogar auf diese Entfernung auf der dunklen Haut deutlich sichtbar, zog sich über eine Wange bis hinunter zum Unterkiefer. »Was ist dort?«

Die beiden Männer kamen herüber. Ihre Stiefel schlurften über den Holzfußboden. Remi zog sich so weit zurück wie möglich und legte einen Finger um den Abzug ihrer Sig Sauer. Sie hatte neun Kugeln – eine in der Kammer, acht im Magazin. Sie könnte beide Männer leicht ausschalten, aber daraufhin würden die anderen auf alles und jeden feuern. Nicht gewillt, das Leben der Mädchen aufs Spiel zu setzen, senkte sie ihre Waffe und behielt die Spiegelbilder der Männer im Auge, wohl wissend, dass sie, wenn die beiden in die richtige Richtung schauten, aufgeflogen wäre.

Doch keiner der beiden wandte den Kopf. Stattdessen konzentrierten sie sich auf die Duschen und die Toiletten, zogen die Vorhänge zurück und stießen die Tür jeder Kabine auf.

»Leer«, stellte Scarface fest. Sie machten kehrt, wobei

der andere Mann den Wäschebehälter streifte, als er sich durch die Türöffnung schob.

Lautlos aufatmend lehnte sich Remi erleichtert zurück und beobachtete weiterhin im Spiegel, wie sie den Schlafsaal durchquerten und schließlich hinausgingen. Ein dritter Mann stieß zu ihnen und sagte: »Nichts. Sie sind alle verschwunden.«

Scarface drehte sich um und ließ den Blick für einige Sekunden durch den anscheinend leeren Schlafsaal wandern. Für einen kurzen Moment glaubte Remi, dass er sie gesehen hatte, aber dann wandte er sich ab. Als er sein Gesicht wieder dem Spiegel zuwandte, ließ sein Grinsen ihr Blut zu Eis erstarren. »Brennt alles nieder.«

KAPITEL ACHTUNDZWANZIG

Entweder sei ein Berg oder lehne dich auf einen.

– SOMALISCHES SPRICHWORT –

»Ihr beide«, hörte Remi Makaos heiseren Ruf. »Holt das Benzin.«

In der Hoffnung, dass der Mann bluffte, blieb Remi in ihrem Versteck zwischen den beiden Wäschebehältern, bis von rechts ein durch Schluchzen unterbrochenes Flüstern an ihre Ohren drang. »Ich habe Angst.«

»Pssst«, erklang eine zweite Stimme auf ihrer linken Seite.

Remi atmete erleichtert auf. »Amal?«

»Ja.«

»Gott sei Dank. Wie viele?«, fragte Remi.

»Wir sind zu fünft. Ich … ich hatte einen meiner Anfälle. Die Mädchen hörten den Schuss und hatten Angst, den Schlafsaal zu verlassen.«

»Sie sind in Sicherheit.«

»Und wenn sie mit dem Niederbrennen ernst machen …«

»Wir können nur hoffen, dass es nicht dazu kommt.« Remi erhob sich und konnte weit genug hinausschauen, um zwei Männer zu erkennen, die jetzt an der offenen Tür vorbeigingen. Als sie die Benzinkanister in ihren Händen bemerkte, wurde ihr klar, dass sie keine andere Wahl hatte, als sich zu stellen. »Kommen Sie nicht heraus, solange ich Sie nicht dazu auffordere.«

Sie verstaute ihre Pistole in dem Geheimfach ihres Rucksacks, lehnte diesen an die Wand und deckte ihn mit einigen Handtüchern zu. Sie verließ den Waschraum und durchquerte den Schlafsaal. Als sie durch dessen Tür ins Freie trat, hatte sie die Hände bis in Schulterhöhe erhoben. Sie zählte acht Männer, jeder mit einer Pistole in einem Gürtelholster und einem AK-47 in den Händen. Von den Letzteren waren die meisten auf die verschiedenen Türen der Gebäude gerichtet.

»Ich bin unbewaffnet«, erklärte Remi, als sie zu ihr herumfuhren und auf sie anlegten.

Dass die Männer nicht sofort feuerten, als sie ihrer ansichtig wurden, nährte in ihr die Hoffnung, dass sie Befehl hatten, alle am Leben zu lassen.

Was bedeutete, dass sie keine Terroristen und nicht daran interessiert waren, Mädchen zu töten, die eine Schule besuchten.

Dies schloss allerdings nicht aus, dass sie dennoch Terroristen waren, die solche Mädchen entführten, die eine Schule besuchten.

Einer von ihnen tastete sie ab auf der Suche nach einem Holster. »Nichts.«

Scarface fixierte sie einen Moment lang, dann schaute er an ihr vorbei durch die offene Tür in den Schlafsaal. »Wie heißen Sie?«

»Remi«, sagte sie. »Remi Fargo.«

»Wo sind denn die anderen alle, Remi Fargo?«

»Ich bin allein.«

»Dann macht es Ihnen ja nichts aus, wenn wir jedes

Gebäude niederbrennen? Und mit diesem hier anfangen?«

Remi sagte nichts, noch immer voller Hoffnung, dass er bluffte. Er gab mit dem Kopf ein Zeichen. Beide Männer mit den Benzinkanistern öffneten diese und begannen, ihren Inhalt an einander gegenüberliegenden Ecken des Schlafsaals auf der Holztäfelung zu verteilen.

»Stopp«, sagte sie.

Makaos Miene verzog sich zu einem triumphierenden Grinsen. »Rufen Sie sie heraus.«

»Sie sind doch noch Kinder. Da sind keine Waffen nötig.«

Er studierte sie schweigend einige Sekunden lang, dann sagte er etwas in einer Sprache, die Remi nicht verstand. Die Männer ließen die Waffen sinken. Er richtete seine Pistole auf sie. »Falls irgendetwas Unschönes geschieht, sind Sie die Erste, die sterben muss.«

Remi nickte und verließ ihren Platz an der Tür. Der Lauf seiner Waffe folgte ihr und bewegte sich von den Mädchen weg. »Amal«, rief sie. »Bringen Sie die Mädchen heraus. Heben Sie die Arme hoch, dann schießen sie nicht.«

Die großen Wäschebehälter knarrten und schwankten, als die Mädchen herauskletterten. Amal geleitete sie durch die Tür nach draußen, wo sie beim Anblick der bewaffneten Männer innehielten.

»Hierher«, sagte Remi und streckte eine Hand aus. Sie rührten sich nicht. Der Ausdruck auf ihren Gesichtern brach ihr das Herz.

Dies hatte ihr sicherer Hafen sein sollen.

Sie hatte sie im Stich gelassen.

Makao betrachtete die Mädchen, dann wandte er sich

zu Remi um und durchbohrte sie mit seinem stechenden Blick. »Wo ist der Rest? Wo sind die anderen?«

»Wir sind hier die Einzigen. Alle anderen sind heute Morgen abgereist. Nach Jalingo.«

»Sie erwarten, dass ich Ihnen glaube, die gesamte Schule sei verschwunden?«

»Glauben Sie, was Sie wollen. Auf jeden Fall sind sie nicht hier.«

Er rief einen seiner Männer zu sich. »Frag Dayo, ob irgendwelche Wagen von der Schule die Straße hinunter-gekommen sind.«

Der Mann nickte, während er sein Mobiltelefon her-vorholte und sich ein paar Schritte entfernte, um zu tele-fonieren.

Falls Makao die Straße beobachten ließ, dann musste es jemand auf der Teeplantage am Fuß des Berges sein. In-ständig hoffend, dass sie sich darin täuschte, schaute sie zu Zara und konnte erkennen, dass sich das Mädchen nicht bewusst war, in welcher Gefahr ihr Vater schwebte.

Da nur eine Straße zur Schule und von ihr wegführte, könnten sie niemals die Plantage passieren, ohne gesehen zu werden – vorausgesetzt, ihnen gelänge überhaupt die Flucht.

Einen Moment später kam der Mann zurück. »Kein Wagen, seit der Land Rover den Komplex verlassen hat.«

Makao starrte sie wütend an. »Sie lügen.«

»Denken Sie, was Sie wollen«, sagte Remi. »Sie sind weg. Wir sind die Einzigen, die noch übrig sind.«

Er starrte sie noch einen Moment länger an, dann ging er zu den Mädchen hinüber. »Wo sind sie?«, fragte er dro-hend.

»Ich weiß es nicht«, antwortete Zara und brach in Tränen aus. »Als ich aufwachte, waren alle weg.«

Die raue und schmerzhafte Ehrlichkeit überzeugte ihn offenbar, wie kein andres Argument es vermocht hätte. Er wandte sich wieder zu Remi um.

»Was wollen Sie?«, fragte sie.

»Ich denke, das ist doch offensichtlich. Ich hoffe, dass Sie jemanden kennen, der reich genug ist, um Sie freizukaufen.«

»Wenn Sie glauben, dass mein Mann auch nur einen einzigen Cent lockermacht – ohne einen überzeugenden Beweis, dass jede von uns am Leben ist – dann machen Sie einen gravierenden Fehler.«

Er lachte. »Wir brauchen Sie nur lange genug am Leben zu erhalten, um das Lösegeld zu kassieren. Danach interessiert es mich einen Dreck, was meine Männer mit Ihnen machen.«

Er kam zu ihr, raffte mit einem Griff die Front ihrer Bluse zusammen und zog sie zu sich heran, bis sein Gesicht nur noch wenige Zentimeter von ihrem entfernt war. »Wenn Sie wissen, was gut für Sie ist, sollten Sie den Mund halten und kooperieren. Habe ich mich klar genug ausgedrückt?«

Er drehte den Kragen ihres Safarihemdes so brutal zusammen, dass sie spürte, wie die Blutzufuhr zu ihrem Gesicht unterbunden wurde. »Vollkommen.«

Schließlich lockerte er den Griff und stieß sie mit einem Ausdruck der Abscheu gegen die Außenwand des Schlafsaals. »Durchsucht das Gebäude noch einmal!«

KAPITEL NEUNUNDZWANZIG

Stöcke in einem Bündel sind unzerbrechlich.

– KENIANISCHES SPRICHWORT –

Nasha hob den Stapel Jutesäcke an, unter dem sie sich versteckt hatte, und kroch aus der Ecke heraus. Sie hörte die Männer draußen im Innenhof vor dem Vorratsschuppen hin und her gehen. Ein Blick auf die Bodenklappe sagte ihr, dass diese fest verschlossen war. Dabei fragte sie sich, ob Mr. Pete und Miss Wendy überhaupt bemerkt hatten, dass sie verschwunden war. Wahrscheinlich nicht, entschied sie. Sie war anders als die anderen Mädchen.

Die Leute nahmen sie gar nicht wahr.

Dies war im Wesentlichen das, was sie als Diebin so erfolgreich sein ließ.

Mr. Hank andererseits hatte sie bemerkt. Aber nur, weil sie seine Autoschlüssel gestohlen hatte. Sie hatte nicht die Spur eines schlechten Gewissens, als sie ihn die Schule verlassen sah, bedauerte jedoch sehr, dass Mr. Fargo ihn begleitet hatte. Er beobachtete sie ebenfalls aufmerksam, dennoch spürte sie, dass bei ihm etwas anderes dahintersteckte, dass er anders war. Er hatte auch seine Frau immer aufmerksam im Auge.

Das gefiel ihr.

Es erinnerte sie ein wenig an ihren Onkel, daran, wie er

immer auf ihre Tante geachtet hatte, als Nasha zu ihnen gekommen war, um bei ihm zu leben. Das war, bevor Boko Haram jeden getötet hatte, der versuchte, sie aufzuhalten, als sie in die Schule eingedrungen und die Mädchen als Geiseln genommen hatten. So viele ihrer Freundinnen waren nicht mehr da. Aber dank der Gnade Gottes hatte sie ins Haus ihres Onkels fliehen können, auch wenn er sozusagen im Schatten einer Boko-Haram-Hochburg wohnte. Er war so weitsichtig gewesen, ihr den Kopf zu rasieren und ihr Jungenkleidung anzuziehen. »Es gibt keine Nasha mehr. Dein Name lautet jetzt Nash«, hatte er gesagt und sie zusammen mit den anderen männlichen Kindern zur Arbeit auf die Felder geschickt. Diese Kinder waren, für eine Weile zumindest, zu jung für die Terroristen, die ständig auf der Suche nach neuen Kriegern waren. Ihr Onkel hatte immer für jede Lebenslage einen passenden Spruch parat gehabt. Als sie sich nach ihrem ersten Arbeitstag wegen einer Blase an der Hand beklagt hatte, hatte er geantwortet: »Eine Blase wird heilen, aber…«

»Wann kann ich zur Schule gehen?«, unterbrach sie ihn, weil sie nicht schon wieder einen seiner weisen Sprüche hören wollte.

Ihre Frage hatte ihn verärgert, und er schlug mit der Faust auf den Tisch und machte ihr Angst. »Alles, was du in der Schule gelernt hast, musst du vergessen. Du bist kein Mädchen mehr. Sogar für die Jungen, mit denen du jetzt arbeitest – vor allem für Chuk«, sagte er und nannte ihren einzigen Freund im Dorf. »Er ist zu jung, um dieses Geheimnis zu bewahren. Verrate ihm nichts. Verstehst du?«

»Nein«, erwiderte sie, während ihr Tränen aus den Augen quollen.

»Ein unbedachtes Flüstern ist wie Federn im Wind. Du kannst sie nicht zurückholen. Und du weißt nie, wo sie landen.«

»Aber…«

Er ergriff ihre Hand mit der Blase und drückte sie, sodass ein heftiger Schmerz durch ihre Finger schoss. »Wenn sie herausfinden, dass du ein Mädchen bist, nehmen sie dich mit. Sie werden…« Sein Blick fiel auf den leeren Sessel, in dem ihre Tante immer am liebsten gesessen hatte. Er verstummte und gab einen tiefen Seufzer von sich. Er hatte nie darüber gesprochen, was mit ihr geschehen war, und Nasha hatte es nicht gewagt, ihn danach zu fragen.

»Tut mir leid«, sagte sie und hatte keine Ahnung, was sie getan hatte, dass er so zornig reagierte.

Zuerst sagte er nichts, sondern verfolgte nur, wie ihr die Tränen über die Wangen rannen. Als ihm bewusst wurde, dass er noch immer ihre Hand umklammerte, ließ er sie los und zog das Mädchen plötzlich in seine Arme. »Nicht mehr weinen. Du bist jetzt ein Junge. Du bist Nash.«

»Aber das bin ich doch gar nicht.«

»Doch, das bist du. Und du darfst niemandem etwas anderes sagen. Wenn sie herausfinden…« Er hielt sie von sich weg und blickte ihr tief in die Augen. »Ich bringe dich von hier weg. Egal, wie lange es dauert. Aber bis dahin musst du tun, was ich sage. Verstanden?«

Sie nickte. »Aber wann kann ich zur Schule gehen?«

»Sie machen Jagd auf die Schulen. Sie zerstören sie und holen sich die Mädchen. Die Schulen sind nicht sicher.«

Und das verstand sie. Sie hatte die verlassenen Gebäude gesehen, hatte gehört, wenn der Wind durch die geborstenen Fensterscheiben pfiff.

Ihr Onkel war entschlossen, dafür zu sorgen, dass ihr dieses Schicksal nicht drohte. Während der nächsten sechs Wochen tarnte er sie vor den Terroristen, schickte sie tagsüber zur Arbeit aufs Feld und versteckte sie bei Nacht. Ihr bester Freund im Dorf, Chuk, hielt sie auch für einen Jungen. Ihr Onkel verbot ihr weiter, ihm die Wahrheit zu sagen. Sie führten ein einsames, hartes Leben, aber es war erfüllt von Liebe. Abends las er ihr aus einem alten zerfledderten Buch mit Sprichwörtern vor, das er Jahrzehnte zuvor in einer Bibliothek in Jalingo, eine Tagesfahrt mit dem Autobus von seinem Dorf entfernt, ausgeliehen hatte. »Eines Tages«, versprach ihr Onkel, »setzen wir uns in den Bus und besorgen uns ein neues Buch.«

Dieser Tag kam jedoch nie. Eines Nachts weckte ihr Onkel sie unsanft. »Es ist Zeit zu gehen.«

»Aber es ist zu früh. Die Sonne ist noch nicht einmal aufgegangen.«

»Nasha«, sagte er und ließ zum ersten Mal, seit sie zu ihm gekommen war, das *a* am Ende ihres Vornamens nicht weg. »Beweg dich. Schnell.«

Sie richtete sich in ihrem Bett auf und streckte die Hand nach der Laterne aus.

»Kein Licht«, sagte ihr Onkel und reichte ihr ihre Kleider.

Sie zog sich im Dunkeln an. Und er ließ sie zusammen mit einem halben Dutzend Jungen, die als neue unfreiwillige Soldaten von Boko Haram ausgewählt worden waren, in einen geliehenen Lastwagen einsteigen. Als letzter wurde Chuk in den Wagen gehoben. Er war ein Jahr jünger als sie und musste weinen, während der Lastwagen über die Lehmstraße aus dem Dorf hinausratterte.

Nasha ergriff seine Hand. »Wir bleiben zusammen, so

wie mein Onkel immer gesagt hat. Und passen aufeinander auf. Okay?«

»Versprochen?«, fragte Chuk.

»Versprochen.«

Ihr Onkel kutschierte sie nach Jalingo. Er hatte mit jemandem einen Handel abgeschlossen, der versprach, sich um die Jungen zu kümmern, bis er zurückkommen und sie abholen könnte.

Das war gut ein Jahr her.

Der Mann, dem er sie anvertraut hatte, hatte das Geld eingesteckt und die Jungen sich selbst überlassen.

Einige von ihnen suchten sofort das Weite. Nasha, Chuk und noch ein anderer Junge, Len, wurden von den Kalu-Brüdern aufgegriffen, als sie durch die Straßen von Jalingo streunten. Zwar war es ihnen gelungen, Boko Haram zu entfliehen, aber sie hatten keinen Zweifel, dass sie in einer ganz anderen Hölle gelandet waren. Der älteste Kalu-Bruder, Kambili, wurde nicht müde, ihnen ständig einzubläuen, dass dies nun mal ihr Schicksal sei. Wer von der Gesellschaft ausgestoßen sei, habe nichts anderes verdient.

Sie wehrte sich zwar dagegen, ihm zu glauben und sich damit abzufinden, kam jedoch schließlich widerstrebend doch zu der Überzeugung, dass diese Einschätzung richtig war. War dies der Grund, weshalb ihr so viel Schlechtes widerfuhr?

Diese traurigen Erinnerungen verdrängend – vor allem den Schmerz über Chuks Verrat –, schlich Nasha auf allen vieren zu der halb offenen Tür des Schuppens und schaute hinaus. Sie erschrak, als sie sah, dass Mrs. Fargo, Miss Amal und die vier anderen Mädchen von Männern mit Gewehren umringt waren.

Ängstlich schaute sie zu der geschlossenen Bodenklappe und sehnte sich nach dem beruhigenden Gefühl der Sicherheit und fragte sich, ob man sie hereinlassen würde, wenn sie anklopfte.

Aber sie zögerte. Diese Mädchen dort unten mochten sie vielleicht gar nicht. Dabei war sie früher genauso gewesen wie sie und hatte geglaubt, dass es nichts anderes auf der Welt gab als liebevolle Eltern und immer einen neuen schönen Tag. Und sosehr sie sich wünschte, zu diesem Leben zurückzukehren, frei von Boko Haram und solchen bösen Menschen wie den Kalu-Brüdern, hatte sie doch Hemmungen, sich durch ein Klopfen bemerkbar zu machen. Falls jemand außerhalb des Schuppens sie hörte, wäre jedes dieser Mädchen in großer Gefahr.

Schwere Schritte stampften über den Innenhof auf den Schuppen zu, und sie verkroch sich wieder in ihrer Ecke unter den Jutesäcken. Dabei stieß sie mit dem Fuß gegen ein Hindernis, das über den Boden rutschte. Sie lugte aus ihrem Versteck und entdeckte einen kleinen kantigen Gegenstand in der Nähe der Tür, allerdings zu weit entfernt, um ihn zu erreichen, ohne ihr Versteck zu verlassen. Das war Mrs. Fargos Telefon, erkannte sie, wobei ihr Herz so heftig zu schlagen begann, dass sie sicher war, dass der Mann, der in den Schuppen kam, es sofort gehört hatte.

KAPITEL DREISSIG

Ein Kranker wird keine Medizin zurückweisen.

– AFRIKANISCHES SPRICHWORT –

Sam lenkte den Wagen zum Eingang des Hotels in Jalingo, suchte sich in nächster Nähe einen Parkplatz und drückte auf den Knopf der Heckklappenverriegelung. Er konnte es kaum erwarten, das SUV – und sich selbst natürlich auch – von Hank und seinem Eimer zu befreien. Dankenswerterweise hatte das, was den Mann gequält hatte, seine Wirkung verloren, sobald sie die Landstraße unter die Stollenreifen genommen hatten, auch wenn sein Gesicht noch immer eine ungesunde Blässe zeigte und er selbst ziemlich schwach erschien. »Ich hole Ihr Gepäck.«

»Sehr freundlich. Vielen Dank.«

Sam ging zum Heck des Land Rover und hob Hanks Reisetasche aus dem Kofferraum, während Renee LaBelle, auf Krücken gestützt, die Eingangstreppe des Hotelfoyers heruntergehumpelt kam. Ihre eigene Reisetasche hing an einem Gurt über ihrer Schulter.

»Nicht zumachen«, sagte sie, als er die Heckklappe zuschlug. Hank kletterte schwerfällig aus dem Wagen und angelte den Eimer aus dem Fußraum vor dem Beifahrersitz. »LaBelle?«, fragte er mit einem irritierten Blick auf ihre Reisetasche. »Wohin wollen Sie?«

»Ich habe eine VoiceMail an Remis Telefon geschickt. Ich dachte, deshalb seid ihr hergekommen. Also, dass zumindest Sam deshalb hier aufkreuzt. Mit Ihnen hatte ich gar nicht gerechnet. Was wollen Sie denn hier?«, wollte sie von Hank wissen.

»Ich bin krank.« Er hielt den Eimer hoch. »Ich wollte die Kinder nicht anstecken. Ich muss mir wohl das Gleiche eingefangen haben, das Sie erwischt hat.«

»Mir geht's wieder gut«, sagte Renee. »Ich denke, es war eine Lebensmittelvergiftung oder irgendein harmloses Virus. Wie dem auch sei« – sie lächelte Sam an – »da du schon mal hier bist, könntest du so freundlich sein und mich zum Flughafen bringen?« Sie lächelte ihn bittend an. »Ich habe einen Nachtflug zurück nach Tunis gebucht.«

»Ist alles okay?«, fragte Sam.

»Leider nein. An der Ausgrabungsstätte wurde eingebrochen. Ich denke, der oder die Einbrecher sind aber gestört worden, ehe sie zu viel Schaden angerichtet haben. Auf jeden Fall muss ich mich so bald wie möglich dort blicken lassen.«

Hank legte eine Hand auf ihren Arm. »Ich komme mit.«

»Au contraire«, sagte sie und deutete auf seinen Eimer.

»Wirklich«, sagte er und stellte den Eimer schnell an den Bordstein. »Ich fühle mich schon viel besser.«

»Selbst wenn es so wäre, der Flug ist ausgebucht. Außerdem sehen Sie ja wie eine Leiche auf Urlaub aus. Sie kämen nicht mal an der Flughafen-Security vorbei.«

»Sie hat recht«, bestätigte Sam. »Man würde Sie in Quarantäne schicken, kaum dass Sie den Terminal betreten haben.«

Renee schaute auf ihre Armbanduhr. »Ich hetze nur ungern, aber meine Maschine startet in wenigen Stunden.«

Sam nahm Renee die Reisetasche ab, hängte sie sich über die Schulter, dann stellte er Hank dessen Reisetasche vor die Füße. »Und ich muss Lazlo abholen.«

Hank starrte Sam ungläubig an. »Aber ...«

»Ruhen Sie sich aus«, sagte Sam, öffnete die Heckklappe mit einem Schlüssel und stellte Renees Tasche in den Kofferraum. Er half ihr auf den Beifahrersitz, legte ihre Krücken auf die hintere Sitzbank und ging zur Fahrerseite. »In zwei Tagen sind Sie bestimmt wieder gesund«, sagte er zu Hank. »Ach ja, und danke für Ihre Hilfe beim Bau des Schlafsaals. Fand ich sehr nett von Ihnen.«

Sam rutschte hinter das Lenkrad, während Renee ihren Sicherheitsgurt anlegte. Sie kurbelte das Fenster nach unten und winkte Hank, während sie sich in den Straßenverkehr einfädelten. »Ich empfehle den Zimmerservice«, rief sie. »Die Küche liefert eine Hühnersuppe, die Tote wieder lebendig macht!«

Als kein Zweifel bestehen konnte, dass Sam weiter in die Stadt hineinfuhr anstatt hinaus, sah Renee ihn erstaunt an. »Sollten wir nicht die andere Richtung nehmen? Zum Flughafen? Zu Lazlo?«

»Ich muss noch einen kurzen Zwischenstopp einlegen. Tut mir leid. Ich hätte dich warnen sollen.«

Er fuhr zu der Straße, in der Nasha die Autoschlüssel aus Hanks Tasche geangelt hatte, und parkte den Land Rover vor dem kleinen Kaufhaus. Er sah Renee fragend an. »Könntest du zur Not einen Wagen lenken?«

»Mein rechter Fuß ist okay. Wieso?«

»Gut.« Er holte die Krücken nach vorn und reichte sie

ihr. Als sie hinter dem Lenkrad saß, sagte er: »Halte dich mit laufendem Motor und verriegelten Türen bereit. Ich möchte nicht, dass du von den Taschendieben gefleddert wirst.«

»Was genau tust du hier eigentlich?«

»Ich will mit dem letzten Kalu-Bruder ein kleines Schwätzchen halten. Ich brauche nämlich ein paar Hintergrundinformationen über das Kind, das uns sozusagen zugelaufen ist.«

»Die Taschendiebin? Warum?«

»Ist eine lange Geschichte«, sagte er. »Wenn ich in einer halben Stunde nicht zurück bin, fahr zum Flughafen und schick Lazlo zu mir zurück.«

»Sam, von was für einem Schwätzchen reden wir da eigentlich?«

»Ich nehme an, es hängt ein bisschen davon ab, wie bereitwillig der Mann ist, sein Wissen über die Kleine mit uns zu teilen.«

»Gehört er denn nicht zu derselben Gruppe, die euern Lastwagen gestohlen hat? Bist du sicher, dass es sinnvoll ist, solchen Leuten im Alleingang auf die Pelle zu rücken?«

»Mir wird schon nichts passieren.« Er machte ein paar Schritte, dann blieb er stehen und schlug mit der flachen Hand auf die Motorhaube des Land Rover. »Du solltest auch dieses Fenster schließen. Wie ich schon sagte, die Taschendiebe lauern überall.«

Die Kinder umringten Sam innerhalb von Sekunden, bettelten ihn an und wichen dann sehr schnell zurück, als sie ihn plötzlich erkannten und sich an ihre letzte Begegnung erinnerten. Einige wenige folgten ihm in sicherer Entfernung, während er um eine Ecke bog und sich in einen Hauseingang drückte und wartete, dass sie zu ihm aufholten. Lange brauchte er sich nicht zu gedulden. Zwei Jungen bogen um die Ecke, und da trat er aus dem Hauseingang und versperrte ihnen den Weg.

»Rennt nicht weg«, sagte er, als sie sich entschlossen, lieber den Rückzug anzutreten. »Ich möchte euch ein Geschäft vorschlagen.«

Sie blieben stehen und beäugten ihn wachsam. Einer legte den Kopf auf die Seite und bemühte sich um einen trotzigen Gesichtsausdruck. »Was für ein Geschäft?«

»Ich muss mit Kambili Kalu sprechen. Wo finde ich ihn?«

»Das können Sie nicht. Er findet Sie.«

Der andere Junge fügte hinzu: »Wenn er will.«

»Das Problem ist«, sagte Sam, »dass ich nur ganz wenig Zeit habe.« Er wedelte mit ein paar Banknoten vor ihren Nasen herum. »Verratet mir, wo er ist, und es wird sich für euch lohnen.«

KAPITEL EINUNDDREISSIG

Wenn du für nichts kämpfst, kann alles dich besiegen.

– AFRIKANISCHES SPRICHWORT –

Die Frauen und Mädchen mussten sich vor der Seitenwand des noch unfertigen Schlafsaals aufstellen, wo Makaos Männer ihnen die Hände auf dem Rücken fesselten und ihnen befahlen, sich ins Gras zu setzen. Remi, Amal, Zara, Jol, Maryam und Tambara rückten so eng wie möglich zusammen. Obwohl den Mädchen die Tränen übers Gesicht liefen, ertrugen sie ihr Schicksal klaglos.

Makao befahl seinen Männern, die Gebäude ein drittes Mal zu kontrollieren. »Dort ist eine Leiter«, sagte er und deutete zur Vorderfront des Schlafsaalrohbaus. Pete hatte sie benutzt, um auf den Dachstuhl zu gelangen. »Vielleicht hat eines der Gebäude so etwas wie einen Dachboden. Schaut in jeder Ecke, in jedem Winkel nach, wo sich jemand verstecken könnte.«

»Das Ganze ist meine Schuld«, sagte Amal, nachdem die Männer sich entfernt hatten. »Wenn die Mädchen nicht zurückgeblieben wären, um mir zu helfen, hätten auch sie sich längst in Sicherheit bringen können.«

»Nein«, sagte Zara unter Tränen. »Nur weil ich zu müde war, um aufzuwachen, haben wir uns im Haus befunden. Und dann hörten wir den Schuss und…«

»Niemand ist schuld«, unterbrach Remi ihre Selbstanklagen und blickte von einer zur anderen. »Und wir werden ganz bestimmt heil aus dieser Geschichte herauskommen.«

»Wie denn?«, fragte Amal.

»Das weiß ich nicht genau. Noch nicht.«

Einer der Männer schaute zu ihnen herüber. Amal wartete, bis er sich wieder wegdrehte, dann flüsterte sie: »Was meinen Sie, wer diese Männer sind? Boko Haram?«

Remi dachte an den Angriff auf der Straße und die Männer, die sich auf der Pritsche des weißen Pick-ups versteckt hatten. Die Krähenfüße hätten ihre Fahrzeuge lahmgelegt, woraus sich schließen ließ, dass sie sich nicht für den Truck, den Mietwagen oder ihre Fracht interessierten. Zumindest nicht für die Fracht, die für die Schule bestimmt war. Diese Männer wollten Geiseln nehmen. Und sie waren derart schwer bewaffnet, dass jeder, der ihnen in die Quere käme, sich ihnen sofort kampflos ergäbe. »Ich habe keine Ahnung. Aber ganz gleich, wer sie auch sein oder zu wem sie gehören mögen, es dürfte kein Zweifel bestehen, dass sie uns festhalten, um Lösegeld zu erpressen.«

Zara sah sie entsetzt an. »Mein Vater hat kein Geld. Wer soll für mich bezahlen?«

»Mein Mann.« Aber nur als wirklich letzte Option – und das behielt Remi für sich. Zu diesem Zeitpunkt kam es ausschließlich darauf an, dass die Mädchen weitgehend ruhig blieben und nicht in Panik gerieten. »Alles wird gut ausgehen. Das verspreche ich euch.«

Selbst in ihren eigenen Ohren hatten diese Worte einen hohlen Klang. Ein lautes Krachen ertönte, dann ein zweites und ein drittes. Der Lärm drang aus dem Schlafsaal und versetzte die Mädchen in Angst und Schrecken. Die

Männer durchstöberten die Schule offenbar tatsächlich bis in den letzten Winkel.

»Was tun sie da?«, fragte Maryam mit zitternder Stimme.

»Sie suchen die anderen.«

»Aber wo sind sie?«

»Hier nicht«, sagte Remi.

Die Antwort verwirrte die Mädchen offensichtlich, aber Remi hatte in diesem Moment keine plausible Erklärung parat. Dort, wo die Männer suchten, schien einiges zu Bruch zu gehen, wie die Geräusche verrieten, die zu den Gefangenen drangen. »Makao«, rief einer der Banditen aus der Cafeteria. Der Angesprochene überquerte den Innenhof, schaute durch die Tür hinein, und der Mann, der ihn gerufen hatte, kam heraus, und sie unterhielten sich angeregt. Remi fragte sich, was sie gefunden haben mochten, das so interessant war.

»Sehen Sie«, flüsterte Tambara. »Am Vorratsschuppen.«

Sie wandte sich um und entdeckte Nasha, die durch die Tür herausschaute und die Männer vor der Kantine beobachtete. So gern Remi ihr in diesem Moment zugerufen hätte zu bleiben, wo sie war, sie wagte nicht, auch nur einen Laut von sich zu geben, selbst als das Mädchen sein Versteck verließ und hinter einem der Pflanzkästen in Deckung ging. Einen Moment später kroch sie auf dem Bauch zum Rand des Holzkastens und lugte durch das dichte Grasbüschel an der Ecke des Hochbeetes.

»Was tut sie?«, hauchte Zara.

Remi schüttelte den Kopf, um Nasha ein Zeichen zu geben, sich nicht in Gefahr zu bringen, aber das Mädchen kam zu ihnen herübergerannt und zwängte sich in die schmale Lücke zwischen Remi und Zara, als Scarface sich zu ihnen umdrehte. Sein Blick ruhte mehrere Sekunden lang auf ihnen, und Remi beugte sich vor und gab sich alle Mühe, ihm die Sicht auf das Mädchen zu versperren.

Offenbar bemerkte er nicht, dass sie eine Geisel hinzugewonnen hatten, und konzentrierte sich wieder auf das, was der Mann über seine Inspektion der Kantine zu berichten hatte.

Remi schaute mit einer Mischung aus Erleichterung und Sorge zu Nasha. Falls Makao sie mit den fehlenden Mädchen in Verbindung brachte ... in dem Bewusstsein, dass ihnen vielleicht nur wenige Sekunden blieben, sagte sie: »Weißt du noch, wie man mit einem Telefon ein Foto versendet?«

Sie nickte. »Amal hat es mir gezeigt. Es ist der Knopf mit der kleinen weißen Wolke. Und dann drücke ich auf den Kameraknopf.«

»Gut. Ich habe irgendwo in dem Schuppen mein Telefon fallen lassen. Wenn du es findest, musst du Sam eine Nachricht schicken. Aber vorher musst du das Telefon noch entsperren.«

»Wie?«

»Du siehst die Zahlen, wenn du auf den runden Knopf am unteren Rand drückst. Sieben-eins-zwei-zwei.«

»Sieben-eins-zwei-zwei.«

»Wenn der Bildschirm aufleuchtet, schieß ein Foto und schick es Sam.«

»Wo finde ich seine Nummer?«

»Falls mir kein anderer eine Textnachricht geschickt hat, sollte es die oberste Nummer in der Nachrichtenliste sein.«

»Was sage ich?«

»*Hilfe*. Meinst du, du schaffst das?«

Sie nickte.

»Wunderbar. Wenn er anruft, sag ihm, dass sie unten an der Farm Männer postiert haben, die die Straße überwachen.« Aus den Augenwinkeln sah sie, wie Zara erschrocken zu ihr herüberschaute und Tränen in ihre Augen traten. »Das muss er unbedingt wissen.«

»Okay.«

»Und egal, was passiert, achte darauf, dass dich niemand sieht. Du musst dich verstecken.«

Nasha sah zu den anderen Mädchen, dann zu Remi, und sie schüttelte trotzig den Kopf. »Nein. Das werde ich nicht tun. Ich bin zwar nur ein Mädchen, aber ich will kämpfen.« Sie reckte angriffslustig das Kinn vor und warnte Remi mit einem drohenden Blick davor, ihr Angebot zurückzuweisen.

Remi sah die Entschlossenheit im Gesicht des Kindes und war sich darüber im Klaren, dass Nasha den Feind auf ihre Art angreifen würde, wenn sie ihr nicht einen Plan an die Hand gab. Sie hatte offenbar vor nichts und niemandem Angst, was Remi mit Sorge erfüllte. Wenn sie sich für die Rolle einer frei agierenden Saboteurin entschied, bestand die Gefahr, dass sie ziemlich schnell aufflog. Viel besser wäre es, ihr zu einer sicheren Position zu verhelfen, in der sie, wenn alles andre fehlschlagen sollte, Sam rechtzeitig warnen könnte. »Am meisten kannst du helfen, wenn du versprichst, genau das zu tun, was ich sage. Wenn es zu gefährlich wird, musst du dich verstecken.«

»Ich verspreche es.«

Die Blicke der anderen Mädchen sprangen zwischen Remi und Nasha hin und her. Unsicherheit lag in ihren

Mienen. Remi skizzierte ihren Plan und begann mit dem Rucksack, der unter den Handtüchern zwischen den Wäschebehältern versteckt war. Nasha hörte aufmerksam zu und nickte, als Remi ihr erklärte, was getan werden müsste. »Wenn du nicht an meinen Rucksack herankommst, dann ist das nicht so schlimm. Viel wichtiger sind die Straßennägel, die wir gefunden haben. Sie befinden sich in einem Karton im Schuppen.«

»Ich weiß, wo sie sind.«

»Gut. Du musst den Karton herausholen, ohne dass die fremden Männer etwas sehen oder hören. Vielleicht können die Mädchen und ich ein Ablenkungsmanöver inszenieren.«

»Wie die Jungen, wenn wir jemandem etwas aus der Tasche stehlen?«

»Ja, genau so. Wenn wir es aber nicht schaffen, musst du warten. Ich versuche, sie dazu zu bringen, uns im Büro einzusperren. Dort sind wir dem Lastwagen und seinen Schlüsseln am nächsten. In der Toilette, die zu dem Büro gehört, ist ein Fenster.« Remi wollte ihr weiter erklären, dass das Fenster geöffnet sein müsste, schaute zu Makao hinüber und sah zu ihrem Schrecken, dass er in diesem Moment in ihre Richtung schaute.

Ihre Blicke trafen sich, und er zog seine Pistole, dann ging er über den Innenhof auf sie zu.

KAPITEL ZWEIUNDDREISSIG

*Eine Armee von Schafen, geführt von einem Löwen,
kann eine Armee von Löwen, die von einem Schaf geführt
wird, besiegen.*

– GHANAISCHES SPRICHWORT –

Innerhalb von Sekunden baute er sich vor ihnen auf und richtete seine Waffe auf Remis Brust. »In der Cafeteria sind zwanzig Tabletts und Speisen, die darauf warten, verteilt zu werden. Wo sind alle?«

»Ich habe es doch gesagt. Weg. Sie haben das Schulgelände verlassen. Einige Kinder waren krank. Wir haben befürchtet, es sei etwas Ansteckendes, daher evakuierten wir die Schule. Sie kommen nicht zurück.«

»Die Speisen …«

»Sie können gern warten, aber es wird lange dauern.«

Makao wollte sich schon abwenden, als er Nasha offenbar zum ersten Mal bemerkte. Er betrachtete sie mehrere Sekunden lang und verengte die Augen zu Schlitzen, als zwei seiner Männer von dem hinteren Abschnitt des Komplexes zurückkamen.

»Das Gelände ist verlassen«, sagte einer von ihnen. »Aber hinter diesem Gebäude liegt ein großer Haufen Erde.« Er deutete auf den Vorratsschuppen. »Wir haben keine Idee, woher die Erde stammen könnte.«

Scarface blickte Remi fragend an und wartete auf eine Erklärung. »Nun?«

»Ehrlich, ich weiß es nicht«, erwiderte sie, dankbar, dass er sich nicht mehr für Nasha interessierte. »Ich bin erst seit ein paar Tagen hier. Aber ich nehme an, es handelt sich um die obere Erdschicht der Feuerschneise rund um die Schule.« Sie deutete auf den Gartenbereich des Innenhofs. »Damit sind die Pflanzbeete gefüllt worden.«

Sie hoffte inständig, dass die Banditen ihr diese halbe Lüge glaubten. Der Bereich außerhalb des Zauns wurde zwar tatsächlich regelmäßig umgepflügt und fungierte als Feuerschneise, um Wald und Schule voneinander zu trennen, aber er war mit Gras und Unkraut bedeckt – was deutlich zu erkennen war, wenn man den Innenhof zwecks einer genaueren Inspektion verließ.

Er schien ihr zu glauben. Aber ihre Erleichterung sollte nicht allzu lange anhalten, als er sein Interesse auf den Schuppen konzentrierte. »Und warum ist dieses Gebäude rund und unterscheidet sich von den anderen?«

»Es war ein Recycling-Experiment.« Aus den Augenwinkeln sah sie, wie die älteren Mädchen zu dem Schuppen blickten. Mit beiläufigem Tonfall fügte sie hinzu: »Die Plastikflaschen wurden mit Sand und Erde gefüllt und als Bauelemente für die Außenwände verwendet.«

Makao studierte den Bau. »Was befindet sich darin?«

»Werkzeug. Futter für die Ziegen und die Hühner. Eigentlich nichts Besonderes.«

»Ich möchte mir dieses Flaschenhaus ansehen.« Makao und zwei Männer gingen zu dem Schuppen, blieben einige Sekunden davor stehen und begannen eine Unterhaltung, die sie nicht mithören konnte.

Nasha hatte ein angeborenes Gespür für Timing. Sobald die Männer die Blicke abwandten, rannte sie zu dem Pflanzkasten und machte sich dahinter unsichtbar.

Amal schaute ihr nach und hielt den Mund dicht an Remis Ohr. »Halten Sie das für eine gute Idee?«

»Was kann schlimmstenfalls passieren? Sie wird geschnappt und kommt wieder zu uns.«

»Sind Sie sicher?«

Falls Nasha etwas zustieß, würde Remi ihres Lebens nicht mehr froh. Aber sie hatte das Kind in Aktion erlebt und war überzeugt, dass es über die notwenigen Fähigkeiten verfügte, um zu überleben. »Ja.«

Zum ersten Mal seit ihrer Gefangennahme regte sich ein Gefühl der Hoffnung in ihr. »Sagt nichts«, gebot sie den anderen Mädchen, während Nasha zu den Picknickbänken huschte und sich hinter einen Baumstamm drückte. Im nächsten Moment sahen sie, wie sich die Äste darüber bewegten. »Was auch immer ihr tut, schaut nicht dort hinauf. Wenn die Männer sie finden …«

Die Mädchen lösten nur widerstrebend die Blicke von der Baumgruppe und konzentrierten sich stattdessen auf Makao, der soeben die Tür des Rundbaus aufstieß. Ein lautes Klappern trieb ihn und seine Männer einen Schritt zurück. Sie richteten ihre Gewehre auf den Eingang. Während Makao dem Mann zu seiner Rechten mit einem Kopfnicken befahl weiterzugehen, schickte Remi ein Stoßgebet zum Himmel, dass die Mädchen unten im Tunnel keinen Mucks von sich gaben.

Der Bandit trat über die Schwelle, seine Waffe im Anschlag.

Remi zwang sich, gleichmäßig zu atmen. Wenn Amal

oder die Mädchen auf den Gedanken kommen sollten, dass dieses Gebäude mehr war als nur ein leeres Vorratslager, säßen sie in der Klemme.

Der Bandit erschien schließlich in der Türöffnung – dann blieb er stehen, um etwas vom Boden aufzuheben, ehe er wieder nach draußen kam.

Ihr Herz setzte für einen Schlag aus.

Bitte lass es nicht mein Telefon sein …

»Was hast du da?«, fragte Scarface.

Der Mann hielt etwas hoch, das zu klein war, um auf diese Entfernung erkennen zu können, was es war. »Nägel … Ich glaube, sie sind aus dem Regal gefallen, als die Tür dagegen prallte.«

Scarface nickte.

Während sie den Sternen dankte, dass Hank die Nägel ausgerechnet dort deponiert hatte, atmete Remi weiter, ohne dass ihr überhaupt bewusst gewesen war, den Atem angehalten zu haben. Nasha war in Sicherheit, Wendy, Pete und die Schülerinnen waren nicht entdeckt worden.

Vorläufig.

Amal neigte sich wieder zu Remi. »Und wenn Nasha nicht dahinterkommt, wie man das Telefon bedient?«

»Sam wird wissen, dass etwas nicht stimmt, wenn er sich nicht mit mir in Verbindung setzen kann.« Zweifellos hatte er Hank inzwischen an dem Hotel abgeladen und war längst auf dem Weg in die Stadt, um dem letzten der drei Kalu-Brüder wegen Nasha und ihrer Herkunft auf den Zahn zu fühlen. Sie hoffte nur, dass dieser Abstecher ihnen nicht schadete, da er Lazlo vom Flughafen abholen musste. Falls – das war in diesem Moment die entscheidende Frage – Pete und Wendy im Tunnel Netzempfang hätten, wusste Sam bereits von ihrer Notlage und befand sich auf dem Rückweg. Wenn nicht, dann müsste Nasha ihm Bescheid sagen – vorausgesetzt, sie schaffte es, in den Schuppen zurückzukehren und dort das Telefon zu finden und… zu bedienen.

Was diesen Augenblick betraf, so müssten sie irgendwie ins Büro gelangen. Ohne die Lastwagenschlüssel hätten sie keine Möglichkeit, das Schulgelände zu verlassen. Diesen Plan in die Tat umzusetzen, verlangte einiges an Raffinesse, dachte sie, während sie beobachtete, wie der Mann die Nägel in den Schuppen zurücklegte. Als er herauskam, um sie weiter zu bewachen, fragte Remi: »Wie lange sollen wir hier draußen noch herumsitzen?«

»Lange genug.«

»Und wenn wir eine Toilette brauchen?«

»Meinen Sie, das interessiert mich?«

»Das sollte es aber lieber. Oder den, der später mit uns in einem Wagen sitzt. Der wird sich wünschen, auf uns gehört zu haben.«

Maryam schaute zu Remi, dann zu ihrem Wächter. »Ich muss auf die Toilette.«

»Ich auch«, sagte Zara.

»Und ich auch«, schloss Tambara sich ihren Freundinnen an.

Makao musterte Remi misstrauisch. »Sie haben die Gören doch auf diese Idee gebracht.«

»Ich versichere Ihnen, ich habe gar nichts gesagt. Sperren Sie uns doch im Schlafsaal ein, wenn es sein muss. Wir können die Toilette dort benutzen, und da stehen auch die Betten der Mädchen. Sie können sich etwas ausruhen, vielleicht sogar schlafen … während Sie tun, was immer Sie glauben tun zu müssen.«

»Wo gibt es hier sonst noch Toiletten?«

»In dem kleinen Gebäude vorn an der Einfahrt. Aber dort ist nur eine einzige Tür, und es ist eng. Wir müssten alle auf dem Boden sitzen.«

»Mich interessiert nicht im Mindesten, wo ihr sitzt.« Er gab Pili ein Zeichen. »Bring sie hin. Sie lassen sich dort auch besser im Auge behalten.«

Pili – auch er war ein ehemaliger Area Boy, der von Makao von der Straße geholt worden war, um für ihn zu arbeiten – befahl den Geiseln aufzustehen und ergriff Remis Arm. »Gehen Sie los.«

Die Frauen und die Mädchen verließen den Innenhof, überquerten die Zufahrt und näherten sich dem Büro. Remi und der Bandit, der sie am Arm festhielt, gingen am Ende der Gruppe. Makao, der vorausmarschierte, schaute sich in den Räumlichkeiten um. Dann kam er heraus. »Schaff sie hinein.«

»Was ist mit unseren Händen?«, fragte Remi. »Das Mindeste, das Sie tun können, ist, sie vorn zu fesseln. Das würde uns einiges einfacher machen.«

»Ich bin sicher, dass Sie auch so zurechtkommen.« Makao sah den Gefangenenwächter an. »Niemand geht rein oder raus. Und du lässt die Tür nicht aus den Augen.«

»Verstanden.«

Als er hinaustrat und die Gefangenen sich selbst überließ, verzog sich Remis Gesicht zum Anflug eines Lächelns.

KAPITEL DREIUNDDREISSIG

Die Starken brauchen keine Knüppel.

– SENEGALESISCHES SPRICHWORT –

Die beiden Jungen führten Sam durch ein wahres Straßen-labyrinth und deuteten schließlich auf eine schmale Gasse. »Wo Kalu wohnt, ist ein Geheimnis«, sagte einer der Jungen. »Sie dürfen es niemandem verraten.«

»Versprochen«, sagte Sam und entlohnte sie. Sie rannten fluchtartig davon, und er setzte seinen Weg fort, vorbei an abbruchreifen Häusern, die meisten mit von Rost zerfressenen Wellblechdächern. Von Geheimnis kann wohl kaum die Rede sein, dachte er, als er über der Tür das große Schild entdeckte, dessen rote Farbe von dem verwitterten Holz in großen Flocken abblätterte.

KALU & SONS
FURNITURE REPAIR

Rechts von der Tür befand sich ein geborstenes Fenster. Glassplitter glitzerten im Staub vor dem Eingang. Sam vergewisserte sich, dass in der Gasse niemand zu sehen war, ging zur Tür und hämmerte mit der Faust dagegen.

Keine Antwort.

Er machte einen zweiten Versuch und wartete. Er legte

eine Hand um den Knauf und drehte. Die Tür war nicht abgeschlossen. Er machte einen Schritt zur Seite und stieß sie auf. Sein Blick fiel auf einen Stapel schadhafter Sessel und Stühle. Offensichtlich war dies die Werkstatt. Aber nach der dicken Staubschicht auf jeder horizontalen Fläche und den dichten Spinnweben auf den Möbeltrümmern zu urteilen, kamen ihm Zweifel, ob in diesem Raum überhaupt je eine Reparatur ausgeführt worden war. Zumindest nicht in den letzten Jahren. »Kalu«, rief er.

Ein Junge, vielleicht ein oder zwei Jahre jünger als Nasha, steckte den Kopf durch einen Türspalt am Ende eines dunklen Flurs und duckte sich sofort wieder weg, als er Sam sah. Kurz darauf kam ein Mann aus einem anderen Raum. Seine Ähnlichkeit mit den anderen beiden Kalu-Brüdern war verblüffend. Er kam auf Sam zu, verschränkte die muskulösen Arme vor der Brust. Gut einen Kopf größer als Sam, blickte er drohend auf ihn herab. »Wer sind Sie?«, fragte er mit tiefer Stimme.

»Sam Fargo. Ich brauche Informationen.«

»Wenn Sie klug sind, Mr. Fargo, dann sollten Sie jetzt gehen. Ich lade keine Fremden ein.« Kambili taxierte ihn von Kopf bis Fuß. Anscheinend sah er in Sam keine ernste Bedrohung, denn er verzichtete darauf, seine Pistole zu ziehen, die, wie deutlich zu sehen war, in seinem Hosenbund steckte. Sein Blick sprang zu der offenen Tür und wieder zurück. »Wen haben Sie mitgebracht?«

»Niemanden. Ich bin allein gekommen.«

»Pech für Sie.« Der Werkstattinhaber hob ein abgebrochenes Stuhlbein vom Boden auf.

»Immer sachte«, sagte Sam und streckte die Hände vor. »Ich möchte mich nur ganz friedlich mit Ihnen unterhalten.«

Kambili grinste bösartig. »Ich bin nicht der friedliche Typ.« Er holte aus.

Sam wich mit einem Sprung zur Seite aus, als das Stuhlbein an seinem Gesicht vorbeipfiff.

»Sehen Sie«, sagte Sam und schnappte sich eine abgebrochene Rückenlehne. »Ich bräuchte nur ein paar Informationen ...«

Kambili schlug abermals zu. Sam riss die Stuhllehne hoch. Der Knüppel krachte gegen die Kante, wurde Kambili aus der Hand gerissen und kollidierte nach kurzem Flug polternd mit der Werkstattwand.

Während er die Augen wütend zu Schlitzen zusammenkniff, streckte er die Hand nach seiner Pistole aus.

Sam griff sofort an und rammte Kambili die angebrochene Rückenlehne in die Magengrube.

Der Möbeltischler knickte nach vorn ein und packte die Rückenlehne. Sam zog sie hoch und schmetterte sie gegen das Kinn des Mannes. Während Kambili zurücktaumelte, schnappte sich Sam seine Pistole und stieß ihn auf einen altersschwachen Schreibtischsessel mit quietschenden Rollen. »Sie haben offenbar nicht richtig verstanden. Ich brauche ein paar Informationen.«

In Kambilis Augen loderte unbändige Wut. »Sie sind ein toter Mann.«

»In der Zwischenzeit«, sagte Sam, warf die Stuhllehne auf den Haufen reparaturbedürftiger Möbel, entsicherte die erbeutete Pistole und richtete sie auf ihren Eigentümer, »müssen Sie mir ein paar Fragen über einen Jungen beantworten, der früher für Sie gearbeitet hat.«

»Ich habe«, krächzte er, »viele Jungen. Sie kommen und gehen. Wer kann sich schon jeden merken?«

»Der Junge heißt Nash.«

»Ein Dieb.«

»Woher ist er gekommen?«

»Keine Ahnung. Ein Mann hat ihn und die anderen hierhergebracht und sie einfach auf der Straße zurückgelassen.«

Sam bückte sich und hob das heruntergefallene Stuhlbein auf. »Ich finde, dass ich Ihrem Gedächtnis auf die Sprünge helfen sollte.«

»Nein, ich schwöre, ich weiß es nicht.«

Sam machte einen Schritt vorwärts.

»Warten Sie. Da ist jemand. Ist mir gerade eingefallen. Chuk. Einer der Jungen, die mit Nash hierhergebracht wurden, kommt aus demselben Dorf.«

»Holen Sie ihn.«

»Chuk«, rief er, ohne Sam eine Sekunde aus den Augen zu lassen. »Komm her!«

Einen Moment später kam derselbe Junge, den Sam schon vorher gesehen hatte, in die Werkstatt. Er riss erstaunt die Augen auf, als er den ältesten der Kalu-Brüder mit lädiertem Gesicht in einem Holzsessel sitzen sah.

»Sag's ihm«, befahl Kambili.

»Was soll ich ihm sagen?«, fragte der Junge und sah Sam unsicher an.

»Nash«, sagte Sam. »Kennst du ihn?«

Der Junge nickte.

»Woher kommt er?«

Chuks Blick sprang von Sam zu Kambili und wieder zurück. »Er wohnte bei seinem Onkel auf einer Farm.«

»Wo?«

Er zuckte die Achseln. »In der Nähe von Maiha.«

Kambilis Kopf ruckte zur Seite, und der Junge rannte hinaus. »Das war's. Sie haben, was Sie haben wollten.«

»Das war doch nicht so schwierig, oder?«, sagte Sam und ging rückwärts zur Tür.

»Wenn Sie sich noch einmal in Jalingo blicken lassen, sind Sie ein toter Mann. Meine Brüder werden Sie töten.«

»Höchst unwahrscheinlich.« Sam schüttelte die Patronen aus der Pistole des Mannes und steckte sie zusammen mit der entladenen Waffe in die Tasche. »Ist dies der richtige Moment für Beileidsbekundungen? Moment. Sie wissen es noch gar nicht, oder?«

»Was soll ich wissen?«

»Ihre Brüder sind tot. Falls es Sie interessiert – ich bin es nicht gewesen.«

Kambili starrte ihn geschockt an. »Wer?«, fragte er.

»Gute Frage. Kennen Sie einen Typen mit einer langen Narbe im Gesicht? Der einen weißen Pick-up fährt?«

Mehrere Sekunden sah Kambili ihn wortlos an. »Sie lügen doch. Warum sollte Makao meine Brüder töten?«

»Offensichtlich haben sie sich wegen meines Nachschublastwagens gestritten. Es war auch schon der zweite. Schließlich hatten Ihre Brüder den ersten bereits geklaut.«

»Das ergibt keinen Sinn.«

»Dass Ihre Brüder meinen Lastwagen geklaut haben?«

»Nein. Dass Makao es tun wollte. Damit würde er niemals seine Zeit vergeuden. Und meine Brüder haben immer darauf geachtet, ihm nicht in die Quere zu kommen.«

»Ich bin mir nicht sicher, ob sie immer daran gedacht haben. Und was diesen Makao betrifft – ich habe zwei seiner Leute ins Jenseits geschickt. Meinen Sie, er nimmt das persönlich?«

Kambili lächelte vorsichtig, aber das hasserfüllte Funkeln in seinen Augen war nicht zu übersehen. »Ich denke, er wird Sie töten. Und er wird sich dabei Zeit nehmen und es genießen.«

Sam zog seine eigene Pistole und richtete sie auf Kambilis Oberkörper. Mit zwei Schritten stand er dicht vor ihm. Schweißperlen glänzten auf der dunklen Stirn des Mannes. Sam stellte einen Fuß auf die vordere Kante der Sitzfläche und versetzte dem Sessel einen wuchtigen Stoß, sodass er gegen die Bretterwand der Werkstatt krachte und Kambilis Kopf nach hinten peitschte und dagegen schlug. Staub rieselte von der Decke herab. Benommen hing der Mann in seinem Sessel und gab keinen Laut von sich.

Sam drückte die Tür auf und drehte sich zu ihm um. »Übrigens, sollte mir zu Ohren kommen, dass Sie sich an einem dieser Jungen oder anderen vergriffen haben, komme ich zurück und breche jeden Ihrer Finger einzeln, bevor ich Sie töte.«

* * *

»Hast du gefunden, was du suchtest?«, fragte Renee LaBelle, als Sam zum Wagen zurückkam.

»Habe ich«, sagte er und sendete die Informationen, die er erhalten hatte, per Textnachricht an Selma Wondrash. Dann schaute er auf die Uhr im Armaturenbrett des Land Rover. Wahrscheinlich fragte sich Lazlo schon längst, wo er denn blieb. »Sehen wir erst einmal zu, dass du rechtzeitig zum Flughafen kommst.« Als er den Wagen vom Bordstein weglenkte, registrierte er, dass von den Kindern nichts zu sehen war. Gerüchte machten hier offenbar schnell die Runde.

Renee lehnte sich zurück und sah ihn von der Seite an. »Hat das Ganze irgendwas mit den Leuten zu tun, die euern Lastwagen gestohlen haben?«

»Könnte man so sagen.«

»Remi hat mir erzählt, was geschehen ist. Ich war überrascht, dass Hank nicht darauf bestanden hat, dass du ihn sofort wieder zurückbringst. So wie ich ihn kenne, hat er Angst vor seinem eigenen Schatten.«

»Wenn man bedenkt, dass einer der Männer mit einer Pistole vor seiner Nase herumgefuchtelt hat, hielt er sich überraschend gut.«

»Was haben sie getan?«

Er schaute kurz zu ihr hinüber, dann konzentrierte er sich wieder auf die Straße. »Hat Remi das nicht erwähnt?«

»Nein, nichts davon.« Für einige Minuten schwiegen beide, dann seufzte Renee. »Sieh mal, Sam...«

»Wir müssen jetzt nicht darüber sprechen. Es kann warten. Wirklich.«

»Nein, das kann es nicht«, sagte sie. »Und vielleicht ist es besser, dass Remi nicht hier ist. Ich weiß, dass wir uns schon früher hätten melden sollen, aber Hank hatte gehofft, dass wir in Erfahrung bringen würden, wohin das Geld verschwunden war. Und es ist ihm auch gelungen. Wie sich herausgestellt hat, war Warren spielsüchtig – und daran, das Geld zurückzuholen, war nicht zu denken.«

»Hat er irgendetwas verlauten lassen?«

»Es gab eine kurze Nachricht. Er schrieb, dass es ihm leidtue und alles seine Schuld sei.«

»Dabei habe ich den Mann gemocht.«

»Wirklich?«, staunte Renee. »Er war so unaufdringlich und eher von der stillen Sorte.«

»Das gefiel mir an ihm.« Sam blickte in den Rückspiegel, dann sah er seine Beifahrerin wieder an. »Forschungsunternehmen dieser Art sind nicht gerade billig. Wie kommst du zurecht?«

»Ich musste unsere halbe Mannschaft entlassen und auf Studentinnen wie Amal zurückgreifen. Und ich habe einen Teil meiner Altersversorgung geopfert. Wir waren nicht in der Position, uns zu beklagen. Und um mehr Geld bitten konnten wir auch nicht, ehe wir darüber Klarheit hatten, was geschehen war.«

Er drosselte das Tempo wegen eines Lastwagens vor ihm, der abbiegen wollte. »Ich habe Selma gebeten, einen Privatdetektiv zu engagieren, um ihn zu suchen«, sagte er. In diesem Moment klingelte sein Telefon. Er nahm es aus der Mittelkonsole und warf einen Blick auf das Display. Die Nummer war ihm unbekannt. Die Vorwahl sagte, dass sich der Anrufer in Tunesien befand. Er zeigte Renee das Display. »Jemand, den du kennst?«

»Das ist Amals Nummer.«

Gewiss rief sie an, um sich zu erkundigen, was er über Nasha herausgefunden hatte. »Hallo.«

»Ich habe Ihre Frau.«

KAPITEL VIERUNDDREISSIG

Der Leopard schleicht nicht, weil es ihm an Mut fehlt.

– AFRIKANISCHES SPRICHWORT –

Sam hatte das Gefühl, als hätte ihm jemand einen brutalen Tiefschlag versetzt. Mühsam nach Luft ringend, während er die Worte verarbeitete, nahm er den Fuß vom Gaspedal.

»Sam«, flüsterte Renee. »Was ist los?«

Er schüttelte reflexartig den Kopf, warf einen Blick in den Rückspiegel, lenkte den Wagen an den rechten Straßenrand und hielt an, inständig hoffend, sich verhört zu haben. Er legte einen Finger auf die Lippen und gab Renee ein Zeichen zu schweigen. »Wer ist da?«

»Makao.«

»Holen Sie meine Frau ans Telefon.«

Der Mann lachte spöttisch. »Nur um sämtliche Unklarheiten zu beseitigen – ich bin es, der hier die Befehle gibt. Und ich entscheide, wann und ob Sie mit ihr sprechen dürfen.«

»Was wollen Sie?«

»Interessiert es Sie nicht, wen ich sonst noch in der Gewalt habe?«

Sam zwang sich, ruhig und gleichmäßig zu atmen und die Angst und die Wut im Zaum zu halten, die ihn in diesem Moment zu gleichen Teilen erfüllten. »Wen sonst noch?«

»Einige sehr ängstliche Mädchen. Wie viel wären sie einem Mann mit Ihren Mitteln wert?«

»Das hängt davon ab, ob Sie mir beweisen können, dass meine Frau und die anderen unversehrt sind.«

»Sie hat schon erwähnt, dass dies ein entscheidender Punkt sei.« Sam hörte Makaos Stimme nur noch gedämpft im Hintergrund. »Ihr Mann möchte mit Ihnen sprechen.«

»Remi! Bist du okay?«

»Ich … uns geht es gut. Da sind …«

Es folgte ein Rauschen im Lautsprecher, als ihr das Telefon aus der Hand genommen wurde und ein Luftwirbel vor dem Mikrofon entstand. Dann sagte Makao: »Zufrieden?«

»Kommen wir gleich zum Wesentlichen«, sagte Sam. »Wie viel verlangen Sie?«

»Eine Million.«

»Naira?«, fragte Sam.

»Dollar. U.S.«

»Wenn ich feststellen sollte, dass Sie meiner Frau oder jemand anderem in dieser Schule ein Leid zugefügt haben sollten, bekommen Sie nicht nur keinen einzigen Kobo zu sehen, sondern ich werde Sie und jeden, der an dieser Sache beteiligt ist, auch eigenhändig töten.«

»Sie haben vierundzwanzig Stunden Zeit. Wenn Sie die Polizei einschalten, sehen Sie niemanden lebend wieder.«

Die Verbindung wurde unterbrochen. Sam wählte sofort Selmas Nummer. Er hörte das Rufzeichen am anderen Ende der Leitung.

»Sam, was ist passiert?«, fragte Renee.

»Jemand hat Remi und die Mädchen in seine Gewalt gebracht.«

»Amal?«

»Ich nehme es an, weil der Anruf von ihrem Telefon kam.«

Renee fasste sich vor Schreck an den Mund. »Jetzt weiß ich auch, weshalb Remi auf keine meiner Textnachrichten geantwortet hat.«

Er wollte ihr versichern, dass momentan nichts zu befürchten sei, aber in diesem Augenblick meldete sich Selma, und er brachte sie mit knappen Worten auf den neuesten Stand. »Sind Sie nicht angerufen worden?«, fragte er, weil er davon ausging, dass wenn Pete oder Wendy in Sicherheit waren, sie sich sofort bei ihm oder Selma gemeldet hätten.

»Nein. Und ich habe die ganze Zeit neben dem Telefon gesessen«, sagte Selma. »Was soll ich tun, Mr. Fargo?«

»Zwei Dinge. Gehen Sie zuerst alle Kontakte der Schule durch. Gibt es dort jemanden, dem wir vertrauen können und der uns weitere Informationen beschaffen kann?«

»Zaras Vater. Er hat es nicht weit bis zur Schule. Ich versuche, ihn zu erreichen. Was sonst noch?«

»Ich brauche eine Million Dollar abrufbereit.« Er würde alles tun, um seine Frau und die Mädchen zu schützen. Sosehr er in diesem Moment am liebsten direkt zur Schule gefahren wäre, entschied er jedoch, dass es klüger war, wie geplant zuerst Lazlo abzuholen. »Ich fahre jetzt zum Flughafen.«

»Ich schicke Lazlo eine Mail, damit er Bescheid weiß. Die Polizei…?«

»Kann die Reste aufsammeln, wenn ich fertig bin.«

»Verstanden. Ich werde sofort alles Notwendige in die Wege leiten, Mr. Fargo.«

Sam stellte das Telefon in den Getränkehalter in der Mittelkonsole und vergaß für einen Moment, dass Renee die ganze Zeit mitgehört hatte. Er sah sie an. »Wir sollten jetzt schnellstens weiterfahren.«

»Meinst du nicht, ich sollte meinen Flug lieber streichen?«

»Auf keinen Fall«, entgegnete er. »Lazlo ist bereits hier. Und du hast hier deinen eigenen Notfall zu regeln.«

»Ist das möglicherweise eine höfliche Methode, um mir klarzumachen, dass ich nur im Weg wäre?«

Er versuchte, ein Lächeln zustande zu bringen. »Tut mir leid, aber das stimmt.«

»Du brauchst dich für die Wahrheit nicht zu entschuldigen.«

Die restliche Fahrt verlief schweigend, und Sam ging in Gedanken noch einmal das Telefongespräch durch, um festzustellen, ob ihm irgendetwas entgangen war, irgendeine Information, die ihm bei seinem weiteren Vorgehen nützlich sein konnte.

Ihm wollte nichts einfallen.

Als sie den Flughafen erreichten, schickte Sam eine kurze Textnachricht ab, in der er Lazlo mitteilte, dass er ihn vor dem Flughafengebäude erwartete. Als der Professor durch die automatischen Glastüren herauskam, seine Reisetasche an einem langen Gurt über der Schulter, parkte Sam den Wagen am Bordstein und öffnete die Verriegelung der Kofferraumklappe.

Er stieg aus, holte Renees Krücken aus dem Wagen,

während Lazlo zum Wagen trat und Renee anbot, ihre Reisetasche in die Abflughalle zu tragen.

»Sie ist nicht schwer«, sagte Renee LaBelle. »Sie haben Wichtigeres zu tun und müssen sich beeilen.«

Sam umarmte sie flüchtig. »Pass auf dich auf, okay?«

Sie griff nach seinem Arm. »Ich möchte während dieser Geschichte nicht anrufen und möglicherweise dein Telefon blockieren. Darum sei so nett und gib mir Bescheid, sobald du sie gefunden hast. Bitte.«

»Das werde ich tun. Ich hoffe, dass auch du es schaffst, alles auf die Reihe zu bekommen.«

Lazlo stellte seine Reisetasche in den Kofferraum, schlug die Heckklappe zu und setzte sich auf den Beifahrersitz. »Selma hat mich erschöpfend ins Bild gesetzt. Hast du schon etwas gehört?«

»Noch nicht. Wir fahren zuerst zum Hangar, um meine Gerätetasche aus dem Flieger zu holen. Wenn wir uns diese Typen vornehmen wollen, brauchst du eine Waffe.« Sam wollte anfahren und seinen Parkplatz verlassen und entdeckte zu seiner Überraschung im Rückspiegel einen Mann, der wild gestikulierend und laut rufend hinter ihnen hergerannt kam. Er bremste, blickte noch einmal in den Spiegel und sah Renee, die mit einer ihrer Krücken winkte.

Er setzte zurück und ließ Lazlos Seitenfenster herunterfahren. »Ist etwas nicht in Ordnung?«

Sie beugte sich in den Wagen. »Ich habe gerade eine seltsame Textnachricht von Remi empfangen. Genau genommen ein Foto.«

»Ein Foto?«

»Hier, sieh es dir an.« Sie hielt ihr Mobiltelefon hoch

und zeigte ihm ein stark unterbelichtetes Bild, das offenbar im Vorratsschuppen aufgenommen worden war. Zu sehen waren die Türöffnung und dahinter, total überbelichtet, der Innenhof sowie mehrere Personen, die vor dem benachbarten Schlafsaal auf dem Erdboden saßen.

Auf den ersten Blick hätte man annehmen können, dass dieses Foto aus Versehen aufgenommen worden war – und er hätte es sicherlich ebenfalls auf Anhieb vermutet, wenn er nicht die Lösegeldforderung erhalten hätte. Er vergrößerte das Bild. Obwohl es unscharf war, gab es für ihn nicht den geringsten Zweifel, dass er Remi, Amal und dicht neben ihnen vier Mädchen kauern sah.

Er überprüfte die Telefonnummer des Absenders.

Es war das Mobiltelefon seiner Frau.

Aber wenn Remi gefangen gehalten wurde, wer hatte dann das Foto geschickt?

KAPITEL FÜNFUNDDREISSIG

*Der mutige Mann ist nicht der, der keine Angst fühlt,
sondern der, der sie besiegt.*

– AFRIKANISCHES SPRICHWORT –

Nasha starrte auf das Telefon in ihrer Hand. Es anzu-
schalten und hineinzukommen war noch einfach. Aber
es zu bedienen, war etwas vollkommen anderes. Sie hatte
keine Ahnung, wem sie das Foto geschickt hatte. Oder
ob der oder die Empfänger überhaupt wussten, was darauf zu sehen war. Das einzige andere Foto, das sie je ver-
sandt hatte, war für Mrs. Fargo bestimmt gewesen, und
dabei hatte Miss Amal ihr geholfen. Aber als Nasha auf
den Knopf drückte, der mit der kleinen weißen Wolke
markiert war, erschien plötzlich eine lange Liste von Namen – und der Name ganz oben lautete nicht Sam. Er
fing mit einem *R* an. Verwirrt fragte sie sich, ob es der
Name *Remi* war, nur falsch geschrieben. Aber das konnte
eigentlich nicht sein, weil das Telefon Mrs. Fargo gehörte.

Sie versuchte, heftig blinzelnd, die Tränen zurückzuhalten, die ihr in die Augen traten, aus Sorge, etwas
falsch gemacht zu haben. Plötzlich summte das Telefon,
der Bildschirm wurde hell, und sie sah Mr. Fargos Gesicht in einem kleinen Kreis dicht unterhalb des oberen

Displayrandes. Ihre Finger zitterten, als sie den grünen Telefonknopf am unteren Rand des Fotos drückten und sein Bild das gesamte rechteckige Quadrat ausfüllte – wie ein kleiner Spielfilm.

»Nasha?«

Sie nickte.

»Wo bist du?«

»Im Schuppen. Miss Wendy hat die Glocke geläutet, und jeder ist in den Tunnel runtergestiegen, aber Mrs. Fargo ist zurückgegangen, weil einige der Mädchen nicht mitgekommen sind. Ich wollte sie nicht allein lassen, deshalb hab ich mich versteckt.«

»Das hast du gut gemacht. Wer ist alles da?«

»Scarface. Er hat viele andere Männer mitgebracht. Sie haben die anderen Mädchen gesucht, aber Mrs. Fargo erklärte ihnen, dass sie fortgegangen und nicht mehr hier seien. Miss Amal und einige von den älteren Mädchen sind bei ihr, aber ich kenne ihre Namen nicht.«

»Kannst du sie mir zeigen?«

»Dann werden sie mich entdecken.«

»Nicht wenn du in deinem Versteck bleibst. Dreh das Telefon so, dass mein Gesicht von dir wegschaut. Dann sehe ich das, was das Telefon sieht.«

Sie drehte das Telefon um und zeigte ihm das Innere des Lagerschuppens.

»Gib es eine Möglichkeit, wie ich auch nach draußen blicken kann?«

Sie zog mehr von dem Jutestoff beiseite, unter dem sie lag, kroch zu der halb offenen Tür und wich dabei dem zur Hälfte geleerten Karton Straßennägel aus. Sie hielt das Telefon dicht über der Erde, schwenkte es hin und her, ehe sie wieder zu ihrem Versteck zurückkehrte, da sie Angst hatte, zu lange in der Türöffnung auszuharren.

»Wo sind Remi und die Mädchen? Ich sehe sie nicht.«

Sie drehte das Telefon um, sodass sie Sams Gesicht wieder sehen konnte. »Ich glaube, sie haben sie zum Büro gebracht, Mr. Fargo.«

»Nasha, weißt du, wie viele Männer bei euch dort draußen sind?«

»Viele. Sie sind mit zwei Autos gekommen. Mit dem großen weißen Lastwagen und noch mit einem anderen. Sie haben die großen Gewehre wie vorher, als sie die Kalus getötet haben.« Die Erinnerung fachte ihre Angst an, aber sie bemühte sich, nicht zu weinen. »Kommen Sie zurück?«

»Bis dahin dauert es noch eine Weile. Ich bin in Yola. Am Flughafen.«

Eine Träne rann über Nashas Wange. »Ich habe Angst.«

»Nasha«, sagte Sam Fargo. »Egal, was passiert, du bleibst im Schuppen. Hast du verstanden?«

Sie nickte.

»Wenn sie Remi und die anderen wegbringen, dann weiß sie, was zu tun ist. Nimm dich auf jeden Fall in Acht, dass sie dich nicht sehen. Okay?«

»Okay.«

»Ich komme zu euch. Bleib …«

Das Bild wurde schwarz. »Mr. Fargo? Sind Sie da?«

Ihr Herz krampfte sich zusammen. Sie hätte ihm auch noch von der Farm erzählen sollen und von den Männern, die dort warteten.

Voller Sorge zog sie sich den Jutestoff wieder über den Kopf und ließ nur so viel Platz, dass sie zur Tür schauen konnte. Während der nächsten Stunde wartete sie und beobachtete das Geschehen im Innenhof der Schule, um am Ende zu erkennen, dass sich diese Männer genauso verhielten wie die Kalu-Brüder. Weil sie Waffen hatten, hielten sie es für unnötig, auf ihre Umgebung zu achten.

Einer der Banditen kam wieder bis auf ein paar Schritte an sie heran. Er hatte es schon mehrmals getan. Gleich würde er zwischen die Gebäude treten, um eine Zigarette zu rauchen und sich mit einem anderen Mann zu unterhalten, der aus der entgegengesetzten Richtung kam. Sie würden ihren Treffpunkt nicht verlassen, bis sie zu Ende geraucht hätten. Und sie würden sich jedes Mal in dieselbe Richtung entfernen.

Das war ein Umstand, den sie für sich ausnutzen konnte.

Mr. Fargo hatte ihr befohlen, sich nicht vom Fleck zu rühren, aber sie dachte trotzdem, sie sollte lieber nicht warten. Sie warf einen Blick auf das Telefon, um sich zu vergewissern, dass sein Gesicht nicht länger zu sehen war und er nicht versuchen würde, sie aufzuhalten.

Das Display war noch immer schwarz – selbst als sie auf die Knöpfe drückte –, und sie steckte das Telefon in ihren Rucksack und konzentrierte sich dann auf die Tür und wartete, bis der Mann sich wieder mit seinem Freund traf. Sobald die ersten Schwaden Zigarettenrauch in die Luft aufstiegen und über dem Innenhof zerfaserten, kroch sie aus ihrem Versteck heraus.

KAPITEL SECHSUNDDREISSIG

Eine Ziege kann nur so weit rennen, wie ihr Strick sie lässt.

– AFRIKANISCHES SPRICHWORT –

Makao saß auf der Schreibtischkante und studierte die beiden Frauen und vier Mädchen, die unter dem Fenster auf dem Fußboden saßen und sich an die Wand lehnten. Er zündete sich eine Zigarette an und ließ das Feuerzeug in der Tasche verschwinden, während er die rothaarige Frau ins Visier nahm. »Sie müssen die Kombination des Safes kennen.«

Ihr Blick streifte den Vorratsschrank hinter ihm auf der anderen Seite des Schreibtisches. Daneben stand ein hoher Safe an der Wand, der zu schwer war, um von seinem Standplatz entfernt zu werden. Und daneben befand sich die Tür zu einer kleinen Toilette, deren Fenster offen stand, um frische Luft hereinzulassen.

»Woher sollte ich sie kennen?«, erwiderte Remi. »Ich bin erst seit ein paar Tagen hier.«

»Das alles hier soll für Sie ganz neu sein? Ich dachte, Sie leiten diesen Betrieb. Die Schule trägt doch Ihren Namen«, sagte er, ging zur offenen Tür und schaute hinaus. Die Sonne war hinter den Bäumen versunken, deren lange Schatten verblassten, als die Dunkelheit hereinbrach. Zwei seiner Männer standen neben einem der Lastwagen in der

Zufahrt. Einer zündete sich gerade eine Zigarette an. Makao wollte sich schon abwenden, als ihm etwas ins Auge fiel, das hinter ihnen über das Gelände schlich. Er hätte schwören können, ein kleines Mädchen gesehen zu haben. Entschlossen, seinen Männern zuzurufen, genauer nachzusehen, hielt er inne, als ein Huhn unter dem Pick-up hervorstolzierte. Licht und Schatten hatten ihn ausgetrickst, dachte er. Nachdem er das vorwitzige Haustier einige weitere Sekunden verfolgt hatte, richtete er sein Augenmerk wieder auf diese Fargo-Frau. »Ich habe mich im Dorf umgehört. Da war ein Mann, der jede Packung Nägel aufgekauft hat – vermutlich für die Mädchenschule der Fargos. Ich denke, wenn eine Schule nach Ihnen benannt ist, dann sollten Sie auch die Kombination des Safes kennen, der in der Schule steht.«

»Da denken Sie falsch.«

»Liegt Geld in diesem Safe?«

»Wenn überhaupt, dann kann es nicht sehr viel sein. Bezahlt wird hier ausschließlich mit der Kreditkarte.«

»Sogar im Dorf? Das zu glauben fällt mir schwer.« Er machte einen tiefen Zug an seiner Zigarette und beobachtete sie, während er den Rauch ausblies. Sie zeigte überhaupt keine Furcht. Ihre grünen Augen erwiderten zwar seinen Blick, aber sie ließ sich nicht herausfordern. Genau genommen, erschien alles an ihr kontrolliert und vorausberechnet. Er sah zu der anderen Frau und den Mädchen hinüber, die allesamt seinem Blick auswichen.

»Wohin bringen Sie uns?«, wollte sie wissen.

»Irgendwohin, wo es sicherer ist. Wie ich schon gesagt habe, wir verlangen Lösegeld für Sie.« Er ging zur Tür und schaute abermals hinaus. Die beiden Männer hatten ihren Patrouillengang wieder aufgenommen, und er suchte den gesamten Komplex ab. Und schon wieder glaubte er, in der Nähe ihrer Wagen eine Bewegung zu sehen. Was immer es war, es konnte kein Huhn sein. Dafür war es zu groß. »Jimi.«

Der junge Mann, der an der offenen Einfahrt Wache hielt, hob den Kopf und sah zu ihm herüber.

»Stell dich hier vor die Tür. Niemand darf hinein, und niemand darf hinaus.«

Makao schlenderte über die mit Schotter bestreute Zufahrt zu ihren geparkten Trucks hinüber und bückte sich, um einen Blick darunterzuwerfen. Hühner. Er kickte eine Ladung Geröll in ihre Richtung, sodass das Geflügel aufgeregt durcheinanderrannte, und schaute dann zu dem großen Lastwagen, den er vor mehreren Tagen versucht hatte zu überfallen. Ihm kam es vor, als bewege sich die Plane, die die Ladung bedeckte. Er ging näher heran, zog einen Zipfel der Plane hoch und warf einen Blick darunter. Doch in der Dunkelheit war kaum etwas zu erkennen.

Er entschied, dass er sich wohl getäuscht hatte, ließ die Plane wieder fallen und wandte sich um, während zwei seiner Männer vom Innenhof kamen, um einem Geräusch nachzugehen, das ihnen verdächtig vorkam. »Habt ihr dort irgendwen gesehen?«, fragte er.

Die Männer blickten zum Büro, vor dessen Tür Jimi mittlerweile Wache hielt, dann zur unbeaufsichtigten Einfahrt. »Nein«, sagte einer, während ein lautes Meckern vom Innenhof her an ihre Ohren drang.

Sekunden später trotteten drei Ziegen zwischen den Gebäuden hervor und kamen auf sie zu. »Was zum Teufel…« Er sah seine Männer ungehalten an. »Wo kommen die denn her?«

»Hinter den Gebäuden auf der anderen Seite befindet sich ein Pferch.«

»Sperrt dort gefälligst zu!«

Die beiden machten kehrt und durchquerten im Laufschritt den Innenhof. Als sie begannen, laute Flüche auszustoßen, warf er einen kurzen Blick in Richtung Büro und folgte ihnen in den dunklen Innenhof. Das Meckern wurde so laut, dass er nicht verstehen konnte, was seine Männer einander zuriefen. Das brauchte er auch nicht. Dutzende von Ziegen überfluteten geradezu den Innenhof, sprangen auf die Pflanzkästen und galoppierten an ihm vorbei. Der Aufruhr rief seine restlichen Männer herbei. Anfangs verfolgten sie untätig das Geschehen, dann versuchten sie, die Ziegen zusammenzutreiben und breiteten die Arme aus, um die Tiere daran zu hindern, sich auf dem Gelände zu verteilen.

»Ihr Idioten!«, brüllte Makao. »Was habt ihr vor?«

»Sie flüchten. Und Sie meinten doch, wir sollten keinen Lärm machen.«

»Ich meinte, dass ihr nicht schießen sollt.« Während am Fuß des Berges nicht viel mehr war als die gewundene Verbindungsstraße zwischen der Schule und der Schnellstraße, wusste er von zahlreichen verstreut liegenden Ansiedlungen in der weiteren Umgebung. Gewehrschüsse wären da weithin zu hören. Noch wichtiger war, dass sein Boss, Tarek, befohlen hatte, den Geiseln kein Haar zu krümmen, geschweige denn ihr Leben zu gefährden.

Die Ziegen beruhigten sich irgendwann wieder, bis eine von ihnen zwei Zinkeimer umstieß, die aufeinandergestapelt auf dem Rand eines Pflanzbeetes standen. Doch der Lärm ließ die Ziegen wieder in Panik geraten. Sein Misstrauen wuchs, als er das Chaos überblickte und dann die Eimer untersuchte, an die er sich von seinem ersten Rundgang gar nicht erinnern konnte. Er hielt einen der Männer in seiner Nähe am Arm fest. »Wenn keiner von euch diesen Pferch geöffnet hat, dann muss hier noch irgendwer herumgeistern. Wie viele Geiseln haben wir?«

»Sechs. Zwei Erwachsene und vier Mädchen.«

Ein Erinnerungsblitz traf ihn, als ihm durch den Kopf ging, wie die Geiseln vor dem Gebäude aufgereiht gewesen waren, kurz bevor sie zum Büro getrieben wurden. »Ich habe vorhin fünf Mädchen gesehen. Jetzt sind es nur noch vier. Eins fehlt.«

»Warum sollten sie die Ziegen aus dem Pferch gelassen haben?«

»Um uns abzulenken, du Idiot.« Er schob den Mann beiseite. »Seht zu, dass ihr denjenigen findet, der das getan hat.«

»Was tun Sie jetzt?«

»Ich vergewissere mich, dass die anderen Geiseln noch an Ort und Stelle sind.«

Eine der Ziegen rieb sich an seinem Bein, und er wollte sie mit dem Knie zur Seite stoßen. Das Tier wich ihm mit einem lässigen Hüpfer aus und trottete über den Innenhof. Fluchend folgte Makao ihm zum vorderen Teil des Komplexes und tat so, als wollte er es sich schnappen. Zufrieden verfolgte er, wie es zur Zufahrt gelangte und zum offenen Tor trabte.

Er sah zur Bürotür hinüber, durch die Licht herausdrang und die Holzbalken der Vorderveranda und den

Schotterplatz vor dem Gebäude erhellte. Der Mann, den er dort postiert hatte, fühlte sich sichtlich unwohl, als er bemerkte, wie sein Boss auf ihn zukam.

KAPITEL SIEBENUNDDREISSIG

Ein Floh kann einem Löwen mehr zu schaffen machen
als ein Löwe einem Floh.

– KENIANISCHES SPRICHWORT –

Zwei Dinge empfand Remi in ihrer momentanen Lage als
gemeinen Hohn. Das eine war eine Schere mit orangefarbenen Griffen, die keine zwei Meter entfernt aus einem
Köcher mit Stiften auf dem Schreibtisch herausragte, und
das andere waren die Zündschlüssel ihres Versorgungs-
trucks, die direkt über ihrem Kopf an einem Haken neben
der Tür hingen. Ihre Chancen standen von Anfang an
denkbar schlecht, aber sie war nicht bereit, sich kampflos
geschlagen zu geben. Nasha, so hoffte sie, würde schon
irgendwie den Weg dorthin finden, sich der Schlüssel
bemächtigen und dann… Nun, Remi hatte noch nicht
darüber nachgedacht, wie sie es schaffen könnten, unbemerkt zum Lastwagen zu gelangen. Dazu mussten sie
sich ein Riesenablenkungsmanöver einfallen lassen. Und
bis zu diesem Augenblick wäre es absolut unmöglich, an
die Schere oder die Schlüssel heranzukommen, ohne vom
Wachtposten vor der Tür bemerkt zu werden.

Mit ihren Bemühungen, die Plastikfesseln um ihre Hände
auf dem Rücken zu lockern, erreichte sie kaum mehr, als
die Haut an ihren Handgelenken aufzuscheuern. Amal,

die das Gleiche versuchte, hielt sich bisher recht gut. Sie war Remis ständiges Sorgenkind, weil sie das schwächste Glied in Remis Fluchtplan war. Wenn Stress die Ursache für Amals Anfälle war, dann war eigentlich jeden Moment mit einem solchen zu rechnen. »Wie läuft es?«, fragte sie im Flüsterton.

»Nicht gut.«

Remi sah zu den Mädchen hinüber. Tambara und Maryam schüttelten die Köpfe. Jol versuchte verbissen, sich zu befreien, während Zara den Kopf auf die Knie gelegt hatte und sich die größten Sorgen machte, nachdem die Banditen die Farm ihres Vaters erwähnt hatten. »Zara«, flüsterte Remi. »Nicht aufgeben. Du musst es versuchen.«

»Und wenn irgendetwas Schlimmes geschieht?«

»Sam wird sich um deinen Vater kümmern. Das verspreche ich dir«, sagte Remi, als sie das Meckern der Ziegen auf dem Innenhof hörte. Es war ziemlich laut und aufgeregt, stellte sie fest.

Vielleicht war das die Ablenkung, die sie sich erhofft hatte.

Indem sie ein Stück zur Tür rutschte, lehnte sie sich weit genug vor, um zwischen den Beinen des Wächters hindurch hinausblicken zu können. Überall Ziegen, soweit das Auge reichte. Eine sprang auf die Veranda und überquerte sie mit klappernden Hufen. Der Wächter verscheuchte sie, wozu er für einen Moment seinen Posten verließ.

Egal, wie sie in die Freiheit entkommen waren, sie würde auf jeden Fall versuchen, diesen Vorteil zu nutzen.

Sie zog die Beine an und schaffte es, auf die Füße zu kommen und sich rückwärtsgehend zum Schreibtisch zu tasten. Dabei behielt sie ständig die Tür im Auge und dankte im Stillen ihrem Schicksal, dass der Wächter sich in diesem Moment mehr für den Viehbestand der Schule interessierte als für die seiner Obhut anvertrauten Geiseln. Ein schneller Blick über die Schuler verriet ihr die Position der Schere, und sie griff hinter sich und hakte den kleinen Finger in den Griff. Den Blick ständig auf die Tür gerichtet, angelte sie die Schere aus dem Stifteköcher.

Ein scharrendes Geräusch aus der Toilette meldete ihr Nashas Eintreffen. Remi wandte den Kopf und entdeckte ihr kleines dunkles Gesicht, das durch die Türöffnung ins Büro schaute.

Remi packte die Schere fester, dann konzentrierte sie sich auf den Wächter und Makao, der die Ziegen verfluchte, während er über den Innenhof zur Zufahrt ging. Sie erkannte, dass ihr nur wenig Zeit blieb, und machte durch ein Kopfnicken Nasha auf sich aufmerksam. »Hast du Sam angerufen?«

Das Mädchen nickte.

»Und was hat er gesagt?«

Die Augen niedergeschlagen, faltete sie die Hände wie zu einem Bittgebet. »Wir sollten im Schuppen bleiben, bis er zu uns kommt.« Als sie den Kopf hob und Remi ansah, lag in ihren Augen ein Ausdruck, als ob sie um Verzeihung bäte. »Aber der Bildschirm wurde schwarz, bevor ich dazu kam, ihm von der Farm zu erzählen. Und ich konnte ihn auch nicht mehr hören.«

Zara lehnte sich vor, ihre Miene wirkte verzweifelt. »Wie soll Mr. Fargo denn erfahren, dass er meinen Vater warnen muss?«

»Er wird es schon wissen«, sagte Remi. Sie brachte es

nicht über sich, Zara zu erklären, dass die Warnung eigentlich für Sam bestimmt war. Wenn sich Makaos Männer auf der Farm eingenistet hatten, bestand die Möglichkeit, dass Zaras Vater längst ihr Gefangener war – vorausgesetzt, sie hatten ihn nicht sofort getötet. »Er kennt sich mit solchen Situationen aus.« Sie deutete auf den Haken neben der Tür. »Nasha, der Lastwagenschlüssel.«

Nasha blickte hoch, dann senkte sie wieder den Kopf. »Wird Mr. Fargo sehr böse sein, dass ich es ihm nicht gesagt habe?«

»Nein. Natürlich nicht.« In der Hoffnung, Nasha wieder an die ihr zugedachte Aufgabe zu erinnern, wollte Remi ihr erklären, was in diesem Augenblick unbedingt getan werden musste. Aber als sie nach draußen schaute, sah sie Makao mit schnellen Schritten auf das Büro zukommen. »Du musst dich verstecken.«

»Aber die Schlüssel.«

»Sofort«, flüsterte Remi, huschte zurück in ihre Ecke und rutschte an der Wand entlang auf den Fußboden. Gleichzeitig schob sie die Schere zu Amal hinüber und blickte zu den Mädchen, die mit großen Augen verfolgten, wie Nasha sich unter den Schreibtisch schlängelte.

»Schaut woandershin«, warnte Remi die Mädchen.

Das war keinen Moment zu früh, denn Makao kam hereingestürmt und zog Remi auf die Füße hoch. »Wo ist sie?«

»Wo ist wer?«

»Das Mädchen. Die Kleine.«

»Hier sind nur wir. Alle anderen haben die Schule verlassen.«

Er durchbohrte sie mit Blicken. »Was haben Sie an dem Schreibtisch gemacht?«

»Nichts«, antwortete Remi. »Ich habe die Ziegen gehört und wollte wissen, was da draußen los ist. Mehr nicht. Ich machte mir Sorgen, dass sie ausbrechen.«

»Ich glaube Ihnen nicht. Draußen waren fünf Mädchen. Eins saß zwischen Ihnen und ihr«, sagte er und deutete mit dem Kopf auf Amal. »Wo ist sie?«

»Chef.«

Makao drehte sich um und sah einen seiner Männer hereinkommen. Er trug einen Pappkarton auf den Armen. »Sehen Sie mal, was ich da draußen neben dem Rundbau gefunden habe.«

Makao stieß Remi gegen die Wand, ergriff den Karton und stellte ihn mit derartiger Wucht auf den Schreibtisch, dass er aufplatzte und Straßennägel auf den Fußboden regneten. »Was soll daran so interessant sein?«

»Ich glaube nicht, dass der Karton schon vorhin dort war. Ich habe jemanden bei den Wagen gesehen.«

»Eine Bewegung vielleicht?« Er deutete hinaus. »Dort draußen ist irgendwas los. Jede Menge Action. Ziegen. Überall.«

Der Mann blickte in die Richtung und nickte. »Ja, aber...«

»Aber was?«

»Ich habe dort auch einige Eimer gesehen. Vorhin waren sie noch nicht da. Und jemand hat unsere Wagen mit Eiern beworfen.«

Eier? Die gehörten ganz sicher nicht zu Remis Plan. Offenbar war Nasha fleißig gewesen und hatte das Intermezzo mit den Ziegen genutzt, um sich auf dem Gelände ungesehen zu bewegen.

Makao ging zur Tür, schaute hinaus und funkelte Remi

wütend an, während er sie hinter sich herzerrte. »Wo ...
ist ... das ... Mädchen ...?«

»Ich habe keine Ahnung, wovon Sie reden.«

Er deutete zur Tür. »Wer hat das getan?«

»Was getan?« Sie erhob sich, kam zur Tür und lenkte
die Aufmerksamkeit auf sich, damit er nicht auf den
Schreibtisch achtete, unter dem Nasha versteckt war. »Sie
haben doch sicher längst gesehen, dass hier viele Hühner
herumlaufen und überall ihre Eier legen.«

»Auch auf unseren Windschutzscheiben?«

Remi streifte die Lastwagenschlüssel, die nur wenige
Zentimeter vor ihrem Gesicht hingen, mit einem kurzen
Blick und schaute an ihnen vorbei auf den Innenhof des
Schulgeländes.

In diesem Moment ging es ihr nur darum zu verhindern, dass Nasha gesehen wurde, da sie die Einzige war,
die eine reelle Chance hatte, sich unbemerkt die Schlüssel
zu holen. »Hühner ... die können eine richtige Plage sein.«

Makao ignorierte sie, achtete jetzt nur noch auf den
Mann, der den Karton gefunden hatte. »Sieh nach, ob sich
dort noch jemand anderer herumtreibt.« Nachdem der
Bandit sich entfernt hatte, kam Makao wieder auf Remi
zurück. »Wo sind die Schlüssel für diesen Lastwagen?«

»Meinen Sie unseren Truck?«

Er machte einen Schritt vorwärts und legte eine Hand
auf den Griff der Pistole, die aus seinem Gürtelholster
ragte. »Stellen Sie sich ruhig weiter dumm, und Sie werden sich wundern, was passiert.«

»Sie hängen neben der Tür an der Wand«, sagte Remi.

Er angelte die Schlüssel vom Haken. »Jimi.«

Der Wächter vor der Bürotür kam herein.

»Schaff sie in den Wagen«, befahl Makao und warf ihm die Schlüssel zu. »Wir sehen zu, dass wir von hier abhauen.«

Der Mann verstaute die Schlüssel in der Hosentasche und legte eine Hand um Remis Arm. »Auf geht's.«

Er stieß Remi vor sich her zur Tür, und dann befahl er Amal aufzustehen. »Auf die Beine«, bellte er ein zweites Mal, als sie sich nicht rührte.

Remi drehte sich um und wurde Amals leeren Blicks gewahr. Dabei machte sie sich nicht nur ihretwegen Sorgen, sondern auch wegen der Schere. »Sie kann Sie nicht hören.«

»Was stimmt nicht mit ihr?«

»Es ist wie ein Anfall«, sagte Remi. »Man muss ihr nur ein paar Sekunden Zeit lassen.« Als sich die Blicke der anderen Mädchen auf Nashas Versteck richteten, ergriff Remi die Initiative und deutete mit dem Kopf zur Tür. »Alle aufstehen«, sagte sie. »Amal wird es gleich wieder besser gehen.«

Während sich die Mädchen vom Fußboden erhoben, ergriff Nasha einen Straßennagel, sprang unter dem Schreibtisch hervor und schrie wie eine tollwütige Furie. Makao versuchte, sie festzuhalten. Sie rammte den Krähenfuß in seine Hand. Er wich erschrocken zurück und stieß einen Fluch aus. Sie attackierte auch noch den anderen Mann und erwischte ihn mit dem Nagel am Arm. Als er endlich begriff, was geschehen war, hatte sie das Büro schon hinter sich gelassen.

Der Wächter wirbelte herum und versuchte, sie festzuhalten, aber Remi versperrte ihm den Weg. Er fegte sie mit einem Schulterstoß zur Seite und warf sie gegen den Türpfosten, sodass sie sekundenlang nach Luft ringen musste.

»Hinterher«, brüllte Makao.

Nasha rannte zur Zufahrt und wich geschickt den Ziegen aus, während der Wächter die Hände nach ihr ausstreckte. Nur Sekunden später erschienen weitere Banditen, und eine handfeste Treibjagd war im Gange. Nasha ließ ihre Verfolger nicht zu nahe herankommen und scheuchte die Ziegen in alle Richtungen.

Makao starrte auf das Blut, das von seiner Hand herabtropfte, fluchte noch einmal und rief schließlich den Wächter zurück. »Jimi!«

Als er mit leeren Händen vor dem Büro auftauchte, deutete Makao mit einem Kopfnicken auf die Mädchen. »In den Wagen mit ihnen.«

»Sie auch?« fragte Jimi mit einem Blick auf Amal, die noch immer mit unbeteiligter Miene auf dem Holzfußboden des Büros saß.

»Schick einen der anderen Männer hierher, damit er mit ihr nachkommt.« Während Jimi mit Remi zur Tür ging, fügte Makao hinzu: »Wenn du das andere Mädchen findest, töte es.«

KAPITEL ACHTUNDDREISSIG

*Wenn du einen Truthahn auf einem Zaunpfahl sitzen
siehst, dann weißt du, dass ihm jemand geholfen hat.*

– AFRIKANISCHES SPRICHWORT –

Amal kam in dem Augenblick wieder zu sich, als der
andere Bandit erschien, um sie zum Truck zu bringen.
Makao, dessen Hand von Blut troff, verließ seinen Platz
an der Tür erst in dem Moment, als Jimi die Geiseln zum
Lastwagen brachte. Sobald sie auf die Ladefläche geklet-
tert waren, kehrte er ins Büro zurück und hielt nach einem
Erste-Hilfe-Kasten Ausschau. Er wurde auf der Toilette
fündig und verband die Wunde, als er draußen auf dem
Geröll der Zufahrt ein lautes Scharren hörte. Er fixierte
den Verband mit Heftpflasterstreifen, ging zur Tür und
sah, dass Jimi offenbar irgendetwas suchte … im Belag der
Zufahrt.

»Was tust du da?«

»Ich vermisse die Lastwagenschlüssel.«

»Ich hatte sie dir doch gegeben.«

»Und ich habe sie in die Tasche gesteckt. Sie müssen
herausgefallen sein.«

»Wo sind die Geiseln?«

»Sitzen gefesselt hinten im Lastwagen.«

Makao ließ den Blick über die Zufahrt schweifen und

kontrollierte die Verschnürung der Abdeckplane über der Ladefläche. »Hast du sie dort sich selbst überlassen? Unbewacht?«

Ein lautes Krachen irgendwo im Innenhof entfachte ein panisches Meckern unter den Ziegen und trieb sie in die Flucht.

»Das Mädchen.« Makao machte einen Schritt in diese Richtung und blieb stehen. »Geh zu diesem Lastwagen zurück.«

»Was ist mit den Schlüsseln?«

»Vergiss die Schlüssel. Wir haben zwei Wagen. Je einen für drei Gefangene. Der Rest unserer Truppe hat auf der Ladefläche meines Pick-ups ausreichend Platz.« Er schlug die Richtung zum Innenhof der Schule ein.

»Aber warum *wir*? Setz doch die Gefangenen auf die Ladefläche deines Pick-ups.«

Makao blieb wie angewurzelt stehen und widerstand mühsam dem Drang, dem Mann seine Faust ins Gesicht zu rammen. »Stell dir einfach vor, irgendein Farmer sieht die Mädchen, die wir gefesselt haben, um sie wegzubringen – und zwar möglichst ohne dabei beobachtet zu werden. Geh schon mal rüber, und beweg die Beine.«

Jimi trabte zum Lastwagen und suchte dabei den Boden ab. Makao schaute sich ein letztes Mal um, dann ging er zum Innenhof, um dem Lärm von vorhin auf den Grund zu gehen. Er hatte einen vagen Verdacht, was diese Eimer betraf. Er war sich so gut wie sicher, sie an diesem Tag schon einmal gesehen zu haben, aufeinandergestapelt in diesem runden Gebäude. Das Mädchen, das sie im Büro attackierte, hatte sich offenbar an den Eimern zu schaffen gemacht. Vielleicht hielt sie sich in diesem Augenblick in dem Bau auf, dachte er und zog die Tür zu dem Schuppen auf. Mondlicht drang ein und erhellte mit fahlem Schein die Spur von Erde, die sich über die Bodenbretter zog.

Jimi tastete die Wand auf der Suche nach einem Lichtschalter ab, fand ihn und legte ihn um. Eine Glühbirne über seinem Kopf flammte auf, und die Erdspur wurde in dem Licht nahezu unsichtbar. Er knipste die Glühlampe wieder aus, und die Spur erschien erneut. Und führte zu einer Palette im hinteren Teil des Raums. Darauf lag ein Stapel leerer Jutesäcke. Der Stapel selbst sah aus, als sei er in Unordnung gebracht worden …

Ein Kind, so groß wie das Mädchen, könnte sich leicht unter dem Stapel leerer Säcke verstecken, dachte er, durchquerte den Raum und hob einige Säcke hoch. Da er nichts fand, warf er die Säcke auf den Boden und wurde vom Lärm eines anspringenden Lastwagenmotors abgelenkt. Jimi musste den Zündschlüssel gefunden haben, dachte er und registrierte, dass offenbar die Palette das Ziel der Fußspuren war. Das waren zu viele Fußspuren für ein einzelnes Mädchen … Er ging in die Hocke, um die Abdrücke genauer zu untersuchen und stellte fest, dass sie genau an der Stelle allesamt verschwanden. Ein Astloch in einem der Bodenbretter fiel ihm ins Auge, und er wollte die Hand danach ausstrecken.

»Stopp! Stopp!«

Makao sprang auf, rannte aus dem Schuppen hinaus, durch den Garten und wurde gerade noch Zeuge, wie der Lastwagen der Fargos auf die offene Einfahrt zurollte. Jimi rannte neben ihm her und versuchte, die Fahrertür zu öffnen.

Seine restlichen Männer kamen im Laufschritt auf den

Hof. »Pili«, rief Makao dem Mann zu, der ihm am nächsten war, »spring hinten auf!«

Pili folgte dem Lastwagen im Sprinttempo und sprang auf die hintere Stoßstange. Die Abdeckplane wurde zurückgeschlagen. Amal, die Hände von jeglichen Fesseln befreit, trat mit einem Fuß aus, gerade als Pili sie ergreifen wollte. Er fasste daneben, versuchte es ein zweites Mal, aber Amal versetzte ihm einen Fußtritt vor die Brust, und er stürzte, sich vor Schmerzen krümmend, zu Boden.

Jimi brachte seine Pistole in Anschlag. »Nein«, rief Makao. »Nicht schießen!«

»Sie entkommen!«

»Ihnen nach!«, rief Makao, während er zu seinem Pickup rannte. Er ließ den Motor an und wartete, bis seine Männer eingestiegen waren, während Pili und seine Gruppe das SUV starteten. Sie jagten durch die Einfahrt hinaus, aber Makao musste sich weit nach links beugen, um an dem geplatzten Ei, das an seiner Windschutzscheibe herabrann, vorbeischauen zu können. Er beschleunigte, holte zu dem Truck auf und schimpfte über den aufgewirbelten Staub, der sich auf die Eiweißschlieren legte. Als er die Scheibenwischer einschaltete, verteilten die Gummilippen die klebrige Substanz, die mittlerweile frappierende Ähnlichkeit mit zähflüssigem Schlamm hatte, gleichmäßig auf der Frontscheibe. Nur eine kleine Fläche auf der linken Seite der Scheibe war noch frei von dem Schmutz, und Makao nutzte sie, um sich zu orientieren. Froh, das das SUV über einen Vierradantrieb verfügte, gab er Vollgas. Als er sich der ersten Haarnadelkurve näherte, begann das Heck des Geländewagens hin- und herzuschlingern, dann brach es zur Seite aus, als er aufs Bremspedal trat.

In der Annahme, dass es an der schlechten Straße lag, versuchte er, einen geraden Kurs zu halten – bis er das stetige Rumpeln der Felge und des Reifens hörte, während sie die Gefällestrecke hinunterrollten.

»Irgendwas nicht in Ordnung?«, fragte Jimi.

»Wir haben einen Plattfuß.« Er brachte den Wagen zum Stehen und sah, dass beide Hinterreifen von der Felge geschält worden waren. Er wartete, dass Pili zu ihm aufholte, und beobachtete den wilden Tanz der Scheinwerfer, als der Wagen hinter ihm in Sicht kam und anhielt. Er rannte den Abhang hinauf, sah die Schmiere aus Ei und Staub auf der Windschutzscheibe und hatte nicht den leisesten Zweifel, dass die Hinterreifen ebenfalls platt waren.

Pili stieg aus und fluchte.

Makao begutachtete den Schaden und erkannte, dass sie die intakten Reifen von Pilis SUV abmontieren müssten, um seinen eigenen Truck wieder fahrtüchtig zu machen. Er befahl seinen Männern, auf der Stelle die Reifen zu wechseln.

»Verfolgen wir sie?«

»Warum sollten wir es nicht tun? Es bietet sich doch an.«

Er ging zum Straßenrand, blickte den steilen Berghang hinab und konnte für einen kurzen Moment die Scheinwerfer des Lastwagens zwischen den Bäumen verfolgen, ehe sie weiter bergab verschwanden. Innerlich kochte er vor Wut.

Sie waren ausgetrickst worden.

»Ihr geht zurück und brennt die Schule nieder«, sagte er und deutete auf zwei seiner Gefolgsleute.

Die beiden Männer hoben die Benzinkanister von der

Ladefläche seines Pick-ups herunter und trotteten bergauf zur Einfahrt, während die anderen den Reifenwechsel abschlossen.

Er holte sein Mobiltelefon hervor und rief Dayo unten auf der Farm an. »Die Geiseln konnten fliehen. Lasst sie nicht entwischen.«

»Wir passen auf.«

Er trennte die Verbindung und sah zu, wie seine Männer die Vorderräder von Pilis SUV abmontierten, um die defekten Räder seines Trucks durch sie zu ersetzen. Dabei ging ihm die Frage durch den Kopf, wie ein so junges Mädchen all das allein hatte planen und in die Tat umsetzen können.

Unmöglich. Zweifellos hatte diese Fargo-Frau ihr bei jedem Schritt geholfen.

Egal. Seine Tätigkeit für Tarek war hiermit beendet. Sobald er sein Geld in der Tasche hätte, würde er beide – die Frau und das Mädchen – töten.

KAPITEL NEUNUNDDREISSIG

Ein Anführer, der keinen Rat annimmt,
ist kein Anführer.

– KENIANISCHES SPRICHWORT –

Das Lenkrad fest im Griff, prügelte Remi den Lastwagen mit halsbrecherischem Tempo durch die Haarnadelkurve. Sie blickte abwechselnd in die Außenspiegel und stellte erleichtert fest, dass sie nicht mehr verfolgt wurden.

»Ich hätte fahren können«, sagte Nasha. »Dann wären wir schneller weggekommen.«

»Ich weiß«, sagte Remi und blickte zu ihr hinüber. Wären sie mit dem Land Rover geflüchtet, hätte sie keine Sekunde daran gezweifelt. Aber bei den Dimensionen im Führerhaus dieses Lastwagens sah es ein wenig anders aus. Wahrscheinlich wäre das Kind mit den Füßen nicht ans Gaspedal herangekommen. Dennoch, dass Nasha allein und ohne fremde Hilfe die Straßennägel vor den Wagen der Banditen verstreut und die Schlüssel des Lastwagens an sich gebracht hatte, nötigte Remi enorme Bewunderung ab. Dank der Kleinen hatten sie einen Vorsprung von mindestens zehn Minuten. Das Mädchen war kaum groß genug, um über das Armaturenbrett hinwegschauen zu können – und suchte sich in diesem Augenblick eine Position, in der sie nicht befürchten musste, vom Sicherheitsgurt stranguliert zu werden. »Aber diese Straßen sind nicht so glatt wie die in Jalingo, und ein Land Rover lässt sich sehr viel leichter lenken als dieser Lastwagen.«

»Kann schon sein.«

Das Fahrzeug sackte in ein Schlagloch, und die Insassen wurden so heftig durchgeschüttelt, dass ihre Zähne klappernd aufeinanderschlugen. »Siehst du?«, sagte Remi.

»Ich wäre rechtzeitig ausgewichen.«

Lächelnd schaute Remi wieder in die Außenspiegel. Noch immer war alles klar. Nach weiteren zehn Minuten lenkte sie den Wagen an den Straßenrand.

»Weshalb halten wir an.«

»Wir brauchen einen Plan.«

»Zur Farm können wir nicht fahren, oder?«

Remi sah sie an. Nasha hatte bereits ausgiebig Erfahrung mit Trennung und Tod gemacht, sodass sie um einiges aufmerksamer auf das achtete, was um sie herum vorging. »Du solltest vor Zara lieber nicht erwähnen, was du denkst, okay?«

»Mr. Fargo wird wissen, was er tun muss.«

»Das hoffe ich.«

Sie und Nasha stiegen aus dem Lastwagen. Remi blickte an dem steilen Berghang empor und konnte zwischen den Bäumen über ihr nichts erkennen, was auf mögliche Verfolger hingedeutet hätte. Sie ging zur Heckklappe und schlug die Abdeckplane hoch. Die Mädchen kauerten auf der Ladefläche und drängten sich Schutz suchend an Amal.

Sobald sie Nasha entdeckten, sprangen sie von der Ladefläche und umarmten sie.

»Seid leise«, ermahnte Remi sie und zog Amal auf die Seite. »Wie geht es Ihnen?«

»Ich hatte keinen Anfall«, sagte die Studentin. »Ich habe mir nur Sorgen wegen Nasha gemacht. Ich habe geglaubt, irgendetwas tun zu müssen, um die Kerle abzulenken.«

»Gut gemacht. Es hat gewirkt.« Sie blickte wieder den Berghang hinauf und lauschte. Bisher gab es keine Anzeichen, dass sie verfolgt wurden – noch nicht. »Wir brauchen eine Menge Glück. Angesichts nur einer einzigen Verbindung zur Schnellstraße müssen wir uns etwas einfallen lassen, wie wir unbemerkt Zaras Farm passieren können. Ich weiß nicht, ob wir es riskieren dürfen.«

»Wie sollen wir dann von hier wegkommen?«

»Die besten Chancen haben wir vielleicht, wenn wir es zu Fuß versuchen, durch den Wald.«

»Ehrlich gesagt, ist mir der Wald lieber als ein möglicher Kontakt mit den Banditen.«

»Ich bin der gleichen Meinung. Reden wir mit den Mädchen.« Remi erklärte ihnen, dass ihnen ein längerer Fußmarsch bevorstand.

Zaras Miene hellte sich auf. »Wenn wir die Straße ein Stück hinuntergehen, können wir meinen Vater warnen.«

Remi und Amal wechselten einen kurzen Blick, und Remi sagte: »Ich glaube, das ist keine gute Idee.«

»Warum nicht?«, fragte das Mädchen.

»Du hast sicher gesehen, dass die Männer bewaffnet waren, nicht wahr?«

Das Mädchen nickte.

»Ich denke, sie würden nicht zögern, jeden zu töten, der ihnen in die Quere kommt.«

»Aber sie haben uns doch praktisch kein Haar gekrümmt...« Zara sah die anderen Mädchen an, wahrscheinlich in der Hoffnung bei ihnen für ihren Vorschlag Unterstützung zu finden.

Remi ergriff ihre Hand. »Nur weil sie uns als Geiseln benutzen wollten. Wenn wir den Lastwagen stehen lassen und unseren Weg zu Fuß fortsetzen, sind wir flexibler und können vielleicht eine andere Möglichkeit nutzen, das Dorf zu erreichen. Oder Hilfe zu finden.«

Zara stiegen Tränen in die Augen, aber sie nickte und meinte: »Mein Vater hat einmal erwähnt, dass man auf dem Wanderweg bis nach Kamerun gelangt.«

Maryam fügte hinzu: »Er kreuzt den Weg, der zur Schule hinaufführt. An der Kreuzung steht sogar ein Schild mit der Warnung, auf Wanderer zu achten.«

Sie schauten Remi gespannt an und warteten auf ihre Entscheidung. »Wenn sie uns suchen, dann bringt das Schild sie direkt auf unsere Spur. Und den Lastwagen stehen zu lassen, ist sogar ein noch deutlicherer Hinweis darauf, wo wir zu finden sind.«

Nasha sah Remi fragend an. »Was ist mit dem Trick, eine falsche Spur zu legen? Wie Sie es gemacht haben, als die Kalu-Brüder uns verfolgten. Wir können so tun, als ob wir in die eine Richtung gehen und tatsächlich die entgegengesetzte einschlagen.«

Remi wollte erklären, dass diese Taktik funktioniert hatte, weil sie nur eine kurze Zeitspanne brauchten, um ihr Versteck aufzusuchen und sich gegebenenfalls zu verteidigen – abgesehen davon, dass sie und Sam bewaffnet waren. Diese Situation war – nun ja, anders.

Aber... war sie das wirklich?

»Vielleicht können wir sie überlisten. Kommt zusammen, Mädchen. Ich habe eine Idee.«

KAPITEL VIERZIG

Wenn du beim Baden im Fluss
dem Krokodil entkommen bist, kannst du damit rechnen,
an Land einem Leoparden zu begegnen.

– AFRIKANISCHES SPRICHWORT –

Pete stand in der Dunkelheit mit einem Ohr am Belüftungsschacht und lauschte. Die Ziegen hatten sich beruhigt, auch wenn er noch gelegentlich ein Meckern hörte. Was er aber nicht hörte, war das Geräusch von Männern, die über eine Schotterstraße liefen. Oder sich unterhielten. All das war nach den lauten Rufen und dem Motorenlärm ihrer Fahrzeuge verstummt. Sie mussten das Schulgelände verlassen haben.

Trotzdem wartete er, um ganz sicherzugehen. Auf keinen Fall wollte er die Sicherheit der ihm und Wendy anvertrauten Schutzbefohlenen aufs Spiel setzen.

Wendy trat hinter ihn und legte ihm eine Hand auf die Schulter.

Er griff nach oben und umschloss ihre Finger. Obwohl die beiden ein Paar waren, seit sie für die Fargos arbeiteten, waren sie, nachdem die Mädchen in die Schule eingezogen waren, übereingekommen, alle Gesten der Zuneigung vor den jungen und leicht beeinflussbaren Schülerinnen auf ein Minimum zu beschränken.

»Hörst du etwas?«, flüsterte sie.

»Ich glaube, sie sind weg.«

»Was ist mit Mrs. Fargo und den Mädchen?«

Er legte einen Finger auf die Lippen, lauschte weiter und sah zu Wendy, hinter der in dem sparsamen Licht zwanzig Augenpaare zu erkennen waren, von denen jedes ihre Bewegungen aufmerksam verfolgte. Das Hausmeisterehepaar, Monifa und Yaro, saß mit ihnen auf Decken, die auf dem Lehmboden ausgebreitet waren, und versuchte, die Mädchen mit einem Kartenspiel abzulenken. Eine Atmosphäre der Angst erfüllte den unterirdischen Tunnel, während sie ungeduldig darauf warteten, etwas über das Schicksal ihrer momentan noch vermissten Mitschülerinnen und Nasha zu erfahren, die es irgendwie geschafft hatte, sich an allen vorbeizuschleichen, als Remi den Tunnel verließ. Pete lächelte die Mädchen beruhigend an, dann drehte er sich zu Wendy um. »Bleib ganz ruhig. Sie beobachten dich«, sagte er leise. »Ich gehe nach oben.«

»Aber Mrs. Fargo hat doch gesagt...«

»Sie ist nicht mehr hier. Und wir haben keine Ahnung, ob sie mit Mr. Fargo Verbindung aufnehmen konnte, bevor sie und die Mädchen weggebracht wurden. Jede Minute, die wir länger warten, entfernen sie sich weiter von uns. Wir müssen doch Sam Bescheid sagen. Und das können wir nur von dort oben.«

Wendy nickte und lächelte verkrampft.

Die Wünsche ihrer Arbeitgeber zu ignorieren und das Gegenteil zu tun, war nicht einfach. Nachdem er und Wendy schon so lange für die Fargos arbeiteten, kannten sie die Gefahren, die mit der Schatzsuche einhergingen und ihnen drohten, vor allem wenn man bedachte, wie viele Millionen Dollar sie im Lauf der Jahre zusammengetragen hatten. Das war nicht die Art von Karriere, die Pete und Wendy anstrebten, ganz gleich wie viel sie damit hätten verdienen können. Ihnen sagte der weitaus schlichtere kalifornische Lebensstil, der vorwiegend von Surfen und Segeln bestimmt wurde, viel mehr zu, wenn sie Selma nicht bei ihren Recherchen helfen mussten.

Aber dies hier war etwas vollkommen anderes. Die Schule zu planen und bei ihrem Aufbau aktiv mitzuwirken hatte Pete und Wendy enger zusammengeschweißt, und sie fanden, dass die Arbeit mit den Mädchen ihr Leben enorm bereicherte. Vielleicht aus diesem Grund entwickelte Pete zum ersten Mal konkrete Vorstellungen von einem völlig anderen Leben mit Wendy. Von einem Leben, zu dem mehr gehörte als nur ein guter Job und genügend Freizeit für vielfältige Strandaktivitäten.

Und er wünschte sich, noch mehr Zeit mit ihr verbringen zu können.

Wenn er das nicht haben konnte, dann reichte ihm vorläufig auch die Gewissheit, dass sie und jeder, der in der Schule auf irgendeine Art und Weise mit ihr zusammenarbeitete, in Sicherheit leben konnten. Was ihm seinen Entschluss erleichterte. Er sah die Mädchen an. »Ich mache mich auf die Suche nach Hilfe.«

Sie nickten. Monifa deutete auf ihren Mann. »Vielleicht sollte Yaro Sie begleiten.«

Der Hausmeister klopfte mit der Hand auf seine rechte Hüfte, wo eine Pistole in einem Holster steckte.

Nicht wissend, was ihn oben erwartete, war Pete dennoch bereit, ein hohes Risiko einzugehen, und sagte: »Knipst das

Licht aus und sprecht nicht, bis die Bodenklappe wieder geschlossen ist.«

Als Monifa die batteriegespeiste Laterne ausschaltete, versank der Tunnel in tiefe Dunkelheit. Wendy legte Pete einen Arm um den Hals und zog ihn an sich. »Sei vorsichtig«, flüsterte sie und küsste ihn.

»Das bin ich.« Er stieg die Leiter hinauf, ertastete den Riegel und schob ihn zur Seite. Er wartete einen Moment, hörte keinen verdächtigen Laut und drückte die Bodenklappe etwa drei Zentimeter weit auf. Da kein anderes Geräusch als das aufgeregte Meckern der Ziegen an seine Ohren drang, kletterte Pete aus dem Einstiegsschacht heraus. Yaro folgte ihm. »Irgendetwas stört die Tiere.«

Die beiden Männer zogen ihre Pistolen. Als Wendy die Klappe schloss und verriegelte, nickte Pete dem Hausmeister zu und schlüpfte aus dem Rundbau hinaus.

Vielleicht hatte er Spuren, die von den Banditen hinterlassen wurden, falsch gedeutet. Aber außer den Ziegen war in dem Gartenbereich des Innenhofs niemand zu sehen. Der fahle Lichtschein der Mondsichel lag auf den Steinplatten der Wege und den Pflanzkästen. Pete und Yaro überquerten den Innenhof auf ihrem Schleichpfad zum Speisesaal und gingen weiter zum vorderen Bereich des Schulkomplexes und erschraken, als sie eines orangefarbenen Lichtscheins gewahr wurden, der an der Gebäudefront aufflackerte.

Eine Hitzewoge rollte über sie hinweg, als die Flammen die hölzerne Vorderveranda erfassten und an den Seitenwänden des Schlafsaals emporleckten. Yaro richtete sofort die Düse des Feuerlöschers auf das brennende Gebäude, während Pete die Pumpe bediente. Das Wasser zischte und verwandelte sich in Dampf, sobald es auf die Flammen traf.

KAPITEL EINUNDVIERZIG

Zu laufen bedeutet nicht notwendigerweise,
auch anzukommen.

– SWAHILISCHES SPRICHWORT –

»Ich kann mir denken, dass du dir Sorgen machst«, sagte Lazlo. Er saß ein wenig verkrampft auf dem Beifahrersitz und stützte sich auf die Ablage unter der Windschutzscheibe. »Aber vielleicht solltest du trotzdem ein bisschen langsamer fahren. Die Straße ist nicht gerade in einem exzellenten Zustand.«

Sie erwischten ein Schlagloch und wurden in ihren Sitzen hin und her geworfen. Sam ließ sich jedoch nicht ablenken und konzentrierte sich auf die Straße. »Du bist angeschnallt. Dir dürfte eigentlich nichts passieren.«

»Ja, sicher, das stimmt schon. Aber wenn du einen Unfall baust, dann sieht es für Remi und die anderen gar nicht mehr so gut aus.«

Da er wusste, dass Lazlo recht hatte, nahm Sam den Fuß vom Gaspedal. »Ich mache mir wirklich Sorgen.«

»Das ist nur zu verständlich.« Lazlo atmete tief durch und lehnte sich ein wenig entspannter nach hinten. »Ich rufe Selma an und erkundige mich, ob sie diesen Teepflanzer erreicht hat.« Er holte sein Smartphone aus der Tasche, wählte und aktivierte die Mithörfunktion. »Ich

bin's«, meldete er sich, als der Anruf angenommen wurde.
»Ich bin zurzeit bei Mr. Fargo. Gibt es etwas Neues?«

»Nicht seit dem letzten Anruf vor fünf Minuten.« Sie räusperte sich. »Ich konnte leider niemanden erreichen. Ich gestehe es nur ungern, Mr. Fargo, aber wenn Sie nicht wollen, dass ich die Polizei benachrichtige, müssen Sie zusehen, dass Sie mit allem vorerst alleine zurechtkommen.«

»Keine Polizei«, sagte Sam und ging in Gedanken alle Möglichkeiten durch, die sich ihm boten. Damals, als er noch bei der Defense Advanced Research Projects Agency angestellt gewesen war, hatte die DARFA beschlossen, einige ihrer Techniker zwecks einer Spezialausbildung für die Durchführung verdeckter Aktionen in das CIA-eigene Camp Peary zu schicken. Dort lernte er Rubin Haywood, einen hochrangigen Agenten, kennen, der ihm als Ausbilder für Nahkampftechniken zugeteilt worden war. Auch wenn sich Sam immer bemühte, ihre Freundschaft nicht durch allzu häufige Bitten um Hilfe auszunutzen, gab es Gelegenheiten – wie diese zum Beispiel –, die ihm keine andere Wahl ließen. »Ich glaube, ich muss Rube anrufen.«

»Das habe ich bereits getan. Ich warte auf seinen Rückruf«, sagte Selma.

»Danke. Es ist möglich, dass wir seine Hilfe brauchen könnten.«

»Ich gebe Ihnen Bescheid, sobald ich von irgendjemandem höre«, sagte sie, während Sams Telefon klingelte.

»Sieh nach, wer es ist«, bat er Lazlo, zu sehr damit beschäftigt, sich auf die Straße zu konzentrieren, um das Gespräch anzunehmen.

Lazlo angelte das Telefon von der Konsole und warf einen Blick auf die Nummer des Anrufers. »Es ist Pete.«

Er hielt das Telefon in Sams Nähe und sagte: »Reden Sie. Mr. Fargo sitzt neben mir.«

Petes Stimme klang aufgeregt. »Sie haben Remi und einige von den Mädchen entführt.«

»Ich weiß«, sagte Sam. »Um ein Lösegeld zu erpressen. Die Entführer haben mich mit Amals Telefon angerufen.«

»Es tut mir so leid. Wir haben sie nicht kommen sehen, bis es zu spät war. Remi ist zu den Mädchen zurückgegangen, die sich nicht rechtzeitig im Tunnel verstecken konnten.«

»Wer außer Remi ist sonst noch in ihrer Gewalt?«, wollte Sam wissen.

»Tambara, Maryam, Zara, Jol und Amal. Alle anderen haben es geschafft. Da unten gibt es keinen Netzempfang, sonst hätte ich Sie schon viel eher angerufen.«

»Sechs?«, fragte Sam, um sicherzugehen, dass er richtig verstanden hatte.

»Moment. Insgesamt fehlen sieben. Nasha. Sie war auch nicht unten im Tunnel.«

»Sind Sie sicher, dass sie sich nicht irgendwo auf dem Gelände versteckt hat? Was ist mit dem Vorratsschuppen. Sie hat mich von Remis Telefon angerufen. Ich glaube, dann war der Akku leer, weil die Verbindung plötzlich abbrach …«

»Nein«, sagte Pete. »Ich habe sie nicht gesehen. Wenn sie hier wäre, hätte sie mich gefunden. Da bin ich mir ganz sicher.«

Sam warf einen Blick auf die Uhr im Armaturenbrett und hoffte, dass das Mädchen ein sicheres Versteck gefunden hatte. »Wir sind fast zwei Stunden entfernt. Wann haben die Kidnapper die Schule verlassen?«

»Vor einer knappen Viertelstunde. Unser Lastwagen ist aber auch verschwunden. Ich vermute, sie haben ihn benutzt, um die Geiseln zu transportieren. Dass sie die Bergstraße bereits hinter sich haben, wage ich zu bezweifeln. Was soll ich tun, bis Sie und Professor Kemp hier sind?«

»Sorgen Sie dafür, dass alle im Tunnel bleiben. Die nächsten Schritte planen wir, sobald ich bei Ihnen eingetroffen bin und mir einen Überblick verschafft habe.«

»Okay. Yaro und ich werden auf dem Dach in Position gehen, um sie rechtzeitig zu sehen, falls sie zurückkommen sollten.«

»Pete…«

»Ja, Mr. Fargo?«

»Seien Sie vorsichtig.«

»Das bin ich.«

Das Telefon piepte, kaum dass das Gespräch beendet war. Sam blickte auf das andere Telefon, das Lazlo in der Hand hielt. »Haben Sie alles mitbekommen, Selma?«

»Habe ich.«

»Gut. Wenn sich Rube bei Ihnen meldet, dann bestellen Sie ihm, dass er mich auf Lazlos Telefon anrufen soll. Ich will mein Telefon freihalten, falls Remi oder die Entführer mich sprechen wollen.«

Eine gute Stunde später erreichte Sam die Grenze von Okoros Farm und sah in einiger Entfernung Licht. Er nahm den Fuß vom Gaspedal, um sich zu orientieren.

»Etwas nicht in Ordnung?«, fragte Lazlo, während er seinem Blick folgte.

»Ich bin mir nicht sicher. Diese Farm gehört dem Mann, den Selma versucht hat zu erreichen. Warum antwortet er nicht auf ihre Anrufe?«

»Vielleicht ist sein Telefon defekt. Oder der Akku ist leer.«

»Er hat elektrischen Strom. Er kann es gewiss laden, wenn es sein muss.«

Sam drosselte das Tempo und passierte die Mündung der langen Zufahrt. Anstatt nach links in Richtung Schule abzubiegen, blieb er auf der Hauptstraße, bis er eine Gruppe von Eukalyptusbäumen erreichte, dann parkte er außer Sicht von der Straße. Er griff nach seiner Kampftasche auf dem Rücksitz.

Lazlo griff in ein Pistolenholster. »Bist du sicher, dass wir unsere knappe Zeit richtig nutzen? Die Schule …«

»Dort halten Pete und Yaro die Stellung. Sie melden sich. Aber irgendetwas stimmt nicht.« Sam setzte erneut das Nachtglas an die Augen und sah mehrere Gestalten, die auf dem Gelände herumliefen. »Kein gutes Zeichen«, sagte er und reichte Lazlo das Fernglas.

Der Professor stellte es scharf. »Was genau habe ich vor mir?«

»Männer, die nicht dorthin gehören.«

»Woher weißt du das?«

»Ich bin mir ziemlich sicher, das Okoros Farmhelfer nicht mit Gewehren bewaffnet sind, während sie seine Teeernte bewachen.« Sam hatte den Verdacht, dass die Farm als Bobachtungsposten benutzt wurde, um den Verkehr zur und von der Schule zu überwachen. Was er aber nicht sah, war der Lastwagen, den die Kidnapper bei ihrer Flucht mitgenommen hatten, um die Geiseln vor neugierigen Blicken zu verbergen.

Lazlo nahm das Glas herunter. »Nach meiner Einschätzung haben die Kidnapper die Schule vor etwa einer Stunde verlassen. Wenn diese Männer dort mit ihnen unter einer Decke stecken, sollten sie dann nicht ebenfalls längst das Feld geräumt haben?«

»Das, Lazlo, ist eine sehr gute Frage. Mal sehen, ob wir eine einleuchtende Antwort darauf finden.«

KAPITEL ZWEIUNDVIERZIG

Rastlose Füße können in eine Schlangengrube treten.

– ÄTHIOPISCHES SPRICHWORT –

Sam und Lazlo bewegten sich zu Fuß durch den Eukalyptuswald, der die eine Seite der Plantage säumte. Dankenswerterweise hatten die Bäume die dolchförmigen Laubblätter abgeworfen, die auf dem Boden verrotteten und wie eine akustische Barriere jedes Geräusch dämpften. Als sie sich dem Rand des Waldes näherten, gab Sam seinem Partner mit einer Hand ein Zeichen anzuhalten.

Die beiden bewaffneten Wachtposten hatten die östliche Seite des Geländes im Auge und blickten in Richtung der Straße, die in die Berge und weiter zur Schule führte. Sam beobachtete sie einige Minuten lang.

Lazlo bewegte sich neben ihm unruhig hin und her und flüsterte: »Sollten wir nicht lieber unseren Weg fortsetzen, während sie abgelenkt sind?«

»Hab Geduld. Ich will zuerst dafür sorgen, dass ihre Ablenkung auch von Dauer ist.« Etwa zwei Minuten später ging einer der Männer auf das Farmhaus zu und kreuzte die Route, der Sam und Lazlo gefolgt wären, wenn sie ihren Weg sofort fortgesetzt hätten. Sam wartete, bis er um die Ecke gebogen war, dann winke er Lazlo zu, ihm zu folgen. Sie schlichen an der Scheune entlang und versteckten sich hinter dem Heck eines von Rost stark befallenen blauen Toyota-Pick-ups, der zwischen den beiden Gebäuden geparkt war. Sam lugte über die Ladefläche zum Haus. Jemand in seinem Innern ging an dem erhellten Fenster vorbei.

Er war definitiv zu klein, um Okoro selbst zu sein.

»Warte hier«, flüsterte Sam. »Ich muss mir einen besseren Überblick verschaffen.«

Lazlo nickte.

Sam schaute sich versichernd in beide Richtungen, dann rannte er zu einem Regenfass und dem Regenrohr direkt neben dem Fenster und kauerte sich dahinter. Er machte Anstalten, sich aufzurichten, als einer der Wächter um die Ecke kam und schnurstracks auf den Pick-up zusteuerte, hinter dem sich Lazlo versteckte.

Sam, der den Wachtposten im Visier seiner Pistole verfolgte, signalisierte Lazlo, dass er an Ort und Stelle bleiben sollte. Der Wächter blieb neben der Fahrertür stehen, zog sie auf, griff ins Wageninnere und holte eine Wasserflasche heraus. Aber anstatt sie auf seinen Rundgang mitzunehmen, blieb er dort stehen und trank. So gern Sam den Mann in diesem Augenblick auch ausgeschaltet hätte – was er möglicherweise getan hätte, wenn er damit hätte bewirken können, dass der Mann seine Trinkpause beendete –, war er nicht gewillt, eine Schießerei anzuzetteln. Jedenfalls nicht bevor er wusste, mit wie vielen Gegnern er es zu tun hatte und ob sich die Mädchen auf dem Gelände befanden oder nicht.

Der Mann schraubte die Flasche wieder zu, warf sie auf den Fahrersitz des Wagens und schloss die Tür. Anstatt zur Vorderfront des Farmhauses zurückzukehren, ging er jedoch auf das offen stehende Scheunentor zu. Nur ein paar Schritte noch, und er würde über Lazlo stolpern. Sam legte den Finger um den Abzugshebel und erhöhte den Druck mit jedem Schritt, den der Mann ausführte. In diesem Augenblick rief jemand von der Vorderfront, und der Wächter verharrte, machte kehrt und setzte sich mit schnellen Schritten in die entgegengesetzte Richtung in Bewegung.

In dem Moment, in dem er aus seinem Blickfeld verschwand, schaute Sam zu Lazlo, der den Kopf gegen die hintere Stoßstange des Toyotas lehnte und mit geschlossenen Augen durchatmete. Die Aussicht, jeden Moment aus seiner Deckung aufgescheucht zu werden, hatte ihn offenbar kurzzeitig in Panik versetzt. Schließlich blickte er zu Sam hinüber und schickte ihm mit dem Daumen ein Okay-Zeichen.

Sam nickte, dann beugte er sich zum Fenster vor und schaute ins Haus. Zaras Vater saß auf einem Holzstuhl, die Hände auf dem Rücken gefesselt, die Unterlippe geschwollen und aufgeplatzt. Dabei starrte er die beiden bewaffneten Männer, die bei ihm im Raum waren, trotzig an. Okoros drei Farmhelfer kauerten neben ihm auf dem Boden – verängstigt, aber unversehrt.

Vier Geiseln also. Und vier Banditen. Zwei im Haus, zwei draußen.

Sam ging wieder hinter dem Regenfass in Deckung und winkte Lazlo zu sich herüber.

Lazlo eilte über die staubige Zufahrt und sank neben ihm in die Hocke. »Ich weiß ja, dass du und Mrs. Fargo an solche Situationen gewöhnt seid«, flüsterte er und verfolgte, wie Sam die Tasche von seinem Gürtel hakte, in der

sich die Schnelllader für seinen Smith & Wesson befanden.
»Aber ...«

»Aber was?«, fragte Sam.

»Ich hatte gehofft, dass wir diese Geschichte hinter uns bringen, ohne jemanden zu töten.«

»Dieser Zug war in dem Augenblick abgefahren, als sie die Mädchen entführt haben, von meiner Frau ganz abgesehen.«

»Irgendwie habe ich geahnt, dass du so etwas sagen würdest.«

»Falls es eine Hilfe ist – wahrscheinlich werden sie versuchen, vorher noch uns zu töten.«

»Ich fühle mich schon viel besser.«

Sam gab ihm einen aufmunternden Klaps auf die Schulter. »Du wirst damit zurechtkommen. Aber jetzt sollten wir uns diese beiden Banditen vorknöpfen.«

KAPITEL DREIUNDVIERZIG

Wo eine Frau regiert, fließen Ströme bergauf.

– ÄTHIOPISCHES SPRICHWORT –

Ebenso wie Amal hatte Remi ein dickes Grasbüschel in der Hand, um die Fußspuren der Mädchen, die vorausgegangen waren, zu verwischen – Amal auf dem steilen und vom Mond beschienenen Pfad zu den Bäumen, während Remi dem Weg zum Truck folgte, um die Prozedur zu beschleunigen. Bei der hohen Anzahl von Männern, die für Makao arbeiteten, würde es nicht mehr lange dauern, bis sie die Reifen gewechselt hätten.

Remi ließ den Blick über den Abschnitt des Pfades schweifen, der von der Straße aus zu sehen war, und stellte zu ihrer Zufriedenheit fest, dass von den Fußspuren nicht mehr allzu viel zu erkennen war. »Ich glaube, das reicht«, entschied sie.

Amal schaute zum Wald. Von den Mädchen war nichts mehr zu sehen. Als sie zu Remi hinunterblickte, verflüchtigte sich ihr Lächeln. »Sie kommen doch zurück… nicht wahr?«

»Das habe ich vor«, sagte Remi. Das Letzte, was sie wollte, war, Amals Furcht vor dem, was ihnen bevorstand, weitere Nahrung zu geben und möglicherweise noch einen Anfall auszulösen. »Aber falls ich es nicht schaffen sollte, geht trotzdem weiter, egal, was passiert. Und vertraut auf Nashas Instinkt. Ich habe das Gefühl, als hätte sie so etwas schon früher gemacht. Und jetzt beeilen Sie sich.«

Während Amal zwischen den Bäumen untertauchte, warf Remi einen Blick auf das Hinweisschild, das den Wanderweg markierte, und den zehn Zentimeter dicken Pfosten, an dem es befestigt war. Das war das letzte verräterische Beweisstück. Sie stieg in den Truck, legte den Rückwärtsgang ein und setzte zurück, bis sie ein lautes Krachen hörte, gefolgt von einem dumpfen Laut, als das Schild in das Farndickicht am Straßenrand kippte und auf dem Waldboden aufschlug. Sie stieg aus, streute Äste und Zweige über dem Stumpf, zerrte das Schild aus dem Dickicht heraus und lud es auf den Truck.

Auch wenn sie am liebsten noch mehr Gestrüpp auf dem Pfad verteilt hätte, sagte ihr das Rumpeln von Makaos Lastwagen nicht allzu weit über ihr auf dem Berghang, dass ihr dazu keine Zeit mehr blieb. Sie kletterte in den Lastwagen und löste die Handbremse. Nach etwa einer Viertelmeile Bergabfahrt tauchte vor ihr das zweite Hinweisschild auf, das auf den *Lower Trail* aufmerksam machte. Sie parkte dicht dahinter, schaltete den Motor aus und steckte die Schlüssel in die Tasche, während sie aus dem Führerhaus sprang. Sie hätte auch gern noch das *Upper Trail*-Schild von der Ladefläche genommen und irgendwo im Wald abgelegt. Wenn sie Glück hatte, würden ihre Verfolger nur einen flüchtigen Blick auf die Ladefläche werfen, registrieren, dass sie leer war, und dem unteren Wanderpfad bis ins Tal folgen, sodass den Mädchen genügend Zeit blieb, sich in Sicherheit zu bringen.

Der Motorenlärm wurde lauter, und sie wartete, bis

der Lichtstrahl der Scheinwerfer um die Kurve herumschwenkte und das Heck des Lastwagens aus dem Dunkel riss. Sorgfältig darauf achtend, nicht in den Lichtstrahl zu blicken und geblendet zu werden, gab sie sich alle Mühe, den Eindruck zu erwecken, vom Auftauchen ihrer Verfolger überrascht zu werden und geschockt zu reagieren – blieb jedoch mindestens eine Sekunde länger als nötig wie gebannt im Lichtkegel stehen, um sicherzugehen, dass sie gesehen wurde.

Als die Reifen Sand und kleine Steine in die Luft schleuderten, während der Pick-up kurz beschleunigte und dann eine Vollbremsung machte, wagte sie zu hoffen, dass ihr Plan aufging.

Sie rannte weit genug die Straße hinunter, um die Männer hinter sich herzulocken, und versteckte sich im Schatten einiger niedriger Büsche am Straßenrand. Allzu weit dürfte sie sich nicht entfernen, denn schließlich hatte sie vor, die Kinder und Amal so schnell wie möglich wieder einzuholen.

Falls sie es nicht schaffen sollte, dann… hätte sie Pech gehabt. Solange den Mädchen nichts zustieß, würde sie jedoch klaglos ertragen, was immer das Schicksal für sie bereithielt. Während sie sich im Gras ausstreckte und so flach wie möglich an den Untergrund presste, schloss sie die Augen vor dem Staub, der sich allmählich setzte. Sie zwang sich, ruhig und gleichmäßig zu atmen, und lauschte dem Stimmengewirr der Männer, die den Wanderpfad herunterliefen und nach ihr suchten.

»Hier entlang«, rief einer der Banditen. »Sie hat den Pfad verlassen und sich in die Büsche geschlagen.«

KAPITEL VIERUNDVIERZIG

Bis der Narr das Spiel beherrscht, haben sich die Spieler längst zerstreut.

– GHANAISCHES SPRICHWORT –

Makao schaute zu dem Schild des Forest Service hoch und dann auf den Pfad, den diese Fargo-Frau benutzt hatte und auf dem sie verschwunden war. »Ich brauche eine Stablampe.« Jimi holte eine aus dem Pick-up und brachte sie seinem Boss. Makao leuchtete damit den Untergrund am Beginn des Pfades ab und entdeckte waffelartige Sohlenmuster, die in einer Linie von der Rückseite des Lastwagens der Fargos zu dem Pfad führten. Er folgte ihnen ein kurzes Stück, bis die Abdrücke nach gut zehn Metern verschwanden.

Interessant. Er stampfte mit dem Fuß auf dem Erdboden auf, dann überprüfte er, ob in der dünnen Staubschicht auf der festgestampften Erde überhaupt ein Sohlenabdruck zurückgeblieben war. Viel war davon nicht zu erkennen, was ihn zu der Frage brachte, ob die Mädchen, die viel weniger wogen als er, diesen Weg überhaupt hatten nehmen können, ohne Spuren zu hinterlassen.

Irgendwie bezweifelte er es, und er richtete den Lichtstrahl der Lampe auf die Ränder des Pfades und das dahinter liegende Dickicht, um sich zu vergewissern, ob sich dort jemand versteckt hatte.

Ihm wurde klar, dass sie die ganze Nacht brauchen würden, um das gesamte Gelände durchzukämmen, und er kehrte zur Straße zurück.

»Welchen Weg können sie sonst noch gewählt haben?«, fragte Jimi.

»Gute Frage. Hol mal die Landkarte«, sagte Makao.

Ein leichter Wind spielte mit den Ecken der Landkarte und erzeugte ein leises Rascheln, während Makao die Landkarte auf der Ladefläche seines Pick-ups ausbreitete. Er hielt sie mit einer Hand fest, damit sie nicht weggeweht wurde, während Jimi die Lampe daraufrichtete. Die Position der Schule war mit einem roten X markiert worden. Weder sie noch die Straße, auf der sie standen, erschienen irgendwo auf der Karte, wahrscheinlich weil es sich um private Bauprojekte handelte. Aber eine gepunktete rote Linie markierte den Wanderweg, der in den geschützten Wald des Naturparks führte. Es schien, als könnte man ihm von der Hauptstraße bis ins Naturschutzgebiet und weiter über die Grenze nach Kamerun folgen.

Makao blickte zu dem unteren Wanderpfad, auf dem die Fargo-Frau verschwunden war. Warum gab es keine weiteren Fußabdrücke? Er traute ihr durchaus zu, jedes Kind auf den Arm zu nehmen und ein Stück neben dem Pfad her zu tragen, um zu vermeiden, dass sie Fußabdrücke hinterließen. Die Frage war nur, ob sie den Weg zur Farm hinunter eingeschlagen hatten oder ob sie zur Schule zurückkehrten. »Pili, folge zusammen mit Den dem Pfad bis an sein Ende und behaltet den Rand auf beiden Seiten im Auge, falls sie sich dort irgendwo verkrochen haben.«

Die beiden Männer entfernten sich bergab, wobei sie die Lampen hin- und herschwenkten und die Lichtbalken über Pfad und dichte Vegetation wischten. Der Klang ferner Schüsse brachte sie dazu, abrupt stehen zu bleiben. »Was war das?«, fragte Jimi.

»Die Farm«, sagte Makao. »Versuch herauszubekommen, was geschehen ist.«

Jimi griff zum Telefon und wählte eine Nummer, während Pili und Den dem Pfad folgten, der sich in Serpentinen durch den Dschungel schlängelte.

Es erschien völlig widersinnig, dass sieben Frauen und Mädchen so schnell verschwinden konnten – was ihn auf die Frage brachte, wie gründlich seine Männer die Ladefläche des Trucks inspiziert hatten.

Er ging zum Lastwagen, hob die Plane hoch, sodass die Scheinwerferstrahlen seines Wagens das Dunkel darunter erhellten. Zuerst sah er nichts als seinen eigenen Schatten im Frachtraum. Als er sich abzuwenden begann, entdeckte er aber doch noch etwas auf der Ladefläche des Trucks. Er beugte sich hinein, zog einen dicken Holzpfosten heraus und stieß einen Fluch aus, als er das große Hinweisschild des Forest Service mit der Aufschrift *Upper Trail* an seinem oberen Ende gewahrte.

»Pili! Den!«, rief er. »Planänderung. Steigt mit den anderen in den Truck.«

»Sie antworten nicht«, sagte Jimi und hielt sein Telefon hoch, während die beiden Männer den Pfad herauftrabten.

Den blickte auf das Schild, das aus dem Heck des Lastwagens der Fargos herausragte. »Wohin geht die Reise?«

»Wir holen unsere Geiseln zurück.«

KAPITEL FÜNFUNDVIERZIG

Ohren, die nicht auf Ratschläge hören, begleiten den Kopf, wenn er abgeschlagen wird.

– AFRIKANISCHES SPRICHWORT –

Sam stieg über die Leiche des getöteten Banditen hinweg und richtete den Lauf seiner Pistole auf den Rücken seiner neuen Geisel. »Hat dich schon mal jemand darauf aufmerksam gemacht, dass Rauchen schädlich für deine Gesundheit sein kann?«

Mit deutlichem Widerwillen beäugte Lazlo den toten Banditen. »Was war mit dem Plan, ihn leise und unauffällig auszuschalten?«

»So erschien es mir zweckmäßiger.« Die Wächter waren überraschend schlampig, was die Ausübung ihres Dienstes betraf, indem sie eine dritte Zigarette anzündeten, anstatt ihre Patrouillengänge fortzusetzen. Sam beschloss, die Angelegenheit ein wenig zu beschleunigen. Der Nachteil war, dass sie mit dem Pistolenschuss auf ihre Anwesenheit aufmerksam machten. Sam trieb ihre Geisel zum Flachbau des Farmhauses und sagte: »Hoffen wir, dass deine Freunde kommen, um nachzusehen, was geschehen ist.« Leiser fügte er hinzu: »Ich brauche einen von euch lebend. Wer das ist, ist mir herzlich egal.«

Der Mann sagte nichts.

Lazlo blickte zum Fenster. »Was ist, wenn sie nicht rauskommen?«

»Dann gehe ich rein.«

»Ich hatte befürchtet, dass du so etwas sagen würdest.«

»Die gute Nachricht ist, dass du hierbleiben musst.«

»Und wenn dir etwas zustößt?«

»Dann such Remi und die Mädchen und bring sie in Sicherheit.« Sam beobachtete die Haustür und fragte sich, weshalb sie so lange auf sich warten ließen. Die Schüsse hätten sie doch längst herauslocken sollen. Er packte den Banditen am Kragen. »Wie heißt du?«

»Deric.«

»Deric, ruf sie und sag ihnen, dass du Hilfe brauchst.«

»Sie werden nicht kommen.«

»Du solltest lieber hoffen, dass sie es tun, sonst ist es nämlich das letzte Mal, dass du auf deinen eigenen Füßen stehst. Jetzt ruf sie schon.« Sam rammte ihm den Pistolenlauf gegen die Wirbelsäule. »Und sieh zu, dass du überzeugend klingst.«

»Urhie!«, rief der Wächter. »Joe! Ich brauche euch beide. Schnell!«

Sam sah zu Lazlo hinüber, der am Fenster stand und in den Raum blickte, in dem die Geiseln bewacht wurden. Nach einer Sekunde gab Lazlo mit dem Daumen das Okay-Zeichen und deutete auf die Tür.

Gut. Sie kamen.

Sam trat ein Stück zur Seite, um sicherzugehen, dass sich Deric zwischen ihm und der Tür befand.

»Sam«, sagte Lazlo. »Nur einer kommt heraus. Er hat eine Geisel mitgenommen.«

»Du weißt, was du tun musst.«

Lazlo machte einen tiefen Atemzug und wappnete sich für das Kommende.

Sam zog seinen Gefangenen zurück und brachte den Mund dicht an dessen Ohr. »Wenn du eine Geisel rettest, rettest du dein Leben.«

»Das wird nicht geschehen. Er wird Sie vorher töten.«

»Du solltest lieber das Gegenteil hoffen, denn ich werde es nicht sein, der heute Nacht stirbt.«

Der Türknauf drehte sich, die Tür öffnete sich nach innen und gab den Blick auf einen Mann frei, der Okoro mit einer Pistole in Schach hielt.

»Ganz ruhig«, sagte Sam. »Niemand soll verletzt werden. Ich will nur die Geiseln austauschen und dann meine Frau und die vermissten Kinder suchen.«

»Viel Glück. Sie haben eine Geisel, ich habe eine. Mein Freund Urhie hat drei mehr.«

Was Sam verriet, dass die fehlenden Mädchen nicht dort waren. »Kanone. Runter. Sofort«, befahl Joe und drückte die Mündung seiner Waffe gegen Okoros Schläfe.

Sam schob den Finger in den Abzugsbügel, ließ die Waffe nach unten pendeln und an seinem Zeigefinger auf und ab schaukeln. Langsam streckte er die Hand aus – als Demonstration, dass von ihm keine Gefahr mehr ausging. »Hier ist sie«, sagte er. »Was soll ich damit tun?«

»Geben Sie Deric die Pistole.«

»Soll ich dir nicht lieber gleich Deric geben?« Sam stemmte einen Fuß in Derics Kniekehle und stieß ihn vorwärts. Wie erwartet vergaß Joe seine Geisel und zielte auf Sam, der seinen Smith & Wesson um den Finger gewirbelt hatte. Der Kolben landete in Sams Hand, er umfasste ihn und feuerte. Joe taumelte rückwärts, ließ Okoro los und stürzte zu Boden. Deric streckte sich nach Joes Pistole. Er packte sie und zielte.

Sam feuerte wieder. Deric wurde nach hinten geschleudert und rührte sich nicht mehr.

Drei weitere Schüsse fielen.

Sam fuhr herum und sah Lazlo am Fenster, die Augen im Schock geweitet und die Pistole in den Raum richtend.

»Bist du okay?«, fragte Sam.

»Er wollte Sie töten.«

Okoro lehnte sich an die Wand, seiner Miene nach musste er halb weggetreten sein. Sam hatte die beiden toten Banditen im Visier. Er vergewisserte sich, dass sie wirklich nicht mehr unter den Lebenden weilten, ehe er zu Lazlo ans Fenster kam. Die drei restlichen Geiseln im Haus standen offenbar genauso unter Schock wie Lazlo und waren unfähig, die Augen von dem toten Mann auf dem Boden abzuwenden.

Sam blickte fragend zu Okoro. »Wie viele bewaffnete Männer?«

»Vier.«

»Dann haben wir die Nase vorn. Vorläufig.«

»Was meinen Sie mit ›vorläufig‹?«

»Vielleicht sollten Sie lieber ins Haus gehen, wo wir uns hinsetzen können.« Er sah sich prüfend um und interessierte sich besonders für die Straße, die das nördliche Ende der Farm durchschnitt und in die Berge und zur Schule hinaufführte. Die Fahrt die gewundene Straße hinunter bis dorthin dauerte gewöhnlich eine Dreiviertelstunde. Wenn er davon ausging, dass die Entführer die Schule verlassen hatten, als sich Pete gemeldet hatte, müssten sie längst das Feld geräumt haben. Was für ihn keinen Sinn ergab, war die Tatsache, dass diese Männer sich noch immer hier unten auf der Teeplantage aufhielten. Und jetzt waren sie tot. Er reichte Lazlo den Schlüsselanhänger mit den Schlüsseln für den Land Rover. »Lass dich von einem von Okoros Männern begleiten, um den Wagen hierherzuholen. Versteck ihn hinter der Scheune. Und lasst mir eine Warnung zukommen, wenn ihr irgendwelche Fahrzeuge seht, die aus dieser Richtung kommen.«

Lazlo nickte, offensichtlich dankbar, dass er im Freien bleiben durfte und das Haus nicht betreten musste.

In diesem Augenblick beneidete ihn Sam. Einen Vater davon in Kenntnis zu setzen, dass seine einzige Tochter sich in der Gewalt von Entführern befand, war nichts, worauf man sich freuen konnte.

KAPITEL SECHSUNDVIERZIG

Nur wer sich bewegt, sieht die Spur des Löwen.

– AFRIKANISCHES SPRICHWORT –

Die zweite Serie von Pistolenschüssen, die an Remis Ohren drang, kam aus der Richtung des Farmhauses. Der zeitlichen Abfolge nach zu urteilen, müsste sich Sam also schon in ihrer Nähe aufhalten. Auch wenn sie sich sehnlichst wünschte, mit ihm auf irgendeine Art und Weise Kontakt aufnehmen zu können, vertraute sie darauf, dass er derjenige war, der die Schüsse abgefeuert hatte. Diese Vorstellung beflügelte sie und stärkte ihren Kampfgeist, was sie in diesem Moment auch dringend nötig hatte, da Makao ihren Köder verschmäht hatte und zurückgekehrt war, um den oberen Wanderpfad zu suchen.

Remi wartete mehrere Minuten lang. Als sie den Motor seines Pick-ups nicht mehr hörte, suchte sie sich durch das Dickicht einen Weg zur Straße und erreichte sie in Höhe des Lastwagens. Im Mondlicht waren nun auch die Einschusslöcher in der Seitenwand – die von ihrer ersten Begegnung mit Makaos Bande stammten – deutlich zu erkennen. Wenn Nasha den Kalu-Brüdern nicht hätte entkommen können, indem sie sich in dem Lastwagen versteckte, wären sie vielleicht schon dort in Makaos Gewalt geraten.

Eine Laune des Schicksals hatte sie alle zusammengeführt.

Trotz ihrer Sorge um Sam und Lazlo stand für sie das Wohlergehen der Mädchen an erster Stelle.

Irgendwie musste sie in Makaos Nähe kommen, bevor er und seine Männer den oberen Trekkingpfad fanden. Auch wenn sie den Weg dorthin im Lastwagen weitaus schneller hätte bewältigen können, wagte sie es nicht, dieses Risiko einzugehen. Stattdessen joggte sie die Viertelmeile bergauf und stellte entsetzt fest, dass er fast genau vor dem Beginn des Pfades geparkt hatte.

Das Leerlaufgeräusch des Motors drang zu ihr herüber. Makao stand neben der offenen Fahrertür, während alle seine Gefolgsleute die Straße, die von den Scheinwerfern des Pick-ups ausgeleuchtet wurde, oberhalb seiner Position absuchten. Sie drückte sich hinter einen Baumstamm und verfolgte das Geschehen durch die Äste, während die Männer durchs Unterholz trampelten. Dabei wusste sie mit erschreckender Klarheit, dass die einzigen Spuren, die sie fänden, von ihr hinterlassen worden waren, als sie das Hinweisschild des Forest Service zum Lastwagen geschleift hatte.

»Und wie sieht es aus?«, rief Makao.

»Hier muss der Lastwagen gestanden haben«, sagte Jimi und deutete auf einen Punkt auf der Straßenseite, der sich in nächster Nähe des ursprünglichen Standortes des Hinweisschildes befand. »Man kann die Reifenspuren sehen, wo er offenbar losgefahren ist.«

Makao kam zu ihm zum vorderen Ende des Trucks, dessen Scheinwerfer einen gigantischen Schatten der vier Männer auf den Berghang warfen.

»Weshalb ist er ausgerechnet hier abgebogen?«, fragte einer der Männer.

»Was glaubst du denn?«, fragte Makao ungehalten.

»Die Fargo-Frau hat uns ausgetrickst. Sie hat die Mädchen hier irgendwo aussteigen lassen, hat das Schild umgelegt und uns gezwungen, eine vollkommen unsinnige Suche zu starten. Irgendwo in der Nähe muss der Pfad anfangen.«

Wäre er nur ein kleines Stück weitergefahren, ehe er parkte, dann hätte er wahrscheinlich auf Anhieb die Pflanzenreste gefunden, die den Anfang des Wanderpfades tarnten.

Noch besser war, dass sie durch die Scheinwerfer geblendet wurden und nichts von dem sahen, was sich hinter dem Pick-up befand. Remi schlich sich näher heran, blieb so weit wie möglich auf dem Grasstreifen auf der Straßenseite und hoffte, keine Fußspuren zu hinterlassen.

Als sie das Wagenheck erreichte, entdeckte sie den Pfad in wenigen Schritten Entfernung zu ihrer Rechten. Ein einzelner Baumstamm war alles, was sich zwischen ihr und dem oberen Wanderweg befand. Sie duckte sich dahinter, als Makao zum Truck zurückkehrte und in der Fahrerkabine nach einer Stablampe suchte. Er knipste sie an und richtete den Lichtstrahl erst auf die Schotterpiste der Straße und dann auf den Berghang, um nach Spuren ihrer Flucht zu suchen.

Remi presste sich an den Baum und veränderte vorsichtig ihre Position, damit er sich ständig zwischen ihr und ihrem Verfolger befand. Zwei Schritte noch, und sie stünde auf dem Pfad – und wäre im Freien und von weitem zu sehen, da das Buschwerk zu niedrig war, um sie zu verbergen, selbst wenn sie auf dem Bauch dorthin zu kriechen versuchte, wo der Wald dichter wurde. Die Männer nach wie vor im Auge behaltend, tastete sie mit dem Fuß hinter sich auf dem Erdboden herum und fand einen faustgroßen Stein. Sie rollte ihn ebenfalls mit dem Fuß bis in ihre Reichweite, dann wiederholte sie ihre Suche, bis sie einen kleinen Vorrat Wurfgeschosse neben ihren Füßen gesammelt hatte. Sie bückte sich, hob einige auf und schleuderte ein größeres Exemplar über den Pick-up hinweg auf die andere Straßenseite.

Der Stein landete in einem Gebüsch und schüttelte dessen Zweige durch.

»Hast du das gehört?«, fragte einer der Männer.

»Was denn?«, fragte ein anderer.

»Seid mal still!«, befahl Makao, während Remi einen zweiten Stein über sie hinwegsegeln ließ. Er landete mit einem dumpfen Laut auf der anderen Seite und rollte den Berghang hinab. »Dort«, sagte er.

»Ich hab's gehört.« Die Männer rannten auf diese Straßenseite und richteten ihre Pistolen und Lampen auf das Gebüsch. Sie schickte auch noch einen letzten Stein auf die Reise und rannte dann den Trekkingpfad hinauf und über den freien Geländeabschnitt, während der Lichtstrahl einer Stablampe über die Straße schwenkte und die Bäume vor ihr erhellte.

Sie warf sich sofort ins Gras, dann blickte sie durch eine Lücke im Dickicht und sah Makao fast am Anfang des Wanderwegs stehen.

»Da oben hat sich etwas bewegt«, sagte einer der Männer und zog seine Pistole. Ein anderer richtete seine Stablampe auf das Gebüsch und blendete sie.

Ein Schuss hallte durch die Nacht.

KAPITEL SIEBENUNDVIERZIG

Der Narr redet, der Weise hört zu.

– ÄTHIOPISCHES SPRICHWORT –

Ein Flussschwein brach aus dem Dickicht hervor und rannte an Makao vorbei den Berghang hinab.

»Idioten«, schimpfte der Gangsterboss, dann inspizierte er die Fußabdrücke hinter seinem Pick-up und versuchte zu entscheiden, ob sie von seinen Männern stammten, als sie von dem Wagen heruntergesprungen waren, oder von den Mädchen, als sie den Trekkingpfad gesucht hatten, den sie für ihre Flucht benutzen wollten. Er schwenkte den Lichtstrahl über die Bäume und Büsche, die rechts von der Straße wuchsen, wobei ihm ein waffelähnlicher Fußabdruck im Straßenstaub nicht weit von einem Grasbüschel aus umgeknickten Halmen auffiel. Keiner seiner Männer war so weit die Straße hinuntergegangen, daher konnte der Abdruck nicht von ihnen stammen. Er ging näher heran und kauerte sich nieder. Das gleiche Waffelmuster wie bei dem Abdruck auf dem unteren Trekkingpfad. Zu klein, um von einem Mann hinterlassen worden zu sein, aber zu groß für ein Mädchen.

Zweifellos stammte die Spur von Remi Fargo, die es offenbar an den Ort des Geschehens zurückzog.

Er richtete den Lichtstrahl hangaufwärts. Wenn sie sich

die Mühe gemacht hatte zurückzukehren, dann musste der Wanderweg in der Nähe zu finden sein. Und er entdeckte tatsächlich weitere zertretene Pflanzenreste und Teile von Fußabdrücken im Straßenstaub.

Jeder wies das gleiche Waffelmuster auf.

Jimi kam zu ihm. »Haben Sie etwas gefunden, Boss?«

Makao ließ den Lichtkegel über die Piste wandern. »Die Fargo-Frau hat doch Wanderstiefel getragen, oder?«

»Soweit ich mich erinnere, ja.« Jimi suchte einen besseren Blickwinkel und ging auf ein Knie hinunter. »Sie hat die Mädchen hier herausgelassen und ist dann weiter den Berg hinuntergefahren, um uns glauben zu machen, sie wolle den unteren Wanderweg nehmen.« Jimi nickte anerkennend und lachte, während er sich aufrichtete. »Eine raffinierte Frau. Das muss man ihr lassen.«

Makao gab es nur ungern zu, aber Jimi hatte recht. Remi Fargo hatte sie überlistet. Und nicht nur das. Je eingehender er darüber nachdachte, desto klarer wurde ihm, dass sie im Grunde jeden ihrer Schritte von dem Moment an manipuliert hatte, in dem sie und die Mädchen entführt wurden, bis zu dem Moment, als er das Hinweisschild auf der Ladefläche des Fargo-Trucks fand. Er würde sie ganz sicher nicht mehr unterschätzen. »Dieser Weg, den die Mädchen benutzen wollten, muss hier irgendwo in der Nähe sein.«

Schließlich fanden sie tatsächlich den Zugang, nämlich gerade, als sie über den Rest des Pfostens stolperten, an dem das Hinweisschild befestigt gewesen war. Wenn es mit seinem Truck nicht regelrecht zugeparkt worden wäre, hätten sie es sicherlich schon viel eher bemerkt. Die Fargo-Frau war verdammt hartnäckig, dass sie ihn den Berg hinauf verfolgt hatte – das musste er ihr lassen. Ganz sicher würde er jedoch kein Sterbenswörtchen darüber verlieren, dass eine Frau ihnen eine Lektion in Sachen Cleverness erteilt hatte. Diese Erkenntnis würde den Zorn seiner Männer nur noch stärker anstacheln, was zur Folge hätte, dass sie noch schießwütiger reagierten.

Und das war keine gute Kombination, wenn seine Geiseln lebend wertvoller waren als tot.

Er beleuchtete die Waffelfußabdrücke. »Sie stammen von Remi Fargo. Ich habe das Gefühl, dass sie in solchen Dingen einige Erfahrung hat. Nehmt euch auf jeden Fall in Acht und haltet die Augen offen. Wenn sie mit diesen Mädchen den Pfad verlässt, rennt ihr am Ende an ihnen vorbei, ohne es zu ahnen.«

Pili sah die drei Männer neben ihm skeptisch an. »Vielleicht sollten wir lieber bis morgen früh in der Schule warten. Dort stehen doch Betten, und in der Kantine gibt es etwas zu essen.«

»Und wenn sie die Polizei benachrichtigt haben, wird dies der erste Ort sein, an dem sie suchen«, sagte Makao. »Nach den vermissten Mädchen und nach euch. Wenn ihr meint, schlafen zu müssen, dann sucht euch einen Platz in der Nähe und möglichst irgendwo, wo ihr nicht gesehen werdet. Aber ihr solltet euch darüber im Klaren sein, dass ihr Vorsprung größer wird, je länger ihr wartet.«

»Kommen Sie nicht mit uns?«

»Jimi und ich, wir fahren runter zur Farm, um nachzusehen, was dort los war.« Er sah seine Männer nacheinander drohend an. »Und achtet darauf, dass den Geiseln kein Haar gekrümmt wird. Tot sind sie für uns wertlos.«

Die vier ehemaligen Area Boys nickten gehorsam und

begannen den mühsamen Aufstieg. Jimi folgte Makao zu seinem Pick-up und nahm den Beifahrersitz ein, während Makao sich hinter das Lenkrad klemmte und die beiden anderen Männer sich auf die Ladefläche schwangen. Makaos Smartphone summte in seiner Tasche, und er holte es heraus, warf einen Blick auf den kleinen Bildschirm und erkannte die tunesische Nummer. Er ließ das Telefon in den Getränkehalter der Mittelkonsole fallen und verzichtete darauf, den Anruf anzunehmen. Das Telefon verstummte wieder, begann jedoch Sekunden später abermals zu summen, und jetzt griff Jimi danach.

»Nicht drangehen. Es ist Tarek«, sagte Makao. »Er braucht nicht zu wissen, was hier läuft.«

»Es wird ihm bestimmt nicht gefallen, wenn er davon Wind bekommt.«

»Wer sagt denn auch, dass er es erfährt?«, knurrte Makao ungehalten, während er auf der engen Straße hin und her rangierte, bis der Pick-up bergab rollte.

Sobald sie den unteren Trekkingpfad erreichten, wo der Lastwagen der Fargos zurückgelassen worden war, schaltete er die Scheinwerfer aus und folgte der Straße mit deutlich geringerem Tempo.

»Warum fahren wir im Dunkeln?«

»Um sicherzugehen, dass wir lebendig von dem Berg runter- und an der Farm vorbeikommen. Es dürfte schwierig sein, das Lösegeld zu kassieren, wenn wir tot sind.«

»Boss, Sie lenken einen weißen Pick-up. Den sehen sie doch sofort, sobald er auf der Hauptstraße ist. Es wäre sicherer, wenn die Scheinwerfer eingeschaltet blieben.«

Makao ignorierte den Ratschlag und folgte dem Verlauf der Piste so schnell, wie er es für sicher hielt, dann bremste er vor der nächsten Kurve, die Augen zusammengekniffen und konzentriert in die Nacht starrend, um kein Detail der Straße zu übersehen.

»Achtung, Schlagloch«, warnte Jimi.

Makao fluchte, als Vorderachse und Motorhaube auf der Lehmpiste schlagartig wegsackten. Bei diesem Tempo würden sie niemals den Fuß des Berges erreichen. Schließlich riskierte er es, die Scheinwerfer einzuschalten, und hoffte, dass wer auch immer sich soeben in der Farm aufhielt, nicht auf die Straße achtete.

KAPITEL ACHTUNDVIERZIG

Egal, wie lang die Nacht war, stets folgt ein neuer Tag.

– AFRIKANISCHES SPRICHWORT –

Okoros Miene zeigte ein Wechselspiel von Emotionen, während er sich anhörte, was Sam ihm berichtete. »Habe ich richtig verstanden, dass meine Tochter eine der Geiseln in der Schule ist?«

»Zusammen mit meiner Frau«, bestätigte Sam. »Wenn wir auch nur geahnt hätten, dass etwas Derartiges geschehen könnte, hätten wir niemals …«

»Nein.« Der Farmer stand auf, ballte die Fäuste und ließ Sam seinen rasenden Zorn spüren. »Mir wurde erklärt, das Mädchen sei da oben in absoluter Sicherheit!«

»Sie haben jedes Recht, wütend zu sein und mir Vorwürfe zu machen«, sagte Sam.

»In einem bin ich mir bei Zara vollkommen sicher: Sie würde den Menschen, die ihr geholfen haben, ihren Traum zu verwirklichen, niemals die Schuld geben. Sie würde sich an die Leute halten, die ihr diesen Traum gestohlen haben.« Seine Wangenmuskeln zuckten, während er Sam musterte. »Wer sind sie? Boko Haram? Fulani-Terroristen?«

»Wir wissen es nicht genau.«

»Ich werde diese Männer finden. Und ich werde sie töten, wenn sie meiner Tochter etwas angetan haben.«

Lazlo kam im Laufschritt von der Haustür angerannt. Er war außer Atem. »Lichter ... Scheinwerfer!«

»Wo?«, fragte Sam.

Es dauerte einen Moment, ehe der Professor antworten konnte. »Sie kommen den Berg herunter.«

Sam und Okoro begaben sich eilends nach draußen und folgten der Zufahrt, bis sie einen ungehinderten Blick auf die Straße hatten, die quer über den nördlichen Zipfel des Anwesens verlief. Sam entdeckte die Scheinwerfer nach etwa drei Vierteln des Wegs den Berghang hinab, ehe sie wieder zwischen den Bäumen verschwanden. »Uns bleiben vielleicht noch zehn Minuten, bis sie hier sind.« Er drehte sich um, betrachtete die toten Banditen, die draußen vor dem Gebäude vor der mit Lehm verputzten Seitenwand lagen, und fragte sich, ob es nicht besser wäre, sie zu verstecken.

Dazu reichte jedoch die Zeit nicht mehr aus. Das Fahrzeug näherte sich rasant.

Sam verteilte die Gewehre, die er den Toten abgenommen hatte. »Schießt erst dann, wenn ich den Befehl gebe.«

Okoro und seine drei Farmhelfer folgten Sam. »Ich glaube, wir sollten sie ein für alle Mal ausschalten.«

»Ich bin in jeder Hinsicht Ihrer Meinung«, sagte Sam und stieg über einen der Toten hinweg, »aber es ist besser, sie am Leben zu lassen.«

»Warum?«

»Weil sie uns vielleicht wertvolle Informationen darüber liefern können, wo die Mädchen sind.«

Lazlo stieß wieder zu ihnen. Alle fünf Männer gingen jetzt hinter dem Pick-up der toten Banditen in Position und hatten Makaos weißen Toyota im Visier, als er in die lange Zufahrt einbog und etwa zweihundert Meter von dem Farmhaus entfernt anhielt.

»Meinst du, sie haben uns gesehen?«, fragte Lazlo.

Wie als Antwort auf diese Frage wendete das Fahrzeug plötzlich und raste mit durchdrehenden Reifen in Richtung Straße davon.

Sam richtete sich auf und verfolgte, wie die roten Rücklichter um die Straßenkurve verschwanden, und entspannte sich erst, als er sah, dass der Toyota über die Kuppe des Hügels hinter der Kurve rollte. »Irgendetwas muss sie gewarnt haben.«

Lazlo hielt eins der Telefone der toten Banditen hoch. »Ich tippe auf einen nicht angenommenen Anruf.«

»Ich verfolge sie«, sagte Sam und eilte hinter die Scheune.

»Nicht ohne mich«, sagte Okoro und lief hinter ihm und Laszlo her.

Sam hatte kaum den Platz hinter dem Lenkrad des Land Rover eingenommen, als sein Telefon summte. Amals Nummer erschien auf dem Bildschirm. »Es ist Makao«, sagte Sam, dann meldete er sich.

»Zeigen Sie mir das Geld, oder Sie werden Ihre Frau nie wiedersehen.«

Die Worte hallten in Sams Kopf wider, und er biss die Zähne zusammen, obgleich er am liebsten durch die Leitung gegriffen und den Mann, der es wagte, ihm mit Remis Ermordung zu drohen, mit bloßen Händen erwürgt hätte. Er zwang sich zu einem tiefen, gleichmäßigen Atemzug. »So viel Geld heranzuschaffen dauert etwas«, sagte Sam. »Zwei Tage mindestens.«

»Selbst für jemanden wie Sie?«

»Ja.«

Einige Sekunden Stille. Dann: »Wie viel kriegen Sie bis morgen früh zusammen?«

»Dafür muss ich meine Bank anrufen. Geben Sie mir zehn Minuten.«

»Fünf.« Die Verbindung wurde unterbrochen.

Sam blickte hinaus, sah auf die Berge und ging das Gespräch noch einmal im Kopf durch. Ein Hoffnungsschimmer zeichnete sich ab.

»Was hat er verlangt?«, wollte Okoro wissen.

»Geld. Er wollte wissen, wie viel ich bis morgen früh zusammenbekäme.«

»Bis morgen?«, fragte Lazlo. »Das klingt verdammt verzweifelt. Meinst du, dass Remi und die Mädchen fliehen konnten?«

»Sieht ganz danach aus.« Sam schaute zum Himmel. Er war mit Sternen übersät, der Morgen noch Stunden entfernt. »Wir sollten keine voreiligen Schlüsse ziehen. Wenn sie derart verzweifelt sind, dann macht sie das unberechenbar und gefährlich. Ruf Pete an. Er soll mit den Mädchen in dem Versteck bleiben, bis wir zur Schule hinaufkommen und Hilfe bringen können.«

»Okay.«

Dann wählte Sam Selmas Nummer und brachte sie auf den aktuellen Stand.

»Das ist ja fast so etwas wie eine gute Nachricht«, lautete ihr Kommentar.

»Wenn Makao die Mädchen nicht in seiner Gewalt hat, müssen wir sie vor ihm finden. Haben Sie etwas von Rube gehört?«

»Ja. Er hat seine guten Beziehungen zu einigen Dienststellen des nigerianischen Militärs spielen lassen. Ein Hubschrauber mit einem Such- und Rettungsteam startet morgen früh in Ihre Richtung. Dazu gehören ein paar zusätzliche Männer als Schutztruppe für die Schule, bis dort alles wieder seinen gewohnten Gang geht. Ich schicke Ihnen eine E-Mail mit weiteren Informationen. In der Zwischenzeit sollten Sie sich ein wenig Ruhe gönnen.«

»Danke, Selma. Ich melde mich morgen wieder.«

Als Nächster stand Makao auf Sams Telefonliste. Er meldete sich bereits nach dem ersten Klingeln. »Ich kann Ihnen bis morgen früh einhunderttausend Dollar beschaffen. Und jetzt lassen Sie mich mit meiner Frau und einem der Mädchen sprechen.«

»Sie können mit ihnen sprechen, sobald wir das Geld haben. Sie wissen, wie Sie mich erreichen.«

Ein Piepton drang aus dem Lautsprecher von Sams Smartphone, als die Verbindung getrennt wurde. »Es sieht günstig aus. Morgen kommt ein Hubschrauber, sodass wir mit der Suche anfangen können.«

»Warum warten wir so lange?«, fragte Okoro. »Wir sollten schon jetzt dort oben nach ihnen Ausschau halten.«

Sam, der die Besorgnis des Mannes nachempfinden konnte, aber auch aus Erfahrung wusste, wie leicht man Fehler machen konnte, wenn man übermüdet war, sagte: »Wir können davon ausgehen, dass sich dort noch weitere Männer verschanzt haben. Das Letzte, was wir uns erlauben dürfen, ist, in eine Falle zu tappen. Wir müssen bis morgen warten. Ich übernehme die erste Wache.«

»Ich leiste Ihnen Gesellschaft«, sagte Okoro. »Sollen die anderen schlafen. Ich bekomme sowieso kein Auge zu.«

Die beiden Männer gingen in den vorderen Teil des

Hauses, von wo aus sie die Zufahrt im Auge hatten. Für einige Minuten herrschte brütende Stille, dann hob Okoro den Kopf und sah Sam von der Seite an. »Ich hätte Ihnen mein Land nicht verpachten dürfen.«

»Wenn ich auch nur geahnt hätte, dass den Mädchen hier Gefahr drohen würde, hätte ich dem Bau der Schule niemals zugestimmt. Wir haben jede Vorsichtsmaßnahme ergriffen ...«

»Aber trotzdem nicht genug, wie es scheint«, sagte Okoro leise. Die beiden ließen ihre Blicke über die Zufahrt und den Berghang oberhalb der Farm schweifen, der zur Schule führte.

Sam betrachtete das dunkle Waldstück und fragte sich, wo Remi und die Mädchen in diesem Moment Zuflucht gefunden haben mochten. Der Park war ein Kaleidoskop von Lebensräumen, in dem alles vertreten war – von hügeligem Grasland über Sümpfe bis hin zu dichten Wäldern. Dort war mehr oder weniger zahlreich fast die gesamte Tierwelt Afrikas anzutreffen. »Auf welche Gefahren müssen wir uns einstellen?«

»Das hängt ganz davon ab, wohin sie fliehen. Die größte Bedrohung geht von den Fulani-Hirten aus. Einige von ihnen sind nicht besser als Boko Haram. Sie töten jeden, von dem sie glauben, dass er ihnen das Land streitig machen will, das sie als Weidegrund für ihr Vieh beanspruchen.«

»Ich glaube, dass Remi dies bewusst ist. Sie wird schon darauf achten, dass sie und die Mädchen ihnen nicht zu nahe kommen.«

Okoro sah ihn mit ungläubiger Miene an. »Sie trauen Ihrer Frau aber eine ganze Menge zu.«

»Aus gutem Grund. Die einzige andere Person, der ich zutraue, diese Mädchen unversehrt in Sicherheit zu bringen, bin ich selbst.«

»Eins verstehe ich nicht«, sagte Okoro. »Wenn dieser Makao meine Tochter oder Ihre Frau gar nicht in seiner Gewalt hat, weshalb versprechen Sie ihm dann so viel Geld?«

»Um die Verbindung zu ihm nicht abrechen zu lassen«, erklärte Sam. »Wenn Sie mich fragen, versucht er vor allem, seine Verluste so gering wie möglich zu halten und das Weite zu suchen. Und bevor ihm dies gelingt, werde ich ihn und jeden dieser Banditen zur Strecke bringen.«

Okoro lächelte grimmig. »Beruhigend zu wissen, dass wir uns wenigstens in einem Punkt hundertprozentig einig sind.«

KAPITEL NEUNUNDVIERZIG

Die Erde ist die Königin der Betten.

– NAMIBISCHES SPRICHWORT –

Sobald Remi die Mädchen und Amal eingeholt hatte, drückte sie zwei Stunden lang aufs Tempo, bis sie nicht mehr übersehen konnte, wie erschöpft sie alle waren. Ohne eine ausgiebige Rast würden sie schon bald Fehler machen und sich in Gefahr bringen. Nachdem sie sich vorübergehend von der Gruppe getrennt hatte und ein Stück vorausgerannt war, fand sie eine kleine Lichtung, die weit genug vom Pfad entfernt lag und durch dicht wuchernde Büsche ausreichend getarnt wurde, sodass sie ihren Verfolgern nicht auffallen würde.

»Ich friere«, flüsterte Jol. »Und habe Hunger.«

»Ich auch«, schloss sich Maryam an.

»Rückt zusammen«, sagte Remi leise, während sie sich am Fuß eines kräftigen Baumstamms auf dem Waldboden niederließen. »Dann könnt ihr euch gegenseitig wärmen. Wenn es wieder hell wird, versuchen wir, etwas Essbares zu finden.«

»Ich habe ein bisschen Proviant«, sagte Nasha. Sie streifte den Rucksack von den Schultern, öffnete den Reißverschluss und holte ein weiches Brötchen, zwei fleckige Bananen und einen Apfel heraus. Die Mädchen teilten sich die

Bananen. Remi setzte sich neben Nasha. »Welche anderen Schätze versteckst du noch in deinem Rucksack?«

»Meine Schultafel«, antwortete das Mädchen. »Und Ihr Telefon.«

Sie holte das Smartphone heraus und reichte es Remi. Wie erwartet gab der Akku keinen Mucks mehr von sich. Remi gab es zurück und sagte: »Meinst du, du kannst es weiter für mich aufbewahren?«

Nasha nickte, verstaute es wieder in ihrem Rucksack und zog den Reißverschluss zu.

Die vier älteren Mädchen bauten sich aus trocknem Laub ein Bett und schmiegten sich dicht aneinander. Amal lehnte an einem Baumstumpf. Sie hatte Nasha auf den Schoß genommen, und das Mädchen drückte seinen Rucksack nun eng an die Brust. Remi, die wie versprochen die erste Wache übernommen hatte, stand am Rand der Lichtung. Im Wald konnte von nächtlicher Ruhe keine Rede sein. Das Rauschen eines leichten Windes in den Baumkronen über ihren Köpfen mischte sich mit dem Zirpen und Summen nächtlicher Kreaturen und Insekten, die sich erst jetzt aus ihren Verstecken oder Behausungen hervorwagten. Für einen Moment störte das Knacken eines Astes außerhalb der Lichtung die friedliche Geräuschkulisse. Als Remi voller Bedauern daran dachte, dass Nasha ihren Rucksack – und die darin deponierte Waffe – nicht hatte an sich bringen können, betrat ein Leopard die baumfreie Zone. Er schaute mit nur mäßigem Interesse zu ihnen herüber, ehe er wieder in der Nacht untertauchte – hoffentlich um sich eine andere, leichtere Beute zu suchen.

Gleich am nächsten Morgen würde sie sich mit einem soliden Knüppel bewaffnen. Mit einem erleichterten Seufzer suchte sie sich einen Platz, der näher bei den Mädchen lag. Aber während der drei Stunden ihrer Wache kehrte der Leopard nicht zurück. Danach tauschte sie mit Amal die Plätze und warnte sie vorsichtshalber, falls die Raubkatze ihnen einen zweiten Besuch abstattete.

Nasha bewegte sich und schlug die Augen auf, als Remi sie auf den Schoß nahm und einen Arm um sie legte. »Wie will Mr. Fargo uns finden?«, flüsterte Nasha.

»Er ist sehr, sehr klug«, sagte Remi. »Wie du.«

Nasha kuschelte sich in ihr warmes Nest und war nach wenigen Sekunden wieder eingeschlafen.

Diese Gnade wurde Remi nicht zuteil. Sie blickte hoch und sah durch eine Lücke im Blätterdach Sterne an einem schwarzen Himmel funkeln. *Wo bist du, Sam ...?*

Vor Jahren hatten sie sich durch Zufall im Lighthouse Café in Hermosa Beach kennengelernt. Sie wollte diese Begegnung vielleicht nicht mit dem Etikett *Liebe auf den ersten Blick* versehen, aber als der Abend zu Ende war, hatte sie gewusst, dass sie den Richtigen gefunden hatte. Er begleitete sie zu ihrem Wagen und sagte ihr, dass er sie wiedersehen wollte – bald.

»Sie scheinen sich dessen ziemlich sicher zu sein«, hatte sie erwidert. »Wie wollen Sie mich finden?«

»Kennen Sie sich mit dem Begriff Konstellationen aus?«, hatte er gefragt.

In Anbetracht der Tatsache, dass sie sich im Zuge ihres Studiums vor allem mit Handelsrouten der Antike beschäftigte, wusste sie über dieses Thema recht gut Bescheid. »Ein wenig«, hatte sie damals tiefgestapelt.

»Dieser Stern dort«, sagte er und deutete zum Himmel. »Ich meine den am Ende des Kleinen Wagens.«

»Den Polarstern?«

»Wenn man den findet, dann findet man alles.« Er blickte für einen Moment zum Himmel, dann sah er sie an. »Er wird mich immer zu Ihnen führen.«

»Und wenn wir uns auf der Südhalbkugel aufhalten, wo wir den Polarstern nicht sehen können?«

Er lachte, neigte den Kopf und küsste sie zum ersten Mal. »Na gut, in diesem Fall wäre eine Telefonnummer nicht schlecht.«

Sie hatte ihre Telefonnummer noch nie weitergegeben – und erst recht niemandem, den sie gerade erst in einer Bar kennengelernt hatte. An diesem Abend tat sie es jedoch und heiratete am Ende den Mann.

Seitdem hatte ihr der Polarstern Trost gespendet, wenn sie dessen bedurfte. Und er tat es auch jetzt, obgleich sie ihn gar nicht sehen konnte. Irgendwo da draußen suchte er nach ihr. Er würde sie finden. Und nicht nur sie, sondern auch alle anderen, und alles befände sich wieder im Gleichgewicht und wäre in Ordnung.

Sie musste nichts anderes tun, als für die Sicherheit der Mädchen sorgen.

»Mrs. Fargo.«

Den Kopf voller Nebel, wandte sie sich ab und versuchte den Traum festzuhalten, aus dem sie herausgerissen wurde. Sie und Sam waren gerade zusammen mit Zoltán, ihrem Deutschen Schäferhund, über einen paradiesischen Strand gerannt.

»Mrs. Fargo«, flüsterte Amal. »Dort draußen ist jemand. Sie müssen aufwachen. Sofort.«

KAPITEL FÜNFZIG

Das Herz des weisen Mannes ruht still wie klares Wasser.

– SPRICHWORT AUS KAMERUN –

Sam, Lazlo und Okoro brachen im Morgengrauen zur Schule auf, während Okoros Farmhelfer, bewaffnet mit den Kalaschnikows der toten Banditen, zurückblieben, um das Anwesen zu beschützen. Sam, der hinter dem Lenkrad des Land Rover saß, vermied jede übertriebene Eile – nämlich aus Sorge, Anzeichen für die Anwesenheit der Mädchen in der Umgebung zu übersehen.

Okoro hatte auf der Rückbank Platz gefunden und beugte sich zwischen Fahrer- und Beifahrersitz vor, um durch die Windschutzscheibe zu blicken. »Wie sicher sind Sie sich, dass dieser Makao die Mädchen nicht bei sich im Pick-up hatte, als er gestern Nacht den Berg hinunterfuhr?«

»Gestern habe ich mich bereit erklärt, ihm eine Million Dollar zu zahlen. Gestern Abend verlangte er plötzlich nur noch das, was ich auf die Schnelle besorgen könnte.«

»Aber er hätte dies auch fordern können, falls ihnen etwas zugestoßen war. Wenn…«

Wenn sie tot gewesen wären, beendete Sam in Gedanken den Satz. Dies war natürlich immer möglich, aber er weigerte sich, einen solchen Fall ernsthaft in Erwägung zu ziehen. »Wir können nichts anderes tun, als uns auf das zu verlassen, was wir wissen, und danach zu entscheiden, wie wir vorgehen. Wir wissen, das Makaos Wagen diesen Berg heruntergekommen ist. Wenn Remi und die Mädchen nicht darin saßen, befinden sie sich noch auf diesem Berg.«

Lazlo schaute von seinem Telefon hoch. »Der Wetterbericht sagt für die nächsten drei Tage Regen an.«

»Ab wann genau?«

»Später im Laufe dieses Tages mit einer Unwetterwarnung für die nächsten beiden Tage.«

»Hoffen wir, dass wir noch genug Zeit haben, um die Mädchen zu suchen.«

Sam konzentrierte sich weiter auf die Straße und drosselte das Tempo in den Haarnadelkurven, obgleich er sich kaum Sorgen machte, dass ihm eine wichtige Spur entging. Zwanzig Minuten später tasteten sie sich durch eine weitere Spitzkehre, als vor ihnen ihr eigener Lastwagen erschien, der allem Anschein nach verlassen am Straßenrand parkte.

»Bleibt hinter mir«, sagte Sam, zog seine Pistole, um sich erst einmal zu vergewissern, dass sie nicht in eine Falle tappten.

Er inspizierte die Bäume auf der linken Seite des Lastwagens und lauschte in die Nacht, aber er hörte nur vielstimmiges Vogelgezwitscher. Als er sich dem Fahrzeug näherte, registrierte er zwei verschiedene Reihen Abdrücke in der Nähe der Fahrertür, die eine stammte von Remi, die andere von einem Mann. Er folgte Remis Fußabdrücken zur Ladefläche, über deren Heckklappe der abgebrochene Pfosten hinausragte. Remi war den Weg weiter hinuntergegangen, wie auch mehrere Männer nach ihr.

Was Sam allerdings nirgendwo entdeckte, waren Fußabdrücke, die sich den Kindern zuordnen ließen.

Okoro blickte auf den verlassenen Trekkingpfad. »Wo könnten die Mädchen sein, wenn sie nicht bei Ihrer Frau sind?«

»Ich glaube, ich habe eine ziemlich genaue Vorstellung, wo.« Sam zog den Pfosten des Hinweisschilds von der Ladefläche herunter und verglich ihn mit den Schleifspuren an der hinteren Stoßstange des Lasters. »Wenn man um sein Leben rennt, dann hält man nicht an, um einen umgestürzten Wegweiser aufzuladen. Wenn man Zeit gewinnen will, dann würde man ihn eher irgendwo verstecken.«

»Zeit gewinnen für was?«, wollte Okoro wissen.

»Damit Amal und die Mädchen zum oberen Trekkingpfad gelangen und ihren Vorsprung vergrößern können, während Remi die Kidnapper hierherführte.« Sie folgten den Waffelfußabdrücken in den Wald. Nach etwa zwanzig Metern schwenkten die Spuren nach rechts, dann verschwanden sie vollkommen. Sam untersuchte den Untergrund des Weges noch ein Stück weiter, aber jetzt fand er nur noch die tieferen Abdrücke der Männer, die dort zweifellos nach Remi gesucht hatten. Remi dürfte sich versteckt haben, während die Männer suchend an ihr vorbeigegangen waren. Das Unterholz war zu dicht, um genau zu erkennen, wo sie Schutz gefunden hatte. »Wir sollten uns noch einmal auf der Straße umsehen und überprüfen, ob Remi an irgendeinem Punkt auf sie zurückgekommen sein könnte.«

Sam hatte keine Schwierigkeiten zu lokalisieren, wo sie den Wald verlassen hatte, um ihren Weg bergauf fortzusetzen. »Mal sehen, wohin uns das führt«, sagte er, während er über sich einen Helikopter hörte. Er legte den Kopf in den Nacken und sah ein militärgrünes Flugzeug in der Luft. Gewiss war dies die Verstärkung, die Rube ihm versprochen hatte.

Okoro hielt Schritt mit Sam. »Sind Sie sicher, dass sie nicht von den Mädchen begleitet wurde?«

»Absolut«, bekräftigte Sam. »Soweit ich es beurteilen kann, ist sie in Eile gewesen, oder sie hatte für das Hinweisschild ein anderes Versteck gefunden als die Pritsche des Lastwagens.«

»Aber hier sind Reifenspuren«, sagte Okoro und deutete auf eine Stelle, wo eindeutig ein anderes Fahrzeug hinter dem Lastwagen gehalten, dann hin und her rangiert hatte und schließlich zurückgefahren war. »Sie haben offenbar ihren Plan entdeckt. Könnten sie ihr gefolgt sein?«

Sam untersuchte die Spuren, wo das Fahrzeug rückwärtsgefahren, dann gewendet und die Bergaufrichtung eingeschlagen hatte. »Es war genau umgekehrt. Sie ist den Männern gefolgt.«

»Woher wollen Sie das wissen?«

Sam deutete auf die Reifenspuren im Erdreich am Straßenrand. »Es ist nicht so, wie wir angenommen hatten, sondern Remis Spuren überdecken die anderen.« Sam und Okoro folgten Remis Weg bergauf, während Lazlo mit dem Wagen hinter ihnen herfuhr. Nach einer Viertelmeile fanden sie den Stumpf des abgebrochenen Wegweisers, der den Beginn des Trekkingpfades markierte. Remi hatte diesen Weg genommen und mehrere Männer waren ihr gefolgt.

»Aber keine Kinder«, sagte Okoro mit sorgenvoller Stimme.

»Schleifspuren von Ästen«, sagte Sam. »Um ihre Spuren zu verwischen.« Er blickte zu Lazlo im Wagen, der mit laufendem Motor wartete. Sam reckte den Kopf, als der Lärm des Hubschraubers über ihnen zunahm. »Wir sollten der Spur folgen, solange sie noch frisch ist.«

Lazlo unterbrach die Zündung, stieg aus und schloss den Wagen ab. Sam schaute sich ein letztes Mal um und vergewisserte sich, dass er nichts übersehen hatte. Format und Anzahl der Sohlenprofile, die sie auch weiter unten auf der Straße gefunden hatten, verrieten Sam, dass die Kidnapper wahrscheinlich einige Zeit damit zugebracht hatten, in der Dunkelheit nach der Einmündung des Trekkingpfads zu suchen. Diese Anzeichen vermittelten ihm den Eindruck, dass die Zeit für Remi und die Mädchen ausgereicht hatte, um ihren Verfolgern zu entkommen.

»Trotz allem, was geschehen ist«, sagte Okoro, während sie den *Upper Trail* in Angriff nahmen, »machen Sie einen zuversichtlichen Eindruck.«

»Sagen wir lieber, dass ich berechtigten Grund zur Hoffnung habe«, erwiderte Sam. »Wenn jemand fähig ist, die Mädchen in Sicherheit zu bringen, dann ist es meine Frau.«

Lazlo stimmte ihm trotz des immer noch distanzierten Verhältnisses zwischen ihm und Remi Fargo uneingeschränkt zu. Sie hatte noch immer Probleme damit, ihm seine früheren Frauengeschichten und die sonstigen Sünden, die ihn seinerzeit seine akademische Karriere gekostet hatten, zu verzeihen. Irgendwie hatte er dafür sogar Verständnis.

Der Pfad, wenn er von Wanderern auch nur selten benutzt wurde, war bei Tageslicht gut auszumachen, und soweit Sam erkennen konnte, hatte sich Remi keine Mühe gegeben, ihre Spuren zu verwischen – entweder aus Zeitmangel oder weil sie sich keine großen Sorgen machte, verfolgt zu werden. Ihre Fußabdrücke waren ohnehin weitgehend zertrampelt – von vier Männern, wie Sam feststellen konnte. »Wie weit führt dieser Pfad?«, wollte Sam von Okoro wissen, während sich ein Schwarm grün gefiederter Vögel laut kreischend aus den Baumkronen über ihnen in den Himmel schwang, um sich nur wenige Flügelschläge entfernt einen neuen Ruheplatz im Blätterdach zu suchen.

»Bis nach Kamerun, wenn Sie seinem Verlauf bis zur Parkgrenze folgen. Bei gutem Wetter ist das eine mehrtägige Wanderung. In der Regenzeit aber, wenn er überflutet ist …« Er verstummte, als er an seine Tochter dachte.

»Wir werden sie finden«, versicherte ihm Sam, und die Männer legten einige Schritte zu.

Nach etwa einer Meile verschwand ein längerer Abschnitt des Pfades unter einer Schicht welken, zertrampelten Laubs, das sämtliche Fußabdrücke verhüllte. Das charakteristische Waffelmuster von Remis Wanderstiefeln setzte sich am anderen Ende des Abschnitts fort, und ebenso die Fußspuren ihrer Verfolger.

»Wo sind die Spuren der Kinder?«, fragte Okoro. »Ich kann sie noch immer nicht sehen.«

»Amals Abdrücke sind ebenfalls verschwunden.« Sam drehte sich um. Vor dem mit Laub zugedeckten Wegstück waren sie deutlich zu erkennen gewesen, wie er sich erinnerte. »Wartet hier.«

Im Dauerlauf eilte Sam voraus und folgte Remis Spur. Schließlich brach auch diese ab, während die Spur der

Banditen die Richtung beibehielt. Als Sam zu seinen Begleitern zurückkam, untersuchte Lazlo das Laub, das auf dem Weg verstreut war.

Der Professor hob ein paar welke Blätter auf. »Diese sind feucht, während der Boden darunter knochentrocken ist.«

Okoro kauerte sich neben Lazlo hin und sah zu Sam hoch. »Könnte Ihre Frau versucht haben, den Weg zu tarnen?«

»Dessen bin ich mir sogar sicher«, antwortete Sam. Auf beiden Seiten des Pfades waren ausreichend viele abgestorbene Zweige und welkes Laub zu finden, um zu verbergen, in welche Richtung sie und die Mädchen sich bewegt hatten. »Remi hat die Mädchen abseits des Pfades versteckt und ist zurückgegangen, um die Banditen abzuschütteln.«

»Glauben Sie das wirklich?«

»Ich würde mein Leben darauf verwetten.«

Unglücklicherweise erkaltete an diesem Punkt Remis Spur. Sie und die Mädchen hätten jede Richtung einschlagen können. Okoros Miene drückte namenlose Verzweiflung aus. »Zara!«, rief er mit erstickter Stimme.

Die einzige Antwort war das wütende Fauchen einer großen Raubkatze irgendwo im Herzen des Urwalds.

KAPITEL EINUNDFÜNFZIG

Trotz der Schönheit von Mond, Sonne und Sternen
hat der Himmel auch bedrohlichen Donner und
grelle Blitze.

– AFRIKANISCHES SPRICHWORT –

Tief im Dickicht der Farne kauernd, schlangen Remi und Amal die Arme um ihre jungen Schützlinge. Das Plätschern eines nahen Bergbachs übertönte das ängstliche Atmen der Kinder, als die vier Kidnapper nur wenige Schritte entfernt auf dem Weg ihr Versteck passierten. Das ferne Echo der Stimme von Zaras Vater, als er zum zweiten Mal ihren Namen rief, ließ sie ruckartig den Kopf heben. Die Bewegung erzeugte ein leises Rascheln der Farnwedel. Einer der Kidnapper blieb stehen und schaute sich misstrauisch um. Nach mehreren angsterfüllten Sekunden setzte er seinen Weg aber weiter fort.

Eine Träne rann an Zaras Wange herab, und Nasha streckte ihre kleine Hand aus und legte sie auf das Gesicht des Mädchens. Zara blickte auf die Kleine hinunter, lächelte unsicher und zog sie an sich.

Remi wartete, bis die Männer nicht mehr in Sicht waren, ehe sie mit den Mädchen die entgegengesetzte Richtung einschlug. Sie hoffte zwar, zum Weg und weiter zur Schule zurückkehren zu können, machte sich aber nach den Ereignissen des Morgens Sorgen, dass ein solches Wagnis zu viele Gefahren in sich barg. Sie schaute zum Horizont und bemerkte die dunklen Wolken, die sich über den von einem zunehmend starken Wind gepeitschten Baumwipfeln auftürmten. Der Helikopter, der sich zuvor genähert hatte, war inzwischen nicht mehr zu hören, aber Remi bezweifelte nicht im Mindesten, dass er irgendwann wieder zurückkehren würde. Und wenn es dazu käme, müssten sie sich irgendwo unter freiem Himmel aufhalten, was nicht einfach zu realisieren wäre, da sie für die Kidnapper um jeden Preis unsichtbar bleiben müssten. Ihr Blick wanderte über die Bäume zu einem Felsgrat auf dem Berghang über ihnen. »Wenn wir es bis dorthin schaffen, haben wir eine bessere Chance, gesehen zu werden.«

»Was meinen Sie, wie lange wir brauchen werden?«, fragte Amal.

»Was die Luftlinie betrifft, ist das nicht sehr weit, aber wir müssen einen weiten Umweg machen.« Remi und Amal führten die Mädchen an einem Bach entlang, folgten seinem Verlauf in den Wald, während das Gelände unwegsamer und steiler wurde, je weiter sie vordrangen. Als nicht mehr zu übersehen war, dass die Mädchen zu erschöpft waren, wurde sie langsamer. Nicht lange, und sie ließen den dichten Wald hinter sich und gelangten auf einen Felssteig, der oberhalb einer weitläufigen Wiese unter zerklüfteten Bergspitzen entlang verlief. Als Maryam ausrutschte, schrammte sie mit einem Ellbogen über den rauen Stein. Amal war sofort bei ihr und half ihr aufzustehen. Blut sickerte am Arm des Mädchens herab, und Amal deckte zum Schutz eine Hand auf die Verletzung. »Es ist nur ein Kratzer. Ich verbinde dich gleich, dann bist du wieder okay.«

Da nur vereinzelte Bäume auf der felsigen Anhöhe Deckung boten, konnte sich Remi mit dem Gedanken, eine kurze Rast einzulegen, nur schwer anfreunden. Aber den Weg ohne Pause fortzusetzen, erhöhte das Risiko, sich weitere Verletzungen zuzuziehen. Sie deutete auf einige niedrige Büsche in etwa fünfzig Meter Entfernung bergauf und entschied: »Dort können wir uns ausruhen.« Es war kein idealer Ort, aber die Vegetation bot ihnen immerhin einen gewissen Schutz vor Makao und seinen Kumpanen.

Während sich die Mädchen so dicht wie möglich zusammendrängten, holte Amal einen von Nashas gestohlenen Nägeln aus ihrem Rucksack und benutzte ihn, um vom Saum ihrer Bluse einige Stoffstreifen abzutrennen, die sie als Wundverband zweckentfremdete. Dann fand Remi nach kurzer Suche einen abgebrochenen Baumast, etwa zwei Meter lang und so dick wie ihr Handgelenk.

»Soll das eine… Gehhilfe sein?«, fragte Amal, als Remi mit ihrem Fund zu der Gruppe zurückkam. Sie hatte gegenüber den Mädchen den Leoparden nicht erwähnt, da sie bereits genug Sorgen hatten und sich den Kopf nicht auch noch über den nigerianischen Wildbestand zerbrechen wollten.

»Es ist eher ein Mehrzweckwerkzeug«, sagte Remi ausweichend. »Ich denke, einen solchen Knüppel kann man immer gebrauchen.« Damit schlug sie auf den Erdboden und spürte, wie der Knüppel in ihrer Hand vibrierte. Nachdem sie die kleineren Zweige abgestreift hatte, wog sie die Behelfswaffe in der Hand. Mit einem zufriedenen Lächeln ging sie zur Felskante, um sich ein Bild von ihrer Umgebung zu machen und ihren weiteren Fluchtweg zu planen. Sie könnten sich, überlegte sie, einen Weg über die Wiese hinunter suchen, den Bach an seiner schmalsten Stelle überqueren und dabei dem steilen Aufstieg auf dem Felshang ausweichen. Ein paar Meter weiter fanden sie einen breiten Spalt in der Felswand, der unterhalb von ihnen auf einem breiten Felssims endete. Von ihrem augenblicklichen Standort aus betrachtet, machte er einen vielversprechenden Eindruck. Wenn sie in dem Riss abwärtskletterten, bot sich ihnen auf dem Sims vielleicht ein gangbarer Weg, auf dem sie ihr Ziel ungefährdet erreichen könnten. Diese Hoffnung löste sich in Wohlgefallen auf, als sie zu den dunklen Wolken hinaufschaute und feststellen musste, wie schnell sich das Wetter änderte. Regen und glatter Fels würden das Klettern vor allem für Neulinge zu einem riskanten Unternehmen werden lassen. Besser wäre es in diesem Fall, den langen Weg zu wählen, entschied sie, während sie zu den Mädchen zurückkehrte.

Die armen Geschöpfe, fast schon eingeschlafen, waren von Kopf bis Fuß mit Staub bedeckt. Sie hätte ihnen liebend gern eine längere Ruhepause gegönnt, aber sie wollte kein Risiko eingehen. »Kommt hoch, Kinder, weiter geht's.«

Sie kämpften sich auf die Füße. Remi, die im Begriff war, sie weiter aufzumuntern, hielt ganz plötzlich inne, als sie Stimmen hörte, die vom unteren Ende des Abhangs zu ihnen heraufdrangen. In ihrer dürftigen Deckung waren sie in diesem Moment nahezu schutzlos. Sie legte einen Finger auf die Lippen und schickte den Mädchen einen warnenden Blick.

Absteigen oder aufsteigen? Die Entscheidung, welche Richtung sie einschlagen sollten, wurde zur Überlebensfrage.

Sie schätzte die Entfernung zu den Bäumen über ihnen. Bis dorthin würden sie es niemals rechtzeitig schaffen. Der einzige sichere Ort wäre also das Felsband unter ihnen. »Dort entlang«, flüsterte sie und deutete zur Steilwand. Sie zögerten, als sie ihnen klarmachte, dass sie durch den engen Schacht zwischen den Granitblöcken hinunterklettern müssten. »Es mag gefährlich aussehen. Aber es ist einfacher, als man denkt. Man stützt sich auf der einen Seite mit Händen und Füßen ab und presst den Rücken gegen die andere Seite, sodass einen die Reibung im Spalt fixiert. Genauso wie Santa Claus es jedes Jahr zu Weihnachten in den Kaminen der Kinder tut, wenn er ihnen ihre Geschenke bringt.«

Amal trat an den Rand des Felskamins. »Ich habe so etwas schon einmal gemacht. Ich zeige es ihnen.«

Die junge Frau stieg zwischen den Felsklötzen abwärts. Sie hatte offensichtlich einige Erfahrung im Felsklettern. Dennoch zögerte sie am Ende des Spalts, wahrscheinlich um sich für den Sprung auf das Felsband unter sich zu wappnen. Sobald sie dort mit beiden Füßen gelandet war und sicheren Stand hatte, wandte sich Remi zu den Mädchen um. Es überraschte sie nicht im Mindesten, als Nasha sich als Erste in den Spalt hinabtastete, mit den Händen und Zehen Halt fand, bis sie das Ende erreichte. Dort wartete Amal schon, um ihr beim Sprung auf das Felsband behilflich zu sein. Nachdem sie gesehen hatten, wie leicht Nasha der Abstieg gefallen war, folgten ihr die anderen Mädchen, ohne zu zögern.

Remi hob einen der Zweige auf, die sie von dem Ast entfernt hatte, um die Fußspuren an der Felskante zu verwischen und trockenes Laub darauf zu verstreuen und sie nahezu unsichtbar zu machen. Sie war schon im Begriff, in den Spalt hineinzutauchen, als sie eine Anzahl faustgroßer Steine entdeckte, die den Berghang hinabgerollt waren und sich am Fuß des Felsklotzes angesammelt hatten, vor dem die Mädchen gesessen und sich ausgeruht hatten.

Sie ordnete sie schnell zu einem Pfeilsymbol, das auf die Berghangroute zeigte, die sie anfangs hatte nehmen wollen, dann reichte sie ihren Knüppel einem der Mädchen nach unten, ehe sie sich selbst in den Spalt hinunterließ. Und das geschah keinen Augenblick zu früh. Die Stimmen auf dem Trekkingpfad wurden schon lauter.

Sie ließ sich auf den Felsvorsprung fallen und war ihrem Schicksal dankbar, dass er zwar keine Höhle bildete – und nicht hoch genug war, um darunter zu stehen –, aber tatsächlich ausreichend Schutz vor dem Regen bot. Sie sammelte die Mädchen um sich und drückte sich mit ihnen an die Felswand. Über ihnen begannen die Männer eine hitzige Diskussion, in welcher Richtung sie weitersuchen sollten.

»Dort entlang«, sagte einer. »Ehe es anfängt zu regnen.«

»Pili«, rief ein anderer. »Sieht das hier etwa wie ein Pfeil aus?«

Remi schaute nach oben und sah zu ihrem Schrecken, dass einer der Männer breitbeinig über dem Felsspalt stand. Er beugte sich vor. Sie presste sich gegen die Felswand in ihrem Rücken, als der Mann ausspuckte und sie und die Mädchen um Haaresbreite verfehlte.

»Seht euch das an«, sagte er. »Offenbar ist es tatsächlich ein …«

»Hört mal«, unterbrach Pili ihn. »Ich glaube, der Helikopter kommt zurück. Seht zu, dass ihr die Bäume erreicht, ehe sie uns entdecken.«

Remi atmete auf, als die Männer sich eilig entfernten und ihre Stimmen leiser wurden. Eine Windböe fegte über die Steilwand und pfiff durch den Felsspalt. Als Antwort erklang das klagende Muhen einer Kuh unten im Tal. Remi gab den Mädchen durch Handzeichen zu verstehen, dass sie in Deckung bleiben sollten, dann wagte sie sich ein Stück vor und lugte zwischen den Felsblöcken hinaus. Eine Herde weißer Longhorn-Rinder weidete auf der Wiese am Fuß des Berges.

Als sie nach oben schaute, stellte Remi erleichtert fest, dass von den Kidnappern oben auf dem Trail nichts mehr zu sehen war. Nasha schob sich neben sie und deutete auf den Helikopter, der im Anflug begriffen war. »Sehen Sie. Er kommt genau hierher.«

Remi konzentrierte sich auf den Hubschrauber. Sie wusste, selbst, wenn jemand genau in ihre Richtung blickte, blieben sie hinter den Felsklötzen an der Kante der Felswand verborgen. Sie müssten versuchen, auf die Bergspitze zu gelangen.

Ein lauter Knall hallte durch das Tal.

Nasha duckte sich und suchte Schutz bei Remi.

Die anderen Mädchen sahen sich furchtsam um. Für sie hatte es wie ein Donner geklungen.

Ein doppelter Knall folgte.

»Bleibt in Deckung«, warnte Remi, während der Helikopter abdrehte.

»Was ist passiert?«, fragte Amal.

»Jemand dort unten schießt auf sie.« Remi schlang die

Arme um Nasha und spürte den Herzschlag des Mädchens, das sich an ihren Oberkörper presste. »Bist du okay?«

Nasha starrte Remi wieder mit ängstlichen Augen an. Ihre Hand zitterte, als sie sich Tränen von den Wangen wischte. »Das sind die Männer, die meine Eltern getötet haben. Und meine Tante.«

»Wer sind sie?«, fragte Remi.

»Boko Haram.«

KAPITEL ZWEIUNDFÜNFZIG

Wenn du nicht weißt, wohin du gehst, wird jeder Weg dich dorthin bringen.

– SPRICHWORT AUS UGANDA –

Pete Jeffcoat verfolgte, wie sich der Land Rover auf der Lehmstraße schwankend und hüpfend dem Schulkomplex näherte, und wunderte sich, dass Professor Lazlo Kemp allein im Wagen saß. Er konnte es kaum erwarten, von ihm zu hören, was sie auf ihrer Fahrt den Berg hinauf erlebt hatten. Hinter ihm bewachten Angehörige des Militärs das Einfahrtstor. Als einer von ihnen seine Maschinenpistole auf den Wagen richtete, rief Pete ihm zu: »Alles okay! Er ist ein Freund!«

Trotzdem nahm der Wächter seine MP erst herunter, als der Wagen durchs Tor gerollt war und Lazlo ausstieg, Pete die Hand schüttelte und ihn dann freundschaftlich umarmte. »Ich kann Ihnen gar nicht sagen, wie froh ich bin, Sie zu sehen.«

»Wo ist Mr. Fargo? Ich dachte, er und Okoro wollten mit Ihnen zurückkommen.«

»Wir haben Schüsse gehört, und er hat es sich anders überlegt.«

»Wie weit waren sie entfernt?«

»Sie wissen ja, in den Bergen ist es schwierig, Entfernungen zu schätzen. Wir haben nur die Echos gehört. Nahezu unmöglich, die Richtung zu bestimmen. Er meinte, es könnte nordöstlich von unserem derzeitigen Standort gewesen sein.«

»Na, auf jeden Fall ist es schön, dass Sie wieder bei uns sind«, sagte Pete und ging mit ihm zum Büro.

»Wie geht es den Kindern?«

»Ganz gut. Sie machen sich natürlich Sorgen wegen ihrer Freundinnen, aber … na ja, es sind Kinder.«

»Robust?«

»Mehr, als man von uns Erwachsenen behaupten kann. Es hilft sicherlich, dass sie nichts gesehen haben, weil sie die meiste Zeit im Tunnel waren. Zurzeit sitzen sie in ihren Klassenräumen. Wir dachten, es sei am besten, den Normalbetrieb so gut wie möglich aufrechtzuerhalten. Für die Kinder ist es wie ein spannendes Abenteuer. Vor allem nachdem der Helikopter gelandet ist und seine halbe Besatzung zurückgelassen hat«, sagte er und deutete auf die Soldaten, die an der Einfahrt standen.

»Ich muss schon sagen, eine großartige Leistung, sie alle in Sicherheit zu bringen.«

»Das war nicht ich«, sagte Pete. »Mrs. Fargo hat den Alarm ausgelöst. Ich weiß nicht, ob ich es mir je verzeihen werde, dass sie mich überreden konnte, sie die vermissten Mädchen allein suchen zu lassen.«

Lazlo gab ihm einen aufmunternden Klaps auf den Rücken, während die beiden Männer zur Vorderveranda hinaufstiegen. »Gewöhnliche Sterbliche wie wir sind eigentlich nur im Weg. Was meinen Sie, weshalb ich allein hier bin anstatt bei Mr. Fargo?«

»Sie haben ja recht …«

»In der Zeit, die wir brauchen, um die Gefahr zu analysieren, haben die Fargos längst schon zehn verschiedene Pläne entwickelt, und zwar für den eigentlich undenkbaren Fall, dass die anderen neun fehlschlagen.«

Pete lachte zum ersten Mal seit dem Überfall, während er die Tür zum Büro öffnete.

Als Wendy die beiden sah, sprang sie von ihrem Schreibtischstuhl auf, um Lazlo um den Hals zu fallen. »Ich bin so froh, dass Sie hier sind.«

»Beruhigen Sie sich«, sagte Lazlo, als er sah, dass sie dicht davor war, in Tränen auszubrechen. »Bislang sind wir alle okay. Und das ist alles, was zählt.«

»Ich hoffe, Sie haben gute Nachrichten.«

»Wie Selma es ausdrückt, mit Vorbehalt.« Er entdeckte die große Thermosflasche auf ihrem Schreibtisch. »Ist das zufälligerweise Kaffee? Ich könnte eine Tasse gebrauchen.« Wendy holte einen Henkelbecher aus einem Aktenschrank und füllte ihn, während Lazlo von dem Vorratslastwagen berichtete, der in der Nähe des *Lower Trail*-Ausgangspunkts geparkt war. »Sam glaubt, es sei ein Köder, und dass Mrs. Fargo im Gegensatz dazu mit den Mädchen über den *Upper Trail* ins Gashaka-Gumti-Wildreservat geflüchtet ist. Sie folgen ihr. Wie weit sie hinter mir sind, weiß ich nicht. Aber ich erwarte, dass sie sich melden werden, sobald Sam bereit ist, die Suche aus der Luft zu starten.«

»Gott sei Dank«, sagte Wendy. »Diese Ungewissheit war ja schrecklich. Pete kam heraus, stellte fest, dass der Lastwagen verschwunden war, dass das Gebäude brannte und dass das SUV auf nackten Felgen draußen vor dem Tor stand. Er versuchte, sich zusammenzureimen, was geschehen war ...«

»Soweit ich es verstanden habe«, sagte Lazlo, »ist Nasha der rettende Engel gewesen.«

»Ich kann Ihnen gar nicht beschreiben, wie erleichtert ich war, als Pete mir berichtet hat, dass sie es irgendwie geschafft haben muss, Mr. Fargo anzurufen«, erwiderte Wendy. »Ich weiß nur, dass sie zuerst bei uns war und plötzlich verschwunden ist.«

»Ich wünschte, wir wüssten mehr«, meinte Lazlo. »Aber das Gespräch brach dann abrupt ab. Da sie nicht hier ist, vermuten wir, dass sie sich noch bei Mrs. Fargo und den anderen Mädchen befindet. Mr. Fargo ist sich zu fast einhundert Prozent sicher, dass ihr die Flucht gelungen sein wird. Aber wir vermuten außerdem, dass sie noch immer verfolgt werden.«

Pete sah, wie heftig Wendy unter dieser Vorstellung litt. Und nicht nur wegen Remi Fargo. Wendy betrachtete jedes Mädchen in ihrer Obhut als Mitglied ihrer Familie. Er ergriff ihre Hände. »Wenn irgendjemand diese Kinder in Sicherheit bringen kann, dann ist es Mrs. Fargo.«

»Ich weiß«, sagte Wendy, während Lazlos Telefon aufleuchtete und einen Videoanruf Sams meldete.

»Habt ihr eine Landkarte?«, fragte Sam. Zaras Vater stand hinter ihm. Über ihnen wölbte sich ein dichtes Laubdach, aus dem vielstimmiges Vogelgezwitscher herausdrang. »Remi und die Mädchen haben den Trekkingpfad verlassen. Ich hoffe, dass die Landkarte mir hilft, die wahrscheinlichste Route zu finden, die sie stattdessen eingeschlagen hat.«

Pete schaute zur Regionalkarte hoch, die hinter dem Schreibtisch an die Wand geheftet war, verwarf sie dann jedoch als zu wenig detailliert. »Wendy, haben wir noch die topografische Karte von dieser Region, an der wir uns orientiert haben, als wir einen geeigneten Standort für die Schule gesucht hatten?«

»Im Aktenschrank«, antwortete sie und zog sie aus der obersten Schublade.

Sie rollten die lange Papierröhre aus und hefteten sie mit Reißzwecken neben der anderen Karte an die Wand. »Habt ihr irgendeine Ahnung, wo ihr seid?«, fragte Lazlo.

»Ich würde meinen, zwei Meilen in…« Sam richtete sein Telefon auf die Wand, damit sie die Gegend sehen konnten. Auf der linken Seite wurde der Bergwald von einer tiefhängenden Wolkendecke verschluckt. Auf der rechten Seite erstreckte sich das mit granitgrauen Felsen durchsetzte Tal bis zum Horizont.

Pete betrachtete die Karte. Die Position der Schule war mit einem X markiert, und der Trekkingpfad erschien als Linie aus schwarzen Punkten.

Wendy folgte ihr mit dem Finger bis dorthin, wo Mr. Fargo sich möglicherweise zu diesem Zeitpunkt aufhielt. »Wenn ich die Karte richtig lese«, sagte sie, »scheint es so, als folge der Trail dem Verlauf eines Flussbetts, um dann seitlich wegzuschwenken.«

»Remi könnte ihm gefolgt sein, weil dort Wasser zu finden sein müsste«, sagte Sam.

»Hoffen wir, dass sie diese Richtung nicht eingeschlagen hat«, erwiderte Pete. »Wenn der Regen so stark ist wie vorhergesagt wurde, ist dort nämlich mit Überschwemmungen zu rechnen.«

Wie zur Warnung fielen die ersten Regentropfen.

KAPITEL DREIUNDFÜNFZIG

Regen schließt keine Freundschaft mit jemandem;
er fällt auf jede Person, die er draußen trifft.

– NIGERIANISCHES SPRICHWORT –

Sam und Okoro traten auf die Lichtung hinaus, sobald der Mi-17-Helikopter des nigerianischen Militärs gelandet war. Sie duckten sich, während die peitschenden Rotoren den Regen und hochspritzenden Schlamm zu einem wilden Wirbel verrührten. Seine Besatzung bestand aus vier Soldaten sowie dem Piloten und seinem Kopiloten.

»Willkommen an Bord«, rief ein Mitglied der Crew und reichte ihnen Helme mit Headsets. Der Pilot warf einen Blick auf Sam, während dieser sich in einen der engen Sitze faltete und die Sicherheitsgurte festzurrte. »Offenbar haben Sie Erfahrungen damit.«

»Ich bin eine Zeitlang beim Such- und Rettungsdienst in Kalifornien gewesen«, sagte Sam.

Der Pilot nickte, ging mit seiner Maschine in den Steigflug und ermöglichte Sam einen großartigen Blick aus der Backbordtür auf den Gashaka-Gumti-Nationalpark und die umliegende Region. Alles, was er zunächst erkennen konnte, waren die unzähligen Baumwipfel des Bergwaldes ringsum. Aber als er Okoros Farm entdeckte sowie die Straße, die zur Schule führte, konnte er sich orientieren und fand die Lichtung, die sie gerade verlassen hatten. »Dort haben wir die Spur verloren«, sagte er und deutete durch die vom Regen überschüttete Frontscheibe.

Der Pilot drehte die Maschine. »Haben Sie irgendeine Idee, welche Richtung die kleine Gruppe eingeschlagen haben könnte?«

»Meine Frau weiß, dass wir nach ihnen Ausschau halten. Sie dürfte sich also für offenes Gelände entschieden haben. Wir haben außerdem heute Morgen Schüsse aus nordöstlicher Richtung gehört. Ich nehme am, das waren die Kidnapper.«

Der Pilot und der Kopilot sahen sich kurz an. »Sie haben auf uns geschossen«, sagte der Pilot. »Und es waren ganz bestimmt nicht die Kidnapper.«

»Wenn es die gleiche Gruppe ist, die uns auf der Straße angegriffen hat«, antwortete Sam, »sind sie mit AK-47ern ausgerüstet.«

»Ich vermute, die Bande, auf die wir getroffen sind, waren Viehdiebe. Sie bewachen eine umfangreiche Herde. Wir können einen kurzen Abstecher dorthin machen, dann können Sie es mit eigenen Augen sehen.« Er warf einen Blick auf seinen Kopiloten. »Wir sollten uns beeilen, ehe das Wetter sich noch mehr verschlechtert.«

Sam nickte, dann wandte er sich zu Okoro um und bemerkte, dass dieser starr aus dem Fenster blickte. »Sie können ganz beruhigt sein. Remi achtet schon darauf, dass ihnen nichts zustößt.«

Okoro sagte nichts.

Sam blickte aus seinem eigenen Fenster und murmelte in Gedanken ein Bittgebet. Er hoffte sehr, seine Frau so bald wie möglich zu finden.

Der Helikopter drehte nach rechts in Richtung Nord-osten und folgte dem Verlauf des gewundenen Bachs, den Sam und Okoro während ihrer ersten Suche gesehen hatten. Er verlor sich schon bald im dichten Unterholz des Waldes. Der Pilot stieg höher und blieb über dem südlichen Abschnitt des Naturparks in der Luft stehen. Blitze zuckten über den grauen Himmel. »Weit vor uns, am Ende des Tals«, sagte der Kopilot. »Sehen Sie das Vieh?«

Einer der Soldaten, die hinter ihm im Hubschrauber saßen, reichte Sam ein Fernglas nach vorn. Donner rollte, während er aus dem Fenster blickte und unter sich einen dichten Urwald und kurze Abschnitte der felsigen Ufer des Bachs zwischen den Bäumen erkennen konnte. Eine lang gestreckte Wiese bedeckte den Grund des Tals. Am fernen Ende waren vage die Steilwände zu erkennen, die aus dem Talgrund in den Wald hinaufragten. Als er sich auf die Basis der Felswände konzentrierte, fielen ihm auch die weißen Kühe ins Auge. »Das dürfte die Herde sein.«

»Es waren eindeutig die Hirten, die das Feuer auf uns eröffneten.«

»Wie groß sind die Chancen, dass unsere Kidnapper im Nebenjob als Viehdiebe tätig sind?«, fragte Sam.

»Wenn sie wie Fulani-Hirten gekleidet sind, haben wir unsere Heckenschützen gefunden.«

»Und Sie sind sicher, dass sie es waren, die auf Sie geschossen haben?«

»Ohne Zweifel.«

Entmutigt gab Sam das Fernglas an Okoro weiter, während der Helikopter auf seinem Flugkurs blieb. Okoro warf einen Blick nach unten und gab Sam das Fernglas zurück, wobei er meinte: »Vor einer Woche ist eine Herde von bewaffneten Fulani gestohlen worden. Wahrscheinlich haben sie so lange gebraucht, um sie den weiten Weg bis in dieses Tal zu treiben.«

Der Hubschrauber, von einer scharfen Windböe erfasst, wurde heftig durchgeschüttelt. Der Kopilot drehte sich zu Sam um. »Ich sag's nur ungern. Die Turbulenzen nehmen zu. Wir müssen umkehren und den Wolkenbruch erst einmal abwarten. Sobald er sich verzogen hat, kommen wir wieder hierher zurück.«

Der Helikopter beschrieb einen weiten Bogen über der Rinderherde der Fulani. Sam, nicht bereit, auch nur eine Sekunde wertvoller Zeit zu verlieren, behielt die bewaffneten Hirten im Fokus, die den Hubschrauber bereits im Visier hatten und mit den Läufen ihrer Gewehre verfolgten, als der Hubschrauber über ihre Köpfe hinwegdröhnte. Die Maschine drehte ab, und Sam kontrollierte die Felswände und nahm – als sie die Hälfte des Tals hinter sich gelassen hatten – eine Bewegung wahr. »Ich sehe da etwas.«

Der Pilot hielt die Maschine, so gut es ging, in Position, damit Sam das Objekt seines Interesses näher in Augenschein nehmen konnte. »Eine Katze.«

Es dauerte einen Moment, bis Sam das rötlich braune Fell der Afrikanischen Goldkatze erkannte. Kleiner als ein Gepard, verschmolz sie nahezu perfekt mit der Felswand, sodass es nicht die Wildkatze war, die seine Aufmerksamkeit erregt hatte. Doch als er die Felswand weiter oben absuchen wollte, machte ein greller Blitz, gefolgt von einem sintflutartigen Wolkenbruch, jede Chance zunichte, weitere Einzelheiten zu erkennen.

KAPITEL VIERUNDFÜNFZIG

Das Böse weiß, wo das Böse schläft.

– NIGERIANISCHES SPRICHWORT –

Der Regen trommelte gegen das Fenster von Makaos Apartment, während er auf eine Nachricht von den Geiseln wartete. Nach dem Debakel in der Schule waren er und seine Bande in fünfeinhalb Stunden ohne Zwischenstopp nach Jalingo gefahren und hatten seitdem nichts Neues erfahren. Mit jeder Minute, die ereignislos verstrich, sah Makao seinen Profit weiter schrumpfen. Voller Sorge wählte er die Nummer von Pilis Smartphone, aber er wurde nur mit dem Anrufbeantworter verbunden.

Sein Blick fiel auf Jimi, der auf dem Sofa eingeschlafen war, während seine anderen beiden Männer sich neben ihm auf dem Fußboden ausgestreckt hatten. Nichts schien ihre Ruhe zu stören. Es musste ein angenehmer Zustand sein. Er selbst war viel zu aufgedreht, um zu schlafen, auch wenn er die ganze Nacht hinter dem Lenkrad gesessen hatte.

»Melde dich endlich«, knurrte er, während er nervös auf und ab ging. Er blickte zu dem Telefon, das er dieser Amal-Frau abgenommen hatte, und fragte sich, ob Fargo irgendetwas geahnt hatte, als er ihn am Vortag wegen des Lösegelds angerufen hatte.

Natürlich ahnte er etwas. Umso wichtiger war es herauszufinden, wohin die Geiseln verschwunden waren.

Als Tarek mit Makao wegen des Auftrags verhandelt hatte, war ihm über die Fargos nicht mehr zu entlocken gewesen, als dass sie eine leichte Beute seien. Nach einigen Recherchen, die er angestellt hatte, war Makao zu der gleichen Auffassung gelangt. Mittlerweile wusste er es jedoch besser. Er wusste auch, dass sie zu reich und viel zu bekannt waren, als dass die Strafverfolgungsbehörden hätten wegschauen können. Wenn Makaos Männer die Geiseln nicht aufstöberten, büßte er nicht nur seinen Anteil am Lösegeld ein, sondern er müsste sich auch eine neue Basis aufbauen.

Ein Windstoß brachte sein Fenster zur Straße zum Klirren und riss ihn aus seinen Grübeleien. Durch einen Spalt in den Jalousien sah er, wie Kambili Kalu aus einem Wagen ausstieg, der vor dem Haus parkte.

»Jimi…« Er versetzte Jimis Fuß einen unsanften Tritt. Und den beiden Männern, die auf dem Fußboden schliefen, ebenfalls. »Aufstehen«, befahl er, während Kambili eiligen Schritts auf das Haus zukam. »Und zwar alle drei.«

Makao zückte seine Waffe, entschlossen, den Mann auf der Stelle zu erschießen. Aber als er die Hand nach dem Türknauf der Haustür ausstreckte, wurde die Tür bereits aus dem Rahmen gesprengt, und ein Splitterregen wirbelte durch die Luft. Erschrocken wich Makao zurück und stolperte über einen der schlafenden Männer. Ehe er sicheren Stand finden konnte, kam Kambili durch die Türöffnung hereingestürmt und richtete seine halbautomatische Pistole auf Makaos Kopf.

»Kamb…«

»Lass die Kanone fallen«, bellte Kambili, »oder ich töte dich auf der Stelle.«

Makao ließ seine Waffe sinken und stellte verblüfft fest, dass Kambilis linkes Auge nahezu vollständig zugeschwollen war. »Was hat das alles zu bedeuten?«

Kambili baute sich drohend vor Makao auf. »Du hast meine Brüder getötet!«

»Nein«, widersprach Makao. »Ich schwöre, das war ich nicht. Wo hast du das gehört?«

»Siehst du mein Gesicht? Der Mann, dem ich dies zu verdanken habe, hat es mir gestern erzählt.«

Makao schaute zu Jimi hinüber, der ebenso wie er geschockt schien, weil Kambili offenbar genau wusste, was geschehen war. Der Rest der Truppe, die die Fargo-Karawane angegriffen hatte, war tot, was bedeutete, dass Kambili es nur von einer einzigen Person hatte erfahren können.

Es musste Fargo selbst gewesen sein, der ihn informiert hatte.

Was sich Makao allerdings nicht erklären konnte, war, woher Fargo überhaupt hatte wissen können, wer die Kalu-Brüder waren. »Ich versichere dir, dass wer auch immer dies behauptet haben mag, dir eine krasse Lüge aufgetischt hat. Es muss irgendeinen Grund geben, weshalb dieser Mann mir die Schuld in die Schuhe schieben will. Was hat er dir sonst noch erzählt?«

»Er ist in mein Haus gekommen.«

»Aus welchem Grund?

»Er fragte nach einem meiner Boys.«

»Warum?«

»Er wollte wissen, aus welchem Dorf er zu mir gekommen ist.«

Makao, der aus den Augenwinkeln verfolgte, wie Jimis Hand sich langsam und unauffällig seiner Waffe näherte, die in ihrem Holster steckte, war hin- und hergerissen zwischen der Möglichkeit zuzulassen, dass er Kambili tötete, und dem Wunsch zu erfahren, was Fargo tatsächlich vorhatte. Nach allem, was er wusste, war Fargo ein absolut korrekter Zeitgenosse, dessen Geschäfte vollkommen legal waren. Weshalb sollte sich so ein Mann an jemanden wie Kambili heranmachen, nur um etwas über einen seiner Straßendiebe in Erfahrung zu bringen?

Es ergab einfach keinen Sinn – aber dann fiel sein Blick auf Jimis verletzten Arm. Er betrachtete seine eigene verbundene Hand und erinnerte sich daran, wie dieses Mädchen sie beide mit einem Krähenfuß angegriffen hatte, während sie durch die Tür hinausgerannt war. Plötzlich fragte er sich, ob Jimi sich nicht geirrt hatte, als er meinte, die Wagenschlüssel verloren zu haben. »Interessierte er sich für einen deiner Taschendiebe?«

»Meinen besten.«

»Wer ist dieser Junge?«

Kambili schien von dieser simplen Frage irritiert zu sein. »Er ist abgehauen. Vor zwei Tagen, als er versucht hat, einen Land Rover zu stehlen.«

»Der Mann, der deine Brüder getötet hat, fuhr einen Land Rover«, sagte Makao. »Oder nicht, Jimi?«

Der ehemalige Area Boy nickte.

»Warum sollte dieser Mann meine Brüder töten?«

»Um es mir anzuhängen und zwischen uns einen Krieg anzuzetteln.«

»Erwartest du ernsthaft, dass ich das glaube?«

»Warum sollte ich dich anlügen? Wir, du und ich, haben

eine Vereinbarung getroffen. Aber ich weiß, wie wir uns bei ihm revanchieren können.«

»Und wie?«

Makao grinste, als Kambili seine Waffe sinken ließ. »Jimi, geh mit den Boys essen. Und finde jemanden, der diese Tür repariert«, sagte er, während der Regen die Schwelle unter Wasser setzte. »Mr. Kalu und ich, wir haben etwas Geschäftliches zu besprechen.«

* * *

»Welche Geschäfte sollten wir zu besprechen haben?«, fragte Kambili, nachdem die anderen Männer hinausgegangen waren. Dankenswerterweise hatte er seine Pistole eingesteckt.

»Es geht um deine Taschendiebe.« Die Wunde an Makaos Hand begann schmerzhaft zu pochen, als er daran dachte, wie sie ihn mit diesem kleinen Nagel erwischt hatte. »Wie eine Gazelle springt dieses zarte Wesen herum, eine, die vor einem Gepard flieht.«

»Nash? Er ist mein bester Taschendieb.«

Was nebenbei erklärte, wie sie Jimi die Schlüssel hatte entwenden können. »Dieser Taschendieb war eindeutig ein Mädchen.«

Kambili starrte ihn einen Moment lang vollkommen perplex an. »Bist du sicher, dass wir über denselben Jungen sprechen?«

»Warum sonst hätten die Fargos ihn – oder besser sie – sie in eine Schule für Mädchen bringen sollen?«

»Ein Mädchen … er ist mir schon immer sehr klein und schmächtig vorgekommen. Was ist mit ihm – oder mit *ihr*?«

»Erzähl mir alles, was du über dieses Kind weißt.«

»Es kommt aus einem Dorf im Norden. Sein – ihr – Onkel brachte sie wegen Boko Haram hierher und bezahlte für sie und ein paar andere Jungen.«

»Wie finde ich ihren Onkel?«

»Einer meiner Jungen, Chuk, kommt aus demselben Dorf. Sie sind befreundet gewesen.«

»Gut. Wir müssen ihn mit den Fargos zusammenbringen. Hier ist mein Plan...«

KAPITEL FÜNFUNDFÜNFZIG

Du bist vielleicht enttäuscht, wenn du scheiterst.
Aber du bist verloren, wenn du es nicht versuchst.

– AFRIKANISCHES SPRICHWORT –

Remi verließ Amal und die Mädchen, um sich nach einer besseren Unterkunft umzuschauen. Schließlich fand sie einen weiter ausladenden Überhang, unter dem sie ausreichend vor dem Unwetter geschützt waren, ohne von dem oberen Weg aus von den Kidnappern gesehen zu werden. Von dort wäre der Weg zur Kante der Felswand für die Mädchen einfacher zu bewältigen. Der Felsspalt, durch den sie abgestiegen waren, erschien wie ein natürlicher Abfluss für das überschüssige Regenwasser, und sie machte sich berechtigte Sorgen, dass wenn der wolkenbruchartige Regen anhielt, das dünne Rinnsal, das sich an der Innenwand des Spalts herabschlängelte, sich zu einem reißenden Wasserfall steigern würde.

Dem Himmel nach zu urteilen hatten sie nur ein ganz enges Zeitfenster, ehe das Unwetter wieder an Intensität zunahm. Der Regen hingegen bereitete ihr weniger Sorgen als die heftigen Windböen, die sie leicht aus dem Gleichgewicht bringen könnten. Nach einer schnellen Inspektion der Umgebung – um sicherzugehen, dass sie nicht ins Jagdrevier einer Raubkatze gerieten – kehrte sie zu den

Mädchen zurück. »Viel Zeit bleibt uns nicht. Wir müssen uns beeilen.«

Amal sah sie mit seltsamem Gesichtsausdruck an, während sie und die älteren Mädchen beiseitetraten. Nasha, in der Remi so etwas wie ihre Kriegerprinzessin sah, saß auf dem Boden, hatte die Arme um die Knie geschlungen und schaukelte vor und zurück.

»Nasha.« Remi streckte eine Hand aus.

»Er kommt nicht zurück«, sagte Nasha zu niemand Bestimmtem.

»Meinst du den Hubschrauber?« Remi lächelte. »Natürlich kommt er zurück.«

Unglücklicherweise ließen sich die anderen Mädchen von Nashas Angst anstecken und betrachteten den Ausschnitt des düsteren grauen Himmels, den sie aus ihrem Unterstand sehen konnten, als böses Omen. »Warum ist er umgekehrt?«, fragte Jol. »Er war doch schon fast bei uns…«

Tränen quollen aus Nashas Augen. »Weil die Boko Haram auf sie geschossen haben. Sie kommen nicht zurück. Sie können es nicht.«

Remi kniete sich neben Nasha und zog sie an sich. Sie hatte das Mädchen noch nie zuvor so verängstigt erlebt. »Ich glaube nicht, dass sie zu Boko Haram gehören. Ich tippe eher auf Viehdiebe der Fulani.« Auch wenn sie Berichte gehört hatte, in denen die Fulani mit Boko Haram verglichen wurden, da sie angeblich jeden gnadenlos töteten, den sie als Bedrohung für ihr Weideland betrachteten, hatte sie nicht die Absicht, diesen Punkt zur Sprache zu bringen. Die Mädchen hatten schon genug Probleme, deretwegen sie sich Sorgen machen mussten. »Sie haben wahrscheinlich angenommen, dass der Helikopter sie abholen sollte, weil sie die Rinder gestohlen hatten.«

Jol wandte sich in Panik an Remi. »Sie werden uns doch nicht auch töten, oder?«

»Nein«, sagte Remi und sah die Mädchen nacheinander an. »Ich lasse nicht zu, dass einer von euch auch nur ein Haar gekrümmt wird.«

»Das können Sie nicht versprechen«, sagte Nasha und zog sich von ihr zurück. »Sie wissen überhaupt nichts.«

Zaras Augen weiteten sich. »Du machst mir Angst.«

»Die solltest du auch haben. Sie haben jeden in meinem Haus getötet. Mich nur deshalb nicht, weil ich Angst hatte und geflüchtet bin.«

Donner grollte in der Ferne. Remi erhob sich. »Wir müssen aufbrechen.«

Nasha schüttelte den Kopf und wandte sich ab. Tränen rannen über ihr Gesicht. »Ich möchte nicht weg von hier.«

Jol ging vor ihr in die Hocke. »Wir können nicht ohne dich gehen.« Sie versuchte, Nasha auf die Füße hochzuziehen.

»Wir sind nur Mädchen«, flüsterte Nasha. »Sie haben Pistolen und Gewehre.«

Maryam kauerte sich neben Jol. »Aber du hast die Kalu-Brüder überlistet.«

»Weil ich so getan habe, als wäre ich ein Junge«, sagte Nasha. »Wenn ich ein Mädchen gewesen wäre, hätten sie …« Sie wischte sich mit dem Handrücken über die Augen, dann senkte sie den Blick. »Ist egal.«

Zara, vollkommen verwirrt, sagte: »Aber du hast uns doch gerettet. Du bist die Mutige.«

»Das bin ich nicht. Ich habe die ganze Zeit nur Angst«,

sagte Nasha. »Auch jetzt – in diesem Augenblick – habe ich Angst.«

Die Mädchen starrten sie an, die Augen groß vor Überraschung. Zara suchte Remis Blick. »Haben Sie jemals Angst?«

»Natürlich«, antwortete Remi mit banger Miene. »Wichtig ist, wie man mit dieser Angst umgeht.«

»Ich würde weglaufen«, sagte Zara. Die anderen Mädchen stimmten ihr zu.

Nasha sagte: »Ich wollte es auch tun, als Mr. Hank meinte, ich hätte diese Nägel gestohlen. Dabei hatte ich sie gar nicht gestohlen. Ich hatte sie gefunden.« Sie nickte heftig, um ihrer Aussage Nachdruck zu verleihen. »Es ist seine Schuld, dass wir hier sind. Wenn er nicht krank geworden wäre, hätte Mr. Fargo die Schule nicht verlassen müssen. Er hätte uns gerettet.«

Amal meldete sich mit einem zaghaften Lächeln zu Wort. »Wir sind meinetwegen in Schwierigkeiten. Irgendetwas passiert, und ich tauche einfach weg. Du hast mich gerettet, weil du nicht weggelaufen bist.«

»Aber ich wollte weglaufen«, gestand Nasha mit leiser Stimme, während sie ihre Tränen abwischte.

»Manchmal«, meinte Remi, während sich eine Windböe in dem Felsspalt fing, »ist es richtig, genau das zu tun. Das Geheimnis ist zu wissen, wann man es tun sollte.« Sie streckte eine Hand aus und seufzte erleichtert, als Nasha sie ergriff. Was sie nicht ignorieren konnte, war das Geräusch von schnell fließendem Wasser auf dem Grund der Felsspalte und den zunehmend breiteren Strom, der sie auf ihrem Weg immer stärker behinderte. »Passt auf, wohin ihr tretet«, ermahnte Remi die Mädchen.

Remi ging voraus, Amal bildete die Nachhut. Auch wenn der Marsch zu ihrem neuen Unterschlupf nicht sehr lange gedauert hatte, waren sie auf Grund ihrer Anzahl nur langsam vorangekommen. Das Regenwasser, das von dem Berg über ihnen abfloss, füllte die zahlreichen Felsrinnen und -spalten. Kleine Bäche ergossen sich über die Kante der Steilwand und schufen mit Schlick bedeckte Felsrisse, die unter der Strömung nachzugeben und sich aufzulösen und den unvorsichtigen Wanderer mitzureißen drohten.

Nach etwa dreißig Minuten Fußmarsch verbreiterte sich eins der Rinnsale und spülte eine mehr als einen halben Meter breite Lücke aus dem Trekkingpfad heraus. Remi blieb stehen, stocherte mit ihrem Wanderstock auf der gegenüberliegenden Seite herum, ertastete soliden Fels und setzte mit einem Sprung hinüber. Sie wandte sich um und streckte Nasha den Stock entgegen. »Solltest du ausrutschen, dann lass auf keinen Fall los. Ich zieh dich hoch.«

Nasha legte eine Hand um den Stab, zögerte jedoch, während Donner über die Berge hinwegrollte.

»Es ist okay«, sagte Remi. »Ich halte dich.«

Nasha wagte den Sprung. Jedes der anderen Mädchen folgte. In diesem Augenblick öffnete der Himmel seine Schleusen und ergoss seine Fluten auf sie, während sie an der Felswand emporkletterten. Als sie sich dem Unterstand näherten, stieg Remi über ein Rinnsal hinweg, wandte sich auf der anderen Seite um und deutete darauf, damit ihre Schützlinge das Hindernis nicht übersahen. Sie rief ihnen eine Warnung zu, die ihr der Wind von den Lippen riss, aber Nasha nickte und hatte keine Schwierigkeiten, das Rinnsal zu überschreiten. Jol folgte ihr. Als Nasha den Fuß

auf den gegenüberliegenden Rand setzte, gab die Ufer-
kante nach, zerfiel und zog das Mädchen mit einer Lawine
aus Wasser und Schlamm in die Tiefe.

KAPITEL SECHSUNDFÜNFZIG

Wer lernt, der lehrt.

– ÄTHIOPISCHES SPRICHWORT –

Die Mädchen schrien im Chor, als der Untergrund unter Nashas Füßen wegsackte. Remi ergriff ihren Arm und zog sie zurück, während sich die Spalte in einem alarmierenden Tempo vergrößerte. Als Remi nach unten blickte, sah sie Jol etwa zehn Meter unter sich, wo sie auf einem schmalen Felsvorsprung balancierte.

»Nicht bewegen«, rief ihr Remi warnend zu, dann konzentrierte sie sich auf die anderen Mädchen. Sie streckte den Knüppel über den breiten Spalt. »Halt dich daran fest, Maryam!«

»Was ist mit Jol?«

»Ich hol sie.«

Maryam krampfte die Finger um den dicken rauen Stock, wagte es jedoch nicht, den Blick von ihrer abgestürzten Freundin zu lösen.

»Sieh nicht nach unten! Sieh mich an! Du schaffst es!«

Zögernd nickte sie, dann wagte sie den Sprung.

Als alle wohlbehalten auf der anderen Seite waren, wandte sich Remi an Amal und rief ihr zu: »Bis zu der Höhle ist es nicht mehr weit. Ich komme hinter euch her, sobald ich Jol gefunden habe.«

Amal nickte. »Dann los, Kinder, geht weiter. Sie kommen schon zurecht.«

Vorsichtig trat Remi an den Rand der Spalte und ließ sich zentimeterweise über den glatten Fels abrutschen, während sie gleichzeitig mit ihrem Wanderstock jede Lücke und jeden Riss nutzte und mit Fingern und Fußspitzen Vorsprünge ertastete, die ihr Halt bieten konnten. Schließlich erreichte sie das arme Mädchen, das sie mit vor Angst weit aufgerissenen Augen anstarrte. »Bist du okay?«

Jol nickte.

»Fass meine Hand«, sagte Remi und hielt den Arm nach unten. Sie schlang die Finger um Jols schmales Handgelenk. Als sie sich auf gleicher Höhe mit ihr befand, instruierte Remi sie, wo sie ihre Hände und Füße platzieren sollte, während sie sich langsam aufwärts und auf sicheren Grund bewegten. Mehrmals suchte Remi den Horizont ab – in der Hoffnung, dass der Hubschrauber zurückkehrte, während sie sich in der Felswand befanden und für jeden zu sehen waren. Aber während sie sich vor jeder Windböe duckten, die sie vom dem Felssims zu wehen drohte, wusste sie mit trauriger Gewissheit, dass sie nicht damit rechnen konnte, Unterstützung zu bekommen.

Wenigstens konnten sie die Nacht an einem sicheren und einigermaßen trockenen Ort verbringen, dachte sie, während sie Jol unter den Überhang schob. Amal riss weitere Stoffstreifen von ihrer Bluse ab und verband damit eine Schnittwunde in Nashas Unterschenkel und eine Hautabschürfung an Jols rechtem Unterarm, die sie sich bei ihrem Absturz zugezogen hatte.

Dankbar, dass sie keine schlimmeren Blessuren zu beklagen hatten, übernahm Remi die erste Wache.

Als die Nacht hereinbrach, machte Amal den Vorschlag, dass die Mädchen versuchen sollten, ein wenig Schlaf nachzuholen, aber sie waren viel zu aufgeregt, um zur Ruhe zu kommen. Nach einer Weile sagte Jol: »Mrs. Fargo, Sie haben versprochen, uns von Ihren Schatzsuchen zu erzählen.«

Remi drehte sich zu ihr um und konnte sie in der zunehmenden Dunkelheit nur undeutlich sehen. »Morgen vielleicht.«

Daraufhin hatte Jol eine Frage an Amal. »Haben Sie schon mal einen Schatz gefunden?«

»Einmal, ja. Als ich noch ein kleines Kind war.«

Die Mädchen falteten die Hände zu einer bittenden Geste und sangen im Chor: »Erzählen ... erzählen ... erzählen ...«

»Es ist damals passiert, als ich die heißen Sommer bei meiner Großmutter verbracht habe.«

»Wo hat sie gewohnt?«, fragte Maryam.

»In der Nähe von Bulla Regia. Mitten in Tunesien.«

»Wo ist das?«, fragte Nasha.

»Tunesien? Ganz oben im Norden Afrikas. Dort ist es viel heißer als hier in den Bergen. So heiß wie in der Wüste, aber das Haus meiner Großmutter stand im Schatten eines weitläufigen Olivenhains, der dort schon seit einigen hundert Jahren existierte.«

»Hundert?«, staunte Tambara.

»Vielen hundert«, bestätigte Amal. »Und in diesem Haus hat sich der Deckel eines Holzkohleofens befunden, in den das Sator-Quadrat, das berühmte Palindrom, eingraviert war.«

»Was ist ein Palindrom?«, fragte Nasha.

»Das sind Wörter oder Sätze, die vorwärts- oder rück-
wärtsgelesen gleich sind. *Madam* ist ein Wort-Palindrom.
Das Sator-Quadrat ist ein Fünf-Worte-Palindrom – *sator*,
arepo, *tenet*, *opera*, *rotas*. Es soll magische Bedeutung
haben.«

»Weshalb?«

Tambara legte einen Finger auf die Lippen. »Pssst.«

»Das ist eine gute Frage«, sagte Amal. »In diesem Fall
glaube ich, dass derjenige, der es benutzt hat, wollte, dass
die Leute glauben, es sei etwas Magisches. Wenn die Holz-
kohle angezündet wurde, wurden die Worte auf die Wand
oder die Decke eines sehr dunklen Raums projiziert, wahrscheinlich um den Menschen vorzugaukeln, dass gerade
irgendetwas Mystisches geschehen war. Wie dem auch sei,
als meine Großmutter noch ein Mädchen war, erzählte
deren Großmutter ihr Gutenachtgeschichten von dem
verschollenen Schatz des letzten Königs der Vandalen.
Sein Schatz soll irgendwo in dem Olivenhain versteckt gewesen sein.« Die Mädchen beugten sich vor, als Amal die
Stimme senkte. »An dem Tag, an dem meine Großmutter
das Sator-Quadrat gefunden hat, waren schon zehn Leute
daran vorbeigegangen, und nicht einer hatte bemerkt, dass
es sich direkt vor seinen Augen befand.«

»Warum haben sie es denn nicht gesehen?«, fragte Maryam.

»Weil der Schatz«, sagte Amal und sah jedem Mädchen
nacheinander in die Augen, »durch einen Fluch geschützt
ist. Wenn die falsche Person ihn an sich nimmt, wird eine
von ihr geliebte Person eines grässlichen Todes sterben.«

»Warum ist Ihre Großmutter nicht gestorben?«

»Weil die alten Orakel den verschollenen Schatz bewachen sollten«, sagte sie und senkte die Stimme, »bis jemand von königlichem Blut ihn an seinen rechtmäßigen Ort zurückbringt.«

Bei dieser Auskunft wurden die Augen des Mädchens tellergroß. Nasha fragte: »Sind Sie auch ein Orakel?«

Amal lächelte. »Ich bin mir noch nicht einmal sicher, ob das Ganze überhaupt ernst genommen werden kann. Meine Mutter hat mir erzählt, dass wir die Phantasie beim Geschichtenerzählen im Blut haben – wie es bei Orakeln normalerweise der Fall ist.«

Nasha verschränkte die Arme vor der Brust. »Glauben Sie an Orakel?«

Amal lachte leise. »An Intuition schon. Aber nicht so sehr an all das andere Zeug.«

»Haben Sie jemals etwas gefunden?«, fragte Nasha weiter.

»Nein. Und auch wenn ich gehofft habe, dass ich den verschwundenen Schatz des letzten Vandalenkönigs aufspüre, bin ich nur auf ein paar alte Scherben gestoßen. Nichts, was auch nur annähernd so schön war wie das, was meine Großmutter zutage förderte, aber es hat ausgereicht, um in mir die Liebe zur Archäologie zu wecken.«

»Ich möchte auch einmal Archäologin werden«, sagte Maryam. »Vielleicht finde ich einen Schatz.«

»Ich auch«, sagte Tambara. Jol schloss sich ihr an.

Zara schüttelte den Kopf. »Ich möchte Lehrerin werden.«

Die vier Mädchen sahen Nasha an, die mit einem Achselzucken meinte: »Ich weiß noch nicht, was ich einmal werden möchte.«

In Tambaras Lächeln lag ein Anflug von Bewunderung.

»Du bist gut im Herumschleichen. Du könntest Spionin werden.«

»Sie kann überhaupt nichts werden«, sagte Zara, »wenn sie nicht in die Schule geht.«

»Ich gehe aber in die Schule«, sagte Nasha und sah Remi fragend an. »Nicht wahr?«

»Jeder geht in die Schule«, sagte Remi und fragte sich, ob es überhaupt noch eine Schule gab, zu der sie zurückkehren konnten. »Es wird Zeit, schlafen zu gehen. Wir haben morgen einen langen Marsch vor uns.«

Die Mädchen legten sich hin und waren wenig später eingeschlafen. Remi ließ sich neben Amal auf dem Erdboden nieder. »Es ist Ihnen sehr gut gelungen, die Mädchen abzulenken.«

»Sie sind so tapfer. Und sie erst«, sagte sie und sah zu Nasha hinüber. »Erstaunlich. Ich hoffe, Sie finden heraus, woher sie kommt, und nehmen sie in der Schule auf.«

»Das hoffe ich auch«, sagte Remi mit einer Ruhe und Gelassenheit, die sie gar nicht empfand. Während sie verfolgte, wie der Regen, der vor ihrem Unterschlupf vom Himmel herabrauschte, immer dichter wurde, hoffte sie inständig, dass das Felssims, auf dem sie hierhergelangt waren, am nächsten Morgen noch vorhanden war.

KAPITEL SIEBENUNDFÜNFZIG

Hoffnung ist eine gute Sache, und gute Dinge sterben nie.

– AFRIKANISCHES SPRICHWORT –

Regen trommelte auf das Dach des Schulbüros und trat wie ein Wasserfall über die Ränder der überfüllten Regenrinnen und überflutete den Platz vor der Tür. Sam blickte durch das Fenster zu den Soldaten, die unter der Veranda Schutz gesucht hatten und sich weigerten, ins Haus zu kommen, obwohl Sam es ihnen angeboten hatte.

Er drehte sich wieder um und sah in den Raum, in dem Okoro, Pete und Lazlo saßen und die topografische Karte des Gashaka-Gumti-Nationalparks und seiner weiteren Umgebung studierten. Pete seufzte müde. »Ich wüsste nicht, welche andere Richtung sie hätten einschlagen sollen.«

»Ganz meine Meinung«, sagte Okoro. »Nach Nordosten am Fluss entlang. Was mir Sorgen macht.«

»Warum?«, fragte Wendy.

»Der Fluss.« Er fuhr mit dem Finger von dem Weg, den er und Sam genommen hatten, hinauf in die Berge. »Wenn sie, wie wir annehmen, dem Fluss gefolgt sind, dann kommen sie hier oben heraus. Ihre einzige weitere Möglichkeit ist dann dieses Tal, in dem wir die Fulani-Hirten gesehen haben. Oder sie gehen hinauf in die Berge.«

Pete studierte die Karte eine ganze Weile. »Könnten sie es nicht umgehen?«

»Das könnten sie«, sagte Okoro. »Aber dann müssten sie den Fluss überqueren. Bei diesem Wetter wäre das auf keinen Fall ratsam. Ich denke an eine Überflutung.«

»Remi«, meinte Sam, »würde das wissen.«

Wendy sah Pete an. »Aber wenn sie wüsste, dass sie verfolgt wird, würde sie das Risiko eingehen.«

»Das würde sie bestimmt«, sagte Sam. Was die Suche nach ihr erschwerte. Remi würde alles tun, was nötig wäre, um die Sicherheit dieser Mädchen zu garantieren, selbst wenn es gegen Gesetze der Logik verstieße. »Aber ganz egal, sie wüsste doch, dass wir einen Suchtrupp losschicken würden. Daher würde sie einen Ort aufsuchen, wo sie und die Mädchen zu sehen wären.« Er kehrte zum Fenster zurück und schaute in die zunehmende Dunkelheit hinaus. An dem Tor konnte er gerade noch das gestrandete SUV erkennen, das mitten auf der morastigen Straße zurückgelassen worden war. »Hat sich Rube mit der Info gemeldet, wem dieser Wagen gehört?«

»Noch nicht«, sagte Pete. »Er hat noch auf eine entsprechende Nachricht von seinen Verbindungsleuten gewartet.«

Sam wählte Rubes Nummer. »Ich hoffe, ich störe dich nicht.«

»Ich habe nichts zu tun, das nicht warten könnte«, erwiderte Rube. »Ich hatte angenommen, du seiest unterwegs, also noch auf der Suche. Sonst hätte ich mich schon eher gemeldet.«

»Ein Wetterumschwung hält uns zurzeit auf«, sagte Sam. »Was ist mit dem Pick-up, der zurückgelassen wurde?«

»Moment.« Ein paar Sekunden später war er wieder in der Leitung. »Sorry, ich musste ein bisschen aufräumen.« Sam hörte das Rascheln von Papier. »Der Pick-up gehört einem Pili Soundso. Seine Akte muss hier irgendwo liegen. In Taraba hat er ein umfangreiches Vorstrafenregister.

»Welcher Art?«

»Vorwiegend Raub. Aber keine Verbindung zu den Kalu-Brüdern.«

»Und was ist über diesen Makao bekannt?«

»Wenn du Makao Oni meinst, der wird im Staat Lagos gesucht, nachdem die Polizei im vergangenen Jahr Verbindungen zwischen seiner Bande und einer Mordserie aufgedeckt hat. Dass eine Verbindung zu Pili besteht, liefert den Polizeibehörden in Taraba den Anlass, die Ermittlungen erneut aufzunehmen. Sie sammeln dort Informationen über seine Komplizen, vor allem in der Hoffnung, auf diese Art und Weise zu erfahren, wo sie sich möglicherweise verstecken. Warte mal einen Moment…« Einige Minuten herrschte Stille in der Leitung, dann meldete er sich wieder. »Ich habe hier noch einige Eisen im Feuer, um die ich mich kümmern musste. Du solltest wissen, dass dir die Wächter und das Such-Team zur Verfügung stehen, bis sie alle Beteiligten aus dem Verkehr gezogen haben. Sie haben den Auftrag, jeden heil nach Hause zu bringen und die Sicherheit der Schule zu gewährleisten. Ich lasse von mir hören, sobald ich mehr erfahre.«

»Danke, Rube.«

Sam trennte die Verbindung und rief sofort Selma an, diesmal per Video, und musste feststellen, dass sie genauso müde und erschöpft aussah, wie er sich fühlte. Mitte fünfzig, die Haare zu einer Igelfrisur kurz geschnitten, musterte sie ihn über den Rand ihrer dunklen Hornbrille, die sie an einer goldenen Kette um den Hals trug.

»Gibt es bei Ihnen etwas Neues?«, wollte Sam wissen.

»Nichts, was die Kidnapper betrifft«, antwortete sie. »Ich habe jedoch einige Informationen über das Dorf, in dem Nashas Onkel leben soll. Vor gut einem Jahr ist in einer Zeitung ein Artikel über einen Boko-Haram-Überfall erschienen, der in etwa mit dem Datum zusammenfällt, an dem das Mädchen nach Jalingo gebracht wurde. Ob ihr Onkel den Überfall überlebt hat oder nicht, ist unbekannt. Der Artikel erwähnt kaum Details, außer dass aus ihm zu entnehmen ist, dass, nachdem die Terroristen das halbe Dorf niedergebrannt haben, das Militär ausgerückt ist und sie aus der Region vertrieben hat.«

»Das ist doch schon mal ein vielversprechender Anfang. Sobald wir die Mädchen gefunden haben, werden wir diesem Hinweis nachgehen.«

Zwei Minuten später kam Wendy herein. »Das Abendessen ist fertig.«

Auch wenn Sam nicht den geringsten Hunger verspürte, wusste er, dass er etwas essen sollte. Falls das Wetter weiterhin eine Suche aus der Luft unmöglich machte, müsste er seine Bemühungen zu Fuß fortsetzen.

KAPITEL ACHTUNDFÜNFZIG

Wer vor dir wegläuft, den verfolge nicht.

– KENIANISCHES SPRICHWORT –

Als der Tag graute, regnete es noch immer. Trotzdem drängte Remi zum Aufbruch und führte die Mädchen auf die Felsleiste hinaus. Der Weg verlief zwischen zwei Felsblöcken, doppelt so hoch wie alle anderen, die ihn auf beiden Seiten flankierten. Auf der Oberseite abgeflacht, bildeten die beiden Felsen einen Überhang, der ihnen einen gewissen Schutz vor dem Regen bot. Remi wies die Mädchen an, bei den Felsen zu warten, während sie selbst ein Stück vorausging, um nachzusehen, ob die Fulani unten im Tal noch immer auf der Lauer lagen und auf ihr Erscheinen warteten. Abzusteigen, die Wiese zu überqueren und auf der anderen Seite wieder aufzusteigen würde sie erheblich weniger Zeit kosten. Als sie weit genug vorgedrungen war, um in das Tal hinabzublicken, musste sie feststellen, dass dieser Weg versperrt war. Der Fluss war angeschwollen und durchschnitt die Wiese. Seine Strömung war zu stark, um ihn zu durchwaten. Ihnen blieb nichts anderes übrig, als dem Weg weiter zu folgen und aufzusteigen.

Remi erinnerte sich, dass Wendy und Peter, als sie zum ersten Mal vorschlugen, die Schule zu bauen, davon sprachen, einen ganz besonderen Standort gefunden zu haben. Sie beschrieben ein hoch gelegenes Plateau, auf dem der Komplex vor Überflutung während der Regenzeit sicher sei. Wie diese Überflutung aussah, konnte sie sich gut vorstellen, wenn man sich diesen endlosen Regen ansah.

Sie kehrte zu den Mädchen zurück, betrachtete den Überhang und die zahllosen Rinnsale, die sich von dem Berg über die Felswand ins Tal schlängelten. Sie durften sich nicht darauf verlassen, noch rechtzeitig von dem Suchtrupp gefunden zu werden. Wenn sie die Felswand nicht möglichst bald verließen, würden sie schon in Kürze unter einem Wasserfall stehen.

Je höher sie gelangten, desto mehr bedauerte sie ihre Entscheidung. Die Erkenntnis, einen schrecklichen Fehler gemacht zu haben, kam zu spät. Was anfangs nur kleine Rinnsale waren, vergrößerte sich zu breiten Strömen, die die Felswand hinunterrauschten. Der Weg, dem sie folgten, stand mittlerweile einige Zentimeter unter Wasser. »Wir müssen umkehren«, entschied Remi.

»Wohin?«, fragte Amal.

»Was war das?«, fragte eins der Mädchen.

Remi hörte laute Rufe von dem Weg, der unterhalb von ihnen verlief. Sie waren im Begriff, den Kidnappern in die Arme zu laufen.

Das Entsetzen flackerte in Amals Augen. In den wenigen Sekunden, die sie auf dem Weg standen, färbte sich das abfließende Regenwasser braun, mischte sich mit Schlamm und Geröll und steigerte sich zu einer dickflüssigen Lawine, die sich den Steilhang hinunterwälzte und dabei alles mit sich riss.

Sie saßen in der Falle.

Gehetzt suchte Remi nach einem Ort, wo sie die Kinder verstecken konnte, um die Männer von ihnen wegzulocken. »Dorthin«, sagte sie und deutete auf die Spitze eines der mächtigen Felsklötze.

»Aber wie?«, fragte Maryam und reckte den Kopf. »Ist viel zu hoch.«

»Amal«, sagte Remi. »Sie zuerst. Sie können dann den Mädchen helfen.«

Remi ging in die Hocke, und Amal kletterte auf ihre Schultern. Sie stützte sich gegen den Felsklotz, um das Gleichgewicht nicht zu verlieren, während Remi sich aufrichtete und ihre Last nach oben drückte. Dann zog sich Amal auf den Felsklotz hinauf. Diese Prozedur wiederholte Remi mit jedem Mädchen, während Amal ihre Arme ergriff, damit sie vollends zu ihr hinaufklettern konnten.

Erst als alle in Sicherheit waren, wurde ihnen bewusst, dass Remi noch immer auf dem Weg stand und selbst keine Möglichkeit hatte, die Klettertour ohne Hilfe zu absolvieren. Zwei Mädchen brachen in Tränen aus, aber Remi legte einen Finger auf die Lippen. »Seid tapfer und macht euch so klein wie möglich, damit euch niemand sieht. Mir wird schon nichts passieren.«

Die Stimmen der Kidnapper wurden lauter und waren schon deutlicher zu verstehen. Einer von ihnen beklagte sich gerade über den tiefen Morast auf dem Weg.

Das Regenwasser war jetzt einige Zentimeter tief und strömte schäumend um Remis Füße herum. Sie ging ein kalkuliertes Risiko ein, indem sie hoffte, dass die Wassermassen auf dem gleichen Weg den Berg hinabströmten, wie es seit Jahrhunderten geschah, nämlich zwischen der Felswand und den Felsklötzen. Während der Regen auf ihren Kopf und die Schultern prasselte, hielt sie sich nicht weit von dem zerklüfteten Wegrand bereit. Als die vier Kidnapper um die Wegbiegung kamen, startete sie zu einem Dauerlauf durch den seichten Bach auf dem Weg. Einer von ihnen rief ihr den Befehl zu, stehen zu bleiben. Sie wurde langsamer, wandte den Kopf und sah, dass ihre Maschinenpistolen auf sie gerichtet waren. Remi stützte sich in der zunehmenden Strömung auf ihren Wanderstock, um das Gleichgewicht zu halten. »Hilfe!«, rief sie.

Pili und seine Männer kämpften sich über den Berghang zu ihr herauf. Ein Geräusch wie die Brandung eines Ozeans in weiter Ferne wurde allmählich lauter. Ehe sie begriffen, was es war, wälzte sich eine schlammige Flut auf sie zu. Sie machten kehrt und versuchten, vor der Schlammlawine wegzulaufen. Remi kletterte an den Felsen hoch, benutzte ihren Knüppel, um sich an der Felswand abzustützen, während das Wasser bereits ihre Knie erreichte. Aber das war es nicht, weshalb sie sich Sorgen machte. Vielmehr dachte sie an das, was der Bach mit sich führte. Und ihre Furcht war nicht unbegründet. Innerhalb weniger Sekunden rauschten die ersten Baumäste und Gestrüppknäuel den Berghang herab, von denen einige zwischen den Felsen hängen blieben, bis der Druck der Wassermassen zu groß wurde und sie weitergerissen wurden. Ein Baumstamm, so dick wie ein Telegrafenmast, wirbelte genau auf sie zu, verfehlte sie nur um wenige Zentimeter, als er mit einem Ende einen massiven Felsklotz rammte. Das andere Ende schwenkte zu Remi herum und bildete eine Barriere, hinter der sie für einige Sekunden geschützt war, bis sich das verkeilte Ende löste und ins Rutschen geriet. Es krachte gegen die Felswand und wurde von der

Strömung erfasst. Sekunden später blieben weitere Pflanzenreste an dem Hindernis hängen, und das Wasser staute sich sekundenschnell auf und drohte, Remi von der Felswand zu spülen.

KAPITEL NEUNUNDFÜNFZIG

Mit einem kleinen Samen der Phantasie kann dir ein Feld voller Hoffnung wachsen.

– NIGERIANISCHES SPRICHWORT –

Hoch über dem Wald nahm Sam das Fernglas herunter und beugte sich vor, um durch die regengepeitschte Frontscheibe zu blicken. Eine Abwindböe erfasste den Helikopter, sodass er in die Schultergurte gedrückt wurde, als die Maschine absackte. Mit einem kurzen Steuerimpuls fing der Pilot den Hubschrauber ab.

»Tut mir leid, Mr. Fargo«, sagte er.

»Fliegen Sie noch eine Runde«, bat Sam und ließ den Blick durch das Tal schweifen. Zwei Mal hatten sie es bereits überflogen und nicht mehr gesehen als Kühe, die langsam durch knietiefes Wasser auf ein höher gelegenes Gelände zutrotteten. Was er aber nicht sehen konnte, waren Hirten, die den Tieren den Weg zeigten. Die Fulani hatten ihr gestohlenes Vieh entweder im Stich gelassen, oder sie suchten irgendwo Schutz vor dem Gewitter.

Einer der Soldaten deutete nach unten. »Ich sehe da jemanden. Im Baum in der Nähe des Wasserfalls.«

Am Tag zuvor war der Wasserfall noch nicht dort gewesen, glaubte Sam sich entsinnen zu können.

Der Pilot verringerte die Flughöhe und kreiste mehrmals über dem Talende. Sam entdeckte einen Mann hoch oben in der Krone eines Baums, der am Fuß des Steilhangs aufragte. Es schien, als sei dieser Mann aus größerer Höhe abgestürzt und von den Ästen aufgefangen worden.

Sam richtete das Fernglas auf das überflutete Feld direkt unter dem Baum und sah dort mehrere Männer reglos in den Wasserlachen liegen. Der Kleidung nach waren es keine Fulani-Hirten. »Geht es noch ein wenig näher? Ich würde gern einen Blick auf den oberen Rand des Wasserfalls werfen.«

Der Pilot ging in den Steigflug, sodass sie das gesamte Tal und die zahlreichen schmalen Rinnsale und Bäche auf den Talwänden überschauen konnten, die den Fluss auf dem Talgrund speisten.

»Mr. Fargo«, meldete sich der Teefarmer zu Wort. »Warum blicken Sie denn so besorgt? Wenn dies da unten die toten Kidnapper sind, dann ist das doch eine gute Neuigkeit.«

»Das hoffe ich«, sagte Sam und fragte sich gleichzeitig, wie nahe diese Männer an Remi und die Mädchen herangekommen sein mochten, bevor sie von der Felswand gefegt wurden. »Können Sie den Wasserfall bis zu seinem Ursprung zurückverfolgen?«

»Ich kann's mal versuchen.« Der Helikopter schwang herum. Regentropfen zerplatzten auf der Plexiglaskuppel, während eine Windböe die Tropfen zu Schlieren verwischte, die die Sicht erheblich behinderten. Ein Rudel Schimpansen turnte den Berghang hinab. »Irgendetwas hat sie erschreckt«, meldete der Kopilot.

Sam verfolgte ihre offensichtliche Flucht. Was mochte sie aufgescheucht haben? Der Motorenlärm des Hubschraubers vielleicht? Während er das Laubdach des Dschungels unter sich absuchte, nahm er hinter der Affenherde eine einzelne Bewegung wahr.

Der Pilot stieg so weit höher, dass sie bessere Sicht auf einen massiven Felsenturm bekamen, der zwischen dem Berghang und dem angeschwollenen Fluss aufragte.

»Dort!«, rief Sam.

Der Pilot legte den Hubschrauber in eine scharfe Kurve.

Sam zählte die Mädchen, kam nur bis sechs und hatte Mühe weiterzuatmen. Remi fehlte.

Während sich die Maschine dem Felsen näherte, erkannte Sam, dass der Gesteinsschutt und die Pflanzentrümmer einen Damm gebildet hatten. Wasser sickerte durch diese natürliche Sperre, aber zu viele Bäume versperrten ihnen die Sicht. »Versuchen Sie es höher flussaufwärts.«

Sie überflogen die Felstürme, auf denen die Mädchen standen und ihnen zuwinkten, um auf sich aufmerksam zu machen. Und dort, sich an eine Felsnadel klammernd, als ob sie die Wasserflut zurückhalten wollte, entdeckte er seine Frau. Sie schaute zu ihnen herauf, dann lenkte sie den Blick der Männer im Hubschrauber auf die Felswand oberhalb von ihr.

Zwei Schimpansen waren in den Bäumen zurückgeblieben und blickten in die gleiche Richtung wie seine Frau – als spürten sie die drohende Gefahr. Sams Blick blieb für einen Moment an ihnen hängen, dann registrierte er, dass die Knie seiner Frau bereits überspült wurden. Die Flut des schmutzig braunen Wassers, die über die Felswand zu Tal strömte, staute sich zwischen Felsnadel und Felswand unaufhaltsam auf. »Wir müssen sie schnellstens von diesem Felsen da herunterholen.«

»Verstanden«, sagte der Pilot. »Ich glaube, ich komme von der anderen Seite heran. Ist jemand verletzt? Wir können uns abseilen und sie nacheinander hochziehen.«

Sam richtete das Fernglas auf den oben abgeflachten Felsklotz und das Gelände dahinter. Eine Ansammlung kleiner Felsbrocken und Pflanzen rutschte den Berghang langsam hinab. Sam sah die beiden Soldaten und Okoro an. »Wenn Sie am Rand des einen Turms aufsetzen können, schaffen wir zu viert, sie doppelt so schnell aufzunehmen.«

»Was ist mit Ihrer Frau?«

»Ich kann mich abseilen und sie gleichzeitig holen.«

Der Kopilot sah ihn an – um zu widersprechen oder zuzustimmen, konnte Sam nicht erkennen. Er schlüpfte bereits ins Gurtgeschirr und befestigte es an der Winde, während die beiden Soldaten Vorbereitungen für die Rettungsaktion trafen. Als der Hubschrauber nur noch wenige Meter von dem Felsenturm entfernt war, sprang der erste Soldat hinaus, schnappte Nasha und reichte sie zu Okoro hinauf. Der zweite Soldat bediente die Winde, während Sam hinaussprang. Er ging zum Rand des Felsentellers und blickte zu Remi hinunter. Ihr rotes Haar umflatterte ihr Gesicht, während sie ihm durch Handzeichen zu verstehen gab, dass er zuerst die Kinder in Sicherheit bringen solle.

Sam ging zur anderen Seite und half dem Soldaten, jedes Kind in den Hubschrauber zu setzen. Amal und Zara waren die letzten. Sobald alle sicher auf ihren Plätzen angeschnallt waren, ließ sich Sam an der Steilwand des Felsenturms hinab, während ihm der Regen ins Gesicht peitschte und der Wind heftig an ihm zerrte.

Remi streckte einen Arm aus, und Sam legte eine Hand um ihr Handgelenk. In dem Augenblick, in dem sie den Knüppel losließ, mit dessen Hilfe sie sich in Position gehalten hatte, rauschte die Schlammlawine über die Steilwand abwärts. Innerhalb von Sekunden schien über ihnen der gesamte Berghang nachzugeben. Schlamm, Geröll und entwurzelte Bäume krachten gegen den Felsenturm.

Sam schlang die Arme um Remi, während der Helikopter abhob und aufstieg und das Seil sie mit einem Ruck von der Felswand pflückte.

Es zog sie hoch und schwenkte sie in weitem Bogen ins Bodenlose. Remi klammerte sich an Sam und rief: »Das wurde aber auch Zeit«, wobei ihr der Abwind der Rotorflügel fast die Worte von den Lippen riss.

»Die Spur, die du mir hinterlassen hast, war ja auch nicht besonders deutlich.«

»Nur weil ich wusste, dass du uns auf jeden Fall finden würdest.« Sie gab ihm einen Kuss – und brach ihn erst ab, als sie in den Hubschrauber gehievt wurden und dieser Kurs auf die Schule nahm.

KAPITEL SECHZIG

Wenn Kopf und Herz auf dem richtigen Weg sind,
folgen die Füße von selbst nach.

– AFRIKANISCHES SPRICHWORT –

Das Unwetter war weiter nach Osten gezogen und der
Regen bis auf ein leichtes Nieseln versiegt, als der Helikopter draußen vor dem Schultor aufsetzte. Sobald sie das
Gelände betreten hatten, blieben Sam und Remi noch ein
wenig zurück, während Wendy jedes Mädchen liebevoll
umarmte und die Rückkehrer schließlich zum Büro geleitete, wo schon ein Sanitäter der Armee bereitstand, um
ihre Blessuren zu untersuchen und zu behandeln.

Nasha warf nur einen kurzen Blick auf den Mann,
während er den schmutzigen Verband von Maryams Arm
zu entfernen begann, und rannte zu Remi zurück. »Ich
möchte dort nicht hineingehen.«

Remi ging vor dem Mädchen auf ein Knie hinunter.
»Die Wunde an deinem Bein muss untersucht werden und
braucht einen frischen Verband.«

Amal streckte ihr eine Hand entgegen. »Komm, ich begleite dich.«

Nasha warf einen misstrauischen Blick auf das Büro, dann
hob sie den Kopf und sah Amal an. »Versprechen Sie, dass
Sie bei mir bleiben?«

»Das verspreche ich.«

Sie nahm Nasha bei der Hand und entfernte sich, während Wendy die unversehrten Mädchen zum Schlafsaal brachte, damit sie sich wuschen und umzogen. Als sie Remi sah, begutachtete sie deren mit Schlamm besudeltes Outfit mit einem vernichtenden Blick. »Ich warte mit der Umarmung lieber, bis Sie geduscht haben.«

Sam legte einen Arm um die Schultern seiner Frau. »Du siehst wirklich aus wie etwas, das die Katze aus dem Dschungel mitgebracht hat.«

Remi musterte ihn mit einem Stirnrunzeln.

»Wobei erwähnt werden muss, dass die Katze einen ausgesprochen exquisiten Geschmack bewiesen hat.«

»Da hast du dich wirklich im allerletzten Augenblick noch elegant gerettet, Fargo«, sagte Remi, während er sich herunterbeugte, um ihr einen Kuss zu geben.

Wendy, Pete und Lazlo lachten schallend.

* * *

Eine Stunde später trugen Sam und Remi ihre Tabletts zum Erwachsenentisch und ließen sich gegenüber von Okoro und Amal nieder. Amal schob die Kaffeekanne zu Remi hinüber. »Ich schwöre, er ist der beste, den Sie je getrunken haben.«

Remi füllte ihre Tasse und schob die Kanne zu Sam weiter. »Es gibt nichts Besseres als zwei Nächte im Dschungel, um einen daran zu erinnern, wie wertvoll die angenehmeren Dinge des Lebens sind.« Sie trank einen Schluck, gab sich dem Genuss hin und sah Amal über den Rand ihrer Tasse an. »Haben Sie Renee erreicht?«

»Kurz vor dem Essen. Wendy hat mir ihr Telefon geliehen.«

»Sie ist sicherlich erleichtert gewesen, von Ihnen zu hören.«

»Wir sind eigentlich gar nicht dazu gekommen, uns ausführlich zu unterhalten. Sie hat gerade mit einem Polizeidetektiv gesprochen, als ich anrief. Offenbar wurde in die Ausgrabungsstätte eingebrochen. Sie hat aber versprochen zurückzurufen, sobald sie Hank vom Flughafen abgeholt habe.«

Remi ließ ihre Kaffeetasse sinken, stellte sie auf den Tisch und sah Sam besorgt an. »Was für ein Einbruch?«

»Ich hatte vergessen, es zu erwähnen«, sagte er, während einige Schülerinnen an den anderen Tischen gerade zu applaudieren begannen. »Ich war zu der Zeit mit anderen Dingen beschäftigt, wie du dich sicher erinnern kannst.«

Sie wandten sich um und sahen Maryam, Zara, Jol, Tambara und Nasha durch die Speisesaaltür hereinkommen. Zara lächelte und hob Nashas Hand wie die eines siegreichen Preisboxers in die Höhe. »Der fünfte Musketier«, verkündete sie mit heller Stimme.

Das Händeklatschen und die Beifallsrufe wurden lauter und erreichten ihren Höhepunkt, als Nasha sich, überwältigt von der Aufmerksamkeit, die ihr zuteilwurde, ein paar Tränen der Rührung aus den Augen wischen musste.

Sam legte einen Arm um Remis Schultern. »Sieh dir unser Straßenkind an – mittlerweile ist sie erwachsen und eine echte Heldin.«

Es dauerte einen Moment, bis Remi sprechen konnte. Sie räusperte sich und blinzelte heftig, als wäre ihr etwas ins Auge geflogen. »Bitte sag mir, dass du herausbekommen hast, woher sie kommt.«

»In dieser Hinsicht ist mein Abstecher nach Jalingo ein voller Erfolg gewesen. Ich hatte gehofft, dass Pete und ich uns dorthin auf den Weg machen, sobald sich die Lage normalisiert hat. Aber bis dahin wird es wohl noch eine Weile dauern. Bevor hier noch mehr passiert, müssen wir die Eltern jeder unserer Schülerinnen benachrichtigen…«

Remi seufzte ahnungsvoll. »Ich bin gespannt, wie viele von ihnen ihre Kinder abmelden werden.«

»Man wird ihnen nicht verübeln können, wenn sie es tun«, sagte er und spürte Okoros Blick auf sich. Er war dankbar, als der Leutnant und die Hälfte seiner Truppe den Speisesaal betraten und die Unterhaltung ins Stocken geriet. Sam lud sie ein, an ihrem Tisch Platz zu nehmen. Die drei Soldaten lehnten dankend ab, da sie auf ihre Posten zurückkehren mussten, aber der Leutnant kam zu ihnen.

Amal stand auf. »Sie können meinen Platz haben.«

Der Offizier hob die Augenbrauen. »In der Mehrzahl der Fälle habe ich keine solche Wirkung auf meine Mitmenschen.«

Amal lachte. »Es hat nichts mit Ihnen zu tun, keine Sorge. Ich habe mich freiwillig gemeldet, Wendy dabei zu helfen, ein paar Dutzend Cupcakes zu backen, um die Rückkehr der Mädchen zu feiern.«

»Wenn man bedenkt, dass auch Sie zu den Rückkehrern gehören, bin ich überrascht, dass man Sie zur Küchenarbeit abkommandiert.«

»Glauben Sie mir«, sagte Amal, während sie ihr Tablett vom Tisch nahm, »dafür gibt es einen ganz banalen – und auch egoistischen – Grund. Die Glasur aus dunkler Schokolade. Ich habe die Absicht, mir eine doppelte Portion zu sichern. Aber bitte nicht weitersagen.«

Er sah sie einen Moment lang mit sichtlichem Wohlgefallen an und lächelte, ehe er sich wieder zu Sam umwandte und seine Miene ernst wurde. »Gut, dass wir Gelegenheit haben, uns in Ruhe zu unterhalten. Ich bin von den Polizeibehörden Tarabas kontaktiert worden. Sie haben uns gebeten, die Toten einzusammeln und abzutransportieren …« Er verstummte, als sein Blick auf Remi fiel und er ihre gerührte Reaktion auf Nashas Ehrung fälschlicherweise als Abscheu vor den toten Banditen interpretierte. »Entschuldigen Sie, Mrs. Fargo. Ich spare die drastischeren Aspekte dieser Affäre lieber bis nach dem Essen auf … Da ist nur ein Punkt, der mir Sorgen bereitet«, sagte er zu Sam. »Sie sind hier oben doch eigentlich ziemlich isoliert. Woher können die Leute von der Existenz der Schule gewusst haben?«

Diese Frage war Sam Fargo auch schon durch den Kopf gegangen. Zweifellos bestand eine Verbindung zu dem Überfall auf der Straße, nachdem sie Jalingo verlassen hatten. Darüber hinaus tappte er allerdings im Dunkeln. »Ist es vielleicht möglich, dass sie durch einen Einheimischen in Gembu von der Schule erfahren haben? Pete und Yaro kaufen dort immer ihre Vorräte ein.«

»Diese Information sollten Sie den Ermittlern zukommen lassen. Es könnte sie interessieren.«

»Danke für den Tipp«, sagte Sam und schaute zu Okoro hinüber. »Sosehr es mir widerstrebt, aber vielleicht müssen wir unsere Entscheidung, die Schule offen zu halten, doch gründlich überdenken. Das Letzte, was wir wollen, ist, die

Kinder in unserem möglicherweise fehlgeleiteten Glauben, das Richtige zu tun, in Gefahr zu bringen.«

»Ich würde vorschlagen, Mr. Fargo, dass Sie erst einmal abwarten, bis alle Fakten bekannt sind«, sagte der Leutnant. »Diese und ähnliche Schulen werden in unserem Land dringend gebraucht.«

»Es bricht einem das Herz.« Remi verfolgte, wie ein paar Mädchen ein Springseil aus einem Korb in der Nähe der Speisesaaltür angelten und dann hinausrannten. »Wir haben so dicht davorgestanden, den zweiten Schlafsaal fertig zu stellen und neue Schülerinnen aufzunehmen. Wendy und Pete haben sich solche Mühe gegeben und so hart gearbeitet. Mit ansehen zu müssen, dass offenbar alles umsonst war …«

Sam konnte die Niedergeschlagenheit in ihrer Stimme kaum ertragen. Er wusste, dass sie sich für das, was geschehen war, selbst die Schuld gab. Und da war der grimmige Ausdruck in Okoros Gesicht auch keine Hilfe. Sam konnte die widerstreitenden Empfindungen des Mannes nach der Entführung der Mädchen durchaus verstehen. Eines war zumindest klar – sie müssten sich bald zusammensetzen und sich ausführlich über die Schule unterhalten.

Glücklicherweise wechselte der Offizier das Thema, kam aufs Wetter zu sprechen und meinte, dass nun für eine Woche nicht mehr mit Regen gerechnet werden müsse. »Ein paar Tage Sonnenschein und harte Arbeit«, sagte er, »und Sie sind wieder im Zeitplan.«

So gern Sam seinen Enthusiasmus geteilt hätte, er konnte es nicht. Pete und Wendy mussten mit jeder Familie persönlich Kontakt aufnehmen und sie von dem Überfall und der Entführung in Kenntnis setzen. Die meisten wohnten in weit verstreut liegenden Dörfern, die teilweise mehrere Fahrtstunden voneinander entfernt waren. Wer vermochte zu sagen, wie viele Schülerinnen noch übrig blieben, nachdem die Eltern erst einmal informiert worden waren. Selbst wenn noch einige weitere dazukämen, in einer Woche musste doch mit dem Beginn der Regenzeit gerechnet werden. Niemals würden sie es schaffen, den zweiten Schlafsaal in dieser kurzen Zeit bezugsfertig zu machen. »Ihr Wort in Gottes Ohr«, sagte Sam, während außerhalb des Schulgeländes ein dumpfes Grollen erklang, das von Sekunde zu Sekunde lauter wurde.

Zwei Soldaten rannten draußen an der Tür der Cafeteria vorbei. Remi warf Sam einen alarmierten Blick zu. »Was zum Teufel...?«

KAPITEL EINUNDSECHZIG

*Wenn man einen Mann erzieht, erzieht man eine Person.
Wenn man eine Frau erzieht, erzieht man eine ganze
Nation.*

– AFRIKANISCHES SPRICHWORT –

Sam und Remi eilten aus der Cafeteria und an den Mädchen vorbei, die im Innenhof des Schulkomplexes mit dem Springseil spielten. Zu ihrer nicht geringen Verwunderung trafen sie am Einfahrtstor die Soldaten dabei an, wie sie mehrere Militärlastwagen auf den Innenhof dirigierten, wo die armen Hühner aufgeregt gackernd herumrannten und vor den schweren Fahrzeugen Schutz suchten.

»Was ist hier los?«, erkundigte sich Sam bei Pete, während er vom Büro kommend die Zufahrt überquerte.

»Ich habe keinen Schimmer.«

Als Okoro und der Leutnant sie einholten, deutete der Offizier mit einem Kopfnicken auf den nächsten Lastwagen, von dessen Ladefläche ein Dutzend Soldaten heruntersprangen. »Diese Männer sollen Ihre Einfahrt sichern.«

»Das sind aber ... viele«, sagte Sam.

»Das ist richtig.« Der Leutnant lächelte, als Wendy hinzukam. »Aber Sie und Ihre Freunde haben auch einen großen Schlafsaal zu vollenden, bevor es wieder anfängt zu regnen, oder?«

Wendy verfolgte mit ungläubigem Blick, wie die Soldaten begannen, paketweise Dachziegel von den Lastwagen abzuladen. »Weißt du, was das heißt?«, fragte sie Pete mit Freudentränen in den Augen.

Er legte einen Arm um ihre Taille. »Dass wir trotz allem unseren Zeitplan einhalten?«

»Nein«, sagte sie. »Dass wir noch viel mehr Muffins backen müssen. Wer hätte gedacht, dass wir plötzlich so viele zusätzliche Dinnergäste haben würden.« Sie stellte sich auf die Zehenspitzen, gab Pete einen Kuss auf die Wange und kehrte im Laufschritt in die Cafeteria zurück.

»Warum?«, fragte Sam den Offizier. »Nicht dass ich etwas dagegen hätte.«

»Ich hatte vorhin erwähnt, dass wir mehr von diesen Schulen brauchen. Vor allem für Mädchen.« Sein Blick wanderte von Sam zu Remi, und sein Lächeln verflog. »Diese Luftaufnahmen, Mrs. Fargo. Es dürfte nicht länger als ein paar Minuten dauern, aber wir wollen uns ganz sicher sein, dass es sich bei den Männern, die von der Felswand geschwemmt wurden, auch wirklich um dieselben handelt, von denen Sie verfolgt wurden.«

»Ich helfe Ihnen gern«, sagte Remi.

Die beiden entfernten sich in Richtung Büro, und das Schweigen, das trotz der Aktivitäten zwischen ihnen entstand, wirkte beinahe peinlich. Schließlich sah Sam den Teepflanzer an. Dass nach dem Überfall und dem Kidnapping die Frage aufs Tapet käme, ob er der Schule sein Land weiterhin zur Verfügung stellte, lag eigentlich auf der Hand, aber Sam hätte es nicht ertragen können, erleben zu müssen, dass alle Arbeit umsonst gewesen wäre, wenn Okoro nun wirklich die Absicht hatte, die Genehmigung zur Nutzung seines Landes zu widerrufen. »Dies ist sicherlich kein allzu günstiger Moment, um mit Ihnen über dieses Thema zu sprechen. Nach allem, was Sie durchgemacht haben, würden wir voll und ganz verstehen, wenn Sie ...«

»Ich habe ein Versprechen gegeben. Daran hat sich nichts geändert.«

»Danke. Das wissen wir zu würdigen.«

»Zara?«, fragte Pete. »Wird sie die Schule weiter besuchen?«

»Ich glaube, das müssen Sie Zara selbst fragen«, sagte Okoro, während er verfolgte, wie die Männer die Lastwagen entluden. Der Plantagenbesitzer sah Pete an, in seinen dunklen Augen hatte er einen undeutbaren Ausdruck. »Ihre Mutter hat alles aufgegeben, um mich zu heiraten und mit mir mitten im Nirgendwo zu leben. Aber es war eine Entscheidung, die sie aus freiem Willen traf. Sie wollte immer, dass ihre Tochter die gleiche Wahl hätte.«

»Und was ist mit Ihnen?«, fragte Pete. »Was wollen Sie tun?«

»Ich möchte, dass meine Tochter in Sicherheit aufwächst.« Okoro verstummte für einen Moment und lächelte versonnen. »Meine Frau hat immer gesagt, es gebe keine Söhne Nigerias, wenn da nicht auch noch Töchter Nigerias wären.«

»Eine weise Frau«, sagte Pete.

»Sehr weise.« Okoro nickte in Richtung des Trucks. »Außerdem hat sie gesagt, dass wir stets denen helfen sollen, die uns helfen.«

Petes Miene entspannte sich. »So sollte es sein.«

Die drei Männer gingen weiter zum Lastwagen und

packten mit an, die Dachziegel herunterzuheben. Auf dem Rückweg entdeckte Sam seinen Freund Lazlo, wie er Nasha zusah, die gerade Seil sprang und dazu sang: »*Sator, arepo* – Töchter der Sonne. *Tenet, opera* und *rotas* – euer Licht schenkt mir Wonne…«

Eins der Mädchen hörte auf, das Seil zu schwenken. »Das ist kein Lied zum Seilspringen.«

»Es ist aber das einzige Lied, das ich kenne«, sagte Nasha und verschränkte trotzig die Arme. »Amal hat es mir beigebracht.«

»Fang von vorn an. Wir singen für dich.« Und schon bald stimmte Nasha mit ein und sang mit ihren neuen Freundinnen ein Lied über einen Teddybären, der ein fröhliches Tänzchen macht.

Da er neugierig war zu erfahren, weshalb sich Lazlo Kemp so brennend für die spielenden Kinder interessierte, fragte Sam: »Seit wann interessierst du dich für Seilspringen?«

»Es ist nicht das Seilspringen, Sam. Aber das Lied ist mir aufgefallen…«

»Über Teddybären?«

»Nein, das andere. Das Liedchen mit den lateinischen Wörtern, das sie davor gesungen hat.«

»Bewirkt es, dass die Arbeit schneller vorübergeht?« Sam nickte in Richtung der Lastwagen, die noch entladen werden mussten.

»Bin schon unterwegs«, sagte Lazlo, drehte sich jedoch noch mehrmals zu den Mädchen um, während er sich entfernte, als ob ihn irgendetwas beschäftigte, das er bei ihnen gesehen oder gehört hatte.

Während Sam den Schulhof verließ, sah er Remi und

den Leutnant vor dem Büro stehen. Remi hielt ein Tablet in der Hand, deutete mit einem Finger auf den Bildschirm und schien dem Offizier etwas zu erklären. Als Sam wenige Minuten später noch einmal zu ihr hinüberschaute, hatte sie ihr Telefon am Ohr und winkte ihm.

»Renee«, informierte Remi ihn flüsternd, als er sie erreichte, dann hörte sie ihrer Freundin am anderen Ende der Leitung aufmerksam zu. »…natürlich… Wir werden Amal nichts sagen, ehe wir wieder von dir gehört haben… Wir können sofort kommen, wenn es sein muss…«

»Weshalb?«, fragte Sam, nachdem sie das Gespräch beendet hatte.

»Dieser Einbruch in ihrer Ausgrabungsstätte. Sie sind sich sicher, dass Warren dahintersteckt.«

»Aber weshalb sollen *wir* dort aufkreuzen? Die Polizei dürfte doch alles im Griff haben.«

»Er ist tot, Sam. Sie haben ihn unten in der Villa gefunden.«

»Ist er abgestürzt?«

»Das hatte Renee anfangs angenommen. Aber die Polizei behandelt das Ganze offenbar nicht wie einen Unfall. Damit bleibt als einzige andere Möglichkeit Selbstmord übrig. Sie möchte auf keinen Fall, dass Amal davon erfährt, bevor sie sicher sein kann, was tatsächlich geschehen ist. Wir müssen zurückfliegen.«

Ihr Blick sagte ihm, dass diese Entscheidung endgültig und unumstößlich war. Lautes Gelächter lenkte seinen Blick zum Dach des Schlafsaals, wo zwei Soldaten damit beschäftigt waren, die Schindeln auf dem Gebälk des Dachstuhls zu verteilen. Mit Pete, Wendy und ihren neuen Schutzengeln als vielseitigen Helfern auf der Baustelle gab es nur noch ganz wenig, was er, Remi oder Lazlo dort an Wesentlichem hätten beisteuern können. Er nahm sein Telefon aus der Tasche. »Ich sage der Flugcrew Bescheid. Nächster Stopp ist Tunesien.«

KAPITEL ZWEIUNDSECHZIG

Wenn du einem Kind hilfst zu lieben, kann das wichtiger sein, als ihm zu helfen zu lernen.

– AFRIKANISCHES SPRICHWORT –

Früh am nächsten Morgen stand Remi neben Amal und Lazlo, während Wendy und Monifa mit den Kindern zum Schuleingang kamen, um Lebewohl zu sagen. Bevor Remi oder Amal auch nur daran denken konnten, etwas zu sagen, stürmten die Mädchen auf sie zu und rangelten miteinander, um ihnen um den Hals fallen zu können. Jol, Zara, Tambara und Maryam warteten geduldig, bis die anderen Mädchen Platz machten, und umarmten beide Frauen.

Remi trat zurück und lächelte sie an. »Das war wirklich ein tolles Abenteuer, das wir erlebt haben. Ihr seid alle wunderbar gewesen.«

»Ja, das wart ihr wirklich«, bekräftigte Amal. »Aber wir sollten es nicht so bald wiederholen.«

Die vier lachten und traten zurück, während Wendy das Wort ergriff. »Okay. Lasst ihnen ein wenig Raum zum Atmen. Sie haben eine lange Reise vor sich.«

Nur einen kurzen Moment später kamen Pete und Yaro aus dem Büro, jeder hatte eine kleine Reisetasche über der Schulter. Da Makao und seine Bande noch auf freiem Fuß waren, wollten die Fargos kein Risiko eingehen. Sie hatten entschieden, im Konvoi nach Jalingo zu fahren: Pete und Yaro im Lastwagen, Sam, Remi, Amal und Lazlo im Land Rover. Da die Schule gut bewacht war, planten Pete und Yaro, die Nacht in Jalingo zu verbringen und am nächsten Morgen die Bettgestelle und Matratzen aufzuladen, die sie für den neuen Schlafsaal geordert hatten.

Sam stellte die Taschen ins Wagenheck und schloss die Ladeklappe. »Bist du bereit, Remi?«

»Wartet kurz«, sagte sie. »Wo ist unser jüngster Musketier?«

Wendy deutete mit dem Kopf aufs Büro. Nasha saß auf der Verandatreppe, einen Stock in der Hand, und schlug damit auf den Boden. Als sie den Kopf hob und sah, dass Remi sie beobachtete, zerbrach sie den Stock in zwei Hälften.

»Ich brauche noch eine Minute.« Remi ging zum Büro und setzte sich neben Nasha auf die Verandatreppe. »Warum wolltest du uns nicht auf Wiedersehen sagen?«

Nasha zuckte die Achseln, vermied es jedoch, ihr in die Augen zu blicken, und schaute stattdessen zu Pete und Yaro hinüber, die gerade die Abdeckplane über der Ladefläche des Lastwagens festzurrten.

Remi folgte ihrem Blick, dann sah sie wieder Nasha an. »Ich weiß nicht, wann ich dich das nächste Mal sehe.«

»Das ist doch egal.« Nasha warf eine Hälfte des zerbrochenen Stocks in den Staub. »Niemand kommt jemals zurück.«

Sosehr Remi sich auch wünschte, Nasha versprechen zu können, ihren Onkel zu suchen – oder zumindest jemanden ausfindig zu machen, der in seiner Abwesenheit für sie sorgte –, wollte sie bei ihr nicht allzu viele Hoffnungen wecken, nur um sie vielleicht später wieder enttäuschen zu müssen. Dennoch musste sie irgendetwas sagen. »Weißt du, manchmal wollen Menschen zurückkommen, aber dann geschehen irgendwelche Dinge. Das heißt aber nicht, dass sie jemals aufgehört haben, dich zu lieben.«

»Welche Dinge können geschehen?«

»Vielleicht hatten sie einen Unfall und keine Möglichkeit, dich anzurufen. Oder sie hatten einfach nicht genug Geld.« Remi legte eine Hand auf Nashas Hände. »Aber das wird mit mir nicht geschehen. Ich komme zurück. Ich weiß nur nicht, wann das sein wird.«

»Niemals. Wie alle anderen.«

»Eines Tages«, sagte Remi. »Das verspreche ich dir.«

Als Antwort schlug Nasha mit der anderen Hälfte des zerbrochenen Stocks auf die Holztreppe.

»Ich habe eine Freundin, die im Augenblick meine Hilfe braucht«, fuhr Remi fort. »Genauso, wie ich deine Hilfe gebraucht habe, als wir in der Klemme steckten. Ich habe es ihr versprochen. Du möchtest doch nicht, dass ich dieses Versprechen nicht einhalte, oder?«

»Nein …« Nasha schlug abermals auf die Treppenstufe und blickte zu Remi hoch, in ihren Augen war nackte Verzweiflung zu erkennen. »Aber wenn Sie wütend sind, weil Ihre Freundin etwas Dummes getan hat? Würden Sie dann das Versprechen nicht einhalten?«

»Ich würde versuchen, den Fehler, den sie gemacht hat, auszubügeln oder zu korrigieren, denn das ist es, was Freunde tun.«

Nasha schleuderte den Stock über den Vorplatz des Büros. Ihre Augen glänzten feucht. »Warum kann ich nicht mitkommen?«, fragte sie mit versagender Stimme. »Ich werde auch ganz brav sein.«

Remis Herz krampfte sich für einen Moment zusammen, während sie einen Arm um Nashas magere Schultern legte. Es kam ihr wie eine Ewigkeit vor, bis es ihr gelang, den Klumpen in ihrer Kehle zu überwinden und einen Ton hervorzubringen. »Ich werde dich von allen am meisten vermissen.«

Nasha schlang die Arme um Remis Hals und presste sich an sie. »Ich werde Sie nicht vergessen. Niemals.«

»Ich weiß.« Remi hielt sie mehrere Sekunden an sich gedrückt, dann löste sie sich behutsam aus ihrer Umarmung. »Und jetzt verabschiede dich von Amal. Sie wird dich auch vermissen.«

Nasha wischte sich die Tränen von den Wangen, rannte über den Vorplatz und warf sich in Amals ausgebreitete Arme. Wohin sie danach verschwand, konnte Remi nicht feststellen. Als sich alle auf die beiden Fahrzeuge verteilt hatten und durch das Tor rollten, streifte Sam sie mit einem kurzen Seitenblick. »Hast du etwas im Auge?«

Sie blickte in den Seitenspiegel und sah, wie alle Mädchen an den Militärtransportern vorbei zur Einfahrt rannten und ihnen zum Abschied winkten. »Nicht nur etwas, sondern ganz viel.«

* * *

Sie hatten bereits die Hälfte der Strecke nach Jalingo zurückgelegt, als Remis Smartphone summte. Sie erwartete, von Renee etwas Neues über das zu hören, was Warren zugestoßen war, erkannte jedoch zu ihrer Überraschung

Wendys Nummer auf dem Bildschirm, ehe sie das Gespräch annahm. »Haben wir irgendetwas vergessen?«

»Es geht um Nasha. Ich konnte sie nirgendwo finden, seit Sie abgefahren sind. Hat sie irgendetwas zu Ihnen gesagt?«

»Sie war ziemlich verzweifelt, weil wir abgereist sind.«

Sam sah sie fragend an. »Was ist los?«

»Nasha. Sie können sie nicht finden.« Remi aktivierte die Mithörfunktion und drehte sich zu Amal um. »Hat sie irgendetwas zu Ihnen gesagt?«

»Nur dass sie mich vermissen werde. Was ist mit ihrem Lieblingsbaum?«

»Wir haben überall gesucht«, sagte Wendy.

Remi schaute aus dem Heckfenster, und ihr Blick saugte sich an dem Versorgungslastwagen hinter ihnen fest. »Oh, nein ... Sam, halt sofort an!«

Sam trat auf die Bremse und sah Remi noch einmal fragend an, während Pete hinter ihnen stoppte. »Du denkst doch nicht ...?«

»Was denkst du?«, fragte Wendy.

»Einen Moment«, sagte Remi. Sie stieg aus dem Land Rover und ging nach hinten zum Lastwagen.

Pete sprang aus dem Führerhaus und folgte ihnen zur Ladefläche. »Ist irgendetwas nicht in Ordnung?«

Sam löste die Spannleine der Abdeckplane und zog sie auf. »Wir haben einen blinden Passagier«, sagte er.

Nasha drückte sich in eine Ecke, einen entschlossenen Ausdruck im Gesicht, während sie ihre unfreiwilligen Chauffeure herausfordernd ansah. »Sind Sie jetzt wütend auf mich?«

»Sie ist hier, Wendy. Wir rufen zurück.« Remi verstaute

ihr Telefon in der Hosentasche. »Nasha… ich dachte, es gefällt dir in der Schule.«

Das Mädchen biss sich auf die Unterlippe, dann brach es regelrecht aus ihr hervor. »Ich muss unbedingt nach Jalingo zurück.«

»Warum?«

»Ich habe es versprochen. Mein Freund ist dort. Und er ist ganz allein.«

»Chuk?«, fragte Sam und überraschte Remi damit, dass er wusste, von wem das Mädchen redete. Nasha nickte.

»Wir können ihn auf keinen Fall dort zurücklassen«, sagte Remi.

»Nein«, stimmte Sam ihr zu. »Ich versuche nur gerade, mir darüber klar zu werden, wie wir das Problem logistisch lösen sollen. Ich glaube nicht, dass Kambili uns den Jungen freiwillig überlässt. Wenn wir Glück haben, finden wir ihn irgendwo auf der Straße.«

Aber sobald sie in Jalingo eintrafen, mussten sie feststellen, dass die Straßen, in denen sie während ihres ersten Besuchs von den Jungen umlagert wurden, erstaunlich leer waren. Von Taschendieben war nirgendwo etwas zu sehen. Sam verschaffte sich einen schnellen Überblick. »Pete, Sie müssen Wache halten, während Remi und ich hineingehen. Die anderen warten hier.«

Während sie sich auf den Weg machten, hörte Remi, wie Lazlo zu Amal sagte: »Ich wollte Sie schon die ganze Zeit nach diesem Seilspringvers fragen, den Sie Nasha beigebracht haben. Es waren ein paar Brocken Latein dabei, glaube ich.«

»Latein? Ich kann mich nicht erinnern, mit ihr über so etwas gesprochen zu haben.«

»Das ist schade. Es hat mich an etwas erinnert. Nasha, wie ging der Reim…?«

Remi, die vermutete, dass Lazlo in Kindheitserinnerungen schwelgte, eilte hinter Sam und Pete her. Ein paar Minuten später standen sie in der Werkstatt der Kalus, nur um festzustellen, dass Kambili nicht dort war.

Chuk auch nicht.

»Er ist bei Kambili«, berichtete einer der anwesenden Jungen.

»Und bei Scarface«, fügte ein anderer hinzu. »Sie bringen ihn nach Hause.«

»Nach Hause?« Sam sah Remi verblüfft an.

»Zum Glück haben wir die Kavallerie mitgebracht.«

KAPITEL DREIUNDSECHZIG

Eine Schlange kann ihre Haut abwerfen,
aber sie bleibt eine Schlange.

– AFRIKANISCHES SPRICHWORT –

Das Dorf war viel kleiner, als Makao erwartet hatte, aber er hoffte, dass sie dies zu ihrem Vorteil ausnutzen könnten und den Onkel des Mädchens bald aufstöberten. Je schneller sie ihn fanden, desto eher könnte er seinen Coup gegen die Fargos landen.

»Woher kennst du den Mann?«, fragte Makao und sah in den Innenspiegel, um einen Blick auf den Jungen zu werfen, der auf der Rückbank lag und schlief.

»Ich bin ihm nie persönlich begegnet«, sagte Kambili. »Es hat sich herumgesprochen, dass ich Jungen ohne Zuhause aufnehme.«

»Aus reiner Herzensgüte. Haben sie nicht vergessen zu erwähnen, wie gut du ihnen helfen konntest, dadurch dass du Straßendiebe aus ihnen gemacht hast?«

»Sie wären jämmerlich verhungert, wenn ich nicht gewesen wäre.«

Eher war es so, dass Kambili verhungert wäre, wenn es die Boys nicht gegeben hätte, dachte Makao und ignorierte die Blicke der Leute, als er an ihnen vorbeifuhr. Ein Problem bei solchen kleinen Dörfern war, dass jeder jeden kannte. Er und Kambili würden also mit absoluter Sicherheit Aufsehen erregen. »Wir müssen uns eine einleuchtende Begründung einfallen lassen, weshalb wir diesen Burschen überhaupt suchen.«

»Wir wollen Jonathon Atikus Neffen nach Hause zurückbringen.«

»Seine Nichte.«

Kambili drehte sich auf seinem Platz um und blickte nach hinten auf den schlafenden Jungen. »Was ist mit ihm?«

»Was interessiert das mich? Wir nehmen ihn wieder mit, wenn wir hier fertig sind. Wir müssen Atikus Farm finden. Wenn wir Atiku in unserer Gewalt haben, können wir uns bei den Fargos melden und ihnen unsere Bedingungen nennen. Wenn sie anbeißen, schlagen wir zu.«

Sie brauchten nicht sehr lange, um das Dorf zu durchqueren und sich einen Eindruck von den Lokalitäten zu verschaffen. Eine einzige Lehmstraße schnitt durchs Zentrum, und eine Anzahl ausgebrannter Hütten konzentrierte sich im südlichen Teil. Die meisten, die noch standen, waren aus Lehm erbaut, einige mit verrosteten Wellblechdächern, andere waren mit Stroh gedeckt. »Weck ihn auf«, befahl Makao. Kambili fasste nach hinten und schlug auf Chuks Knie. »Wir sind da.«

Der Junge rührte sich und richtete sich auf. Er sah sich mit verwirrter Miene um. »Wo sind wir?«

»Das ist dein Dorf, oder etwa nicht?«, fragte Makao. »Wo wohnt der Onkel von Nash?«

Chuk zuckte die Achseln. »Das weiß ich nicht. Es sieht nicht so aus, als ob wir hier richtig sind.«

Als Makao eine Frau entdeckte, die mit einem Wasserkrug in der Hand zum Dorfbrunnen ging, kurbelte er das Seitenfenster herunter. »Wir suchen Jonathon Atiku.«

Sie schüttelte den Kopf und beschleunigte ihre Schritte. Nach mehreren vergeblichen Versuchen, von anderen Einheimischen eine Auskunft zu erhalten, stiegen Makao und Kambili aus. Kambili zog Chuk aus dem Wagen und hielt seine Hand fest, während sie die Straße entlanggingen. Chuck wirkte vollkommen verwirrt und hatte offenbar keine Ahnung, wo Atikus Farm lag. »Alles sieht so anders aus«, sagte er und betrachtete verwundert die abgebrannten Hütten.

Makao wedelte mit Geldscheinen, um anderen Einheimischen irgendwelche Auskünfte zu entlocken. Aber sogar diese Leute wichen vor ihm zurück und blieben stumm.

»Das verstehe ich nicht«, sagte Kambili. »Warum verraten sie uns nicht, was wir wissen wollen?«

Makao trat einem jungen Mann in den Weg und hielt ihm mehrere Banknoten unter die Nase. »Wo finden wir das Haus von Jonathon Atiku?«

Der junge Mann musterte Makao mit einem seltsamen Blick. »Es ist Ihr Geld«, erwiderte er und riss ihm die Scheine aus der Hand. »Dort entlang.« Er führte sie an einigen Hütten vorbei und deutete nach Osten. »Dies dort ist seine Farm. Vor einem Jahr wurde sie von Boko-Haram-Terroristen angezündet, weil er die Jungen versteckt hat, die auf seinen Feldern arbeiteten.«

Von dem Farmhaus war nicht mehr als die verkohlten Reste ihrer zerfallenen Grundmauern übrig.

»Wo ist er?«, fragte Makao.

»Tot, glaube ich.« Der junge Mann machte einen Schritt rückwärts, dann wandte er sich um und rannte.

»Hey!« Kambili machte Anstalten, ihn zu verfolgen.

»Lass ihn laufen.« Makao schaute auf den Jungen hinunter und registrierte die Angst in seinen Augen. »Wohin könnte der Onkel von Nash gegangen sein?«

»Das weiß ich nicht. Ich habe Hunger.«

»Ich auch«, sagte Kambili.

Sie gingen zum Markt, aßen dort und befragten weitere Dorfbewohner, die jedoch keinen Deut hilfsbereiter waren. Seitdem sie von den Terroristen heimgesucht worden waren, begegneten sie jedem Fremden mit tiefem Misstrauen.

»Dieser Ausflug war wohl ein Schlag ins Wasser«, stellte Kambili fest, während sie zu Makaos Pick-up zurückkehrten.

Makao wollte ihm schon beipflichten, als er am Ende der Straße ein Fahrzeug entdeckte, das ihm nur allzu bekannt vorkam. Überhaupt kein Schlag ins Wasser.

Die Fargos waren da.

KAPITEL VIERUNDSECHZIG

Nur ein weiser Mensch kann ein schwieriges Problem lösen.

– AFRIKANISCHES SPRICHWORT –

Nachdem sich Sam mit den Gegebenheiten des Dorfs vertraut gemacht hatte, parkte er neben einem Flachbau, in dessen Schatten ein magerer Hund lag und sie wachsam beobachtete. Der Hund war nicht der Einzige, der ihnen zusah. Selbst wenn Pete nicht mit dem Lastwagen hinter ihnen ins Dorf gerollt wäre, hätten sie auf dem Dach ebenso gut die Leuchtschrift »absolut ortsfremd« spazieren fahren können. Der gemietete Land Rover war Dekaden jünger als jedes Vehikel, das von den Einheimischen gelenkt wurde. Das Gleiche galt für Makaos weißen Toyota, den Sam in der Sekunde bemerkt hatte, in der er in die einsame staubige Straße abgebogen war.

Remi angelte das Fernglas aus Sams Rucksack und setzte es an die Augen. »Makao, Kambili und …«

»Chuk«, sagte Nasha auf der Rückbank und beugte sich vor. »Sie hatten recht, Mr. Fargo. Kambili hat ihn nach Hause gebracht.«

So hätte Sam es sicher nicht ausgedrückt, aber dazu wollte er sich in diesem Augenblick nicht äußern, da Nasha noch nicht wusste, was hinter Makaos und Kambilis Besuch in dem Heimatdorf ihres Onkels in Wirklichkeit steckte.

Was für Sam und Remi hingegen zweifelsfrei feststand. Diese Männer waren hinter ihrem Onkel her, um an die Fargos heranzukommen.

Remi reichte Sam das Fernglas.

Er richtete es auf die beiden Männer, die vor dem Toyota standen, und stellte es scharf. Der Junge, Chuk, machte Anstalten wegzulaufen. Kambili ergriff ihn bei den Schultern, zerrte ihn zum Pick-up, öffnete dessen Hecktür und stieß den Jungen hinein.

»Lazlo«, sagte Sam und behielt Kambili und Makao im Auge. »Erinnerst du dich an die Geschichte, als Remi und ich mit Freunden in Juárez waren?«

»Ja... Moment mal. Du hast doch nicht etwa vor...?«

Remi, die Sig Sauer längst gezückt, sah ihn an. »Bereit, meine Rolle zu übernehmen?«

»Du liebe Güte, nein.« Lazlo lächelte unfroh und öffnete die Tür des Land Rover. »Kommt lieber mit«, sagte er zu Amal und Nasha. »Eins habe ich bisher noch nicht erlebt, nämlich dass ein Wagen der Fargos ein Abenteuer ungeschoren übersteht.«

»Was redest du da?« Sam schlug mit der flachen Hand aufs Armaturenbrett. »Keinen einzigen Kratzer findest du an dem Schlitten.«

Mit zweifelnder Miene sah Lazlo Sam an, während er für Amal und Nasha die Tür aufhielt. »Ich rufe das Smartphone deiner Frau an, wenn ich an Ort und Stelle bin.«

Während der Professor seine beiden Schutzbefohlenen zur Eile antrieb, hatte Nasha eine Frage. »Was heißt *ungeschoren*?«

»Es heißt, dass man lieber nicht in der Nähe seines Wagens sein sollte, wenn die Kampfhandlungen beginnen.«

Sam behielt Makao ständig im Fokus, während er und Kambili vor ihrem Pick-up-Truck standen. »Bereit?«

»Bereiter geht's gar nicht«, gab Remi ihm Bescheid.

Er rief Pete an und setzte ihn über seine weiteren Schritte ins Bild, dann ließ er den Wagen im Leerlauf weiterrollen, bis sie noch etwa fünfzig Meter von Makaos Pick-up entfernt waren. Nicht vollkommen unerwartet, summte Sams Mobiltelefon. Er meldete sich. »Ich kann nicht behaupten, dass ich damit gerechnet habe, noch einmal von Ihnen zu hören, Makao.«

»Sie haben etwas, das ich gern hätte. Geld. Und ich habe etwas, woran Sie interessiert sind.«

»Und was sollte das sein...?«, fragte Sam.

»Wir haben uns den Onkel des Mädchens erhofft, sind uns aber ziemlich sicher, dass Sie mit dem Jungen auch zufrieden sind.«

»Wie kommen Sie darauf, dass wir ihn haben wollen?«

»Sie haben immerhin den weiten Weg hierher zurückgelegt, oder nicht?«

Sam konnte sich bildhaft vorstellen, wie wütend Remi in diesem Moment reagierte. Er kontrollierte ihr Telefon, das im Getränkehalter auf Lazlos Anruf wartete. »Wie viel?«, wollte er von Makao wissen.

»Dasselbe wie vorher. Einhunderttausend Dollar. Wenn Sie das Geld telegrafisch auf mein Konto überwiesen haben, übergebe ich Ihnen den Jungen.«

Schließlich leuchtete Remis Telefon auf. Lazlo hatte seinen Platz eingenommen. »Nicht nötig«, sagte Sam. »Ich habe das Geld hier.«

»Erwarten Sie tatsächlich, dass ich glaube, Sie hätten so viel Geld in bar bei sich?«

»Ich hatte es mit einem Spezialkurierdienst liefern lassen, als ich glaubte, Sie hätten meine Frau.« Sam ließ ihm keine Zeit zum Nachdenken. »Holen Sie den Jungen ins Freie, wo ich ihn sehen kann. Wir treffen uns auf halbem Weg. Ich bringe Ihnen das Geld. Wenn Sie nachgeprüft haben, ob alles da ist, schicken Sie den Jungen zu mir herüber.«

Einige Sekunden herrschte Stille in der Leitung, dann antwortete Makao: »Einverstanden. Aber halten Sie die Hände so, dass ich sie sehen kann, sonst kommen Sie nicht mehr lebend zu Ihrem Wagen zurück.«

Das Telefon gab einen Piepton von sich, als Makao die Verbindung trennte. Sam sah, wie er mit Kambili sprach, der als Antwort auf die Worte, die gesagt wurden, nickte.

»Hoffen wir, dass alles genauso läuft, wie geplant«, sagte Sam.

KAPITEL FÜNFUNDSECHZIG

Liebe geht nie verloren, sie wird nur eingehalten.

– AFRIKANISCHES SPRICHWORT –

Remi reichte Sam den Bluetooth-Hörer. Er platzierte ihn im Ohr und schob den Smith & Wesson auf dem Rücken in den Hosenbund. Remi rief sein Telefon an und sagte: »Pass auf dich auf. Ich rufe jetzt Lazlo an.«

Er nickte, als ihre Stimme in seinem Ohrhörer erklang, dann öffnete er seine Tür und hielt die leere linke Hand hoch. Remi reichte ihm seinen Rucksack. Er hob ihn mit der anderen Hand an seinem Schultergurt hoch und zeigte Makao, dass er keine Waffe bereithielt.

»Ich bin fast in Position«, sagte Lazlo.

Remi öffnete ihre Tür ein paar Zentimeter weit, stellte einen Fuß auf den Rahmen und zielte mit der Sig Sauer in die Richtung von Makaos Pick-up. »Sam, halte dich weiter links.«

Sam ging langsam auf die beiden Männer zu. Dabei konnte er zu seiner Beruhigung feststellen, dass die wenigen misstrauischen Fußgänger die Straße fluchtartig verlassen hatten. Und das wunderte ihn überhaupt nicht. Wie die verkohlten Überreste zahlreicher von Feuer verschlungener Behausungen, die er beim Einfahren in die Stadt gesehen hatte, unmissverständlich verkündeten, gehörte Gewalt für die Menschen hier offenbar zum Alltag.

Makao und Kambili warteten vor ihrem Pick-up. Chuk hielt sich dicht hinter ihnen. Als Sam die Hälfte der Strecke zurückgelegt hatte, stellte er den Rucksack auf den Boden und hob beide Hände bis in Schulterhöhe. »Es gehört Ihnen.« Dann trat er zurück und orientierte sich nach links, damit Remi ein freies Sichtfeld hatte.

Makao schubste Kambili an. »Hol es.«

Kambili machte einen zögernden Schritt vorwärts.

Komm schon, Lazlo…

»Ich bin hier«, sagte Lazlo.

Sam sah ihn hinter dem Lehmbau stehen, von wo aus er Chuk zuwinkte. Der Junge schaute zu dem Professor, aber dann – für Sam eine unglaubliche Überraschung – bewegte er sich in Makaos Richtung.

Sam hörte Remi seufzen. »Ich glaube, Chuk begreift nicht, dass wir ihn retten wollen. Lazlo, du musst ihn dir wahrscheinlich holen.«

»Ich habe eine bessere Idee«, sagte Lazlo und verschwand hinter dem Gebäude. »Verschaff mir ein paar Sekunden.«

Mehr blieben ihnen auch nicht. Sobald Kambili den Rucksack erreichte und begriff, dass er nichts enthielt außer ein wenig Wechselgeld in der vorderen Reißverschlusstasche, wären sie geliefert.

»Lass dir was einfallen, Fargo«, sagte Remi.

Sam hob beide Hände. »Sind Sie sicher, dass Sie ihm trauen können?«, rief er.

»Warum sollte ich nicht?«, fragte Makao.

»Ich habe nicht Sie gefragt«, erwiderte Sam. »Ich meinte Kambili.«

Kambili blieb stehen und drehte sich zu Makao um. »Wovon redet er?«

»Hör ihm gar nicht zu«, sagte Makao. »Er tut das mit Absicht.«

Lazlo war wieder auf seinem Platz, diesmal mit Nasha. Als Sam sie sah, trat Makao, der keine Ahnung hatte, dass sie in der Nähe waren, unglücklicherweise zwischen sie. Sam behielt Kambili weiterhin im Blick. »Makao hat schließlich Ihre Brüder umgebracht. Warum sollte er nicht auch Sie töten, sobald Sie ihm das Geld gegeben haben?«

»Er lügt«, sagte Makao.

»Tue ich das?« Sam machte einen zweiten Schritt in seine Richtung und hatte nach wie vor die Hände erhoben.

In diesem Augenblick wich Chuk zurück und rannte auf Lazlo und Nasha zu.

Makao versuchte, den Jungen zu packen und zurückzuhalten. »Sie haben uns ausgetrickst!«, rief er und zielte auf Remi.

Ihr Schuss fiel nahezu gleichzeitig mit seinem. Makao taumelte rückwärts zum Pick-up.

Sam zog seinen Smith & Wesson, während Kambili mit seiner Pistole in der Hand herumwirbelte.

Sam feuerte.

Kambili sank auf die Knie. Ein roter Fleck breitete sich auf seinem Brustkorb aus, ehe er mit dem Gesicht in den Staub kippte und immer noch die Pistole umklammerte. Sam hielt seinen Revolver auf den Mann gerichtet, ging zu ihm hin, trat ihm die Pistole aus der Hand, bückte sich und fühlte nach seinem Puls.

Tot.

»Fargo!«, rief Remi. »Makao flüchtet!«

Sam sah rechtzeitig hoch, um zu verfolgen, wie der weiße Toyota zurücksetzte. Er rannte zum Land Rover, um ihn zu verfolgen, dann aber blieb er stehen, als er bemerkte, dass der Wagen vollkommen schief stand. Im gleichen Moment kamen Lazlo, Nasha, Amal und Chuk zwischen den Gebäuden hervor. »Schlechte Nachrichten«, sagte Sam und untersuchte den Schaden.

»Wir könnten ihn verfolgen«, sagte Pete und deutete auf den Versorgungstruck der Schule.

Sam blickte zu der Staubwolke hinüber, die in einiger Entfernung aufgewirbelt wurde. Mit einem Pick-up hätte ein solcher Versuch vielleicht einen Sinn gehabt. »Den können wir nicht mehr einholen.«

Nasha kauerte sich neben Sam hin, schaute zu Lazlo hoch und fragte: »Ist ein platter Reifen *ungeschoren*?«

»Wenn es einem Wagen der Fargos zustößt? Immer.«

Nach und nach wagten sich die Dorfbewohner wieder näher heran. Einige Schaulustige sammelten sich um die Fremden, während sie darauf warteten, dass die Polizei aus Mubi anrückte. »Nasha?« Ein Mann drängte sich durch die Schar der Gaffer, blieb wie angewurzelt stehen und starrte das Mädchen ungläubig an. »Nasha … bist du es wirklich?«

Ein Feuerwerk der Gefühle explodierte regelrecht in ihrem kleinen dunklen Gesicht, aber sie rührte sich nicht. »Du … du hast doch gesagt, du wolltest zurückkommen und uns holen …«

»Das habe ich auch getan. Ich habe euch gesucht … Du bist hier …« Er streckte ihr eine Hand entgegen, sein Lächeln war eine Mischung aus Freude und Schmerz. »Komm. Umarme deinen alten Onkel.«

Chuk schob sie vorwärts.

Das war alles, was an Ermutigung nötig war. Der Mann schloss sie in die Arme und drückte sie an sich. »Meine Nasha…«

Remi lächelte das Paar an. »Alles ist gut.«

Sam, der einen Montierhebel in der Hand hatte, bückte sich wieder, um die Radmuttern zu lösen, als sein Smartphone ihm den Eingang einer SMS meldete. Er holte es aus der Tasche und las die Nachricht. Sie kam von Makao und lautete: *Ich hole sie mir.*

»Remi…« Sam reichte ihr das Telefon.

Sie las den Text, sah ihn an, dann wanderte ihr Blick zu Nasha, und sie sagte: »Ich weiß nicht, was er meint, aber in diesem Fall lassen wir unsere Schützlinge nicht im Stich, bis er endgültig aus dem Verkehr gezogen wird.«

»Genau das denke ich auch.«

KAPITEL SECHSUNDSECHZIG

Wer auf dem Rücken eines anderen getragen wird,
weiß nicht, wie weit entfernt die Stadt ist.

– NIGERIANISCHES SPRICHWORT –

Nasha zu beschützen erwies sich als problematisch. Auch wenn Pete empfohlen hatte, dass sie mit ihm in die Schule zurückkehren solle, war ihr Onkel strikt dagegen, dass sie so weit entfernt von ihrem Zuhause leben sollte. Und er wollte auch nicht irgendeine Form von Almosen annehmen, nachdem sie angeboten hatten, die Kosten für seinen Umzug zu tragen. »Die Landwirtschaft ist doch das Einzige, worin ich mich auskenne. Ich habe Nasha immer gelehrt, dass man für die Art und Weise, wie man lebt, selbst verantwortlich ist. Welchen Eindruck würde es denn auf meine Nichte machen, wenn ich ein Almosen nur deshalb annähme, weil sie das Glück hatte, Ihnen zu begegnen?«

Dies war ein Argument, das weder Sam noch Remi beiseitewischen konnten. Remi blickte zu Nasha und Chuk hinüber, die gerade beide außer Hörweite waren, weil sie versuchten, den Hund der Farm von seinem schattigen Ruheplatz wegzulocken. Überraschenderweise meldete sich Amal mit einem großartigen Vorschlag zu Wort. »Sie könnte einige Zeit mit mir und meiner Mutter verbringen. Wir behandeln es als eine Art Urlaub in Tunesien.«

Remi lächelte Nashas Onkel an – in der Hoffnung, dass er sich damit einverstanden erklärte.

»Ich würde zustimmen«, erwiderte er, »wenn die wenigen amtlichen Urkunden über Geburt und Herkunft damals nicht mitverbrannt wären.«

Remi und Sam wechselten einen kurzen Blick. »Rube«, sagten sie wie aus einem Mund.

»Er arbeitet für die Regierung«, erklärte Remi, während Sam ihn sofort in seinem CIA-Büro anrief und ihn bat, ein vorläufiges Ersatzvisum zu beschaffen.

Als alles Notwendige in die Wege geleitet war, informierten sie Nasha über die Reise, erwähnten jedoch nichts von der Weigerung ihres Onkels, sie die Schule besuchen zu lassen. »Wir können ja später noch einmal versuchen, ihn zu überreden«, schlug Remi Sam vor, sobald sie unterwegs waren.

* * *

Vierzigtausend Fuß über dem Erdboden hatten sie endlich die Gelegenheit, sich zu entspannen – bis zu einem gewissen Punkt. Es blieb Remi überlassen, Amal von Warrens Schicksal zu berichten. Amal saß ihr am Tisch gegenüber, Nasha auf dem Schoß, während Sam und Lazlo die anderen Plätze besetzten. Als das Kind einschlief, fiel Amal anscheinend gar nicht auf, wie eilig sich die Männer entschuldigten und vom Tisch aufstanden. Lazlo wollte die Flugzeit für ein Schläfchen nutzen, und Sam meinte, er müsse unbedingt mit den Piloten die nächsten Flugpläne besprechen. Nasha bewegte sich zwar auf Amals Schoß, wachte jedoch nicht auf. Amal betrachtete sie prüfend.

»Ich bin überrascht, dass sie so fest schläft, wenn man überlegt, wie aufgeregt sie vorhin noch war, als sie hörte, dass sie zum ersten Mal in ihrem Leben fliegen würde. Andererseits, nach allem, was in dieser Woche passiert ist, werde ich wahrscheinlich eine ganze Woche durchschlafen, wenn ich wieder zu Hause bin.

Remi lächelte verständnisvoll. »Sind Sie sicher, dass es Ihrer Mutter nichts ausmacht? Wir können die Kleine genauso gut ins Hotel mitnehmen. Ich könnte mir vorstellen, dass es ihr gefallen würde, den ganzen Tag am Swimmingpool zu liegen.«

»Ich denke, dass meine Mutter sich Nashas Besuch noch mehr wünscht, als Nasha es tut.«

»Das könnte sich schnell ändern, wenn dieser Wirbelwind aus Energie und Neugier erstmal in ihr Haus eingefallen ist.« Remis Lächeln verflog, als sie überlegte, wie sie am besten das Thema wechseln könnte. »Es gibt noch etwas, worüber ich mit Ihnen sprechen muss.«

Amal sah sie besorgt an. »Gibt es Probleme? Ist etwas mit Dr. LaBelle?«

»Sie ist vollkommen okay. Es geht um Warren.«

»Die Veruntreuungsgeschichte. Ist er verhaftet worden? Das Ganze ist bestimmt ein Riesenirrtum, dessen bin ich mir ganz sicher.«

»Er ist tot.«

»Tot … ?«

»Es tut mir so leid. Ich weiß, dass Sie beide befreundet waren.«

Sie starrte Remi verwirrt an. »Das verstehe ich nicht. Wie … denn?«

»Renee fand ihn gestern Morgen. Sie bat mich, nichts

verlauten zu lassen, ehe sie sämtliche Details kannte. Sie hat sich Sorgen gemacht, dass der Stress bei Ihnen vielleicht...«

»Sie meinen meine Anfälle.«

»Ja...«

Tränen glänzten in Amals Augen. »Was ist geschehen?«

»Ich weiß es nicht genau. Renee hat ihn auf dem Grund der Ausgrabungsstätte gefunden. Sie vermutete, dass er abgestürzt war.«

»Die schadhafte Plattform...?«

»Nein. Ich glaube, sie ist gezielt aus der Verankerung gelöst worden. Die Polizei untersucht die Umstände. Möglicherweise war es auch ein schrecklicher Unfall. Vielleicht hatte er nicht bemerkt, dass die Plattform beschädigt war.«

»Nicht einmal meine Mutter hat etwas gesagt.«

»Ich glaube, auch sie hat sich Sorgen Ihretwegen gemacht.«

»Sie glaubt, mich ständig beschützen zu müssen. Dabei übertreibt sie gelegentlich.« Amal blickte lange aus dem Fenster in einen malerischen Sonnenuntergang, von dem sie jedoch nichts wahrzunehmen schien. Als sich Nasha wieder in ihren Armen bewegte, blickte sie kurz auf das Mädchen, dann sah sie Remi an. »Ich glaube, ich sollte Nasha bitten, meiner Mutter nichts von dem Überfall und der Entführung zu erzählen. Es würde sie nur noch mehr ängstigen.«

»Ich bin sicher, dass Nasha es für sich behält, bis Sie bereit sind, darüber zu sprechen.«

Sam kam aus dem Cockpit zurück und ließ sich neben Remi nieder. »Sie sollten wissen, wie leid es uns tut.«

Amal nickte und wischte sich die Tränen aus den Augen. »Was glauben Sie, war es Selbstmord? Dass er die Schuld nicht ertragen und damit weiterleben konnte?«

»Ich habe keine Ahnung«, sagte Sam. »Was immer die Ursache gewesen sein mag, wir werden der Sache auf den Grund gehen.«

KAPITEL SIEBENUNDSECHZIG

Das Leben ist, was du daraus machst.

– GHANAISCHES SPRICHWORT –

Bulla Regia, Tunesien

»Es kommt mir ganz so vor, als seien wir unerwünschte Eindringlinge«, sagte Remi, während Sam ihren Wagen in der mit grobem Schotter bestreuten Zufahrt des Universitätshauses parkte, das Renee LaBelle mit den anderen Archäologen bewohnte.

Sie musste am Fenster gestanden und nach ihnen Ausschau gehalten haben, denn Sam hatte den Motor kaum ausgeschaltet, als die Haustür geöffnet wurde. Renee, auf eine ihrer Krücken gestützt, stand auf der Schwelle und sah sie mit einem traurigen Lächeln an. »Vergiss nicht, dass sie dich gerufen hat, Remi. Du bist lediglich als moralische Unterstützung hier.«

»Ich weiß. Kein Wort über die Buchhaltung. Ich will es für sie jetzt nicht noch schlimmer machen, als es das ohnehin schon ist.« Sie lehnte sich zu ihm, gab ihm einen Kuss, dann stieg sie aus.

Sam folgte ihr nicht. Stattdessen holte er sein Smartphone hervor und tat so, als lese er eine E-Mail, um ihnen

Zeit zu geben, sich unter vier Augen zu unterhalten. Er hatte Warren nicht näher kennengelernt, aber dem, was Remi ihm erzählte, hatte er entnommen, dass Renee eine längere Freundschaft mit dem Mann verbunden hatte.

Nach ein paar Minuten winkte Remi ihn zu sich herüber, und er überquerte den Vorplatz, stieg die wenigen Treppenstufen zur Haustür hinauf und drückte Remis Freundin sein Beileid aus.

»Danke«, sagte Renee. »Es hilft, alte Freunde hierzuhaben. Und vielen Dank, dass du Remi mitgebracht hast. Und das nach allem, was ihr beiden durchgemacht haben müsst.«

»Dafür sind Freunde da«, sagte Sam und wurde mit einem Lächeln seiner Frau belohnt. »Hat sich die Polizei schon in irgendeiner Form geäußert?«

»Nein«, sagte die Archäologin, durchquerte mit Hilfe ihrer Krücke den Raum und ließ sich aufs Sofa sinken. »Morgen werde ich sicherlich mehr erfahren. Amal ist am Boden zerstört. Hank hat zum Glück einen klaren Kopf behalten, auch wenn ich ihn auf dem Flughafen regelrecht sitzen gelassen habe. Nachdem ich Warren gefunden hatte, habe ich vergessen, dass ich ihn eigentlich hätte abholen sollen.«

»Was genau ist passiert?«, fragte Remi.

»Wo soll ich beginnen?«

»Am besten am Anfang«, sagte Sam.

»Das wäre dann wohl der Anruf von José wegen des Einbruchs.« Sie holte ihr Smartphone aus der Tasche und zeigte Remi ein Foto. »Der Diebstahl der Echo.«

»Sie haben den gesamten Fußboden mitgenommen?«, fragte Remi.

»Viel schlimmer«, antwortete Renee, während sie Sam das Telefon reichte. »Sie haben ihr Gesicht herausgebrochen. Auf dem nächsten Foto kannst du es genauer sehen. Wir können froh sein, dass sie nicht den gesamten Fußboden zerstört haben, als sie es heraushackten. Ein tiefer Riss lief durch den Baum, an den sie sich lehnt, der Schlimmeres verhindert und ihnen genützt hat.«

Sam vergrößerte das Foto auf dem kleinen Bildschirm und sah eine junge Frau in weißem Gewand, das Haar nach klassischer griechischer Mode im Nacken zusammengerafft. Die Frau blickte auf etwas, das sich ein Stück von dem Baum entfernt befand, hinter dem sie sich versteckte. Er blätterte zum nächsten Foto weiter, das zeigte, dass Echos Gesicht herausgebrochen worden war. Auch wenn das Mosaik viele hundert Jahre alt war, konnte man doch erkennen, dass die Farben noch immer eine erstaunliche Leuchtkraft hatten. »Hoffen wir, dass die Polizei das Fragment findet.«

»Objekte, die auf dem Schwarzmarkt für Antiquitäten verkauft werden, tauchen nicht besonders oft wieder auf.«

»Meinst du, dass Warren mit dem Diebstahl zu tun hatte?«, fragte Remi.

Renee nickte. »Die Polizei nimmt an, dass er am nächsten Tag versuchte, ein weiteres Teilstück des Mosaiks herauszulösen, und dabei ums Leben kam. Unter seiner Leiche haben sie den Meißel gefunden.«

»Also ein Unfall?«

»So scheint es. Nach anderen verdächtigen Vorfällen hier und in der Umgebung habe ich eigene Nachforschungen angestellt. Auf einer Website, von der ich wusste, dass Warren sie in der Vergangenheit öfter benutzt hat, fand ich einen Hinweis auf Echo. Rückblickend betrachtet hätte ich die Polizei sofort informieren sollen, als ich den Eintrag fand. Aber Hank wollte nicht warten. Er hoffte, die Diebe zu erwischen, bevor das Mosaik verschwand. Wer weiß, was sie sonst noch gestohlen haben, nachdem sie das Geröll durchwühlten.« Sie seufzte. »Ich brauche sicher nicht zu betonen, dass Hank sich deswegen furchtbar aufgeregt und sich noch immer nicht beruhigt hat.«

In diesem Augenblick kam Hank von der Diele herein und bekam den letzten Satz noch mit. »Ich bin nur froh, dass Sie nicht verletzt wurden … Wer weiß, was geschehen wäre, wenn Sie ihn auf frischer Tat ertappt hätten.« Er nickte Sam und Remi zu. »Ich glaube, wir hatten jeder unsere Probleme. LaBelle schilderte mir alles, was Sie beide erlebt haben. Ich kann mir kaum vorstellen, wie schlimm das für alle Beteiligten gewesen sein muss.«

»Vorläufig sind wir ja nun alle in Sicherheit«, sagte Sam. »Wir hoffen, dass sie denjenigen oder diejenigen – wenn es mehrere Leute waren –, die dahintersteckten oder -stecken, bald schnappen.«

»Das kann man sich nur wünschen«, pflichtete Hank ihm bei.

Renee stützte sich auf ihre Krücke, um aufzustehen. »Wer möchte eine Tasse Kaffee?«, fragte sie mit einem für die Situation übertrieben freundlichen Lächeln.

»Setzen Sie sich hin«, sagte Hank. »Ich hole Kaffee für alle.«

»Wie geht es deinem Knöchel?«, fragte Remi, nachdem er hinausgegangen war.

»Viel besser«, antwortete Renee. Sie zog das Hosenbein hoch und entblößte einen Bluterguss, der sich allmählich gelb verfärbte. »Der Arzt meint, ich brauchte noch ein paar Tage Ruhe.«

»Dann sollten Sie auch auf ihn hören«, rief Hank aus der Küche.

»Das ist aber einfacher gesagt als getan. Nach allem, was geschehen ist, geht die Polizei hier ständig ein und aus.«

»Hank hat recht«, sagte Remi. »Du brauchst Ruhe. Komm mit uns. Du kannst mir am Pool Gesellschaft leisten. Dabei haben wir dann auch Gelegenheit, uns gegenseitig auf den aktuellen Stand zu bringen. Wir haben eine ganze Menge Klatsch nachzuholen.«

»So verführerisch das klingt, aber ich habe morgen eine Videokonferenz mit der Universität und muss bis dahin noch eine Tonne Papierkram erledigen.«

Remi beugte sich vor und senkte verschwörerisch die Stimme. »Dreh einfach deine Smartphone-Kamera zur Seite, damit sie nicht sehen, dass du an einem Swimmingpool sitzt und eine Bloody Mary vor dir stehen hast. Außerdem hat Sam morgen ebenfalls ein Meeting, also wäre mir deine Gesellschaft höchst willkommen.«

»Ich kann trotzdem nicht«, sagte Renee, während Hank zurückkam.

»Ernsthaft?« Hank reichte ihr eine Tasse dampfenden Kaffees. »Wie oft kommt es vor, dass alte Freunde vorbeischauen?« Er sah zu Remi hinüber und fuhr fort: »Ich werde Mrs. LaBelle morgen früh bei Ihrem Hotel absetzen. Manchmal übertreibt sie es mit ihrem Engagement für ihren Job.«

»Damit wäre das geregelt«, sagte Remi und ergriff mit beiden Händen die Hand ihrer Freundin. »Du verbringst die nächste Zeit mit mir.«

Sam lehnte sich in seinem Sessel zurück und beobachtete Renee LaBelles Gesicht. Offenbar war sie alles andere als begeistert über Remis Ankündigung. Was ihm seltsam vorkam angesichts der Tatsache, dass die beiden Frauen enge Freundinnen waren.

Zurück in ihrem Hotel machte Sam Remi gegenüber eine entsprechende Bemerkung.

Remi wischte seine Bedenken jedoch resolut beiseite. »Nachdem Warren tot aufgefunden wurde, habe ich meine Zweifel, dass sich hier jeder ganz normal verhält. Ehrlich, Fargo, ich glaube, du bist ein wenig paranoid.«

»Pragmatisch vielleicht, aber nicht paranoid«, erwiderte er. »Es gibt Ungereimtheiten in der Buchhaltung, Warren ist tot, und ob es dir gefällt oder nicht, du musst mit ihr darüber sprechen. Und zwar morgen.«

KAPITEL ACHTUNDSECHZIG

Wenn die Sonne scheint, lasse dich von ihren
Strahlen wärmen.

– AFRIKANISCHES SPRICHWORT –

Am späten Vormittag des nächsten Tages räkelten sich Remi und Renee im Schatten eines großen Sonnenschirms in ihren Liegestühlen, zwei Bloody Marys auf einem kleinen Beistelltisch zwischen ihnen.

Remi griff nach ihrem Glas und lächelte über seinen Rand hinweg ihre Freundin an. »Ganz ehrlich – bist du nicht froh, dass du mitgekommen bist?«

Renee atmete tief ein. Fast klang es wie ein Seufzer. »Ich hatte dies hier wirklich mal nötig. Jedes Mal, wenn das Telefon klingelt, zucke ich zusammen und rechne mit der nächsten Hiobsbotschaft. Ich konnte nicht mehr richtig schlafen, seit ich Warren unten in der Villa liegen sah, sein Blut überall auf dem Mosaik. Dazu der Gedanke, dass dieses schreckliche Unglück meine Schuld ist.«

»Wie kann es deine Schuld sein?«

Renee nahm wieder ihr Glas und rührte mit der Selleriestange darin herum. »Na ja, wie ich schon gesagt habe, die Polizei meint, dass er einen weiteren Teil des Mosaiks stehlen wollte, als er abgestürzt ist. Die Reparatur der Plattform war noch gar nicht abgeschlossen. Jetzt ist wieder alles in Ordnung, aber ich hätte mich vergewissern müssen, dass keine Gefahr mehr von ihr ausging, bevor ich die Ausgrabung verlassen hatte.«

»Das kann man dir doch nicht zur Last legen.«

»Wie verzweifelt muss er gewesen sein, dass er nicht zu mir gekommen ist, als er Geld brauchte? Ich weiß, dass er mit Drogen nichts im Sinn hatte, also – was kann ihn dazu getrieben haben, noch einmal zu stehlen?«

»Vielleicht war er spielsüchtig.«

»Vielleicht…« Die beiden Frauen nippten schweigend an ihren Drinks und blickten auf den Pool, in dem ein Mann mittleren Alters gerade gemütlich eine Bahn schwamm. »Wirklich wichtig ist, dass ich schnellstens an meine Arbeit zurückkehre. Ich fürchte, dass wenn die Universität von Warrens Tod, von den Veruntreuungen und meinem Unfall erfährt, die Forschungsgelder gekürzt werden und man uns nach Hause schickt, noch bevor wir unsere Arbeiten hier abgeschlossen haben.«

Als sie den sorgenvollen Ausdruck in der Stimme ihrer Freundin hörte, entschied Remi, vorerst keine weiteren Fragen zur Buchhaltung oder zu Warren zu stellen. »Vergiss alles andere. Erzähl mir von der Villa.« Während der nächsten Stunde ließen sie ihrer Phantasie freien Lauf und stellten sich in den herrlichsten Farben vor, was sie möglicherweise unter dem Schutt finden würden, sobald sie ihn weggeräumt hätten. Zu hören, wie begeistert ihre Freundin von dem Projekt berichtete, bestärkte Remi in ihrer Überzeugung, für den Augenblick den richtigen Weg eingeschlagen zu haben. Später würden sie noch genug Zeit haben, der Veruntreuungsaffäre auf den Grund zu gehen.

Als der Kellner zu ihnen kam, bestellten sie frische Bloody

Marys. Remi schaute ihm nach, als er am Pool entlang zur Bar ging und stehen blieb, um mit zwei Männern zu sprechen. Der eine war mit einem weißen Oberhemd und einer schwarzen sportlichen Hose bekleidet, der andere steckte in einer khakifarbenen Cargohose und einem olivgrünen Safarihemd. Sie hätte nicht mehr als einen flüchtigen Blick für sie übrig gehabt, wenn der Hotelangestellte nicht plötzlich in ihre Richtung geschaut und Remi den Eindruck vermittelt hätte, dass sie und Renee das Thema des Dialogs waren. »Kennst du einen der beiden?«, fragte Remi.

Renee überschattete die Augen mit einer Hand und schüttelte den Kopf. »Mit Sicherheit nicht.«

Remi beobachtete, wie die beiden Fremden den Poolbereich betraten. Sie kamen ihr bekannt vor, aber sie konnte sich nicht entsinnen, woher.

Die beiden Männer lächelten, als sie näher traten, doch dieses Lächeln reichte nicht bis zu ihren Augen. Remi suchte in ihrer Umgebung nach irgendeinem Gegenstand, den sie notfalls als Waffe benutzen könnte. Das Einzige, was sie fand, waren Renees Krücken – und diese lagen auf der anderen Seite des Liegestuhls und damit außer Reichweite.

Doch sie hätte mit ihnen sowieso nicht viel ausrichten können. Die Männer hatten sie schon fast erreicht. Einer angelte sich ein herrenloses Handtuch von einem Sessel am Rand des Swimmingpools, während er ihn passierte. Mit dem Handtuch bedeckte er die Pistole, die er unauffällig unter seinem Hemd hervorzog.

»Kommen Sie mit«, sagte der Mann und richtete die Mündung der Pistole auf Remis Kopf. »Und geben Sie keinen Laut von sich.«

KAPITEL NEUNUNDSECHZIG

Lärm und Jagd passen nicht zusammen.

– AFRIKANISCHES SPRICHWORT –

»Nichts von Makao?«, fragte Sam und deutete auf sein Telefon, das an der Schreibtischlampe lehnte, um seinen Videoanruf zu empfangen. Pete schüttelte den Kopf. »Noch nicht. Aber sie gehen Hinweisen zu einigen seiner bekannten Freunde nach. Ich habe aber auch eine gute Nachricht bekommen. Yaro hat Okoro von Nashas Onkel erzählt. Als Okoro gehört hat, wie Boko Haram in das Dorf eingedrungen war und seine Farm in Brand gesetzt hat, schlug er vor, ihm einige seiner Teegärten zu verpachten. Auf diese Weise könnte Nasha weiterhin die Schule besuchen und wäre ihm ein gutes Stück näher. Er willigte tatsächlich ein, hierherzukommen und sich Okoros Land wegen einer möglichen Pacht anzusehen und danach auch noch die Schule zu besichtigen.«

Lazlo, der hinter Sam auf der Couch saß und aufmerksam etwas auf dem Bildschirm des Tablets verfolgte, den er in der Hand hielt, schaute bei der Nachricht auf. »Das ist doch ganz ausgezeichnet«, rief er.

»Remi wird sich freuen, wenn sie das hört«, sagte Sam und schaute aus dem Fenster des Hotelzimmers im vierten Stock. Das Fenster ging zum Swimmingpool hinaus, neben dem Remi und Renee sich einen Platz unter einem Sonnenschirm in der Nähe einer der hohen Zierpalmen gesucht hatten. Was er nicht erwartet hatte, waren zwei Männer, die dort vor den Frauen standen, einer mit einem Handtuch über dem Arm. Wäre der Mann ein Kellner gewesen, hätte sich Sam wahrscheinlich keine Sorgen gemacht. Aber das Hotelpersonal trug einheitliche Uniformen, und keiner der Männer sah aus, als sei er ein Gast und habe die Absicht, sich am Swimmingpool dem süßen Nichtstun hinzugeben.

»Sobald sich alles ein wenig beruhigt hat«, sagte Pete, »wollen Yaro und ich hinausfahren und ...«

Sam zog seine Pistole und eilte zum Balkon.

»Mr. Fargo?«, rief Pete Jeffcoat. »Was ist los?«

»Remi ist in Schwierigkeiten. Lazlo, ruf die Polizei.« Durch die Palmwedel sah er, wie beide Frauen sich von ihren Liegen erhoben und die beiden Männer sie in die Mitte nahmen. Er hörte Lazlo telefonieren, wusste jedoch, dass die Polizei keinesfalls rechtzeitig den Ort des Geschehens erreichen würde. Und er auch nicht.

Diese Männer hätten seine Frau und Renee LaBelle auf den Parkplatz gebracht, ehe er auch nur das Parterre erreicht hätte.

Er zielte auf den Mann neben Remi, der sich das Handtuch über den Arm drapiert hatte, aber ein Wind kam auf. Die Palmen schwankten plötzlich und versperrten ihm die Sicht. Wenn er wartete, bis sie die Baumreihe hinter sich hatten, könnte er mit seiner treuen .38er nichts mehr ausrichten. Dazu besetzten zu viele Gäste die Liegestühle. Und er wagte nicht, den Balkon zu verlassen, um die Sig Sauer seiner Frau zu holen.

»Remi!«, rief er.

Der Mann neben Remi schaute hoch. Sie rammte ihm den Ellbogen in die Seite, riss die Hand hoch und schlug ihm die Pistole aus der Hand. Er stieß Remi aus dem Weg und hechtete nach seiner Waffe. Sam feuerte auf den Betonboden.

Der Schütze blieb abrupt stehen. Ein paar Gäste schauten sich neugierig um, unsicher, was der Lärm zu bedeuten hatte. Sam feuerte etwa einen halben Meter hinter dem zweiten Entführer auf den Betonboden. Die Kugel prallte ab und zertrümmerte den Pflanzenkübel hinter ihm. Gäste schrien. Remi wirbelte herum, ergriff eine von Renees Krücken und holte zu einem perfekten Driving-Schlag gegen die Knie des anderen Mannes aus. Während er vorwärtsstolperte, wollte der erste Bewaffnete sich auf die Frauen stürzen. Remi holte abermals mit der Krücke aus und brachte ihn zu Fall. Er rappelte sich auf und eilte hinter seinem Partner her.

Mehrere Hotelangestellte kamen herausgerannt, umringten die Frauen und halfen Renee in einen Sessel. Lazlo war noch am Telefon, während Sam bereits die Treppen, immer zwei Stufen auf einmal nehmend, hinunterstürmte. Er platzte durch die Tür zum Swimmingpool. »Remi!«

»Ich bin okay«, sagte sie. »Uns ist nichts passiert.«

Sie sah zu Renee, dann ging sie zu Sam und sagte leise: »Nur ein ganz alltäglicher Entführungsversuch.«

»Das war ja offensichtlich. Ich versuche nur, mir zusammenzureimen…« Er hielt inne, als der Hoteldirektor auf ihn zugerannt kam.

Der Mann sah aus, als ob jeden Moment damit zu rechnen sei, dass er in Ohnmacht fiel. »Ist jemand verletzt?«

»Nein«, sagte Remi.

»Sie sind hereingekommen und haben gefragt, ob eine weiße Frau am Swimmingpool liege. Sie sagten, sie hätten ihren Wagen gerammt und wollten mit ihr sprechen, um die Angelegenheit zu regeln.«

Sam wechselte einen kurzen Blick mit Remi, ehe er fragte: »Am Pool?«

»Ja, Sir.«

»Waren das die genauen Worte?«, hakte Sam nach. »Das ist wichtig.«

Der Hoteldirektor deutete zum Eingang, wo das Gespräch stattgefunden hatte. »Sie sagten, sie hätten einen Wagen gerammt, der vorn parkte, und wollten wissen, ob er möglicherweise den beiden Frauen am Pool gehöre. Ich habe ihnen erklärt, dass ich nicht befugt sei, ihnen diese Information zu geben. Ich versichere Ihnen, hätte ich den geringsten Verdacht gehabt, dass irgendetwas nicht korrekt war, wäre ich doch nicht ins Foyer zurückgekehrt.« Er sah Remi und ihre Freundin an. »Es tut mir wirklich leid.«

Remi lächelte den Mann an. »Uns beiden geht es gut, ganz bestimmt. Aber vielleicht könnten Sie trotzdem die Polizei rufen.«

»Natürlich.« Er verbeugte sich mehrmals, entfernte sich eilig und blieb beim Anblick der Polizisten, die das Hotelgelände gerade betraten, überrascht stehen.

»Mr. Lazlo hatte bereits angerufen«, klärte Sam ihn auf.

»Schade, dass sie nicht zwei Minuten eher hier waren. Die Kidnapper wären ihnen in die Arme gerannt.«

Nachdem sie alle Fragen beantwortet hatten und die Polizei und das Hotelpersonal beteuert hatte, dass diese Gegend normalerweise vollkommen sicher sei, begaben sich die drei auf die Suite der Fargos, von wo aus Renee sich bei Hank meldete und ihm kurz schilderte, was passiert war.

»Moment mal«, sagte Hank. »Ich glaube, wir haben eine schlechte Verbindung. Ich kann kein Wort von dem verstehen, was Sie sagen. Ich suche mir einen höher gelegenen Standort und rufe gleich zurück.«

Renees Telefon klingelte ein paar Minuten später wieder, diesmal war es ein Videoanruf. Hanks Gesicht füllte den Bildschirm, im Hintergrund waren die Ruinen von Bulla Regia. »LaBelle, sagen Sie mir bitte, dass ich das falsch verstanden habe. Jemand hat versucht, Sie zu entführen.«

»Das ist richtig«, bestätigte sie.

»Aber sind Sie so weit okay? Wo waren Sie denn? Ich dachte, Sie seien im Hotel.«

»Das waren wir auch. Am Swimmingpool. Aber wir konnten sie abschütteln.«

»Gott sei Dank. Wie haben Sie das geschafft?«

»Remi hat sich eine meiner Krücken geschnappt und einem der Kerle einen Volltreffer verpasst. Und außerdem hat Sam vom Balkon aus auf sie geschossen. Daraufhin sind die beiden geflüchtet.«

Hanks Unterkiefer sackte nach unten. »Vom Balkon? Dem Himmel sei Dank, dass er gerade dort war.« Er räusperte sich. »Wie geht es Ihnen sonst?«

»Eigentlich ganz gut...«

Sam zog Remi zur Seite, damit man sie nicht hören konnte. »Das war niemals irgendeine willkürliche Lösegeld-Entführung. Ich glaube eher, dass Makao Verbindungen bis nach Tunesien hat.«

»Das könnte der Fall sein«, räumte Remi ein, »aber ich wage zu bezweifeln, dass diese Geschichte irgendetwas mit Makao zu tun hat.«

»Wie kommst du darauf?«

»Mir ist eingefallen, wo ich die beiden Männer schon einmal gesehen habe. In dem Restaurant am Nachmittag von Renees Unfall. Ich glaube, dies ist schon das zweite Mal gewesen, dass man versucht hat, uns zu entführen.«

KAPITEL SIEBZIG

Wer von einer Schlange gebissen wurde, dem kann ein Wurm Angst machen.

– AFRIKANISCHES SPRICHWORT –

»Bist du wirklich sicher, dass es dieselben Männer sind?«, fragte Sam.

Um Renee, die nur ein paar Schritte von ihr entfernt saß, nicht zu beunruhigen, behielt Remi ihr Lächeln bei. »Nahezu hundertprozentig.«

»Das ändert natürlich so gut wie alles. Allmählich fängt man an, sich zu fragen, in was Warren tatsächlich verwickelt war.«

Die Polizeibeamten nahmen Aussagen von den Fargos und Renee LaBelle auf, befragten einige Zeugen am Pool und erkundigten sich bei der Hotelverwaltung nach Überwachungsvideos. Nachdem der Streifenwagen abgerückt war, begaben sich Sam, Remi und Renee ins Restaurant, um dort ihr Mittagessen einzunehmen.

Remi fiel auf, dass Renee auf ihrem Platz hin und her rutschte und sich jedes Mal ängstlich umdrehte, sobald ein neuer Gast das Restaurant betrat. »Du bist hier absolut in Sicherheit«, sagte Remi.

»Aber woher willst du denn wissen, dass von diesen Leuten um uns herum keiner zu ihnen gehört?«, fragte

Renee und nickte mit dem Kopf in Richtung Swimming-pool. »Oder jemand da draußen?«

Remi, darum bemüht, die Sorgen ihrer Freundin zu zerstreuen, sah sie ernst an. »Sam hat wirklich alles im Auge. Hier kommt niemand herein oder heraus, ohne dass er es bemerkt.«

Als ihr Essen serviert wurde, stocherte Renee auf ihrem Teller herum und brachte offenbar keinen Bissen hinunter. Schließlich schob sie den Teller von sich weg. »Ich rufe Hank an und bitte ihn, mich abzuholen. Nach dieser Geschichte kann ich nicht hierbleiben.«

»Das tut mir so leid«, sagte Remi und wünschte sich, sie könnte ihre Freundin davon überzeugen, dass dies ein einmaliger, absolut losgelöster Zwischenfall war, der sich nicht wiederholen würde. »Aber wir können dich doch zurückbringen, nicht wahr, Sam?«

Er löste den Blick vom Eingang, sah zu den Frauen und registrierte ihre nahezu unberührten Teller – und dann seinen, der leer war. »Vielleicht ist es das Beste, ja. Geht hinauf in unser Zimmer, holt euer Gepäck und wartet vor dem Hotel auf mich.«

Eine Viertelstunde später waren sie unterwegs.

* * *

Renee, die während der gesamten Fahrt geschwiegen hatte, lebte spürbar auf, als sie sich dem Archäologiepark näherten. »Da mein Knöchel mich zwingt, meiner Arbeit noch etwas fernzubleiben, werde ich mich endlich mal den Papieren widmen. Ich nehme nicht an, dass ihr euch jetzt mit der Buchhaltung herumschlagen wollt, oder?«

Sam sah sie durch den Innenspiegel an. »Wenn du meinst, es in Angriff nehmen zu können, doch, na klar. Im Augenblick haben Remi und ich zugegebenermaßen nichts Besseres zu tun.«

»Gut. Und mir fiele eine erhebliche Last von den Schultern, wenn wir das Ganze endgültig lückenlos aufklären könnten.«

Sam blieb vor dem kleinen Haus am Fuß des Olivenhains stehen, der den Berghang bedeckte. Die drei gingen über die Schotterzufahrt zur Tür, die Renee mit einem Schlüssel öffnete. »Ihr müsst das Durcheinander entschuldigen«, sagte sie und trat beiseite, um sie einzulassen. »Die Mistkerle haben während des Einbruchs alles durchwühlt und ein furchtbares Chaos hinterlassen.«

»Wurde eigentlich irgendetwas aus dem Haus gestohlen?«, fragte Remi.

»Wir haben bisher nichts dergleichen festgestellt, Gott sei Dank.«

Im Haus lehnte sie die Krücken an die Wand, schaltete die tragbare Klimaanlage ein und setzte sich an den Schreibtisch. »Zieht euch ein paar Sessel heran«, sagte sie.

Sam und Remi nahmen ihr gegenüber Platz, während sie sich in ihrem Sessel zu dem Bücherregal hinter ihr umdrehte. »Okay, wo ist der Ordner?« Sie beugte sich vor, las die Rückenbeschriftungen und zog mehrere grüne Klemmhefter hervor und legte sie auf den Schreibtisch. Sie schlug sie nacheinander auf, überflog jeweils die erste Seite, dann schob sie jeden der Hefter wieder beiseite. »Das ist merkwürdig. Ich sehe ihn nicht. Ich meine den Ordner, in dem sich die verdächtigen Buchungen befinden.«

Sam und Remi wechselten einen vielsagenden Blick.

Renees Miene drückte Enttäuschung und tiefe Sorge aus. »Es tut mir so leid, dass ich euch in diese unangenehme Angelegenheit hineingezogen habe.«

»Ist ja nicht deine Schuld«, sagte Remi und stieß Sams Fuß mit der Schuhspitze an, »nicht wahr, Sam?«

»Natürlich nicht, nein.« Er wandte sich zum Fenster um. »Wisst ihr was, während ihr den verschwundenen Aktenordner sucht, fahre ich mal hinaus zur Ausgrabungsstätte und erkundige mich, was Hank von der Sache hält. Seit unserer Rückkehr hatte ich noch gar keine Gelegenheit, mich ausführlich mit ihm zu unterhalten.«

Remi sah ihm nach, während er hinausging, und fragte sich, was er wirklich vorhatte.

KAPITEL EINUNDSIEBZIG

Wer aufmerksam beobachtet, findet sogar im Dunkel Weisheit.

– AFRIKANISCHES SPRICHWORT –

Sam schlenderte den steinigen Weg hinunter und durch das offene Tor dorthin, wo Amal, Osmond und José in einer flachen Grabungsmulde knieten. Nasha saß neben Amal und verfolgte aufmerksam, wie das Team mit Pinseln behutsam den in Jahrhunderten angesammelten Staub von kleinen Unebenheiten im Erdreich entfernte. Nach einer Minute reichte Amal dem Mädchen den Pinsel, mit dem sie arbeitete, und zeigte ihm, wie man dieses Werkzeug benutzte, ohne die Scherben aus ihrer jeweiligen Position zu verschieben.

Nasha hob den Kopf, entdeckte dann Sam und hielt den Pinsel hoch. »Sehen Sie mal. Ich bin eine Archäologin.«

Er ging neben ihr in die Hocke, um genauer zu betrachten, was die vier da gerade bearbeiteten. »Habt ihr schon etwas gefunden?«

»Miss Amal sagt, dass es die Scherben zerbrochener Tongefäße sind. Ich finde, sie sehen eher aus wie Steine.«

»Arbeitet nur fleißig weiter«, sagte Sam. »Man weiß nie, was man alles aus der Erde holen kann… Ist Hank hier irgendwo?«

Nasha verdrehte die Augen, und tiefe Enttäuschung lag in ihrer Stimme, als sie antwortete: »Ja. Er wollte mich nicht mit nach unten mitnehmen, damit ich mir das Mosaik ansehen kann.«

Amal deutete mit dem Kopf zu dem abgesperrten Bereich des Grabungsfeldes. »Er führt letzte Reparaturen an den Stützbalken und Gerüsten aus. Falls er sich nicht auf Zehenspitzen an uns vorbeigeschlichen hat, müsste er noch unten sein. Ich kann ihn gern herholen, wenn Sie das wünschen.«

»Ein kleiner Spaziergang kann mir nur guttun. Ich wünsche Ihnen weiter viel Erfolg bei Ihrer Suche.«

* * *

Die schadhaften Bodenbretter waren aus dem Eingangsbereich entfernt und in der Nähe des Tores zum Grabungsfeld aufgestapelt worden. Sam ging daran vorbei, dann kehrte er nach ein paar Schritten um und hob eine der geborstenen Bohlen hoch, aus deren Ende ein Nagel ragte.

Er ließ das Brett fallen und hob ein zweites auf. Und ein drittes. Nachdem er zwei zerbrochene Bodenbretter gefunden hatte, die aussahen, als ob sie teilweise durchgesägt worden seien, ging er zum Einstieg, aus dem eine Leiter emporragte. »Hank?«

»Hier unten!«

Sam blickte in den Schacht. »Soweit ich sehe, hat die Polizei ihre Untersuchung abgeschlossen.«

»So scheint es, ja.« Hank stand im Lichtkegel einer Lampe, die an einem Sägebock befestigt war. Er hob die

Verlängerungsschnur der Lampe hoch und tauchte darunter hinweg, um zu Sam hinaufzuschauen. »Kommen Sie runter. Plattform und Gerüst sind repariert worden. Die Konstruktion ist wieder sicher.«

»Haben Sie die zerschnittenen Bretter gesehen?«

»Zerschnitten?«

»Oder teilweise durchgesägt.«

»Nein … Sind Sie sicher, dass das nicht geschehen ist, als die Mannschaft das Gerüst aus dem Schacht entfernt hat?«

»Das bezweifle ich.« Sam stieg die Leiter an dem nunmehr stabilen Gerüst hinunter. »Ist dies die Stelle, wo Warren gefunden wurde?«

Hank nickte. »Ich war gerade am Flughafen und wartete auf Professor LaBelle, die mich abholen wollte, als sie ihn dort liegen sah.« Er deutete auf den Schutthaufen. »Da ist er abgestürzt. Ich habe Wasser auf die Blutflecken gegossen, aber das Mauerwerk ist ziemlich porös, daher dachte ich, dass ich, die … hm … auffälligeren Teile lieber entfernen sollte. Ich möchte nicht, dass LaBelle sie noch einmal betrachten muss, wenn sie hierherkommt. Kurz gesagt, ich … schaffe hier ein wenig Ordnung.«

»Ganz allein?«

»Ich dachte, es sei das Beste, was ich tun kann. José und Osmond konnte ich wohl kaum bitten, mir zu helfen. Warren war schließlich wie ein Vater für sie.« Er bückte sich, hob einen größeren Brocken Mauerrest auf und legte ihn in eine Holzkiste.

»Ich helfe Ihnen gern.«

»Und ich nehme das Angebot genauso gern an, wenn Sie meinen, dass es Ihnen nichts ausmacht. Ich kann mir nicht vorstellen, dass ich nach dem, was Sie und Ihre Frau heute Morgen erlebt haben, etwas anderes hätte tun wollen, als mir kräftig einen auf die Lampe zu gießen.«

»Nein, nein, das ist vollkommen in Ordnung«, sagte Sam. »Viel mehr war im Augenblick nicht zu erwarten.«

Die beiden Männer begannen, die Trümmer beiseitezuräumen, um an die Blutflecken heranzukommen, die auf dem Mosaik zurückgeblieben waren.

Irgendwann versiegte ihre Unterhaltung, als sie sich mehr und mehr auf ihre Arbeit konzentrierten. Sam lud einen größeren Trümmerbrocken in die mittlerweile nahezu volle Kiste und klopfte sich den Staub von den Händen. »Das Erdbeben muss ziemlich heftig gewesen sein, wenn eine so große Stadt wie diese davon ausgelöscht wurde.«

»Das war es wohl auch.« Hank klaubte einige kleine Bruchstücke auf und legte sie behutsam auf die Trümmer, die sie bisher eingesammelt hatten. Dann ließ er einen Blick über ihre Umgebung schweifen. »Ich glaube, jetzt sieht es sicher genug aus, falls sich auch einer von den anderen hier unten umschauen will. Ich denke, dass diese Ladung groß genug ist. Bisher haben wir immer diesen Flaschenzug mitsamt dem Kübel benutzt, um den Aushub zu entfernen. Aber die Vorrichtung wurde noch nicht wieder instandgesetzt.«

»Wer hat diese Konstruktion gebaut? Ich meine die Plattformen und das Gerüst?«

»Eine einheimische Baufirma.«

»Nur gut, dass Dr. LaBelle so ein Leichtgewicht ist«, sagte Sam. »Können Sie sich vorstellen, wie es ausgegangen wäre, wenn man diese Trümmer hochgehievt hätte, als der Unfall geschah?«

Hank beäugte die Holzkiste. »Es wäre für jeden tödlich ausgegangen, der darunter gestanden hätte …« Er sah Sam an. »Ich konnte mir vorstellen, dass Warren etwas gestohlen hat, aber dass er sich für etwas gerächt hat? So etwas hätte ich ihm niemals zugetraut.«

Ein Schatten verdunkelte den Einstieg über ihnen.

Sie legten die Köpfe in den Nacken und erkannten Amal und Nasha, die zu ihnen herabschauten.

»Ist alles okay?«, rief Hank.

»Bestens«, sagte Amal. »Meine Mutter möchte wissen, ob Sie, die Fargos und Lazlo morgen Abend zum Dinner zu uns kommen möchten? Wenn ja, muss ich heute ein bisschen früher Feierabend machen, um mit dem Bus zum Markt zu fahren.«

Hank grinste. »Für die Fargos kann ich nicht sprechen, aber ich würde mich freuen.«

»Wir auch«, sagte Sam. »Remi ist mit Renee im Haus. Ich bin sicher, dass es ihr ein Vergnügen sein wird, einkaufen zu fahren. Dann hätte sie etwas zu tun.«

»Vielen Dank. Ich werde sie fragen.«

»Ihre Mutter ist eine hervorragende Köchin«, sagte Hank zu Sam, während die Stimmen der Archäologiestudentin und des Mädchens sich entfernten. »Das arme Ding muss meistens den Bus nehmen. Wegen ihrer Anfälle darf sie nicht selbst ans Steuer.« Er zog seine Handschuhe aus und warf sie auf den Geröllhaufen. »Also, viel mehr können wir hier unten sowieso nicht tun. Irgendwann repariere ich den Flaschenzug und kann damit anfangen, den Schutt nach oben zu schaffen. Wenigstens sieht es jetzt nicht mehr wie der Schauplatz eines Verbrechens aus.« Er ging zur Leiter und fügte noch hinzu: »Ich schlage vor, wir nutzen die Gelegenheit und nehmen uns jetzt mal die Buchhaltung vor.«

»Dr. LaBelle konnte die Ordner nicht finden.«

»Ich weiß aber, wo sie sind. Ich zeig sie Ihnen.«

Sie kletterten aus dem Schacht heraus und gingen zum Haus. Dort steuerte Hank sofort auf das Bücherregal zu, das Renee weniger als eine Stunde zuvor durchsucht hatte. »Der Ordner war doch hier. Ich bin mir ganz sicher.«

»Wann genau haben Sie ihn zum letzten Mal gesehen?«

»Dr. LaBelle und ich haben an dem Morgen nach ihrem Unfall hier im Büro gesessen und uns unterhalten. Ich nehme an, es ist durchaus möglich, dass Warren den Ordner an sich genommen hat, während wir im Krankenhaus waren.« Sie trafen die Frauen in der Küche an, wo sie am Küchentisch saßen und sich unterhielten. Hank schob einen Stuhl neben Renee und ließ sich darauffallen. »Wie geht es Ihnen? Sie wurden doch nicht etwa verletzt …«

»Nein.« Renee winkte ab. »Ich bin nur ein bisschen gestresst. Remi hat mir einen Kamillentee aufgebrüht. Der wirkt beruhigend.« Sie lächelte müde. »Was suchen Sie?«

»Ich versuche, mich zu erinnern, wann und wo wir den Buchhaltungsordner zum letzten Mal gesehen haben. Das war doch an dem Morgen des Unfalls, nicht wahr?«

»Definitiv.« Renee griff nach ihren Krücken. »Wir können noch einmal nachschauen.«

Sie folgten ihr ins Wohnzimmer, wo sie sich an den Schreibtisch setzte, sich dann mit dem Sessel zum Wandregal umdrehte und mehrere identisch aussehende Aktenordner herauszog, sie auf dem Schreibtisch aufstapelte und sorgfältig kontrollierte.

Remi sah Sam prüfend an. »Warum so verkniffen, Fargo?«

»Tut mir leid, es sagen zu müssen, aber ich glaube, dass sich jemand an der Plattform zu schaffen gemacht hat.«

»Sabotage?«, fragte Remi entgeistert.

»Warren…«, sagte Renee. »Wenn ich das gewusst hätte… Wahrscheinlich hätte ich ihn sogar hinuntergestoßen…« Sie brach mitten im Satz ab, einerseits weil sie über sich selbst erschrak, teils aber auch, weil Amal gerade durch die Haustür hereinkam.

»Wo ist Nasha?«, wollte Sam von ihr wissen.

»Bei meiner Mutter.« Ihr Blick fiel auf das Bücherregal, und sie wurde totenbleich. »Entschuldigen Sie. Ich glaube, ich habe auf dem Grabungsfeld etwas vergessen.«

Ehe jemand darauf etwas erwidern konnte, war sie bereits wieder hinausgeeilt.

KAPITEL ZWEIUNDSIEBZIG

*Wenn du nur den Lärm des Marktes in den Ohren hast,
wirst du nichts kaufen.*

– AFRIKANISCHES SPRICHWORT –

Remi blickte durchs Fenster, während Amal sich fast laufend vom Haus entfernte. »Kann mir jemand verraten, was das jetzt zu bedeuten hatte?«

»Vielleicht«, sagte Hank von seinem Platz hinter ihr, »so etwas wie eine verspätete posttraumatische Reaktion nach den Erlebnissen in Nigeria? Es würde auf jeden Fall ihr seltsames Verhalten seit ihrer Rückkehr erklären.«

Sam legte einen Arm um Remis Schultern. »Du kannst ja versuchen herauszubekommen, was dahintersteckt, wenn du sie nachher abholst.«

»Ich?«

»Ich war so frei, ihr anzubieten, dass du sie heute Nachmittag zum Markt fährst.«

* * *

»Wie kommt Nasha zurecht?«, erkundigte sich Remi beiläufig einige Stunden später, während sie Amal in die Stadt kutschierte. »Hat sie sich noch gar nicht darüber beklagt, dass sie ständig unter Beobachtung steht?«

»Ich weiß nicht mal, ob sie das überhaupt schon bemerkt hat. Für sie ist hier alles vollkommen seltsam und neu.«

»Das freut mich zu hören. Und wie geht es Ihnen? Sie sind mir ein wenig durcheinander vorgekommen, heute Morgen im Büro.«

»Oh. Tut mir leid. Ich… ich hatte mein neues Telefon auf dem Grabungsfeld zurückgelassen.«

Remi erkannte es sofort – Amal war nicht ehrlich. Aber sie ging nicht näher darauf ein und gab sich nach außen hin mit der Antwort zufrieden. »Schicken Sie uns die Rechnung. Sam und ich werden es Ihnen bezahlen.«

»Das brauchen Sie nicht.«

»Ihre Bescheidenheit ist bewundernswert, aber aus der Nummer kommen Sie nicht raus. Makao ist schließlich nur deshalb an Ihr Telefon herangekommen, weil Sie uns den Gefallen getan haben, uns zur Schule zu begleiten.«

Als sie ihr Ziel erreichten, parkte Remi den Land Rover. Amal schaute auf die Uhr, dann führte sie Remi durch einige enge Straßen und blieb vor den Kisten und Körben voller bunter Früchte und Gemüsesorten, die vor einem Laden aufgebaut waren, stehen. »Zuerst brauchen wir Datteln. Dann *malsouka*.«

»*Malsouka? Für brick à l'œuf?*«, fragte Remi. Auch wenn es schon mehrere Jahre zurücklag, hatte Remi die dreieckigen frittierten und mit Thunfisch, Kapern und Ei gefüllten Teigtaschen nie vergessen, die sie und Renee während ihrer Studienreise nach Übersee kennengelernt hatten. »Sie sind eine meiner schönsten Erinnerungen an Tunesien.«

»Ich hoffe, dass Sie diese Variante auch mögen. Meine Mutter fügt immer eine reichliche Menge Ziegenkäse hinzu. Es scheint Nashas größtes Vergnügen zu sein, bei ihrer Zubereitung zu helfen.«

»Ich kann es kaum erwarten, sie zu kosten.«

Die beiden Frauen gingen weiter zum nächsten Stand, wo Amal eine Feige aus einem Korb nahm, sie prüfend inspizierte, dann zurücklegte und noch einmal auf ihre Uhr schaute.

»Haben wir noch Zeit?«, fragte Remi.

»Tut mir leid. Ich glaube, es ist eine nervöse Angewohnheit von mir, wenn ich einkaufe. Ich habe immer Sorge, den Bus zu verpassen.« Sie füllte eine Papiertüte mit einem Dutzend Datteln, bezahlte sie und lächelte Remi an. »Da wir sehr gut in der Zeit liegen, können wir noch in einen wunderschönen kleinen Laden gehen, gar nicht weit von hier. Ich liebe ihn sehr. Dr. LaBelle meint, er erinnere sie an einen altmodischen Gemischtwarenladen. Dort findet man von allem etwas.«

»Das klingt interessant. Vielleicht entdecken wir dort auch etwas, womit wir den Mädchen in der Schule eine Freude machen können.«

Remi und Amal schlängelten sich durch das Gedränge der Fußgänger und bogen um eine Straßenecke. »Hier ist es«, sagte Amal und blieb vor einem zweistöckigen Laden mit türkisfarbener Fassade stehen. Ständer mit Postkarten und allerlei Krimskrams waren vor und neben dem Eingang aufgestellt. Im Innern gab es, wie Amal es beschrieben hatte, die verschiedensten Waren, und sie steuerte sofort auf einen Winkel zu, in dem Stoffballen in hellen bunten Farben in Regalen gestapelt worden waren. Sie zog einen der Ballen heraus und fuhr mit der Hand über das weiche Material, um es zu prüfen. »Am liebsten würde ich ein paar Meter davon kaufen.« Wieder lächelte sie. »Ich möchte fast wetten, dass oben noch schönere Dinge zu finden sein werden. Ich komme dann zu Ihnen hinauf, nachdem ich mich hier unten umgesehen habe.«

»Lassen Sie sich Zeit.« Remi ging an den mit Textilien beladenen Tischen vorbei und stieg über eine gewundene und mit Fliesen belegte Treppe in den ersten Stock hinauf. Ein leichter Wind wehte durch die offenen Türbögen des Balkons herein und brachte die Windspiele, die draußen aufgehängt waren, zum Klingeln. An ihren Schnüren baumelnde Holzpuppen erwiderten Remis neugierige Blicke. Sie dachte an die Mädchen in der Schule und fragte sich, ob sie für derlei Spielzeug nicht schon zu alt seien.

Die Windspiele klirrten wieder und lockten sie zum Balkon. Einige waren aus Glas gefertigt, andere bestanden aus Messingrohren. Diese, entschied sie, wären ein ideales Geschenk, von dem alle etwas hätten, wenn man sie in den Bäumen auf dem Schulhof aufhängte. Sie streckte eine Hand nach den Messingröhren aus, bemerkte jedoch im selben Moment Amal, die sich unten auf der Straße mit eiligen Schritten von dem Laden entfernte. Als die junge Frau die Straßenecke erreichte, wandte sie sich kurz zu dem Laden um, ehe sie ihren Weg fortsetzte.

Neugierig geworden, rannte Remi die Treppe hinunter und folgte ihr. Als sie die Querstraße erreichte, wagte sie einen vorsichtigen Blick um die Hausecke. Amal, die sich genauso schnell bewegt hatte wie Remi, stand ein Stück weiter vor einem Haus und klopfte an dessen Tür. Sie wollte sich abwenden, als niemand antwortete, hielt dann jedoch inne, zog einen kleinen Gegenstand aus der Tasche – möglicherweise ein Stück Papier – und zeigte es dem- oder derjenigen, die schließlich die Tür geöffnet hatte und mit ihr sprach. Nach einem kurzen Dialog nickte Amal, dann wandte sie sich in Remis Richtung.

Remi kehrte fast im Laufschritt in den Laden zurück und stieg eilig die Treppe hinauf. Dann griff sie nach einer Pferdepuppe. Zwei Minuten später erschien Amal, und Remi fragte: »Haben Sie gefunden, was Sie gesucht haben?«

»Leider nein. Ich glaube, ich warte noch, bis sie neue Ware bekommen. Und Sie?«

Remi hielt die Puppe hoch. »So reizend dieses Teil auch ist, ich glaube trotzdem, die Mädchen sind dafür schon zu alt.«

»Auch Nasha?«

»Sie wirkt viel erwachsener, als ihr Alter vermuten lässt.« Remi hängte die Puppe wieder an ihren Platz und suchte zwei Windspiele aus. »Diese hier scheinen mir für die Bäume im Schulgarten wie geschaffen.«

»Das finde ich auch.«

Sie gingen nach unten, und Remi bezahlte. Während sie den Laden verließen, musterte sie Amal fragend. »Ihre Einkäufe. Wo sind sie?«

»Ich habe den Inhaber gebeten, auf sie aufzupassen, während ich mich umsah. Ich hole sie schnell.« Wenig später kehrte sie mit beiden Einkaufstüten zurück, und die beiden Frauen setzten ihren Rundgang durch das Straßengewirr des Marktviertels fort. Dabei erschien Amal viel stiller als üblich.

»Ist alles okay?«, fragte Remi.

»Ja, alles ist gut. Ich bin nur ein bisschen müde. Ich war heute schon früh auf den Beinen.«

Sie kamen an einem Laden vorbei, in dem Räucherstäbchen angeboten wurden. In Mauerritzen steckten Stäbchen, deren glühende Spitzen exotische Düfte verbreiteten – zweifellos um Kunden anzulocken. Remi inhalierte genussvoll ihr süßes Aroma. »Ich hatte schon fast vergessen, wie wunderbar so ein Markt sein kann. Es gibt dermaßen viel zu sehen… Zum Beispiel, wie Sie plötzlich den Laden verlassen haben.«

Amal blieb wie angewurzelt stehen. »Ich…« Sie atmete tief ein, sah Remi an, und ihr Lächeln verging, als der Duft der Räucherstäbchen geradezu betäubend wurde. »Ich…« Ihre Knie gaben nach, sie sank zu Boden und streckte sich zwischen ihren Einkaufstüten aus.

»Amal!« Remi kniete sich neben sie und fühlte ihr den Puls. Erleichtert, dass sie ihn spürte – und sogar ziemlich kräftig –, schlang sie die Arme um Amal und hob sie vom Boden hoch, während die Passanten einen weiten Bogen um sie machten. »Amal«, sagte sie und rang nach Luft, als die Duftwolken der Räucherstäbchen ihren Kopf einhüllten.

Ein hochgewachsener Mann mit weißem Haar und einem Kinnbart trat aus dem Laden, entdeckte sie und trat zu ihnen. »Kann ich Ihnen helfen?«, fragte er auf Französisch.

»Ich glaube, sie braucht frische Luft.«

Er nickte, hob Amal hoch und trug sie zu einer Bank, einige Häuser entfernt. Remi sammelte die Einkaufstüten ein und folgte ihm. »*Merci, Monsieur…?*«

»Cussler«, sagte er. »Soll ich einen Krankenwagen rufen?«

»Ich denke, wir kommen schon zurecht. Vielen Dank.«

Er wartete noch, bis er sicher sein konnte, dass Amal sich allmählich erholte, dann kehrte er in den Laden zurück. Remi tätschelte Amals Wangen, während die junge Frau allmählich wieder zu sich kam. »Alles okay?«

Es dauerte einen Moment, bis Amal antwortete. »Ich... ich glaube schon. Das war sicher einer meiner Anfälle. Es fühlte sich an, als ob ich in eine vollkommen andere Welt stürzte. Zuerst habe ich Wasser gesehen und darauf mein Spiegelbild. Bis mir klar wurde, dass ich mich eigentlich unter Wasser befand und nach oben blickte.« Sie richtete sich aus eigener Kraft auf und schaute zum Laden. »Ich hätte den Räucherstäbchen nicht so nahe kommen dürfen. Ich konnte dieses Zeug noch nie vertragen. Ich habe mich davon immer... benebelt gefühlt. Aber diesmal war es anders. Diesmal kam ein Gefühl von Panik hinzu.«

Panik? Oder war es eher so etwas wie ein Ablenkungsmanöver, weil sie wusste, dass Remi ihr gefolgt war?

KAPITEL DREIUNDSIEBZIG

Ein geduldiger Mensch verfehlt nie eine Sache.

– SPRICHWORT DER SWAHILI –

»Amal ist mir richtig ängstlich vorgekommen«, rief Remi aus dem Badezimmer.

Sam, der in ihrer Hotelsuite auf der Couch saß, hörte, wie Lazlo an die Tür klopfte. »Aber warum?«, fragte er und stand auf, um die Tür zu öffnen.

»Ich habe keine Ahnung. Von dem Moment an, als wir den Markt erreicht hatten, bis zu dem Augenblick, in dem sie sich weggeschlichen hat, wirkte sie verändert. Sie muss irgendetwas verborgen haben.«

»Sie hat nichts darüber gesagt, wo sie war?«

»Mit keiner Silbe. Und als sie schließlich ohnmächtig wurde, konnte ich sie doch kaum hart anfassen und mit Fragen löchern, oder? Mir war in diesem Moment wichtiger, sie nach allem heil nach Hause zu bringen.«

»Vielleicht bietet sich uns morgen während des Dinners eine Chance, sie zu fragen.«

Remi kam heraus und bändigte eine widerspenstige Haarsträhne mit einer Klammer, während Lazlo sich zu Sam auf die Couch setzte und die Füße auf den Couchtisch legte. »Ich denke, sie wird es nicht mal zugeben. Kurz bevor ich sie vor dem Haus ihrer Mutter abgesetzt habe, versuchte ich noch einmal, darauf zurückzukommen, doch sie hat kein Wort über den Vorfall verloren. Das ist ziemlich seltsam«, sagte sie und wandte sich an Lazlo. »Hat Selma sich bei Ihnen gemeldet?«

»Ich habe das Gespräch gerade beendet. Leider konnte der Privatdetektiv, den sie engagiert hat, keine weiteren Informationen über Warren liefern. Wenn sich der Mann kurz vor seinem Tod in Schwierigkeiten befand, dann hat er das recht geschickt zu verbergen gewusst. Aber Selma hat angedeutet, dass er doch einige Spuren hinterlassen habe.«

»Hoffen wir, dass sie uns weiterbringen«, sagte Remi.

»Was wissen wir über Makao?«, fragte Sam.

»Falls Remis Schuss ihn tatsächlich getroffen hat …«

»Das hat er«, warf Remi mit Nachdruck ein und nickte heftig.

»Bisher hat sich Makao in keinem Krankenhaus Nigerias blicken lassen. Und auf keinem Flughafen.«

»Hatte Selma auch irgendwelche guten Nachrichten für uns?«

»Möglicherweise. Sie hat auf dieser Schwarzmarkt-Website eine Adresse gefunden, die Ihnen weiterhelfen könnte. Offenbar konnte sie das gestohlene Mosaikfragment, das im Internet angeboten wurde, mit einem Onlineshop in Verbindung bringen, der auf die Beschaffung besonders seltener Antiquitäten spezialisiert ist und seine Geschäftsräume nur nach vorheriger Terminabsprache für seine Kunden öffnet.«

»Sieh mal an«, sagte Sam, während Remi sich in einen Sessel fallen ließ.

»Ich schicke dir die Adresse aufs Telefon.«

»Kommst du nicht mit uns?«

»So wenig aufregend es klingen mag«, erwiderte Lazlo, »aber ich nutze den Nachmittag lieber für eigene Recherchen. Dieses Seilspringlied, das Nasha gesungen hat, interessiert mich brennend. Ich konnte der Verlockung eines verborgenen Schatzes noch nie widerstehen, selbst wenn er mit einem Fluch belegt war.«

»Dein Pech«, sagte Sam. Er rief die Adresse auf, die Lazlo ihm gesendet hatte, und zeigte sie seiner Frau auf der Straßenkarte.

»Das ist nicht weit von dort entfernt, wo Amal und ich heute herumspaziert sind«, sagte sie.

Genau genommen, war es sogar ziemlich nahe, erkannten sie, nachdem sie das Hotel verlassen hatten. Remi deutete auf die Windspiele, die auf dem Balkon über ihnen leise klingelten, als sie an dem Laden vorbeigingen. »Sie meinte, ich müsse mir unbedingt ansehen, welche Waren sie im oberen Stockwerk ausgestellt hätten. Bestimmt nur, um zu verhindern, dass ich sie beobachte und ihren Abgang bemerke.«

»Suchen wir lieber die Adresse«, sagte Sam und folgte den Anweisungen der Navigations-App seines Smartphones.

Als sie um die Straßenecke bogen, meinte Remi: »Es ist eindeutig das Haus, vor dem Amal gewartet hat, bis geöffnet wurde. Ich bin mir absolut sicher.«

»Dort?«

»Rechts, etwa auf halber Strecke die Straße hinunter. Ich habe hier gestanden und sie beobachtet.«

Sie folgten dem Verlauf der engen Straße. Vor der Adresse, die auf dem Stadtplan seines Telefons verzeichnet war, blieb er stehen. »Ist es hier richtig?«

»Definitiv dieselbe Stelle.«

Sam klopfte an die Tür. Als niemand antwortete, wandte er sich an den Mann, der den Bürgersteig vor dem benachbarten Ladenlokal mit einem Reisigbesen säuberte. »Entschuldigen Sie. Wissen Sie, was in diesem Geschäft angeboten wird?«

Der Mann starrte ihn verständnislos an.

Remi wiederholte die Frage auf Französisch.

»*Antiquités*«, antwortete der Mann.

Remi bedankte sich, und der Mann fuhr fort, den Besen zu schwingen.

»Eins muss ich gestehen«, sagte Sam. »Das hätte ich von Amal nicht erwartet.«

»Dafür muss es eine einleuchtende Erklärung geben.«

Sam studierte das Ladenlokal einige Sekunden. »Frag ihn doch bitte, ob hier jemand da ist, wenn wir heute Abend zurückkommen. Wir würden uns gern mit dem Inhaber unterhalten.«

Remi wiederholte die Fragen. »Leider nein. Der Laden schließt abends. Der Mann glaubt, dass der Inhaber irgendwo auf dem Land wohnt, weiß aber nicht, wie man ihn erreichen kann.«

Sam nickte dem Mann freundlich zu. »*Merci*«, sagte er. »Dann schauen wir morgen wieder vorbei.«

Er und Remi entfernten sich. An der Straßenecke blieb er kurz stehen, um einen letzten Blick auf den Laden zu werfen.

»Morgen?«, fragte Remi mit einem ungläubigen Unterton.

»Plus oder minus ein paar Stunden.«

Tatsächlich war es dann kurz nach Mitternacht, als sie wieder in die Straße einbogen. Wie bei ähnlichen Gelegenheiten in der Vergangenheit benutzten sie auch jetzt Bluetooth-Ohrhörer, um über ihre Mobiltelefone miteinander zu kommunizieren. Sie schlenderten durch die enge Straße, in der sich der Antiquitätenladen befand, und stellten erfreut fest, dass die Gegend vollkommen menschenleer und kein Fenster erleuchtet war. Das konnte ihnen nur recht sein. Das Letzte, was sie brauchten, waren Zeugen, die die Polizei alarmierten.

Als sie den Laden erreichten, behielt Remi die Umgebung im Auge, während Sam das Schloss knackte und die Tür öffnete. Sobald sie sich im Haus befanden, suchte Sam die Wand nach der Schalttafel des Überwachungssystems ab, konnte jedoch nichts dergleichen finden.

»Man würde doch annehmen, dass sie eine Alarmanlage haben«, sagte Remi, während er die Tür hinter ihnen schloss. »Erst recht, wenn sie mit gestohlenen Antiquitäten handeln.«

»Vielleicht befürchten sie gar nicht, dass jemand auf die Idee kommt, ausgerechnet sie zu berauben.« Sam blickte sich um. Der vordere Raum war mit Kunstwerken angefüllt. Römische Vasen und antiker Nippes waren dekorativ auf und in den Stilmöbeln verteilt.

Remi hob eine etruskische Vase hoch und betrachtete sie von allen Seiten. »Kein Wunder, dass sie auf eine Alarmanlage verzichten. Zumindest dieses Stück ist eine Fälschung. Und so wie es aussieht, trifft es auch auf alles andere zu, was hier versammelt ist.«

»Daraus ergibt sich die Frage, warum handelt ein Laden, der gefälschte Antiquitäten verkauft, auch mit echten Objekten?«

Sie stellte die Vase ins Regal zurück. »Wer wollte behaupten, dass sie nicht auch versuchen, diesen Plunder hier als echt zu verkaufen?«

»Ich sehe mich hier unten um, du verschaffst dir oben einen Überblick.«

Sam begann mit seiner Suche im vorderen Ladenabschnitt. Da er dort nichts von Interesse fand, ging er durch einen kurzen Flur zu einem kleinen Büro, in dem ein ramponierter Mahagonischreibtisch stand, dessen Platte mit Stapeln von Papier bedeckt war. Rechnungen, wie er feststellte, als er seine Stablampe daraufrichtete. Offensichtlich stammten die römischen Antiquitäten, auf die sie zuerst gestoßen waren, aus aktueller chinesischer Produktion.

Während er sie durchblätterte, hörte er ein Scharren aus dem Stockwerk über ihm. »Remi? Ist alles okay?«

»Könnte nicht besser sein. Sieht so aus, als ob sich hier das Warenlager befände. Alles ist noch in Kartons verpackt. Rate mal, woher die Antiquitäten kommen?«

»Aus China?«

»Woher weißt du das?«

»Hellseherische Fähigkeiten«, sagte er und fand ein Stück Papier, das mit einer Ecke unter der Schreibunterlage hervorschaute. Er zog es heraus und sah eine von Hand gezeichnete Skizze des Archäologieparks mit einem Pfeil, der auf den hinteren Abschnitt deutete.

Renee LaBelles Ausgrabungsfeld.

Er steckte den Lageplan in die Tasche und öffnete die obere Schreibtischschublade, in der er mehrere Rechnungen fand, die mit einem Zettel zusammengeheftet waren, auf dem das Wort *Envoi* zu lesen war.

»Sam…« Remis leise Stimme in seinem Ohrhörer klang angespannt. »Da kommt jemand.«

Er griff nach dem Stapel Formulare, rollte sie zusammen und stopfte sie in die Gesäßtasche seiner Hose, dann zog er die Pistole. »Bin unterwegs.« Er gelangte in den Flur, die Waffe im Anschlag. »Ich höre nichts, Remi. Bist du ganz sicher?«

»Ich stehe auf dem Balkon. Sie nähern sich von der Straßenecke«, sagte sie. »Moment … ja, sie kommen hierher.«

»Wie viele?«

»Zwei. Jetzt sind sie an der Tür.«

KAPITEL VIERUNDSIEBZIG

Achte stets darauf, deinen Mitmenschen keinen Schaden zuzufügen, aber wenn du jemandem begegnest, der Übles im Sinn hat, brich ihm den Hals.

– AFRIKANISCHES SPRICHWORT –

Sam hörte das Geräusch von Schlüsseln, die auf den Boden fielen, dann fingerte jemand am Türschloss herum.

Schließlich schwang die Tür auf.

Sam schlüpfte hinter einen antiken Schreibtisch und schob sich so um ihn herum, dass er sich zwischen ihm und den beiden Männern befand, als sie eintraten. Einer der Männer stolperte den Flur hinunter und lallte irgendetwas von »Toilette« und »dringend«. Der andere war ein paar Schritte entfernt, kramte eine Zigarettenpackung aus der Hosentasche. Er ließ die Packung fallen, stieß einen Fluch aus und bückte sich, um die Packung aufzuheben. Sam konnte sich nicht sicher sein, aber er sah aus wie der Mann, der in den Ruinen versucht hatte, Remis Handtasche zu stehlen.

»Hamida? ... Bist du das?«, fragte der Mann, während sein Blick auf Sams Schuhe fiel. Träge streckte er sich, schaute langsam hoch, griff zum Schulterholster. »Du bist nicht Ham...«

Sam fasste den Revolver wie einen Schlagring und schmetterte dem Mann seine zusätzlich bewehrte Faust ans Kinn. Dessen Kopf ruckte zurück, wurde unsanft von der Wand gestoppt, und der Mann drückte reflexartig ab, während er zu Boden sackte. Seine Kugel traf die Decke. Gipsstaub rieselte herab.

»Tarek?«, rief Hamida, als Remi auf der Treppe erschien. »Was ist da draußen los?«

Sam ergriff Remis Hand, während Hamida aus dem Flur hereingetaumelt kam.

»Tut mir leid.« Sam führte Remi durch die Türöffnung. »Es scheint, als habe Ihr Freund zu viel getrunken.«

»Sie…« Der Mann versuchte, seine Pistole aus dem Holster zu angeln.

Sam zog schnell die Tür hinter sich zu.

Ein Schuss fiel.

Holz splitterte hinter ihm, während er Remi im Laufschritt folgte. Ein zweiter Schuss krachte, als sie um die Ecke bogen. Das Echo des Knalls tanzte zwischen den Häuserfronten hin und her.

»Das war knapp«, sagte Sam, sobald wie wieder in ihrem Wagen saßen.

»Du hast sie sicherlich erkannt. Sie waren heute Morgen in unserem Hotel.«

»Hätte ich das eher gewusst, läge der andere Kerl jetzt neben seinem Partner ebenfalls auf den Brettern.«

»Wenn man bedenkt, dass sie versucht haben, mich zu entführen«, sagte Remi, während sie ihren Sicherheitsgurt einrasten ließ, »ist deine Sanftmut geradezu beispielhaft.«

»Aber auch nur, weil in diesem Fall *wir* die Einbrecher waren. Dies war auf keinen Fall der Zeitpunkt und der

448

Ort, um zu drastischeren Maßnahmen zu greifen oder sogar Tote zurückzulassen.«

»Ich vermute, du hast ganz recht. Wir hätten eine Menge erklären müssen.« Sie seufzte. »Aber es will mir einfach nicht in den Kopf, dass Amal an dieser Geschichte beteiligt ist.«

»Also, dass sie darin verwickelt ist, dürfte zweifelsfrei feststehen. Was bedeutet, dass wir mit ihr darüber sprechen müssen. Vor allem nachdem wir dies hier gefunden haben.« Er reichte Remi das Papier. »Eine Skizze vom Grundriss des Hauses und des Grabungsfeldes, in dem Warrens Leiche gefunden wurde.«

Remi schaltete die Innenbeleuchtung des Rover ein, um die Zeichnungen genauer unter die Lupe zu nehmen. »O nein … Dafür muss es irgendeine logische Erklärung geben.«

»Ich kann es kaum erwarten, sie zu hören. Ich habe auch einen Stapel Rechnungen gefunden – für diverse Antiquitäten, die ausgeliefert wurden. Damit haben wir einen guten Anhaltspunkt, von dem aus wir unsere Suche nach dem gestohlenen Mosaikfragment beginnen können.«

Er reichte Remi die zusammengerollten Papiere. Sie überflog einige und deponierte die Kollektion im Handschuhfach. »Ich hoffe, dass wir uns, was Amal betrifft, gründlich irren. Sie hat sich mit den Mädchen so gut verstanden und so schnell ihr Vertrauen gewonnen. Ich hätte mir keine bessere Mitstreiterin wünschen können, als Makao und seine Banditen in die Schule eingedrungen sind.«

»Morgen hast du Gelegenheit, sie ausführlich zu befragen.«

Aber Amal war am darauffolgenden Nachmittag nicht

auf dem Grabungsfeld zu finden, als Remi und Sam dort erschienen, und auch in Renee LaBelles Haus hatte niemand sie gesehen.

Renee, die nicht mehr länger auf ihre Krücken angewiesen war, lud sie in der Küche zu einer Tasse Kaffee ein. Hank stand am Herd und bereitete in einer Bratpfanne ein Gemüserisotto zu. Das Aroma von heißem Olivenöl erfüllte das gesamte Parterre des Hauses. José säuberte sein Mittagsgeschirr in der Spüle. Er begrüßte die Besucher mit einem Kopfnicken, während er die Teller in ein Abtropfgitter stellte. »Bis später«, verabschiedete er sich und verließ das Haus.

»Setzt euch doch«, meinte Renee zu Sam und Remi und stellte eine Kanne und zwei Tassen auf den Tisch. »In der Mittagszeit kann jeder tun und lassen, was er will. Da sind wir sehr großzügig.«

»Das sehe ich«, erwiderte Remi. »Was macht Amal im Augenblick? Ist sie nachmittags nicht meistens auf dem Grabungsfeld?«

»Eigentlich schon«, meinte Renee, während sie die Tassen mit Kaffee füllte. »Hat sie irgendetwas angedeutet, was sie vorhat?«, wollte Renee von Hank wissen.

Er drehte den Regler des Gaskochfeldes auf null und schaute zum Tisch. »Sie hat sich den Rest des Tages freigenommen, um ihrer Mutter bei den Vorbereitungen für das heutige Abendessen zu helfen. Gibt es irgendwelche Probleme?«

»Wahrscheinlich nicht«, sagte Remi. »Sie hatte gestern auf dem Markt einen ihrer Anfälle.«

»Aber sie erholt sich davon doch immer sehr schnell«, wunderte sich Renee.

Hank füllte das Gemüse und den gebratenen Reis in eine große Servierschüssel und brachte diese zum Tisch. »Haben Sie schon gegessen? Sie sind herzlich eingeladen. Ist mehr als genug da.«

Sam und Remi lehnten dankend ab.

»LaBelle – vergessen Sie nicht etwas?«

»Ach ja. Ich bin gleich zurück.« Renee verließ den Raum und kam nur Sekunden später wieder zurück, in den Händen den vermissten Buchhaltungsordner, den sie Sam reichte. »Ich habe ihn gestern Abend gefunden. Wir hatten ihn offenbar übersehen.«

Sam schlug ihn auf, blätterte darin und vertiefte sich in die Eintragungen, während die Archäologin und ihr Assistent Reis und Gemüse aßen.

»Ist irgendwas?«, fragte Remi, als sie bemerkte, wie Sam innehielt und zurückblätterte.

»Sieht so aus, als ob da ein paar Seiten fehlen.«

Renee legte ihre Gabel auf den Tellerrand. »Das ist unmöglich. Alles war vollständig, als Hank und ich die Eintragungen kontrolliert haben.«

»Wann war das?«, fragte Sam.

»Als uns zum ersten Mal aufgefallen war, dass es ein Problem gab.«

»Auf jeden Fall sind die Seiten jetzt nicht mehr da.« Sam schlug den Klemmordner weit auf. »Man kann genau erkennen, wo sie einfach herausgerissen wurden, als habe es jemand damit sehr eilig gehabt.«

»Ich denke an den Einbruch. Sie müssen bei dieser Gelegenheit gestohlen worden sein«, sagte Hank. »Wir konnten ja nicht feststellen, dass irgendetwas fehlte. Diese Seiten müssen es gewesen sein.«

»Warren?« Renee LaBelle lehnte sich zurück, plötzlich grau im Gesicht. »Ich weiß, dass man über Tote nichts Schlechtes sagen sollte, aber warum kann er uns nicht endlich in Frieden lassen?«

Sam schaute von dem Ordner hoch. »Wo habt ihr das Hauptbuch gefunden?«

»Zwischen den anderen Ordnern«, sagte Hank. »Die Reihenfolge war durcheinandergeraten.«

Sam warf einen Blick auf die Uhr, stand von seinem Stuhl auf und klemmte sich den Ordner unter den Arm. »Ich würde mir diese Eintragungen gern ein wenig genauer ansehen, aber nicht in diesem Augenblick.«

»Wollt ihr schon wieder gehen?«, fragte Renee.

»Wir müssen vor dem Essen heute Abend noch ein paar dringende Angelegenheiten regeln. Wir melden uns später bei dir.«

Remi, die Sams Wink aufnahm, wandte sich an Renee. »Wenn wir rechtzeitig fertig werden, komme ich vielleicht vorbei, und wir können die Besichtigung der Ausgrabungsstätte fortsetzen.« Sie folgte Sam durch die Tür hinaus. Als sie im Wagen saßen, meinte sie: »Weshalb diese Eile?«

»Deshalb«, sagte er und reichte Remi den Ordner. »Das Datum der fehlenden Seiten. Zur gleichen Zeit ist Amal zum Ausgrabungsteam gestoßen. Ich möchte Selma eine Kopie schicken. Jemand, der vollkommen unvoreingenommen ist, sollte mal einen Blick daraufwerfen. Wir brauchen so etwas wie eine zweite Meinung.«

Remi blätterte in dem Ordner, während Sam sich auf die Straße konzentrierte. »Bitte sag mir, dass du nicht ernsthaft annimmst, dass Amal hinter den Unterschlagungen und dem Mosaikdiebstahl steckt.«

»Ich habe keine Ahnung. Und auch keinen substantiellen Verdacht. Ich halte mich ausschließlich an die Fakten. Nach ihrer seltsamen Reaktion gestern, als sie uns in dem Ordner blättern sah, und dann nach dem geheimen Treffen im Marktviertel können wir eigentlich nur zu dem Schluss kommen, dass Amal viel tiefer in der Sache drinsteckt, als wir bisher angenommen hatten.«

»Ich weigere mich ganz einfach, das zu glauben.«

Er sah seine Frau ungläubig an, während sie die aufgeschlagene Seite des Ordners studierte. »Weigere dich, so viel du willst, Remi. Irgendetwas stimmt mit ihr nicht. Erinnerst du dich an unseren ersten Tag, als wir sie draußen bei den Ruinen gesehen haben? Du hast sie darauf angesprochen, und sie hat geleugnet, überhaupt in der Nähe gewesen zu sein.«

»Vielleicht war es nur ein Missverständnis.«

»Ja, vielleicht. Aber der Typ, den ich heute gesehen habe, war dem Kerl, der an jenem ersten Tag Dr. LaBelles Schultertasche gestohlen hatte, wie aus dem Gesicht geschnitten. Daher mein Tipp für heute Abend – beobachte sie während des Essens ganz genau. Und bemüh dich, unvoreingenommen zu sein.«

KAPITEL FÜNFUNDSIEBZIG

Auch in einem kleinen Haus ist Platz für hundert Freunde.

– AFRIKANISCHES SPRICHWORT –

»Meine Mutter – Yesmine«, stellte Amal vor und lächelte eine Frau an, die Amals ältere Schwester hätte sein können. »Dies sind Mr. und Mrs. Fargo und Mr. Fargos Freund Professor Lazlo Kemp. Die Fargos, beziehungsweise ihre Stiftung, finanzieren die Ausgrabungen.«

»Ich freue mich unendlich, dass Sie meine Einladung angenommen haben«, sagte Yesmine mit einem strahlenden Lächeln. »Amal hat mir so viel von Ihnen erzählt, dass ich das Gefühl habe, Sie schon sehr gut zu kennen. Bitte treten Sie ein. Mein Zuhause ist Ihr Zuhause.«

»Ein sehr schönes Zuhause, wenn ich das bemerken darf«, sagte Lazlo.

Nasha kam aus der Küche. »Sie sind da! Warten Sie ab, bis Sie sehen, was wir mit meiner Hilfe für Sie zubereitet haben.«

»Ich bin schon ganz gespannt«, erwiderte Remi, schloss das Mädchen in die Arme und drückte es lange an sich. Als sie die Arme öffnete und ein Stück zurücktrat, blieb ihr Blick an dem antiken bronzenen Sator-Quadrat hängen, das auf dem Kaminsims lag. »Die berühmte Ofenplatte«, sagte sie und durchquerte den Raum, um sie genauer in Augenschein zu nehmen. Sie war ein wenig größer als ihre Hand und kunstvoll verziert. »Wie ich gehört habe, ist es dieser Kostbarkeit zu verdanken, dass Dr. LaBelle die Suche nach antiken Artefakten in den Ruinen von Bulla Regia fortgesetzt hat.«

Yesmine lachte amüsiert. »Meine Tochter ist eine sehr gute Geschichtenerzählerin.«

»Amal hat uns mit Geschichten darüber versorgt, als wir« – ein Blick auf Amals besorgte Miene verriet Remi, dass sie ihrer Mutter nicht erzählt hatte, was in der Schule vorgefallen war – »mit den Kindern über Archäologie sprachen«, beendete sie den Satz und registrierte die Erleichterung in den Augen der jungen Frau. »Es ist wirklich eine kleine Kostbarkeit.«

Nashas Augen glänzten. »Es ist ein Palindrom-Quadrat. *Sator, arepo…*« Sie hüpfte wie beim Seilspringen auf und ab und blieb dann plötzlich stehen. »An den Rest erinnere ich mich nicht.«

Yesmine betrachtete das Artefakt. »Meine Mutter fand die Platte, als sie noch ein Kind war.«

»Amal erzählte mir, dass alles mit einem Fluch belegt wurde«, sagte Remi.

Yesmine lachte. »In diesem Punkt bin ich mir nicht ganz sicher. Wie Amal war auch meine Mutter eine phantasiereiche Geschichtenerzählerin. Aber ja, angeblich ist es ein Fluch, der andere davon abgehalten hat, die alte Schriftrolle zu suchen, die von einem der Vandalenkönige vergraben worden war.« Ihre Augen funkelten, während sie das Artefakt betrachtete und ihr Blick dann zu Remi und Sam weiterwanderte. »Der Fluch wird all jenen den

Tod bringen, die versuchen, die Schriftrolle in ihren persönlichen Besitz zu bringen. Wenn ich mich richtig erinnere, kann nur jemand von königlicher Abstammung die Schriftrolle an ihren angestammten Ort zurückbringen, ohne den Fluch zu wecken.«

»Was ich«, nahm Amal den Faden auf, »niemals verstanden habe. Ein guter Samariter ist also nicht genug, es muss ein königlicher guter Samariter sein.«

»Wäre deine Großmutter noch unter uns, würde sie dir erklären, dass es immer einen Grund für derartige Merkwürdigkeiten in den alten Geschichten gab, auch wenn sie hin und wieder nicht einmal für den Geschichtenerzähler offensichtlich waren.«

»Ich vermisse sie«, sagte Amal, als jemand an die Haustür klopfte. Sie verließ die Gesprächsrunde und entfernte sich, um zu öffnen.

»Ich auch«, sagte Yesmine, während Renee, Hank, José und Osmond hereinkamen. »Meine Mutter hat eine ganz wichtige Rolle dabei gespielt, in Amal die Liebe zur Archäologie zu wecken.«

Renee lachte. »Gott sei Dank, sonst wären wir alle bald arbeitslos.«

Osmond, über das ganze Gesicht strahlend, überreichte Amal einen Blumenstrauß.

Sie bedankte sich bei ihm und wandte sich dann zu ihrer Mutter um. »Wie reizend. Osmond hat dir wieder Blumen mitgebracht.«

»Wieder?«, erkundigte sich Remi flüsternd bei Sam.

Der arme Osmond war offensichtlich am Boden zerstört. Nasha tippte Amal auf den Arm, als hätte sie die Absicht, sie zu korrigieren und darauf aufmerksam zu machen, dass die Blumen für sie bestimmt seien. Aber in diesem Moment hielt Renee zwei Flaschen eisgekühlten Mineralwassers hoch, da weder Amal noch ihre Mutter Alkohol tranken. »Wir brauchen etwas zum Anstoßen.«

»Wunderbar«, erwiderte Yesmine. »Hier entlang. Es ist so ein schöner Abend. Da bietet es sich doch an, draußen zu sitzen.«

Blinkende Lichtschnüre waren über die Zweige der Olivenbäume in der Nähe des Hauses drapiert und legten einen festlichen Schimmer auf den langen Picknicktisch und die schneeweiße Tischdecke. Amal und ihre Mutter brachten Platten, beladen mit kross frittierten *brick à l'œuf* sowie Schüsseln mit Couscous, pikant gewürztem tajinegeschmortem Hühnerfleisch und anderen Köstlichkeiten der tunesischen Küche.

Als jeder seinen Platz am Tisch eingenommen hatte, drängte sich Nasha zwischen Remi und Amal. Dann ergriff Amals Mutter ihr Wasserglas. »Auf alle guten Freunde, die alten wie die neuen.«

Sam und Remi hoben ihre Gläser und antworteten: »Auf die besten Studentinnen und Studenten, die sich eine Professorin wünschen kann.«

Amal lächelte und deutete mit dem Kopf zu dem Haus am Fuß des Hügels, das Renee für das Ausgrabungsteam gemietet hatte. »Ich kann nur hoffen, dass dieses Projekt noch von langer Dauer ist. Für mich bedeutet es, keine langweiligen Busfahrten mehr ertragen zu müssen.«

José lachte und rief: »Hört! Hört!«

»›Hört! Hört!‹ Was heißt das?«, wollte Nasha von Amal wissen.

»Es ist eine Bestätigung, dass dies genau das ist, was wir hören wollen.«

Hank schloss sich mit einem letzten Toast an. »Auf ein gutes Essen. Ich schlage vor, wir fangen mal damit an, bevor alles kalt wird.«

»Hört! Hört!«, sagte Nasha, und alle lachten. Anschließend bedienten sie sich aus den Schüsseln.

Remi war überrascht, als Yesmine ihr die Platte mit den *bricks* reichte und sagte: »Amal hat mir verraten, dass dies eins Ihrer Leibgerichte ist.«

»Eher die Erinnerung daran. Es ist Jahre her, seit ich dies zum letzten Mal gegessen habe.« Remi nahm zwei knusprige Teigtaschen und gab den Teller an Sam und Lazlo weiter. »Damals studierte ich noch und war mit Renee hier.« Sie biss ein Stück von einer Teigtasche ab und schloss die Augen, um die Geschmacksexplosion der Aromen, kombiniert mit dem Ziegenkäse, bis in die feinsten Nuancen auszukosten. »Aber dies hier ist noch viel besser, als ich es in Erinnerung habe.«

Irgendwann im Verlauf des Abendessens stieß Nasha Remi mit dem Ellbogen an und lächelte vielsagend. Sie hatte offensichtlich das Gleiche bemerkt wie Remi. Osmond hatte den ganzen Abend lang nur Augen für Amal. Es war nicht zu übersehen, dass er von ihr hingerissen war.

Doch Amal schien sich des Eindrucks, den sie auf ihn machte, überhaupt nicht bewusst zu sein.

Im Lauf der Mahlzeit kamen schließlich auch die neuen Mosaikfragmente zur Sprache, die von den Studenten nach und nach freigelegt worden waren. »Leider«, sagte Amal, »ist nichts davon auch nur annähernd so schön wie das Sator-Quadrat, das meine Großmutter gefunden hat. Dieses Glück habe ich nicht.«

»Unsinn«, erwiderte Renee. »Wenn Sie sich damals nicht in meine Vorlesung verirrt und anschließend Ihre Doktorarbeit angefangen hätten, wären wir niemals auf diesen unterirdischen Raum gestoßen.«

»Sie haben vollkommen recht, Chef«, sagte Hank. »Professor LaBelle würde noch immer am falschen Ort auf der gegenüberliegenden Seite des Archäologieparks graben, wenn Sie nicht gewesen wären, Amal. Es ist wirklich eine Schande, dass Warren die Ausgrabungsstätte beinahe ruiniert hätte.«

»Apropos Warren«, ergriff José das Wort. »Soweit ich weiß, geht die Polizei nicht davon aus, dass er abgestürzt ist.«

Hank stellte sein Wasserglas auf den Tisch. »Wo haben Sie das gehört?«

»Einer meiner englischen Freunde hat es erwähnt«, sagte José.

Renee blickte zu Remi. »So etwas hatte ich schon vermutet. Die Polizei bat mich, morgen Vormittag aufs Revier zu kommen. Zweifellos, um mir zu erklären, dass er ...« – sie richtete den Blick kurz auf Nasha und stellte fest, dass sie sich in diesem Moment mehr für die Teigtaschen auf ihrem Teller interessierte als für die Unterhaltung, und senkte die Stimme, als sie sagte: »... dass er selbst nachgeholfen hat, würde ich vermuten.«

Remi wandte sich an Sam. »Wir lassen sie nicht allein dorthin gehen.«

»Remi hat recht. Wir begleiten dich zur Polizei.«

»Lassen Sie mich auch mitgehen«, sagte Hank.

»Sie werden hier gebraucht«, meinte Renee. »Die Fargos haben in diesen Dingen einfach mehr Erfahrung. Angebot angenommen.« Dann seufzte sie schicksalsergeben. »Jetzt schlage ich vor, dass wir das Thema wechseln. Ich habe nämlich tatsächlich auch eine gute Nachricht. Die Universität hat eine Spende erhalten, und man hat die Absicht, der Archäologie-Abteilung einen Teil davon zukommen zu lassen – sobald hier alles zutage gefördert und aufgeklärt wurde.« Sie nickte Remi mit der Andeutung eines Lächelns zu.

Danach diskutierten sie darüber, wie sie das Spendengeld am besten einsetzen sollten, um den größtmöglichen Nutzen zu erzielen. Schließlich kamen sie auch auf die Vorgänge auf anderen Grabungsfeldern des Parks zu sprechen.

Osmond holte sein Smartphone hervor und rief ein Video auf. »Hat einer von Ihnen gesehen, welche Nummer die Engländer abgezogen haben? Sie haben an einer Angelschnur ein Plastikskelett im Eingang zum Amphitheater aufgehängt… hier habe ich ein Foto davon.«

Nasha erschrak bei dem Anblick. »Hatten die Leute nicht Angst?«

»Besonders lustig fanden sie es sicherlich nicht«, sagte Osmond und gab sein Smartphone an Remi weiter, die es drehte, damit Lazlo auch einen Blick daraufwerfen konnte.

»Brillant«, kommentierte er.

Renee lachte. »Das ist großartig. Wo ist Amal? Sie muss das unbedingt sehen.«

Ihre Mutter blickte sich suchend um. »Ich glaube, sie wollte gerade das benutzte Geschirr in die Küche bringen.«

Remis Blick wanderte zu den Oliven, und sie war sicher, am Fuß des Hügels ein Licht zu sehen, wo nur Sekunden zuvor alles dunkel gewesen war. Sie stieß Sam mit dem Knie an. »Ich glaube, im Büro ist jemand.«

Sam blickte in diese Richtung. »Könnte es nicht nur ein Lichtreflex sein?«

»Ich glaube nicht.«

Er beobachtete das Leuchten noch einige weitere Sekunden, dann erhob er sich und streckte seiner Frau eine Hand entgegen. »Nach diesem köstlichen Essen muss ich mir die Beine vertreten. Ein nächtlicher Spaziergang wäre jetzt genau das Richtige.«

»Du nimmst mir das Wort aus dem Mund«, sagte Remi.

Lazlo nickte und begann mit der Schilderung einer zwar langwierigen, aber erfolglosen Schatzsuche in Laos, die bei den anderen Gästen auf großes Interesse stieß.

Aber Nasha schaute den Fargos nach und folgte ihnen. »Ich habe auch Lust auf einen Spaziergang.«

»Nasha?«, rief Yesmine. »Kannst du mir helfen, den Nachtisch zu servieren?«

Diese Bitte löste das Problem. Während das Mädchen eilig zum Tisch zurückkehrte, schlenderten Sam und Remi durch den Garten. Sie duckten sich unter den niedrigen Ästen der Olivenbäume hinweg, und das Lachen und angeregte Stimmengewirr der Essensgäste blieb immer weiter hinter ihnen zurück. Als sie schließlich nicht mehr zu sehen waren, setzten sie ihren Weg zum Fuß des Hügels um einiges schneller und zielstrebiger fort. Bald schälte sich das kleine Haus der Archäologen vor ihnen aus dem Dunkel.

Sie waren noch gut zwanzig Meter von ihm entfernt, als

Sam hinter einem Fenster ein Licht aufblitzen sah. »Kein Zweifel, irgendetwas ist in dem Haus los.«

»Wenn alle oben am Tisch sitzen…«

»Genau mein Gedanke«, sagte Sam und kontrollierte die Vorderfront das Hauses. Türen und Fenster waren geschlossen. Nirgendwo eine Spur von einem Eindringling. »Schauen wir hinten nach.«

Sie gingen bis zur Hausecke und wagten einen vorsichtigen Blick auf die Rückseite des Hauses.

Der Hintereingang stand weit offen.

KAPITEL SECHSUNDSIEBZIG

Erzähle deinem Freund eine Lüge. Wenn er sie für sich behält, erzähle ihm die Wahrheit.

– AFRIKANISCHES SPRICHWORT –

Sam zog seinen Smith & Wesson, schlich bis zur Türöffnung und gab Remi mit Handzeichen zu verstehen, dass sie dort warten solle. Wer immer sich im Haus aufhielt, legte offenbar keinen Wert darauf, unbemerkt zu bleiben. Sam betrat die Küche, ging durch die Diele zum Esszimmer und blieb in dem gewölbten Durchgang zum vorderen Teil des Hauses stehen, den die Archäologen als Büro benutzten. Als er einen Schritt machte, fiel sein Blick auf Amal, die soeben die Fächer eines Regals durchsuchte, in denen Aktenordner, Klemmbinder und Schnellhefter in bunter Folge aufgereiht waren. Sie hatte ihn nicht bemerkt, daher rief er ihren Namen.

Sie zuckte zusammen, fuhr zu ihm herum und presste eine Hand in der Herzgegend auf die Brust. »Haben Sie mich erschreckt.«

»Was tun Sie hier?«

»Ich ... ich habe nach dem vermissten Buchhaltungsordner gesucht.«

»Ist noch jemand anders hier?«

»Nein, natürlich nicht.«

Remi kam aus ihrer Deckung. Sie war sichtlich geschockt, Amal um diese Zeit an diesem Ort anzutreffen. »Was zum Teufel hat das zu bedeuten?«

Die junge Frau reagierte mit einem resignierenden Achselzucken. »Ich weiß, wie schlimm es für Sie aussehen muss, aber es ist nicht so, wie Sie vielleicht denken. Ich habe wirklich das fehlende Hauptbuch gesucht. Ich wollte beweisen, dass nicht Warren der Dieb war.«

»Renee hat es gefunden und uns gegeben. Einige Seiten haben gefehlt.«

Amals Mund klappte auf. »Das wusste ich nicht. Aber Sie müssen mir glauben. Ich wollte nur helfen.«

Sam ging zum Fenster und blickte durch die Spalten in den Fensterläden hinaus. Renee und Hank kamen den Hügel herunter, ihr Ziel schien das Haus zu sein. »Ja... nun, nicht ich bin es, den Sie überzeugen müssen.«

Amal sprang von dem Stuhl hoch, auf den sie gesunken war, und war mit wenigen Schritten am Fenster. »O nein. Was erzähle ich ihnen?«

»Wie wäre es mit der Wahrheit?«, meinte Remi.

Amals verzweifelter Blick sprang zwischen Sam und Remi hin und her. »Das kann ich nicht.«

»Was haben Sie heute in der Stadt im Marktviertel gemacht?«, fragte Sam.

»Im Marktviertel?«

Remi nickte. »Als Sie mich im Laden allein zurückließen und an diese fremde Tür klopften.«

Amal war offenbar überrascht, dass sie ertappt worden war. »Ich... Als ich herausbekam, dass dies die Adresse war, wo er das gestohlene Artefakt zu verkaufen versucht hatte, wollte ich mich dort umsehen.«

Die Haustür wurde geöffnet, und sie verstummte. Hank trat auf die Schwelle, Renee dicht hinter ihm. »Was geht denn hier vor?«, fragte Hank.

Remi lächelte ihre Freundin und deren Assistenten an. »Amal hat sich nach den Mädchen in der Schule erkundigt und ob Makao schon verhaftet wurde. Sie wollte nicht, dass ihre Mutter etwas davon mitbekam. Aus verständlichen Gründen.«

Sam hatte keine Ahnung, weshalb seine Frau so erpicht darauf war, Amal zu verteidigen, aber er dachte nicht daran, sie dabei in irgendeiner Weise zu behindern, sondern spielte nach ihren Regeln mit. »Wir dachten, hier unten könnten wir uns ungestörter unterhalten.«

»In dieser … Dunkelheit?«, fragte Hank und knipste die Deckenlampe an.

Renee ging an ihm vorbei und blieb vor Amal stehen. »Haben Sie Ihrer Mutter nicht erzählt, was passiert ist?«

»Wie konnte ich das?«, sagte Amal. »Wenn sie es erfahren hätte, wäre ich von da an im Haus gefangen gewesen. Sie hätte mich nicht mehr aus den Augen gelassen.«

»Das ist richtig. So weit wäre es sicherlich gekommen«, sagte Renee. »Und wenn sie feststellen sollte, dass Sie nicht mehr am Tisch sitzen oder in der Nähe sind, könnte sie sich auch irgendetwas zusammenreimen.«

»Das stimmt«, pflichtete Remi ihr bei. »Wir hätten mit dieser Unterhaltung bis morgen warten sollen.« Sie kam zu Sam und legte eine Hand auf seinen Arm. »Ich glaube, wir sollten jetzt nach oben zum Haus zurückgehen, bevor wir vermisst werden.«

Dankenswerterweise hatte Nasha Amals Mutter abgelenkt, indem sie ihr half, den Nachtisch zu servieren, sodass ihr die kurzfristige Abwesenheit eines Teils ihrer Gäste gar nicht aufgefallen war, außerdem hatte Lazlo die beiden jungen Männer mit seinen Schatzsuchergeschichten zu fesseln gewusst. Als das Abendessen beendet war und die Runde auseinanderging, begleitete Amal Remi, Sam und Lazlo zu ihrem Wagen. »Vielen Dank, dass Sie mich nicht verraten haben.«

Remi ergriff die Hand der jungen Frau und drückte sie. »Wir werden dieses Gespräch morgen fortsetzen. Es ist wichtig.«

»Natürlich, das weiß ich.« Als ihre Mutter und Nasha in der Tür erschienen, trat Amal zurück und winkte ihnen, während sie zur Hauptstraße zurückfuhren.

»Ein richtig netter Abend«, sagte Lazlo, während er sich auf dem Rücksitz nach hinten lehnte und die Beine ausstreckte. »Wie ist euer kleines Abenteuer verlaufen?«, wollte er von Sam wissen.

Remi legte den Sicherheitsgurt an. »Interessant«, antwortete sie für Sam. »Ich weiß nur noch nicht, was ich von all dem halten soll. Wegen Amal.«

Sam schickte ihr einen kurzen Seitenblick. »Warum genau hast du sie unterbrochen und davon abgehalten, uns zu erklären, welche Absichten sie verfolgt?«

»Es gibt für alles einen geeigneten Ort und den richtigen Zeitpunkt, Fargo.«

»Und was war an diesem Ort und dem Zeitpunkt so falsch, wenn ich fragen darf?«, wollte er wissen, während er den Wagen bergab rollen ließ.

»Für mich war nicht zu übersehen, dass sie nicht vor Renee und Hank reden wollte.«

»Glaubst du?«

»Ich möchte zuerst wissen, weshalb.«

Sam hatte schon vor langer Zeit gelernt, den Instinkt seiner Frau nicht infrage zu stellen, selbst wenn ihre Schlussfolgerungen und Aktivitäten zunächst jeglicher Logik widersprachen. »Morgen«, sagte er. »Weil Amal in das, was hier gerade geschieht, tief verwickelt ist, ob es dir gefällt oder nicht.« Er drosselte das Tempo, als am Fuß des Hügels ein SUV in Sicht kam, das am Straßenrand parkte – und das er wahrscheinlich übersehen hätte, wenn das Mondlicht nicht von seinem Dach reflektiert worden wäre.

»Was ist los?«, fragte Remi.

»Sieh mal da vorn.«

»Ein ungewöhnlicher Parkplatz, meinst du nicht?« Remi öffnete das Handschuhfach und holte ihre Pistole heraus. »Sollen wir uns das näher ansehen?«

Sich zu Fuß im Dunkeln einem unbekannten Auto zu nähern, barg zumindest in diesen Breiten die Gefahr in sich, vorzeitig seinem Schöpfer zu begegnen. »Wir fahren vorbei und warten ab, was geschieht.«

»Brillanter Plan«, lobte Lazlo.

»Spielverderber«, sagte Remi.

Sam passierte den Wagen, wobei die Lichtkegel seiner Scheinwerfer über die fremde Karosserie wischten, als sie sich der Straßenbiegung näherten – doch es ging zu schnell, um mehr zu erkennen als zwei Männer, die darin saßen. »Ich frage mich, ob dies unter Umständen unsere Freunde aus dem Marktviertel sind.«

»Die Kidnapper aus dem Hotel?« Remi wog die Pistole unternehmungslustig in der Hand. »Ich wünschte, ich könnte mir einen besseren Eindruck verschaffen.«

Das Fahrzeug startete, kaum dass sie es überholt hatten.

»Du bekommst vielleicht schon bald deine zweite Chance. Sie folgen uns… duck dich lieber, Lazlo. Man weiß nie, was alles passieren kann.«

Lazlo machte sich auf der Rückbank so klein wie möglich. »Irgendwann muss mir jemand erklären, weshalb ich mich überhaupt darauf eingelassen habe, euch zu begleiten.«

KAPITEL SIEBENUNDSIEBZIG

Weisheit kommt nicht über Nacht.

– SOMALISCHES SPRICHWORT –

Sam sah wiederholt in den Rückspiegel, während er den Hügel hinunterfuhr und den Olivenhain hinter sich ließ. Bislang blieb das dunkle SUV auf Distanz. »Warum verfolgen sie uns? Wenn es dieselben beiden Typen sind, die dich und Renee entführen wollten, dann müssten sie doch eigentlich wissen, in welchem Hotel wir wohnen.«

Remi sah ihn an und drehte sich halb zu Lazlo auf dem Rücksitz um. »Wenn diese Erkenntnis irgendeine beruhigende Wirkung haben sollte, nun, die hat sie nicht.«

»Ich wollte nichts damit bewirken, sondern habe lediglich eine Tatsache festgestellt.«

Laszlo räusperte sich. »Bis zum Hotel haben wir noch ein langes Stück Straße vor uns. Wie wäre es, wenn du mehr Gas geben würdest?«

»Remi«, sagte Sam, ohne auf Lazlos Bemerkung einzugehen, »irgendetwas läuft hier unglaublich schief.«

»Noch mehr als die Tatsache, dass wir von Banditen verfolgt werden?«

»Nigerianische Banditen, tunesische Banditen, die uns entführen wollen. Was hat das alles mit Warren und den veruntreuten Forschungsgeldern zu tun?«

Remi löste für einen Moment den Blick vom Außenspiegel, sah zu ihrem Mann und deutete mit einer Kopfbewegung auf die Straße hinter ihnen. »Ich weiß nicht, ob dies der richtige Moment ist, sich den Kopf über irgendwelche Ungereimtheiten zu zerbrechen. Sie holen nämlich verdammt zügig auf.«

»Dann sorg dafür, dass du fest angeschnallt bist.« Sam trat aufs Gaspedal. Der gemietete Audi RS machte einen Satz vorwärts und ließ den Wagen der Verfolger weit hinter sich. Das SUV konnte ihr Tempo in den Kurven unmöglich mithalten, ohne Gefahr zu laufen, von der Straße getragen zu werden. Trotzdem entspannte sich Sam nicht, bis sie die Stadt und schließlich auch das Hotel erreichten, wo die Sicherheitsmaßnahmen deutlich verstärkt worden waren, um – nach dem Entführungsversuch am Vormittag – die Befürchtungen der anderen Gäste zu zerstreuen.

Während sie an den bewaffneten Wächtern am Hoteleingang vorbeispazierten, hakte sich Sam bei Remi ein und meinte zu ihr und Lazlo: »Ihr müsst zugeben, hier kommt nicht mal eine Maus unbemerkt ins Foyer.«

Remi lächelte die uniformierten Männer an, während Sam für sie und Lazlo die Tür aufhielt. »Zurück zu deiner Unglaublich-schief-Bewertung«, sagte sie, während sie durch das Foyer zum Lift spazierten. »Was genau stimmt bei uns nicht?«

»Die Reihenfolge vor allem.« Er drückte auf den Rufknopf. Die Tür glitt auf, und sie betraten die Kabine. »Wie ich schon vorher gesagt habe, ich glaube, dass alles hier begonnen hat. Jemand hier im Hotel oder am Ort hat Makao und seine Bande benachrichtigt.«

Remi sah ihn fragend an, während sie zum oberen Stockwerk hinauffuhren. »Warren? Aber er ist tot.«

»Ja«, sagte Lazlo. »Aber das heißt nicht, dass er diesen Alptraum nicht gestartet hat. Sondern nur, dass er nicht derjenige ist, der ihn beenden wird. Und falls jemand an meiner Meinung interessiert sein sollte – ich habe den Verdacht, dass er nicht gestürzt ist. Oder dass er Selbstmord begangen hat. Wäre doch nett, wenn man wüsste, welche Beweise sie haben.«

»Genau«, sagte Sam. »Ich befürchte nur, dass dies für Dr. LaBelle nichts Gutes bedeutet.«

Remi funkelte ihn ungehalten an. »Das alles ist deine Schuld, Fargo.«

»Wie das?«

»Nichts von alldem wäre passiert, wenn du nicht festgestellt hättest, dass jemand Geld unterschlagen hat.«

»Ich kann mich deutlich daran erinnern, dass du mir sehr aktiv dabei geholfen hast.«

»Also, das hätte ich ganz gewiss nicht getan, wenn ich gewusst hätte, dass Renee eine Verhaftung droht. Ich lasse nicht zu, dass meine Freundin für etwas ins Gefängnis wandert, was sie nicht getan hat. Du musst etwas unternehmen.«

Lazlo zog seine Schlüsselkarte aus der Brieftasche. »So erledigt, wie ich bin, wäre ich euch keine Hilfe. Macht ohne mich weiter. Ich lege mich aufs Ohr.«

»Gute Nacht, Lazlo«, sagte Remi, während sie durch den Flur gingen. Sie sah wieder ihren Mann an, mit einer tiefen Sorge in ihren grünen Augen. »Wie gedenkst du in dieser Geschichte weiterzumachen?«

Sam verriegelte das Sicherheitsschloss an der Hotelzimmertür, holte sein Telefon aus der Tasche und erwiderte: »Renee braucht nicht mich, um sie aus dem Schlamassel herauszuholen. Sie braucht einen Anwalt.«

»Und wo willst du um diese Uhrzeit einen finden?«

»Wer redet von mir? Aber ich wette, dass Rube einen guten Kontaktmann in der amerikanischen Botschaft hat, der uns bei der Suche behilflich sein kann.«

* * *

Wie versprochen organisierte Rubin Haywood in einem Kaffeehaus, nicht weit vom Polizeipräsidium entfernt, ein Treffen mit einem Vertreter der amerikanischen Botschaft. Brian Torres, ernst und professionell, wartete bereits, als die Fargos, Lazlo Kemp und Renee LaBelle eintrafen.

»Vielen Dank, dass Sie so kurzfristig bereit waren, uns behilflich zu sein, Mr. Torres«, sagte Sam zur Begrüßung.

»Wie gewünscht konnte ich einige Erkundigungen darüber einziehen, weshalb die Polizei Dr. LaBelle zu einem Besuch aufgefordert hat. Aber sollen wir uns zunächst nicht lieber hinsetzen?«

Während sie auf einen freien Tisch zusteuerten, drängte sich Renee neben Remi, senkte die Stimme und fragte: »Sind alle Botschaftsangestellten so ernst und distanziert?«

»Ich glaube, das wird von ihnen verlangt und steht auch in ihren Arbeitsverträgen.«

Sobald sie Platz genommen hatten, ergriff Renee das Wort. »Ich denke, Mr. Torres, dass dies nur eine Routineangelegenheit ist und meine Freunde mit ihrer Vorsicht ein wenig übertreiben.«

Er hörte ihr vollkommen emotionslos zu. Dann nickte

er. »In diesem Fall haben sie den richtigen Riecher. Die Polizei nimmt an, dass Warren Smith ermordet wurde.«

»Ermordet?« Sie starrte ihn für einen Moment entgeistert an. »Wer hätte so etwas tun sollen?«

»Vermutlich jemand, der einen Groll gehen ihn hegte. Leider, Dr. LaBelle, muss ich Sie darüber informieren, dass man Sie für diese Person hält.«

»Mich? Aber…«

»Man hat die Absicht, Sie zu verhaften, sobald Sie auf dem Revier erscheinen. Ich werde Sie natürlich begleiten.«

Renee krampfte die Hand um die Tischkante. »Wie kann denn jemand auf die Idee kommen, dass ich ihn getötet habe? Wir waren doch Freunde.«

Sam sagte: »Außer einem Verdacht müssen sie auch einen handfesten Beweis haben, oder?«

»Ihre Fingerabdrücke«, sagte Torres. »Auf der Mordwaffe.«

»Auf welcher Mordwaffe?«, fragte Remi. »Ich dachte, er sei abgestürzt.«

»Das ist auch richtig. Allerdings… nachdem er mit einem Meißel erstochen wurde.« Torres richtete den Blick wieder auf Renee. »Das Werkzeug ist unter seiner Leiche gefunden worden. Haben Sie eine Idee, wie Ihre Fingerabdrücke daraufgelangt sind?«

»Ich habe ihn aufgehoben.«

»Wann?«, fragte der Anwalt.

»Nachdem ich entdeckt hatte, dass jemand das Gesicht Echos aus dem Bodenmosaik entfernt hatte.«

»Hat die Polizei den Meißel nicht als Beweismittel eingesammelt?«, fragte Remi.

»Ich habe ihn erst gefunden, als sie schon abgezogen

waren. Ich machte mir größere Sorgen wegen der Beschädigung des Mosaiks. Ich hob ihn auf und dachte nicht im Traum daran, dass er am nächsten Tag als Mordwaffe benutzt werden könnte.« Sie wandte sich zu Torres um. »Wie komme ich aus dieser Sache heraus?«

»Das werden Sie sicher nicht. Zumindest an einer Verhaftung kommen Sie nicht vorbei. Aber mit unserer Anwesenheit sorgen wir dafür, dass alles seine Ordnung hat und Sie anständig behandelt werden. Es ist eine Hilfe, dass Sie in der Stadt prominent sind und bei Ihren Fachkollegen ein hohes Ansehen genießen.«

Remi rückte mit ihrem Stuhl näher und legte eine Hand auf Renees Hände auf dem Tisch. »Ich bin sicher, dass sich das alles schon bald aufklären wird. Wir besorgen dir den besten Anwalt, den man finden kann.«

Renee nickte, ihre Lippen zitterten. »Gott sei Dank seid ihr beide hier.«

»Wir werden Tunesien nicht verlassen, bevor wir der ganzen Affäre auf den Grund gegangen sind. Das stimmt doch, Sam?«

»Klar. Auf keinen Fall reisen wir ab. Wie sieht denn unser nächster Schritt aus?«, wollte er von Torres wissen.

»Denken Sie wie ein Ankläger. Ein mögliches Motiv zu finden, wäre ein guter Anfang.«

»Was ist mit der Unterschlagung?«, fragte Renee. »Mit dem Geld, das Warren möglicherweise von dem Konto der Ausgrabung abgezweigt hat.«

»Worüber«, sagte Torres, »Sie sich sehr geärgert haben dürften, als Sie es herausgefunden haben.«

»Das habe ich natürlich.«

»So sehr, dass Sie ihn getötet haben?«

»Nein.«

»Das jedoch nimmt die Polizei an. Worauf ich hinauswill, Dr. LaBelle, ist Folgendes: Sobald Sie herausfinden, wer an Warrens Tod hätte interessiert sein können, sind Sie der Antwort auf die Frage, wer ihn ermordet haben könnte, um einiges näher.« Er sah Sam an. »Nach meinem Gespräch mit Rube Haywood gestern Abend glaube ich, dass dies der Zeitpunkt ist, um mich vorläufig zurückzuziehen und Ihnen Gelegenheit zu geben, sich ganz privat und ungestört zu beraten.«

»Ich gehe mit Ihnen«, sagte Lazlo. »Ich könnte ein wenig frische Luft vertragen.«

»Was meint er mit ›privat und ungestört‹?«, wollte Renee von Sam wissen.

Sam wartete, bis die beiden Männer auf die Straße hinausgegangen waren. »Wenn es gilt, Antworten auf heikle Fragen zu finden, ist der Weg, der den größten Erfolg verspricht, nicht immer der legalste Weg. Vor allem, wenn die Polizei ihre Finger mit im Spiel hat.«

Renee sank auf ihrem Stuhl zurück. »Ich kann nicht zulassen, dass ihr alles aufs Spiel setzt, was ihr aufgebaut habt …«

»Zu spät.« Remi drückte ihre Hand, dann sah sie Sam an. »Wir sollten Selma anrufen und uns erkundigen, was sie für uns auf Lager hat.«

KAPITEL ACHTUNDSIEBZIG

Ohren sind oft unliebsame Gäste.

– AFRIKANISCHES SPRICHWORT –

Während Sam Selmas Telefonnummer wählte, tröstete Remi ihre Freundin, so gut es eben ging. Dabei wünschte sie sich, sie hätte irgendwelche schlagenden Argumente, dass sich alles bald aufklären würde. »Ich glaube, dass Sam recht hat. Warrens Ermordung steht in keinem Zusammenhang mit den Unterschlagungen.«

Bevor sich Renee dazu äußern konnte, legte Sam sein Smartphone auf den Tisch, sodass auch die beiden Frauen Selma während des Videodialogs sehen und hören konnten. »Zweifellos hat unsere verfrühte Ankunft in Tunesien die Kreise der Gegenseite gestört, was auch immer sie geplant haben mochten.«

Selma stimmte ihm zu. »Sogar Lazlo ist der Meinung, dass hinter dieser Ausgrabung mehr steckt, als auf den ersten Blick zu erkennen ist.«

»Und er hat eine Nase für solche Dinge«, musste Remi trotz ihrer sonst eher kritischen Haltung ihm gegenüber einräumen.

»Wenn wir Glück haben«, fuhr Selma fort, »bezieht sich eine dieser Rechnungen, die Sie gefunden haben, auf das fehlende Teilstück des Mosaiks. Wenn Sie dies finden, stoßen Sie vielleicht auf diejenigen, die hinter dieser Geschichte stecken.«

»Von welchen Rechnungen ist die Rede?«, wollte Renee wissen.

»In diesem Fall«, sagte Sam, »ist es besser, dass du so wenig weißt wie möglich...«

»Ich soll wegen Mordes verhaftet werden, daher würde ich, wenn ich die Wahl zwischen einem Erfolg versprechenden und einem einhundertprozentig legalen Weg hätte...«

»Ich habe verstanden«, erwiderte Sam und berichtete ihr von seinem und Remis nächtlichem Besuch in dem Antiquitätenladen.

Renee hörte aufmerksam zu. »Das klingt, als sei es derselbe Ort, an dem Hank nach dem Mosaik gesucht hat. Als er dort aufgetaucht ist, war es bereits verkauft. Was ich allerdings nicht verstehe, ist: Was kann euch dorthin geführt haben?«

»Tatsächlich waren es Remi und...«

Remi, die Renee nicht noch eine weitere Last auf die Schultern laden wollte, indem sie Amal nannte, stupste mit der Schuhspitze Sams Fuß an und sagte: »Es sollte eine Überraschung sein. Wir hatten gehofft, Echos Gesicht zu finden, damit du das Mosaik reparieren könntest. Nicht wahr, Sam?«

»Stimmt genau«, bestätigte er sofort, da er ihren Wink verstanden hatte. »Die Rechnungen sind an Antiquitäten- und Kunsthandlungen adressiert.«

»Und was weiter?«, fragte Renee. »Habt ihr vor, dorthin zu gehen und zu fragen?«

Remi lächelte. »So ähnlich könnte man es ausdrücken.«

Renee runzelte die Stirn, während sie von Remi zu Sam hinübersah. »Wie lange hattet ihr das geplant?«

»Seit gestern«, antwortete Remi. »Selma hat uns eine Legende zusammengebastelt, wie es bei Spionen üblich ist. Ich kann es kaum erwarten zu erfahren, was ihr dazu eingefallen sein mag. Was sind wir – Vertreter eines Auktionshauses? Käufer für ein Museum?«

»Oder«, meldete sich Selma zu Wort, »Mr. und Mrs. Longstreet, ein wohlhabender Ehemann plus Ehefrau auf der Suche nach einem exquisiten antiken Kunstwerk für das traute Heim.«

»Longstreet«, sagte Remi, als sie ihren Mädchennamen hörte. »Das hat einen gediegenen Klang, meinst du nicht, Renee?«

Sam lächelte gequält, dann fragte er Selma: »Ein besserer Name ist Ihnen nicht eingefallen?«

»Smith war schon vergeben.«

Sam seufzte noch einmal schicksalsergeben. »Diese Geschichte wird uns auf ewig nachlaufen. Also, Selma, wer sind die Longstreets denn diesmal?«

»Da Sie ziemlich viel Erfolg mit Ihrem Import/Export-Handel hatten, als Sie den Grey Ghost suchten, habe ich mir diese Website vorgenommen, sie ein wenig verändert und Sie von Texas nach Boston umgesiedelt. Diesmal suchen Sie Antiquitäten für Ihre Winterresidenz in Südfrankreich.«

»Altes Geld«, stellte Remi fest. »Das ist immer ein gutes Zeichen und schafft Vertrauen.«

»In diesem Fall wurde das Longstreet-Vermögen während der Prohibition mit Alkoholschmuggel verdient, weshalb Sie nicht grundsätzlich dagegen sind, auch mal amtliche Vorschriften zu umgehen – falls man Ihren Namen im Web überprüfen will. Ich habe übrigens die fünf Firmen, die in den Rechnungen genannt wurden, unter die Lupe genommen: Die handeln alle mit fragwürdigen Objekten.«

»Ausgezeichnet«, sagte Remi. »In der Grauzone fühlen wir uns am wohlsten.« Ihr Lächeln verflog jedoch, als sie die Anspannung in Renees Miene bemerkte. Remi legte den Arm um ihre Schultern und drückte sie kurz an sich. »Du bist in null Komma nichts wieder draußen.«

»Vielleicht auch nicht«, sagte Renee. »Aber zu wissen, dass du und Sam hier seid und Mr. Torres mich begleiten wird, wenn ich mich stelle, beruhigt mich sehr.«

* * *

Da sie Renee LaBelle in den Händen der amerikanischen Botschaft sicher aufgehoben wussten, machten sie sich sofort an die Arbeit. Lazlo übernahm die Rolle des Chauffeurs, parkte außer Sicht und hielt sich bereit, um jederzeit einzugreifen, falls irgendetwas schiefgehen sollte. Die ersten beiden Adressen erwiesen sich als Fehlanzeige. Als Sam und Remi das dritte Etablissement betraten, das als Kunstgalerie firmierte, schaute eine junge Frau, die an einem Mahagonischreibtisch saß, mit gelangweilter Miene zu ihnen hoch. »*Vous désirez, s'il vous plaît?*«

Remis Auftreten wirkte genauso gelangweilt, während sie die Inneneinrichtung einer flüchtigen Prüfung unterzog. Auch wenn Französisch eine der zahlreichen Fremdsprachen war, die sie fließend beherrschte, fand sie es gelegentlich nützlich, so zu tun, als verstünde sie nichts als Englisch. »Sie sind mir von meinem Innenarchitekten empfohlen worden«, sagte sie zu der jungen Frau. »Mir wurde versichert, falls ich etwas Echtes wünsche, sei dies die richtige Adresse, um fündig zu werden.«

Die junge Frau taxierte sie von Kopf bis Fuß, zweifellos um zu entscheiden, ob sie es sich wohl leisten könnten, in diesem Laden einzukaufen. »Warten Sie bitte einen Moment. Ich hole den Inhaber, Monsieur Karim.« Sie verschwand in einem Flur im hinteren Teil der Geschäftsräume und kehrte zwei Minuten später in Begleitung eines weißhaarigen Mannes in dunklem Anzug zurück.

Er schenkte beiden Fargos ein gewinnendes Lächeln, dann wandte er sich an Sam. »Sollten Sie etwas ganz Bestimmtes suchen, bin ich gern behilflich.«

»Da müssen Sie meine Frau fragen. Ich bin nur hier, um den Scheck zu unterschreiben.«

»Natürlich. Und darf ich wissen, wem eventuell helfen zu können ich das Vergnügen habe …?«

»Sean Longstreet«, antwortete Sam, »und meiner Frau, Rebecca.«

»Ich freue mich, Ihre Bekanntschaft zu machen. Bitte kommen Sie doch, schauen Sie sich um, solange Sie wollen.« Er folgte ihnen durch den Raum, während sie gelegentlich stehen blieben, um eine der zahlreichen Figurinen und kleineren Skulpturen eingehender zu betrachten. »Und woher kommen Sie, wenn ich fragen darf?«

»Aus Boston«, sagte Remi. »Wir hatten geschäftlich in Italien zu tun. Mein Mann, meine ich. Ich begleite ihn nur, um das ein oder andere einzukaufen.«

»Und in welchem Geschäftsbereich sind Sie tätig, wenn ich so indiskret sein darf?«

Sam zuckte die Achseln. »SRF Import/Export.«

»Import/Export.« Karim warf der jungen Frau, die vor dem Flur im hinteren Teil des Ladens wartete, einen kurzen Blick zu, begleitet von einem nahezu unmerklichen Kopfnicken. Nachdem sie im Flur verschwunden war, faltete er die Hände und lächelte. »Und was führt Sie nach Tunesien?«

»Ein kurzer Abstecher«, sagte Remi und griff nach der kleinen Skulptur eines Satyrs. »Ein Freund hat einige erstaunliche Antiquitäten in Ihrem Land gefunden. Und nun hatte ich gehofft, für mein Zuhause etwas ähnlich Aufregendes aufzustöbern.« Sie stellte die kleine Statue ins Regal zurück und blickte sich mit desinteressierter Miene weiter in dem Raum um. »Ich hatte an etwas gedacht, das ich an die Wand hängen kann.«

»Vielleicht etwas in dieser Art…« Karim führte sie in den hinteren Bereich des Ladens und deutete auf eine große geprägte Kupferplatte, die auf einem Ständer ruhte. »Dies ist das außergewöhnliche Exemplar der Darstellung eines römischen Wagenlenkers aus dem frühen siebzehnten Jahrhundert.«

Remi streckte die Hand nach der kleinen Karte aus, die vor der Platte lag und einen Preis von siebentausendfünfhundert Dinar nannte, was knapp über zweieinhalbtausend Dollar entsprach. »Zweifellos wunderschön«, sagte Remi, »aber trotzdem nicht ganz das, was mir vorschwebt.«

»Und was schwebt Ihnen vor, Madame?«

»Etwas, das dem Raum den Charakter einer antiken römischen Villa verleiht. Ländlich rustikal, aber mit interessanten kräftigen farbigen Akzenten.« Sie seufzte. »Leider hatten wir während unseres Aufenthalts in Italien keine

Zeit für eine ausgiebige Einkaufstour, und alles, was wir gefunden haben, waren billige Reproduktionen.«

»Und in welchem Preissegment bewegen wir uns?«

»Preissegment?« Remi sah ihn verständnislos an. »Wenn ich das richtige Stück finde, werde ich jeden geforderten Preis zahlen, um es zu erwerben. Vielleicht können Sie uns eine Galerie oder einen Ihrer Konkurrenten empfehlen, wo man unter Umständen solche seltenen, authentischen Objekte finden kann?«

Sam, dessen Darstellung unendlicher Langeweile, gepaart mit mühsam gebändigter Ungeduld, ausgesprochen überzeugend war, runzelte ungehalten die Stirn, während er zunächst auf seine Uhr blickte und dann Karim ansah. »Ich hasse es wirklich, den Antreiber zu spielen, aber wir stehen unter einem gewissen Zeitdruck. Ist das denn alles, was Sie zu bieten haben?«

Karim zögerte für den Bruchteil einer Sekunde. »Lassen Sie mich kurz nachschauen, ob ein Teil unserer neuen Lieferung bereits für den Verkauf vorbereitet und freigegeben wurde. Manchmal legen wir bestimmte Stücke für besonders anspruchsvolle Kunden zurück. Ich bin gleich wieder bei Ihnen.« Er steuerte auf den Flur zur. »Leila?«

Die junge Frau kam aus dem Büro. Remi näherte sich ihr, indem sie Interesse an einer Vase aus dem neunzehnten Jahrhundert mimte, während sie zuhörte, wie Leila ihm auf Französisch mitteile, dass sie bei ihrer Internetsuche sowohl die Import/Export-Firma als auch die Profile ihrer finanziell überaus potenten Inhaber gefunden habe.

»*C'est une bonne nouvelle*«, erwiderte Karim und wandte sich mit breitem Grinsen zu seinen Kunden um. »Meine Assistentin hat mich soeben informiert, dass wir einige neue Stücke in unserem Lager haben, die noch nicht in die Verkaufsausstellung übernommen wurden. Hier entlang, bitte. Ich denke, dass ich Ihnen zeigen kann, was Sie suchen.«

KAPITEL NEUNUNDSIEBZIG

Ein Mann läuft nicht ohne Grund über Dornen,
entweder verfolgt er eine Schlange, oder sie verfolgt ihn.

– AFRIKANISCHES SPRICHWORT –

Monsieur Karim führte Sam und Remi durch einen schmalen Seitengang in einen Raum, dessen Tür mit einem Digitalschloss gesichert war. Er achtete darauf, dass er das Zahlenfeld mit seinem Körper vor ihnen abdeckte, während er den Code eingab. Ein leises Klicken ertönte, und er drückte die Tür auf. »Vielleicht finden Sie hier etwas, das Ihren Vorstellungen eher entgegenkommt.«

Das Echo-Mosaik stand auf einer kleinen Staffelei links von ihnen neben einer etruskischen Vase und zahlreichen Schmuckstücken, die auf schwarzem Samt angeordnet waren. Remi hingegen wandte sich nach rechts und ging mit Sam an mehreren römischen Büsten auf Holzpodesten vorbei. Dann blieb sie einen Augenblick lang stehen, um sie zu betrachten, und schüttelte den Kopf. »Nein«, entschied sie und ging weiter. »Ich glaube nicht, dass es mir gefallen würde, ständig von ihnen beobachtet zu werden.«

Sie blieb noch einmal stehen, um das Messingastrolabium eines römischen Seefahrers zu inspizieren, dann wanderte sie zu dem Tisch, bewunderte den Schmuck und stand schließlich vor dem Mosaikfragment, das das Gesicht Echos darstellte. »Mir gefallen die leuchtenden Farben dieses Mosaiks. Zeigt es eine besonders wichtige Person?«

»Ich glaube, Madame, es ist das Porträt einer Waldnymphe.«

»Wie reizend.« Remi beugte sich vor, um es genauer zu betrachten. »Sind Sie sicher, dass es echt ist?«

»Dieses Artefakt stammt aus einer der unterirdischen Villen des antiken Bulla Regia. Es ist ein besonders schönes Exemplar und dürfte aus hadrianischer Zeit datieren.«

Remi studierte es noch einige Sekunden länger, ehe sie den Rundgang durch den Ausstellungsraum fortsetzte, andere Objekte interessiert begutachtete und schließlich noch einmal zu dem Mosaik zurückkehrte. »Dies gefällt mir am besten. Ich glaube, es würde in meinem Solarium absolut großartig aussehen. Wie viel?«

»Einhunderttausend.«

»Dinar?«, fragte Remi.

»Dollar.«

»U.S.?«, fragte Sam und tat so, als könne er es nicht glauben. »Für eine Handvoll bunter Steine in einer Gipsplatte?«

»Aber ich möchte es haben«, sagte Remi.

»Sind Sie auch mit fünfzig zufrieden?«, unterbreitete Sam dem Händler sein Angebot.

»Ich bin berechtigt, bis fünfundsiebzig herunterzugehen«, sagte Karim.

»Ist es gestohlen worden?«, fragte Remi.

»Madame, ich versichere Ihnen, dass die Provenienz lückenlos nachgewiesen werden kann.«

Remi runzelte die Stirn. »Das ist aber nicht das, was ich

gefragt habe. Ich muss wissen, wie ich das Stück beim Zoll deklariere.«

»Was meine Frau meint, ist, dass die Mitnahme von bestimmten Gegenständen von einem Land in ein anderes manchmal problematisch sein kann. Aber das ist Ihnen sicherlich bekannt.«

»Natürlich. Bei erfolgtem Verkauf erhalten sie von uns eine Quittung mit unterschiedlicher Preisangabe – und wenn es sein muss, auch eine Bescheinigung von einem unserer einheimischen Künstler, dass es sich um eine Reproduktion handelt.«

»Hmm…« Remi gab vor, es eingehend zu studieren, dann sah sie Sam an. »Was meinst du?«

Zunächst einmal fand er, dass sie schon viel zu lange in dem Laden waren. Er sah auf die Uhr. »Nicht ich bin es, der das Ding haben will. Egal, wie du dich entscheidest, beeil dich bitte. Unser Flugzeug wartet nicht.«

Remi lächelte den Händler an. »Ich nehme es. Wie schnell können Sie es verpacken?«

»Sobald der Kaufpreis auf unserem Konto gebucht wurde. Entweder bar oder telegrafisch.«

»Telegrafisch«, sagte Sam.

»Wenn Sie mir bitte folgen wollen, dann nenne ich Ihnen die notwendigen Daten für die Überweisung.« Er geleitete sie in den vorderen Ladenbereich, wo die junge Frau eine Karte vom Schreibtisch nahm und einladend hochhielt.

Sam griff danach. »Ich rufe meinen Bankier an und lasse die Überweisung ausführen.«

Karim strahlte ihn an. »Wir bereiten es für die Auslieferung vor. Wenn Sie hier warten wollen, es wird nur ein paar Minuten dauern.«

Während er in den hinteren Ausstellungsraum zurückkehrte, sagte er zu der jungen Frau: »Bitte kümmern Sie sich um unsere Gäste, während ich ihren Einkauf einpacke.«

Remi demonstrierte weiterhin lebhaftes Interesse an verschiedenen Antiquitäten in dem Laden, und Sam schickte Selma eine Textnachricht mit den Händlerdaten, damit sie die Überweisung ausführen konnte. Keine fünfzehn Minuten später meldete Lazlo per SMS, dass zwei Männer aufgetaucht seien, einer mit einem geschwollenen blauen Auge. Sam suchte sich eine Position im vorderen Ladenbereich, von wo er anscheinend vollkommen desinteressiert aus dem Fenster blickte und beobachten konnte, wie Remis Möchtegern-Entführer sich näherten.

Und dann schaute Sam zu der jungen Frau hinüber, die jetzt wieder hinter ihrem Schreibtisch saß. »Wir haben es wirklich ziemlich eilig. Wissen Sie, wie lange es noch dauern wird?«

»Ich frage mal nach«, sagte sie.

Sie hatte den Verkaufsraum kaum verlassen, als Sam neben Remi trat und sie hinter einen antiken Kleiderschrank zog. »Wir bekommen Gesellschaft«, sagte er leise und deutete auf das Schaufenster.

Sie folgte seinem Zeigefinger. »Was meinst du, was sie hier wollen?«

»Ich denke, das werden wir gleich erfahren.«

Sam und Remi schoben sich um den Kleiderschrank herum, während die beiden Männer die Kunstgalerie betraten und dann nach hinten gingen. Die junge Frau hielt sie auf, als sie den Flur betreten wollten. »Monsieur Karim«, rief sie. »Tarek und Hamida sind hier.« Sie warf einen Blick auf Tareks Gesicht. »Was ist denn mit Ihnen passiert?«

»Das geht Sie gar nichts an«, fauchte er wütend. Dann erhob er die Stimme. »Karim!«

Der ältere Mann kam aus dem Flur. »Ich habe euch heute nicht erwartet.«

»Wir haben beschlossen, das Mosaik abzuholen und woanders anzubieten«, sagte Tarek.

»Leider ist es bereits verkauft. Genau genommen, ist das heute geschehen.«

Das war für die beiden offensichtlich ein Schock. »Wer hat es gekauft?«, fragte Hamida.

»Das Ehepaar, das vorn im Laden wartet.«

»Welches Ehepaar?«

»Vor einer Minute waren sie noch hier. Vielleicht sind sie nur einen Moment hinausgegangen. Aber falls ihr euch Sorgen macht – ich habe es für das Doppelte des festgelegten Preises verkauft.«

»Wie dreist«, flüsterte Remi und bohrte Sam ihren Ellbogen in die Seite. »Wir müssen irgendetwas tun, sonst verlieren wir das Mosaik.«

»Soll das ein Witz sein? Ich habe gerade fünfundsiebzigtausend dafür auf den Tisch gelegt.« Er deutete auf den Flur. »Ich lenke sie ab. Du textest Lazlo, dass er die Polizei rufen soll, dann schnappst du dir die Nymphe.«

Remi nickte, durchquerte den Raum und stellte sich vor der Wand auf. Sie presste sich dagegen, um so lange wie möglich unsichtbar zu bleiben. Sam ging zum Ladeneingang und rief: »Entschuldigen Sie, suchen Sie mich?«

KAPITEL ACHTZIG

Errege niemals den Zorn eines starken Mannes.

– AFRIKANISCHES SPRICHWORT –

Mehrere Gedanken schossen durch Tareks Kopf, als er in den Flur blickte und Sam Fargo am anderen Ende im Durchgang stehen sah. Zuerst dachte er, er hätte Makaos Warnung um einiges ernster nehmen sollen. Die Fargos waren weitaus gefährlicher als die Leute, die sie gewöhnlich prellten und beraubten. Der zweite Gedanke aber war, wie sehr er es genießen würde, dieses überhebliche Grinsen in Fargos Gesicht auszulöschen. »Schnappen wir ihn!«

Fargo schlüpfte durch die Tür hinaus, aber Hamida zögerte. »Sollten wir nicht lieber auf Ben warten?«

»Jetzt. Ehe er abhaut.« Tarek stieß Hamida vor sich her und wandte sich zu Karim um. »Ich komme zurück.«

Immer noch angeschlagen von seiner letzten Begegnung mit Fargo, folgte Tarek viel langsamer und winkte Ben, der mit ihrem SUV einen Block entfernt parkte. Fargo überquerte die schmale Straße, dann tauchte er in eine Gasse – mit Hamida dicht auf den Fersen. Als Tarek um die Ecke bog, standen die beiden Männer einander gegenüber. Hamida hatte die Statur eines Bulldozers. Er würde gewiss keine Schwierigkeiten haben, Sam Fargo auszuschalten.

Das war auch gut so, denn Tarek brauchte einen Augenblick, um zu Atem zu kommen, nachdem er die beiden eingeholt hatte. »Sie werden...« – er rang mühsam nach Luft – »...dieses...«

»Spucken Sie's aus«, sagte Fargo. »Ich hab's ein bisschen eilig.«

Wie es kam, dass Fargo nicht außer Atem war, konnte sich Tarek nicht erklären. »...dieses Mosaik...«

Fargo machte einen Schritt nach links.

Hamida folgte ihm. »Sie sind in unser Büro eingebrochen.«

»Erzählen Sie es doch der Polizei. Ich habe nichts dagegen«, gab Fargo zurück. »Sie müsste jeden Moment eintreffen.«

Tarek legte die Finger um den Griff der Pistole in seinem Holster.

Fargo überwand die Distanz zwischen ihnen und rammte Tarek eine Faust in die Magengrube. Ein glühender Schmerz raste durch seinen Körper. Er knickte nach vorn ein. Hamida griff an, aber Fargo machte einen Sidestep und zog Tarek vor sich. Hamidas Faust traf Tareks Rippen, und er sackte zu Boden, unfähig, auch nur einen einzigen richtigen Atemzug zu machen. Er japste wie ein Fisch auf dem Trockenen. Als Hamida nach seiner Waffe griff, packte Fargo sein Handgelenk und drehte es herum. Ein grässliches Knirschen ertönte, als Fargo seine Schulter gegen Hamidas überspannten Ellbogen warf. Der stürzte in den Staub, während sein schriller Schrei das Heulen der Polizeisirenen in der Ferne übertönte.

Ben raste im SUV die Gasse hinunter, während Fargo Tareks Hemdkragen zusammenraffte, ihn hochhievte und sich bereithielt, noch einmal zuzuschlagen. Dann hörte er das Kreischen von Bremsen, schaute auf, sah das SUV auf sie zukommen, ließ Tarek los und brachte sich mit einem Sprung in Sicherheit.

Ben brachte den Wagen schlingernd zum Stehen und zielte mit der Pistole aus dem Fenster, während die Sirenen lauter wurden.

»Vergiss ihn!«, rief Tarek. Er öffnete die Hecktür und zog Hamida auf die Füße. Er stieß den verwundeten Mann in den Wagen und kletterte hinter ihm her. »Fahr los!«

Ben trat aufs Gaspedal, raste durch die Gasse und passierte die Streifenwagen, die sich vor der Galerie sammelten.

Als sie einen sicheren Vorsprung herausgeholt hatten, richtete sich Tarek auf und ignorierte Hamidas qualvolles Stöhnen.

Ben drehte sich halb zu ihm um. »Was nun?«

»Wir suchen jemanden, der Hamidas Arm behandeln kann. Und dann töten wir Fargo.«

KAPITEL EINUNDACHTZIG

Ein enger Freund kann ein naher Feind werden.

– AFRIKANISCHES SPRICHWORT –

»Jammerschade, dass du sie nicht so lange aufhalten konntest, bis die Polizei eintraf«, sagte Remi zu Sam, sobald sie wieder ins Hotel zurückgekehrt waren.

»Alles, was sich beweisen ließe, wäre, dass sie lediglich Mittelsmänner bei diesem Handel mit gestohlenen Artefakten sind. Außerdem zu belegen, dass sie hinter den Morden stecken, dürfte um einiges schwieriger sein. Eines zumindest ist aber klar. Amal ist uns einige sehr ausführliche Erklärungen schuldig. Sie hat uns schon früher angelogen. Zum Beispiel, als du sie an unserem ersten Tag draußen in den Ruinen gesehen hattest.«

»Das hatte ich vollkommen vergessen«, gestand Remi.

»Tarek und seine Männer machen offensichtlich Ernst. Die Zeit, um auf möglicherweise verletzte Gefühle Rücksicht zu nehmen, ist ein für alle Mal vorbei.«

Lazlo, der das Mosaik betrachtete, das Echos Gesicht darstellte, hob den Kopf und sah sie an. »Da hat sie nicht ganz unrecht.«

Remi begann, im Hotelzimmer auf und ab zu gehen. »Ich weiß. Und wir müssen an Nasha denken. Ihr Onkel landet morgen, um sie abzuholen und nach Hause mitzunehmen. Ich bin um einiges beruhigter, wenn sie sich wieder in der Obhut ihres Onkels befindet.«

Sam deutete mit einem Kopfnicken auf das offene Paket, das auf dem Tisch lag. »Wir sollten dies im Safe unten am Empfang deponieren.«

»Vielleicht«, sagte Remi, während sie Lazlo half, das Mosaik wieder einzupacken, »können wir Amal zum Abendessen einladen. Dann wirkt das Ganze nicht wie ein Verhör.«

Sam war zwar der Meinung, dass Remi sich viel zu rücksichtsvoll verhielt, aber er hatte oft genug die Erfahrung gemacht, dass sie mit ihrer behutsameren Art letztlich bessere Resultate erzielte.

Sie schaltete die Mithörfunktion des Telefons ein und wählte. »Oh, Mrs. Fargo…« Amal weinte offenbar. »Dr. LaBelle wurde verhaftet. Sie… wegen Mordes.« Sie begann zu schluchzen.

»Das wissen wir«, antwortete Remi. »Deshalb müssen wir uns unterhalten.«

Sie vereinbarten einen Treffpunkt, und als sie später am Abend dort erschienen, wartete Amal bereits auf sie. Ihre Augen waren gerötet, die Lider geschwollen, aber sie lächelte die Fargos und Lazlo an, als sie eintraten. Sie standen in verlegenem Schweigen zusammen, bis der Chefkellner sie an einen freien Tisch geleitete. Ein Kellner servierte Getränke und nahm ihre Bestellungen auf.

Amal wartete, bis er sich entfernt hatte. »Die Polizei kann doch nicht ernsthaft glauben, dass Dr. LaBelle jemanden getötet hat.«

»Offenbar ist sie da anderer Ansicht«, sagte Sam. »Dr. LaBelle wird am besten geholfen, wenn Sie uns alles darüber erzählen, was hier wirklich vor sich geht.«

»Über was?«

»Sie können mit dem Tag anfangen, an dem wir sie in den Ruinen gesehen haben, und uns erklären, weshalb Sie damals geleugnet haben, dort gewesen zu sein, als wir Ihnen im Krankenhaus begegneten. War Warren bei Ihnen?«

Sie schüttelte den Kopf. »Nein, ich schwöre es. Es war bloß eine Führung, um ein wenig Geld zu verdienen. Ich hatte nur gelogen, weil Hank mich gebeten hatte, die Führungen zu unterlassen. Er duldete keine Fremden an der Ausgrabungsstätte. Ich … ich dachte einfach, er würde sich ärgern und wollte Dr. LaBelle nicht noch mehr Probleme bereiten.«

»Und was ist mit dem Laden im Einkaufsviertel?«, fragte Remi. »Ich habe gesehen, wie Sie an dieselbe Tür geklopft haben, hinter der das gestohlene Mosaik verschwunden war. Sie redeten dort mit jemandem.«

»Oh …« Amal sank auf ihrem Stuhl zusammen. »Das war Warren. Ich meine, es ging um ihn. Als Hank mir erzählte, er sei dort gewesen, um gestohlene Artefakte zu verkaufen, wollte ich mich vergewissern. Niemand öffnete. Aber ein Mann, dem der Laden nebenan gehört, kam heraus. Ich zeigte ihm Warrens Foto.«

»Und was meinte er?«, fragte Sam.

»Er erkannte ihn wieder.« Ihre Augen füllten sich mit Tränen. »Sie müssen das verstehen. Warren war wie ein Vater für mich. Ich wollte Hank nicht glauben, aber als der Mann aus dem Laden nebenan bestätigte, dass er Warren dort gesehen habe, erkannte ich … dass ich eine solche Närrin gewesen war. Er hatte mich nur benutzt, um zu erfahren, was ich über die Geheimnisse des …« Amal presste eine Hand auf den Mund und blickte zur Decke. Sie atmete mehrmals tief durch und versuchte, sich zu sammeln.

Remi schob ein Glas Wasser über den Tisch zu ihr, und sie griff danach und trank einen Schluck.

»Welche Geheimnisse?«, fragte Remi.

»Über den Vandalenkönig.« Sie stellte das Glas auf den Tisch, ihre Hände glänzten feucht von dem Kondenswasser. Sie betrachtete sie sekundenlang, dann griff sie nach einer Serviette, trocknete ihre Finger ab und betupfte ihre tränennassen Augen. »Er hat mich benutzt, um die Karte zu finden.«

Lazlo, der bis jetzt nur mit halbem Ohr zugehört hatte, richtete sich kerzengerade auf. »Eine Karte? Was für eine Karte?«

KAPITEL ZWEIUNDACHTZIG

Es kann keinen Frieden geben ohne Verständnis.

– SENEGALESISCHES SPRICHWORT –

»Laut einer Familienlegende«, sagte Amal, »existiert eine Landkarte, die zu dem mit einem Fluch belegten Schatz des Vandalenkönigs führt.«

Sam war in Geschichte auch nicht annähernd so bewandert wie Remi und Lazlo, aber er hörte immer besonders aufmerksam zu, wenn von einem Schatz die Rede war – und die Vandalen hatten während ihrer zahlreichen Raubzüge durch Europa inklusive der Eroberung Roms eine ganze Menge Pretiosen zusammengetragen. »Ist dieser Schatz nicht konfisziert worden, nachdem die byzantinische Armee die Vandalen vernichtend geschlagen hatte?«, fragte Sam.

Lazlo, dessen Augen vor Interesse leuchteten, nickte. »Ich glaube, mich vage erinnern zu können, dass der geschlagene Vandalenkönig und sein gesamter Reichtum sowie seine gesamte Kriegsbeute am Kaiser vorbeiziehen mussten, während er einen Vers aus dem Buch der Prediger zitierte – ob richtig oder falsch, sei dahingestellt. War es nicht so?«

»Eitelkeit der Eitelkeiten«, sagte Remi, *»alles ist Eitelkeit.«* Ihre frühgeschichtlichen Kenntnisse übertrafen bei

weitem die kümmerlichen Ahnungen, die Sam von dieser Zeit hatte, deshalb war er nicht im Mindesten überrascht, als sie hinzufügte: »Wenn mich mein Gedächtnis nicht täuscht, hat Kaiser Justinian den Vandalenschatz nach Jerusalem zurückgebracht.«

Lazlo schüttelte ungläubig den Kopf. »Aber weshalb sollte jemand ein solches Vermögen denn freiwillig aus der Hand geben?«

»Er glaubte, dass der Schatz, der aus dem Tempel gestohlen wurde, verflucht war und jede Stadt, in deren Mauern er aufbewahrt wurde, schon bald vernichtet würde.«

»Ich denke, daran ist etwas Wahres«, sagte Sam, während ihr Kellner eine Platte mit *banatages* auf den Tisch stellte und das Aroma der mit gebratenem Fleisch gefüllten Kartoffelkroketten allen verführerisch in die Nase stieg. »Seht euch Bulla Regia an, durch ein Erdbeben dem Boden gleichgemacht.« Sobald der junge Mann ihnen einen guten Appetit gewünscht und sich dann zurückgezogen hatte, wandte sich Sam wieder an Amal. »Sprechen wir demnach über einen völlig anderen Schatz?«

»Ja, richtig«, sagte Amal. »Über einen anderen Schatz und über einen anderen Fluch.«

Lazlo, der plötzlich wieder Interesse zeigte, hakte nach. »Einen anderen Schatz?«

»Na ja, nicht gerade über einen Schatz als solchen, sondern eher über etwas, was besonders hoch geschätzt wurde. Eine seltene Schriftrolle, die hundert Jahre vor dem Untergang des Vandalenreichs erobert wurde. Diese besondere Schriftrolle durfte sich nicht im Besitz einer einzelnen Person befinden. Sie gehörte dem Volk.«

»Und der Fluch?«

»Mit ihm wurden die Vandalen belegt, nachdem die Schriftrolle gestohlen wurde.«

»Gestohlen von wem?«, fragte Sam.

»Von Geiserich, dem Vandalenkönig. Seine Armee drang im Jahr 430 nach Christus in Nordafrika ein und belagerte Hippo Regius. Natürlich«, fuhr Amal fort, »gibt es verschiedene Versionen mit unterschiedlichen Gründen, weshalb die Schriftrolle gestohlen wurde und von wem. So heißt es, er habe sie aus der Bibliothek des Bischofs Augustinus entwendet, obwohl er weitaus wertvollere Bücher hätte mitnehmen können. Laut einer anderen Darstellung versuchte Geiserich, die Kontrolle über die Mauren zu erlangen und seine Truppen während der Invasion Nordafrikas zu stärken. Daher hat er den Mauren die in hohen Ehren gehaltene Schriftrolle gestohlen und mit ihrer Zerstörung gedroht, wenn die Stadt nicht bereit sei, sich ihm kampflos zu ergeben.«

»Diese Schriftrolle«, sagte Sam »hat sie in irgendeiner Verbindung zur Bibel gestanden?«

»Nein, sie hatte eher philosophische Bedeutung. Sie sollte der Welt Frieden und Harmonie schenken. Welche Bedeutung sie sonst noch hatte, weiß ich nicht.«

»Parmenides«, sagte Lazlo. »bei dem Namen hatte es bei mir geklingelt. Das Kind, Nasha, sagte einige Worte in der Schule, die auf ihn zurückgehen.«

»Geht es jetzt auch noch um Philosophie?« Remis Augenbrauen ruckten hoch. »Das hätte ich nie von Ihnen erwartet.«

»In dieser Hinsicht liegen Sie nicht ganz falsch«, gestand Lazlo, dem in diesem Augenblick wieder schmerzhaft bewusst wurde, welche Spannungen zwischen ihnen herrschten, die er unbedingt aus der Welt schaffen wollte. »Dieses Fach und der Professor, dessen Vorlesungen ich gehört habe, sitzen mir seit der Universität regelrecht im Nacken. Wenn ich mir vorstelle, dass ich jetzt vielleicht dafür belohnt werde, damals Tag für Tag diese nervtötenden Lehrstunden ertragen zu haben …«

»Ich brauche ein paar zusätzliche Infos«, sagte Sam. »Wer oder was ist Parmenides?«

»Parmenides«, erwiderte Remi, »war ein Philosoph und lebte 520 vor Christus in Elea in Süditalien. Man zählt ihn zu den Vorsokratikern. Er gilt als einer der wichtigsten Denker überhaupt und begründet die Metaphysik und die Ontologie. Du weißt schon, das ist die Lehre von der Existenz, vom Sein – und so weiter.«

»Ein eleatischer Philosoph.« Lazlo massierte sich die Stirn. »Ich kann mich vage erinnern, dass mein Professor mir einmal sagte: Wäre er nicht gewesen, gebe es keinen Plato. Einige sind sogar der Meinung, dass er einiges zu unserer Atomtheorie beigetragen habe.«

Sam wollte sich gerade dazu äußern, als Remi ihm das Wort abschnitt und hinzufügte: »Aber was Parmenides' Ruhm eigentlich ausmacht, ist ein Gedicht mit dem Titel *Über die Natur*. Von diesem Gedicht sind jedoch nur noch wenige Fragmente übrig.«

»Ein Gedicht«, sagte Sam verwundert. »Willst du damit sagen, Warren wurde wegen eines Gedichts ermordet?«

»Es ist kein Gedicht im eigentlichen Sinn«, verbesserte sich Remi. »Sondern ein so genanntes Lehrgedicht. Lerninhalte sind seinerzeit häufig in Versen weitergegeben worden, weil sie in dieser Form besser im Gedächtnis haften bleiben.«

Lazlo sah Sam ungläubig an. »Wenn diese verschollene Schriftrolle den Text von *Über die Natur* enthält, dann könnte er noch komplett vorhanden sein. Und wenn das vollständige Gedicht die Jahrtausende überdauert hat, dann müsste es die einzige existierende Kopie sein. Es würde das ungewöhnliche Interesse an einer stinknormalen archäologischen Grabung inmitten von zahlreichen anderen stinknormalen archäologischen Grabungen erklären.«

»Das ist wahr«, sagte Remi. »Das wenige, was wir über Parmenides wissen, stammt aus den vorhandenen Fragmenten.«

»Ganz richtig. Kein Wissenschaftler hat je das gesamte Gedicht zu Gesicht bekommen«, fuhr Lazlo Kemp fort. »Fragmente allein – falls sie fehlende Verse enthalten – wären schon eine hübsche Menge Schotter wert. Aber das gesamte Gedicht? Auf dem Schwarzmarkt? Ich würde sagen, mindestens zehn bis fünfzehn Millionen. Und das ist noch zurückhaltend geschätzt. Jeder, der das gesamte Gedicht in die Finger bekommt, hätte damit einen *Blinder* gelandet, wie es beim Cricket so schön heißt.«

»Einen Home-Run«, übersetzte Sam in die Sprache des Baseballs. Woraus mit einiger Sicherheit geschlossen werden konnte, dass die Diebstähle und Einbrüche weniger mit irgendeinem Fluch oder antiken Objekten, die sich auf dem Schwarzmarkt verkaufen ließen, zu tun hatten, sondern eher mit dem Wert der Schriftrolle von Parmenides. Es erklärte ganz sicher die Beharrlichkeit dessen, der hinter der ganzen Sache steckte. Und möglicherweise auch, weshalb Warren hatte sterben müssen. Sam griff nach seiner Gabel und zerteilte eine der *banatages* und verfolgte, wie der aromatisch duftende Dampf von der heißen Fleischfüllung aufstieg. »Eine Frage«, sagte er zu Amal. »Besteht auch nur die vage Möglichkeit, dass Dr. LaBelle irgendetwas von all dem wusste?«

»Von dem Fluch, von einer Schriftrolle und der Karte – ja, das wusste sie. Aber von Parmenides? Dies ist das erste Mal, dass ich davon höre. Und ich soll offiziell die Bewahrerin der Karte sein…«

»Sie?«, fragte Lazlo verblüfft.

»Das heißt, wenn man den Altweibergeschichten Glauben schenkt.«

»Natürlich tue ich das. Was genau wissen Sie über diese Karte und den Fluch, der auf ihr liegt?«

»Der Fluch wurde von einer Hohepriesterin ausgesprochen, nachdem König Geiserich die Rolle versteckt hatte. Leider ist das auch schon alles, was ich darüber weiß. Es ist der Teil, den meine Großmutter mir beibrachte. Darin heißt es, dass nur jemand von königlichem Geblüt die Schriftrolle an ihren angestammten Platz zurücklegen kann.«

»Was geschieht«, fragte Lazlo, »wenn derjenige, der die Karte findet, nicht von königlichem Geblüt ist?«

»Jeder, der unwürdig ist, stirbt daraufhin eines gewaltsamen Todes.«

Remi grinste. »Ich vermute, jetzt musst du ran, Fargo.« Sie zwinkerte Amal verschwörerisch zu. »Er ist nämlich ganz entfernt mit der britischen Krone verwandt.«

Sam lachte. »Allerdings stehe ich so weit unten in der Thronfolge, dass man einen Computer brauchte, um es auszurechnen. Vor allem angesichts dieser neuen Bande von königlichen Enkelkindern, die da laufend geboren werden.«

»Königlich ist königlich«, erwiderte Remi. Sie bediente

sich von der Vorspeisenplatte und schob diese dann zu Amal weiter. »Wo waren wir stehen geblieben?«

»Sie ist die Hüterin der Karte«, erinnerte Sam.

»Es ist nicht nur die Karte«, sagte Amal. »Außerdem – und nur wenn Sie an die alten Legenden glauben – bin ich auch noch eine direkte Nachkommin der Priesterin, die den Fluch ausgesprochen hat.«

Lazlos Augen leuchteten bei ihrer Mitteilung geradezu auf. »Ich bin ganz scharf darauf, jede dieser alten Legenden zu hören.«

Ehe sie mit einer anfangen konnte, fragte Sam: »Hat Warren von dieser Verbindung gewusst?«

»Es war kein Geheimnis. Ja, er war einer der Ersten, dem ich davon erzählt habe. Ich muss allerdings zugeben, dass er nicht allzu begeistert von der Vorstellung war, auf die Suche zu gehen.«

Remi und Sam wechselten einen kurzen Blick. Sam wusste, dass Remi genau das Gleiche dachte, was ihm soeben durch den Kopf gegangen war. Alte Karten sind wertvoll. Umso mehr, wenn sie zu alten Schätzen führen. Und diese lockte gewiss alle möglichen unangenehmen Elemente an.

»Amal«, sagte Siam. »Was ist mit Dr. LaBelle? Und mit Hank? Was haben die beiden dazu zu sagen?«

»Ich glaube nicht, dass Dr. LaBelle das Ganze jemals ernst genommen hat. Nicht den Fluch und auch nicht die Karte. Sie war nur daran interessiert, das Bodenmosaik und die Architektur zu erhalten.«

»Und Hank?«

»Er war eher um Dr. LaBelle besorgt. Er tat immer nur, was sie wollte.« Amals Augen verdüsterten sich. »Wie bringen wir das alles in die Reihe? Wenn ich jemals geahnt hätte, dass eine Unterhaltung über Familiengeschichte so etwas auslösen würde...«

»Das ist durchaus verständlich«, sagte Sam. »Aber mehr über die Hintergründe zu erfahren, wird eine große Hilfe sein.«

»Wie das?«, fragte Amal.

»Weil wir nun wissen, womit wir es zu tun haben. Was wiederum bedeutet, dass wir Tarek und Hamida zum Handeln zwingen müssen, damit wir sie der Polizei übergeben können.«

KAPITEL DREIUNDACHTZIG

Die großen Fische fängt man mit großen Ködern.

– SPRICHWORT AUS SIERRA LEONE –

Während der Kellner wieder den Tisch verließ, wandte sich Remi an ihren Mann. »Es gibt noch ein Problem, Fargo. Woher wissen wir, und wie können wir feststellen, ob sie die einzigen Beteiligten sind?«

»Wir wissen es nicht«, antwortete Sam. »Deshalb reden wir am besten auch mit niemandem darüber, bis der richtige Zeitpunkt gekommen ist.«

»O nein.« Amal blickte von Sam zu Remi. »Ich wehre mich gegen diesen Gedanken, aber was ist, wenn Osmond oder José beteiligt sind? Beide wohnen mit Hank und Dr. LaBelle im gleichen Haus? Diese beiden wussten schließlich über jeden ihrer Schritte Bescheid, inklusive ihrer Reise nach Nigeria. Und José leiht sich ständig Geld von allen möglichen Leuten.«

»Geld«, sagte Lazlo, »ist immer ein entscheidendes Motiv. Hat eigentlich irgendjemand es seltsam gefunden, dass von allen Dinnergästen ausschließlich José die Entscheidung der Polizei kannte, dass Warrens Tod nicht die Folge eines Unfalls war?«

»Wir brauchen einen Plan«, sagte Remi.

»Irgendetwas, womit wir die Gegenseite aus der Deckung locken können«, sagte Sam. »Das Beste wäre, die Falle vorzubereiten, wenn alle anwesend sind.«

»Das kann man wohl kaum als Plan bezeichnen, Fargo.« Enttäuscht schüttelte Amal den Kopf. »Keiner von Ihnen hat irgendeine Idee, wie man sie dazu verleitet, sich zu erkennen zu geben und Fehler zu machen, nicht wahr?«

»Nein«, gestand Sam und sicherte sich die letzte der *banatages*. »Aber das ist eigentlich nicht ungewöhnlich.«

Lazlo lächelte Amal aufmunternd an. »Wenn sie richtig unter Druck stehen, sind sie um Klassen besser.«

»Für mich gilt das nicht«, antwortete Amal. »Aber ich habe eine Idee. Wie wäre es, wenn ich einen Anfall vortäuschte und dabei einen bestimmten Ort nennen und sie dorthin locken würde?«

»Das könnte funktionieren«, sagte Remi und ging in Gedanken die verschiedenen Möglichkeiten durch.

Sam sah seine Frau zweifelnd an. »Tut mir leid, aber wie sollte uns das helfen?«

»Visionen, Fargo. Amal sieht Dinge, die nicht da sind.«

»Ich bin mir nicht sicher, wie das irgendetwas klarer machen soll?«

»Du hast sie doch gehört. Sie ist eine direkte Nachkommin der antiken Orakel.« Remi sah Amal fragend an. »Das ist es doch, was Ihnen vorschwebt, oder?«

»Ja. Ich tue so, als ob ich eine meiner Visionen hätte und auf diesem Weg einen einigermaßen deutlichen Hinweis erhielte, wo die Karte sein könnte.«

»Brillant«, lobte Lazlo. »Eine Frage. Könnte es sein, dass in einer Ihrer Familienlegenden irgendein Hinweis enthalten ist, anhand dessen man den Ort bestimmen könnte, an dem die Karte möglicherweise versteckt ist?«

»Leider nein«, antwortete Amal.

»Ich habe eine Idee«, sagte Remi. »Wenn nun irgendetwas in dem Schutt dort unten verborgen wäre? Dort muss sich doch mindestens eine Tonne Geröll angesammelt haben.«

Lazlo nickte. »Absolut plausibel, dass dort unten etwas versteckt sein könnte.«

»Wenn wir das Ganze wirklich realistisch inszenieren wollen«, sagte Remi zu Amal, »sollten Sie den Hinweis in einem Rätsel verpacken, denn so haben sich die antiken Orakel gewöhnlich ausgedrückt. Natürlich nur vorausgesetzt, Sie können die Information glaubhaft verkaufen.«

»Ich glaube, das schaffe ich.«

»Ausgezeichnet. Wie wäre es mit morgen früh? Sie erwarten, dass wir zum Kaffee heraufkommen.«

»Dieser Plan hat ein großes Manko«, dämpfte Sam ihren Eifer.

»Welches Manko denn?«, fragte Remi. »Amal meinte doch, sie könne ihre Rolle überzeugend spielen.«

»Wir müssen Nashas Onkel morgen Vormittag vom Flughafen abholen.«

»Kein Problem.« Remi lächelte Amal an. »Dann machen wir es, sobald wir zurück sind.«

Amals Antwortlächeln fiel ziemlich verkrampft aus und reichte nicht bis zu ihren Augen.

* * *

Als Sam an dem darauffolgenden Morgen in die Zufahrt vor dem Haus der Archäologen einbog, blickte Remi aus dem Seitenfenster und seufzte. »Ich habe ein schlechtes

Gewissen, dass ich zum Kaffeetrinken hierherkomme, während Renee im Gefängnis sitzt.«

»Sie weiß, dass wir alles tun, was wir können«, sagte Sam. »Wenn wir vom Flughafen zurück sind, kann Amal ihre Visions-Nummer durchziehen.«

»Und während du unterwegs bist«, sagte Lazlo, als sie aus dem Wagen ausstiegen, »bitte ich Hank, mir die unterirdische Villa zu zeigen. Ich würde mich nämlich gern mit den Lokalitäten vertraut machen, bevor wir unseren Plan in die Tat umsetzen.«

»Oder nach einer Karte suchen?«, fragte Sam.

»Falls ich per Zufall darüberstolpern sollte, wäre ich nicht enttäuscht.«

»Ohne Zweifel.«

Hank, der übernächtigt aussah, ließ sie herein. »Haben Sie schon irgendetwas von Dr. LaBelle gehört?«

»Leider nein«, sagte Sam.

»Ich auch nicht. Ich wünschte, ich hätte irgendetwas tun können«, bemerkte Hank und führte sie in die Küche, wo José und Osmond, die Studenten aus Spanien und Ägypten, am Tisch saßen. »Wäre ich in der Schule nicht krank geworden, hätte ich mit ihr hierher zurückkommen können. Dann wäre sie nicht allein gewesen, als sie Warren fand. Die Polizei hätte ihr geglaubt und sofort mit der Suche nach dem wahren Mörder begonnen.«

»Ich glaube, sie werden den Richtigen schon noch finden«, sagte Sam.

Hank stellte eine Kaffeekanne und drei Tassen auf den Tisch. Dann ging er zum Kochherd und schüttete in Scheiben geschnittene Kartoffeln in eine Bratpfanne. Sie brutzelten sofort, als sie ins heiße Fett rutschten, und das

Aroma von gebratenem Speck und Zwiebeln verteilte sich in der Luft. »Wir sind erst spät aufgestanden, aber Sie sind herzlich zum Frühstück eingeladen.«

»Nein, danke«, sagte Remi. »Wir haben bereits gegessen.«

»Ich noch nicht«, meldete sich Lazlo. »Ich könnte eine Portion vertragen.«

Hank benutzte einen Pfannenwender, um in den Kartoffeln zu rühren. »Fahren Sie heute Morgen nicht zum Flughafen?«, fragte er und drehte sich halb zum Tisch um.

»Sam und ich, wir holen Nashas Onkel ab«, sagte Remi.

»Ah. Und Sie fahren nicht mit, Professor?«

»Nein«, antwortete Lazlo, während an die Hintertür geklopft wurde. »Ich dachte, ich bleibe lieber hier. Mr. Fargo meinte, dass Sie beim Wegräumen der Schuttmassen in der unterirdischen Villa vielleicht Hilfe bräuchten.«

»Ich nehme jede Hilfe an, die ich bekommen kann.« Hank nickte Amal und Nasha grüßend zu, als sie hereinkamen. »Frühstück?«

»Ja«, sagte Nasha.

Amal lachte. »Du hast doch grad gegessen.«

»Ich bin aber noch immer hungrig.«

Hank blickte auf die Kaffeekanne, dann wanderte sein Blick weiter zu Amal. »Rühren Sie bitte in den Kartoffeln. Ich bereite eine zweite Kanne Kaffee zu.«

Amal übernahm den Pfannenwender. »Gibt es etwas Neues von Dr. LaBelle?«, fragte sie und drehte die Gasflamme ein wenig höher.

»Nein«, sagte er. »Ich weiß auch gar nicht, wie lange diese Prozeduren dauern. Sie vielleicht, Mr. Fargo?«

»Ich wünschte, ich könnte die Frage bejahen. Wenn wir vom Flughafen zurückkommen, rufe ich in der Botschaft an und versuche, ein Update zu bekommen.«

Plötzlich schlug die Gasflamme in die Pfanne und ließ ihren Inhalt auflodern. Amal wich zurück, während rauchgeschwängerte Luft den Bereich über der Herdplatte für einen kurzen Moment verdunkelte.

Hank war mit zwei schnellen Schritten am Herd, drehte die Gasflamme herunter und legte einen Deckel auf die Bratpfanne, um die Flamme zu ersticken. »Ist alles okay?«, fragte er. Als sie ihm keine Antwort gab, wedelte er mit der Hand vor ihrem Gesicht herum. »Amal…?«

Nasha gab Remi ein Zeichen. »Es passiert schon wieder.«

Amal starrte blicklos aus dem Fenster zum Olivenhain und sagte mit monotoner Stimme: »Hinter den Heidengräbern… Vor dem Tempel des Saturn, er deutet auf das Wasser. Hütet euch… Tod dem, der nicht würdig ist.«

»Amal?«, wiederholte Hank, dann ergriff er ihre Hand und führte die junge Archäologin zu dem freien Stuhl, der neben Lazlos stand.

Remi blickte zu Sam und sah dann Amal an. Sie schien nicht zu wissen, was sie davon halten sollte.

Ein paar Sekunden später blinzelte Amal und schaute auf den Pfannenwender in ihrer Hand. »Was ist los? Warum halte ich das hier fest?«

Hank nahm ihr das Küchenutensil aus der Hand und legte es auf den Tisch. »Ich glaube, Sie hatten wieder einen Ihrer Anfälle.«

Lazlo, der das Geschehen interessiert verfolgt hatte, sagte: »Mir kam es so vor, als ob Sie uns irgendeinen fernen Ort genannt haben.«

»Ich erinnere mich nicht …?«

»Sie sagten irgendetwas über die Tempelruinen.«

Hank kümmerte sich wieder um die Zubereitung des Kaffees. »Wir sind sicher schon eine Million mal dort draußen gewesen.«

»Wo genau sind diese Ruinen?«, fragte Lazlo.

José deutete aus dem Fenster in die Richtung, in die Amal geblickt hatte. »Den Hügel hinunter und an dem Olivenhain vorbei. Aber solange niemand auf die Idee kommt, einige Tonnen Trümmer zu entfernen, ist da unten nichts zu finden.«

»Wonach suchen wir eigentlich genau?«, fragte Sam.

José zuckte die Achseln. »Ich bin mir nicht sicher, dass jemand diese Frage erschöpfend beantworten kann. Os, hast du nicht schon mal darüber gesprochen?«

Osmond, der gerade einen Text in sein Telefon tippte, schaute überrascht hoch. »Was? Nein. Ich kann mich nur daran erinnern, dass alle von einer Karte geredet haben, aber nicht davon, wohin sie führt.«

Sobald die Kaffeemaschine wieder in Betrieb war, kam Hank zu ihnen an den Tisch. »Ich bin mir nicht sicher, ob irgendjemand das genau weiß. Es ist …« Er sah Sam an. »Aber Sie denken doch nicht, dass es irgendetwas mit dem zu tun hat, was mit Dr. LaBelle geschieht? Oder etwa doch?«

»Man sollte es auf jeden Fall der Polizei melden«, sagte Sam und schaute auf seine Armbanduhr. »Wir sollten uns jetzt lieber auf den Weg machen, wenn wir pünktlich am Flughafen sein wollen.« Er und Remi erhoben sich. »Bist du sicher, dass du hierbleiben möchtest, Lazlo?«

»Absolut sicher.«

KAPITEL VIERUNDACHTZIG

Merk dir nicht, wo du hingefallen bist, sondern wo du ausgerutscht bist.

– AFRIKANISCHES SPRICHWORT –

»Ich hole dich in fünf Minuten ab«, sagte Tarek, dann steckte er das Telefon in die Hosentasche.

Noch immer leicht benommen von den Schmerztabletten, suchte sich Hamida auf dem Sofa eine bequemere Lage. »Wer hat angerufen?«

»Niemand«, erwiderte sein Partner. Er bezweifelte, dass Hamida sich daran erinnern würde, dass überhaupt ein Gespräch stattgefunden hatte. »Ich bin in zwei Stunden wieder zurück.«

Als er den Raum durchquerte und die Tür des Zimmers hinter ihm zufiel, erinnerte ihn der Anblick des dicken Gipsverbandes um Hamidas Arm daran, wie gefährlich Fargo war. Das Einzige, das ihn stoppen würde, wäre eine Dauersalve aus einer automatischen Pistole – und Tarek freute sich schon jetzt darauf, im entscheidenden Moment abzudrücken.

Doch alles zu seiner Zeit. Zuerst musste er eine Schuld eintreiben.

Als er zu Ben Ayeds Apartment kam, wartete Ben bereits vor dem Haus, in der Hand einen soliden Hardshell-Aktenkoffer. Als ehemaliger Angehöriger einer Spezialeinheit der tunesischen Armee war Ayed nicht nur Nahkampfexperte, sondern auch ein erfahrener Scharfschütze. Er stellte eine unschätzbare Rückversicherung dar, falls die Dinge nicht wie geplant ablaufen sollten.

Die beiden fuhren in Richtung des Archäologieparks, passierten den eingezäunten Bereich und gelangten zu der Straße, die hinter dem Gelände verlief. Dort parkten sie an demselben Ort, den Tarek zuvor ausgesucht hatte, als er die Fargos verfolgt – und verloren – hatte. Die Tempelruinen lagen jenseits des Olivenhains und befanden sich ebenfalls auf dem Grund und Boden, der sich im Besitz der Familie dieser Archäologiestudentin befand. Von ihrem Parkplatz aus war der Tempelbezirk nur zu Fuß zu erreichen. Das hügelige Gelände hinter dem ausgedehnten Olivenhain hielt keine bequeme Route zu den Ruinen und dem Grabungsfeld bereit. Aber die Straße erlaubte ihnen immerhin, sich ihrem Ziel zu nähern, ohne vom Haus der Archäologen aus gesehen zu werden.

Tarek parkte und warf einen Blick auf den Aktenkoffer, den Ben auf den Oberschenkeln balancierte. »Ich hoffe, dass Sie reichlich Reservemunition mitgebracht haben.«

»Mehr als genug.« Ben klappte den Koffer auf, lud drei Magazine und setzte eins in seine 9-Millimeter-Vektor-SP1 – die südafrikanische Version der Beretta-92F – ein. Er zog den Schlitten zurück, beförderte eine Patrone in die Kammer, dann steckte er die Pistole ins Holster und die Magazine in eine Gürteltasche, die er mit dem Zipfel seines Oberhemdes bedeckte, und stellte den Koffer in den Fußraum vor dem Beifahrersitz. »Ich bezweifle allerdings, dass ich so viel Feuerkraft brauchen werde.«

»Seien Sie nicht allzu sicher«, warnte Tarek und überprüfte seine eigene Waffe. »Wenn die Fargos zurückkommen, ehe wir unseren Job erledigt haben, werden Sie sicherlich Ihre Meinung ändern.«

»Wenn Sie sich solche Sorgen machen, weshalb warten wir dann nicht?«

»Weil ich einen gewissen Ruf zu verteidigen habe. Welchen Wert hat mein Wort in Zukunft, wenn ich zulasse, dass mir auch nur eine einzige Person die Bedingungen einer Vergeltungsaktion diktiert?«

»Eine Schande, dass die Lösegeld-Nummer nicht funktioniert hat«, sagte Ben, während sie zu ihrer langen Wanderung zu den Tempelruinen aufbrachen.

Nur daran zu denken, brachte Tarek schon in Rage. Was ein profitables Unternehmen hatte sein sollen, erwies sich am Ende als sinnlose Verschwendung von Zeit und Geld. Der Plan hatte unter keinem guten Stern gestanden – angefangen mit seinem grundlegenden Fehler, sich nicht ausreichend über die Fargos und ihre Herkunft informiert zu haben. Und sosehr er sich auch wünschte, seine Verluste einzutreiben, er war auch bereit, darauf zu verzichten, wenn er stattdessen Sam Fargo eine Kugel in den Kopf jagen könnte. Und was war mit der ursprünglichen Schuld?

Keine Chance, dass er darauf verzichten würde. Der einzige Weg zu gewährleisten, dass niemand jemals versuchte, ihn zu übervorteilen, bestand darin, eine klare und unmissverständliche Botschaft auszusenden.

Es war ihm gleichgültig, wie alt oder jung und ob sie weiblich oder männlich waren – wenn das Geld dort nicht zu finden war, würde er jedem der Anwesenden eine Kugel in den Kopf schießen.

KAPITEL FÜNFUNDACHTZIG

Die Hand greift nach dem, was das Auge gesehen hat.

– AFRIKANISCHES SPRICHWORT –

Der Zeitpunkt von Amals Anfall war Sam zwar überhaupt nicht recht, aber Nashas Anwesenheit im Haus hielt ihn davon ab, Remi ausführlich darauf anzusprechen. Sie brachte lediglich ein knappes »Das war merkwürdig« zustande, als sie in den Wagen einstiegen und zum Flughafen fuhren.

»Ich bin froh, dass Lazlo dortbleibt und alles ein wenig im Auge behält.« Nach ihrer Rückkehr würden sie sicherlich ausführlich darüber diskutieren.

»Wie war der Flug, Mr. Atiku?«, fragte Sam, sobald sie wieder im Wagen saßen und nach Bulla Regia zurückkehrten.

»Viel ruhiger als mein letzter.«

Nasha bekam große Augen. »Ich wusste gar nicht, dass du schon einmal in einem Flugzeug gesessen hast. Für mich war es, als wir herkamen, das erste Mal.«

»Mein erstes Mal liegt Jahre zurück... Ich war damals noch beim Militär... Sehen wir auch Professor Lazlo? Chuks Eltern baten mich, ihm in ihrem Namen dafür zu danken, dass er Chuk aus Kambilis Gewalt befreit hat. Er war – wie lautet der amerikanische Ausdruck? – der...«

»Flügelmann«, sagte Sam, während er hinter das Lenkrad rutschte.

»Was ist ein Flügelmann?«, fragte Nasha.

»Ein Helfer«, sagte Sam.

»War ich ein gutes Flügelmädchen?«

Sam warf ihr im Rückspiegel einen anerkennenden Blick zu. »Das beste überhaupt. Vielleicht sogar noch besser als Lazlo.«

Sie strahlte, als sie sich auf der Rückbank zufrieden nach hinten sinken ließ.

»Schnall dich an«, ermahnte Sam sie, während er den Wagen vom Bordstein weglenkte und sich in den fließenden Verkehr einfädelte.

Sie waren erst seit ein paar Minuten unterwegs, als Sams Smartphone zwitscherte.

Remi nahm es von der Frontablage. »Es ist Wendy«, sagte sie. »Wahrscheinlich will sie sich nur erkundigen, ob wir Nashas Onkel heil in Empfang genommen haben. Sie hat sich in eine regelrechte Glucke verwandelt, seitdem sie sich um das Wohl dieser Mädchen kümmert.«

Sam lachte. »Das hat sie wirklich.«

Er navigierte den Audi durch den dichten Flughafenverkehr, während Remi mit Wendy sprach. Nach einer Minute angeregten Dialogs sagte sie: »Ich schalte den Lautsprecher ein, dann können Sie es ihm selbst erzählen … So, sprechen Sie jetzt.«

»Ist etwas nicht in Ordnung?«, fragte Sam.

»›Nicht in Ordnung‹ würde ich es nicht nennen, eher würde ›verwirrend‹ passen«, erwiderte Wendy. »Erinnern Sie sich an die verschwundenen Nägel?«

Sam musterte Nasha im Rückspiegel, und danach ihren

Onkel. »Ich dachte, wir hätten entschieden, diese Angelegenheit auf sich beruhen zu lassen.«

»Daran haben wir uns auch gehalten«, beeilte sich Wendy zu versichern. »Aber Yaro hat etwa vierzig oder mehr Kartons aus dem Geröllhaufen hinter dem Schuppen ausgegraben. Er meint, dass…«

Nasha richtete sich auf und zog sich an der Rückenlehne des Beifahrersitzes nach vorn. »Ich habe sie nicht weggenommen, Mr. Fargo.«

Sam räusperte sich übertrieben laut und sagte zu Wendy: »Hatte ich erwähnt, dass ich Sie laut geschaltet habe und Nasha und ihr Onkel hier im Wagen auf der Rückbank sitzen und mithören können?«

»Deshalb rufe ich ja an«, sagte Wendy. »Ich glaube ihr.«

»Weshalb gewinne ich nach und nach den Eindruck, dass es bei dieser Geschichte um mehr geht als um Nashas verletzte Gefühle?«

»Weil alles, was sie an sich genommen hat, als sie zum ersten Mal hier war, mit Essen zu tun hatte. Oder es waren kleine, unwichtige Dinge, die sie gefunden und für sich beansprucht hatte. All das ist dann sofort in ihren geliebten Rucksack gewandert. Aber vierzig Kartons Stahlnägel zu verstecken… Ich bin mir ziemlich sicher, dass sie eine solche Menge niemals ohne Hilfe hätte vom Fleck bewegen und mit sich herumtragen können. Die Menge, die Yaro gefunden hat, dürfte meines Erachtens das gleiche Gewicht haben wie sie.«

»Waren die Nägel nicht in Kartons verpackt?«

»Das waren sie. Aber die Kartons steckten in einem großen Jutesack, der für ein Mädchen ihrer Größe viel zu schwer gewesen wäre. Und dann ist da noch die Flasche mit Tabletten.«

»Die habe ich nicht gestohlen«, rief Nasha auf der Rückbank. »Ich habe sie nur gefunden!«

»Von welchen Tabletten sprechen Sie?«, wollte Sam von Wendy wissen.

»Irgendeine Morphinsubstanz. Avo…, Avo… Ich kann mich an den Namen nicht erinnern.«

In Sam nahm ein schrecklicher Gedanke Gestalt an und löste in seiner Magengrube ein Gefühl der Übelkeit aus. Während er ein stummes Stoßgebet, dass er sich irren möge, zum Himmel schickte, warf er einen prüfenden Blick in den Rückspiegel und lenkte den Wagen an den Straßenrand. »Wendy, ich muss diese Flasche sehen. Es ist wichtig.«

»Ich hole sie und rufe gleich zurück.«

Sie hatte die Verbindung kaum unterbrochen, als Sam Remi ansah. »Ruf Lazlo an.«

Nashas Onkel beugte sich vor. »Was sollte das heißen, dass Nasha Gegenstände an sich genommen hat?«

»Ach, das waren nur Dinge, die niemand mehr haben wollte.«

»Mailbox«, sagte Remi. Sie hinterließ Lazlo eine Sprachnachricht, sofort zurückzurufen, und schickte eine gleich lautende Textnachricht augenblicklich hinterher.

Eine Minute später leuchtete Sams Mobiltelefon auf, als der Videoanruf einging. Wendys Gesicht füllte den kleinen Bildschirm aus. »Hier ist sie, Mr. Fargo.« Sie hielt die kleine Flasche vor die Kamera. Die schwarzen Buchstaben auf dem Etikett waren deutlich zu lesen.

Sams Magen verkrampfte sich bei dem Anblick, und

Remi atmete zischend ein. »Apomorphin«, sagte Sam. »Das sind keine Schmerztabletten. Es ist eine Substanz, die den Brechreiz auslöst.« Er drehte sich auf dem Fahrersitz nach hinten um. »Nasha, wo hast du die Flasche gefunden?«

Das Mädchen verschränkte die Arme vor der Brust, senkte den Kopf und weigerte sich offensichtlich, Sam in die Augen zu blicken.

Nashas Onkel legte eine Hand auf ihre Schulter. »Meine liebe Nasha. Wenn du etwas weißt, dann musst du es ihnen erzählen.«

Sie sah erst Sam an, dann Remi. In ihren Augen glitzerten Tränen. »Ich habe nichts gestohlen.«

»Das weiß ich doch«, sagte Sam.

Remi fragte mit leiser, freundlicher Stimme: »Wo hast du die Tabletten gefunden?«

Tränen rannen über ihre Wangen, als Nasha ihren Onkel mit einem verzweifelten Ausdruck in den Augen ansah. »Muss ich es sagen?«

»Wenn du die Antwort kennst«, bekräftigte er.

Nasha wischte sich mit dem Handrücken über die Augen und sah Sam an. »Ich habe die Flasche auf dem Fußboden in der Bürotoilette gefunden.«

Das war das Letzte, was Sam sich als Antwort zu hören wünschte. »Und du bist sicher, dass es dieselbe Flasche ist, die du gefunden hast?«

Nasha warf einen kurzen Blick auf den Bildschirm des Telefons, auf dem Wendys Hand mit der Flasche zu sehen war. »Ja.«

»Danke, Nasha. Du warst eine große Hilfe.«

»Auch ein Flügelmädchen?«

»Mehr als du ahnst.«

Ihr Onkel schloss sie in die Arme. »Alles ist gut, mein Kind. Du hast überhaupt keinen Grund zu weinen.«

Sam schob den Schalthebel nach vorn und ließ ihren Parkplatz hinter sich, während er gleichzeitig ihre voraussichtliche Fahrzeit nach Bulla Regia ausrechnete. Zu Remi gewandt sagte er dann: »Versuch noch mal, Lazlo zu erreichen.«

Aber wie schon bei ihrem ersten Anruf kurz nach der Abfahrt vom Flughafen meldete sich lediglich die Mailbox.

KAPITEL SECHSUNDACHTZIG

Die Personen, mit denen wir essen, sind diejenigen,
die uns töten.

– AFRIKANISCHES SPRICHWORT –

Der Fußboden der Villa stand unter Wasser, als Lazlo, Hank und José am späten Vormittag das Grabungsfeld erreichten. »Was zum Teufel ...?«, schimpfte Hank, beugte sich über den Rand der Plattform und blickte in die Tiefe.

Josés Kommentar fiel knapp und eindeutig aus. »Osmond.«

Hank gab ein verärgertes Knurren von sich und zerbiss einen Fluch, während er dem Schlauch einen Tritt versetzte, den Osmond an den Wassertank angeschlossen, über die Plattform verlegt und in die Schachtöffnung gehängt hatte. »Ich hatte ihn gebeten, den Boden zu benetzen, aber nicht ihn absaufen zu lassen.« Hank zog den Schlauch aus dem Schacht und sah nur noch ein paar Tropfen Wasser herausrinnen. »Nur gut, dass Dr. LaBelle nichts davon mitbekommen hat«, sagte er und begann, die Leiter hinunterzuklettern. »Sieht so aus, als wäre der Tank vollständig ausgelaufen und als hätte sich sein Inhalt dort unten angesammelt.«

Lazlo und José folgten ihm zur ersten Ebene. Sie lehnten sich über das Geländer und sahen, dass das Wasser auf dem Boden der unteren Etage etwa fünf Zentimeter hoch stand. »Sie müssen aber zugeben«, sagte Lazlo, indem er dem Unglück etwas Positives abzugewinnen versuchte, »dass die Farben der Fliesen und Mosaiksteine durch die reinigende Wirkung des Wassers viel besser zur Geltung kommen.«

»Das ist sicher richtig. Aber dies hier tut's auch.« Hank knipste die Lampe an, die mit einer Klemmvorrichtung an der Leiter befestigt war. Ihre orangefarbene lange Anschlussschnur schwang unter ihnen langsam hin und her.

Lazlo überquerte die Plattform, ging zur Werkzeugtonne und stieg über eine Schnurschlinge, um zu dem Geländer zu gelangen. José hingegen übersah das Hindernis, blieb daran hängen und verlor für einen kurzen Moment das Gleichgewicht. Er wich zurück, stützte sich am Geländer ab und stieß gegen die Lampe an der Leiter. »Gut, dass du hängen geblieben bist«, murmelte er, richtete die Lampe aus und schaute dann über das Geländer. »Ich möchte nicht wissen, was passiert, wenn sie im Wasser landet.«

Lazlo richtete sein Augenmerk wieder auf das Mosaik. »Einfach atemberaubend. Man kann sich kaum vorstellen, welche Wirkung es im Altertum gehabt haben muss.«

Hank nickte. »Ich denke, dass man hinten an der Wand einige Sessel aufgestellt hat, um sich dort gemütlich hinsetzen und den wunderschönen Fußboden in Ruhe betrachten zu können.«

»Oder man saß dort und dachte darüber nach, wo diese Karte wohl versteckt sein mochte.«

Hank sah Lazlo von der Seite an. »Glauben Sie wirklich, dass dort unten eine Karte verborgen ist?«

»Ich habe keine Ahnung. Aber wie ich immer sage, was du heute kannst besorgen, das verschiebe nicht auf morgen. Also warum schauen wir nicht nach?« Als Lazlo die Füße bewegte, rieselten Erdreich und Geröllbrocken in das Wasser, auf dessen Oberfläche kleine Wellen entstanden, als sie die Wasseroberfläche berührten. Fasziniert verfolgte er, welche Wirkung die Bewegung des Wassers auf die Ornamente des Mosaiks hatte, vor allem auf die blauen und weißen Fliesen, die, wie er vermutete, für das Reflexionsbecken vor dem Tempel bestimmt waren.

»Wissen Sie, was ich seltsam finde«, sagte Hank. »Dass der Künstler das Spiegelbild des Narziss nicht in dem Mosaik verewigt hat. Dabei ist es doch ein ganz wichtiges Element der Legende.«

Narziss, der auf der untersten Stufe der Tempeltreppe kauerte, betrachtete anscheinend seine Hand, die er ins Wasser tauchte. »Vielleicht«, meinte Lazlo, »hat es die Fähigkeiten des Künstlers überstiegen. Das Reflexionsbecken erscheint geradezu wie eine digitalisierte Version, verglichen mit der detaillierten Darstellung des Tempels, der Bäume und ...«

»Was noch?«, fragte Hank.

»Ganz außerordentlich ... die blauen und weißen Fliesen im Reflexionsbecken. Sie bilden zusammen eine in Pixel zerlegte Version des Tempels.«

José stimmte ihm zu. »Es erscheint wie ein digitales Foto, das extrem vergrößert wurde.«

»Die sechs Säulen, der Portikus, der Ziergiebel ... und das Spiegelbild des Narziss.«

»Wo?«, fragte Hank.

Lazlo antwortete: »Schließen Sie die Augen und blinzeln Sie durch Ihre Wimpern – auf diese Weise verschwimmen die Konturen der einzelnen Pixel. Erkennen Sie jetzt, worauf Narziss deutet? Das Spiegelbild der Treppe? Diese Fliesen auf jener Seite sind dunkler. Könnten sie …?«

»Könnten sie *was* sein?«, fragte Hank.

»Ich wage zu behaupten, dass es eine verborgene Treppe ist.«

Hank kniff die Augen zusammen. »Das ist ja unglaublich … Sie befand sich die ganze Zeit hier. In den Ruinen des Tempels.«

»Wir brauchen Fotos.« Lazlo klopfte auf seine Hosentasche. »Ich habe mein verdammtes Telefon in der Küche liegen gelassen«, sagte er, während ein Schatten über ihnen die Schachtöffnung verdunkelte.

Sie schauten hoch und erkannten Amal, die das Geschehen auf der Plattform aufmerksam verfolgte.

»Genau zum richtigen Zeitpunkt«, sagte Hank. »Ich glaube, wir haben die Karte gefunden.«

José nickte. »Zumindest eine Geheimtreppe.«

Amals unerwartetes Erscheinen brachte Hank auf eine ganz andere Frage. »Ist irgendetwas dort oben nicht in Ordnung?«

»Nein. Es ist alles gut. Außer vielleicht, dass Professor Kemp sein Telefon in der Küche liegen ließ.«

»Oh, wie schlau von mir«, sagte Lazlo. »Ich wollte nämlich ein bisschen fotografieren.«

José ging zum Rand der Plattform, griff nach einem Leiterholm und stieg hinunter. »Ich habe mein Telefon immer bei mir. Dann werde ich ein paar Bilder machen.«

Lazlo sah zu ihm hinunter, dann hob er den Kopf und schaute zu Amal hinauf. »Geht es Ihnen wirklich gut?«

»Ja, natürlich«, sagte sie und kam die Leiter herunter.

Unter ihnen watete José durch das Wasser.

Hank sah Amal gespannt an. »Wo ist das Telefon des Professors?«

»Es liegt in der Küche. Ich wollte nicht neugierig erscheinen. Ich… ich dachte nur, er sollte es wissen.«

Irgendetwas in ihrer Stimme ließ Lazlo aufhorchen. Er blickte ihr in die Augen und erkannte Anzeichen von Angst.

»Rühren Sie sich nicht, Professor«, sagte Hank. Er hatte seine Pistole gezogen und richtete sie auf Amal. »Es könnte sein, dass Sie bereit sind, Ihr eigenes Leben zu riskieren, aber sicher nicht das Leben von jemand anderem. Geben Sie mir Ihre Pistole, und dann ab nach unten mit Ihnen.«

»Ich habe keine Pistole«, sagte Lazlo und streckte die Hände von seinem Körper weg. »Was immer Sie vorhaben, wir brauchen dies hier nicht auf die Spitze zu treiben. Es geht doch nur um Geld.«

»Ja. Und davon haben Ihre Arbeitgeber eine ganze Menge. Hätte Fargo ganz einfach zugelassen, dass seine Frau entführt wird, wie ich es geplant hatte, hätte ich mein Lösegeld erhalten, und niemandem wäre etwas zugestoßen. Ich hätte das veruntreute Geld ersetzen und bei Tarek meine Schulden begleichen können. Und alle wären glücklich und zufrieden gewesen.«

»Also… Sie haben die Entführung organisiert? Nicht Warren?«

»Ich habe Tarek ein Vermögen geschuldet.« Hank blickte zu Amal hinüber. »Ich bezweifelte, dass es jemandem auffallen würde, wenn gelegentlich ein Artefakt verschwand, mit dessen Erlös ich meine eigene Suche nach der Karte finanzierte, bis die Fargos bei uns erschienen.«

»Aber warum?«, fragte Amal ungläubig. »Wir waren doch ein Team, das eng und freundschaftlich zusammengearbeitet hat?«

»Eng und freundschaftlich? Man wird nicht reich, wenn man für die Universität arbeitet. Fragen Sie Dr. LaBelle. Wenn den Fargos die fehlenden Geldbeträge nicht aufgefallen wären, hätte ich meine Suche ungestört fortsetzen können. Ich war schon fast am Ziel, bis Warren damit anfing, Fragen zu stellen und die Buchhaltung zu kontrollieren.«

Amal konnte es nicht fassen. Sie wurde totenbleich und taumelte zurück. Unverständliche Laute kamen über ihre Lippen.

Hank ignorierte sie jedoch und zielte stattdessen mit der Pistole auf Lazlo. »Holen Sie das Seil.«

Lazlo hob es vom Boden auf und streifte mit einem Blick die Werkzeugtonne.

»Nur das Seil«, sagte Hank und deutete mit einer Kopfbewegung auf Amal. »Fesseln Sie ihr die Hände auf dem Rücken. Und zwar so eng, dass sie nicht von selbst herausrutschen können.«

»Ihnen wird nichts passieren«, sagte Lazlo, schlang den dicken Strick um ihre Handgelenke und verknotete ihn. »Bleiben Sie ganz ruhig.«

Amal deutete mit keiner Reaktion an, dass sie ihn gehört hatte. Mit leerem Blick starrte sie vor sich hin. Sie rührte sich nicht, sondern murmelte in einem fort nur *»sator, arepo, tenet, opera, rotas«* und wiederholte die Worte wieder und wieder.

Hank befahl Lazlo zurückzutreten, und ergriff das Seil und zerrte Amal zu sich herüber. »Und jetzt schwingen Sie sich auf die Leiter – und dann abwärts mit Ihnen, Professor. Machen Sie keine abrupten Bewegungen. Mein Finger am Abzug ist sehr schreckhaft.«

KAPITEL SIEBENUNDACHTZIG

Was für den einen ein Fluch ist,
kann für den anderen ein Segen sein.

– AFRIKANISCHES SPRICHWORT –

Als Sam scharf bremste und den Audi RS vor dem Gelände des archäologischen Grabungsfeldes schlingernd zum Stehen brachte, wurde eine Staubwolke hochgewirbelt. Osmond kam aus dem Haus gerannt, während er und Remi die Wagentüren aufstießen. »Amal ist dort unten. Sie hat den Text auf Professor Lazlos Telefon gesehen.«

»Steigen Sie ein«, befahl ihm Sam. Dann sah er zu Remi. »Bring alle zu Amals Haus. Ihre Mutter soll die Polizei alarmieren, und dann schaff sie alle von hier weg.«

»Pass auf dich auf«, sagte Remi.

Sam hatte das Grabungsfeld schon zur Hälfte überquert, ehe Remi rückwärts aus der Zufahrt gesetzt hatte. Als er das Grabungsfeld erreichte, schlich er sich auf die Plattform und murmelte ein kurzes Dankgebet, als er Stimmen hörte. Da die Sonne über ihm im Zenit stand, war nicht daran zu denken, sich unbemerkt dem Schacht nähern zu können. Hank würde seinen Schatten sofort bemerken – es sei denn, er war anderweitig zu abgelenkt.

»Fargo«, rief Hank. »Sie kommen genau im richtigen Moment.«

Dies war offenbar nicht sein Glückstag. »Lazlo?«, rief Sam und wünschte sich, in den Schacht hineinblicken zu können.

»Hank hat eine Pistole.«

»Die auf Ihren Freund gerichtet ist, Fargo. Vergessen Sie das nicht, wenn Sie herunterkommen.«

Sam, erleichtert, Lazlos Stimme zu hören, tastete sich zum Rand der Plattform vor. Erst als er mit dem Abstieg begann, konnte er Hank am Ende der Plattform sehen, wo er im Halbdunkel stand und Amal als Schutzschild vor sich festhielt. Sie starrte offenbar ins Leere, und ihre Lippen bewegten sich, während sie irgendetwas vor sich hin murmelte. Hank hingegen zielte mit der Pistole nach unten auf den Grund der Villa, wo Lazlo und José auf dem Schutthaufen kauerten. Beide Männer wurden vom grellen Licht der Lampe geblendet, die am Geländer angeklemmt war.

Hank schaute zu Sam hoch. »Vorab eine Warnung. Ich bin ein guter Schütze. Eine einzige falsche Bewegung, und ich töte Ihren Freund. Leeren Sie Ihre Pistole. Und zwar schön langsam, sodass ich jede Bewegung sehen kann.«

Sam berechnete seine Chancen und verwarf die Möglichkeit, Hank zuerst auszuschalten. Er zog seine Waffe. Sie mit dem Lauf nach oben haltend, öffnete er die Trommel und ließ die Patronen in die andere Hand fallen. »Alles ganz harmlos«, sagte er, während er den Smith & Wesson auf die Holzplanken legte.

»Seht!«, rief Amal und blickte zum Himmel. »Das Zeichen des Saturn!«

In diesem kurzen Moment, den Hank abgelenkt war, ließ Sam die Patronen in seiner Hosentasche verschwinden und hielt die leeren Hände hoch. »Alles okay. Kein Grund, jemanden zu verletzen.«

»Wo ist Ihre Frau?«

»Bei Osmond. Sie bringen gerade Nasha und ihren Onkel zu Amals Haus, um ihre Mutter von dort abzuholen. Sie müssen gehört haben, wie der Wagen losgefahren ist und sich entfernt hat.«

»Ihnen zuliebe will ich glauben, was Sie mir erzählen. Aber wehe, Sie haben mich angelogen.« Während er Amal an sich drückte, richtete Hank seine Pistole auf Sam. »Kommen Sie herunter, Fargo. Und dann rüber zum Professor.«

Während Sam zur Leiter ging, bewegte sich Hank zur Seite, um Abstand zu ihm zu halten. Sam legte die Hand auf den Leiterholm und stellte sich auf die erste Sprosse. »Egal, in welchen Schwierigkeiten Sie sein mögen, es ist noch nicht zu spät.«

»Wenn das doch nur wahr wäre. Niemand sollte zu Schaden kommen. Aber sie haben Warren trotzdem getötet.«

»Dann lassen Sie mich Ihnen helfen.«

»Es gibt nichts, was Sie tun könnten«, sagte Hank mit einem Anflug von Panik in der Stimme. »Tarek verlangt die Karte. Ich muss sie ihm geben. Das verstehen Sie doch, oder nicht? Er tötet mich, wenn ich es nicht tue.«

Sam erreichte das Ende der Leiter und setzte den Fuß in die letzten drei Zentimeter Wasser. »Er wird uns alle töten.«

»Nicht wenn ich ihm gebe, was er haben will.« Hank führte Amal zur Seite, schlang das Seil um das Geländer und knüpfte mit der freien Hand einen Knoten. Er blickte zu Sam hinunter und wedelte mit der Pistole.

»Dort hinüber. Beeilen Sie sich, ich habe nicht viel Zeit.«

Sam watete durch das Wasser und kletterte zu Lazlo auf den Steinhaufen, wobei er hoffte, dass Hank möglichst bald verschwand. Trotz des grellen Lichts der Lampe über ihren Köpfen versuchte Sam, etwas zu erkennen. Vage konnte er die Umrisse des Mannes ausmachen, als er begann, über ihnen hin und her zu gehen.

Amals Gesang wurde lauter. »Saturn hält die Räder… Das Gleichgewicht zwischen Rhea – Wohlstand und Überfluss – und Lua – Vernichtung und Verfall… Höre, o Usurpator des Vandalenschatzes, Lua bringt dir den Tod.«

»Still«, rief Hank. »Ich kann nicht denken.«

»Sator, arepo, tenet, opera, rotas…«

Hank löste die Lampe vom Geländer und schmetterte sie gegen das Gerüst. Ein Funkenregen wurde vom Wasser reflektiert, als die Glühbirne zerschellte. Dann, zu Sams Überraschung, ließ Hank die Schnur über die Kante der Plattform hinab. »Was tun Sie da, Hank? Was haben Sie vor?«

»Ich sorge dafür, dass Sie sich nicht rühren. Das wird nicht allzu lange dauern. Ich gebe denen, was sie haben wollen.« Die lange orangefarbene Verlängerungsschnur schlug gegen das Gerüst, während er die zertrümmerte Lampe auf das überflutete Bodenmosaik hinabsenkte. Der leicht verformte trichterförmige Reflektor setzte auf dem Boden auf, und zwar mit der nunmehr leeren Lampenfassung dicht – gefährlich dicht – über der Wasseroberfläche. »Ich denke, die geringste Turbulenz könnte einen elektrischen Schlag auslösen.«

»Hank!«, rief Sam, während der Mann die Leiter hinaufstieg. »Ich kann Ihnen helfen!«

Aber alles, was er als Antwort hörte, war Amals Gesang. *»Sator, arepo, tenet, opera, rotas…«*

KAPITEL ACHTUNDACHTZIG

*Ein Vogel mit Feuer am Schwanz verbrennt sein
eigenes Nest.*

– AFRIKANISCHES SPRICHWORT –

Sam konzentrierte seine Aufmerksamkeit ganz auf die
Lampe, die nur wenige Zentimeter vom Gerüst entfernt
im Wasser stand.

Lazlo folgte seinem Blick. »Können wir nicht irgendeinen Gegenstand werfen und versuchen, den Reflektor zu
treffen, damit ein Kurzschluss ausgelöst wird?«

»Das Rohr, an das Amal gefesselt wurde, reicht bis ins
Wasser. Dieses Risiko dürfen wir nicht eingehen.«

José, die Füße so hoch wie möglich angezogen und die
Arme um seine Knie geschlungen, wiegte sich hin und her.
»Müssen wir sterben?«

»Nein«, antwortete Sam mit Nachdruck.

»Wie wäre es mit einer Menschenkette?«, fragte Lazlo.

»Das könnte funktionieren.«

Er schaute zu Amal hinauf, die sich gegen ihre Fesseln stemmte. Ihre kontrollierten Bewegungen verrieten,
dass das keine Reaktionen auf Krämpfe waren, die durch
einen ihrer Anfälle ausgelöst sein konnten. »Versuchen wir
es.«

Sie standen auf. Lazlo ergriff seine Hand. Er wollte sich

nach vorn lehnen, als Amal sagte: »Hank kommt. *Sator, arepo, tenet...*«

Ein Schatten fiel auf die Wasserfläche vor Sam.

»*...opera, rotas...*«

»Amal?« Remi stieg die Leiter hinunter.

»Mrs. Fargo«, sagte Amal mit lauter, fester Stimme. »Gott sei Dank. Ich hatte Sie für Hank gehalten.«

»Remi«, sagte Sam. »Die Lampe. Schalte den Strom aus.«

Sie zog den Stecker der Verlängerungsschnur aus dem Steckdosenturm, der am Eingang aufgestellt worden war. Das Ende der Schnur schlängelte sich abwärts und landete im Wasser.

Sam sprang von dem Steinhaufen herunter und rannte zur Leiter. Als er die obere Plattform erreichte, bearbeitete Remi bereits das Seil, mit dem Amal gefesselt war. »Wo ist Hank?«, fragte er, hob seinen Revolver von der Plattform auf und lud ihn wieder.

»Keine Ahnung. Als ich herkam, war nichts von ihm zu sehen.«

»Was ist mit meiner Mutter?«, wollte Amal wissen.

»Sie ist in Sicherheit. Osmond hat alle zu den Engländern gebracht. Sie sollen dort warten, bis die Polizei eintrifft.« Sie stand auf, während Lazlo und José die Leiter heraufkamen. »Was zum Teufel...?«

»Meine Schuld«, sagte Lazlo. »Ich hatte mein Smartphone im Haus liegen lassen. Hank und ich waren hier und... ich glaube, ich hab die verdammte Karte gefunden.«

»Wohin könnte er verschwunden sein?«, fragte Remi. »Noch steht sein Wagen dort oben.«

»Ich kann mir fast denken, wo er ist«, sagte Sam und

wollte schon die Leiter hinaufsteigen. »Alle sollten am besten hierbleiben und warten, bis keine Gefahr mehr droht.«

»Das ist nicht der beste aller Vorschläge«, sagte Remi und kletterte hinter ihm her.

Lazlo musterte Amal und José. »Ich kann Ihnen nur empfehlen, Hanks Wagenschlüssel zu suchen und von hier zu verschwinden. Ich begleite die Fargos.«

»Aber warum?«, wollte Amal wissen.

»Das ist eine sehr gute Frage«, sagte Lazlo und kletterte hinter seinen Freunden her.

* * *

Sam ging gerade noch rechtzeitig hinter dem Wassertank auf Tauchstation, um beobachten zu können, wie Hank zwischen den Bäumen des Olivenhains verschwand. Sekunden später kletterten Remi und kurz nach ihr auch Lazlo aus der Grabungsstätte heraus. Sie kamen zu ihm herüber.

Remi folgte seinem Blick. »Wohin will er?«

»Wenn ich raten müsste, würde ich auf die Tempelruinen tippen. Besteht irgendeine Chance, dass ihr beiden meinen Rat befolgt und hierbleibt?«

Remi schüttelte den Kopf. »Ist das ein ähnlicher Rat wie der letzte, als du meintest, ich sollte in Amals Haus bleiben? Hätte ich ihn befolgt, würdest du noch immer versuchen, das überflutete Mosaik zu überqueren, ohne dir einen elektrischen Schlag zu holen.«

»Nur ein paar Sekunden noch, und wir hätten es auch ohne deine Hilfe geschafft. Stimmt's, Lazlo?«

»Oder wir wären gegrillt worden«, gab Lazlo lakonisch zurück.

Remi grinste. »Sie haben es nicht anders gewollt. Auf was genau hat Hank es abgesehen?«

»Auf die Karte«, sagte Lazlo. »Er sprach von nichts anderem als davon, sie zu Tarek zu bringen. Oder so ähnlich.«

»Genau das hat er gesagt.« Sam dachte an den Abend, als sie nach dem Essen zum Hotel zurückfuhren und Tareks SUV am Rand der Straße hinter den Ruinen stehen sahen. »Ich wette, dass Tarek hierher unterwegs ist – wenn er nicht schon längst hier herumgeistert – und dass Hank sich mit ihm trifft.«

Remi klopfte auf das Holster, in dem ihre Sig Sauer steckte. »Ich bin dafür, dass wir ihm folgen.«

»Lazlo?«

»Ich bin dagegen.«

»Zwei zu eins.« Sam fasste den Olivenhain ins Auge. »Wir folgen ihm.«

»Es geht doch immer zwei zu eins aus«, beschwerte sich Lazlo. »Warum machen wir uns überhaupt die Mühe einer Abstimmung?«

Sie bewegten sich in geduckter Haltung, als sie sich dem Olivenhain näherten, und suchten hinter einem besonders dicken Baumstamm am Rand des Wäldchens Deckung. »Da drüben«, sagte Sam und deutete hangabwärts. Hank tauchte gerade aus dem Wäldchen auf und eilte weiter in die schmale Senke, in der sich eine Reihe Olivenbäume mit ausladenden Kronen und grotesk verkrümmten massiven Stämmen zwischen dem Hain und den mit Efeu überwucherten Ruinen am Fuß des Hügels erstreckte.

»Seine Absicht ist eindeutig. Er will zum Tempel«, stellte Remi fest.

»Dort befindet sich eine geheime Treppe«, sagte Lazlo. »Ich habe sie in dem Mosaik entdeckt.«

»Man sollte doch annehmen, dass er zumindest eine Schaufel mitnimmt.«

»Egal, was er plant«, sagte Sam, »auf jeden Fall hat er es eilig.« Obwohl Hank in Richtung Tempel hastete, hielt er ständig Ausschau nach links.

Sam konzentrierte sich auf den Berghang, auf dem er anfangs nichts entdecken konnte, bis eine Bewegung dicht unterhalb der Kuppe seine Aufmerksamkeit erregte. »Tarek.«

Remi stand hinter Sam und blickte ihm über die Schulter. »Jammerschade, dass du nicht auch ihm den Ellbogen demoliert hast.«

»Hinterher ist man immer klüger. Sieh mal, er hat einen neuen Freund mitgebracht.« Er richtete den Blick wieder auf Hank, der nun den Berghang hinunterrannte und den beiden Männern winkte. »Was tut er?«

»Sam, ich glaube, sie haben es auf ihn abgesehen. Sie zielen auf ihn!«

»Was immer geschieht, Hank hat sich selbst in diese Lage gebracht.«

»Ich weiß, aber Renee …«

Der qualvolle Unterton in Remis Stimme erschwerte es ihm ungemein, Hank blindlings ins Verderben laufen zu lassen. So unwiderlegbar seine Logik ihm auch sagte, dass Hank absolut verdient hatte, was ihn dort unten erwartete, war ihm eines klar – es würde Remi wehtun, weil es ihrer Freundin wehtäte. »Hank!«, rief er.

Falls er überhaupt reagierte, dann damit, dass er seinen Schritt noch weiter beschleunigte. Hank winkte wieder mit beiden Händen. »Ich habe sie gefunden. Ich hab die

Karte.« Er war auf halber Höhe des Berghangs angelangt und setzte seinen Weg nun im Laufschritt fort, als Tarek ins Freie trat. »Ich weiß, wo sie ist!«

»Hank!«, wiederholte Sam seine Warnung.

Ein Gewehrschuss erklang.

Hank brach zusammen.

KAPITEL NEUNUNDACHTZIG

Wer mit Kieselsteinen wirft, wird leicht von einem Felsen getroffen.

– AFRIKANISCHES SPRICHWORT –

An Hank heranzukommen, ohne die Deckung zu verlassen, würde ziemlich schwierig sein, erkannte Sam, während er, Remi und Lazlo vorsichtig den Abhang zu einer Pappelallee hinunterstiegen, die vom Olivenhain zu den Ruinen führte. Der Baum, der Hank am nächsten stand, befand sich etwa zehn Meter hinter ihm. Und dennoch, wenn Sam es schaffte, Hank dorthin zu schleifen, hätte er möglicherweise noch eine Chance.

»Kein Netz«, sagte Lazlo, während er auf sein Telefon blickte.

Sam berechnete die Entfernung bis zum ersten Baum der Reihe. »Gib mir Deckung.«

Remi feuerte. Nach jedem Schuss rannte Sam zum jeweils nächsten Baum – alle waren etwa je drei Meter voneinander entfernt – bis er den Baum direkt hinter Hank erreichte. Ein winziger Erdhügel war der einzige Schutz des Mannes vor den beiden Bewaffneten, die hinter zwei Felsblöcken auf der Hügelkuppe in Deckung gegangen waren.

Sam wartete auf Remis Zeichen. Als sie feuerte, sprintete er los und warf sich neben Hank auf den steinigen Untergrund. Er brachte seinen Smith & Wesson in Anschlag und schoss zwei Mal.

Mehrere Schüsse folgten. Erdbrocken flogen ihm ins Gesicht.

Ihre Gegner waren bedrohlich nahe. »Verschwinden wir von hier.«

»Retten Sie sich.« Hank presste eine Hand auf seinen Oberschenkel. Blut quoll zwischen den Fingern hervor. »Sie werden mich nicht töten.«

»Wenn diese Blutung nicht gestoppt wird, müssen sie das auch gar nicht.« Sam blickte über das kahle Geröllfeld auf den Olivenhain, in dem sich Remi und Lazlo versteckten. Gelegentlich feuerte Remi einen Schuss ab, um die Gegner in ihrer Deckung festzunageln. »Legen Sie einen Arm um meine Schultern«, sagte Sam.

Drei Schüsse fielen kurz hintereinander.

Ihr Echo rollte über den Berghang. Remi wartete noch einige Sekunden, dann feuerte sie abermals, als Sam den Verwundeten auf die Füße hievte und ihn halb schleifte und halb trug, während sie auf den nächsten Baum zusteuerten.

Sobald sie sich in seinem Schutz befanden, befreite sich Sam von seiner Last, ließ Hank behutsam auf den Boden gleiten und half ihm, eine bequeme Lage einzunehmen. »Geben Sie mir Ihren Gürtel«, sagte er, während eine Geschosssalve den Baumstamm zerfetzte.

Hank hantierte an der Gürtelschnalle herum. Sam stieß seine Hand zur Seite, zog den Gürtel aus den Schlaufen und schlang den Lederriemen dicht oberhalb der Schusswunde um den Oberschenkel. »Rühren Sie sich nicht vom

Fleck«, sagte er und verließ die einigermaßen sichere Position.

Ein Knall ertönte.

Die Kugel traf den Baumstamm und riss ein Stück Rinde heraus, das durch die Luft wirbelte, während Sam zurückkehrte.

»Vielleicht sollte ich kapitulieren«, schlug Hank vor. »Dann hören sie auf zu schießen. Sie wollen ja sowieso nur die Karte.«

»Ist damit zu rechnen, dass sie wissen, dass die Karte in dem Mosaik im unteren Raum der Villa versteckt ist?«

»Nein.«

»Das ist schlecht. Wahrscheinlich denken sie jetzt, dass sie nur dann an die Karte herankommen, wenn Sie tot sind.«

»Ich… ich… hatte nicht in Erwägung gezogen… dass…«

Hanks Gesicht erschien ein wenig grauer, und seine Wunde blutete noch immer. Traurigerweise wäre es für Hank besser gewesen, wenn Sam ihn einfach liegen gelassen hätte, anstatt ihn in Deckung zu schleppen, was zur Folge hatte, dass sein Herzschlag sich beschleunigte und das Blut schneller aus seinem Körper pumpte.

Die einzige Möglichkeit, ihn zu retten, bestand darin, die beiden Schützen auf der anderen Seite auszuschalten. Selbst wenn die Polizei rechtzeitig erschien, käme doch niemand auf die Idee, um das Gelände herumzufahren, um von der Straße aus zu Fuß zu den Ruinen zu gelangen, wie Tarek es getan hatte. Sie würden den Weg von vorn wählen. Vorausgesetzt, sie hielten Remi nicht fälschlicherweise für einen der Schützen, würden die Polizeibeamten wahrscheinlich von seinen beiden Gegnern aufs Korn genommen werden, sobald sie zwischen den Olivenbäumen auftauchten.

Er studierte den Berghang, wo sich die beiden eingegraben hatten. Remi war zwar die bessere Schützin, aber sie hatte nicht die geringste Chance, sich näher an ihre Gegner heranzuschleichen. Wenn er es schaffen würde, auf dem Hang eine höhere Position zu erreichen und sich Tarek und seinem Helfer von der rechten Seite zu nähern, hätte er vielleicht eine Chance, die beiden ins Visier zu nehmen und zu neutralisieren.

Aber wie?

Zu seiner Linken führte die Baumreihe zurück zum Olivenhain. Die Baumreihe auf der rechten Seite endete bei den mit Efeu umrankten Mauerresten des Tempels. Zwei weitere Bäume flankierten den Tempel. Wenn er zu dem am weitesten entfernten Baum gelangte, könnte er sich einen sicheren Weg am Tempel entlang suchen und sich danach den Berghang hinaufarbeiten.

Der Plan müsste perfekt und seine Ausführung minutiös sein, sonst wäre es Sams letzte Aktion.

Weder er noch Remi hatten einen unbegrenzten Vorrat an Munition zur Verfügung, was bedeutete, dass seine Frau einen Weg finden musste, die Aufmerksamkeit und unter Umständen auch das Feuer ihrer Gegner auf sich zu lenken, ohne selbst unnötig zu schießen und Munition zu vergeuden. Er schaute zu ihr hinüber und hoffte, dass sie sich irgendetwas einfallen ließ, sobald sie sah, dass er seine Position verließ.

Wenn nicht, dann würde es – vorsichtig ausgedrückt – für alle Beteiligten interessant werden.

KAPITEL NEUNZIG

Klugheit ist besser als Stärke.

– AFRIKANISCHES SPRICHWORT –

Etwa fünfundzwanzig Meter offenes Gelände zwischen dem Olivenhain und den Mauerresten des Tempels waren alles, was Remi von ihrem Mann trennte, der neben Hank hinter einem Olivenbaum kauerte.

»Wie sieht es aus?«, fragte Lazlo.

»Bisher ganz gut«, antwortete Remi. Panik erzeugte gewöhnlich Unberechenbarkeit, und für ihre weiteren Aktionen war es lebenswichtig, dass Lazlo so ruhig blieb, wie unter den gegebenen Umständen irgend möglich. Der Anzahl der von der Gegenseite abgefeuerten Schüsse nach zu urteilen konnte Remi davon ausgehen, dass bei ihnen kein Mangel an Munition herrschte. Verborgen hinter ihren Felsblöcken und dichten Büschen hoch oben auf dem Hügel waren sie in jeder Hinsicht im Vorteil.

Woraus sich zwingend ergab, dass entweder sie oder Sam eine andere Position suchen mussten, wenn sie ihre Gegner dauerhaft ausschalten wollten.

Gerade als sie sich fragte, ob es für sie eine Möglichkeit gab, zum oberen Rand des Olivenhains zu gelangen und sich ihren Gegnern aus einer anderen Richtung zu nähern, bemerkte sie, wie Sam ihr mit den Händen Zeichen gab.

Er deutete auf seine Augen, und dann hinauf zur Hügelkuppe. Ihr war klar, was er vorhatte. Wenn er den Hügel ersteigen könnte und bis zu den Bäumen hinter der Tempelruine gelangte, befände er sich in einer besseren Angriffsposition und wäre ihnen deutlich näher gerückt.

Zumindest hoffte sie, dass es das war, was er plante ... Wenn sie sich irrte, würde sie den letzten Rest ihrer Munition sinnlos vergeuden.

Sie zählte die Bäume, an denen er vorbeikommen musste, und verglich ihre Anzahl mit der Anzahl Patronen, die sie noch übrig hatte.

Wenn kein Schuss zu viel abgefeuert werden müsste, hatten sie eine gute Chance, diese Operation erfolgreich durchzuziehen.

»Aber er bewegt sich doch in die falsche Richtung«, sagte Lazlo.

»Hoffentlich nicht.« Sie feuerte einmal und zog sich gleich wieder zurück. Während die Büsche und Felsblöcke vor den beiden Schützen Remi einen Blick auf ihre genaue Position versperrten, stellten sie für die Männer keinerlei Hindernis dar. Sie wussten genau, wo Remi sich befand. Falls sie nicht auf die Idee kämen, wenn auch nur kurz, mit ihren Köpfen aus ihrer Deckung aufzutauchen und Remi damit die Chance auf einen gezielten Schuss zu liefern, könnte sie auf lange Sicht nicht viel mehr tun, als sie für eine Weile in ihrer Stellung festzunageln.

Daraus ergab sich ein kleines Problem.

Sam musste irgendwie an dem Tempel vorbei und auf dem Berghang in eine höhere Position gelangen. »Was wir brauchen«, sagte sie mehr zu sich selbst, »ist irgendeine Aktion, um sie abzulenken.«

»Was ist mit Hank?«, fragte Lazlo. »Sollen wir nicht versuchen, ihn von dort wegzuholen?«

Remis Blick sprang zu dem verwundeten Mann, und sie stellte fest, dass er sich nicht mehr bewegte. »Ich glaube, ob wir es versuchen oder nicht, macht momentan keinen großen Unterschied.«

»Damit wäre er ein Opfer des Fluchs.«

Remi blickte über das freie Feld zu Sam hinüber, der abwartend hinter dem letzten Baum in der Reihe stand. Sie hoffte auf einen Geistesblitz – und wurde nicht enttäuscht. »Lazlo, jetzt sind Sie wieder gefragt. Können Sie auf die Schnelle einen Stock oder irgendein langes Instrument, etwa gut einen Meter lang, organisieren, ohne die Deckung verlassen zu müssen?«

»Hinter mir liegen ein paar abgebrochene Äste herum.« Lazlo duckte sich, machte sich so lang wie möglich und angelte ein Exemplar. »Was sollen wir damit tun?«

»Sie werden Ihr Oberhemd darüberdrapieren und den Ast hochhalten.«

»Ich?«

Remi verkniff sich eine unschöne Bemerkung. Der Mann machte es ihr wirklich schwer, ihn vorbehaltlos zu akzeptieren und zu mögen. »Sonst müssen Sie schießen.«

Lazlo schlüpfte aus seinem Oberhemd. »Ihnen ist hoffentlich klar, wenn diese Geschichte nicht funktioniert und nur ich überlebe, wird Selma mich umbringen, weil Ihnen etwas zugestoßen ist und ich es zugelassen habe.«

Remi hatte eher das Gefühl, dass Selma sie töten würde, wenn Lazlo auch nur ein Haar gekrümmt würde. Die Beziehung zwischen den beiden schien von Tag zu Tag enger zu werden. »Sagen Sie Bescheid, wenn Sie bereit sind.«

»Mein Stock ist bekleidet.«

»Auf mein Zeichen halten Sie ihn neben dem Baum hoch. Vorzugsweise bis in Schulterhöhe und weit genug vom Baumstamm entfernt, sodass man ihn für einen lebenden Menschen halten kann.«

Sam befand sich fast am Ende des Ruinengeländes.

»Jetzt!«

KAPITEL EINUNDNEUNZIG

Du musst handeln, als wäre es unmöglich zu versagen.

– SPRICHWORT DER ASHANTI –

Ein mehrere Sekunden langes Trommelfeuer von der Hügelkuppe füllte mit seinem vielfachen Echo das kleine Tal, während Sam den Berghang zum letzten Baum vor der Ruine hinaufrannte – der ihm viel näher vorgekommen war, als er ihn von seiner Position auf der anderen Seite der Ruine als Ziel festgelegt hatte. Erst als er hinter seinem dicken Stamm sicheren Schutz gefunden hatte, blickte er zum Olivenhain hinüber, um mit einem kurzen Handzeichen zu bestätigen, dass es Remi tatsächlich gelungen war, ihn aus der Schusslinie zu nehmen und sich selbst als Ziel anzubieten.

Er hatte nur wenig Zeit, die taktischen Fähigkeiten seiner Frau zu bewundern, vielmehr richtete er seine ungeteilte Aufmerksamkeit auf die beiden Schützen, die sich nun in Rufweite befanden.

»Geben Sie auf, Fargo«, rief Tarek. »Von dort kommen Sie nicht mehr weg!«

»Wie geht es Hamida?«, antwortete Sam. »Als wir das letzte Mal zusammentrafen, sah er nicht allzu gut aus.«

»Es war ein Fehler von Ihnen, uns so gut wie unbehelligt abziehen zu lassen.«

»Andere Dinge hatten Vorrang, und ich hatte es eilig.«
Ein Schuss fiel.

Erdbrocken wurden etwa einen halben Meter neben seinem Baum hochgeschleudert. Tarek zu provozieren, funktionierte offenbar. »Wissen Sie, was ich finde? Dass Sie an dem Abend, an dem Sie betrunken waren, viel besser gezielt haben.«

Zwei weitere Schüsse wurden abgefeuert. Einige Splitter zerfetzter Baumrinde spritzten ihm ins Gesicht.

Tarek lachte. »Das war der Scharfschütze, der momentan Hamidas Platz einnimmt.«

Sam feuerte und tauchte sofort wieder ab. Tarek hörte auf zu lachen.

Sam überprüfte die Trommel seines Revolvers, sah die leeren Patronenhülsen, dann blickte er über das freie Feld zu Remi hinüber. Wenn es jemals einen Moment gegeben hatte, in dem er sich wünschte, dass Remi seine Gedanken lesen könnte, dann war es dieser. Aber nur für alle Fälle rief er in ihre Richtung, um sicherzugehen, dass sie ihn hörte: »Hey, Tarek, spielen Sie gelegentlich Poker?«

»Sollten Sie nicht lieber beten? Kommen Sie raus. Ich verspreche Ihnen, dass ich kurzen Prozess mache.«

»Regel Nummer eins«, rief Sam. »Lassen Sie es Ihre Gegner niemals wissen, wenn Sie noch ein Ass im Ärmel haben.« Er blickte über das Feld zu seiner Frau.

Los, komm schon, Remi…

Und da war es. Eine Bewegung im Olivenhain erregte die Aufmerksamkeit seiner Gegner.

Tarek und sein Partner feuerten auf Lazlos Oberhemd. Das abgehackte Rattern klang wie das Dauerfeuer in einem Kriegsgebiet.

Sam machte einen schnellen Schritt aus seiner Deckung, zielte, drückte ab und tötete den Schafschützen.

»Lassen Sie die Waffe fallen, Tarek.«

Tarek erstarrte. Er ließ die Waffe sinken, dann hielt er inne. »Poker…« Ein hämisches Grinsen breitete sich auf seinem Gesicht aus, während er einen Schritt vorwärts machte und seine Pistole wieder hob. »Ihnen ist die Munition ausgegangen.«

Crack!

Der Mann schwankte, sackte auf die Knie. »Ich… dachte…«

Er kippte zur Seite und streckte sich auf dem steinigen Boden aus.

»Falsch gedacht«, sagte Sam, während er zu ihm hinüberging. Er hatte dem Mann in den Kopf geschossen. Er bückte sich und wand ihm die Pistole aus der leblosen Hand.

Sam hob das Gewehr des anderen Schützen auf und vergewisserte sich, dass er tot war. Dann ging er den Berghang hinunter. Remi kam aus dem Olivenhain heraus und rannte zu Hank hinüber, Lazlo war nur wenige Schritt hinter ihr, während er sich gleichzeitig sein von Kugeln durchlöchertes Oberhemd überstreifte.

»Hank«, sagte Remi und kniete sich neben den Verwundeten. »Sind Sie okay?«

Er sah zu ihr hoch, das Gesicht aschfahl. »Es tut mir leid«, sagte er und versuchte, eine Hand zu heben, aber dazu fehlte ihm die Kraft. »Bestellen Sie LaBelle… es tut mir leid…«

Er machte noch einen zitternden Atemzug, dann brachen seine Augen.

»Wir warten besser am Haus«, sagte Sam.

Amal entdeckte sie, als sie aus dem Olivenhain auftauchten, und kam herausgerannt. Es war nicht zu übersehen, dass sie geweint hatte. »Wie konnte er so etwas machen?«, fragte sie. »So zu tun, als ob er Dr. LaBelle mochte. Es wird ihr das Herz brechen.«

»Das werden wir niemals erfahren«, sagte Remi.

»Was wäre, wenn Sie nicht mitgekommen wären, Mrs. Fargo? Wenn ...? Vielleicht ist das alles meine Schuld, weil ich nicht erkannt habe ...«

»Er hat uns alle hinters Licht geführt«, sagte Remi und legte einen Arm um Amals Schultern. »Wer weiß, wie lange er das Ganze schon geplant hatte.«

»Remi hat recht«, sagte Sam. »Es ist nur eine Frage der Zeit, bis wir die Unregelmäßigkeiten in den Büchern mit seinen Aktivitäten abgestimmt haben.«

Amal nickte zögernd, während in der Ferne leises Sirenengeheul erklang. »Ich glaube, ich warte lieber im Haus, bis die Polizei eintrifft.«

Die Archäologin machte kehrt und entfernte sich. Sam, Remi und Lazlo schauten ihr schweigend nach.

»Sie tut mir leid«, sagte Remi. »Zuerst die Entführung in der Schule, und dann dies hier. Trotzdem, irgendwie erinnert sie mich an Nasha.«

»Inwiefern?«, fragte Sam.

»Sie scheint unglaublich widerstandsfähig zu sein – angesichts nahezu unüberwindbarer Probleme. Ich bin mir nicht sicher, ob ein durchschnittlicher Student alles auf die gleiche Weise bewältigt hätte wie sie.«

»Hoffentlich haben Sie recht«, sagte Lazlo, während der schrille Klang der Sirenen lauter wurde und seine Stimme überlagerte. Dann wurden sie von Polizisten umringt.

KAPITEL ZWEIUNDNEUNZIG

Wer anderen Unglück bringt, lehrt sie auch Weisheit.

– AFRIKANISCHES SPRICHWORT –

DREI TAGE SPÄTER ...

»Ich kann mir gut vorstellen, wie froh ihr seid, dass Makao gefunden wurde«, sagte Renee, als sie mit den Fargos und Lazlo am Küchentisch saß. Die Ermittlungen der Polizei hatten die letzten Tage ausgefüllt, und sie hatten kaum Zeit gefunden, überhaupt noch an etwas anderes zu denken. Die Beamten der tunesischen Polizei gingen im Hotel der Fargos ein und aus und erwarteten offenbar, dass Sam und Remi rund um die Uhr für ausgedehnte Verhöre und zahllose telefonische Anfragen der verschiedenen kriminaltechnischen Abteilungen zur Verfügung standen. Außerdem war ihnen angekündigt worden, dass sie auch in den nächsten Tagen mit noch mehr Befragungen rechnen müssten, da man gedachte, Hanks sämtliche Aktivitäten minutiös zu rekonstruieren. Eines musste man den Tunesiern lassen, dachte Sam, zwar arbeiteten sie langsam, aber zweifellos gründlich – und zum Glück nicht allzu bürokratisch. Und sie entließen Renee LaBelle ohne weitere Auflagen. Sie genoss aus vollen Zügen, in ihr vorübergehendes Zuhause zurückzukehren, wo sie schon von ihren Freunden und ihrem Team erwartet wurde. »Ist er tot?«, wollte sie wissen.

»Ja«, bestätigte Remi.

Der Anflug eines Lächelns zeigte sich auf Lazlos Miene, als er zum Fenster ging. »Offenbar hatte Mrs. Fargos Schuss eine schwere Infektion verursacht. Wenn er angemessene ärztliche Hilfe in Anspruch genommen hätte, dann würde er jetzt im Knast vermodern anstatt in einem Grab.«

»Ich bin sicher, dass er bis zu seinem letzten Atemzug nichts anderes gedacht hat«, sagte Sam.

»Wie dem auch sei«, fuhr Remi fort, »sein Abgang macht das Leben für Wendy und Pete um einiges einfacher. Wendy hofft, dass die Schule, sobald das Militär abgerückt ist, schon bald wieder ihren normalen Betrieb aufnehmen kann. Und – was noch wichtiger ist – dass Nasha und ihr Onkel nach Hause zurückkehren können.«

José kam in die Küche und steuerte auf die Kaffeekanne zu. »Hat Dr. LaBelle Ihnen schon berichtet, dass wir gestern einen Minisender gefunden haben?«

»Wie bitte?«, fragte Sam.

Renee nickte, rief auf ihrem Smartphone ein Foto von der mit Batterie betriebenen Abhöreinrichtung auf und zeigte es Sam. »Ich glaube, diese Dinger nennt man Wanzen, nicht wahr? Sie war mit Klebeband unter der Tischplatte befestigt. Wir haben sie der Polizei übergeben.«

»Eins verstehe ich nicht«, sagte José, während er sich eine Tasse Kaffee einschenkte, »weshalb hat Hank hier einen solchen Minisender versteckt, wenn er sich doch praktisch den ganzen Tag hier aufgehalten und alles mitbekommen hat, was passiert ist?«

Sam betrachtete das Foto, dann gab er das Telefon an Remi weiter. »Dieser Sender ermöglichte ihm, Tarek auf dem Laufenden zu halten, ohne auch nur Gefahr zu laufen, als derjenige identifiziert zu werden, der interne Informationen weitergab.«

»Ich fühle mich schrecklich«, sagte Renee. »Wie konnte ich nur glauben, dass Warren der Übeltäter war? Warum habe ich nie bemerkt, dass Hank so hoch verschuldet war?«

»Weil Hank sich die größte Mühe gab, alles zu verschleiern.«

Lazlo verließ seinen Platz am Fenster und kam zu ihnen zurück. »Und nun, da all dies der sprichwörtliche Schnee von gestern ist, wäre es da noch immer zu früh zu überprüfen, wie es sich mit dem Wahrheitsgehalt von Amals so genannten Visionen verhält?«

»Ist das dein Ernst?«, seufzte Sam. »Du weißt doch, dass sie nur einmal auf diese Vision zu sprechen kam, nämlich als sie uns ihre Hilfe bei der Suche nach dem Maulwurf angeboten hat.«

»Ganz gleich, ob die Vision echt war oder nicht«, sagte Lazlo, »da draußen liegt eine wertvolle Schriftrolle herum. Und Narziss deutet mit der Hand zweifelsfrei auf eine Besonderheit des Mosaiks im Reflexionsbecken. Das sollte man sich auf jeden Fall näher ansehen.«

»Ich bin Lazlos Meinung«, schloss sich Renee ihm an. »Außerdem wäre es genau das Richtige für unser Team, um die Geschehnisse möglichst schnell hinter uns zu lassen und auf andere Gedanken zu kommen.« Sie nahm ihr Telefon vom Tisch. »Ich schicke Osmond und Amal eine Nachricht und frage, ob sie Lust haben, mit uns den Ruinen einen Besuch abzustatten. Wenn die Schriftrolle nicht dort ist, dann streichen wir den Tempel als möglichen Aufbewahrungsort und ziehen weiter zur nächsten Adresse.«

»Was meinst du, Fargo?« Remi lächelte ihren Mann an. »Sollen wir nicht einen letzten Versuch machen? Wer weiß, was wir dort vielleicht finden.«

»Du hast recht. Warum nicht?«

* * *

Eine Stunde später, nachdem sie die Villa aufgesucht hatten, um das Mosaik einer sorgfältigeren Überprüfung zu unterziehen – nur für den Fall, dass dort tatsächlich eine Karte verborgen war – wanderte die gesamte Mannschaft inklusive Nasha und ihres Onkels durch den Olivenhain zu der Ruine. Als sie aus dem Wäldchen herauskamen, über ihnen ein makellos blauer Himmel mit kleinen weißen Wölkchen, die wie von einem gigantischen Pinsel auf eine azurblaue Leinwand getupft schienen, bot sich ihnen der gewohnt friedliche Anblick dieses abgelegenen Bereichs des weitläufigen Ausgrabungsfeldes. Bei weitem nicht so spektakulär wie andere Orte mit einer nachvollziehbareren jahrtausendealten Geschichte, gehörte Bulla Regia zu den bedeutendsten archäologischen Stätten Tunesiens und der Welt. Von der Hektik, die während der letzten beiden Tage hier geherrscht hatte, war nichts mehr zu spüren. Verschwunden waren auch die bunten Plastikbänder der polizeilichen Tatortbegrenzungen und die im Wind flatternden Fähnchen, mit denen die Fundorte wichtiger Beweismittel wie Patronenhülsen und Spuren von Geschosstreffern markiert worden waren. Remi war froh, dass jeder Hinweis auf das dramatische Geschehen getilgt worden war, denn jede Erinnerung daran hätte den Stress, unter dem Renee zurzeit stand, sicherlich nahezu unerträglich gemacht.

»Viel ist hier aber nicht zu sehen, Dr. LaBelle«, stellte Nasha ein wenig enttäuscht fest.

»Ein Erdrutsch hat einen Teil der Ruinen zugedeckt«, erklärte Renee dem Mädchen. »Der Rest ist mit Efeu überwuchert. Aber wenn man weiß, wonach man Ausschau halten muss, ändert sich der Eindruck, und vieles wird klarer. Diese Baumreihe dort zum Beispiel«, fuhr sie fort und deutete auf die alten Olivenbäume, hinter denen Sam sich mit Hank versteckt hatte, »folgt dem Verlauf der Straße, die zur Ruine führt. Wenn man näher herangeht, kann man sogar noch einzelne Pflastersteine erkennen. Und diese beiden Olivenbäume am Fuß des Hügels standen einmal rechts und links der Tempelfront. Wenn du hinter den Baum auf der linken Seite blickst, kannst du sicherlich Bruchstücke der Stufen erkennen, über die man in den Tempel gelangen konnte. Und in dem Bereich vor den beiden Bäumen«, fügte sie hinzu, »der völlig frei von Pflanzenbewuchs ist – kein Gras, nicht einmal Unkraut – befand sich höchstwahrscheinlich das Reflexionsbecken. In hellen Mondnächten konnte man auf der Wasseroberfläche das Spiegelbild des gesamten Tempels bewundern.«

Nasha sah die Archäologin skeptisch an. »Wie können Sie das alles erkennen? Ich sehe nichts anderes als Sand, Geröll, Felsbrocken und jede Menge alten Efeu.«

Renee lachte. »Zum einen habe ich während meiner Tätigkeit zahlreiche Gebäude mit gleicher oder ähnlicher Architektur gesehen, zum anderen habe ich eine recht lebhafte Phantasie und zum Dritten enthält das Mosaik im

Tiefparterre des Wohnhauses, das wir zurzeit restaurieren, eine Darstellung des Tempels.«

Ein leichter Wind bewegte das Laub der Olivenbäume. Remi strich ihr Haar zurück, während sie neben Renee und Nasha trat. »Jetzt, wo du es erwähnst, erkenne ich die Ähnlichkeit mit dem Mosaik. Hinter dem Baum auf der rechten Seite verbirgt sich Echo. Und hinter dem Baum auf der linken Seite liegt Narziss auf der unteren Treppenstufe und deutet ins Wasser...« Sie wandte sich zu Lazlo um. »Aber eine verborgene Treppe im Reflexionsbecken? Unter Wasser? Einen längeren Aufenthalt an einem solchem Aufbewahrungsort würde keine Schriftrolle unbeschadet überstehen. Es sei denn, natürlich, es handelt sich um einen in Stein gehauenen Text – ich denke an eine Schrifttafel.«

»Nicht unbedingt«, sagte Lazlo. »Ich bezweifle, dass das Reflexionsbecken im Laufe der Jahrhunderte überhaupt einen Tropfen Wasser gesehen hat. Dr. LaBelle wird sicherlich sehr viel mehr darüber wissen, aber ich vermute, dass der Tempel längst zerstört war, bevor Hilderich oder Geiserich regiert haben.«

Renee studierte den Berghang oberhalb des Tempels, während sie weitergingen. »Leider muss ich Remi zustimmen. Wenn die Schriftrolle vergraben war, besteht nicht allzu viel Hoffnung, sie zu finden.«

»Die Qumranschriften haben die Jahrtausende in Tonkrügen überdauert«, gab Lazlo zu bedenken.

»Die in offenen Höhlen lagen«, sagte Renee. »Aber vergraben unter einem Reflexionsbecken? Ich wäre schon glücklich, wenn wir ein paar wenige Fragmente fänden.«

Mr. Atiku sah auf Nasha hinunter, die neben ihm hertrottete. »Du hast übrigens tatsächlich Wurzeln hier in Tunesien.«

»Ich?«

»Dein Vater war Nigerianer, aber die Vorfahren deiner Mutter stammten aus Numidien.«

»Wo ist Numidien?«, fragte das Mädchen.

»Numidien war in der Antike ein Teil Tunesiens und Algeriens.«

Nasha warf einen verstohlenen Blick auf Amal. »Vielleicht sind wir sogar miteinander verwandt.«

»Das wäre durchaus möglich.«

Als sie den Tempel erreichten, bat Renee die Gruppe, für einen Moment vor der Treppe anzuhalten, dann ließ sie den Blick über das weite Gelände gleiten, das sie soeben überquert hatten. »Wenn dies der Punkt ist, auf den Narziss deutet, dann weiß ich nicht, wie irgendetwas das Erdbeben unbeschadet hat überstehen können. Amal, sind Sie sicher, dass Sie dies in Ihrer Vision gesehen haben?«

Amal schaute sich prüfend um und seufzte hilflos. »Ich kann mich nicht entsinnen, irgendetwas gesagt zu haben. Aber ich mache gern einen Rundgang und sehe, ob mir etwas einfällt.«

»Ich begleite dich«, sagte Osmond sofort.

Amal wartete auf ihn, und die beiden gingen die Treppe hinunter. Nach einigen Stufen meinte Osmond: »Vielleicht müssen wir ein Feuer anzünden … im Herd. Offenbar bringt der Rauch dich in Orakelstimmung.«

Amal brach in schallendes Gelächter aus.

Renee trat neben Remi, die den Schatten eines Olivenbaums aufgesucht hatte. »Ich hoffe inständig, dass wir irgendetwas finden, bevor ihr abreisen müsst, du und Sam.«

»Na ja, selbst wenn Rube uns in vieler Hinsicht behilflich ist, erwarte ich, dass wir noch einige Tage hier hängen bleiben. Die Polizei hat ihre Untersuchungen zu den Schießereien noch nicht abgeschlossen.« Remi deutete mit einem Kopfnicken in Amals Richtung, während sie und Osmond sich entfernten. »Ein Gutes hatte die ganze Geschichte bereits. So wie es aussieht, hat sie ihren heimlichen Verehrer endlich wahrgenommen.«

»Hoffen wir es. Es wäre schön, wenn wir die alte Amal wieder in unserer Mitte begrüßen dürften.«

Auch zwei Stunden später hatten sie in der Umgebung der Tempelstufen nichts gefunden, was auf die Existenz einer geheimen Treppe hindeutete. Renee schaute zu den Ruinen hinüber. »José, rufen Sie doch mal das Foto von dem Mosaik auf. Wir müssen irgendetwas übersehen haben.«

KAPITEL DREIUNDNEUNZIG

Das Suchen nach etwas kann dem Finden im Weg stehen.

– AFRIKANISCHES SPRICHWORT –

José hatte die Fotos von dem Mosaik auf sein Tablet kopiert, das er jetzt aus seinem Rucksack zog. Jeder suchte sich einen schattigen Platz auf den Treppenstufen, und dann studierten sie nacheinander die Fotos auf dem Tablet. Nasha hatte sich zwischen Remi und Lazlo gedrängt, damit ihr nichts entging. »Das sieht aber nicht wie eine Karte aus.«

»Es ist eine Geheimkarte«, erklärte Remi.

»Wie das?«

Lazlo vergrößerte das Foto und zog den Bereich der weißen und blauen Fliesen ins Bildschirmzentrum. »Das soll das Wasserbecken vor dem Tempel sein.« Er deutete auf die glatte Fläche vor ihnen. »Es hat sich dort befunden.«

»Woher wissen Sie, dass es Wasser ist?«

»Weil der Tempel sich darin widerspiegelt. Sehen Sie die Säulen?« Er warf einen Blick zu Remi, dann sah er wieder auf den Bildschirm. »Und hier deutet Narziss auf einen Punkt des Spiegelbildes, der dunkler ist als das Spiegelbild auf der anderen Seite. Man könnte es für Treppenstufen halten.«

Remi studierte die Reflexion im Mosaik, während Lazlo sprach. Die sechs Tempelsäulen, die zuerst dargestellt wurden, schienen in Höhe und Breite identisch zu sein. Aber nun, als Lazlo ausdrücklich darauf hinwies, erkannte sie, dass die Basis der zweiten Säule auf der linken Seite eine weitaus größere Anzahl blauer Fliesen enthielt. »Sie haben vollkommen recht. Es sieht aus, als befänden sich dort Treppenstufen. Wenn auf der Karte alles korrekt eingezeichnet ist und wir genau dort sitzen, wo Narziss sitzt, dann müssten die Treppenstufen irgendwo draußen im Becken sein.«

Renee blickte über Remis Schulter, dann wandte sie sich an Amal. »Was hat Ihre Großmutter Ihnen erzählt? Ich meine außer dem, was Sie während des vorgetäuschten Anfalls gemurmelt haben, um Hank in die Irre zu führen.«

»Sie sprach davon, dass der Usurpator die Schriftrollen in der Unterwelt mit Hilfe der Augen des vorletzten Königs gefunden hat.«

»Ist das der König, der vor dem letzten König geherrscht hatte?«, fragte Nasha. Sie wollte sich offenbar nur vergewissern, ob sie alles, was gesagt wurde, richtig verstanden hatte.

»Ja«, sagte Amal.

»Wie die Säule, die sich von den anderen unterscheidet«, meinte Lazlo. »Die vorletzte?«

»Genau wie diese.«

Nashas Augen leuchteten, als das Mädchen den anerkennenden Tonfall in Lazlos Stimme hörte.

»Wo war ich…?« Amal runzelte die Stirn. »Sie sprach von einem Fest, von den Saturnalien, und dass er all das verlieren wird, was ihm lieb und teuer ist, *bis es von tie-*

fen Schatten verdunkelt wird und nichts als Eitelkeit übrig bleibt.« Sie stand auf. »Meine Großmutter und ich waren meistens gemeinsam hier unten und haben uns umgesehen. Wenn ich den gleichen Weg nehme wie damals, regt es vielleicht mein Gedächtnis an, und mir fällt wieder ein, was sie mir sonst noch erzählt hat.« Nasha sah, wie sie die Treppe hinunterging, und beeilte sich, ihr zu folgen.

Während sie ihren Weg zum anderen Ende des Ruinenfeldes fortsetzten, betrachtete Lazlo wieder aufmerksam das Foto. »Orakel und Rätsel. Ein wichtiges Element der Saturnalien war der Rollentausch …«

»Saturnalien.« Remi lächelte. »Sie sind ein Genie, Lazlo.« Die Bewunderung in ihrer Stimme klang jetzt aufrichtig. »Wenn der vorletzte König es aus der Unterwelt beobachtete, schaute er nach oben. Eitelkeit, Wasser, Narziss … Und Amal hatte eine Vision, bei der sie durch das Wasser blickte.« Sie deutete mit einem Kopfnicken auf das Foto auf dem Bildschirm des Tablets. »Alice und der Spiegel.«

»Remi«, sagte Sam. »Wir sind bereits vom Hölzchen aufs Stöckchen gekommen. Du denkst an Alice im Wunderland, nicht wahr.«

Renee sah Lazlo fragend an. »Läuft es bei den beiden immer so?«

»Immer.«

»Wenn es«, sagte Sam, »um obskure Geschichte und logische Sprünge geht, dann ja.«

Renee lachte. »Da bin ich ganz auf Sams Seite. Ich liebe logische Sprünge. Wie kann uns in diesem Fall ein Kinderbuch weiterhelfen?«

»Kein Buch«, sagte Remi. »Sondern die Grundidee,

das Konzept. Wir wissen, dass die Tunesier in der Antike während des Sommers gern Wasser auf die Fußböden ihrer Häuser gegossen haben, um sie zu kühlen. Wenn wir mit unserer Vermutung, dass die Karte auf dem Fußboden versteckt ist, richtigliegen, dann wird der Künstler es gewusst und zu seinem Vorteil genutzt haben. Genauso dürfte ihm bekannt gewesen sein, dass die Saturnalien ein Fest waren, bei dem der Rollenwechsel – der Wechsel überhaupt – einen bedeutenden Platz einnahm. Und das passt zu allem, was wir hier sehen.«

Sam deutete auf das Foto. »Das Einzige, was ich sehe, ist Narziss, der mit dem Finger ins Wasser zeigt.«

»Vergiss, wohin er zeigt, Fargo. Achte lieber darauf, wohin er blickt – auf sein Spiegelbild. Und denk daran, alles ist seitenverkehrt.«

»Ganz richtig«, sagte Lazlo. »Wenn Hilderich, der vorletzte König, aus der Unterwelt nach oben blickt, und Gelimer der Usurpator ist…«

»Wer«, nahm Remi den Faden auf, »blickt dann in die gleiche Richtung wie Narziss – und wir…«

»Wir haben im falschen Teil der Ruinen gesucht.«

»Zweifellos«, erwiderte Remi. »Jeder, der das Mosaik betrachtete, war der Meinung, dass Narziss auf das Reflexionsbecken zeigte. Dabei zeigte er auf das Spiegelbild. Das Spiegelbild der versteckten Treppe, die sich hinter ihm im Tempel befinden sollte.«

Lazlos Augen funkelten unternehmungslustig. »Vollkommen richtig, Mrs. Fargo. Aber vergessen Sie nicht die Saturnalien, die immer wieder in den alten Legenden auftauchen, die in Amals Familie von Generation zu Generation weitergegeben werden. Laut den Regeln dieses Festes ergibt sich – und dessen können wir eigentlich absolut sicher sein –, dass die versteckte Treppe auf der anderen Seite des Mosaiks verewigt wurde. Und nicht hier, also hinter uns. Nein, sie muss dort drüben sein.«

Jeder blickte in diese Richtung und sah lediglich die dichten Efeuranken, die aussahen, als hielten sie die Ruinen zusammen. Eine heftige Windböe wühlte sich raschelnd durch das Laub der Olivenbäume und erzeugte einen leisen, jammernden Klagelaut innerhalb des Tempels. Dann, ebenso plötzlich, erstarb jede Bewegung, und es herrschte Totenstille.

»Richtig gespenstisch«, hauchte Renee gebannt.

»Nasha...?«, sagte ihr Onkel mit besorgter Stimme. »Sie ist mit Amal weggegangen. Wo sind sie?«

Remi schirmte die Augen vor dem grellen Schein der Sonne ab. Ein paar Minuten zuvor hatten die beiden noch am Rand des Tempelbereichs gestanden. Sie dachte an den seltsamen Jammerlaut. »Vielleicht war es gar nicht der Wind.«

»Nasha... Amal...«

Sam und Remi eilten im Laufschritt zum anderen Ende des Ruinenfeldes und sahen dort nichts anderes als dichte Efeuranken und den hellen Marmor darunter. Sie riefen mehrmals die Namen der Vermissten, aber niemand antwortete. »Wir sollten uns trennen«, sagte Sam. »Die eine Hälfte sucht die rechte Seite der Ruinen ab, die andere Hälfte die linke.«

Nach mehreren erfolglosen Minuten kamen sie vor dem antiken Tempel wieder zusammen. Nashas Onkel überschattete seine Augen und ließ den Blick über den Berghang wandern, dessen oberer Bereich von dem Olivenhain eingenommen wurde. »Könnte es sein, dass sie zum Haus zurückgekehrt sind?«

»In diesem Fall hätten wir sie doch sehen müssen«, sagte Sam.

Er wollte eben den Vorschlag machen, noch einmal den Tempel zu durchsuchen, als er Nashas Stimme hörte. Sie drang durch das Efeudickicht, und es schien, als sänge sie ein Kinderlied. »*Sator… arepo… tenet… opera… rotas.* Seht…« Sie schob die Efeuranken auseinander, blickte hinaus und entdeckte überrascht die Gruppe ihrer Begleiter. »Ist etwas nicht in Ordnung?«

»Wo ist Amal?«, fragte Remi.

»Dort unten.« Nasha zog den Efeuvorhang weiter auseinander und legte die Öffnung eines Tunnels frei, der hinter dem verfallenen Tempel in den Berghang führte. »Amal hat mir den Eingang gezeigt. Dorthin ist sie immer gegangen, als sie noch ein Mädchen war – wie ich.«

Erleichtert holte Sam sein Telefon aus der Tasche, aktivierte die Lampenfunktion und untersuchte den Stollen. Eine der kannelierten Säulen war auf den Hang gekippt und von Efeu überwuchert worden, der die Tunnelöffnung vor neugierigen Blicken verbarg. Hätte Nasha ihnen nicht den Zugang gezeigt, dann, war Sam sich absolut sicher, wären sie daran vorbeigelaufen. »Amal?«

»Hier«, rief die Archäologiestudentin.

Sam ging voraus und fand Amal, die vor einer kleinen Höhle saß.

Sie kniff geblendet die Augen zusammen, als der Lichtstrahl von Sams Smartphone für einen kurzen Moment über ihr Gesicht wischte. »Entschuldigen Sie, aber ich wollte Nasha nur zeigen, wo ich immer gespielt habe, als ich so alt war wie sie. Ich hatte es fast vergessen.« Sie schaute sich in der kleinen Höhle um, dann stand sie auf. »Hierher habe ich mich oft zurückgezogen, wenn ich meine Ruhe haben wollte. Allein in der Dunkelheit zu sitzen, das war unendlich wohltuend.«

Nasha krabbelte in die Höhle hinein und schien sich mindestens genauso wohl zu fühlen wie Amal.

Lazlo interessierte sich viel mehr für die Inschriften auf der Wand der Höhle. »Ich würde sagen, dass wir auf dem richtigen Weg sind.«

»Es sind alte Graffiti«, sagte Amal.

»In der Tat…«

Remi folgte Lazlos Blick. »Sam, leuchte doch mal hierher.«

Ihr Mann richtete den Lichtstrahl auf den Punkt, den Remi und Lazlo im Visier hatten. Zu erkennen war ein Graffito, das verblüffende Ähnlichkeit mit dem Tempel im Mosaik hatte. Und darunter war etwas, das aussah wie der Eingang zu einer Treppe, die unter der vorletzten Säule auf der rechten Tempelseite begann.

Es war die Säule, unter der sie die Köpfe einziehen mussten, als sie zur Höhle gelangen wollten.

KAPITEL VIERUNDNEUNZIG

Ein geduldiger Mann wird belohnt.

– AFRIKANISCHES SPRICHWORT –

Nasha war außer sich vor Freude über den Fund, bis sie erkannte, wie lange die Grabungsarbeiten dauern würden, um die verschütteten Treppen zu finden und freizulegen – vorausgesetzt, sie existierten überhaupt. Plötzlich erschien ihr die Aussicht, mit ihrem Onkel nach Nigeria zurückzukehren, weitaus reizvoller, als unzählige Tage damit zu verbringen, jahrhundertealten Schutt beiseitezuräumen, um die Treppe zu finden. Als es nur eine Stunde später Zeit wurde, zum Flughafen aufzubrechen, protestierte sie mit keinem Wort dagegen.

Vor dem Terminal stehend, kam für Remi der traurige Moment, sich zu verabschieden. Aber im Gegensatz zu ihrer letzten Trennung in der Schule strahlte Nasha jetzt über das ganze Gesicht, als sie Remi umarmte. »Sie werden mich doch nicht vergessen, oder, Mrs. Fargo?«

»Wie könnte ich das?« erwiderte Remi. »Du hast mir ein Stück meines Herzens gestohlen.«

»Nein, das habe ich nicht. Sie haben es mir geschenkt.«

Remis Kehle war wie zugeschnürt, und es dauerte einen Moment, bis sie wieder sprechen konnte. »Bewahrst du es sicher auf?«

Nasha nahm ihren Rucksack von der Schulter und klopfte mit einer Hand darauf. »Es ist hier drin.«

»Nasha«, sagte ihr Onkel. »Es wird Zeit.«

Das Mädchen nickte, folgte ihrem Onkel zum Sicherheits-Check, wandte sich noch einmal um und winkte Remi und Sam, bevor sie und ihr Onkel in der Schar der Fluggäste untertauchten.

Remi lehnte den Kopf an Sams Schulter, während sie den Terminal verließen.

»Wir werden sie wiedersehen«, sagte Sam.

»Ich weiß. Und ich hoffe, schon bald.« Remis Smartphone summte, und sie nahm es aus der Tasche. »Das sollte mir helfen, den Abschiedsschmerz zu überwinden. Es ist eine Nachricht von Renee. Sie glaubt, dass sie den geheimen Eingang gefunden haben. Sieht ganz so aus, als ob Selma, Zoltán und La Jolla noch eine Weile ohne uns auskommen müssen.«

* * *

Mit Hilfe eines Bodenradars vermaß Renee LaBelles Team die Überreste der unter dem Erdrutsch verborgenen Kammer. Sobald sie mehrere Meter Erde von dieser Seite des Tempels entfernt hatten, gelangten sie zum Sockel der umgestürzten vorletzten Säule in der Reihe. Das gesamte Gelände auszumessen und zu untersuchen war zwar eine langwierige und mühsame Prozedur, doch als sie den Sockel freigelegt hatten, stellten sie fest, dass der Bodenbelag aus Marmor dunkler und von Rissen durchzogen war, während der Rest des Tempelbodens offenbar aus gelbem Marmor bestand und vollkommen intakt erschien.

José dokumentierte ihre Fortschritte mit Fotos und einem Messstab. Sobald er seine Fotos gemacht und die Messungen abgeschlossen hatte, half er Sam, Lazlo und Osmond, die obere Hälfte der geborstenen Bodenplatte und danach deren unteren Teil anzuheben. Brüchige Stufen führten unter den Tempel und in einen Tunnel hinein, der aus dem soliden Fels herausgehauen war.

Remi drängte sich neben Sam und blickte in den schmalen Gang unter dem Tempelboden, während José weitere Fotos aufnahm. Er trat zurück, und Sam knipste die Stablampe an und streckte Remi einladend eine Hand entgegen. »Sollen wir?«

»Ich dachte schon, du würdest mich nie fragen.«

Sie führten das Team abwärts, wobei der Lichtstrahl von Sams Stablampe von den Inschriften in den Felswänden reflektiert wurde, die denen verblüffend ähnlich waren, die sie in der Höhle unter dem Efeubewuchs gefunden hatten. Sie folgten dem Felsengang unter den Tempel und kamen in eine Höhle, die erheblich größer war als Amals früherer Spielplatz. Zuerst schien es, als ob sie leer sei, bis Sam den Lichtstrahl senkte. Zwei Kisten standen gegenüber dem Eingang vor der hinteren Wand, das Holz war aber so verrottet, dass sich ihr Inhalt teilweise auf den Felsenboden ergoss. Die fast schwarze Patina der angelaufenen Silberteller, Kelche und Schalen verhinderte, dass die mit größter Sorgfalt und Kunstfertigkeit ausgeführten Verzierungen an den Rändern sofort zu erkennen waren. Die andere Kiste enthielt Löffel und einige Schmuckstücke. Alle waren auf Grund des Alters angelaufen und verfärbt.

»Okay, nicht unbedingt ein Thronschatz«, sagte Renee.

»Aber nichtsdestotrotz wertvoll«, erwiderte Lazlo.

Remi kam näher. »Warum sollte der Vandalenkönig ihn versteckt haben?«

»Vielleicht«, sagte Lazlo, »wurde er vor den Vandalen versteckt, als sie in Nordafrika eingedrungen sind.«

»Das werden wir wohl niemals erfahren«, sagte Sam.

»Amal, sehen Sie sich das an.« Remi deutete zu der anderen Seite der Höhle und richtete den Lichtstrahl ihrer Lampe auf einen quadratischen Holzkohlenbrenner aus Bronze. »Er sieht aus, als könnte die Platte auf Ihrem Kaminsims wie maßgefertigt daraufpassen.«

Während sie näher heran herangingen, bemerkten sie ein hohes, mit einem Deckel versehenes rundes Gefäß. Von auffällig schlichter Form war seine Oberfläche glatt und frei von Verzierungen bis auf eine griechische Inschrift auf dem silbernen Deckel, die lautete:

Aletheia kai armonia.

»Wahrheit und Harmonie«, übersetzte Remi.

Lazlo kam ebenfalls näher. »Wahrheit – ist das etwa ein Vers aus Parmenides' Gedicht *Über die Natur*‹?«

Amal war geradezu überwältigt und musste mehrmals tief durchatmen. »Wenn die Geschichten meiner Großmutter zutreffen, dann sind wir dazu bestimmt gewesen, dies alles zu beschützen.«

Renee konnte sich an dem Gefäß nicht sattsehen. Es von allen Seiten eingehend betrachtend, berührte sie es fast mit der Nasenspitze, als sie ganz nahe heranging, um sich keine Einzelheit entgehen zu lassen. »Wunderschön. Wir brauchen Fotos, José.«

Er öffnete seine Kameratasche, stellte sein Stativ auf und nahm das Artefakt von allen Seiten und aus allen Blickwinkeln auf. Als er den Fund ausreichend dokumentiert hatte, untersuchte Renee das höhere Gefäß. »Jetzt kommt der Augenblick der Wahrheit. Wer möchte den Behälter öffnen?«

Sam sagte: »Eigentlich gebührt dir diese Ehre.«

»Mir? Wäret ihr beide – Remi und du – nicht gewesen, wäre ich gar nicht hier.«

»Remi?«, fragte Sam.

»Tut mir leid, Fargo. Oder hast du vergessen, dass es da noch einen Fluch gibt?«

José, der hinter ihnen stand, lachte nervös. »Ich … möchte lieber keines gewaltsamen Todes sterben.«

»Ich auch nicht«, sagte Osmond. »Bedenken Sie, was mit Hank geschehen ist.«

»Lazlo?«, fragte Sam. »Du hast immerhin die Karte übersetzt.«

»Ich schau gern hinein – nachdem du den Fluch gebrochen hast.«

Remi lachte. »Öffne den Behälter, Sam. Es wird ihm sicherlich leidtun.«

»Vielleicht auch nicht«, rief Lazlo. »Wer zuletzt lacht …«

Remi schob Sam vorwärts. »Bist du es nicht, der königliches Blut in den Adern hat? Sei aber vorsichtig. Was wir da vor uns haben, ist wahrscheinlich gut zweitausend Jahre alt.«

Sam sah fragend zu Amal. »Gibt es irgendeine Warnung von Seiten des Orakels?«

»Tut mir leid. Ich habe keine Prophezeiung mehr auf Lager.«

»Nun mach schon, Fargo. Fass dir ein Herz«, sagte Remi. »Ehe der Fluch es sich mit der königlichen Abstammung anders überlegt.«

Sam streckte die Hand nach dem runden Behälter aus, hob den Deckel hoch und warf einen Blick hinein.

»Und?«, fragte Remi.

»Sie ist es. Die Schriftrolle.«

KAPITEL FÜNFUNDNEUNZIG

*Ein glücklicher Mann heiratet das Mädchen, das er liebt,
aber ein glücklicherer Mann liebt das Mädchen, das er
heiratet.*

– AFRIKANISCHES SPRICHWORT –

LA JOLLA, KALIFORNIEN
GOLDFISH POINT

Sam schlug die Morgenzeitung auf, während eine leichte
Seebrise über den Balkon wehte, auf dem Sam und Remi
saßen und Kaffee tranken. Keinen der beiden überraschte
der Artikel, der im Kulturteil der Zeitung abgedruckt
war und den historischen Fund des Silberschatzes und
der Parmenides-Schriftrolle in Tunesien durch Dr. Renee
LaBelle sowie die Übergabe des gesamten Fundes an das
Bardo National Museum in Tunis durch die Familie Amals
behandelte. Das wertvollste Objekt sei das Parmenides-
Gedicht *Über die Natur*, von dem bislang nur Fragmente
vorhanden waren. Der Erdrutsch, unter dem es seit Jahr-
tausenden geschlummert hatte, hatte es vollkommen unversehrt erhalten, und damit sei es das einzige vollständige
Exemplar auf der ganzen Welt.

Sam griff nach seiner Kaffeetasse und hielt inne, als er

Remi über den Rand der Zeitung hinweg ansah. Der Anflug eines Lächelns lag auf ihren Gesichtszügen, während sie eine vorwitzige Strähne kastanienbraunen Haars hinter ein Ohr schob. Sie war gerade in einen Text auf ihrem Tablet vertieft. Sam ließ die Zeitung sinken und genoss es, sie anzusehen. Nach allem, was sie in den Jahren ihrer Ehe gemeinsam erlebt und gemeistert hatten, waren es diese stillen Momente, die er ganz besonders schätzte.

Schließlich bemerkte sie, dass er sie betrachtete. »Was«, fragte sie, »findest du so interessant?«

»Außer dir?«

Sie lehnte sich vor und gab ihm einen Kuss. »Sieh dir mal an, was Wendy gerade geschickt hat.«

Remi drehte das Tablet zu ihm, und er sah die gesamte Truppe vor dem neuen Schlafsaal stehen: Pete und Wendy Arm in Arm und auf einer Seite neben den Mädchen, Monifa und Yaro auf der anderen Seite. Während einige neue Gesichter zu sehen waren, erkannte er die meisten Schülerinnen, unter ihnen war auch Zara, die Tochter von Okoro. Neben ihr standen Maryam, Tambara und Jol.

Aber ein Lachen blitzte in seinen Augen, als er vorn in der Mitte Nasha sah – und auf dem Rücken ihren kleinen blauen Schulrucksack.

– E N D E –

»Atemberaubend spannend, extrem cool und höllisch unterhaltsam.«

Publishers Weekly

512 Seiten. ISBN 978-3-7341-0236-3

In der Arktis entdecken Sam und Remi Fargo ein Langboot der Wikinger. An Bord befinden sich – neben einem riesigen Goldschatz – Hinweise auf den Verbleib des sagenumwobenen Auge des Himmels. Die beiden Schatzjäger kämpfen sich bald durch undurchdringliche Dschungel und dringen in uralte Tempel und Gräber ein. Doch ihre Suche ist nicht unbemerkt geblieben, und plötzlich befinden sie sich zwischen den Fronten von Verbrechern und skrupellosen Grabräubern. Werden Sam und Remi Fargo die Lösung für ein Jahrtausende altes Rätsel finden – oder den Tod?

Lesen Sie mehr unter: **www.blanvalet.de**

Der Indiana Jones der Neuzeit: rasante Action und unglaubliche Abenteuer.

544 Seiten. ISBN 978-3-7341-0363-6

Die Salomon-Inseln sind berüchtigt. Immer wieder
wird von Gräueltaten wie Entführungen durch Riesen-
kannibalen berichtet. Zahlreiche Reisende sind spurlos
verschwunden. Die Salomonen sind verflucht, so heißt
es. Doch andere sagen, der Schatz des König Salomo
sei hier begraben. Da zieht eine versunkene Stadt die
Schatzjäger Sam und Remi Fargo in ihren Bann. Die Suche
der Fargos führt sie von den Salomonen über Austra-
lien bis nach Japan, und was sie schließlich entdecken
ist wundervoll – und voller tödlichem Schrecken.

Lesen Sie mehr unter: **www.blanvalet.de**

»Die Fargo-Romane gehören zu den Highlights von Clive Cussler.«

Publishers Weekly

448 Seiten. ISBN 978-3-7341-0510-4

Die Schatzjäger Sam und Remi Fargo wagen etwas Neues: einen Erholungsurlaub! Doch als sie durch Zufall nicht nur auf eine Leiche, sondern auch noch auf eine Schatzkarte stoßen, können sie nicht widerstehen. Die Spur führt sie von Kalifornien nach Arizona, von Jamaica nach England. Ihr Gegner im Rennen: ein von diesem Schatz besessener Milliardär. Er ist Sam und Remi immer einen Schritt voraus, und sie kommen ihm nicht näher. Immer wieder werden ihre Anstrengungen sabotiert. Das lässt für sie nur einen Schluss zu: In ihrem Team ist ein Verräter!

Sie suchen den größten Schatz des 20. Jahrhunderts – und die Spur führt nach Deutschland!

544 Seiten. ISBN 978-3-7341-0639-2

Im Juli 1918 sollte ein riesiges Lösegeld für die russische Zarenfamilie gezahlt werden. Dieser Schatz erreichte aber nie sein Ziel und ist bis heute verschollen. Doch nun haben die Schatzjäger Sam und Remi Fargo eine Spur. Schnell wird ihnen klar, dass sie nicht die einzigen sind, die diesen Schatz suchen. Skrupellos und mit vernichtender Brutalität steht ihnen ein altes Übel gegenüber, von dem die Menschheit dachte, es sei längst besiegt. Plötzlich geht es um mehr als nur ein unermessliches Vermögen. Es geht um das Schicksal der Welt.